O sonho do celta

MARIO VARGAS LLOSA

O sonho do celta

TRADUÇÃO
Paulina Wacht e Ari Roitman

7ª reimpressão

Copyright © 2010 by Mario Vargas Llosa
Todos os direitos reservados.

Grafia atualizada segundo o Acordo Ortográfico da Língua Portuguesa de 1990, que entrou em vigor no Brasil em 2009.

Título original
El sueño del celta

Capa
Raul Fernandes

Revisão
Taís Monteiro
Rita Godoy
Raquel Correa

CIP-Brasil. Catalogação na fonte
Sindicato Nacional dos Editores de Livros, RJ

V426s
    Vargas Llosa, Mario
        O sonho do celta / Mario Vargas Llosa; tradução Paulina Wacht e Ari Roitman. – 1ª ed. – Rio de Janeiro: Objetiva, 2011.

        Tradução de: *El sueño del celta*
        ISBN 978-85-7962-067-6

        1. Ficção peruana. I. Wacht, Paulina. II. Roitman, Ari. III. Título.

11-1054
        CDD: 868.99353
        CDU: 821.134.2(85)-3

[2022]
Todos os direitos desta edição reservados à
EDITORA SCHWARCZ S.A.
Praça Floriano, 19, sala 3001 — Cinelândia
20031-050 — Rio de Janeiro — RJ
Telefone: (21) 3993-7510
www.companhiadasletras.com.br
www.blogdacompanhia.com.br
facebook.com/alfaguara.br
instagram.com/editora_alfaguara
twitter.com/alfaguara_br

Sumário

O Congo 11

A Amazônia 123

Irlanda 293

Epílogo 385

Agradecimentos 389

Para Álvaro, Gonzalo e Morgana.
E para Josefina, Leandro,
Ariadna, Aitana, Isabella e Anaís.

Cada um de nós é, sucessivamente, não um,
mas muitos. *E essas personalidades sucessivas, que emergem umas das outras, costumam oferecer os contrastes mais estranhos e assombrosos entre si.*

JOSÉ ENRIQUE RODÓ
Motivos de Proteu

O Congo

I

Quando abriram a porta da cela, junto com o jato de luz e um golpe de vento também entrou o barulho da rua, que as paredes de pedra abafavam, e Roger acordou, assustado. Piscando, ainda confuso, tentando se acalmar, viu, encostada no vão da porta, a silhueta do xerife. O rosto flácido, com um bigode louro e olhinhos maledicentes, o observava com uma antipatia que nunca tentou disfarçar. Eis uma pessoa que ia sofrer se o governo inglês lhe concedesse o pedido de clemência.

— Visita — murmurou o xerife, sem tirar os olhos dele.

Levantou-se, esfregando os braços. Quanto tempo havia dormido? Um dos suplícios da Pentonville Prison era não saber a hora. Na prisão de Brixton e na Torre de Londres ele ouvia as badaladas que marcavam as meias horas e as horas; aqui, os muros grossos não deixavam chegar ao interior do presídio o bulício dos sinos das igrejas de Caledonian Road nem a agitação do mercado de Islington, e os guardas postados na porta cumpriam estritamente a ordem de não lhe dirigir a palavra. O xerife pôs as algemas em seus pulsos e lhe indicou que saísse na frente. Será que o seu advogado traria alguma notícia boa? O gabinete tinha se reunido e tomado uma decisão? Talvez aquele olhar do xerife, mais carregado que nunca com o desagrado que ele lhe inspirava, indicasse que tinham comutado a sua pena. Foi andando pelo longo corredor de tijolos vermelhos já enegrecidos de tanta sujeira, entre as portas metálicas das celas e as paredes desbotadas em cuja parte superior, a cada vinte ou vinte e cinco passos, havia uma janela gradeada pela qual ele conseguia ver um pedacinho de céu cinzento. Por que sentia tanto frio? Era julho, pleno verão, não havia razão para aquele gelo que deixava sua pele arrepiada.

Quando entrou no estreito locutório das visitas, ficou aflito. Quem o esperava não era o seu advogado, *maître* George

Gavan Duffy, mas um dos ajudantes dele, um jovem louro e desajeitado, com os pômulos salientes, vestido como um janota, que tinha visto levando e trazendo papéis para os advogados de defesa durante os quatro dias do julgamento. Por que *maître* Gavan Duffy, em vez de vir pessoalmente, mandava um auxiliar?

O jovem lhe deu um olhar frio. Havia raiva e nojo em suas pupilas. O que está acontecendo com este imbecil? "Ele olha para mim como se eu fosse um inseto", pensou Roger.

— Alguma novidade?

O jovem negou com a cabeça. Respirou fundo antes de falar:

— Em relação ao pedido de indulto, nada ainda — murmurou, secamente, fazendo uma careta que o desfigurava ainda mais. — Temos que esperar o Conselho de Ministros se reunir.

A presença do xerife e do outro guarda no pequeno locutório incomodava Roger. Embora os dois permanecessem em silêncio e imóveis, ele sabia que estavam atentos a tudo o que diziam. Essa ideia oprimia seu peito e dificultava a respiração.

— Mas, considerando os últimos acontecimentos — acrescentou o jovem louro, piscando pela primeira vez e abrindo e fechando a boca com exagero —, tudo ficou mais difícil agora.

— Na Pentonville Prison não chegam notícias de fora. O que houve?

E se finalmente o Almirantado alemão tiver decidido atacar a Grã-Bretanha a partir do litoral da Irlanda? E se a sonhada invasão ocorreu e neste mesmo momento os canhões do Kaiser estavam vingando os patriotas irlandeses fuzilados pelos ingleses no Levante da Semana Santa? Se a guerra tinha tomado esse rumo, os seus planos estavam se realizando, apesar de tudo.

— Agora ficou mais difícil, talvez impossível, ganhar — repetiu o ajudante do advogado. Estava pálido, reprimindo a indignação, e Roger adivinhava sua caveira sob a pele esbranquiçada do rosto. Pressentiu, às suas costas, que o xerife sorria.

— De que está falando? O senhor Gavan Duffy estava otimista em relação à petição. O que aconteceu para que ele mudasse de opinião?

— Os seus diários — articulou o jovem, fazendo outra careta de desagrado. Ele havia abaixado o tom de voz e Roger tinha dificuldade para ouvir. — A Scotland Yard os descobriu, na sua casa em Ebury Street.

Fez uma longa pausa, esperando que Roger dissesse qualquer coisa. Mas como este emudeceu, deixou vir à tona a sua indignação e torceu a boca:

— Como pôde ser tão insensato, homem de Deus — falava com uma lentidão que deixava a sua raiva mais patente.

— Como pôde colocar aquelas coisas no papel, homem de Deus. E, já que fez isso, como não tomou a precaução elementar de destruir esses diários antes de conspirar contra o Império britânico.

"É um insulto este imberbe me chamar de 'homem de Deus'", pensou Roger. Isso era uma coisa muito insolente, porque ele tinha, no mínimo, o dobro da idade daquele rapazinho amaneirado.

— Trechos desses diários estão circulando agora em toda parte — prosseguiu o ajudante, mais sereno, porém ainda aborrecido, agora sem olhar para ele. — No Almirantado, o porta-voz do ministro, o capitão de mar e guerra Reginald Hall, entregou cópias pessoalmente a dezenas de jornalistas. Agora elas estão espalhadas por toda Londres. No Parlamento, na Câmara dos Lordes, nos clubes liberais e conservadores, nas redações, nas igrejas. Não se fala de outra coisa na cidade.

Roger não dizia nada. Não se mexia. Tinha, mais uma vez, a estranha sensação que o dominara muitas vezes nos últimos meses, desde aquela manhã cinzenta e chuvosa de abril de 1916 em que, morto de frio, foi preso entre as ruínas do McKenna's Fort, no sul da Irlanda: não se tratava dele, era de outro que falavam, era com outro que ocorriam essas coisas.

— Eu sei que a sua vida particular não é assunto meu, nem do senhor Gavan Duffy, nem de ninguém — continuou o jovem auxiliar, fazendo um esforço para abafar a cólera que impregnava a sua voz. — Trata-se de um assunto estritamente profissional. O senhor Gavan Duffy queria deixá-lo a par da situação. E preveni-lo. O pedido de clemência pode ficar comprometido. Esta manhã, em alguns jornais já há protestos, inconfidências, boatos sobre o conteúdo dos seus diários. A opinião pública favorável à clemência pode ser afetada. Mera suposição, naturalmente. O senhor Gavan Duffy vai mantê-lo informado. Quer que lhe transmita algum recado?

O prisioneiro negou, com um movimento quase imperceptível de cabeça. Em seguida girou sobre si mesmo, encarando a porta do locutório. O xerife fez um gesto com o rosto bochechudo para o guarda. Este puxou o pesado ferrolho e a porta se abriu. A volta à cela lhe pareceu interminável. Durante o trajeto pelo longo corredor com pétreas paredes de tijolos vermelho-escuros, Roger teve a sensação de que a qualquer instante ia tropeçar e cair de bruços nas pedras úmidas e não se levantaria mais. Ao chegar à porta metálica da cela, lembrou: no dia em que o trouxeram para a Pentonville Prison, o xerife lhe disse que todos os réus que ocuparam esta cela, sem qualquer exceção, tinham acabado no patíbulo.

— Vou poder tomar um banho hoje? — perguntou antes de entrar.

O gordo carcereiro negou com a cabeça, olhando-o nos olhos com a mesma repugnância que Roger sentira no olhar do assistente do advogado.

— Não vai tomar banho até o dia da execução — disse o xerife, saboreando cada palavra que dizia. — E nesse dia, só se for a sua última vontade. Outros, em vez de banho, preferem uma boa refeição. Mau negócio para Mr. Ellis, porque então, quando eles sentem a corda, se cagam. E deixam o lugar todo emporcalhado. Mr. Ellis é o carrasco, caso ainda não saiba.

Quando ouviu a porta ser fechada às suas costas, foi deitar de barriga para cima no pequeno catre. Fechou os olhos. Seria bom sentir a água fria daquele cano estimulando a sua pele e deixando-a azul de frio. Na Pentonville Prison, os réus, com exceção dos condenados à morte, podiam tomar banho com sabão uma vez por semana nesse jato de água fria. E as condições das celas eram passáveis. Em contraste, sentiu um calafrio ao lembrar da sujeira na prisão de Brixton, onde ficou cheio de piolhos e de pulgas que pululavam no colchão do catre e o encheram de picadas nas costas, nas pernas e nos braços. Tentava pensar nisso, mas persistiam na sua memória o rosto amargo e a voz odiosa do assistente louro vestido como um manequim que *maître* Gavan Duffy mandou em vez de vir pessoalmente dar as más notícias.

II

Do seu nascimento, a 1º de setembro de 1864, em Doyle's Cottage, Lawson Terrace, no subúrbio Sandycove de Dublin, ele não se lembrava de nada, claro. Sempre soube que tinha visto a luz na capital da Irlanda, mas durante boa parte da vida acreditou naquilo que seu pai, o capitão Roger Casement, que tinha servido com distinção por oito anos no Terceiro Regimento de dragões ligeiros, na Índia, lhe inculcou: que o seu verdadeiro berço era o condado de Antrim, no coração do Ulster, a Irlanda protestante e pró-britânica, onde a linhagem dos Casement estava estabelecida desde o século XVIII.

Roger foi criado e educado como anglicano da Church of Ireland, como seus irmãos Agnes (Nina), Charles e Tom — os três mais velhos que ele —, mas intuiu, antes mesmo de se entender por gente, que em matéria de religião nem tudo em sua família era tão harmonioso como em outras coisas. Mesmo para um menino de pouca idade, era impossível não notar que sua mãe, quando estava com as irmãs e os primos da Escócia, agia de uma forma que parecia esconder alguma coisa. Só descobriria o que era já adolescente: embora formalmente Anne Jephson tenha se convertido ao protestantismo para se casar com seu pai, pelas costas do marido continuava sendo católica ("papista", diria o capitão Casement), confessando, indo à missa e comungando, e, no mais recôndito dos segredos, ele mesmo tinha sido batizado como católico aos quatro anos, durante uma viagem de férias que ele e seus irmãos fizeram com a mãe a Rhyl, no norte de Gales, onde moravam suas tias e tios maternos.

Nesse tempo, em Dublin, ou nos períodos que passavam em Londres e em Jersey, Roger não se interessava nem um pouco por religião, embora no serviço dominical, para não desagradar o pai, rezasse, cantasse e acompanhasse a cerimônia com respeito. Sua mãe lhe dera aulas de piano, e o garoto tinha uma voz clara e harmoniosa que costumava conquistar aplausos nas reuniões familiares entoando velhas baladas irlandesas. O que realmente lhe interessava nessa época eram as histórias que o capitão Casement, quando estava de bom humor, contava a ele e aos irmãos. Histórias da Índia e do Afeganistão, sobretudo suas batalhas contra os afegãos e os siques. Aqueles nomes e paisagens exóticos, aquelas viagens atravessando selvas e montanhas que escondiam tesouros, feras, animálias, povos antiquíssimos de estranhos costumes, deuses bárbaros, tudo isso disparava a sua imaginação. Seus irmãos, às vezes, se cansavam daqueles relatos, mas o pequeno Roger poderia ficar dias e dias ouvindo as aventuras do pai nas remotas fronteiras do Império.

Quando aprendeu a ler, gostava de mergulhar nas histórias dos grandes navegantes, os viquingues, portugueses, ingleses e espanhóis que tinham singrado os mares do planeta destruindo os mitos que diziam que, em certo ponto, as águas marinhas começavam a ferver, abriam-se abismos e apareciam monstros cujas goelas podiam engolir um navio inteiro. Mas, comparando as aventuras ouvidas e as lidas, Roger sempre preferiu ouvi-las da boca do seu pai. O capitão Casement tinha uma voz agradável, descrevia com animação e um rico vocabulário as selvas da Índia ou os penhascos de Khyber Pass, no Afeganistão, onde um dia sua companhia de dragões ligeiros foi emboscada por uma massa de fanáticos de turbante que os bravos soldados ingleses enfrentaram, primeiro a tiros, depois com baionetas, e por fim com punhais e as mãos nuas, até obrigá-los a se retirar derrotados. Mas não eram os feitos de armas o que mais deslumbrava a imaginação do pequeno Roger, e sim as viagens, abrir caminhos em paisagens nunca antes pisadas pelo homem branco, as proezas de resistência física, vencer os obstáculos da natureza. Seu pai era divertido mas severíssimo e não vacilava em açoitar os filhos, e até Nina, a mocinha, quando se comportavam mal, pois era assim que se castigavam os erros no Exército e ele constatara que só essa forma de punição era eficaz.

Embora admirasse o pai, a pessoa que Roger amava de verdade era a sua mãe, uma mulher esbelta que parecia flutuar em vez de andar, com olhos e cabelos claros e mãos que, de tão suaves, o enchiam de felicidade quando se enredavam nos cachos do seu cabelo ou acariciavam seu corpo na hora do banho. Uma das primeiras coisas que aprendeu foi — tinha cinco, seis anos? — que só podia correr e se jogar nos braços da mãe quando o capitão não estava por perto. Este, fiel à tradição puritana da sua família, não era partidário de que os meninos crescessem com muitos mimos, pois isso os amolecia na luta pela vida. Na frente do pai, Roger se mantinha distante da pálida e delicada Anne Jephson. Mas, quando aquele saía para encontrar os amigos no clube ou dar um passeio, corria para ela, que o cobria de beijos e carinhos. Às vezes, Charles, Nina e Tom protestavam: "Você gosta mais de Roger que de nós." A mãe garantia que não, amava todos da mesma forma, só que Roger era pequeno e precisava de mais atenção e carinho que os mais velhos.

  Quando a mãe morreu, em 1873, Roger tinha nove anos. Havia aprendido a nadar e ganhava todas as disputas com os meninos da sua idade e mesmo os mais velhos. Ao contrário de Nina, Charles e Tom, que derramaram muitas lágrimas durante o velório e o enterro de Anne Jephson, Roger não chorou uma só vez. Nesses dias tétricos o lar dos Casement se transformou numa capela funerária, cheia de gente vestida de luto que falava em voz baixa e abraçava o capitão Casement e os quatro filhos com uma expressão contrita, pronunciando palavras de pêsames. Durante muitos dias ele não conseguiu dizer uma só frase, como se tivesse ficado mudo. Respondia às perguntas com movimentos de cabeça ou gestos e permanecia sério, cabisbaixo, com o olhar perdido, mesmo de noite, no quarto às escuras, sem conseguir dormir. Desde então, e pelo resto da vida, de vez em quando a figura de Anne Jephson viria visitá-lo nos seus sonhos, com um sorriso convidativo, abrindo os braços, entre os quais ele ia se acomodar, protegido e feliz com aqueles dedos afilados em sua cabeça, nas costas, nas bochechas, uma sensação que parecia defendê-lo das maldades do mundo.

  Seus irmãos logo se conformaram. E Roger também, aparentemente. Porque, mesmo tendo recuperado a fala, jamais mencionava o assunto. Quando algum parente se lembrava da mãe, ele emudecia e se encerrava em seu mutismo até que a pessoa mudava de assunto. Nas suas insônias pressentia na escuridão, olhando para ele com tristeza, o semblante da infortunada Anne Jephson.

Quem não se consolou nem voltou a ser o mesmo foi o capitão Roger Casement. Como ele não era muito efusivo, e Roger e os irmãos nunca o viram fazendo gentilezas com sua mãe, as quatro crianças se surpreenderam ao ver a catástrofe que a perda da esposa significou para o pai. Sempre tão elegante, agora ele se vestia de qualquer maneira, com a barba por fazer, o cenho franzido e um olhar de ressentimento como se os filhos tivessem culpa pela sua viuvez. Pouco depois da morte de Anne, decidiu deixar Dublin e despachou as quatro crianças rumo ao Ulster, para a Magherintemple House, a casa familiar onde, a partir de então, o tio-avô paterno John Casement e sua esposa Charlotte se encarregariam da educação dos irmãos. O pai, parecendo não querer saber deles, foi morar a quarenta quilômetros de distância, no Adair Arms Hotel de Ballymena, onde, como o tio-avô John deixava escapar, o capitão Casement, "meio louco de dor e de solidão", dedicava seus dias e suas noites ao espiritismo, tentando comunicar-se com a falecida por meio de médiuns, cartas e bolas de cristal.

A partir de então, Roger raramente via o pai e nunca mais o ouviu contar aquelas histórias da Índia e do Afeganistão. O capitão Roger Casement morreu de tuberculose em 1876, três anos depois da esposa. Roger tinha acabado de fazer doze anos. Na Ballymena Diocesan School, onde passou três anos, foi um estudante distraído, que tirava notas regulares, exceto em latim, francês e história antiga, matérias em que se destacou. Escrevia poesias, parecia estar sempre ensimesmado e devorava livros de viagens pela África e o Extremo Oriente. Praticava esportes, principalmente natação. Nos fins de semana ia para o castelo de Galgorm, dos Young, convidado por um colega de turma. Mais tempo do que com ele, porém, passava com Rose Maud Young, bela, culta e escritora, que percorria as aldeias de pescadores e camponeses de Antrim registrando poemas, lendas e canções em gaélico. De sua boca ouviu pela primeira vez os embates épicos da mitologia irlandesa. O castelo, de pedras negras, com torreões, escudos, chaminés e uma fachada de catedral, tinha sido construído no século XVII por Alexander Colville, um teólogo de rosto excêntrico — conforme o seu retrato no vestíbulo — que, pelo que diziam em Ballymena, fazia pacto com o diabo e cujo fantasma perambulava pelo lugar. Trêmulo, Roger teve a coragem de procurá-lo em noites de luar pelos corredores e aposentos vazios, mas nunca o encontrou.

Só muitos anos depois aprenderia a sentir-se à vontade em Magherintemple House, a casa solar dos Casement, que antes se chamava Churchfield e tinha sido reitoria da paróquia anglicana de Culfeightrin. Porque nos seis anos que morou lá, entre os nove e os quinze, com seu tio-avô John, a tia-avó Charlotte e os demais parentes paternos, sempre se sentiu meio estrangeiro naquela imponente mansão de pedra cinza, com três andares, tetos altos, muros cobertos de hera, telhados de falso gótico e cortinados que pareciam esconder fantasmas. As salas amplas, os longos corredores e as escadas com corrimãos de madeira gasta e degraus que rangiam aumentavam a sua solidão. Em compensação, desfrutava o ar livre, entre os robustos olmos, figueiras e pessegueiros que resistiam ao vendaval, e as suaves colinas com vacas e ovelhas de onde se divisavam o povoado de Ballycastle, o mar, os recifes que investiam contra a ilha de Rathlin e, nos dias límpidos, a silhueta imprecisa da Escócia. Ia frequentemente às aldeias vizinhas de Cushendun e Cushendall, que pareciam cenários de antigas lendas irlandesas, e aos nove *glens* da Irlanda do Norte, uns vales estreitos cercados de morros e encostas rochosas em cujos cumes as águias riscavam círculos, espetáculo que o fazia se sentir corajoso e eufórico. Sua diversão preferida eram as excursões por aquelas terras ásperas, de camponeses tão idosos quanto a paisagem, alguns dos quais falavam entre si o irlandês antigo, dando ensejo a que seu tio-avô John e os amigos dele fizessem às vezes chacotas cruéis. Charles e Tom não compartilhavam seu entusiasmo pela vida ao ar livre nem gostavam de caminhadas pelo campo ou subindo as colinas escarpadas de Antrim; Nina, em contrapartida, sim, e por isso mesmo, apesar de oito anos mais velha que ele, era a sua preferida e com quem sempre se deu melhor. Fez com ela várias excursões à baía de Murlough, áspera por tantas rochas negras, e à sua prainha pedregosa, ao pé de Glenshesk, cuja lembrança guardaria por toda a vida e à qual sempre se referiria, nas cartas à família, como "esse canto do Paraíso".

Entretanto, ainda mais que dos passeios no campo, Roger gostava das férias de verão. Ele as passava em Liverpool, com sua tia Grace, irmã da sua mãe, em cuja casa se sentia querido e acolhido: pela *aunt* Grace, certamente, mas também pelo marido dela, o tio Edward Bannister, que tinha andado pelo mundo afora e fazia viagens de negócios à África. Trabalhava para a companhia mercante Elder Dempster Line, que transportava carga e passageiros entre a Grã-Bretanha e a África Ocidental. Os filhos de tia Grace e tio Edward, seus primos, foram melhores companheiros de brincadeiras para Roger que seus próprios irmãos, principalmente a prima Gertrude Bannister, Gee, com quem, desde bem pequeno, teve uma proximidade que nunca sofreu abalos. Os dois eram tão unidos que uma vez Nina caçoou: "Vocês vão acabar se casando." Gee riu, mas Roger ficou vermelho até a ponta dos cabelos. Sem se atrever a levantar a vista, balbuciou: "Não, não, por que você diz essa tolice."

Quando estava em Liverpool com os primos, às vezes Roger vencia o acanhamento e perguntava ao tio Edward sobre a África, um continente cuja simples menção lhe enchia a cabeça de selvas, feras, aventuras e homens intrépidos. Graças ao tio Edward Bannister, ouviu falar pela primeira vez do doutor David Livingstone, o médico e evangelista escocês que explorava o continente africano havia anos, percorrendo rios como o Zambeze e o Shire, batizando montanhas, paragens desconhecidas e levando o cristianismo às tribos selvagens. Ele foi o primeiro europeu a cruzar a África de costa a costa, o primeiro a percorrer o deserto do Kalahari, e se transformou no herói mais popular do Império britânico. Roger sonhava com ele, lia os folhetos que descreviam as suas proezas e ansiava participar das suas expedições, enfrentar os perigos ao seu lado, ajudá-lo a levar a religião cristã àqueles pagãos que ainda não tinham saído da Idade da Pedra. Quando o doutor Livingstone, buscando a nascente do Nilo, foi engolido pelas selvas africanas e desapareceu, Roger tinha dois anos. Quando, em 1872, outro aventureiro e explorador lendário, Henry Morton Stanley, jornalista de origem galesa contratado por um jornal de Nova York, emergiu da selva anunciando ao mundo que tinha encontrado vivo o doutor Livingstone, ele estava fazendo oito. O menino viveu essa história romanesca com assombro e inveja. E quando, um ano depois, se soube que o doutor Livingstone, que nunca mais quis deixar o solo africano nem voltar para a Inglaterra, faleceu, Roger sentiu que havia perdido um familiar muito querido. Quando crescesse, ele também seria um explorador, como esses titãs, Livingstone e Stanley, que estavam ampliando as fronteiras do Ocidente e vivendo vidas tão extraordinárias.

Quando fez quinze anos, seu tio-avô John Casement aconselhou a Roger que largasse os estudos e procurasse um trabalho, já que nem ele nem seus irmãos tinham rendas de que viver. Ele aceitou de bom grado. De comum acordo, os dois decidiram que Roger iria para Liverpool, onde havia mais possibilidades de trabalho que na Irlanda do Norte. De fato, pouco depois de chegar à casa dos Bannister, o tio Edward lhe conseguiu uma vaga na mesma companhia em que havia trabalhado muitos anos. Roger começou a exercer suas funções de aprendiz na empresa naval pouco depois de completar quinze anos. Parecia mais velho. Era muito alto, com profundos olhos cinzentos, magro, um cabelo negro encaracolado, pele muito clara e dentes regulares, sóbrio, discreto, elegante, amável e prestativo. Falava um inglês marcado por um laivo irlandês, motivo de gozação entre seus primos.

Era um rapaz sério, dedicado, lacônico, não muito preparado intelectualmente mas bastante esforçado. Levou as suas obrigações na companhia muito a sério, sempre decidido a aprender. Foi mandado para o departamento de administração e contabilidade. A princípio, sua função era de mensageiro. Levava e trazia documentos de um escritório para outro e ia ao porto fazer trâmites sobre navios, alfândegas e depósitos. Seus chefes o respeitavam. Nos quatro anos em que trabalhou na Elder Dempster Line, não chegou a fazer amizade com ninguém, por sua maneira de ser retraída e seus costumes austeros: inimigo de farras, quase não bebia e nunca foi visto frequentando os bares e lupanares do porto. Desde então se tornou um fumante contumaz. Sua paixão pela África e o seu esforço para se firmar na companhia o levaram a ler com cuidado, fazendo mil anotações, os folhetos e publicações que circulavam no escritório relacionados com o comércio marítimo entre o Império britânico e a África Ocidental. Depois, repetia convicto as ideias que impregnavam esses textos. Levar produtos europeus à África e importar as matérias-primas que o solo africano produzia era, mais que uma operação mercantil, uma iniciativa em prol do progresso de povos parados na pré-história, imersos no canibalismo e no tráfico de escravos. O comércio levava para lá a religião, a moral, a lei, os valores da Europa moderna, culta, livre e democrática, num progresso que acabaria por transformar os desventurados das tribos em homens e mulheres do nosso tempo. Nessa empreitada, o Império britânico estava na vanguarda da Europa, e eles deviam ficar orgulhosos por participar dela e do trabalho que realizavam na Elder Dempster Line. Os colegas de escritório trocavam olhares zombeteiros, perguntando-se se o jovem Roger Casement era um tolo ou um espertinho, se acreditava mesmo nessas bobagens ou as proclamava para ganhar pontos com os chefes.

Nos quatro anos em que trabalhou em Liverpool, Roger continuou morando com seus tios Grace e Edward, a quem entregava parte do seu salário e que o tratavam como filho. Ele se dava bem com os primos, principalmente com Gertrude, com quem ia remar e pescar aos domingos e feriados, quando fazia bom tempo, ou ficava em casa lendo em voz alta na frente da chaminé, quando chovia. A relação dos dois era fraterna, sem um pingo de malícia nem de coquetismo. Gertrude foi a primeira pessoa a quem ele mostrou os poemas que escrevia em segredo. Roger chegou a conhecer de olhos fechados o funcionamento da companhia e, sem nunca ter posto os pés nos portos africanos, falava deles como se houvesse passado a vida em meio aos seus escritórios, negócios, trâmites, costumes e as pessoas que os povoavam.

Fez três viagens à África Ocidental no *SS Bounny*, e a experiência o entusiasmou tanto que, depois da terceira, pediu demissão do emprego e avisou aos seus irmãos, tios e primos que decidira ir para a África. Deu essa notícia de forma exaltada e, conforme lhe disse seu tio Edward, "como aqueles cruzados que partiam em direção ao Oriente, na Idade Média, para libertar Jerusalém". A família foi se despedir dele no porto e Gee e Nina verteram grossas lágrimas. Roger tinha acabado de fazer vinte anos.

III

Quando o xerife abriu a porta da cela e o derreteu com o olhar, Roger estava lembrando, envergonhado, que sempre fora partidário da pena de morte. Tinha revelado isso em público havia poucos anos, no seu *Relatório sobre o Putumayo* para o Foreign Office, o *Blue Book* (Livro Azul), ao pedir um castigo exemplar para o peruano Julio César Arana, o rei da borracha em Putumayo: "Se pelo menos conseguíssemos que ele fosse enforcado por esses crimes atrozes, seria o princípio do fim desse martírio interminável e da perseguição infernal contra os infortunados indígenas." Agora não escreveria as mesmas palavras. Ao contrário, lembrou-se do mal-estar que sentia sempre que entrava numa casa e descobria que nela havia um aviário. Os canários, pintassilgos ou papagaios engaiolados sempre lhe pareciam vítimas de uma crueldade inútil.

— Visita — murmurou o xerife, fitando-o com desprezo nos olhos e na voz. Enquanto ele se levantava e limpava o uniforme de preso com umas palmadas, acrescentou irônico: — Hoje o senhor está na imprensa de novo, senhor Casement. E não por ser traidor à pátria...

— Minha pátria é a Irlanda — interrompeu Roger.

— ... e sim pelas suas nojeiras — o xerife estalava a língua como se fosse cuspir. — Traidor e perverso ao mesmo tempo. Que porcaria! Vai ser um prazer vê-lo dançar na ponta de uma corda, ex-sir Roger.

— O gabinete recusou o pedido de clemência?

— Ainda não — demorou a responder o xerife. — Mas vai recusar. E também Sua Majestade o rei, naturalmente.

— Não vou pedir clemência a ele. É rei de vocês, não meu.

— A Irlanda é britânica — murmurou o xerife. — Agora mais do que antes, depois que esmagamos o covarde Levante da Semana Santa em Dublin. Uma punhalada nas costas de um país em guerra. Eu não teria fuzilado os líderes, teria enforcado. Calou-se porque haviam chegado ao locutório.

Não era o padre Carey, o capelão católico de Pentonville Prison, que viera visitá-lo, e sim Gertrude, Gee, sua prima. Ela o abraçou com muita força e Roger sentiu-a tremer em seus braços. Pensou num passarinho hirto. Como Gee tinha envelhecido desde a sua prisão e o seu julgamento. Lembrou-se da garota levada e corajosa em Liverpool, da mulher atraente e amante da vida em Londres, aquela que seus amigos chamavam carinhosamente de *Hoppy* (Manquinha) por causa de um defeito na perna. Agora ela era uma velhinha toda encolhida e enfermiça, não a mulher sadia, forte e segura de si mesma de poucos anos antes. A luz clara dos seus olhos tinha se apagado e havia rugas em seu rosto, no pescoço e nas mãos. Estava com uma roupa escura, meio puída.

— Devo estar com o fedor de todas as porcarias do mundo — brincou Roger, apontando para o seu uniforme lanoso de cor azul. — Não me deixam mais tomar banho. Só vão deixar uma vez, se me executarem.

— Isto não acontecerá, o Conselho de Ministros vai aprovar a clemência — disse Gertrude, balançando a cabeça para dar mais força às suas palavras. — O presidente Wilson vai interceder por você junto ao governo britânico, Roger. Prometeu enviar um telegrama. Vão lhe dar a clemência, não vai haver execução, acredite.

Falava de forma tão tensa, com uma voz tão alquebrada, que Roger sentiu pena dela, de todos os amigos que, como Gee, nessa época sofriam a mesma angústia e a mesma incerteza. Quis perguntar a ela sobre ataques dos jornais que o carcereiro tinha mencionado, mas se conteve. O presidente dos Estados Unidos ia interceder por ele? Deviam ser iniciativas de John Devoy e os outros amigos do Clan na Gael. Se o fizesse, seu gesto teria efeito. Ainda restava uma possibilidade de que o gabinete comutasse a sua pena.

Não havia onde sentar, e Roger e Gertrude ficaram em pé, muito próximos, de costas para o xerife e o guarda. As quatro presenças faziam do pequeno locutório um lugar claustrofóbico.

— Gavan Duffy me contou que você foi expulsa do colégio de Queen Anne's — desculpou-se Roger. — Sei que foi por minha culpa. Perdoe-me, querida Gee. Magoar você é a última coisa que quero fazer.

— Não me expulsaram, pediram que eu aceitasse o cancelamento do contrato. E me deram uma indenização de quarenta libras. Eu não me importo. Assim tenho mais tempo para ajudar Alice Stopford Green nos esforços para salvar a sua vida. Isto é o mais importante agora.

Segurou a mão do primo e apertou-a com ternura. Gee lecionava havia muitos anos na escola do Hospital de Queen Anne's, em Caversham, onde chegou a ser subdiretora. Sempre gostou do trabalho, sobre o qual contava casos divertidos nas cartas a Roger. E agora, por seu parentesco com um pária, ia ficar desempregada. Teria de que viver ou alguém que a ajudasse?

— Ninguém acredita nas infâmias que estão publicando contra você — disse Gertrude, abaixando muito a voz, como se os dois homens que estavam ali pudessem não ouvir. — Todas as pessoas decentes estão indignadas ao ver o governo usar essas calúnias para enfraquecer o manifesto a seu favor que tanta gente importante assinou, Roger.

A voz dela ficou embargada, como se fosse soluçar. Roger abraçou-a de novo.

— Eu gostava tanto de você, Gee, queridíssima Gee — sussurrou em seu ouvido. — E agora gosto ainda mais que antes. Sempre vou ser grato a você por ter sido leal a mim nas horas boas e nas horas más. Por isso a sua opinião é uma das poucas que me importam. Você sabe que tudo o que fiz foi pela Irlanda, não é mesmo? Por uma causa nobre e generosa, como a causa da Irlanda. Não é mesmo, Gee?

Ela havia começado a soluçar, baixinho, com o rosto apertado em seu peito.

— Vocês tinham dez minutos, já se passaram cinco — lembrou o xerife, sem se virar para olhá-los. — Ainda restam cinco.

— Agora, com tanto tempo para pensar — disse Roger, no ouvido da prima —, lembro-me muito daqueles tempos em Liverpool, quando éramos jovens e a vida nos sorria, Gee.

— Todo mundo achava que nós éramos apaixonados e que algum dia íamos nos casar — murmurou Gee. — Eu também me lembro dessa época com saudade, Roger.

— Éramos mais do que apaixonados, Gee. Irmãos, cúmplices. As duas faces da mesma moeda. Assim, de tão unidos. Você foi muitas coisas para mim. A mãe que perdi aos nove anos. Os amigos que nunca tive. Sempre me senti melhor com você do que com os meus próprios irmãos. Você me dava segurança, confiança na vida, alegria. Mais tarde, em todos os anos que passei na África, as suas cartas eram minha única ponte com o resto do mundo. Você não imagina com que felicidade eu recebia essas cartas e como as lia e relia, querida Gee.

Ficou em silêncio. Não queria que a prima notasse que ele também estava prestes a chorar. Desde jovem detestava, certamente por sua educação puritana, as efusões públicas de sentimentalismo, mas nos últimos meses às vezes incorria em certas fraquezas que antes lhe desagradavam nos outros. Gee não dizia nada. Continuava abraçando-o e Roger sentia a sua respiração agitada, inchando e desinchando o peito.

— Você foi a única pessoa a quem mostrei os meus poemas. Lembra?

— Lembro que eram muito ruins — disse Gertrude. — Mas eu gostava tanto de você que os elogiava. Até aprendi um ou outro de cor.

— Eu via perfeitamente que você não gostava, Gee. Ainda bem que nunca os publiquei. Estive a ponto de publicar, você sabe.

Os dois se olharam e acabaram rindo.

— Estamos fazendo de tudo, tudo, para ajudar você, Roger — disse Gee, novamente séria. Sua voz também tinha envelhecido; antes era firme e risonha, e agora, vacilante e entrecortada. — Nós que gostamos de você, que somos muitos. Alice é a primeira, claro. Movendo céus e terras. Escrevendo cartas, visitando políticos, autoridades, diplomatas. Explicando, pedindo. Batendo em todas as portas. Ela está tentando vir visitá-lo. É difícil. Só permitem parentes. Mas Alice é conhecida, tem influência. Vai conseguir a autorização e virá, você vai ver. Sabia que a Scotland Yard revistou a casa dela de cima a baixo na época do Levante em Dublin? Levaram muitos papéis. Ela o ama e admira muito, Roger.

"Eu sei", pensou Roger. Ele também amava e admirava Alice Stopford Green. A historiadora, irlandesa e de família anglicana como Casement, cuja casa era um dos salões intelectuais mais frequentados de Londres, centro de tertúlias e reuniões de todos os nacionalistas e autonomistas da Irlanda, foi para ele mais que uma amiga e conselheira em matéria de política. Ela o educou e ajudou a descobrir e amar o passado da Irlanda, sua longa história e sua cultura florescente antes de ser absorvida pelo poderoso vizinho. Recomendou livros, instruiu-o em apaixonadas conversas e o estimulou a continuar com as aulas do idioma irlandês que, infelizmente, nunca chegou a dominar. "Vou morrer sem falar gaélico", pensou. E mais tarde, quando ele se tornou um nacionalista radical, foi Alice a primeira pessoa em Londres que começou a chamá-lo pelo apelido que Herbert Ward lhe dera e que Roger achava tão engraçado: "O celta."

— Dez minutos — sentenciou o xerife. — Hora de se despedir.

Sentiu que a prima o abraçava e tentava aproximar a boca do seu ouvido, sem conseguir, pois era muito mais baixa do que ele. Falou diminuindo a voz até torná-la quase inaudível:

— Todas essas coisas horríveis que os jornais estão dizendo são calúnias, mentiras abjetas. Não é mesmo, Roger?

A pergunta o pegou tão desprevenido que ele levou alguns segundos para responder.

— Não sei o que a imprensa falou de mim, querida Gee. Aqui não chegam jornais. Mas — buscou cuidadosamente as palavras — certamente são. Quero que você tenha certeza de uma coisa, Gee. E que acredite em mim. Eu errei muitas vezes, é claro. Mas não tenho nada de que me envergonhar. Nem você, nem nenhum dos meus amigos têm que se envergonhar de mim. Você acredita, não é, Gee?

— Claro que acredito — a prima soluçou, tapando a boca com as duas mãos.

De volta à cela, Roger sentiu os olhos rasos de água. Fez um esforço para que o xerife não percebesse. Era estranho ter vontade de chorar. Que se lembrasse, não havia chorado em todos estes meses, desde a sua captura. Nem nos interrogatórios na Scotland Yard, nem durante as audiências do julgamento, nem ao ouvir a sentença que o condenava à forca. Por que agora? Por causa de Gertrude. De Gee. Vê-la sofrer assim, hesitar assim significava que, pelo menos para ela, sua pessoa e sua vida eram preciosas. Não estava tão sozinho, então, como se sentia.

IV

A viagem do cônsul britânico Roger Casement rio Congo acima, que começou em 5 de junho de 1903 e que mudaria a sua vida, devia ter se iniciado um ano antes. Ele estava sugerindo essa expedição ao Foreign Office desde que, em 1900, após servir em Old Calabar (Nigéria), Lourenço Marques (Maputo) e São Paulo de Luanda (Angola), assumiu oficialmente o cargo de cônsul da Grã-Bretanha em Boma — uma aldeia hedionda —, alegando que a melhor maneira de fazer um relatório sobre a situação dos nativos no Estado Independente do Congo era saindo desta remota capital em direção às selvas e tribos do Médio e do Alto Congo. Era lá que ocorria a exploração sobre a qual vinha informando ao Ministério de Relações Exteriores desde que chegou a estes domínios. Finalmente, depois de sopesar as razões de Estado que, embora compreensíveis para o cônsul, não deixavam de revirar-lhe o estômago — a Grã-Bretanha era aliada da Bélgica e não queria jogá-la nos braços da Alemanha —, o Foreign Office autorizou-o a fazer a viagem às aldeias, estações, missões, postos, acampamentos e entrepostos onde se dava a extração da borracha, ouro negro agora avidamente cobiçado no mundo todo para fabricar pneus e para-choques de caminhões e carros e mil outros usos industriais e domésticos. Tinha que verificar no próprio terreno o que havia de verdade nas denúncias sobre as iniquidades cometidas contra os nativos no Congo de Sua Majestade Leopoldo II, o rei dos belgas, feitas pela Sociedade para o Amparo dos Indígenas, em Londres, e algumas igrejas batistas e missões católicas na Europa e nos Estados Unidos.

Preparou a viagem com sua costumeira meticulosidade e um entusiasmo que disfarçava diante dos funcionários belgas e dos colonos e comerciantes de Boma. Agora, sim, poderia defender com conhecimento de causa ante os seus chefes que o

Império, fiel à sua tradição de justiça e *fair play*, devia liderar uma campanha internacional para pôr um ponto final nessa ignomínia. Mas então, em meados de 1902, teve o seu terceiro ataque de malária, ainda pior que os dois anteriores que se abateram sobre ele desde que, num arroubo de idealismo e sonho aventureiro, decidira em 1884 deixar a Europa e vir trabalhar na África para, mediante o comércio, o cristianismo e as instituições sociais e políticas do Ocidente, emancipar os africanos do atraso, da doença e da ignorância.

Não eram meras palavras. Ele acreditava profundamente em tudo isso quando, aos vinte anos de idade, chegou ao continente negro. As primeiras febres palúdicas só o atacaram tempos depois. Tinha acabado de realizar o desejo da sua vida: participar de uma expedição encabeçada pelo mais famoso aventureiro em solo africano: Henry Morton Stanley. Servir sob as ordens do explorador que, numa lendária viagem de quase três anos, entre 1874 e 1877, tinha atravessado a África de leste a oeste, seguindo o curso do rio Congo desde a sua cabeceira até desembocar no Atlântico! Acompanhar o herói que encontrou o desaparecido doutor Livingstone! Então, como se os deuses quisessem apagar a sua empolgação, teve o primeiro ataque de malária. Nada comparado ao segundo, três anos depois — 1887 — e, principalmente, a este terceiro de 1902, quando pensou pela primeira vez que ia morrer. Os sintomas eram os mesmos nessa madrugada de meados de 1902 quando, já pronta a mala com seus mapas, bússola, lápis e cadernos de notas, sentiu, ao abrir os olhos no quarto do primeiro andar da sua casa em Boma, no bairro dos colonos, a poucos passos da sede do governo, que servia ao mesmo tempo de residência e escritório do consulado, que estava tremendo de frio. Afastou o mosquiteiro e viu pelas janelas sem vidros nem cortinas, mas com telas metálicas para os insetos, alvejadas pelo aguaceiro, as águas lamacentas do grande rio e as ilhas dos arredores cheias de vegetação. Não conseguiu se levantar. Suas pernas se dobraram como se fossem de pano. *John*, seu buldogue, começou a pular e a latir, assustado. Caiu na cama de novo. Seu corpo ardia, e o frio lhe perfurava os ossos. Chamou aos gritos Charlie e Mawuku, o mordomo e o cozinheiro congoleses que dormiam no térreo, mas ninguém respondeu. Deviam ter saído e, surpreendidos pelo temporal, foram se proteger sob a copa de algum baobá até a chuva amainar. Malária, outra vez?, amaldiçoou o cônsul. Justamente na véspera da expedição? Ia ter diarreias, hemorragias, e a fraqueza o obrigaria a ficar dias e dias na cama, com tonturas e calafrios.

Charlie foi o primeiro empregado a voltar, pingando água. "Vá chamar o doutor Salabert", ordenou Roger, não em francês mas em lingala. O doutor Salabert era um dos dois médicos de Boma, um antigo porto negreiro — na época se chamava Mboma — onde, no século XVI, os traficantes portugueses da ilha de São Tomé vinham comprar escravos dos chefetes tribais do desaparecido reino do Kongo, agora transformado pelos belgas na capital do Estado Independente do Congo. Ao contrário de Matadi, em Boma não havia hospital, só um ambulatório para casos de urgência, atendido por duas freiras flamengas. O doutor chegou meia hora depois, arrastando os pés e se apoiando numa bengala. Era menos velho do que parecia, mas o clima rude e, principalmente, o álcool o tinham envelhecido. Parecia um ancião. Estava vestido como um vagabundo. Suas botas não tinham cadarços e o colete estava desabotoado. Embora o dia ainda estivesse começando, seus olhos pareciam incendiados.

— Sim, meu amigo, malária, o que mais pode ser. Que febrão. Já sabe o remédio: quinina, muito líquido, dieta de caldo, bolacha e muito agasalho para suar as infecções. Nem sonhe em se levantar antes de duas semanas. E muito menos em fazer uma viagem, nem até a esquina. As febres terçãs demolem o organismo, o senhor sabe muito bem.

Não foram duas e sim três semanas que ele ficou derrubado pelas febres e a tremedeira. Perdeu oito quilos, e no primeiro dia em que conseguiu se levantar deu alguns passos e desabou no chão, exausto, num estado de fraqueza que não se lembrava de ter sentido antes. O doutor Salabert, olhando fixamente nos seus olhos, advertiu com uma voz cavernosa e um humor ácido:

— No seu estado, seria um suicídio fazer essa expedição. Seu corpo está em frangalhos, não resistiria nem à travessia dos Montes de Cristal. Muito menos várias semanas à intempérie. Não chegaria nem a Mbanza-Ngungu. Há maneiras mais rápidas de se matar, senhor cônsul: um tiro na boca ou uma injeção de estricnina. Se precisar, conte comigo. Já ajudei vários a fazer a grande viagem.

34

Roger Casement mandou um telegrama ao Foreign Office dizendo que seu estado de saúde o obrigava a adiar a expedição. E como depois as chuvas deixaram intransitáveis as selvas e o rio, a expedição ao interior do Estado Independente teve que esperar mais alguns meses, que se transformariam em um ano. Um ano se curando lentissimamente das febres e tentando recuperar o peso, voltando a empunhar a raquete de tênis, a nadar, a jogar bridge ou xadrez para enfrentar as longas noites de Boma, enquanto reassumia os enfadonhos trabalhos consulares: registrar os navios que chegavam e partiam, as cargas que os mercantes de Amberes desembarcavam — fuzis, balas, cordas, vinho, estampas, crucifixos, contas de vidro colorido — e o que levavam para a Europa, as imensas pilhas de borracha, peças de marfim e peles de animais. Era este o intercâmbio que, na sua imaginação juvenil, livraria os congoleses do canibalismo, dos mercadores árabes de Zanzibar que controlavam o tráfico de escravos, e abriria as portas da civilização para eles!

Ficou três semanas de cama por causa das febres palúdicas, vez por outra delirando e tomando gotas de quinina dissolvidas nas infusões de ervas que Charlie e Mawuku lhe preparavam três vezes por dia — seu estômago só resistia a caldos e pedaços de peixe cozido ou de frango —, e brincando com *John*, seu buldogue e seu mais fiel companheiro. Não tinha ânimo sequer para se concentrar na leitura.

Nessa inatividade forçada, Roger se lembrou muitas vezes da expedição de 1884 sob o comando do seu herói Henry Morton Stanley. Na ocasião ele tinha morado no mato, visitado inúmeras aldeias, acampado em clareiras cercadas de árvores onde os macacos guinchavam e as feras rugiam. Sentia-se tenso e feliz, apesar das lacerações dos mosquitos e outros insetos onde era inútil esfregar álcool canforado. Praticava natação em lagoas e rios de beleza deslumbrante, sem medo dos crocodilos, ainda convicto de que, fazendo aquilo que faziam, ele, os quatrocentos carregadores, guias e ajudantes africanos, os vinte brancos — ingleses, alemães, flamengos, valões e franceses — que compunham a expedição e, é claro, o próprio Stanley eram a ponta de lança do progresso neste mundo onde ainda estava despontando a Idade da Pedra que a Europa tinha deixado para trás muitos séculos antes.

Anos depois, no sonho visionário da febre, corava pensando em como tinha sido cego. Nem sequer entendia direito, a princípio, a razão de ser daquela expedição encabeçada por Stanley e financiada pelo rei dos belgas que ele, naturalmente, considerava na época — tal como a Europa, como o Ocidente, como o mundo — o grande monarca humanitário, decidido a acabar com as chagas que eram a escravidão e a antropofagia e a libertar as tribos do paganismo e da servidão que as mantinham em estado selvagem.

Ainda faltava um ano para que as grandes potências ocidentais presenteassem Leopoldo II, na Conferência de Berlim de 1885, com esse Estado Independente do Congo de mais de dois milhões e meio de quilômetros quadrados — oitenta e cinco vezes o tamanho da Bélgica —, mas o rei dos belgas já tinha começado a administrar o território que ia ganhar para ir praticando os seus princípios redentores com os vinte milhões de congoleses que presumivelmente o habitavam. O monarca de barba cuidadosamente penteada tinha contratado para isso o grande Stanley, adivinhando, com sua prodigiosa aptidão para detectar as fraquezas humanas, que o explorador era tão capaz de grandes façanhas como de formidáveis baixezas, se o prêmio estivesse à altura dos seus apetites.

A finalidade aparente da expedição de 1884 em que Roger deu os seus primeiros passos como explorador era preparar as comunidades espalhadas nas margens do Alto, Médio e Baixo Congo, ao longo de milhares de quilômetros de selvas espessas, bocainas, cachoeiras e morros com vegetação densa, para a chegada dos comerciantes e administradores europeus que a Associação Internacional do Congo (AIC), presidida por Leopoldo II, iria trazer quando as potências ocidentais lhe dessem a concessão. Stanley e seus acompanhantes tinham que explicar a esses chefes tribais seminus, tatuados e emplumados, às vezes com espinhos enfiados nos rostos e nos braços, às vezes com funis de carriço nos falos, as intenções benévolas dos europeus: eles vinham ajudar a melhorar suas condições de vida, libertá-los de pragas como a mortífera doença do sono, educá-los e abrir seus olhos para as verdades deste mundo e do outro, e graças a isso os seus filhos e netos teriam uma vida decente, justa e livre.

"Eu não me dava conta porque não queria", pensou. Charlie o agasalhara com todas as mantas da casa. Apesar disso, e do sol abrasador lá fora, o cônsul, todo encolhido e congelado, tremia como uma vara verde debaixo do mosquiteiro. Mas pior que ser um cego voluntário era dar explicações para aquilo que qualquer observador imparcial chamaria de embuste. Porque, em todas as aldeias onde a expedição de 1884 chegava, depois de distribuir miçangas e bagatelas e depois das consabidas explicações por intermédio de intérpretes (muitos dos quais não chegavam a ser entendidos pelos nativos), Stanley fazia os chefes e feiticeiros assinarem uns contratos, escritos em francês, comprometendo-se a fornecer mão de obra, alojamento, guia e sustento para os funcionários, representantes e empregados da AIC nos trabalhos que desenvolvessem para atingir os objetivos que a inspiravam. Eles assinavam fazendo um xis, riscos, manchinhas, desenhos, sem reclamar e sem saber o que estavam assinando nem o que era assinar, divertidos com os colares, pulseiras e enfeites de vidro pintado que recebiam e com os goles de aguardente que Stanley oferecia para brindar pelo acordo.

"Eles não sabem o que fazem, mas nós sabemos que é para o bem deles e isto justifica o engano", pensava o jovem Roger Casement. Que outra maneira havia de agir? Como dar legitimidade à futura colonização com gente que não entendia uma palavra desses "tratados" em que comprometia o seu futuro e o dos seus descendentes? Era preciso dar alguma forma legal a essa empreitada, que o monarca dos belgas queria que fosse com persuasão e diálogo, ao contrário de outras, feitas a ferro e fogo, com invasões, assassinatos e saques. Essa não era uma iniciativa pacífica e civil?

Com os anos — já haviam se passado dezoito desde a expedição dirigida por ele em 1884 —, Roger Casement chegou à conclusão de que o herói da sua infância e juventude era um dos trapaceiros mais inescrupulosos que o Ocidente excretou sobre o continente africano. Apesar disso, como todos os que tinham trabalhado sob as suas ordens, não podia deixar de reconhecer em Stanley seu carisma, sua simpatia, sua magia, a mistura de temeridade e cálculo frio de um aventureiro realizando suas proezas. Ele ia e vinha pela África espalhando por um lado a desolação e a morte — queimando e saqueando aldeias, fuzilando nativos, esfolando as costas dos carregadores com os chicotes de tiras de pele de hipopótamo que tinham deixado milhares de cicatrizes nos corpos de ébano de toda a geografia africana — e, por outro lado, abrindo rotas para o comércio e a evangelização em imensos territórios cheios de feras, insetos e epidemias que pareciam respeitá-lo como um titã das lendas homéricas e das histórias bíblicas.

— O senhor não sente, às vezes, remorso, consciência pesada, pelo que nós fazemos?

A pergunta brotou dos lábios do jovem de uma forma não premeditada. Não podia mais retirá-la. As chamas da fogueira, no centro do acampamento, crepitavam com os galhinhos e os insetos imprudentes que se abrasavam nela.

— Remorso? Consciência pesada? — O chefe da expedição franziu o nariz e avinagrou a cara sardenta e queimada de sol, como se nunca houvesse escutado essas palavras e quisesse adivinhar o que queriam dizer. — De quê?

— Dos contratos que os fazemos assinar — disse o jovem Casement, superando seu estado de confusão. — Eles deixam suas vidas, suas aldeias, tudo o que têm, nas mãos da Associação Internacional do Congo. E sem saber o que assinam, porque nenhum deles fala francês.

— Se soubessem francês, tampouco entenderiam esses contratos. — O explorador deu uma risada franca, aberta, um dos seus atributos mais simpáticos. — Nem eu entendo o que querem dizer.

Era um homem forte e muito baixinho, quase anão, ainda jovem, com um aspecto esportivo, olhos cinzentos e faiscantes, bigode espesso e personalidade avassaladora. Sempre usava botas altas, pistola no cinto e uma jaqueta clara com muitos bolsos. Voltou a rir, e os capatazes da expedição que estavam tomando café e fumando com Stanley e Roger em volta da fogueira também riram, adulando o chefe. Mas o jovem Casement não riu.

— Eu entendo, se bem que, realmente, o galimatias em que estão escritos parece proposital para não serem entendidos — disse, de forma respeitosa. — Tudo se resume a uma coisa muito simples. Eles entregam suas terras à AIC em troca de promessas de ajuda social. E se comprometem a dar apoio às obras:

estradas, pontes, cais, entrepostos. A fornecer os braços necessários para o campo e a ordem pública. A alimentar funcionários e peões, enquanto durarem os trabalhos. A Associação não dá nada em troca. Nem salários nem compensações. Sempre pensei que nós estamos aqui pelo bem dos africanos, senhor Stanley. Gostaria que o senhor, uma pessoa que admiro desde que me entendo por gente, me desse motivos para continuar pensando assim. Que esses contratos são de fato para o bem deles.

Fez-se um longo silêncio, quebrado pelo crepitar da fogueira e por grunhidos esporádicos dos animais noturnos que saíam em busca de sustento. Havia parado de chover algum tempo antes, mas a atmosfera continuava úmida e pesada e parecia que, em volta, tudo germinava, crescia e se adensava. Dezoito anos depois, Roger, entre as imagens tumultuadas que a febre fazia revoar em sua cabeça, lembrava o olhar inquisitivo, surpreso, um tanto zombeteiro, de Henry Morton Stanley ao inspecioná-lo de cima a baixo.

— A África não foi feita para fracos — disse afinal, como se falasse consigo mesmo. — Essas coisas que tanto o preocupam são um sinal de fraqueza. No mundo em que estamos, quero dizer. Aqui não é como nos Estados Unidos ou na Inglaterra, você já deve ter percebido. Na África os fracos não sobrevivem. São liquidados pelas picadas, pelas febres, pelas flechas envenenadas ou pela mosca tsé-tsé.

Ele era galês, mas devia ter vivido muito tempo nos Estados Unidos, porque seu inglês tinha a música, expressões e giros norte-americanos.

— Tudo isso é para o bem deles, claro que sim — continuou Stanley, movendo a cabeça em direção à roda de cabanas cônicas do casario em volta do qual ficava o acampamento. — Vão chegar missionários para tirá-los do paganismo e ensinar a eles que um cristão não deve comer o próximo. Médicos para vaciná-los contra as epidemias e curá-los melhor do que os feiticeiros. Companhias que lhes darão trabalho. Escolas onde vão aprender os idiomas civilizados. Onde lhes ensinarão a se vestir, a rezar para o verdadeiro Deus, a falar em idioma cristão e não nesses dialetos de macacos que eles falam. Pouco a pouco vão substituir os seus costumes bárbaros por outros de seres modernos e instruídos. Se soubessem o que nós fazemos por eles, beijariam os nossos pés. Mas seu nível mental é mais próximo do crocodilo e do hipopótamo que de você ou de mim. É por isso que nós decidimos o que é o mais conveniente para eles e fazemos esses contratos. Os seus filhos e netos vão nos agradecer. E não seria nada estranho que, dentro de um tempo, começassem a adorar Leopoldo II como adoram hoje os seus fetiches e espantalhos.

Em que lugar do grande rio ficava aquele acampamento? Vagamente lhe parecia que entre Bolobo e Chumbiri, e que a tribo era dos bateques. Mas não tinha certeza. Esses dados estavam nos seus diários, se é que merecia tal nome a massa de anotações espalhadas em cadernos e papéis soltos ao longo de tantos anos. Em todo caso, ele se lembrava com nitidez dessa conversa. E do seu mal-estar quando foi se deitar no catre depois do diálogo com Henry Morton Stanley. Teria sido nessa noite que a sua santíssima trindade pessoal dos três "C" começou a se esfacelar? Até então, acreditava que eles justificavam o colonialismo: cristianismo, civilização e comércio. Desde que era um modesto ajudante de contador da Elder Dempster Line, em Liverpool, imaginava que havia um preço a pagar. Era inevitável que se cometessem abusos. Entre os colonizadores não devia existir apenas gente altruísta como o doutor Livingstone, certamente também havia meliantes abusivos, mas, feitas as somas e as subtrações, os benefícios superavam amplamente os prejuízos. A vida africana foi lhe mostrando que as coisas não eram tão claras como a teoria.

No ano em que trabalhou sob as suas ordens, sem deixar de admirar a audácia e a capacidade de comando com que Henry Morton Stanley conduzia a expedição pelo território completamente desconhecido banhado pelo rio Congo e sua miríade de afluentes, Roger Casement também aprendeu que o explorador era um mistério ambulante. Tudo o que se dizia sobre ele sempre eram coisas contraditórias entre si, de maneira que ficava impossível saber quais eram verdadeiras e quais eram falsas, e quanto havia nas verdadeiras de exagero e fantasia. Era desses homens incapazes de diferenciar a realidade da ficção.

A única coisa que ficou bem clara foi que a ideia de que ele era um grande benfeitor dos nativos não correspondia à verdade. Soube disso ouvindo os capatazes que tinham acompanhado Stanley na viagem de 1871-1872 em busca do doutor Livingstone, uma expedição, diziam, muito menos pacífica que esta na qual, sem dúvida seguindo instruções do próprio Leopoldo II, ele se mostrava mais cuidadoso com as tribos cujos chefes — 450 no total — obrigou a assinar a cessão de suas terras e da sua força de trabalho. As coisas que aqueles homens rudes e desumanizados pela selva contavam da expedição de 1871-1872 o deixaram de cabelo em pé. Aldeias dizimadas, caciques decapitados e suas mulheres e filhos fuzilados quando se negavam a alimentar os expedicionários ou ceder carregadores, guias e mateiros para abrir picadas na floresta. Esses velhos companheiros de Stanley o temiam e ouviam suas reprimendas em silêncio e de olhos baixos. Mas tinham uma confiança cega nas suas decisões e falavam com uma reverência religiosa da sua famosa viagem de 999 dias, entre 1874 e 1877, em que morreram todos os brancos e boa parte dos africanos.

Quando, em fevereiro de 1885, na Conferência de Berlim à qual não compareceu um único congolês, as catorze potências participantes, encabeçadas pela Grã-Bretanha, pelos Estados Unidos, pela França e pela Alemanha, cederam graciosamente a Leopoldo II — a cujo lado Henry Morton Stanley ficou o tempo todo — os dois milhões e meio de quilômetros quadrados do Congo e seus vinte milhões de habitantes para que ele "abrisse esse território ao comércio, abolisse a escravidão e civilizasse e cristianizasse os pagãos", Roger Casement, com seus vinte e um anos recém-completados e seu ano de vida africana, comemorou. O mesmo fizeram todos os empregados da Associação Internacional do Congo que, prevendo a cessão, já estavam havia bastante tempo no território, montando as bases do projeto que o monarca se propunha a realizar. Casement era um rapaz forte, muito alto, magro, de cabelos e barbicha bem pretos, profundos olhos cinzentos, pouco dado a brincadeiras, lacônico, que parecia um homem maduro. Suas preocupações desconcertavam os seus companheiros. Quem dentre eles ia levar a sério essa história de "missão civilizadora da Europa na África" que tanto obcecava o jovem irlandês? Mas todos gostavam dele porque era trabalhador e estava sempre disposto a dar uma ajuda ou substituir alguém num turno ou em alguma tarefa. Exceto fumar, parecia isento de vícios. Quase não bebia álcool e quando, nos acampamentos, com as línguas soltas pela bebida, se falava de mulheres, ele parecia ficar constrangido, querendo ir embora. Era incansável nos percursos pelo mato e um nadador imprudente nos rios e lagoas, dando braçadas enérgicas diante dos sonolentos hipopótamos. Tinha paixão por cachorros, e seus companheiros lembravam que na expedição de 1884, no dia em que um porco selvagem cravou as presas em seu fox terrier *Spindler*, Roger teve uma crise nervosa ao ver o bichinho sangrando com o flanco aberto. Ao contrário de outros europeus da expedição, ele não se interessava por dinheiro. Não viera à África com o sonho de ficar rico, mas movido por coisas incompreensíveis como trazer o progresso para os selvagens. Gastava o seu salário de oitenta libras esterlinas por ano pagando coisas para os seus companheiros. Vivia frugalmente. Mas, isso sim, cuidava da própria figura se arrumando, limpando e penteando na hora do rancho como se, em vez de estar acampando numa clareira ou na prainha de um rio, estivesse em Londres, Liverpool ou Dublin. Tinha facilidade para idiomas; havia aprendido francês e português e já arranhava algumas palavras dos dialetos africanos pouco depois de estar convivendo com uma tribo. Sempre anotava o que via numas cadernetas escolares. Alguém descobriu que escrevia poemas. Quando fizeram uma piada a respeito, a vergonha só lhe permitiu balbuciar um desmentido. Uma vez confessou que, quando era menino, seu pai lhe dava surras de cinto e era por isso que ficava aborrecido quando os capatazes chicoteavam os nativos por deixarem cair uma carga ou não cumprirem ordens. Tinha um olhar um tanto sonhador.

  Quando Roger pensava em Stanley, era invadido por sentimentos contraditórios. Continuava se recuperando lentamente da malária. O aventureiro galês vira na África um mero pretexto para as suas façanhas esportivas e o butim pessoal. Mas como negar que ele era um desses personagens dos mitos e das lendas que, movidos pela temeridade, o desprezo à morte e a ambição, pareciam ter ultrapassado os limites do humano? Já o tinha visto carregar nos braços crianças com o rosto e o corpo comidos pela varíola, dar de beber do próprio cantil a indígenas que agonizavam com cólera ou doença do sono, como se ninguém pudesse contagiá-lo. Quem foi na verdade esse campeão do Império britânico e das ambições de Leopoldo II? Roger tinha certeza de que o mistério nunca seria desvendado e que sua vida continuaria oculta para sempre atrás de uma teia de invenções.

Qual era o seu verdadeiro nome? Henry Morton Stanley tinha sido um comerciante de Nova Orleans que, nos anos obscuros da sua juventude, foi generoso com ele e provavelmente o adotou. Diziam que o seu nome real era John Rowlands, mas ninguém podia afirmar isso. Como também não se podia garantir que houvesse nascido em Gales e passado a infância num orfanato onde iam parar as crianças sem pai nem mãe que os funcionários da saúde recolhiam na rua. Aparentemente, foi muito jovem para os Estados Unidos como clandestino num navio de carga e lá, durante a guerra civil, lutou como soldado nas filas dos confederados, primeiro, e depois nas dos ianques. Mais tarde, ao que parece, tornou-se jornalista e escreveu crônicas sobre a marcha dos pioneiros para o Oeste e suas lutas com os índios. Quando o *New York Herald* o mandou para a África em busca de David Livingstone, Stanley não tinha a menor experiência como explorador. Como terá sobrevivido percorrendo aquelas florestas virgens, como quem procura agulha num palheiro, e conseguido encontrar em Ujiji, a 10 de novembro de 1871, aquele que, segundo sua presunçosa confissão, deixou estupefato com a saudação: "O doutor Livingstone, suponho?"

Na juventude, a realização de Stanley que Roger Casement mais admirava, ainda mais que sua expedição da nascente do rio Congo até desembocar no Atlântico, foi a construção, entre 1879 e 1881, da *caravan trail*. A rota das caravanas abriu uma via para o comércio europeu da foz do grande rio até o *pool*, uma enorme lagoa fluvial que anos depois receberia o nome do explorador: Stanley Pool. Mais tarde, Roger descobriu que isso era mais uma das previdentes operações do rei dos belgas para ir criando a infraestrutura que, a partir da Conferência de Berlim de 1885, permitiria a exploração do território. Stanley foi o audaz executor desse projeto.

"E eu", diria muitas vezes Roger Casement ao seu amigo Herbert Ward, durante seus anos de África, à medida que ia tomando consciência do que significava o Estado Independente do Congo, "fui um dos seus peões desde o primeiro momento". Mas não totalmente, porque quando ele chegou à África Stanley já estava havia cinco anos abrindo a *caravan trail*, cujo primeiro trecho, de Vivi até Isanguila, oitenta e três quilômetros rio Congo acima de selva intrincada e palúdica, cheia de bocainas profundas, árvores bichadas e pântanos infectos onde as copas das árvores tapavam a luz do sol, foi terminado no começo de 1880. Dali até Muyanga, uns cento e vinte quilômetros de singradura, o Congo era navegável para pilotos experientes, capazes de superar os redemoinhos e, nas horas de chuva e subida das águas, refugiar-se em vaus ou cavernas para não serem lançados contra as rochas e os destroços nas corredeiras que se faziam e desfaziam incessantemente. Quando Roger começou a trabalhar para a AIC, que a partir de 1885 se transformou no Estado Independente do Congo, Stanley já havia fundado, entre Kinshasa e Ndolo, a estação que batizou como Leopoldville. Era dezembro de 1881, faltavam três anos para que Roger Casement chegasse à selva e quatro para que o Estado Independente do Congo nascesse legalmente. Na época esse domínio colonial, o maior da África, criado por um monarca que nunca pôs os pés lá, já era uma realidade comercial a que os homens de negócios europeus podiam ter acesso pelo Atlântico, superando o obstáculo de um Baixo Congo intransitável devido às corredeiras, quedas-d'água, voltas e reviravoltas das cataratas de Livingstone, graças a essa estrada que, ao longo de quase quinhentos quilômetros, Stanley abriu de Boma e Vivi até Leopoldville e o *pool*. Quando Roger chegou à África, esses audazes mercadores, os destacamentos avançados de Leopoldo II, começavam a se internar no território congolês e a retirar os primeiros marfins, peles e cestos de borracha de uma região repleta de árvores que transpiravam o látex negro, ao alcance de quem quisesse apanhar.

    Nos seus primeiros anos de África, Roger Casement percorreu várias vezes a rota das caravanas, rio acima, de Boma e Vivi até Leopoldville, ou rio abaixo, de Leopoldville até a foz, no Atlântico, onde as águas verdes e densas ficavam salgadas e por onde, em 1482, a caravela do português Diogo Cão entrou pela primeira vez no interior do território congolês. Roger chegou a conhecer o Baixo Congo melhor que qualquer outro europeu residente em Boma ou Matadi, os dois eixos a partir dos quais a colonização belga avançava rumo ao interior do continente.

    Roger lamentou pelo resto da vida — e agora, em 1902, dizia isso novamente no meio da febre — ter passado seus primeiros oito anos na África trabalhando, como um peão num jogo de xadrez, pela construção do Estado Independente do

Congo e investido nisso seu tempo, sua saúde, seus esforços, seu idealismo, julgando que desse modo agia com um intuito filantrópico.

Às vezes, tentando achar justificativas, ele se perguntava: "Como eu poderia me dar conta do que estava acontecendo naqueles dois milhões e meio de quilômetros quadrados trabalhando como capataz ou chefe de grupo na expedição de Stanley, em 1884, e na do norte-americano Henry Shelton Sanford, entre 1886 e 1888, nas estações e entrepostos recém-instalados ao longo da rota das caravanas?" Ele não passava de uma minúscula peça da gigantesca máquina que havia começado a ganhar corpo sem que ninguém, com exceção do seu astuto criador e um grupo íntimo de colaboradores, soubesse em que consistiria.

No entanto, nas duas vezes em que falou com o rei dos belgas, em 1900, logo depois de ser nomeado cônsul em Boma pelo Foreign Office, Roger Casement sentiu uma profunda desconfiança daquele homenzarrão robusto, cheio de condecorações, com longas barbas bem-penteadas, um nariz formidável e olhos de profeta que, sabendo que ele estava de passagem por Bruxelas a caminho do Congo, convidou-o para jantar. A magnificência daquele palácio, cheio de tapetes fofos, lustres de cristal, espelhos cinzelados e estatuetas orientais, lhe deu uma vertigem. Havia uma dúzia de convidados, além da rainha Maria Henriqueta, sua filha, a princesa Clementina, e o príncipe Victor Napoleão da França. O monarca monopolizou a conversa a noite inteira. Falava como um pregador inspirado e, quando descrevia as crueldades dos comerciantes árabes de escravos que saíam de Zanzibar para fazer "correrias", a sua voz robusta adquiria acentos místicos. A Europa cristã tinha a obrigação de extinguir aquele tráfico de carne humana. Ele havia se proposto a fazer isso, e esta seria a oferenda da pequena Bélgica à civilização: libertar de tal horror aquela gente sofrida. As senhoras elegantes bocejavam, o príncipe Napoleão sussurrava galanterias para sua vizinha de mesa e ninguém ouvia a orquestra tocando um concerto de Haydn.

Na manhã seguinte Leopoldo II chamou o cônsul inglês para conversar a sós. Recebeu-o no seu gabinete particular, cheio de bibelôs de porcelana e figurinhas de jade e marfim. O soberano cheirava a colônia e tinha as unhas pintadas. Como na véspera, Roger quase não conseguiu dizer uma palavra. O rei dos belgas falou do seu esforço quixotesco e da incompreensão dos jornalistas e políticos ressentidos. Havia erros e havia excessos, sem dúvida. Por quê? Não era fácil contratar gente digna e capaz que quisesse se arriscar a trabalhar no longínquo Congo. Pediu ao cônsul que, se visse alguma coisa a ser corrigida no seu novo destino, informasse a ele pessoalmente. A impressão que o rei dos belgas lhe causou foi de um personagem pomposo e ególatra.

Agora, em 1902, dois anos depois, pensava que de fato ele era mesmo isso, mas, também, um estadista de inteligência fria e maquiavélica. Assim que o Estado Independente do Congo foi constituído, Leopoldo II, por um decreto de 1886, reservou como *Domaine de la Couronne* (Domínio da Coroa) uns duzentos e cinquenta mil quilômetros quadrados entre os rios Kasai e Ruki que seus exploradores — principalmente Stanley — tinham apontado como ricos em seringais. Essa extensão de terras ficou fora de todas as concessões a empresas privadas, destinada a ser explorada somente pelo soberano. A Associação Internacional do Congo foi substituída, como entidade legal, pelo L'État Indépendant du Congo, cujo único presidente e *trustee* (procurador) era Leopoldo II.

Explicando à opinião pública internacional que a única maneira eficaz de eliminar o tráfico de escravos era com "uma força de ordem", o rei enviou para o Congo dois mil soldados do Exército regular belga aos quais se incorporaria uma tropa de dez mil nativos, cuja manutenção deveria ser assumida pela população congolesa. Embora a maior parte desse Exército fosse comandada por oficiais belgas, nas suas filas e, principalmente, nos postos de comando da tropa se infiltrou gente da pior índole: rufiões, ex-presidiários, aventureiros ávidos de fortuna saídos dos monturos e das zonas de prostituição de metade da Europa. A Force Publique se enquistou, como um parasita num organismo vivo, na malha de povoados espalhados por uma região do tamanho de uma Europa que iria da Espanha às fronteiras da Rússia, para ser sustentada pela comunidade africana que não entendia nada do que estava acontecendo, exceto que a invasão que enfrentava era uma praga mais destrutiva que os caçadores de escravos, os gafanhotos, as formigas vermelhas e os conjuros que traziam o sono da morte. Porque os soldados e milicianos da Força Pública eram ambiciosos, brutais e insaciáveis quando se tratava de comida, bebida, mulheres, animais, peles, marfim e, em suma, tudo o que pudesse ser roubado, comido, bebido, vendido ou fornicado.

Enquanto se iniciava deste modo a exploração dos congoleses, o monarca humanitário começou a dar concessões a empresas para, segundo outro dos mandatos que recebeu, "abrir, mediante o comércio, o caminho da civilização para os nativos da África". Alguns comerciantes morreram, devido ao seu desconhecimento da selva, derrubados por febres palúdicas, mordidos por cobras ou devorados pelas feras, e outros poucos caíram com as flechas e lanças envenenadas dos nativos que ousaram se rebelar contra aqueles forasteiros com armas que explodiam como um trovão ou queimavam como um raio que lhes explicavam que eles, segundo contratos assinados pelos seus chefes, tinham que abandonar seus roçados, a pesca, a caça, seus ritos e rotinas para se tornarem guias, carregadores, caçadores ou seringueiros sem receber salário algum. Um bom número de concessionários, amigos e protegidos do monarca belga fez grandes fortunas em pouco tempo, principalmente ele mesmo.

Com o regime de concessões, as companhias foram se espalhando pelo Estado Independente do Congo em ondas concêntricas, entrando cada vez mais na imensa região banhada pelo Médio e o Alto Congo e sua teia de afluentes. Em seus respectivos domínios, essas companhias gozavam de soberania. Além da proteção da Força Pública, contavam com suas próprias tropas, sempre comandadas por algum ex-militar, ex-carcereiro, ex-detento ou foragido, alguns dos quais ficariam célebres em toda a África por sua ferocidade. Em poucos anos o Congo se transformou no maior produtor mundial da borracha que o mundo civilizado exigia cada vez em maior quantidade para fazer suas carroças, automóveis e trens rodarem, além de todo tipo de sistemas de transporte, vestuário, decoração e irrigação.

Roger Casement não teve uma consciência real de nada disso nos oito anos — 1884 a 1892 — em que, suando em bicas, sofrendo febres palúdicas, ardendo sob o sol africano e se cobrindo de cicatrizes das picadas, arranhões e escoriações de plantas e insetos, trabalhou com afinco para cimentar a criação comercial e política de Leopoldo II. Mas acompanhou, por outro lado, o surgimento e o reinado naqueles domínios infinitos do emblema da colonização: o chicote.

Quem teria inventado esse delicado, manuseável e eficaz instrumento para espicaçar, assustar e castigar a indolência, a rusticidade ou a estupidez desses bípedes cor de ébano que nunca faziam as coisas como os colonos esperavam, fosse o trabalho no campo, com a entrega da mandioca (*kwango*), da carne de antílope ou de porco selvagem e os demais mantimentos determinados para cada aldeia ou família, fossem os impostos para financiar as obras públicas que o governo construía? Diziam que o inventor tinha sido um capitão da Force Publique chamado monsieur Chicot, um belga da primeira leva, homem claramente prático, imaginativo e dotado de um agudo poder de observação, já que percebeu antes que qualquer outro que podia fabricar com a duríssima pele do hipopótamo um chicote mais resistente e destrutivo que aqueles feitos de tripa de equinos e felinos, uma corda sarmentosa capaz de provocar mais ardência, sangue, cicatrizes e dor que qualquer outro açoite e, ao mesmo tempo, ligeiro e funcional, pois, engastado num pequeno cabo de madeira, capatazes, quarteleiros, guardas, carcereiros e chefes de grupo podiam enrolá-lo na cintura ou pendurá-lo no ombro quase sem sentir que o portavam, de tão leve. Sua simples posse pelos membros da Força Pública tinha um efeito intimidatório: os olhos dos negros, das negras e dos negrinhos se arregalavam quando o reconheciam, as pupilas brancas dos seus rostos retintos ou azulados brilhavam assustadas imaginando que, no primeiro erro, tropeço ou falha, o chicote rasgaria o ar com seu inconfundível assobio e cairia nas suas pernas, nádegas e costas, fazendo-os gritar.

Um dos primeiros concessionários no Estado Independente do Congo foi o norte-americano Henry Shelton Sanford. Esse homem tinha sido agente e conselheiro de Leopoldo II junto ao governo dos Estados Unidos e peça-chave da sua estratégia para que as grandes potências lhe cedessem o Congo. Em junho de 1886 foi formada a Sanford Exploring Expedition (SEE) para comercializar marfim, goma de mascar, borracha, azeite de palmeira e cobre em todo o Alto Congo. Os forasteiros que trabalhavam na Associação Internacional do Congo, como Roger

Casement, foram transferidos para a SEE e seus empregos, assumidos por belgas. Roger passou a trabalhar para a Sanford Exploring Expedition por cento e cinquenta libras esterlinas ao ano. Começou em setembro de 1886 como funcionário encarregado do depósito e do transporte em Matadi, palavra que em quicongo significa pedra. Quando Roger se instalou lá, essa estação, construída na trilha das caravanas, não passava de uma clareira aberta na selva a facão, na margem do grande rio. A caravela de Diogo Cão tinha chegado até ali, quatro séculos antes, e o navegante português deixou seu nome inscrito numa rocha, onde ainda podia ser lido. Uma empresa de arquitetos e engenheiros alemães estava começando a construir as primeiras casas com pinho importado da Europa — importar madeira para a África! —, cais e depósitos, trabalhos que, certa manhã — Roger se lembrava nitidamente desse percalço —, foram interrompidos pelo som de um terremoto e a irrupção na clareira de uma manada de elefantes que por pouco não acaba com o povoado nascente. Por seis, oito, quinze, dezoito anos Roger Casement foi vendo como aquela aldeia minúscula, que ele começou a construir com as próprias mãos para servir como depósito das mercadorias da Sanford Exploring Expedition (SEE), ia se ampliando, subindo pelas suaves colinas dos arredores, aumentando as casas cúbicas dos colonos, de madeira, com dois andares, grandes varandas, tetos cônicos, jardinzinhos, janelas protegidas por tela metálica, e se enchendo de ruas, esquinas e gente. Além da primeira igrejinha católica, a de Kinkanda, agora em 1902 havia outra mais importante, a de Notre Dame Médiatrice, e uma missão batista, uma farmácia, um hospital com dois médicos e várias freiras enfermeiras, uma agência de correios, uma linda estação ferroviária, uma delegacia policial, um tribunal, vários depósitos de alfândega, um sólido cais e lojas de roupas, mantimentos, conservas, chapéus, sapatos e ferramentas de lavoura. Em volta da cidade dos colonos havia surgido um variado subúrbio de bacongos com barracos de bambu e barro. Aqui, em Matadi, pensava Roger às vezes, estava presente, muito mais que na capital, Boma, a Europa da civilização, da modernidade e da religião cristã. Matadi já tinha um pequeno cemitério na colina de Tunduwa, ao lado da missão. Lá de cima se dominavam as duas margens e um longo trecho do rio. Lá eram enterrados os europeus. Pela cidade e pelo cais só andavam os nativos que trabalhavam como criados ou carregadores e tinham um passe que os identificava. Qualquer outro que ultrapassasse esses limites era expulso para sempre de Matadi, depois de pagar uma multa e levar umas chicotadas. Ainda em 1902, o governador-geral podia se vangloriar de que não se registrara um só roubo, homicídio ou estupro em Boma nem em Matadi.

Desses dois anos em que trabalhou para a Sanford Exploring Expedition, entre os seus vinte e dois e vinte e quatro anos, Roger Casement nunca mais se esqueceria de dois episódios: o transporte do *Florida* pela rota das caravanas, ao longo de vários meses, de Banana, o minúsculo porto na foz do rio Congo, no Atlântico, até Stanley Pool, e um incidente com o tenente Francqui, que ele, perdendo por uma vez a serenidade de que seu amigo Herbert Ward tanto caçoava, quase jogou nos redemoinhos do rio Congo e de quem se salvou de receber um tiro por milagre.

O *Florida* era um imponente barco que a SEE trouxera até Boma para servir de mercante no Médio e Alto Congo, ou seja, do outro lado dos Montes de Cristal. Livingstone Falls, a série de cachoeiras que separava Boma e Matadi de Leopoldville, acabava num novelo de redemoinhos que recebeu a denominação de Caldeirão do Diabo. A partir dali, o rio era navegável por milhares de quilômetros a oeste. Mas, a leste, perdia mil pés de altura em sua descida até o mar, o que em longos trechos do percurso o tornava inavegável. Para ser levado por terra até Stanley Pool, o *Florida* foi desmontado em centenas de peças que, classificadas e empacotadas, viajaram os 478 quilômetros da rota das caravanas nos ombros de carregadores nativos. Roger Casement foi encarregado da peça maior e mais pesada: o casco da nave. E fez de tudo. De controlar a construção da enorme carreta onde o casco foi içado até recrutar a centena de carregadores e mateiros que puxaram a imensa carga através dos picos e bocainas dos Montes de Cristal, alargando a trilha a facão. E construindo aterros e obras de contenção, montando acampamentos, tratando dos doentes e acidentados, sufocando os conflitos entre membros das diferentes etnias e organizando os turnos de sentinela, a distribuição de comida e a caça e a pesca quando os mantimentos escasseavam. Foram três meses de perigos e preocupações, mas também de entusiasmo e a consciência de estar fazendo algo que significava progresso, um combate bem-sucedido contra a natureza hostil. E, como Roger repetiria muitas vezes nos anos seguintes, sem usar o chicote nem permitir que abusassem dele uns capatazes apelidados de "zanzibarianos" porque vinham de Zanzibar, capital do tráfico negreiro, ou se comportavam com a crueldade dos traficantes de escravos.

Quando, já na grande lagoa fluvial de Stanley Pool, o *Florida* foi remontado e preparado para navegar, Roger percorreu nele o Médio e o Alto Congo, organizando os depósitos e o transporte das mercadorias da Sanford Exploring Expedition em localidades que, anos mais tarde, voltaria a visitar durante sua viagem ao inferno de 1903: Bolobo, Lukolela, a região do Irebu e, finalmente, a estação do Equador rebatizada como Coquilhatville.

O incidente com o tenente Francqui, que, ao contrário de Roger, não tinha a menor repugnância ao chicote e o usava com liberalidade, ocorreu na volta de uma viagem à linha equatorial, a uns cinquenta quilômetros de Boma rio acima, em uma minúscula aldeia sem nome. O tenente Francqui, à frente de oito soldados da Força Pública, todos nativos, havia realizado uma expedição punitiva provocada pelo eterno problema dos trabalhadores braçais. Sempre faltavam homens para carregar as mercadorias das expedições que iam e vinham entre Boma-Matadi e Leopoldville-Stanley Pool. Como as tribos relutavam em entregar sua gente para esse serviço exaustivo, volta e meia a Força Pública, e às vezes os concessionários privados, faziam incursões contra as aldeias intransigentes, onde, além de levar amarrados em fila os homens em condições de trabalhar, queimavam algumas cabanas, confiscavam peles, marfins e animais, e davam uma boa surra nos chefes para que no futuro cumprissem os compromissos contraídos.

Quando Roger Casement e sua pequena companhia de cinco carregadores e um "zanzibariano" entraram no casario, as três ou quatro cabanas já eram cinzas e os habitantes tinham fugido. A exceção era aquele rapaz, quase um menino, estendido no chão, com as mãos e os pés amarrados em estacas, sobre cujas costas o tenente Francqui descarregava sua frustração a chicotadas. Geralmente quem usava o chicote eram os soldados, não os oficiais. Mas o tenente certamente ficara ofendido com a fuga de toda a aldeia e queria vingança. Vermelho de raiva, suando em bicas, ele dava um pequeno bufo junto com cada chicotada. Não se alterou ao ver Roger e seu grupo aparecerem. Limitou-se a responder ao cumprimento inclinando a cabeça, sem interromper o castigo. O garoto devia ter perdido os sentidos fazia tempo. Suas costas e suas pernas eram uma massa sanguinolenta, e Roger se lembrava de um detalhe: ao lado do corpinho nu desfilava uma coluna de formigas.

— O senhor não tem o direito de fazer isso, tenente Francqui — disse, em francês. — Já chega!

O pequeno oficial abaixou o chicote e se virou para examinar a silhueta comprida, barbada, sem armas, com um pau na mão para tatear o chão e afastar a folhagem durante a caminhada. Um cachorrinho pulava entre as suas pernas. A surpresa fez a cara redonda do tenente, com seu bigodinho bem-aparado e uns olhinhos trêmulos, passar de congestionada a lívida e de novo a congestionada.

— O que foi que disse? — rosnou. Roger viu-o soltar o chicote, levar a mão direita à cintura e pelejar com a cartucheira em que se via a coronha do revólver. Num segundo percebeu que em sua raiva o oficial podia lhe dar um tiro. Reagiu com vivacidade. Antes que o outro conseguisse puxar a arma, pegou-o pelo pescoço e depois lhe arrancou com um tapa o revólver que acabava de empunhar. O tenente Francqui tentava escapar dos dedos que o estrangulavam. Seus olhos estavam esbugalhados como os de um sapo.

Os oito soldados da Força Pública, que observavam o castigo fumando, não se mexeram, mas Roger supôs que eles, desconcertados com o que viam, estavam com as mãos nas espingardas esperando uma ordem do chefe para agir.

— Meu nome é Roger Casement, eu trabalho para a SEE e o senhor me conhece muito bem, tenente Francqui, porque uma vez jogamos pôquer no Matadi — disse, soltando-o, pegando o revólver no chão e o devolvendo com um gesto amável. — A forma como o senhor está açoitando este jovem é um delito, seja o que for que ele tenha feito. Como oficial da Force Publique, o senhor sabe disso melhor do que eu, porque certamente conhece as leis do Estado Independente do Congo. Se este garoto morrer por culpa das chicotadas, um crime vai lhe pesar na consciência.

— Quando vim para o Congo, tomei a precaução de deixar a consciência no meu país — disse o oficial. Agora tinha uma expressão sarcástica e parecia se perguntar se Casement era um palhaço ou um louco. Sua histeria se dissipara. — Ainda bem que o senhor foi rápido, estive a ponto de lhe dar um tiro. Eu teria me metido numa bela encrenca diplomática matando um inglês. De qualquer maneira, meu conselho é que não se meta, como fez agora, com os meus colegas da Force Publique. Eles têm um caráter meio difícil e as coisas poderiam acabar pior do que hoje.

A raiva tinha passado e agora ele parecia deprimido. Ronronou que alguém tinha avisado aquela gente da sua chegada. Agora ia voltar para Matadi de mãos abanando. Não disse nada quando Casement mandou que sua tropa desamarrasse e pusesse o rapaz numa rede e, pendurando-a entre duas estacas, partiu com ele para Boma. Quando chegaram, dois dias depois, apesar das feridas e do sangue perdido, o rapaz ainda estava vivo. Roger deixou-o no ambulatório e foi ao tribunal fazer uma denúncia contra o tenente Francqui por abuso de autoridade. Nas semanas seguintes, foi chamado duas vezes para depor e nos longos e estúpidos interrogatórios do juiz entendeu que a denúncia seria arquivada sem que o oficial recebesse sequer uma advertência.

Quando finalmente o juiz se manifestou, arquivando a denúncia por falta de provas e porque a vítima se negou a confirmá-la, Roger Casement já tinha se demitido da Sanford Exploring Expedition e estava trabalhando outra vez sob as ordens de Henry Morton Stanley — a quem, agora, os quicongos da região tinham apelidado de "Bula Matadi" ("Destruidor de pedras") — na ferrovia que estavam começando a construir, paralela à rota das caravanas, de Boma e Matadi até o Leopoldville-Stanley Pool. O rapaz agredido ficou trabalhando com Roger e a partir de então foi seu empregado doméstico, ajudante e companheiro de viagens pela África. Como ele nunca soube dizer seu nome, Casement o batizou de Charlie. Fazia dezesseis anos que estava ao seu lado.

A saída de Roger Casement da Sanford Exploring Expedition foi provocada por um incidente com um dos diretores da companhia. Ele não lamentou muito, porque trabalhar com Stanley na ferrovia, embora exigisse um esforço físico enorme, lhe devolveu a fantasia que o trouxera para a África. Abrir a selva e dinamitar montanhas para fixar os dormentes e os trilhos da ferrovia eram a atividade de pioneiro com que tinha sonhado. As horas que passava à intempérie, queimando-se ao sol ou ensopado pelos aguaceiros, comandando peões e mateiros, dando ordens aos "zanzibarianos", cuidando para que as equipes fizessem bem o seu trabalho, aplanando, igualando, reforçando o solo onde se colocariam as vigas e capinando as ramagens espessas, eram horas de concentração com o sentimento de estar fazendo uma obra que beneficiaria igualmente europeus e africanos, colonizadores e colonizados. Herbert Ward lhe disse um dia: "Quando nós nos conhecemos, achei que você fosse apenas um aventureiro. Agora sei que é um místico."

Mas Roger não gostava tanto de sair do mato e ir às aldeias negociar a cessão de carregadores e mateiros para a ferrovia. A falta de braços se tornou o problema número um à medida que o Estado Independente do Congo crescia. Apesar de terem assinado os "tratados", os chefes tribais, agora que entendiam o seu significado, relutavam em deixar que os nativos partissem para abrir caminhos, construir estações e depósitos ou apanhar látex. Quando trabalhava na Sanford Exploring Expedition, Roger conseguiu que a empresa, para vencer essa resistência e apesar de não ter obrigação legal, pagasse um pequeno salário, geralmente em espécie, aos trabalhadores. Outras companhias começaram a fazer o mesmo. Mas nem assim era fácil contratá-los. Os caciques alegavam que não podiam abrir mão de homens indispensáveis para cuidar dos campos, da caça e da pesca com que se alimentavam. Frequentemente, os homens em idade de trabalhar se escondiam na mata quando os recrutadores se aproximavam. Então começaram as expedições punitivas, os recrutamentos forçados e a prática de trancar as mulheres nas chamadas *maisons d'otages* (casas de reféns), para garantir que os maridos não fugissem.

Tanto na expedição de Stanley como na de Henry Shelton Sanford, Roger foi encarregado muitas vezes de negociar a entrega de nativos com as comunidades locais. Graças à sua facilidade com os idiomas, ele podia se comunicar em quicongo e lingala — e mais tarde também em suaíli —, se bem que sempre com ajuda de intérpretes. Ouvi-lo arranhar a sua língua atenuava a desconfiança dos nativos. Seu jeito suave, sua paciência, sua atitude respeitosa facilitavam os diálogos, além dos presentes que levava: roupas, facas e outros objetos domésticos, assim como as continhas de vidro que eles tanto apreciavam. Em geral voltava para o acampamento com um punhado de homens para capinar o mato e fazer os trabalhos de carga. Criou fama de "amigo dos negros", coisa que alguns dos seus companheiros viam com comiseração, enquanto para outros, principalmente alguns oficiais da Força Pública, merecia desprezo.

Essas visitas às tribos causavam em Roger um mal-estar que foi aumentando com o passar dos anos. A princípio ele ia de boa vontade, porque assim satisfazia a sua curiosidade de conhecer um pouco dos costumes, línguas, trajes, usos, comidas, danças, cantos e práticas religiosas desses povos que pareciam estancados no fundo dos séculos, nos quais uma inocência primitiva, sadia e direta, se misturava com costumes cruéis, como sacrificar as crianças gêmeas em certas tribos, ou matar determinado número de servos — escravos, quase sempre — para enterrá-los junto com os patrões, e a prática do canibalismo entre alguns grupos que, por isso mesmo, eram temidos e detestados pelas outras comunidades. Ele saía dessas negociações com um mal-estar indefinível, a sensação de estar jogando sujo com aqueles homens de um outro tempo, que, por mais que se esforçassem, nunca poderiam entendê-lo de fato e, por isso mesmo, apesar dos cuidados que tomava para atenuar os acordos abusivos, com a consciência pesada por ter agido contra as próprias convicções, contra a moral e contra o "princípio primeiro", como ele chamava Deus.

Por isso, no final de dezembro de 1888, antes de completar um ano no Chemin de Fer de Stanley, Roger se demitiu e foi trabalhar na missão batista de Ngombe Lutete com os Bentley, o casal de missionários que a dirigia. Tomou essa decisão subitamente, depois de uma conversa que, iniciada na hora do crepúsculo, terminou sob as primeiras luzes do amanhecer, numa casa do bairro dos colonos de Matadi, com um personagem que estava ali de passagem. Theodore Horte era um ex-oficial da Marinha britânica. Tinha deixado a British Navy para virar missionário batista no Congo. Os batistas estavam lá desde que o doutor David Livingstone fora explorar o continente africano e pregar o evangelismo. Tinham missões em Palabala, Banza Manteke, Ngombe Lutete e acabavam de abrir outra, Arlhington, nas cercanias de Stanley Pool. Theodore Horte, visitador dessas missões, ficava o tempo todo viajando de uma para a outra, dando a sua ajuda aos pastores e estudando a maneira de abrir novos centros. Essa conversa causou uma impressão em Roger Casement que ele não esqueceria mais e que, nesses dias de convalescença da sua terceira febre palúdica, em meados de 1902, poderia reproduzir com todos os detalhes.

Ninguém imaginava, ouvindo-o falar, que Theodore Horte tinha sido um oficial de carreira e que, como marujo, participara de importantes operações militares da British Navy. Não falava do seu passado nem da sua vida particular. Era um cinquentão de aspecto distinto e maneiras educadas. Nessa noite tranquila em Matadi, sem chuva nem nuvens, com um céu salpicado de estrelas que se refletiam nas águas do rio e um rumor cadenciado de vento morno alvoroçando seus cabelos, Casement e Horte, deitados em duas redes contíguas, começaram uma conversa que, pensou Roger a princípio, só se estenderia durante os poucos minutos que antecedem o sono após um jantar e seria um diálogo desses bem convencionais e esquecíveis. Entretanto, pouco depois de começada a conversa, alguma coisa fez seu coração bater mais forte que de costume. Sentiu-se embalado pela delicadeza e a calidez da voz do pastor Horte, induzido a falar de assuntos que nunca compartilhava com seus colegas de trabalho — exceto, alguma vez, com Herbert Ward — e muito menos com os chefes. Preocupações, angústias, dúvidas que escondia como se fossem coisas vergonhosas. Teria sentido tudo aquilo? A aventura europeia na África era mesmo o que se dizia, o que se escrevia, o que se pensava? Trazia a civilização, o progresso, a modernidade mediante o livre-comércio e a evangelização? Podiam ser chamados de civilizadores aqueles animais da Force Publique que roubavam tudo o que podiam nas expedições punitivas? Quantos, entre os colonizadores — comerciantes, soldados, funcionários, aventureiros —, tinham algum respeito pelos nativos e os consideravam irmãos, ou, pelo menos, humanos? Cinco por cento? Um de cada cem? Para dizer a verdade, durante os anos em que ele estava aqui só tinha encontrado um número que se podia contar nos dedos de europeus que não tratassem os negros como animais sem alma, passíveis de enganar, explorar, espancar, e até matar, sem o menor remorso.

Theodore Horte ouviu em silêncio a explosão de amargura do jovem Casement. Quando falou, não parecia surpreso com o que tinha ouvido. Ao contrário, reconheceu que também era perseguido, havia anos, por dúvidas terríveis. Entretanto, pelo menos na teoria, a chamada "civilização" tinha muito de verdade. Não eram atrozes as condições de vida dos nativos? Seus níveis de higiene, suas superstições, sua ignorância das noções de saúde mais básicas não os faziam morrer como moscas? Não era trágica aquela vida de mera sobrevivência? A Europa tinha muito a contribuir para que eles saíssem do primitivismo. Para que abandonassem certos costumes bárbaros, como o sacrifício de crianças e doentes, por exemplo, em tantas comunidades, as guerras nas quais se matavam uns aos outros, a escravidão e o canibalismo que ainda eram praticados em alguns lugares. E, além do mais, não era bom para eles conhecer o verdadeiro Deus, substituir os ídolos que adoravam pelo Deus cristão, o Deus da piedade, do amor e da justiça? Certo, muita gente ruim tinha vindo para cá, talvez a pior da Europa. Mas isso não tinha solução? Era imprescindível que também viessem as coisas boas do Velho Continente. Não a cobiça dos mercadores de alma suja, mas a ciência, as leis, a educação, os direitos inatos do ser humano, a ética cristã. Era tarde para retroceder, certo? Era inútil perguntar se a colonização era boa ou má, se os congoleses, deixados à própria sorte, estariam melhor do que estão com os europeus. Quando as coisas não têm como retroceder, não vale a pena perder tempo perguntando se não seria preferível que não tivessem ocorrido. É melhor tentar orientá-las pelo bom caminho. Sempre se pode endireitar o que está torto. Não era este o melhor ensinamento de Cristo?

Quando, ao amanhecer, Roger Casement perguntou a ele se era possível para um laico como ele, que nunca havia sido muito religioso, trabalhar em alguma das missões que a Igreja batista tinha na região do Baixo e Médio Congo, Theodore Horte deu uma risadinha:

— Deve ser um desses truques de Deus — exclamou. — O casal Bentley, da missão de Ngombe Lutete, precisa de alguém laico para ajudar na contabilidade. E o senhor me pergunta isso. Não será algo mais do que mera coincidência? Uma peça dessas que Deus às vezes nos prega para lembrar que está sempre aí e que nunca devemos nos desesperar?

O trabalho de Roger, de janeiro a março de 1889, na missão de Ngombe Lutete, embora breve foi intenso e lhe permitiu sair da incerteza em que vivia havia algum tempo. Ganhava apenas dez libras por mês e com elas tinha que pagar o seu sustento, mas vendo Mr. William Holman Bentley e sua esposa trabalharem, de sol a sol, com tanto ânimo e convicção, e participarem da vida nessa missão que, além de centro religioso, era enfermaria, centro de vacinação, escola, entreposto de mercadorias e local de diversão, assessoria e conselho, passou a achar a aventura colonial menos crua, mais razoável e até civilizadora. O que alimentou esse sentimento foi ver como tinha surgido em torno desse casal uma pequena comunidade africana de convertidos à Igreja reformada, que, tanto em sua vestimenta como nas canções do coro que diariamente ensaiava para os serviços do domingo, assim como nas aulas de alfabetização e de doutrina cristã, parecia ir deixando para trás a vida da tribo e começando uma vida moderna e cristã.

Seu trabalho não se limitava aos livros de receitas e despesas da missão. Isso levava pouco tempo. Ele fazia de tudo, de tirar as folhas secas e capinar o pequeno descampado em volta da missão — uma luta diária contra a vegetação decidida a recuperar a clareira que lhe haviam arrebatado — até caçar um leopardo que estava comendo as aves do galinheiro. Também se ocupava do transporte por trilhas ou pelo rio, numa pequena embarcação, levando e trazendo doentes, utensílios, trabalhadores, e controlava o funcionamento do entreposto da missão, onde os nativos da região podiam vender e adquirir mercadorias. Na maioria das vezes faziam permutas, mas também circulavam por lá francos belgas e libras esterlinas. O casal Bentley ria da sua inépcia para os negócios e da sua vocação de generosidade, porque Roger achava todos os preços altos e queria reduzi-los, privando com isso a missão da pequena margem de lucro que permitia completar o seu magro orçamento.

Apesar do afeto que desenvolveu pelos Bentley e da paz na consciência que tinha trabalhando com eles, Roger sabia desde o começo que sua permanência na missão de Ngombe Lutete seria transitória. O trabalho era digno e altruísta, mas só fazia sentido acompanhado da fé que animava Theodore Horte e os Bentley, da qual ele carecia, embora imitasse seus gestos e manifestações frequentando as leituras comentadas da Bíblia, as aulas de doutrina e o ofício dominical. Não era ateu, nem agnóstico, era algo mais incerto, um indiferente que não negava a existência de Deus — o "princípio primeiro" — mas não conseguia ficar à vontade no seio de uma igreja, solidário e irmanado com outros fiéis, parte de um denominador comum. Tentou explicar isso a Theodore Horte numa longa conversa que teve em Matadi e se sentiu desajeitado e confuso. O ex-oficial o tranquilizou: "Eu entendo perfeitamente, Roger. Deus tem seus procedimentos. Desassossega, inquieta, faz a gente procurar. Até que um dia tudo se ilumina e lá está Ele. Vai acontecer, você vai ver."

Naqueles três meses, pelo menos, não lhe aconteceu. Agora, em 1902, treze anos depois, continuava na incerteza religiosa. Havia passado pelas febres, havia perdido muito peso e, embora às vezes ainda ficasse tonto de fraqueza, tinha reassumido suas tarefas de cônsul em Boma. Foi visitar o governador-geral e outras autoridades. Retomou as partidas de xadrez e de bridge. A estação das chuvas estava em pleno apogeu e ia durar muitos meses.

No final de março de 1889, ao terminar seu contrato com o reverendo William Holman Bentley, e após cinco anos de ausência, voltou à Inglaterra pela primeira vez.

V

— Chegar aqui foi uma das coisas mais difíceis que fiz na vida — disse Alice à guisa de cumprimento, estendendo a mão. — Pensei que nunca ia conseguir. Mas, enfim, cá estou.

Alice Stopford Green mantinha a sua aparência de pessoa fria, racional, alheia a sentimentalismos, mas Roger a conhecia o suficiente para saber que estava comovida até a medula. Notava um ligeiríssimo tremor em sua voz que ela não conseguia disfarçar e uma rápida palpitação no nariz que sempre lhe vinha quando alguma coisa a preocupava. Já estava beirando os setenta anos, mas conservava uma silhueta juvenil. As rugas não tinham apagado o frescor do seu rosto sardento nem a luminosidade dos olhos claros e penetrantes. E ainda brilhava neles uma luz inteligente. Alice estava usando, com a sóbria elegância habitual, um vestido claro, uma blusa leve e botas de salto alto.

— Que prazer, querida Alice, que prazer — repetiu Roger Casement, segurando-lhe as duas mãos. — Achei que não a veria nunca mais.

— Trouxe alguns livros, doces e um pouco de roupa, mas os guardas me tiraram tudo na entrada. — Ela fez uma expressão de impotência. — Sinto muito. Você está bem?

— Sim, estou — disse Roger, ansioso. — Você fez tanto por mim durante todo este tempo. Não há notícias ainda?

— O gabinete se reúne quinta-feira — disse ela. — Sei de boa fonte que essa questão é a primeira da agenda. Estamos fazendo o possível e até o impossível, Roger. A petição já tem quase cinquenta assinaturas, todas de gente importante. Cientistas, artistas, escritores, políticos. John Devoy nos garantiu que a qualquer momento deve chegar um telegrama ao governo inglês do presidente dos Estados Unidos. Todos os amigos se mobilizaram para interromper, enfim, quer dizer, para rebater essa campanha indigna na imprensa. Você está a par, não é?

— Vagamente — disse Casement, fazendo um gesto de contrariedade. — As notícias de fora não chegam aqui, e os carcereiros têm ordem de não me dirigir a palavra. Só o xerife fala comigo, mas para me insultar. Você acha que ainda há alguma possibilidade, Alice?

— Claro que acho — disse ela, com ênfase, mas Casement pensou que era uma mentira piedosa. — Todos os meus amigos garantem que o gabinete vai decidir por unanimidade. Se houver um só ministro contrário à execução, você está salvo. E parece que o seu antigo chefe no Foreign Office, sir Edward Grey, é contra. Não perca a esperança, Roger.

Dessa vez o xerife de Pentonville Prison não estava no locutório. Só um guarda jovenzinho e prudente que dava as costas para eles e olhava o corredor pelo vão da porta fingindo desinteresse na conversa de Roger e a historiadora. "Se todos os carcereiros de Pentonville Prison tivessem tanta consideração, a vida aqui seria muito mais suportável", pensou. Lembrou que ainda não tinha perguntado a Alice sobre os acontecimentos de Dublin.

— Eu soube que, durante o Levante da Semana Santa, a Scotland Yard foi revistar a sua casa na Grosvenor Road — disse. — Coitada, Alice. Fizeram você passar maus momentos?

— Nem tanto, Roger. Levaram muitos papéis. Cartas pessoais, manuscritos. Espero que me devolvam, não creio que tenham alguma utilidade para eles. — Suspirou, com tristeza. — Em comparação com o que todos sofreram lá na Irlanda, não foi nada.

Será que a dura repressão ainda continuava? Roger se esforçou para não pensar nos fuzilamentos, nos mortos, nas sequelas daquela semana trágica. Mas Alice deve ter lido a curiosidade nos seus olhos.

— As execuções pararam, ao que parece — murmurou, dando uma olhada nas costas do guarda. — Calculamos que há uns três mil e quinhentos presos. Trouxeram a maioria para cá, estão espalhados em prisões por toda a Inglaterra. Localizamos umas oitenta mulheres entre eles. Várias associações estão nos ajudando. Muitos advogados ingleses se ofereceram para assumir os casos sem receber nada.

As perguntas se multiplicavam na cabeça de Roger. Quantos amigos entre os mortos, entre os feridos, entre os presos? Mas se conteve. Para que se inteirar de fatos em relação aos quais não podia fazer nada e só serviriam para aumentar a sua amargura?

— Sabe de uma coisa, Alice? Uma das razões para eu querer a comutação da minha pena é que, se não o fizerem, vou morrer sem ter aprendido irlandês. Se comutarem, vou mergulhar a fundo e prometo que algum dia vamos falar em gaélico neste mesmo locutório.

Ela assentiu, dando um sorrisinho que só chegou à metade.

— O gaélico é uma língua difícil — disse, dando-lhe uma palmada no braço. — É preciso muito tempo e paciência para aprender. Você teve uma vida agitada demais, querido. Mas, console-se, poucos irlandeses fizeram tanto como você pela Irlanda.

— Graças a você, querida Alice. Eu lhe devo tanto. Sua amizade, sua hospitalidade, sua inteligência, sua cultura. Aquelas noites de terça-feira em Grosvenor Road, com gente extraordinária, numa atmosfera tão agradável. São as melhores lembranças da minha vida. Agora posso lhe dizer isto e lhe agradecer, querida amiga. Você me ensinou a amar o passado e a cultura da Irlanda. Foi uma professora generosa, que enriqueceu demais a minha vida.

Ele disse o que sempre tinha sentido e guardado em silêncio, por pudor. Desde que a conheceu, admirava e gostava da historiadora e escritora Alice Stopford Green, cujos livros e estudos sobre o passado histórico, as lendas e mitos irlandeses e a língua gaélica contribuíram mais que qualquer outra coisa para dar a Casement aquele "orgulho celta" de que se jactava com tanto vigor que, às vezes, provocava gozações até dos seus amigos nacionalistas. Havia conhecido Alice onze ou doze anos antes, quando lhe pediu ajuda para a Congo Reform Association (Associação para a Reforma do Congo) que Roger fundara com Edmund D. Morel. Estava no começo da batalha pública desses novos amigos contra Leopoldo II e sua criação maquiavélica, o Estado Independente do Congo. O entusiasmo com que Alice Stopford Green se entregou à campanha denunciando os horrores do Congo foi decisivo para que muitos escritores e políticos amigos a apoiassem. Alice se transformou na tutora e guia intelectual de Roger, que, quando estava em Londres, comparecia semanalmente ao salão da escritora. Essas noitadas eram frequentadas por professores, jornalistas, poetas, pintores, músicos e políticos que, em geral, assim como ela, eram críticos do imperialismo e do colonialismo e partidários do Home Rule ou Regime de Autonomia para a Irlanda, e até mesmo nacionalistas radicais que exigiam a independência total do Eire. Nos salões elegantes e cheios de livros da casa situada na Grosvenor Road, onde Alice conservava a biblioteca do seu finado marido, o historiador John Richard Green, Roger conheceu W. B. Yeats, sir Arthur Conan Doyle, Bernard Shaw, G. K. Chesterton, John Galsworthy, Robert Cunninghame Graham e muitos outros escritores na moda.

— Há uma pergunta que eu quis fazer ontem a Gee, mas não tive coragem — disse Roger. — Conrad assinou a petição? Nem o meu advogado nem Gee mencionaram o nome dele.

Alice negou com a cabeça.

— Eu mesma lhe escrevi, pedindo a assinatura — acrescentou, desgostosa. — Os motivos que alegou eram confusos. Ele sempre foi escorregadio em matéria de política. Talvez, na sua condição de cidadão britânico naturalizado, não se sinta muito seguro. Por outro lado, como polonês, odeia tanto a Alemanha como a Rússia, que aboliram o seu país por muitos séculos. Enfim, não sei. Todos os seus amigos lamentaram muito. Ele pode ser um grande escritor e medroso em questões políticas. Você sabe disso melhor do que ninguém, Roger.

Casement concordou. Estava arrependido de ter feito a pergunta. Seria melhor não saber. Agora a ausência dessa assinatura o atormentaria tanto como saber, pelo advogado Gavan Duffy, que Edmund D. Morel tampouco quis assinar o pedido de comutação da pena. O seu amigo, o seu irmão *Bulldog*! O seu companheiro de luta a favor dos nativos do Congo também se negou, alegando razões de lealdade patriótica em tempos de guerra.

— O fato de Conrad não ter assinado não muda muito as coisas — disse a historiadora. — A influência política dele no governo de Asquith é nula.

— Não, claro que não — assentiu Roger.

Talvez não tivesse importância para o sucesso ou o fracasso da petição, mas, para ele, no íntimo, tinha. Seria bom poder lembrar, nas crises de desesperança que enfrentava em sua cela, que uma pessoa daquele prestígio, admirada por tanta gente — inclusive por ele —, o apoiava naquele momento e, com sua assinatura, lhe enviava uma mensagem de compreensão e amizade.

— Você o conheceu há muito tempo, não foi? — perguntou Alice, como que adivinhando seus pensamentos.

— Há vinte e seis anos, exatamente. Em junho de 1890, no Congo — detalhou Roger. — Ele ainda não era escritor. Mas disse, se não me engano, que tinha começado a escrever um romance. *A loucura de Almayer*, na certa, o primeiro que publicou. E me mandou um exemplar com dedicatória. Está guardado em algum lugar. Até então não tinha publicado nada. Era um marinheiro. Quase não se entendia o seu inglês, de tão forte que era o sotaque polonês.

— Ainda não se entende — sorriu Alice. — Ele ainda fala inglês com aquele sotaque atroz. Como se estivesse "mastigando pedrinhas", diz Bernard Shaw. Mas escreve de um modo celestial, gostemos dele ou não.

A memória devolveu a Roger a lembrança do dia de junho de 1890 em que, transpirando com o calor úmido do verão que já começava e irritado com as picadas dos mosquitos que se encarniçavam contra a sua pele de estrangeiro, aquele jovem capitão da marinha mercante britânica chegou a Matadi. Trinta anos, testa ampla, barba muito escura, corpo robusto e olhos fundos, o rapaz se chamava Konrad Korzeniowski e era polonês, naturalizado inglês poucos anos antes. Contratado pela Sociedade Anônima Belga para o Comércio com o Alto Congo, ele vinha comandar um dos barquinhos que levavam e traziam mercadorias e comerciantes entre Leopoldville-Kinshasa e as distantes cataratas de Stanley Falls, em Kisangani. Aquele era o seu primeiro destino como capitão de navio e isso o enchia de sonhos e de projetos. Chegou ao Congo impregnado de todas as fantasias e mitos que Leopoldo II usou para cunhar a sua figura de grande humanista e monarca decidido a civilizar a África e libertar os congoleses da escravidão, do paganismo e outras barbáries. Apesar da sua longa experiência viajando pelos mares da Ásia e da América, da sua facilidade para línguas e das suas leituras, havia no polonês qualquer coisa de inocente e infantil que imediatamente seduziu Roger Casement. A simpatia foi recíproca, pois, desde esse dia em que se conheceram até três semanas depois, quando Korzeniowski saiu com trinta carregadores pela rota das caravanas rumo a Leopoldville-Kinshasa, onde ia assumir o comando do barco *Le Roi des Belges*, os dois se viram de manhã, de tarde e de noite.

Fizeram passeios pelos arredores de Matadi, até a já inexistente Vivi, primeira e fugaz capital da colônia, da qual nem os escombros restavam, e até a foz do rio Mpozo, onde, segundo a lenda, as primeiras corredeiras e saltos das Livingstone Falls e do Caldeirão do Diabo haviam imobilizado o português Diogo Cão, havia quatro séculos. Na planície de Lufundi, Roger Casement mostrou ao jovem polonês o lugar onde o explorador Henry Morton Stanley construiu sua primeira moradia, destruída anos depois por um incêndio. Mas, principalmente, conversaram muito e sobre muitas coisas, sobretudo sobre o que estava acontecendo naquele novo Estado Independente do Congo onde Konrad tinha acabado de pôr os pés e Roger já estava havia seis anos. Com poucos dias de amizade, o marujo polonês já tinha uma ideia muito diferente do lugar onde ia trabalhar. E, como disse a Roger quando partiu, no amanhecer daquele sábado 28 de junho de 1890, rumo aos Montes de Cristal, "desvirginado". Foi o que ele disse, com seu sotaque pedregoso e rotundo: "Você me desvirginou, Casement. Em relação a Leopoldo II, em relação ao Estado Independente do Congo. Quem sabe, em relação à vida." E repetiu, com dramaticidade: "Desvirginou."

Voltaram a se encontrar várias vezes, nas viagens de Roger a Londres, e trocaram algumas cartas. Treze anos depois desse primeiro encontro, em junho de 1903, Casement, que se encontrava na Inglaterra, recebeu um convite de Joseph Conrad (agora ele se chamava assim e já era um escritor de prestígio) para passar um fim de semana em Pent Farm, sua casinha de campo em Hythe, Kent. Ali o romancista levava uma vida frugal e solitária com sua mulher e seu filho. Roger guardava uma lembrança calorosa desses dois dias que passara com o escritor. Agora, ele tinha fios prateados no cabelo e uma barba espessa, havia engordado e adquirido uma certa arrogância intelectual em sua maneira de se expressar. Mas com ele foi extraordinariamente efusivo. Quando Roger elogiou seu romance passado no Congo, *O coração das trevas*, que tinha acabado de ler e que — disse — quase lhe deu um nó nas tripas porque era a mais extraordinária descrição dos horrores que se viviam no Congo, Conrad o interrompeu com as mãos.

— Você devia figurar como coautor desse livro, Casement — afirmou, batendo em seu ombro. — Eu nunca poderia escrevê-lo sem a sua ajuda. Você abriu os meus olhos. Sobre a África, sobre o Estado Independente do Congo. E sobre a fera humana.

Numa conversa a sós — a discreta senhora Conrad, mulher de origem muito humilde, e o menino estavam descansando —, o escritor, depois do segundo copo de vinho do Porto, disse a Roger que, pelo que ele vinha fazendo a favor dos nativos congoleses, merecia ser chamado de "Bartolomé de las Casas britânico". Roger ficou vermelho até as orelhas com tal elogio. Como era possível que alguém que tinha tão bom conceito a seu respeito, que tanto havia ajudado a ele e Edmund D. Morel em sua campanha contra Leopoldo II, tivesse se negado a assinar um manifesto que só pedia que comutassem a sua pena de morte? Em que isso podia comprometê-lo com o governo?

Lembrou-se de outros encontros esporádicos com Conrad, nas suas visitas a Londres. Uma vez, no seu clube, o Wellington Club de Grosvenor Place, onde estava com colegas do Foreign Office, os dois se encontraram. O escritor insistiu que Roger ficasse para tomar um conhaque com ele quando se despedisse dos acompanhantes. Lembraram-se do desastroso estado de ânimo do marujo, seis meses depois da sua passagem por Matadi, quando reapareceu por lá. Roger Casement continuava trabalhando no mesmo lugar, encarregado dos depósitos e do transporte. Konrad Korzeniowski não era mais nem a sombra daquele jovem entusiasta, cheio de ilusões, que Roger tinha conhecido seis meses antes. A idade lhe pesava, estava com os nervos em frangalhos e problemas no estômago, por culpa dos parasitas. As diarreias contínuas o fizeram perder muitos quilos. Amargurado e pessimista, ele só almejava voltar o quanto antes para Londres e ser tratado por médicos de verdade.

— Vejo que a selva não teve clemência de você, Konrad. Não se assuste. A malária é assim, demora para sumir mesmo depois que as febres já passaram.

Estavam conversando depois do jantar, na varanda da casinha que era o lar e escritório de Roger. Não havia luar nem estrelas na noite de Matadi, mas não estava chovendo e o rum--rum dos insetos os embalava enquanto fumavam e tomavam golinhos dos copos que tinham nas mãos.

— O pior não foi a selva, este clima insalubre ou as febres que me deixaram duas semanas semi-inconsciente — reclamou o polonês. — Nem a disenteria horrorosa que me fez cagar sangue cinco dias seguidos. O pior, o pior, Casement, foi ser testemunha das coisas horríveis que acontecem diariamente neste maldito país. Cometidas pelos demônios negros e pelos demônios brancos, para onde quer que a gente vire os olhos.

Konrad tinha feito uma viagem de ida e volta no barquinho da companhia que iria comandar, *Le Roi des Belges*, de Leopoldville-Kinshasa até as cataratas de Stanley. Deu tudo errado para ele nessa travessia até Kisangani. Quase se afogou porque a canoa, que os remadores inexperientes deixaram entrar num redemoinho, virou perto de Kinshasa. A malária o deixou de cama, com ataques de febre, em seu pequeno camarote, sem forças para se levantar. Lá soube que o capitão anterior do *Le Roi des Belges* havia sido assassinado a flechadas numa disputa com os nativos de uma aldeia. Outro funcionário da Sociedade Anônima Belga para o Comércio com o Alto Congo, que Konrad fora buscar num casario afastado onde estava recolhendo marfim e borracha, morreu de uma doença desconhecida durante a viagem. Mas o que deixou o polonês fora de si não foram as desgraças físicas.

— Foi a corrupção moral, a corrupção da alma que invade tudo neste país — repetiu com uma voz oca, tenebrosa, como se tomado por uma visão apocalíptica.

— Eu tentei avisar, quando nos conhecemos — recordou Casement. — Lamento não ter sido mais explícito sobre o que você ia encontrar lá no Alto Congo.

O que o tinha afetado tanto? Descobrir que práticas muito primitivas como a antropofagia ainda eram vigentes em algumas comunidades? Que nas tribos e nos entrepostos comerciais ainda havia escravos que trocavam de dono por alguns francos? Que os supostos libertadores submetiam os congoleses a formas ainda mais cruéis de opressão e de servidão? Estava chocado com o espetáculo das costas dos nativos todas listradas pelas chicotadas? Por ver, pela primeira vez na vida, um branco açoitar um negro até transformar seu corpo num xadrez de feridas? Não perguntou detalhes, mas, sem dúvida, o capitão do *Le Roi des Belges* tinha sido testemunha de coisas terríveis, e acabava de abrir mão dos três anos de contrato que ainda tinha para voltar o quanto antes à Inglaterra. Além disso, contou a Roger a quem em Leopoldville-Kinshasa, quando voltou de Stanley Falls, teve uma briga violenta com o diretor da Sociedade Anônima Belga para o Comércio com o Alto Congo, Camille Delcommune, a quem chamou de "bárbaro de colete e chapéu". Agora queria voltar para a civilização, o que para ele queria dizer a Inglaterra.

— Você leu *O coração das trevas*? — perguntou Roger a Alice. — Acha que é correta essa visão do ser humano?

— Suponho que não — respondeu a historiadora. — Nós discutimos muito o livro numa terça-feira, quando saiu. Esse romance é uma parábola segundo a qual a África transforma os civilizados europeus que vão para lá em bárbaros. O seu *Relatório sobre o Congo* mostrou o contrário. Que foram os europeus que levaram para lá as piores barbáries. Além do mais, você passou vinte anos na África e não virou selvagem. Aliás, voltou mais civilizado do que era quando saiu daqui, acreditando nas virtudes do colonialismo e do Império.

— Conrad dizia que, no Congo, a corrupção moral do ser humano vinha à superfície. A dos brancos e a dos negros. Quanto a mim, *O coração das trevas* me deixou muitas noites sem dormir. Acho que o livro não descreve o Congo, nem a realidade, nem a história, mas sim o inferno. O Congo é um pretexto para expressar essa visão atroz que alguns católicos têm do mal absoluto.

— Desculpem interromper — disse o guarda, virando-se para eles. — Já se passaram quinze minutos e a autorização para a visita era de dez. Podem se despedir.

Roger estendeu a mão para Alice, mas, para sua surpresa, ela lhe abriu os braços. E o apertou com força. "Vamos continuar fazendo de tudo, de tudo, para salvar a sua vida, Roger", murmurou em seu ouvido. Ele pensou: "Para Alice se permitir tais efusões, deve estar convencida de que o pedido vai ser recusado."

Enquanto voltava à cela, sentiu tristeza. Será que veria outra vez Alice Stopford Green? Quantas coisas ela representava para ele! Ninguém encarnava tanto como a historiadora a sua paixão pela Irlanda, a última das suas paixões, a mais intensa, a mais recalcitrante, uma paixão que o havia consumido e provavelmente o levaria à morte. "Não lamento", repetiu. Os muitos séculos de opressão haviam causado tanta dor à Irlanda, tanta injustiça, que valia a pena o sacrifício por essa nobre causa. Ele tinha fracassado, sem dúvida. O plano tão cuidadosamente elaborado para acelerar a emancipação do Eire, associando sua luta à Alemanha e fazendo coincidir uma ação ofensiva do Exército e da Marinha do Kaiser contra a Inglaterra e o Levante nacionalista, não funcionou como ele previu. Tampouco conseguiu interromper a rebelião. E, agora, Sean McDermott, Patrick Pearse, Éamonn Ceannt, Tom Clarke, Joseph Plunkett e tantos outros tinham sido fuzilados. Centenas de companheiros iam apodrecer na prisão só Deus sabia por quantos anos. Pelo menos ficava o exemplo, como dizia com uma feroz determinação o dissipado Joseph Plunkett, em Berlim. De entrega, de amor, de sacrifício, por uma causa semelhante à que o fez lutar contra Leopoldo II no Congo, contra Julio C. Arana e os seringalistas do Putumayo na Amazônia. A causa da justiça, a dos fracos contra os abusos dos poderosos e dos déspotas. Será que a campanha que o chamava de degenerado e traidor conseguiria apagar todo o resto? Afinal, pouco importava. O importante era decidido lá em cima, quem tinha a última palavra era esse Deus que, finalmente, havia algum tempo começava a se compadecer dele.

Deitado no catre, de costas, com os olhos fechados, viu Joseph Conrad voltar à sua memória. Teria se sentido melhor se o ex-marujo assinasse a petição? Talvez sim, talvez não. O que será que ele quis lhe dizer, naquela noite, em sua casinha de Kent, quando afirmou: "Antes de ir para o Congo, eu não passava de um pobre animal?" A frase o impressionou, mesmo sem entendê-la muito bem. O que significava? Talvez que tudo o que ele fez, deixou de fazer, viu e ouviu naqueles seis meses no Médio e Alto Congo lhe despertou questionamentos profundos e transcendentes sobre a condição humana, sobre o pecado original, sobre o mal, sobre a História. Roger podia entender isso muito bem. Ele também fora humanizado pelo Congo, se é que se tornar humano significa conhecer os extremos a que podem chegar a cobiça, a avareza, os preconceitos, a crueldade. A corrupção moral era isto, sim: algo que não existe entre os animais, uma exclusividade dos humanos. O Congo lhe revelou que essas coisas fazem parte da vida. Abriu os seus olhos. "Desvirginou" também a ele, como ao polonês. Então lembrou que tinha chegado à África, aos vinte anos, ainda virgem. Não era injusto que a imprensa, como disse o xerife de Pentonville Prison, acusasse só a ele, dentro da vasta espécie humana, de ser uma escória?

Para combater o desânimo que o estava dominando, tentou imaginar o prazer de tomar um longo banho de banheira, com muita água e sabão, apertando contra si um outro corpo nu.

VI

Partiu de Matadi a 5 de junho de 1903, pela ferrovia construída por Stanley na qual ele mesmo havia trabalhado quando era jovem. Nos dois dias que durou o lento trajeto até Leopoldville, ficou pensando, de forma obsessiva, numa proeza esportiva da sua juventude: foi o primeiro branco a nadar no maior rio da rota das caravanas entre Manyanga e Stanley Pool: o Nkissi. Já tinha feito o mesmo, com total inconsciência, em rios menores do Baixo e Médio Congo, o Kwilo, o Lukungu, o Mpozo e o Lunzadi, onde também havia crocodilos, e nada lhe aconteceu. Mas o Nkissi era maior e mais caudaloso, tinha cerca de cem metros de largura e estava cheio de redemoinhos devido à proximidade da grande catarata. Os indígenas lhe avisaram que não era prudente, que ele podia ser arrastado e espatifado contra as pedras. De fato, após dar algumas braçadas, Roger sentiu que era puxado pelas pernas e levado para o centro das águas por correntes contrapostas das quais, apesar das suas pernadas e enérgicas braçadas, não conseguia se livrar. Quando já estava sem forças — tinha engolido água várias vezes —, conseguiu chegar à margem deixando-se arrastar por uma onda. Lá se agarrou numas pedras, como pôde. Quando subiu a encosta, estava todo arranhado. O coração lhe saía pela boca.

    A viagem que finalmente encetava durou três meses e dez dias. Mais tarde Roger pensaria que nesse período ele mudou sua maneira de ser e se transformou em outro homem, mais lúcido e realista que antes em relação ao Congo, à África, aos seres humanos, ao colonialismo, à Irlanda e à vida. Mas essa experiência fez dele, também, um ser mais propenso à infelicidade. Depois disso pensaria muitas vezes, nas horas de desânimo, que seria preferível não ter feito essa viagem ao Médio e Alto Congo para verificar o quanto havia de verdade nas acusações de crueldades contra os nativos nas áreas de seringais espalhadas em Londres por certas igrejas e por aquele jornalista, Edmund D. Morel, que parecia dedicar sua vida a criticar Leopoldo II e o Estado Independente do Congo.

No primeiro trecho da viagem entre Matadi e Leopoldville, Roger ficou surpreso ao ver a paisagem despovoada, constatar que aldeias como Tumba, onde passou a noite, e as que salpicavam os vales de Nsele e Ndolo, que antes fervilhavam de gente, estavam semidesertas, com velhos fantasmais arrastando os pés no meio da poeira, ou acocorados contra um tronco, de olhos fechados, como se estivessem mortos ou dormindo.

Nesses três meses e dez dias, a impressão de despovoamento e sumiço das pessoas, de desaparecimento de aldeias e assentamentos onde ele tinha estado, passado a noite, comerciado, há quinze ou dezesseis anos, se repetia uma e outra vez, como um pesadelo, em todas as regiões, à beira do rio Congo e dos seus afluentes ou no interior, nas expedições que Roger fazia para colher testemunhos de missionários, funcionários, oficiais e soldados da Force Publique, e dos indígenas que podia interrogar em lingala, quicongo e suaíli, ou em seus próprios idiomas, por meio de intérpretes. Onde estava o povo? A memória não o traía. Ainda estavam frescos nela a efervescência humana, os bandos de crianças, de mulheres, de homens tatuados, com os incisivos lixados, colares de dentes, às vezes com lanças e máscaras, que antes o rodeavam, examinavam e tocavam. Como era possível que tivessem evaporado em tão poucos anos? Algumas aldeias se extinguiram, em outras a população se reduziu à metade, a um terço e até à décima parte. Em alguns lugares pôde cotejar números precisos. Lukolela, por exemplo, em 1884, quando Roger visitou pela primeira vez essa populosa comunidade, tinha mais de 5.000 habitantes. Agora, apenas 352. E, na maioria, deteriorados pela idade ou as doenças, de modo que, depois da inspeção, Casement concluiu que só 82 sobreviventes ainda tinham capacidade de trabalhar. Como tinham virado fumaça mais de 4.000 habitantes de Lukolela?

As explicações dos agentes do governo, dos empregados das companhias seringalistas e dos oficiais da Force Publique eram sempre as mesmas: os negros morriam como moscas por causa da doença do sono, da varíola, do tifo, dos resfriados, das pneumonias, das febres palúdicas e outras pragas que, por causa da má alimentação, dizimavam seus organismos não preparados para resistir às doenças. Era mesmo verdade, as epidemias faziam estragos. A doença do sono, sobretudo, resultante, como se havia descoberto poucos anos antes, da mosca tsé-tsé, atacava o sangue e o cérebro, provocava nas vítimas paralisia dos membros e uma letargia das quais nunca mais sairiam. Mas, a essa altura da viagem, Roger Casement ainda perguntava a razão do despovoamento do Congo, não em busca de respostas, mas para confirmar que as mentiras que ouvia não passavam de chavões repetidos por todos. Ele sabia muito bem a resposta. A praga que tinha volatilizado boa parte dos congoleses do Médio e Alto Congo era a cobiça, a crueldade, a borracha, a desumanidade do sistema, a exploração implacável dos africanos pelos colonos europeus.

Em Leopoldville decidiu que, para preservar a sua independência e não ser coagido pelas autoridades, não utilizaria nenhum meio de transporte oficial. Com autorização do Foreign Office, alugou da American Baptist Missionary Union o barco *Henry Reed* com sua tripulação. A negociação foi lenta, assim como o abastecimento de madeira e provisões para a viagem. Sua permanência em Leopoldville-Kinshasa se prolongou de 6 de junho a 2 de julho, quando zarparam rio acima. Essa espera foi sábia. A liberdade de viajar no seu próprio navio, ir e atracar onde quisesse, lhe permitiu saber coisas que nunca descobriria se estivesse subordinado às instituições coloniais. E jamais poderia ter tantos diálogos com os próprios africanos, que só se atreviam a chegar perto dele quando verificavam que não estava acompanhado por nenhum militar ou autoridade civil belga.

Leopoldville havia crescido muito desde a última vez que Roger estivera aqui, seis ou sete anos antes. A cidade estava cheia de casas, depósitos, missões, escritórios, tribunais, alfândegas, inspetores, juízes, contadores, oficiais e soldados, de lojas e mercados. Havia padres e pastores em toda parte. Alguma coisa na cidade em gestação o desagradou desde o primeiro momento. Não o receberam mal. Do governador até o delegado, passando pelos juízes e inspetores que foi cumprimentar, até os pastores protestantes e os missionários católicos que visitou, todos o receberam com cordialidade. E todos se dispuseram a dar-lhe as informações que pedia, embora estas fossem, como confirmaria nas semanas seguintes, evasivas ou descaradamente falsas. Ele sentia que algo hostil e opressivo impregnava o ar e o perfil que a cidade estava adquirindo. Em contrapartida, Brazzaville, a vizinha capital do Congo francês, situada ali em frente, na outra margem do rio, para onde cruzou algumas vezes, lhe deu uma sensação menos opressiva, até agradável. Talvez por suas ruas espaçosas e bem-traçadas e pelo bom humor da sua gente. Não notou lá a atmosfera secretamente funesta de Leopoldville. Nas quase quatro semanas que passou na cidade negociando o aluguel do *Henry Reed*, obteve muitas informações, mas sempre com a sensação de que ninguém chegava ao fundo das coisas, que mesmo as pessoas mais bem-intencionadas escondiam algo dele e de si mesmas, com receio de enfrentar uma verdade terrível e acusadora.

Seu amigo Herbert Ward lhe diria mais tarde que isso era puro preconceito, que as coisas que viu e ouviu nas semanas posteriores embaçaram retroativamente a lembrança de Leopoldville. Por outro lado, sua memória não guardaria apenas as imagens ruins da temporada na cidade fundada por Henry Morton Stanley em 1881. Certa manhã, depois de uma longa caminhada para aproveitar o frescor do dia, Roger chegou ao cais. Lá, sua atenção de repente se concentrou em dois rapazes escuros e seminus que descarregavam umas lanchas, cantando. Pareciam muito jovens. Estavam usando uma tanga leve que não chegava a ocultar a forma das suas nádegas. Ambos eram magros, elásticos e, com os movimentos rítmicos que faziam descarregando os volumes, davam uma impressão de saúde, harmonia e beleza. Ficou observando-os por um bom tempo. Lamentou não ter levado a sua câmera. Gostaria de ter fotografado os rapazes, para depois lembrar que nem tudo era feio e sórdido na emergente cidade de Leopoldville.

Quando, depois de zarpar em 2 de julho de 1903, o *Henry Reed* estava atravessando a plácida e enorme lagoa fluvial de Stanley Pool, Roger ficou comovido: na margem francesa se divisavam, naquela limpa manhã, uns alcantilados de areia que lembraram os escarpados brancos de Dover. Íbis com grandes asas sobrevoavam a lagoa, elegantes e soberbas, brilhando ao sol. Durante boa parte do dia a formosura da paisagem continuou invariável. De vez em quando os intérpretes, carregadores e mateiros apontavam, excitados, pegadas na lama de elefantes, hipopótamos, búfalos e antílopes. *John*, seu buldogue, feliz com a viagem, corria pela embarcação de um lado para outro soltando de repente uns latidos estrondosos. Mas ao chegar a Chumbiri, onde atracaram para buscar lenha, *John*, mudando subitamente de humor, ficou irritado e conseguiu morder em poucos segundos um porco, uma cabra e o vigia da horta que os pastores da Sociedade Batista Missionária cultivavam ao lado da pequena missão. Roger teve que compensá-los com presentes.

A partir do segundo dia de viagem, começaram a cruzar com vaporzinhos e lanchões repletos de cestas de borracha descendo o rio Congo em direção a Leopoldville. Esse espetáculo os acompanharia pelo resto do percurso, assim como de vez em quando divisavam, sobressaindo na vegetação das margens, os postes do telégrafo em construção e os telhados de aldeias cujos habitantes, ao vê-los chegar, fugiam para o meio do mato. A partir daí, quando Roger queria fazer perguntas aos nativos de algum povoado, preferia mandar na frente um intérprete encarregado de explicar aos moradores que o cônsul britânico vinha sozinho, sem nenhum oficial belga, para conhecer os problemas e as necessidades que enfrentavam.

No terceiro dia de viagem, em Bolobo, onde também havia uma missão da Sociedade Batista Missionária, ele teve a primeira antecipação do que o esperava. Do grupo de missionários batistas, quem mais o impressionou, por sua energia, inteligência e simpatia, foi a doutora Lily de Hailes. Alta, incansável, ascética, loquaz, ela estava havia catorze anos no Congo, falava vários idiomas locais e dirigia um hospital para nativos com tanta dedicação quanto eficiência. O lugar estava repleto de gente. Enquanto percorriam as redes, catres e esteiras onde os pacientes jaziam, Roger perguntou à médica, com toda a clareza, por que havia tantas vítimas de feridas nas nádegas, pernas e costas. Miss Hailes olhou-o com indulgência.

— São vítimas de uma praga que se chama chicote, senhor cônsul. Uma fera mais sanguinária que o leão e a cobra. Não há chicotes em Boma e em Matadi?

— Não são usados com tanta liberalidade como aqui.

A doutora Hailes devia ter tido uma grande cabeleira ruiva quando jovem, mas, com o passar dos anos, ficou cheia de fios brancos e só lhe restavam algumas mechas acesas que escapavam do lenço que cobria a sua cabeça. O sol havia calcinado seu rosto ossudo, o pescoço e os braços, mas seus olhos esverdeados continuavam jovens e vivos, com uma fé indomável cintilando.

— E se o senhor quer saber por que há tantos congoleses com vendas nas mãos e nas partes sexuais, também posso explicar — acrescentou Lily de Hailes, desafiadora. — Porque os soldados da Force Publique cortaram ou esmagaram com pancadas de facão suas mãos e seus pênis. Não se esqueça de incluir isso no seu relatório. São coisas que não se costumam dizer na Europa, quando se fala do Congo.

Nessa tarde, depois de passar várias horas falando com os feridos e doentes do Hospital de Bolobo com a ajuda de intérpretes, Roger não conseguiu jantar. Sentiu-se em falta com os pastores da missão, entre os quais a doutora Hailes, que tinham assado um frango em sua homenagem. Pediu desculpas, dizendo que não se sentia bem. Tinha certeza de que, se provasse um só pedaço, vomitaria nos anfitriões.

— Se o que o senhor viu o deixou enjoado, talvez não seja prudente ir falar com o capitão Massard — aconselhou o chefe da missão. — Ouvi-lo é uma experiência, bem, como dizer, para estômagos fortes.

— Foi para isso que vim ao Médio Congo, senhores.

O capitão Pierre Massard, da Force Publique, não estava em Bolobo e sim em Mbongo, onde havia uma guarnição e um campo de treinamento para os africanos que iriam ser soldados desse corpo encarregado da ordem e da segurança. Estava fazendo uma viagem de inspeção e tinha armado uma pequena barraca de campanha ao lado da missão. Os pastores o convidaram para conversar com o cônsul, avisando a este que o oficial era famoso por sua personalidade irascível. Os nativos o chamavam de "Malu Malu", e entre as sinistras façanhas que lhe atribuíam figurava o assassinato de três africanos rebeldes, enfileirados, com um tiro só. Não era prudente provocá-lo, porque dele podia-se esperar qualquer coisa.

Era um homem robusto e bastante baixo, com um rosto quadrado e o cabelo cortado bem rente, dentes manchados de nicotina e um sorrisinho congelado no rosto. Tinha olhos pequeninos e um pouco rasgados e uma voz aguda, quase feminina. Os pastores haviam preparado uma mesa com bolinhos de mandioca e suco de manga. Eles não bebiam álcool, mas não fizeram objeção a que Casement trouxesse do *Henry Reed* uma garrafa de brandy e outra de vinho clarete. O capitão deu a mão a todos, cerimonioso, e cumprimentou Roger fazendo uma vênia barroca e chamando-o de *"Son Excellence, Monsieur le Consul"*. Brindaram, beberam e acenderam cigarros.

— Se o senhor me permite, capitão Massard, eu gostaria de lhe fazer uma pergunta — disse Roger.

— Muito bom o seu francês, senhor cônsul. Onde o aprendeu?

— Comecei a estudar quando era jovem, na Inglaterra. Mas principalmente aqui no Congo, onde estou há muitos anos. Devo falar com sotaque belga, imagino.

— Pode perguntar o que quiser — disse Massard, bebendo outro gole. — O seu brandy é excelente, diga-se de passagem.

Os quatro pastores batistas estavam ali, imóveis e silenciosos, como que petrificados. Eram norte-americanos, dois jovens e dois velhos. A doutora Hailes tinha ido ao hospital. Estava começando a anoitecer e já se ouvia o rum-rum dos insetos noturnos. Para espantar os mosquitos, haviam acendido uma fogueira que crepitava suavemente e às vezes fumegava.

— Vou lhe dizer com toda a franqueza, capitão Massard — disse Casement, sem levantar a voz, muito lentamente. — Aquelas mãos trituradas e aqueles pênis cortados que vi no Hospital de Bolobo são uma selvageria inaceitável.

— São sim, claro que são — admitiu imediatamente o oficial, com um gesto de desagrado. — E pior que isso, senhor cônsul: um desperdício. Esses homens mutilados não vão poder trabalhar mais, ou trabalharão mal e o rendimento será mínimo. Com a falta de braços de que padecemos aqui, é um verdadeiro crime. Traga-me os soldados que cortaram essas mãos e esses pênis que eu mando lanhar suas costas até deixá-los sem sangue nas veias.

Suspirou, aflito com os níveis de imbecilidade de que o mundo padecia. Tomou outro gole de brandy e deu uma boa tragada no cigarro.

— As leis ou os regulamentos permitem mutilar os indígenas? — perguntou Roger Casement.

O capitão Massard soltou uma gargalhada e, com o riso, seu rosto quadrado se arredondou e apareceram nele umas covinhas engraçadas.

— Proíbem de maneira categórica — afirmou, investindo com um gesto contra algo no ar. — Vá fazer esses bichos de duas patas entenderem o que são as leis e regulamentos. O senhor não os conhece? Com tantos anos no Congo, deveria. É mais fácil fazer uma hiena ou um carrapato entenderem as coisas que um congolês.

Voltou a rir mas, logo depois, se enfureceu. Sua expressão agora era dura e seus olhinhos rasgados quase tinham desaparecido sob as pálpebras inchadas.

— Vou lhe explicar as coisas, e o senhor vai entender — acrescentou, suspirando, cansado de antemão por ter que explicar um fato que era tão óbvio como dizer que a Terra é redonda. — Tudo vem de uma preocupação muito simples — afirmou, investindo de novo, agora com mais fúria, contra o inimigo alado. — A Force Publique não pode desperdiçar munição. Não podemos deixar que os soldados gastem as balas que recebem matando os macacos, cobras e outros bichos de merda que eles gostam de devorar, às vezes crus. No treinamento, todos aprendem que a munição só pode ser usada em defesa própria, e quando os oficiais mandam. Mas não é fácil esses negros acatarem ordens, por mais chicotadas que recebam. A instrução foi dada por isso. Entende, senhor cônsul?

— Não, não entendo, capitão — disse Roger. — Que instrução é essa?

— De que seja cortada a mão ou o pênis de quem levar um tiro — explicou o capitão. — Para comprovar que não gastaram as balas caçando. Uma maneira sensata de evitar desperdício de munição, não é mesmo?

Voltou a suspirar e bebeu outro gole de brandy. Depois cuspiu no vazio.

— Mas não, não foi isso que aconteceu — queixou-se em seguida o capitão, novamente furioso. — Porque esses merdas descobriram como burlar a disposição. Adivinhe como?

— Não tenho ideia — respondeu Roger.

— Muito simples. Cortando as mãos e os pênis dos vivos, para que nós pensemos que atiraram em pessoas, quando na verdade foi em macacos, cobras e todas essas porcarias que eles comem. Entende agora por que o senhor viu lá no hospital todos aqueles pobres-diabos sem mãos e sem pinto?

Fez uma longa pausa e bebeu o resto do brandy que havia no copo. Deu a impressão de estar triste, e até deu um soluço.

— Nós fazemos o que podemos, senhor cônsul — continuou o capitão Massard, compungido. — Não é nada fácil, garanto. Porque, além de broncos, esses selvagens são falsários de nascença. Eles mentem, enganam, não têm sentimentos nem princípios. Nem sequer o medo abre os miolos deles. Eu lhe garanto que a Force Publique castiga muito duramente os que cortam as mãos e o pinto dos vivos para nos enganar e continuar caçando com a munição que o Estado lhes dá. Pode visitar os nossos postos e verificar, senhor cônsul.

A conversa com o capitão Massard durou enquanto durou a fogueira que faiscava aos seus pés, umas duas horas pelo menos. Quando se despediram, fazia tempo que os quatro pastores batistas já tinham ido dormir. O oficial e o cônsul beberam o brandy e o vinho clarete. Estavam um tanto altos, mas Roger Casement manteve a lucidez. Meses ou anos depois, ainda podia relatar com todos os detalhes os ex-abruptos e confissões que ouviu, e como o rosto quadrado do capitão Pierre Massard foi se congestionando com o álcool. Nas semanas seguintes teria muitos outros diálogos com oficiais da Force Publique, belgas, italianos, franceses e alemães, e ouviria deles coisas terríveis, mas aquela conversa, na noite de Bolobo, com o capitão Massard sempre se destacaria em sua memória como a mais impressionante, um símbolo da realidade congolesa. A partir de certo momento o oficial ficou sentimental. Confessou a Roger que estava com saudade da mulher. Não a via fazia dois anos e recebia poucas cartas. Talvez ela tivesse deixado de amá-lo. Talvez tivesse arranjado um amante. Não seria de se estranhar. Isso acontecia com muitos oficiais e funcionários que, para servir à Bélgica e a Sua Majestade o rei, vinham se enfurnar neste inferno, contrair doenças, ser mordidos por cobras, viver sem as comodidades mais elementares. E para quê? Para ganhar um salário mesquinho, que mal permitia economizar alguma coisa. Será que mais tarde alguém lhes agradeceria por todos esses sacrifícios, lá na Bélgica? Pelo contrário, na metrópole reinava um preconceito obstinado contra os "coloniais". Os oficiais e funcionários que retornavam da colônia eram discriminados, mantidos a distância, como se, de tanto conviver com selvagens, eles também tivessem se tornado selvagens.

Quando o capitão Pierre Massard enveredou pelo tema sexual, Roger logo se sentiu incomodado e quis despedir-se. Mas o oficial já estava bêbado e, para não ofendê-lo nem provocar uma discussão, teve que ficar. Enquanto o escutava, contendo as náuseas, pensava que não estava lá em Bolobo para atuar como justiceiro, mas para investigar e acumular informação. Quanto mais exato e completo fosse o seu relatório, mais eficaz seria sua contribuição na luta contra esta maldade institucionalizada que era o Congo de agora. O capitão Massard sentia pena dos jovens tenentes ou suboficiais do Exército belga que vinham cheios de ilusões ensinar esses infelizes a ser soldados. E a vida sexual, nada? Eles tinham que deixar suas namoradas, esposas e amantes lá na Europa. E aqui, nada? Não havia sequer prostitutas decentes nestes ermos esquecidos por Deus. Apenas umas pretas nojentas, cheias de bichos, que só estando muito bêbados eles conseguiam foder com o risco de pegar chato, gonorreia ou um cancro. Para ele, por exemplo, era uma dificuldade. Passava fiascos, *nom de Dieu*! Isso nunca lhe acontecera antes, na Europa. Fiascos na cama, logo ele, Pierre Massard! Nem sequer uma chupada valia a pena, porque, com aqueles dentes que muitas negras tinham o costume de afiar, de repente davam uma dentada e o capavam.

Segurou a braguilha e começou a rir fazendo uma cara obscena. Aproveitando que Massard continuava se divertindo com as próprias palavras, Roger levantou-se.

— Tenho que ir, capitão. Vou viajar bem cedo e quero descansar um pouco.

O capitão apertou sua mão de forma mecânica, mas continuou falando, sem se levantar da cadeira, com a voz frouxa e os olhos vidrados. Enquanto Roger se afastava, ouviu-o murmurando às suas costas que o grande erro da sua vida tinha sido escolher a carreira militar, um erro que continuaria a pagar pelo resto da existência.

Na manhã seguinte zarpou no *Henry Reed* rumo a Lukolela. Ficou três dias lá, falando dia e noite com todo tipo de gente: funcionários, colonos, capatazes, nativos. Depois continuou até Ikoko, onde entrou no lago Mantumba. Ali nos arredores ficava uma enorme extensão de terra chamada "Domínio da Coroa". Em torno dela operavam as principais companhias privadas de borracha, a Lulonga Company, a ABIR Company e a Société Anversoise du Commerce au Congo, que tinham vastas concessões em toda a região. Visitou dezenas de aldeias, algumas à beira do imenso lago e outras no interior. Para chegar a essas últimas tinha que se deslocar em pequenas canoas a remo ou a vara e andar horas e horas pela mata escura e úmida, que os indígenas iam abrindo a golpes de facão e que o obrigava, muitas vezes, a chapinhar com água até a cintura em terrenos alagados e lodaçais pestilentos entre nuvens de mosquitos e silhuetas silenciosas de morcegos. Em todas aquelas semanas resistiu ao cansaço, às dificuldades naturais e às inclemências do tempo sem se intimidar, num estado de febre espiritual, como se estivesse enfeitiçado, porque a cada dia, a cada hora, tinha a impressão de estar mergulhando em camadas mais profundas de sofrimento e de maldade. Seria assim o inferno que Dante descreveu em sua *Divina Comédia*? Nunca havia lido esse livro e naqueles dias jurou que o leria assim que conseguisse um exemplar.

Os indígenas, que no princípio da viagem saíam correndo assim que viam o *Henry Reed*, pensando que o vaporzinho trazia soldados, mais tarde começaram a ir ao seu encontro e a enviar emissários para que ele visitasse as suas aldeias. Corria o rumor entre os nativos de que o cônsul britânico estava percorrendo a região para ouvir suas queixas e pedidos, e então iam procurá-lo com depoimentos e histórias cada uma pior que a outra. Achavam que ele tinha poderes para endireitar tudo o que estava torto no Congo. Roger explicava inutilmente. Não tinha nenhum poder. Ia relatar essas injustiças e crimes, e a Grã-Bretanha e seus aliados exigiriam do governo belga que acabasse com os abusos e castigasse os torturadores e criminosos. Era só o que podia fazer. Entendiam? Nem sequer tinha certeza de que o ouviam. Estavam tão urgidos de falar, de contar as coisas que estavam padecendo que nem prestavam atenção ao que ele dizia. Falavam sem parar, com desespero e raiva, quase engasgando. Os intérpretes tinham que interrompê-los, pedindo que falassem mais devagar para que pudessem fazer bem o seu trabalho.

Roger escutava, tomando notas. Depois, passava noites inteiras escrevendo as coisas que tinha ouvido em suas fichas e cadernos, para que nada daquilo se perdesse. Quase não comia. Ficou tão angustiado com a ideia de perder todos aqueles papéis que rabiscava que já nem sabia onde escondê-los, que precauções tomar. Optou por levá-los consigo, nos ombros de um carregador que tinha a ordem de não sair do seu lado.

Quase não dormia e, quando o cansaço o vencia, era assaltado por pesadelos, levando-o do medo ao pasmo, de visões satânicas a um estado de desolação e tristeza no qual tudo perdia o sentido e a razão de ser: sua família, seus amigos, suas ideias, seu país, seus sentimentos, seu trabalho. Nesses momentos, mais do que nunca, tinha saudade do amigo Herbert Ward e seu entusiasmo contagioso por todas as manifestações da vida, uma alegria otimista que nada nem ninguém podia abater.

Depois, quando a viagem terminou, ele escreveu o relatório, deixou o Congo e os vinte anos que passou na África eram só memória, Roger Casement pensou muitas vezes que, se havia uma palavra que fosse a raiz de todas as coisas horríveis que aconteciam aqui, essa palavra era cobiça. Cobiça do ouro negro que, para desgraça do seu povo, os bosques do Congo tinham em abundância. Essa riqueza era a maldição que se abateu sobre aquela gente desventurada que, se as coisas continuassem assim, ia desaparecer da face da Terra. Chegou a essa conclusão naqueles três meses e dez dias: se a borracha não acabasse antes, quem ia acabar seriam os congoleses, submetidos àquele sistema que os estava aniquilando às centenas e aos milhares.

Nessas semanas, depois de entrar nas águas do lago Mantumba, suas lembranças se misturavam como cartas embaralhadas. Se ele não tivesse feito um registro tão minucioso de datas, lugares, depoimentos e observações em seus cadernos, tudo aquilo estaria confuso e desordenado na sua memória. Fechava os olhos e, num turbilhão vertiginoso, apareciam e reapareciam os corpos de ébano com umas cicatrizes vermelhas como serpentes rasgando as costas, as nádegas e as pernas, os cotos dos meninos e dos velhos com os braços cortados, os rostos macilentos, cadavéricos, dos quais pareciam ter sido extraídas a vida, a gordura, os músculos, e só restassem a pele, a caveira e uma expressão ou careta fixa que expressava, mais que dor, uma estupefação infinita diante de tudo aquilo que padeciam. E era sempre igual, os mesmos fatos que se repetiam em todas as aldeias e vilas onde Roger Casement chegava com suas cadernetas, seu lápis e sua câmera fotográfica.

Tudo era simples e claro desde o ponto de partida. Cada aldeia tinha obrigações precisas: entregar cotas semanais ou quinzenais de mantimentos — mandioca, aves domésticas, carne de antílope, porcos selvagens, cabras ou patos — para alimentar a guarnição da Force Publique e os peões que abriam caminhos, instalavam os postes de telégrafo e construíam cais e depósitos. Além disso, a aldeia precisava entregar determinada quantidade de borracha em cestas de fibras vegetais tecidas pelos próprios indígenas. Os castigos por não cumprir essas obrigações variavam. Por entregar menos que as quantidades estabelecidas de mantimentos ou de borracha, a pena eram chicotadas, nunca menos de vinte e às vezes até cinquenta ou cem. Muitos dos castigados sangravam e morriam. Os nativos que fugiam — muito poucos — sacrificavam a família porque, nesse caso, suas mulheres ficavam como reféns nas *maisons d'otages* que a Force Publique tinha em todas as guarnições. Ali, as mulheres dos fugitivos eram chicoteadas, condenadas ao suplício da fome e da sede, e às vezes submetidas a torturas aberrantes como ter que engolir seu próprio excremento ou o dos guardas.

Nem as disposições ditadas pelo poder colonial — tanto nas empresas privadas como nas propriedades do rei — eram respeitadas. Em toda parte o sistema era violado e piorado pelos soldados e oficiais encarregados de fazê-lo funcionar, porque em cada aldeia os militares e agentes do governo aumentavam as cotas para ficar com uma parte dos mantimentos e algumas cestas de borracha, e fazer seus pequenos negócios revendendo essas coisas.

Em todas as aldeias que Roger visitou, as queixas dos chefes eram idênticas: se todos os homens fossem apanhar seringa, como podiam caçar e cultivar mandioca e outros mantimentos para dar de comer às autoridades, chefes, guardas e peões? Além disso, as seringueiras estavam se esgotando, o que obrigava os homens a irem cada vez mais longe, até regiões desconhecidas e inóspitas onde muitos deles foram atacados por leopardos, leões e cobras. Não era possível cumprir todas aquelas exigências, por mais esforços que fizessem.

No dia 1º de setembro de 1903, Roger Casement fez trinta e nove anos. Estavam navegando no rio Lopori. Na véspera tinham deixado para trás o povoado de Isi Isulo, nas colinas que antecediam a montanha de Bongandanga. Esse aniversário ficaria gravado na sua memória para sempre, como se Deus, ou talvez o diabo, houvesse querido que nesse dia ele visse que, em matéria de crueldade humana, não havia limites, sempre era possível ir mais longe inventando maneiras de torturar o próximo.

O dia amanheceu nublado e com ameaça de temporal, mas a chuva não chegou a cair e durante toda a manhã a atmosfera ficou carregada de eletricidade. Roger ia tomar o seu café quando chegou um frade trapista, da missão que a ordem tinha na localidade de Coquilhatville, ao cais improvisado onde o *Henry Reed* estava varado: o padre Hutot. Ele era alto e magro como um personagem de El Greco, tinha uma barba longa e grisalha e uns olhos em que rebrilhava algo que podia ser cólera, horror ou pasmo, ou as três coisas juntas.

— Sei o que está fazendo nestas terras, senhor cônsul — disse, estendendo a mão esquelética para Roger Casement. Falava um francês atropelado por uma exigência imperiosa. — Por favor, venha comigo à aldeia de Walla. Fica a uma hora ou hora e meia daqui. O senhor tem que ver com seus próprios olhos.

Falava como se estivesse com a febre e a tremedeira do paludismo.

— Está bem, *mon père* — concordou Casement. — Mas, sente-se, vamos tomar um café, coma alguma coisa, antes.

Enquanto tomavam o desjejum, o padre Hutot explicou ao cônsul que os trapistas da missão de Coquilhatville tinham sido autorizados pela ordem a quebrar o severo regime de clausura que seguiam em outras partes a fim de prestar ajuda aos nativos "que tanto necessitam, nesta terra onde Belzebu parece estar ganhando a batalha contra o Senhor".

Não era só a voz do frade que tremia, também tremiam seus olhos, suas mãos e seu espírito. Ele não parava de piscar. Estava usando uma túnica rústica, toda manchada e molhada, e umas sandálias de tiras nos pés cheios de lama e arranhões. O padre Hutot estava no Congo havia quase dez anos. Fazia oito que percorria esporadicamente as aldeias da região. Tinha subido até o cume do Bongandanga, onde viu de perto um leopardo que, em vez de pular em cima dele, saiu do caminho balançando o rabo. Falava línguas locais e ganhou a confiança dos nativos, em especial os de Walla, "esses mártires".

Os dois começaram a andar por uma trilha estreita, sob altas ramagens, interrompida de vez em quando por uns arroios estreitos. Ouvia-se o canto de pássaros invisíveis e às vezes um bando de papagaios voava aos gritos sobre as suas cabeças. Roger notou que o frade andava pelo mato com desenvoltura, sem tropeçar, como se tivesse uma longa experiência nestas marchas através da selva. O padre Hutot ia lhe explicando o que havia ocorrido em Walla. Como o povoado, já muito reduzido, não conseguiu completar a última cota de mantimentos, borracha e madeiras, nem ceder o número de braços que as autoridades exigiam, chegou um destacamento de trinta soldados da Force Publique sob o comando do tenente Tanville, da guarnição de Coquilhatville. Ao vê-los, o povoado inteiro fugiu para os morros. Mas os intérpretes foram buscá-los garantindo que podiam voltar. Não ia acontecer nada com eles, o tenente Tanville só queria explicar as novas disposições e negociar com a aldeia. O chefe mandou que voltassem. Mas, assim que chegaram, os soldados pularam em cima deles. Homens e mulheres foram amarrados nas árvores e chicoteados. Uma grávida que quis se afastar para urinar foi morta com um tiro por um soldado que achou que ela estava fugindo. Outras dez mulheres foram levadas à *maison d'otages* de Coquilhatville como reféns. O tenente Tanville deu uma semana de prazo a Walla para completar a cota que eles deviam, caso contrário as dez mulheres seriam fuziladas e a aldeia, queimada.

Quando, poucos dias depois, o padre Hutot chegou a Walla, encontrou um espetáculo atroz. Para poder entregar as cotas que deviam, as famílias da aldeia tinham vendido seus filhos e filhas, e dois dos homens, as suas mulheres, para mercadores ambulantes que faziam tráfico de escravos às escondidas das autoridades. O trapista achava que as crianças e mulheres vendidas deviam ser pelo menos oito, mas certamente eram mais. Os nativos estavam aterrorizados. Haviam mandado comprar borracha e mantimentos para pagar a dívida, mas não tinham certeza de que o dinheiro da venda fosse suficiente.

— O senhor acredita que aconteçam coisas assim neste mundo, senhor cônsul?

— Sim, *mon père*. Agora eu acredito em todas as coisas ruins e terríveis que me contam. Se aprendi uma lição no Congo, foi que não há fera mais sanguinária que o ser humano.

"Não vi ninguém chorar em Walla", pensaria depois Roger Casement. Também não ouviu ninguém se queixar. A aldeia parecia habitada por autômatos, seres espectrais que perambulavam à luz do dia, entre as três dezenas de cabanas de pau a pique com tetos cônicos de folha de palmeira, de um lado para outro, sem rumo, sem saber para onde ir, esquecidos de quem eram, de onde estavam, como se tivesse caído uma maldição sobre a aldeia transformando seus habitantes em fantasmas. Mas fantasmas com as costas e nádegas cheias de cicatrizes frescas, algumas com marcas de sangue como se as feridas ainda estivessem abertas.

Com a ajuda do padre Hutot, que falava o idioma da tribo com fluência, Roger realizou o seu trabalho. Interrogou cada um e cada uma dos habitantes, ouvindo-os repetir o que já tinha ouvido muitas vezes e depois ouviria outras tantas. Aqui também, em Walla, ele se surpreendeu porque nenhum daqueles pobres seres reclamava do principal: com que direito aqueles forasteiros tinham vindo invadi-los, explorá-los e maltratá-los? Só se preocupavam com o imediato: as cotas. Eram excessivas, não havia força humana que pudesse reunir tanta borracha, tantos mantimentos e ceder tantos braços. Não se queixavam dos açoites nem dos reféns. Só pediam que as cotas diminuíssem um pouco para poder cumpri-las e deixar assim as autoridades contentes com o povo de Walla.

Roger passou a noite na aldeia. No dia seguinte, com suas cadernetas cheias de anotações e depoimentos, ele se despediu do padre Hutot. Tinha decidido alterar o roteiro programado. Voltou ao lago Mantumba, embarcou no *Henry Reed* e se dirigiu para Coquilhatville. O povoado era grande, com ruas irregulares de terra, casas espalhadas entre palmeiras e pequenos quadrados com cultivos. Assim que desembarcou, foi à guarnição da Force Publique, um vasto espaço com construções rústicas e uma paliçada de estacas amarelas.

O tenente Tanville tinha saído em missão de trabalho. Mas Roger foi recebido pelo capitão Marcel Junieux, chefe da Guarnição e militar responsável por todas as estações e postos da Force Publique na região. Era um quarentão alto, magro, musculoso, com a pele bronzeada e cabelos já grisalhos cortados bem rentes. Tinha uma medalha da Virgem pendurada no pescoço e a tatuagem de um bichinho no antebraço. Levou-o para um escritório rústico onde se viam, presas nas paredes, algumas bandeirolas e uma fotografia de Leopoldo II em uniforme de gala. Ofereceu uma xícara de café. Convidou-o para sentar em frente à sua pequena mesa de trabalho, cheia de cadernetas, réguas, mapas e lápis, numa cadeirinha muito frágil, que ameaçava desabar com qualquer movimento de Roger Casement. O capitão havia passado a infância na Inglaterra, onde seu pai tinha negócios, e falava um bom inglês. Era um oficial de carreira que se oferecera como voluntário para vir ao Congo havia cinco anos, "para fazer a pátria, senhor cônsul". Disse isso com uma ironia ácida.

Estava prestes a ser promovido e voltar à metrópole. Escutou Roger sem interromper uma só vez, muito sério e, pelo que parecia, profundamente concentrado no que ouvia. Sua expressão, grave e impenetrável, não se alterava com nenhum detalhe. Roger foi exato e minucioso. Deixou bem claro quais coisas lhe haviam contado e quais ele tinha visto com seus próprios olhos: as costas e as nádegas lanhadas, os depoimentos dos que venderam os filhos para saldar as cotas que não conseguiam completar. Explicou que o governo de Sua Majestade seria informado desses horrores, mas que, além disso, ele considerava que tinha o dever de manifestar, em nome do governo que representava, o seu protesto contra a atuação da Force Publique, responsável por violências atrozes como as de Walla. Ele era testemunha presencial de que aquela aldeia se tornara um pequeno inferno. Quando se calou, o rosto do capitão Junieux permaneceu imutável. Ficou um bom tempo em silêncio. Por fim, fazendo um pequeno movimento de cabeça, disse, com suavidade:

— Como o senhor certamente sabe, senhor cônsul, nós, quer dizer, a Force Publique, não ditamos as leis. Nosso papel é apenas fazer com que sejam cumpridas.

Tinha um olhar claro e direto, sem sinais de constrangimento nem de irritação.

— Conheço as leis e regulamentos que regem o Estado Independente do Congo, capitão. Nada neles autoriza a mutilar os nativos, chicoteá-los até sangrarem, tomar como reféns as mulheres para evitar que seus maridos fujam e extorquir as aldeias a tal ponto que as mães têm que vender seus filhos para entregar as cotas de comida e borracha que vocês exigem.

— Nós? — exagerou sua surpresa o capitão Junieux. Negava com a cabeça, e com seus movimentos o bichinho da tatuagem se mexia. — Nós não exigimos nada de ninguém. Recebemos ordens e as fazemos cumprir, só isso. A Force Publique não fixa essas cotas, senhor Casement. Quem faz isso são as autoridades políticas e os diretores das companhias concessionárias. Nós somos executores de uma política na qual não tivemos qualquer participação. Nunca ninguém pediu a nossa opinião. Se tivessem pedido, talvez as coisas estivessem melhores.

Calou-se e parecia distraído, por uns instantes. Pelas grandes janelas com mosquiteiros metálicos, Roger via um descampado quadrangular e sem árvores onde uma formação de soldados africanos, com calças de algodão, os torsos nus e descalços, estava marchando. Mudavam de direção seguindo a voz de comando de um suboficial, este sim de botas, camisa de uniforme e quepe.

— Vou fazer uma investigação. Se o tenente Tanville tiver cometido ou apoiado exações, vai ser castigado — disse o capitão. — Os soldados também, claro, se se excederam no uso do chicote. É só o que posso prometer. O resto está fora do meu alcance, cabe à justiça. Mudar este sistema não é tarefa de militares, mas de juízes e políticos. Do Supremo Governo. O senhor também sabe disso, imagino.

De repente havia um tom desanimado em sua voz.

— Eu gostaria muito que o sistema mudasse. Também não me agrada que essas coisas ocorram aqui. O que somos obrigados a fazer ofende os meus princípios — tocou na medalhinha do pescoço. — Minha fé. Sou um homem muito católico. Lá na Europa sempre tentei ser consequente com as minhas crenças. Aqui no Congo, isso não é possível, senhor cônsul. Essa é a triste verdade. Por isso, estou muito contente em voltar para a Bélgica. Nunca mais vou pôr os pés na África, posso lhe garantir.

O capitão Junieux se levantou da escrivaninha e foi até uma das janelas. Dando as costas para o cônsul, ficou calado por um tempo, observando aqueles recrutas que não conseguiam marchar no mesmo passo, tropeçavam e faziam filas tortas na formação.

— Se é assim, o senhor poderia fazer alguma coisa para acabar com esses crimes — murmurou Roger Casement. — Não foi para isso que os europeus vieram à África.

— Ah, não? — O capitão Junieux se voltou para encará-lo e o cônsul notou que o oficial tinha empalidecido um pouco.

— Para que viemos, então? Já sei: para trazer a civilização, o cristianismo e o livre-comércio. O senhor ainda acredita nisso, senhor Casement?

— Não mais — respondeu Roger Casement no ato.

— Antes acreditava, sim. De todo o coração. Acreditei durante muitos anos, com toda a ingenuidade do jovem idealista que fui. Que a Europa vinha à África para salvar vidas e almas, civilizar os selvagens. Agora sei que estava enganado.

A expressão do capitão Junieux mudou e Roger pensou que, de repente, o rosto do oficial tinha substituído a máscara hierática por outra mais humana. Que o olhava, até, com a simpatia piedosa que os idiotas merecem.

— Eu tento me redimir desse pecado da juventude, capitão. Foi para isso que vim até Coquilhatville. E é por isso que estou documentando, com o maior cuidado, os abusos cometidos aqui em nome da suposta civilização.

— Eu lhe desejo sucesso, senhor cônsul — escarneceu com um sorriso o capitão Junieux. — Mas, se o senhor permite que eu fale com franqueza, desconfio de que não vai conseguir. Não há força humana que mude este sistema. É tarde demais para isso.

— Se o senhor não se importa, eu gostaria de visitar a prisão e a *maison d'otages*, onde estão as mulheres que trouxeram de Walla — disse Roger, mudando de assunto abruptamente.

— Pode visitar o que quiser — assentiu o oficial. — O senhor está em casa. Mas deixe-me recordar o que já lhe disse. Não fomos nós que inventamos o Estado Independente do Congo. Só o fazemos funcionar. Ou seja, também somos vítimas.

A prisão era um galpão de madeira e tijolos, sem janelas, com uma entrada só, vigiada por dois soldados nativos com espingardas. Havia uma dúzia de homens, alguns velhos, seminus, deitados no chão, e dois deles estavam amarrados em aros presos na parede. O que mais o chocou não foram os rostos abatidos ou inexpressivos daqueles esqueletos silenciosos, cujos olhos o seguiram de um lado para outro enquanto percorria o recinto, mas o cheiro de urina e excrementos.

— Tentamos obrigá-los a fazer suas necessidades nestes baldes — adivinhou seu pensamento o capitão, apontando para um recipiente. — Mas não estão acostumados. Preferem o chão. É coisa deles. Não se importam com o cheiro. Talvez nem o sintam.

Embora a *maison d'otages* fosse um espaço menor, o espetáculo era mais dramático porque estava lotada, a tal ponto que Roger quase não conseguia circular entre aqueles corpos apinhados e seminus. O lugar era tão estreito que muitas mulheres não podiam sentar nem deitar, tinham que ficar em pé.

— Isto é excepcional — explicou o capitão Junieux, apontando para elas. — Nunca há tantas mulheres assim. Esta noite, para que possam dormir, vamos transferir a metade para um alojamento de soldados.

Aqui também o cheiro de urina e excrementos era insuportável. Algumas mulheres eram bem jovens, quase meninas. Todas tinham o mesmo olhar perdido, sonâmbulo, para além da vida, que Roger veria em tantas congolesas ao longo dessa viagem. Uma das reféns tinha um recém-nascido nos braços, tão quieto que parecia morto.

— Que critério o senhor usa para soltá-las? — perguntou o cônsul.

— Quem decide não sou eu, é um magistrado, senhor. Há três, em Coquilhatville. O critério é um só: quando os maridos entregam as cotas que devem, podem levar suas mulheres.

— E se não entregam?

O capitão encolheu os ombros.

— Algumas conseguem fugir — disse, sem olhar para ele, abaixando a voz. — Outras, os soldados levam e fazem delas suas mulheres. Estas são as que têm mais sorte. Algumas enlouquecem e se matam. Outras morrem de tristeza, raiva e fome. Como o senhor viu, quase não têm o que comer. A culpa também não é nossa. Eu não recebo mantimentos suficientes nem para alimentar os soldados. Muito menos os presos. Às vezes fazemos pequenas coletas entre os oficiais para melhorar o rancho. As coisas são assim. Eu sou o primeiro a lamentar que não sejam diferentes. Se o senhor conseguir que melhorem, a Force Publique lhe ficará grata.

Roger Casement foi visitar os três magistrados belgas de Coquilhatville, mas só um deles o recebeu. Os outros dois inventaram desculpas para evitá-lo. *Maître* Duval, pelo contrário, um cinquentão gordinho e cheio de viço que, apesar do calor tropical, usava colete, punhos postiços e levita com correntinha, o fez entrar em seu discreto gabinete e lhe ofereceu uma xícara de chá. Ouviu-o com educação, suando copiosamente. Vez por outra limpava o rosto com um lenço já ensopado. Às vezes reprovava o que o cônsul expunha com movimentos de cabeça e uma expressão aflita. Quando terminou, pediu que ele detalhasse tudo aquilo por escrito. Dessa maneira poderia encaminhar ao seu Tribunal o pedido de abertura de uma investigação formal sobre esses episódios lamentáveis. Se bem que, retificou *maître* Duval com um dedo reflexivo no queixo, talvez fosse preferível que o senhor cônsul encaminhasse o relatório ao Tribunal Superior, agora estabelecido em Leopoldville. Por ser uma instância mais alta e influente, esse tribunal podia atuar com mais eficácia em toda a colônia. Não apenas para modificar esse estado de coisas, mas também para indenizar as famílias das vítimas e as próprias vítimas com compensações econômicas. Roger Casement lhe disse que faria isso. E se despediu convencido de que *maître* Duval não ia levantar um dedo, e o Tribunal Superior de Leopoldville tampouco. Mas, mesmo assim, enviaria o escrito.

Ao entardecer, quando estava de partida, um nativo veio lhe dizer que os frades da missão trapista queriam vê-lo. Lá encontrou de novo *le père* Hutot. Os frades — eram meia dúzia — queriam lhe pedir que levasse secretamente no seu vaporzinho um punhado de fugitivos que eles estavam escondendo na trapa fazia vários dias. Vinham todos do povoado de Bonginda, rio Congo acima, onde, por não terem sido cumpridas as cotas de borracha, a Force Publique desencadeou uma operação de castigo tão dura como em Walla.

A trapa de Coquilhatville era uma grande casa de barro, pedra e madeira de dois andares que, por fora, parecia um fortim. Suas janelas estavam muradas. O abade, Dom Jesualdo, de origem portuguesa, já era muito velho, tanto como outros dois frades, mirrados e parecendo estar perdidos dentro das suas túnicas brancas, com escapulários negros e toscos cinturões de couro. Só os mais velhos eram frades, os outros, laicos. Todos, assim como o padre Hutot, eram de uma magreza semiesquelética que parecia uma espécie de emblema dos trapistas de lá. Por dentro, o local era luminoso, pois só a capela, o refeitório e o dormitório dos frades tinham telhado. Havia um quintal, uma horta, um galinheiro com aves, um cemitério e uma cozinha com um grande fogão.

— Que delito cometeu essa gente que vocês me pedem para tirar daqui às escondidas das autoridades?

— Ser pobres, senhor cônsul — disse Dom Jesualdo, compungido. — O senhor sabe muito bem. Acabou de ver em Walla o que significa ser pobre, humilde e congolês.

Casement concordou. Certamente era um ato misericordioso dar a ajuda que os trapistas lhe pediam. Mas estava em dúvida. Como diplomata, transportar fugitivos da justiça às escondidas, por mais que fossem perseguidos por motivos indevidos, era arriscado, podia comprometer a Grã-Bretanha e desvirtuar por completo a missão de informação que ele estava realizando para o Foreign Office.

— Posso vê-los e falar com eles?

Dom Jesualdo concordou. O *père* Hutot saiu e logo depois voltou com o grupo. Eram sete, todos homens, entre eles três meninos. Todos tinham a mão esquerda cortada ou destroçada a coronhadas. E marcas de chicotadas no peito e nas costas. O chefe do grupo se chamava Mansunda e usava um penacho de penas e uma fieira de colares com dentes de animais; seu rosto tinha cicatrizes antigas dos ritos de iniciação da sua tribo. O padre Hutot serviu de intérprete. A aldeia de Bonginda tinha deixado por duas vezes consecutivas de entregar borracha — as seringueiras da região já estavam esgotadas — aos emissários da Companhia Lulonga, concessionária da área. Então, os guardas africanos deixados pela Force Publique na aldeia começaram a açoitar e cortar mãos e pés. Houve uma efervescência de ódio e o povo, rebelando-se, matou um guarda, enquanto os outros conseguiam fugir. Poucos dias depois, a aldeia de Bonginda foi ocupada por uma coluna da Force Publique que ateou fogo em todas as casas, matou um bom número de habitantes, homens e mulheres, alguns deles queimados no interior das suas choupanas, e trouxe o resto para a prisão de Coquilhatville e a *maison d'otages*. O chefe Mansunda achava que eles eram os únicos que tinham conseguido fugir, graças aos trapistas. Se a Force Publique os capturasse, seriam vítimas da vingança, como os outros, porque em todo o Congo a rebeldia dos nativos sempre era punida com o extermínio de toda a comunidade.

— Está bem, *mon père* — disse Casement. — Eu os levo comigo no *Henry Reed*, para tirá-los daqui. Mas só até a costa francesa mais próxima.

— Deus lhe pagará, senhor cônsul — disse *le père* Hutot.

— Não sei, *mon père* — respondeu o cônsul. — Vocês e eu estamos violando a lei, neste caso.

— A lei dos homens — retificou o trapista. — E a estamos transgredindo, justamente, para ser fiéis à lei de Deus.

Roger Casement partilhou com os frades um jantar frugal e vegetariano. Conversou muito com eles. Dom Jesualdo brincou que em sua homenagem os trapistas estavam violando a regra de silêncio que vigorava na ordem. Os frades e laicos pareciam tão abatidos e derrotados por este país como ele mesmo. Como é que se chegou a isto?, refletiu em voz alta. E contou a eles que dezenove anos antes viera para a África cheio de entusiasmo, convencido de que a aventura colonial iria trazer uma vida digna para os africanos. Como era possível que a colonização tivesse se transformado nesta horrível rapina, nesta crueldade vertiginosa em que gente que se dizia cristã torturava, mutilava, matava seres indefesos e os submetia a crueldades tão atrozes, mesmo as crianças, os velhos? Os europeus não tinham vindo para cá acabar com o tráfico negreiro e trazer a religião da caridade e da justiça? Pois isso que estava acontecendo aqui era ainda pior que o comércio de escravos, não acham?

Os frades o deixaram desabafar, sem abrir a boca. Seria porque, ao contrário do que disse o abade, eles não queriam romper a regra do silêncio? Não: estavam tão confusos e machucados pelo Congo quanto ele.

— Os caminhos de Deus são inescrutáveis para pobres pecadores como nós, senhor cônsul — suspirou Dom Jesualdo. — O importante é não cair em desespero. Não perder a fé. O fato de haver homens como o senhor aqui nos dá ânimo, devolve a esperança. Nós lhe desejamos sucesso na sua missão. Vamos pedir a Deus que lhe permita fazer algo por esta gente desventurada.

Os sete fugitivos embarcaram no *Henry Reed* ao amanhecer do dia seguinte, numa curva do rio, quando o vaporzinho já estava um pouco distante de Coquilhatville. Nos três dias em que permaneceram no barco, Roger ficou tenso e angustiado. Tinha dado uma vaga explicação à tripulação para justificar a presença dos sete nativos mutilados e teve a impressão de que os homens estavam desconfiados e olhavam com suspeita para o grupo, com o qual não tinham comunicação. Na altura de Irebu, o *Henry Reed* se aproximou da margem francesa do rio Congo e nessa noite, enquanto a tripulação dormia, sete silhuetas silenciosas desembarcaram e desapareceram nas matas da costa. Depois ninguém perguntou ao cônsul o que tinha sido deles.

A essa altura da viagem, Roger Casement começou a sentir-se mal. Não apenas moral e psicologicamente. Seu corpo também se ressentia dos efeitos da falta de sono, das picadas de insetos, do esforço físico exagerado e, talvez, principalmente, de um estado de ânimo em que a raiva dava lugar ao abatimento, a vontade de fazer seu trabalho à premonição de que o relatório também não ia servir para nada, porque, lá em Londres, os burocratas do Foreign Office e os políticos a serviço de Sua Majestade decidiriam que não era prudente perder a amizade de um aliado como Leopoldo II, que publicar um *report* com acusações tão sérias teria consequências prejudiciais para a Grã-Bretanha, pois significaria jogar a Bélgica nos braços da Alemanha. Os interesses do Império não eram mais importantes que as queixas choramingadas por uns selvagens seminus que adoravam felinos e serpentes e eram antropófagos?

Fazendo um esforço sobre-humano para superar as crises de abatimento, as dores de cabeça, os enjoos, a decomposição do corpo — ele percebeu que estava emagrecendo porque teve que fazer mais furos no cinto —, continuou visitando aldeias, postos, estações, interrogando moradores, funcionários, empregados, sentinelas, seringueiros, e se sobrepondo como podia ao espetáculo cotidiano dos corpos martirizados pelas chicotadas, as mãos amputadas e as histórias pesadelares de assassinatos, prisões, chantagens e desaparecimentos. Chegou a pensar que o sofrimento generalizado dos congoleses impregnava o ar, o rio e a vegetação à sua volta com um cheiro particular, uma pestilência que não era só física, mas também espiritual, metafísica.

"Acho que estou perdendo o juízo, querida Gee", escreveu à sua prima Gertrude na estação de Bongandanga, no dia em que decidiu dar meia-volta e empreender o regresso a Leopoldville. "Hoje iniciei a volta a Boma. Pelos meus planos, deveria ter continuado no Alto Congo por umas duas semanas mais. Mas, na verdade, já tenho material suficiente para descrever no relatório as coisas que acontecem aqui. Temo que, se continuar esquadrinhando a que extremos podem chegar a maldade e a ignomínia dos seres humanos, não vou conseguir nem escrever o meu *report*. Estou à beira da loucura. Um ser humano normal não pode mergulhar durante tantos meses neste inferno sem perder a sanidade, sem sucumbir a algum transtorno mental. Algumas noites, na minha insônia, sinto que isso está acontecendo comigo. Alguma coisa está se desintegrando na minha mente. Vivo numa angústia permanente. Se eu continuar em contato com as coisas que acontecem aqui, também vou acabar dando chicotadas, cortando mãos e assassinando congoleses entre o almoço e o jantar sem ter o menor problema de consciência nem perder o apetite. Porque é isso o que acontece com os europeus neste país condenado."

Mas essa longuíssima carta não versava principalmente sobre o Congo, e sim sobre a Irlanda. "Pois é, Gee querida, você pode achar que é outro sintoma de loucura, mas esta viagem às profundezas do Congo me serviu para descobrir o meu próprio país. Para entender sua situação, seu destino, sua realidade. Nestas selvas não encontrei somente a verdadeira face de Leopoldo II. Também encontrei o meu verdadeiro eu: o irlandês incorrigível. Quando voltarmos a nos encontrar você vai ter uma surpresa, Gee. Não vai ser fácil reconhecer o seu primo Roger. Tenho a impressão de ter mudado de pele, como certos ofídios, de mentalidade, e talvez até de alma."

Era verdade. Durante os dias que o *Henry Reed* levou para descer o rio Congo até Leopoldville-Kinshasa, onde finalmente atracou ao entardecer de 15 de setembro de 1903, o cônsul mal trocou palavras com a tripulação. Ficava trancado na sua cabine estreita, ou, se o tempo permitisse, deitado numa rede na popa, com o fiel *John* acocorado aos seus pés, quieto e atento, como se a tristeza que via no seu dono o tivesse contagiado.

Só o fato de pensar no país da sua infância e juventude, do qual lhe viera de repente uma profunda nostalgia ao longo dessa viagem, já tirava da sua cabeça as imagens do horror no Congo que se obstinavam em destruí-lo moralmente e perturbar seu equilíbrio psíquico. Lembrava-se dos seus primeiros anos em Dublin, mimado e protegido pela mãe, os anos de colégio em Ballymena e as visitas ao castelo com fantasmas de Galgorm, os passeios com sua irmã Nina pelas campinas ao norte de Antrim (tão tranquilas em comparação com a africana!) e a felicidade que sentia nas excursões aos picos que escoltavam Glenshesk, o seu preferido entre os nove *glens* do condado, uns cumes varridos pelos ventos onde às vezes divisava o voo das águias com suas grandes asas abertas e a crista levantada, desafiando o céu.

Por acaso a Irlanda também não era uma colônia, como o Congo? Sim, embora ele tivesse teimado tantos anos em não aceitar esta verdade que seu pai e tantos irlandeses do Ulster, como ele, rejeitavam com uma indignação cega. Por que o que era ruim para o Congo seria bom para a Irlanda? Os ingleses não tinham invadido o Eire? Não o incorporaram ao Império pela força, sem consultar os invadidos e ocupados, exatamente como os belgas fizeram com os congoleses? Com o tempo a violência se mitigou, mas a Irlanda continuava sendo uma colônia, cuja soberania desapareceu por obra de um vizinho mais forte. Essa era uma realidade que muitos irlandeses se negavam a ver. O que diria seu pai se o ouvisse dizendo essas coisas? Pegaria o seu pequeno "chicote"? E sua mãe? Anne Jephson ficaria escandalizada se soubesse que nas solidões do Congo o seu filho estava se tornando, senão em ato, pelo menos em pensamento, um nacionalista? Naquelas tardes solitárias, cercado pelas águas marrons e cheias de folhas, galhos e troncos do rio Congo, Roger Casement tomou uma decisão: assim que voltasse à Europa providenciaria uma boa coleção de livros sobre a história e a cultura do Eire, que conhecia tão mal.

Ficou apenas três dias em Leopoldville, sem procurar ninguém. No estado em que se encontrava, não tinha ânimo para visitar autoridades ou conhecidos e ter que falar — mentindo, naturalmente — sobre a sua viagem pelo Médio e Alto Congo e o que vira naqueles meses. Telegrafou em código ao Foreign Office dizendo que já tinha material suficiente confirmando as denúncias sobre maus-tratos aos nativos. Pediu autorização para se instalar na vizinha colônia portuguesa para redigir o seu relatório com mais tranquilidade do que sob as pressões do serviço consular em Boma. E escreveu uma longa denúncia, que também era um protesto formal, à Procuradoria do Tribunal Supremo de Leopoldville-Kinshasa, sobre os acontecimentos de Walla, pedindo uma investigação e a punição dos responsáveis. Levou pessoalmente o seu texto à Procuradoria. Um funcionário circunspeto lhe prometeu informar tudo aquilo ao procurador, *maître* Leverville, assim que ele voltasse de uma caçada de elefantes com o chefe do Escritório de Registros Comerciais da cidade, monsieur Clothard.

    Roger Casement pegou o trem para Matadi, onde só ficou uma noite. De lá desceu até Boma num barquinho de carga. No escritório consular encontrou uma pilha de correspondência e um telegrama dos seus chefes autorizando-o a viajar para Luanda e escrever lá o seu relatório. Era urgente que o fizesse, e com o maior número de detalhes possível. Na Inglaterra, a campanha de denúncias contra o Estado Independente do Congo estava em ebulição e os principais jornais se envolviam nela, confirmando ou negando "as atrocidades". Tinham se somado às denúncias da Igreja batista, já havia algum tempo, as do jornalista britânico de origem francesa Edmund D. Morel, amigo secreto e cúmplice de Roger Casement. Suas matérias causavam uma grande agitação na Câmara dos Comuns, assim como na opinião pública. Já houvera um debate sobre o assunto no Parlamento. O Foreign Office e o próprio chanceler lorde Lansdowne, em pessoa, esperavam com impaciência o depoimento de Roger Casement.

    Em Boma, tanto quanto em Leopoldville-Kinshasa, Roger evitou até onde pôde as pessoas do governo, quebrando até o protocolo, coisa que não fizera antes em todos os seus anos de serviço consular. Em vez de visitar o governador-geral, lhe enviou uma carta se desculpando por não ir apresentar pessoalmente os seus cumprimentos, alegando problemas de saúde. Não jogou tênis, nem bilhar, nem cartas uma só vez, e não ofereceu nem aceitou almoços ou jantares. Nem sequer ia nadar nos remansos do rio de manhã cedo, coisa que costumava fazer quase todo dia, mesmo com mau tempo. Não queria ver gente nem fazer vida social. Não queria, principalmente, que lhe perguntassem pela viagem e ser obrigado a mentir. Tinha certeza de que nunca poderia descrever com sinceridade aos seus amigos e conhecidos de Boma o que pensava de tudo aquilo que tinha visto, ouvido e vivido no Médio e Alto Congo durante as últimas catorze semanas.

Empregou todo o seu tempo resolvendo os problemas consulares mais urgentes e preparando sua viagem a Cabinda e Luanda. Tinha a esperança de que, saindo do Congo, mesmo que para outra possessão colonial, se sentiria menos aflito, mais livre. Tentou várias vezes começar um rascunho do relatório, mas não conseguiu. Não era só o desânimo que o impedia; a sua mão direita se torcia de cãibras assim que começava a deslizar a pena no papel. As hemorroidas voltaram a incomodar. Quase não comia, e os dois criados, Charlie e Mawuku, lhe diziam, preocupados por vê-lo tão mal, que chamasse o médico. Mas, embora ele mesmo estivesse apreensivo com as suas insônias, com a falta de apetite e os mal-estares físicos, não chamou, porque ver o doutor Salabert significaria falar, lembrar, contar tudo aquilo que nesse momento só queria esquecer.

A 28 de setembro embarcou para Banana e lá, no dia seguinte, ele e Charlie continuaram em outro barquinho até Cabinda. *John*, o buldogue, ficou com Mawuku. Mas nem mesmo nos quatro dias que passou nessa localidade, onde tinha conhecidos com quem jantou e que, como não sabiam da sua viagem ao Alto Congo, não o obrigaram a falar do que não queria, ele ficou mais tranquilo e seguro de si mesmo. Só em Luanda, onde chegou a 3 de outubro, começou a sentir-se melhor. O cônsul inglês, Mr. Briskley, pessoa discreta e atenciosa, lhe ofereceu um pequeno gabinete no seu escritório. Ali começou finalmente a trabalhar de sol a sol esboçando as grandes linhas do seu *report*.

Mas só sentiu que começava a estar realmente bem, a ser o mesmo de antes, três ou quatro dias depois de chegar a Luanda, ao meio-dia, sentado a uma mesa do antigo Café Paris, onde ia comer depois de trabalhar a manhã inteira. Estava dando uma espiada num velho jornal de Lisboa quando percebeu, na rua em frente, vários nativos seminus descarregando uma grande carreta cheia de fardos de algum produto agrícola, talvez algodão. Um deles, o mais jovem, era muito bonito. Tinha um corpo alongado e atlético, músculos que se marcavam nas costas, pernas e nos braços com o esforço que fazia. Sua pele escura, um pouco azulada, brilhava de suor. Com os movimentos que fazia ao ir e voltar da carreta para o interior do depósito com a carga no ombro, o pedaço de tecido leve que ele tinha enrolado no quadril se abria e deixava entrever seu sexo, vermelho e pendurado e maior que o normal. Roger sentiu uma onda de calor e um desejo urgente de fotografar o belo carregador. Isso não lhe acontecia havia meses. Um pensamento o deixou animado: "Voltei a ser eu mesmo." No pequeno diário que sempre levava consigo, anotou: "Muito bonito e enorme. Eu o segui e convenci. Nos beijamos atrás das samambaias gigantes de um descampado. Foi meu, fui dele. Ui-vei." Respirou fundo, febril.

Nessa mesma tarde, Mr. Briskley lhe entregara um telegrama do Foreign Office. O chanceler, lorde Lansdowne em pessoa, ordenava que ele voltasse imediatamente à Inglaterra, para redigir em Londres o seu *Relatório sobre o Congo*. Roger já havia recuperado o apetite e nessa noite jantou bem.

Antes de embarcar no *Zaire,* que partiu de Luanda para a Inglaterra, com escala em Lisboa, a 6 de novembro, escreveu uma longa carta a Edmund D. Morel. Os dois se correspondiam secretamente fazia uns seis meses. Não o conhecia pessoalmente. Soube da sua existência, primeiro, por uma carta de Herbert Ward, que admirava o jornalista, e, depois, ouvindo em Boma funcionários belgas e viajantes comentarem os severos artigos cheios de críticas ao Estado Independente do Congo que Morel, que residia em Liverpool, publicava denunciando os abusos contra os nativos da colônia africana. Discretamente, por intermédio da sua prima Gertrude, conseguiu alguns folhetos publicados por Morel. Impressionado com a seriedade das suas acusações, num gesto audaz Roger lhe escreveu, enviando a carta por Gee. Nela lhe dizia que estava havia muitos anos na África e podia dar informações de primeira mão para a sua justa campanha, com a qual se solidarizava. Não podia fazê-lo abertamente devido à sua condição de diplomata britânico, e por isso era preciso tomar precauções com a correspondência para evitar que fosse identificado o informante em Boma. Na carta que enviou a Morel de Luanda, Roger resumia a sua última experiência e dizia que entraria em contato com ele assim que chegasse à Europa. Nada lhe daria mais prazer do que conhecer pessoalmente o único europeu que de fato parecia ter tomado consciência da responsabilidade do Velho Continente na transformação do Congo num inferno. Na viagem a Londres, Roger recuperou a energia, o entusiasmo, a esperança. Voltou a ter convicção de que o seu relatório seria muito útil para acabar com aqueles horrores. A impaciência com que o Foreign Office esperava o *report* demonstrava isso. Os fatos eram de tal magnitude que o governo britânico teria que atuar, exigir mudanças radicais, convencer seus aliados, revogar a desatinada concessão pessoal a Leopoldo II de todo um continente como era o Congo. Apesar das tempestades que balançaram o *Zaire* entre São Tomé e Lisboa, e que provocaram enjoos e vômitos em metade da tripulação, Roger Casement conseguiu continuar escrevendo o relatório. Disciplinado como antes e entregue à tarefa com um zelo apostólico, ele procurava redigir com a maior precisão e sobriedade possíveis, sem cair em sentimentalismos nem em considerações subjetivas, descrevendo com objetividade só aquilo que tinha constatado. Quanto mais exato e conciso fosse, mais persuasivo e eficaz.

Chegou a Londres num glacial 1º de dezembro. Quase nem teve tempo de dar uma olhada na cidade chuvosa, fria e fantasmal, porque, assim que deixou a bagagem em seu apartamento nos Philbeach Gardens, em Earl's Court, e passou a vista na correspondência acumulada, teve que ir correndo para o Foreign Office. Ao longo de três dias se sucederam as reuniões e audiências. Roger ficou muito impressionado. Não havia dúvida, o Congo era o centro das atenções depois daquele debate no Parlamento. As denúncias da Igreja batista e a campanha de Edmund D. Morel tinham surtido efeito. Todos exigiam uma posição do governo. Este, antes de se manifestar, contava com o seu *report*. Roger Casement descobriu que, sem que ele quisesse nem soubesse, as circunstâncias o haviam transformado num homem importante. Nas duas exposições, de uma hora cada uma, que fez para funcionários do Ministério — numa delas estavam presentes o diretor para Assuntos Africanos e o vice-ministro — sentiu o efeito das suas palavras nos ouvintes. Os olhares incrédulos iniciais se tornavam, quando ele respondia às perguntas com novos detalhes, expressões de repugnância e horror.

Deram-lhe um escritório num lugar tranquilo de Kensington, longe do Foreign Office, e um datilógrafo jovem e eficiente, Mr. Joe Pardo. Começou a ditar-lhe o relatório na sexta-feira, dia 4 de dezembro. Circulou a notícia de que o cônsul britânico no Congo havia chegado a Londres com um documento minucioso sobre a colônia, e a agência Reuters, *The Spectator, The Times* e vários correspondentes de jornais dos Estados Unidos tentaram entrevistá-lo. Mas ele, em combinação com seus superiores, disse que só falaria com a imprensa depois que o governo se manifestasse sobre o assunto.

Nos dias seguintes não fez outra coisa senão trabalhar o tempo todo no *report*, aumentando, cortando e refazendo o texto, relendo uma e outra vez suas cadernetas com as anotações da viagem que já conhecia de cor. Ao meio-dia só comia um sanduíche e todas as noites jantava cedo em seu clube, o Wellington. Às vezes Herbert Ward o acompanhava. Era bom conversar com o velho amigo. Um dia Herbert o arrastou para o seu ateliê, no nº 53 da Chester Square, e o distraiu mostrando-lhe suas fortes esculturas inspiradas na África. Outro dia, para fazê-lo se esquecer por algumas horas da sua preocupação obsessiva, Herbert o obrigou a sair e comprar um paletó na moda, de tecido quadriculado, uma boina à francesa e sapatos de duas cores. Depois levou-o para almoçar no lugar preferido dos intelectuais e artistas londrinos, o Eiffel Tower Restaurant. Foram as suas únicas diversões durante aqueles dias.

Desde que chegara Roger tinha pedido autorização ao Foreign Office para falar com Morel. Como pretexto, disse que queria confirmar com o jornalista algumas das informações que trazia. Em 9 de dezembro obteve a autorização. E, no dia seguinte, Roger Casement e Edmund D. Morel viram os respectivos rostos pela primeira vez. Em vez de apertarem as mãos, os dois se abraçaram. Conversaram, jantaram juntos no Comedy, foram ao apartamento de Roger em Philbeach Gardens onde passaram o resto da noite bebendo conhaque, conversando, fumando e discutindo até que descobriram através das persianas que já era um novo dia. Tinham sido doze horas de diálogo ininterrupto. Ambos diriam, depois, que aquele foi o encontro mais importante de suas vidas.

Os dois não podiam ser mais diferentes. Roger era muito alto e magro e Morel mais baixo, parrudo e com tendência a engordar. Todas as vezes que o viu, Casement teve a impressão de que a roupa do seu amigo estava apertada. Roger havia completado trinta e nove anos, mas, apesar do seu corpo abalado pelo clima africano e as febres palúdicas, parecia, talvez pelo apuro da sua vestimenta, mais jovem que Morel, que tinha trinta e dois e havia sido bonito quando jovem mas agora estava envelhecido, com o cabelo já grisalho, assim como seu bigode de foca, dividido ao meio, e uns olhos ardentes e meio esbugalhados. Bastou se verem para se entenderem e — eles não achariam a palavra exagerada — se amarem.

Do que falaram nessas doze horas ininterruptas? Muito da África, naturalmente, mas também das suas famílias, da sua infância, seus sonhos, ideais e desejos de adolescentes, e de como, sem querer, o Congo se instalou no centro das suas vidas e as transformou de cima a baixo. Roger ficou maravilhado ao ver como alguém que nunca estivera lá conhecia tão bem o país. Sua geografia, sua história, sua gente, seus problemas. Ouviu fascinado como, muitos anos antes, o obscuro empregado da Elder Dempster Line (a mesma empresa em que Roger havia trabalhado quando jovem em Liverpool) que era Morel, encarregado de inspecionar os barcos no porto de Amberes e fazer auditorias da carga, ficou desconfiado quando viu que o livre-comércio que, supostamente, Sua Majestade Leopoldo II abrira entre a Europa e o Estado Independente do Congo era não só assimétrico, como também uma farsa. Que espécie de livre-comércio era aquele em que os navios que vinham do Congo descarregavam no grande porto flamengo toneladas de borracha e grandes quantidades de marfim, azeite de palmeira, minerais e peles, e só embarcavam para lá fuzis, chicotes e caixas de vidrinhos coloridos?

Foi assim que Morel começou a se interessar pelo Congo, a investigar, indagar aos que iam para lá ou voltavam à Europa, comerciantes, funcionários, viajantes, pastores, sacerdotes, aventureiros, soldados, policiais, e a ler tudo o que lhe caía nas mãos sobre aquele imenso país cujos infortúnios chegou a conhecer muito bem, como se tivesse feito dezenas de viagens de inspeção parecidas com as de Roger Casement pelo Médio e Alto Congo. Então, ainda sem pedir demissão do seu emprego na companhia, começou a escrever cartas e artigos em revistas e jornais da Bélgica e da Inglaterra, a princípio sob um pseudônimo e depois com o próprio nome, denunciando o que descobrira e desmentindo com fatos e testemunhos a imagem idílica do Congo que os escribas a serviço de Leopoldo II ofereciam ao mundo. Já estava havia muitos anos nessa atividade, publicando artigos, folhetos e livros, falando em igrejas, centros culturais, organizações políticas. Sua campanha tinha se espalhado. Muita gente agora o apoiava. "Isto também é a Europa", pensou muitas vezes Roger Casement naquele 10 de dezembro. "Ela não é só os colonos, policiais e criminosos que mandamos para a África. A Europa também é esse espírito cristalino e exemplar: Edmund D. Morel."

A partir de então os dois se viram com frequência e continuaram os diálogos que eram estimulantes para ambos. Começaram a se tratar por apelidos afetuosos: Roger era *Tiger* e Edmund, *Bulldog*. Numa dessas conversas surgiu a ideia de criar a fundação Congo Reform Association. Ambos ficaram surpresos com o amplo apoio que obtiveram em sua busca de patrocinadores e aderentes. Na verdade, muito poucos dos políticos, jornalistas, escritores, religiosos e figuras conhecidas a quem pediram ajuda para a Associação se negaram. Foi assim que Roger Casement conheceu Alice Stopford Green. Herbert Ward os apresentou. Alice foi uma das primeiras a dar o seu dinheiro, seu nome e seu tempo à Associação. Joseph Conrad também o fez, e muitos intelectuais e artistas o imitaram. Reuniram recursos, nomes respeitáveis, e em pouco tempo começaram as atividades públicas, em igrejas, centros culturais e humanitários, apresentando depoimentos, promovendo debates e publicações para abrir os olhos da opinião pública para a verdadeira situação do Congo. Embora Roger Casement, por sua condição de diplomata, não pudesse figurar oficialmente na diretoria da Association, dedicou a ela todo o seu tempo livre uma vez que, finalmente, entregou seu relatório ao Foreign Office. Doou parte das suas economias e do seu salário à Associação e escreveu cartas, visitou muita gente e conseguiu fazer com que um bom número de diplomatas e políticos também se tornassem promotores da causa que Morel e ele defendiam.

Ao longo dos anos, quando Roger Casement pensava naquelas semanas febris do final de 1903 e começo de 1904, parecia que o mais importante, para ele, não era a popularidade que teve antes mesmo que o governo de Sua Majestade publicasse o seu

Relatório, e muitíssimo mais depois, quando os agentes a serviço de Leopoldo II começaram a atacá-lo na imprensa como inimigo e caluniador da Bélgica, mas sim, graças a Morel, à Associação e a Herbert, ter conhecido Alice Stopford Green, de quem, a partir de então, seria amigo íntimo e, como ele se proclamava, discípulo. Desde o primeiro momento houve um entendimento e uma simpatia entre ambos que o tempo só fez aprofundar.

Na segunda ou terceira vez em que estiveram a sós, Roger abriu seu coração para a nova amiga, como um devoto faria com seu confessor. Teve coragem de dizer a ela, irlandesa de família protestante como ele mesmo, o que nunca dissera a ninguém: lá, no Congo, convivendo com a injustiça e a violência, tinha descoberto a grande mentira que era o colonialismo e começado a sentir-se "irlandês", quer dizer, cidadão de um país ocupado e explorado por um Império que dessangrou e desalmou a Irlanda. Ele se envergonhava de muitas das coisas que dissera com toda a convicção, repetindo os ensinamentos paternos. E se propunha a corrigir isso. Agora que, graças ao Congo, tinha descoberto a Irlanda, queria ser um irlandês de verdade, conhecer o seu país, apropriar-se da sua tradição, sua história e sua cultura.

Carinhosa, um pouco maternal — Alice era dezessete anos mais velha que ele —, às vezes repreendendo-o pelos arroubos infantis de entusiasmo que tinha já com quarenta anos, mas ajudando-o com conselhos, livros, conversas que para ele eram aulas magistrais enquanto tomavam chá com bolachas ou *scones* com creme e geleia, nos primeiros meses de 1904 Alice Stopford Green foi sua amiga, sua professora e sua introdutora em um antiquíssimo passado no qual história, mito e lenda — a realidade, a religião e a ficção — se confundiam para construir a tradição de um povo que continuava mantendo, apesar do empenho desnacionalizador do Império, sua língua, sua maneira de ser, seus costumes, coisa da qual qualquer irlandês, protestante ou católico, crente ou descrente, liberal ou conservador, devia se orgulhar e sentir-se obrigado a defender. Nada ajudou tanto a serenar o espírito de Roger, a curá-lo das feridas morais provocadas pela viagem ao Alto Congo, como entabular amizade com Morel e com Alice. Um dia, ao se despedir de Roger, que, com uma licença de três meses do Foreign Office ia viajar para Dublin, a historiadora lhe disse:

— Você entende que virou uma celebridade, Roger? Todo mundo fala de você, aqui, em Londres.

Não era uma coisa de que se orgulhasse, porque nunca foi vaidoso. Mas Alice estava dizendo a verdade. A publicação do seu *Relatório* pelo governo britânico tivera uma repercussão enorme na imprensa, no Parlamento, na classe política e na opinião pública. Os ataques que recebia na Bélgica das publicações oficiais e de redatores ingleses propagandistas de Leopoldo II só serviram para fortalecer sua imagem de grande lutador humanitário e justiceiro. Foi entrevistado pela imprensa, convidado para falar em atos públicos e em clubes particulares, choveram-lhe convites dos salões liberais e anticolonialistas e nos jornais apareciam notas e artigos elogiando o *Relatório* e o seu compromisso com a causa da justiça e da liberdade. A campanha do Congo tomou um novo impulso. A imprensa, as igrejas, os setores mais avançados da sociedade inglesa, horrorizados com as revelações do *Relatório*, exigiam que a Grã-Bretanha pedisse aos seus aliados a revogação da decisão dos países ocidentais de entregar o Congo ao rei dos belgas.

Perturbado com essa súbita fama — as pessoas o reconheciam nos teatros e restaurantes e o apontavam na rua com simpatia —, Roger Casement foi para a Irlanda. Ficou alguns dias em Dublin, mas logo seguiu viagem para o Ulster, rumo a North Antrim, à Magherintemple House, a casa da sua infância e adolescência. Essa propriedade tinha sido herdada pelo seu tio e xará Roger, filho do tio-avô John, falecido em 1902. A tia Charlotte ainda estava viva e o recebeu com muito carinho, assim como seus outros parentes, primos e sobrinhos. No entanto, sentia que havia surgido uma distância invisível entre ele e sua família paterna, que continuava sendo firmemente anglófila. Mas a paisagem de Magherintemple, o grande casarão de pedras cinzentas rodeado de sicômoros resistentes ao sal e aos ventos, muitos deles sufocados pela hera, os álamos, olmos e pessegueiros dominando prados onde remanchavam as ovelhas e, para além do mar, a visão da ilha de Rathlin e a pequena cidade de Ballycastle com suas casinhas níveas, deixou-o comovido até a medula. Percorrendo os estábulos, a horta atrás da casa, os grandes quartos com chifres de cervos nas paredes ou as antiquíssimas vilas de Cushendun e Cushendall, onde estavam enterradas várias gerações de antepassados, ressuscitavam suas lembranças da infância e o inundavam de saudade. Mas suas novas ideias e sentimentos em relação ao país fizeram com que essa estada, que se prolongou por vários meses, fosse uma outra grande aventura para ele. Uma aventura, ao contrário da sua viagem ao Alto Congo, grata, estimulante e que lhe daria a sensação, ao vivê-la, de estar mudando de pele.

Tinha levado uma pilha de livros, gramáticas e ensaios, recomendados por Alice, e passou muitas horas lendo a respeito das tradições e lendas irlandesas. Tentou aprender gaélico, primeiro por conta própria, e, ao ver que não conseguiria, com a ajuda de um professor, com quem tinha aulas duas vezes por semana.

Mas, sobretudo, começou a conviver com pessoas de County Antrim que, sendo do Ulster e protestantes como ele, não eram unionistas. Pelo contrário, queriam preservar a personalidade da antiga Irlanda, lutavam contra a anglicização do país, defendiam a volta ao velho irlandês, às canções e costumes tradicionais, condenavam o recrutamento de irlandeses para o Exército britânico e sonhavam com uma Irlanda isolada, a salvo do moderno industrialismo destrutivo, vivendo uma existência bucólica e rural, emancipada do Império britânico. Foi assim que Roger Casement se vinculou à Gaelic League, que promovia o irlandês e a cultura da Irlanda. Seu *motto* era Sinn Fein ("Nós sozinhos"). No ato da fundação da Liga em Dublin, em 1893, seu presidente, Douglas Hyde, lembrou ao público em seu discurso que, até então, "só se publicaram seis livros em gaélico". Roger Casement conheceu o sucessor de Hyde, Eoin MacNeill, professor de história antiga e medieval da Irlanda no University College, de quem ficou amigo. Começou a frequentar leituras, conferências, recitais, marchas, concursos escolares e inaugurações de monumentos a heróis nacionalistas promovidos pelo Sinn Fein. E começou a escrever artigos políticos em suas publicações defendendo a cultura irlandesa, sob o pseudônimo de *Shan van Vocht* (A pobre velhinha), tirado de uma velha balada irlandesa que gostava de cantarolar. Ao mesmo tempo, se aproximou muito de um grupo de senhoras, entre as quais a castelã de Galgorm Rose, Maud Young, Ada MacNeill e Margaret Dobbs, que percorriam as aldeias de Antrim recolhendo velhas lendas do folclore irlandês. Graças a elas ouviu um *seanchai*, ou contador ambulante de histórias, numa feira popular, mas só conseguiu entender uma ou outra palavra do que ele dizia.

Numa discussão com seu tio Roger, em Magherintemple House, Casement, exaltado, disse uma noite: "Como irlandês que sou, odeio o Império britânico."

No dia seguinte, recebeu uma carta do duque de Argyll informando-lhe que o governo de Sua Majestade havia decidido distingui-lo com a condecoração Companion of St. Michael and St. George pelos excelentes serviços que prestara no Congo. Roger se eximiu de ir à cerimônia alegando que uma afecção no joelho o impediria de ajoelhar-se diante do rei.

VII

— O senhor me odeia e não consegue disfarçar — disse Roger Casement. O xerife, após um instante de surpresa, assentiu, com uma careta que deformou por um instante o seu rosto inchado.

— Não tenho por que disfarçar — murmurou. — Mas o senhor está enganado. Não o odeio. Eu o desprezo. Os traidores só merecem isso.

Estavam andando pelo corredor de tijolos encardidos do presídio em direção ao locutório, onde o capelão católico, o padre Carey, esperava o réu. Pelas janelas gradeadas Casement divisava uns borrões de nuvens inchadas e escuras. Será que estaria chovendo lá fora, na Caledonian Road e nessa Roman Way pela qual séculos atrás os primeiros legionários romanos deviam desfilar nestes bosques cheios de ursos? Imaginou as barracas e bancas do mercado vizinho, no meio do grande parque de Islington, todas molhadas e reviradas pelo temporal. Sentiu uma pontada de inveja quando pensou nas pessoas comprando e vendendo protegidas com capas e guarda-chuvas.

— O senhor teve de tudo — resmungou o xerife às suas costas. — Cargos diplomáticos. Condecorações. O rei lhe deu um título de nobreza. E foi se vender aos alemães. Que baixeza. Que ingratidão.

Fez uma pausa e Roger teve a impressão de que o xerife suspirava.

— Toda vez que me lembro do meu pobre filho morto nas trincheiras, penso que o senhor é um dos assassinos, senhor Casement.

— Sinto muito que tenha perdido um filho — replicou Roger, sem se virar. — Sei que o senhor não vai acreditar, mas nunca matei ninguém.

— Nem vai ter tempo para isso — sentenciou o xerife.
— Graças a Deus.

Tinham chegado à porta do locutório. O xerife ficou de fora, junto com o guarda de plantão. Só as visitas dos capelães eram privadas, em todas as outras sempre permaneciam no locutório o xerife ou o guarda e às vezes ambos. Roger ficou contente ao ver a silhueta estilizada do religioso. *Father* Carey foi ao seu encontro e lhe apertou a mão.

— Fui consultar e já tenho a resposta — anunciou, sorrindo. — Sua lembrança era correta. De fato, você foi batizado quando era criança na paróquia de Rhyl, lá em Gales. Consta no livro de registros. Estavam presentes sua mãe e duas tias maternas dela. Você não precisa ser recebido outra vez pela Igreja católica. Sempre esteve nela.

Roger Casement assentiu. Aquela impressão longínqua que o acompanhava a vida inteira era, então, verdade. Sua mãe o batizara às escondidas do seu pai, numa das suas viagens a Gales. Ficou feliz porque esse segredo estabelecia uma cumplicidade entre ele e Anne Jephson. E porque assim se sentia mais integrado consigo mesmo, com sua mãe, com a Irlanda. Como se a sua aproximação ao catolicismo fosse uma consequência natural de tudo o que tinha feito e tentado nesses últimos anos, inclusive seus erros e seus fracassos.

— Estive lendo Tomás de Kempis, padre Carey — disse. — Antes eu não conseguia me concentrar na leitura. Mas nestes últimos dias consegui. Várias horas por dia. A *Imitação de Cristo* é um livro muito bonito.

— Quando eu estava no seminário, líamos muito Tomás de Kempis — assentiu o sacerdote. — A *Imitação de Cristo*, principalmente.

— Eu me sinto mais sereno quando consigo mergulhar nessas páginas — disse Roger. — Como se saísse deste mundo e entrasse em outro, sem preocupações, uma realidade puramente espiritual. O padre Crotty tinha razão em recomendá-lo tanto, lá na Alemanha. Ele nunca imaginou em que circunstâncias eu leria o seu admirado Tomás de Kempis.

Pouco tempo antes haviam instalado uma pequena banqueta no locutório. Os dois se sentaram. Seus joelhos se tocavam. *Father* Carey era capelão nas prisões de Londres havia mais de vinte anos e tinha acompanhado muitos condenados à morte até o final. Esse convívio constante com as populações carcerárias não havia endurecido o seu caráter. Era considerado e atencioso, e Roger Casement sentiu simpatia por ele desde o primeiro encontro. Não se lembrava de ter ouvido o padre dizer qualquer coisa que pudesse magoá-lo; pelo contrário, ao fazer perguntas ou conversar com ele, sua delicadeza era extrema. Roger sempre se sentia bem ao seu lado. O padre Carey era alto, ossudo, quase esquelético, tinha uma pele muito branca e um cavanhaque grisalho e pontudo que cobria parte do seu queixo. Seus olhos estavam sempre úmidos, como se tivesse acabado de chorar, mesmo que estivesse rindo.

— Como era o padre Crotty? — perguntou. — Vejo que vocês se deram bem, lá na Alemanha.

— Se não fosse pelo *father* Crotty, eu teria ficado maluco naqueles meses, no campo de Limburg — confirmou Roger. — Ele era muito diferente do senhor, fisicamente. Mais baixo, mais robusto e, ao contrário da sua palidez, tinha um rosto vermelho que se acendia mais depois do primeiro copo de cerveja. Mas, de outro ponto de vista, ele se parecia, sim, com o senhor. Na generosidade, quero dizer.

O padre Crotty era um dominicano irlandês que o Vaticano enviara de Roma para o campo de prisioneiros de guerra que os alemães tinham instalado em Limburg. Sua amizade foi uma tábua de salvação para Roger naqueles meses de 1915 e 1916 em que tentava recrutar entre os prisioneiros voluntários para a Brigada Irlandesa.

— Era um homem vacinado contra o desânimo — disse Roger. — Eu o acompanhei visitando doentes, dando sacramentos, rezando o rosário com os prisioneiros de Limburg. Um nacionalista, também. Só que menos apaixonado que eu, *father* Carey.

Este sorriu.

— Não pense que o padre Crotty tentou me trazer para o catolicismo — acrescentou Roger. — Ele era muito cuidadoso nas nossas conversas, para que eu não achasse que queria me converter. Fui eu que comecei a pensar nisso sozinho, aqui dentro — tocou no peito. — Nunca fui muito religioso, já lhe disse. Desde que minha mãe morreu a religião se tornou uma coisa mecânica e secundária para mim. Só voltei a rezar depois de 1903, da viagem de três meses e dez dias ao interior do Congo que lhe contei. Quando pensei que ia perder a razão diante de tanto sofrimento. Foi assim que descobri que um ser humano não pode viver sem fé.

Sentiu que sua voz ia falhar e se calou.

— Ele lhe falou sobre Tomás de Kempis?

— Tinha grande devoção por ele — assentiu Roger. — E me deu o seu exemplar de *Imitação de Cristo*. Mas na época não pude ler. Eu não tinha cabeça, com tantas preocupações naqueles dias. Deixei esse exemplar na Alemanha, em uma mala com a minha roupa. No submarino não nos deixaram levar bagagem. Ainda bem que o senhor me conseguiu outro. Só receio não ter tempo de terminar.

— O governo inglês ainda não decidiu nada — repreendeu-o o religioso. — O senhor não deve perder a esperança. Lá fora há muita gente que o estima e está fazendo enormes esforços para que o pedido de clemência seja escutado.

— Eu sei, *father* Carey. De todo modo, gostaria que o senhor me preparasse. Quero ser aceito formalmente pela Igreja. Receber os sacramentos. Confessar. Comungar.

— É para isso que estou aqui, Roger. Garanto que o senhor já está preparado.

— Há uma dúvida que me angustia muito — disse Roger, abaixando a voz como se mais alguém pudesse ouvir. — Será que Cristo não vai achar que a conversão foi inspirada pelo medo? A verdade, *father* Carey, é que eu estou com medo. Muito medo.

— Ele é mais sábio do que o senhor e eu — afirmou o religioso. — Não creio que Cristo veja nada de errado em que um homem sinta medo. Ele sentiu, com certeza, no caminho do Calvário. É o que há de mais humano, concorda? Todos nós temos medo, isso faz parte da nossa condição. Basta ter um pouco de sensibilidade para nos sentirmos às vezes impotentes e atemorizados. Sua aproximação da Igreja é pura, Roger. Eu sei.

— Nunca tinha sentido medo da morte, até hoje. Eu a vi de perto muitas vezes. No Congo, em expedições por paragens inóspitas, cheias de feras. Na Amazônia, em rios cheios de redemoinhos e rodeados de foragidos. Recentemente, ao sair do submarino, em Tralee, na Banna Strand, quando o bote afundou e pensei que íamos nos afogar. Senti a morte de perto muitas vezes. E não tive medo. Mas agora tenho.

A voz se interrompeu e Roger fechou os olhos. Há alguns dias, esses ataques de terror pareciam gelar o seu sangue, parar o seu coração. Todo o seu corpo começou a tremer. Fez um esforço para se acalmar, mas não conseguiu. Sentia seus dentes batendo, e agora a vergonha se somava ao pânico. Quando abriu os olhos, viu que o padre Carey estava com as mãos juntas e os olhos fechados. Rezava em silêncio, quase sem mexer os lábios.

— Já passou — murmurou, confuso. — Desculpe.

— Não tem por que ficar constrangido comigo. Ter medo, chorar, é humano.

Agora estava calmo outra vez. Havia um grande silêncio na Pentonville Prison, como se os presos e carcereiros dos seus três enormes pavilhões, uns cubos com telhados de duas águas, tivessem morrido ou adormecido.

— Obrigado por não me perguntar nada sobre essas coisas nojentas que, ao que parece, andam dizendo sobre mim, *father* Carey.

— Não as li, Roger. Quando alguém tentou falar comigo sobre isso, eu o mandei calar a boca. Não sei nem quero saber do que se trata.

— Eu também não sei — sorriu Roger. — Aqui não se podem ler jornais. Um assistente do meu advogado disse que essas coisas eram tão escandalosas que podiam prejudicar o pedido de clemência. Depravações, baixezas terríveis, pelo visto.

O padre Carey o escutava com a expressão tranquila de sempre. Na primeira vez que conversaram na Pentonville Prison, ele contou a Roger que seus avós paternos falavam gaélico entre si, mas passavam para o inglês quando viam algum dos filhos se aproximar. O sacerdote também não chegara a aprender o antigo irlandês.

— Acho que é melhor não saber de que me acusam. Alice Stopford Green acha que é uma operação montada pelo governo para combater a simpatia pelo meu pedido de clemência que existe em muitos setores.

— Tudo é possível no mundo da política — disse o religioso. — Não é a mais limpa das atividades humanas.

Ouviram-se umas batidinhas discretas na porta, esta se abriu e apareceu o rosto volumoso do xerife:

— Cinco minutos mais, padre Carey.

— O diretor da prisão me deu meia hora. Ele não lhe falou?

O xerife fez cara de surpresa.

— Se o senhor diz, eu acredito — desculpou-se. — Neste caso, perdoe a interrupção. Vocês ainda têm vinte minutos.

Desapareceu, e a porta voltou a se fechar.

— Há mais notícias da Irlanda? — perguntou Roger, de uma forma um tanto abrupta, como se de repente quisesse mudar de assunto.

— Os fuzilamentos pararam, pelo visto. A opinião pública, não só lá, mas também aqui na Inglaterra, foi muito crítica em relação às execuções sumárias. Agora o governo anunciou que todos os presos do Levante da Semana Santa vão ser mandados aos tribunais.

Roger Casement se distraiu. Olhou para a janelinha da parede, também gradeada. Só via um quadradinho minúsculo de céu cinzento e pensava no grande paradoxo: ele tinha sido julgado e condenado por trazer armas para uma tentativa de secessão violenta da Irlanda mas, na realidade, empreendeu a arriscada, talvez absurda, viagem da Alemanha até as costas de Tralee para tentar evitar esse Levante que, desde que soube que estava sendo preparado, tinha certeza de que fracassaria. Seria assim toda a história? Aquela que se aprendia no colégio? A história escrita pelos historiadores? Uma construção mais ou menos idílica, racional e coerente do que na realidade nua e crua foi uma caótica e arbitrária mistura de planos, acasos, intrigas, fatos fortuitos, coincidências, interesses múltiplos que haviam provocado mudanças, transtornos, avanços e retrocessos, sempre inesperados e surpreendentes em relação ao que foi antecipado ou vivido pelos protagonistas.

— É provável que eu entre para a História como um dos responsáveis pelo Levante da Semana Santa — disse, com ironia. — O senhor e eu sabemos que arrisquei a vida ao vir para cá tentar impedir essa rebelião.

— Bem, o senhor e eu e mais alguém — riu *father* Carey, apontando um dedo para cima.

— Agora já me sinto melhor, finalmente — riu também Roger. — O ataque de pânico já passou. Na África vi muitas vezes, tanto negros como brancos, caírem de repente em crises de desespero. No meio do mato, quando perdíamos o caminho. Quando penetrávamos num território que os carregadores africanos consideravam inimigo. No meio do rio, quando uma canoa virava. Ou nas aldeias, às vezes, nas cerimônias com cantos e danças dirigidas pelos feiticeiros. Agora já sei o que são esses estados de alucinação provocados pelo medo. Será que o transe dos místicos é assim? Um estado de suspensão de si mesmo, de todos os reflexos carnais, provocado pelo encontro com Deus?

— Não é impossível — disse o padre Carey. — Talvez seja um mesmo caminho, percorrido pelos místicos e por todos aqueles que vivem esses estados de transe. Os poetas, os músicos, os feiticeiros.

Ficaram algum tempo em silêncio. Às vezes, pelo canto do olho, Roger espiava o religioso e o via imóvel e de olhos fechados. "Está rezando por mim", pensava. "Ele é um homem compassivo. Deve ser terrível passar a vida apoiando pessoas que vão morrer no patíbulo." Sem nunca ter estado no Congo nem na Amazônia, o padre Carey devia conhecer tão bem como ele os extremos vertiginosos a que podiam chegar a crueldade e a desesperança entre os seres humanos.

— Durante muitos anos fui indiferente à religião — disse, bem devagar, como se estivesse falando consigo mesmo —, mas nunca deixei de acreditar em Deus. Num princípio geral da vida. Mesmo assim, *father* Carey, muitas vezes me perguntei com horror: "Como Deus pode permitir que aconteçam coisas assim?", "Que espécie de Deus é este que tolera que tantos milhares de homens, mulheres e crianças sofram tais horrores?". É difícil de entender, não é mesmo? O senhor, que deve ter visto tanta coisa nas prisões, não se faz às vezes essas perguntas?

O padre Carey havia aberto os olhos e o escutava com a mesma expressão respeitosa de costume, sem concordar nem negar.

— Aquelas pobres pessoas chicoteadas, mutiladas, aquelas crianças com mãos e pés cortados, morrendo de fome e de doenças — recitou Roger. — Aqueles seres massacrados até a extinção e depois assassinados. Milhares, dezenas, centenas de milhares. Por homens que receberam uma educação cristã. Eu os vi ir à missa, rezar, comungar, antes e depois de cometer esses crimes. Pensei muitas vezes que ia enlouquecer, padre Carey. Quem sabe, nesses anos lá na África, no Putumayo, eu tenha perdido a razão. E tudo o que me aconteceu depois disso foi obra de alguém que, sem saber, estava louco.

Também dessa vez o capelão não disse nada. Ouviu com a mesma expressão afável e a paciência que Roger sempre lhe havia agradecido.

— Curiosamente, acho que foi lá no Congo, quando passava por esses períodos de muito desânimo e me perguntava como Deus podia permitir tantos crimes, que comecei a me interessar novamente pela religião — prosseguiu. — Porque os únicos seres que pareciam ter conservado a sanidade eram alguns pastores batistas e missionários católicos. Não todos, certamente. Muitos não queriam ver nada do que acontecia debaixo dos seus narizes. Mas alguns poucos faziam o que podiam para evitar as injustiças. Uns heróis, na verdade.

Calou-se. Lembrar-se do Congo ou do Putumayo não lhe fazia bem: mexia no lodo do seu espírito, recuperava imagens que o enchiam de angústia.

— Injustiças, suplícios, crimes — murmurou o padre Carey. — Cristo não sofreu isso na própria carne? Ele pode entender o seu estado melhor do que ninguém, Roger. Claro que às vezes eu também penso as mesmas coisas que você. Todos os crentes, sem dúvida. É difícil entender algumas coisas, certamente. Nossa capacidade de compreensão é limitada. Somos falíveis, imperfeitos. Mas posso lhe dizer uma coisa. O senhor errou muitas vezes, como todos os seres humanos. Mas em relação ao Congo, à Amazônia, não tem que se censurar. Seu trabalho foi generoso e valente. Fez muita gente abrir os olhos, ajudou a corrigir grandes injustiças.

"Tudo de positivo que eu possa ter feito está sendo destruído por essa campanha para arruinar a minha reputação", pensou Roger. Era um tema que ele preferia evitar, que apagava da mente toda vez que reaparecia. O lado bom das visitas do padre Carey era que, com o capelão, só falava do que queria. A discrição do religioso era total, ele parecia adivinhar tudo o que podia desagradá-lo e não tocava nesses assuntos. Às vezes ficavam bastante tempo sem trocar uma palavra. Mesmo assim, a presença do sacerdote o acalmava. Quando ele partia, Roger ficava algumas horas sereno e resignado.

— Se a petição for rejeitada, o senhor vai ficar comigo até o final? — perguntou, sem olhar para ele.

— Claro que sim — disse o padre Carey.— Mas não deve pensar nisso. Não está nada decidido ainda.

— Eu sei, *father* Carey. Não perdi a esperança. Mas me faz bem saber que o senhor vai estar lá, fazendo companhia. Sua presença me dará coragem. Não vou fazer nenhuma cena lamentável, prometo.

— Vamos rezar juntos?

— Prefiro conversar um pouco mais, se não se importa. Esta é a última pergunta que faço sobre o assunto. Se me executarem, meu corpo pode ser levado para a Irlanda e enterrado lá?

Sentiu que o capelão hesitava e olhou para ele. *Father* Carey havia empalidecido um pouco. Viu-o negar com a cabeça, constrangido.

— Não, Roger. Se isso acontecer, o senhor vai ser enterrado no cemitério da prisão.

— Em terra inimiga — sussurrou Casement, tentando fazer uma piada que não deu certo. — Num país que cheguei a odiar tanto quanto amei e admirei na juventude.

— Odiar não serve para nada — suspirou o padre Carey. — A política da Inglaterra pode ser errada. Mas há muitos ingleses decentes e respeitáveis.

— Sei disso muito bem, padre. É o que repito para mim mesmo sempre que fico com ódio deste país. Mas é mais forte do que eu. Talvez por ter acreditado cegamente no Império quando era jovem, achando que a Inglaterra estava civilizando o mundo. O senhor riria se tivesse me conhecido nessa época.

O sacerdote assentiu e Roger deu uma risadinha.

— Dizem que os convertidos são os piores — acrescentou. — Meus amigos sempre me censuraram por isso. Por ser apaixonado demais.

— O incorrigível irlandês das fábulas — disse o padre Carey, sorrindo. — Era assim que minha mãe me chamava na infância, quando eu me comportava mal. "Lá vem o irlandês incorrigível."

— Se o senhor quiser, agora podemos rezar, padre.

Father Carey fez que sim. Fechou os olhos, juntou as mãos e começou a murmurar um pai-nosso em voz baixa e, depois, ave-marias. Roger fechou os olhos e rezou também, em silêncio. Durante algum tempo orou de forma mecânica, sem se concentrar, com imagens diversas voando na cabeça. Até que pouco a pouco foi se deixando absorver pela prece. Quando o xerife bateu na porta do locutório e entrou para avisar que faltavam cinco minutos, Roger estava concentrado na oração.

Toda vez que rezava se lembrava da mãe, da sua figura esbelta, vestida de branco, com um chapéu de palha de aba larga e uma fita azul que dançava ao vento, caminhando sob as árvores, no campo. Estavam em Gales, na Irlanda, em Antrim, em Jersey? Não sabia onde, mas a paisagem era tão bonita quanto o sorriso que resplandecia no rosto de Anne Jephson. Como se sentia orgulhoso o pequeno Roger segurando aquela mão suave e terna que lhe dava tanta segurança e alegria! Rezar assim era um bálsamo maravilhoso que o devolvia aos tempos de infância em que, graças à presença da mãe, tudo era belo e feliz na sua vida.

O padre Carey perguntou se ele queria mandar algum recado, se podia lhe trazer alguma coisa na próxima visita, dentro de alguns dias.

— Tudo o que quero é ver o senhor de novo, padre. Não sabe o bem que me faz falar com o senhor e ouvi-lo.

Os dois se despediram com um aperto de mãos. No longo e úmido corredor, sem ter pensado antes, Roger Casement disse ao xerife:

— Sinto muito pela morte do seu filho. Eu não tive filhos. Imagino que não exista dor mais terrível na vida.

O xerife fez um pequeno som com a garganta mas não respondeu. Na cela, Roger se deitou no catre e pegou a *Imitação de Cristo*. Mas não conseguiu se concentrar na leitura. As letras saracoteavam diante dos seus olhos e faiscavam imagens em sua cabeça, numa roda enlouquecida. A figura de Anne Jephson aparecia uma e outra vez.

Como teria sido a sua vida se a mãe, em vez de morrer tão jovem, continuasse viva enquanto ele se tornava adolescente, homem? Provavelmente não teria empreendido a aventura africana. Teria ficado na Irlanda, ou em Liverpool, seguindo uma carreira burocrática e levando uma existência digna, obscura e confortável, com mulher e filhos. Sorriu: não, esse tipo de vida não combinava com ele. A vida que teve, com todos os seus percalços, ainda era preferível. Tinha visto o mundo, seu horizonte se ampliou enormemente, ele entendeu melhor a vida, a realidade humana, as entranhas do colonialismo, a tragédia de tantos povos por culpa dessa aberração.

Se a diáfana Anne Jephson continuasse vivendo ele não teria descoberto a triste e bela história da Irlanda, uma história que nunca lhe ensinaram na Ballymena High School, que ainda era escondida das crianças e adolescentes de North Antrim. Estes ainda eram levados a pensar que a Irlanda era um país bárbaro e sem passado digno de memória, elevado à civilização pelo ocupante, educado e modernizado pelo Império que o despojou da sua tradição, da sua língua e da sua soberania. Ele aprendeu tudo isso lá na África, lugar onde não teria passado os melhores anos da juventude e da primeira maturidade, assim como nunca chegaria a sentir tanto orgulho do país onde nasceu e tanto ódio pelo que a Grã-Bretanha fez com ele, se sua mãe continuasse viva.

Seriam justificados todos os sacrifícios que fez nesses vinte anos que passou na África, nos sete de América do Sul, no ano e pouco no coração das selvas amazônicas, no ano e meio de solidão, doença e frustrações na Alemanha? Ele nunca se importou com dinheiro, mas não era absurdo que, depois de ter trabalhado tanto a vida toda, agora estivesse sem ter onde cair morto? O último saldo na sua conta bancária eram dez libras esterlinas. Nunca soube economizar. Gastou tudo o que ganhou com os outros — com seus três irmãos, com associações humanitárias como a Congo Reform Association e instituições nacionalistas irlandesas como a St. Enda's School e a Gaelic League, às quais entregava seus salários completos durante um bom tempo. Para poder gastar seu dinheiro com essas causas, vivia em um regime de grande austeridade, hospedando-se por longas temporadas, por exemplo, em pensões baratíssimas que não estavam à altura da sua posição (como seus colegas do Foreign Office insinuaram). Ninguém ia se lembrar desses donativos, presentes, ajudas, agora que ele tinha fracassado. Só se lembrariam da sua derrota final.

Mas isso não era o pior. Que droga, lá vinha outra vez a ideia desgraçada. Depravações, perversões, vícios, uma imundície humana. Era isso que o governo inglês queria que restasse dele. Não as doenças geradas pelos rigores da África, a icterícia, as febres palúdicas que minaram seu organismo, a artrite, as operações de hemorroidas, os problemas retais que tanto o fizeram sofrer e sentir vergonha desde a primeira vez que teve que operar uma fístula no ânus, em 1893. "O senhor devia ter vindo antes, três ou quatro meses atrás esta operação teria sido simples. Agora, é grave." "Eu moro na África, doutor, em Boma, um lugar onde meu médico é um alcoólatra consuetudinário com as mãos trêmulas por causa do delirium tremens. Eu lá ia deixar que a operação fosse feita pelo doutor Salabert, cuja ciência médica é inferior à de um feiticeiro bacongo?" Roger sofreu disso por quase toda a vida. Poucos meses antes, no campo alemão de Limburg, tivera uma hemorragia que um médico militar seco e grosseiro suturou. Quando aceitou a responsabilidade de investigar as atrocidades cometidas pelos seringalistas na Amazônia, já era um homem doente. Sabia que aquele esforço levaria meses e só lhe renderia problemas, e mesmo assim o assumiu, pensando que assim estava prestando um serviço à justiça. Nem disso se lembrariam depois, se o executassem.

Seria verdade que *father* Carey se recusara a ler as coisas escandalosas que a imprensa lhe atribuía? Era um homem bom e solidário, o capelão. Se fosse morrer, estar ao seu lado o ajudaria a manter a dignidade até o último instante.

O desânimo o dominava de alto a baixo. Fazia dele um ser tão desamparado como aqueles congoleses atacados pela mosca tsé-tsé que a doença do sono impedia de mexer os braços, os pés, os lábios, e até de manter os olhos abertos. Será que também os impedia de pensar? No seu caso, infelizmente, as ondas de pessimismo aumentavam a sua lucidez, transformavam o seu cérebro numa fogueira crepitante. As tais páginas do diário entregues pelo porta-voz do Almirantado à imprensa, que tanto horrorizaram o ruborizado auxiliar do *maître* Gavan Duffy, eram reais ou falsificadas? Pensou na estupidez que constituía uma parte central da natureza humana, incluindo, naturalmente, Roger Casement. Ele era muito minucioso e tinha fama, como diplomata, de não tomar qualquer iniciativa nem dar um passo sem prever todas as consequências possíveis. E agora está aqui, preso numa arapuca estúpida construída por ele mesmo ao longo de toda a sua vida, para dar aos seus inimigos uma arma capaz de jogá-lo na ignomínia.

Assustado, viu que estava rindo às gargalhadas.

A Amazônia

VIII

Quando, no último dia de agosto de 1910, Roger Casement chegou a Iquitos após seis semanas e tanto de uma viagem exaustiva que o levou, junto com os outros membros da Comissão, da Inglaterra até o coração da Amazônia peruana, a velha infecção que irritava os seus olhos tinha piorado, assim como as crises de artrite e seu estado geral de saúde. Mas, fiel ao seu caráter estoico (Herbert Ward o chamava de "senequista"), em nenhum momento da viagem deixou os seus males transparecerem, pelo contrário, procurou levantar o ânimo dos seus companheiros e ajudá-los a suportar as agruras que enfrentavam. O coronel R. H. Bertre, vítima de disenteria, teve que dar meia-volta e regressar à Inglaterra na escala da ilha da Madeira. Quem melhor resistia era Louis Barnes, que conhecia a agricultura africana porque havia morado em Moçambique. O botânico Walter Folk, perito em borracha, sofria com o calor e sentia nevralgias. Seymour Bell tinha medo de desidratação e vivia com uma garrafa de água na mão bebendo golinhos. Henry Fielgald estivera na Amazônia um ano antes, mandado pela Companhia de Julio C. Arana, e dava conselhos sobre como se defender dos mosquitos e das "más tentações" de Iquitos.

Que as havia de sobra, é certo. Parecia incrível que, numa cidade tão pequena e tão pouco atraente, um enorme casario todo enlameado com construções rústicas de madeira e adobe cobertas de folhas de palmeira, alguns prédios de material mais nobre com telhado de zinco e amplas mansões com fachadas iluminadas de azulejos importados de Portugal, proliferassem de tal forma os bares, tabernas, prostíbulos e casas de jogo, e que prostitutas de todas as raças e cores se exibissem com tanto despudor nas altas calçadas desde as primeiras horas do dia. A paisagem era soberba. Iquitos ficava às margens de um afluente do

Amazonas, o rio Nanay, e era rodeada por uma vegetação exuberante, árvores altíssimas, um ronronar permanente do arvoredo e das águas fluviais que mudavam de cor com o movimento do sol. Mas poucas ruas tinham calçadas ou asfalto, nelas corriam valas arrastando excrementos e lixo, havia uma pestilência que ao anoitecer ficava tão forte que dava náuseas, e a música dos bares, bordéis e centros de diversão não parava durante as vinte e quatro horas do dia. Mr. Stirs, o cônsul britânico, que os recebeu no cais, disse a eles que Roger ficaria hospedado na sua casa. A Companhia havia preparado uma residência para os comissionados. Nessa mesma noite, o prefeito de Iquitos, senhor Rey Lama, ia dar um jantar em sua homenagem.

Era pouco depois de meio-dia e Roger, dizendo que em vez do almoço preferia descansar, se retirou para o quarto. Tinham preparado um dormitório simples para ele, com tecidos indígenas de desenhos geométricos pendurados nas paredes e uma pequena varanda de onde se via um pedaço de rio. O barulho da rua diminuía aqui. Foi se deitar sem tirar a jaqueta nem as botas e adormeceu na mesma hora. Foi invadido por uma sensação de paz que não tivera ao longo do mês e meio de viagem.

Não sonhou com os quatro anos de serviço consular que acabava de prestar no Brasil — em Santos, no Pará e no Rio de Janeiro —, mas com o ano e meio que passou na Irlanda entre 1904 e 1905, depois daqueles meses de superexcitação e faina demenciais, enquanto o governo britânico preparava a publicação do seu *Relatório sobre o Congo* e o escândalo que fariam dele um herói e um pária, sobre o qual choveriam ao mesmo tempo os elogios da imprensa liberal e das organizações humanitárias e as diatribes dos escribas de Leopoldo II. Para fugir dessa publicidade, enquanto o Foreign Office decidia o seu novo destino — depois do *Relatório,* era impensável que "o homem mais odiado do Império belga" voltasse a pisar no Congo —, Roger Casement foi para a Irlanda, em busca de anonimato. Não passou despercebido, mas se livrou da curiosidade invasiva que o deixava sem vida privada em Londres. Esses meses significaram para ele o redescobrimento do seu país, a imersão numa Irlanda que só conhecia por conversas, fantasias e leituras, muito diferente daquela onde havia morado quando criança com os seus pais, ou adolescente com os tios-avós e outros parentes paternos, uma

Irlanda que não era a parte subalterna do Império britânico, que lutava para recuperar a sua língua, as suas tradições e costumes. "Roger querido: você se tornou um patriota irlandês", brincou numa carta sua prima Gee. "Estou recuperando o tempo perdido", respondeu ele.

Nesses meses fez uma longa caminhada por Donegal e Galway, apalpando a geografia da sua pátria cativa, observando como um apaixonado a austeridade dos campos desérticos, da costa bravia, e conversando com os pescadores, seres atemporais, fatalistas, inquebrantáveis, e os camponeses frugais e lacônicos. Conheceu muitos irlandeses "do outro lado", católicos e alguns protestantes que, como Douglas Hyde, fundador da National Literary Society, promoviam o renascimento da cultura irlandesa, queriam devolver os nomes nativos aos lugares e às aldeias, ressuscitar as antigas canções de Eire, as velhas danças, a fiação e o bordado tradicionais do *tweed* e do linho. Quando saiu a sua nomeação para o consulado de Lisboa, Roger atrasou a partida até o infinito, inventando pretextos de saúde, para poder ir ao primeiro Feis na nGleann (Festival dos Glens), em Antrim, ao qual compareceram cerca de três mil pessoas. Nesse período, ficou várias vezes com os olhos úmidos ao ouvir as alegres melodias executadas pelos gaiteiros e cantadas em coro, ou escutando — sem entender o que diziam — os contadores de histórias relatarem em gaélico romances e lendas que mergulhavam na noite medieval. Até uma partida de *hurling*, o esporte centenário, foi disputada no festival, onde Roger conheceu políticos e escritores nacionalistas como sir Horace Plunkett, Bulmer Hobson, Stephen Gwynn e reencontrou as amigas que, como Alice Stopford Green, assumiam o combate pela cultura irlandesa: Ada MacNeill, Margaret Dobbs, Alice Milligan, Agnes O'Farrelly e Rose Maud Young.

Desde então doava parte de suas economias e proventos às associações e aos colégios dos irmãos Pearse, que ensinavam gaélico, e às revistas nacionalistas em que colaborava sob pseudônimo. Quando, em 1904, Arthur Griffith fundou o Sinn Fein, Roger Casement entrou em contato com ele, ofereceu-se para colaborar e assinou todas as suas publicações. As ideias desse jornalista coincidiam com as de Bulmer Hobson, de quem Roger ficou amigo. Era preciso criar, ao lado das instituições coloniais, uma infraestrutura irlandesa (colégios, empresas, bancos, indústrias) que pouco a pouco fosse substituindo aquela imposta pela Inglaterra. Dessa forma os irlandeses iriam tomando consciência do seu próprio destino. Tinham que boicotar os produtos britânicos, recusar o pagamento de impostos, substituir os esportes ingleses como o críquete e o futebol por esportes nacionais, e outro tanto com a literatura e o teatro. Assim, de maneira pacífica, a Irlanda iria se afastando da opressão colonial.

Além de ler muito sobre o passado da Irlanda, sob a tutoria de Alice, Roger tentou novamente aprender gaélico e contratou uma professora, mas progrediu pouco. Em 1906, o novo ministro das Relações Exteriores, sir Edward Grey, do Partido Liberal, lhe ofereceu o posto de cônsul em Santos, no Brasil. Roger aceitou, mas sem alegria, porque o mecenato pró-irlandês tinha acabado com o seu pequeno patrimônio, ele estava vivendo de empréstimos e precisava ganhar a vida.

Talvez o seu pouco entusiasmo por voltar à carreira diplomática tenha contribuído para fazer desses quatro anos no Brasil — 1906-1910 — uma experiência frustrante. Não conseguiu se adaptar a esse vasto país, apesar das belezas naturais e dos bons amigos que fez em Santos, no Pará e no Rio de Janeiro. O que mais o deprimiu foi que, ao contrário do Congo, onde, apesar das dificuldades, sempre teve a impressão de trabalhar por algo transcendente, que ultrapassava o âmbito consular, em Santos sua atividade principal girava em torno dos marinheiros britânicos bêbados que se metiam em confusões e que ele precisava tirar da prisão, pagar suas multas e devolver à Inglaterra. No Pará ouviu falar pela primeira vez de violências nas áreas de seringais. Mas o Ministério determinou que ele se concentrasse na inspeção da atividade portuária e comercial. Seu trabalho consistia em registrar o movimento dos barcos e facilitar a papelada dos ingleses que chegavam com a intenção de comprar e vender. Onde se sentiu pior foi no Rio de Janeiro, em 1909. O clima piorou todos os seus males e ainda acrescentou umas alergias que o impediam de dormir. Optou por morar a oitenta quilômetros da capital, em Petrópolis, situada a uma altura em que o calor e a umidade diminuíam e as noites eram frescas. Mas as idas e vindas diárias de trem ao escritório se transformaram num pesadelo.

No sonho ele se lembrou com insistência de que, em setembro de 1906, antes de partir para Santos, tinha escrito um longo poema épico, "O sonho do celta", sobre o passado mítico da Irlanda, e um panfleto político, junto com Alice Stopford Green e Bulmer Hobson, *Os irlandeses e o Exército inglês*, contrário ao recrutamento de irlandeses para o Exército britânico.

As mordidas dos mosquitos o acordaram, tirando-o daquele sono prazenteiro e trazendo-o para o crepúsculo amazônico. O céu se transformara num arco-íris. Agora ele se sentia melhor: o olho ardia menos e as dores da artrite tinham amainado. Tomar banho na casa de Mr. Stirs foi uma operação complicada: o cano do chuveiro saía de um recipiente no qual um empregado ia jogando baldes de água enquanto Roger se ensaboava e enxaguava. A água tinha uma temperatura morna que o fez pensar no Congo. Quando desceu para o térreo, o cônsul já o esperava na porta, pronto para levá-lo à casa do prefeito Rey Lama.

Tiveram que andar alguns quarteirões no meio de um vento terral que obrigava Roger a entrefechar os olhos. Com a penumbra tropeçavam nos buracos, pedras e lixo da rua. O barulho tinha aumentado. Toda vez que passavam pela porta de um bar, a música aumentava e se ouviam brindes, brigas e gritaria de bêbados. Mr. Stirs, já maduro, viúvo e sem filhos, estava havia meia dúzia de anos em Iquitos e parecia um homem sem sonhos e cansado.

— Qual é o clima na cidade em relação a esta Comissão? — perguntou Roger Casement.

— Francamente hostil — respondeu o cônsul, incontinente. — Suponho que já sabe disso, metade de Iquitos vive à custa do senhor Arana. Melhor dizendo, das empresas do senhor Julio C. Arana. O pessoal desconfia que a Comissão tem más intenções contra quem lhes dá emprego e comida.

— Podemos esperar alguma ajuda das autoridades?

— Pelo contrário, todos os obstáculos do mundo, senhor Casement. As autoridades de Iquitos também dependem do senhor Arana. Nem o prefeito, nem os juízes, nem os militares recebem os salários do governo há muitos meses. Sem o senhor Arana, eles morreriam de fome. Não se esqueça de que Lima fica mais longe de Iquitos que Nova York de Londres, pela falta de transporte. São dois meses de viagem, no melhor dos casos.

— Vai ser mais complicado do que imaginei — comentou Roger.

— O senhor e toda a Comissão têm que ser muito prudentes — acrescentou o cônsul, agora sim hesitando e abaixando a voz. — Não aqui em Iquitos. Lá, no Putumayo. Naquelas lonjuras pode acontecer qualquer coisa com vocês. É um mundo bárbaro, sem lei e sem ordem. Nem melhor nem pior que o Congo, imagino.

A Prefeitura de Iquitos ficava na Praça de Armas, um grande terreno sem árvores nem flores onde, disse o cônsul apontando para uma curiosa estrutura de ferro que parecia um jogo de armar pela metade, estava sendo construída uma casa de Eiffel ("Sim, o mesmo Eiffel da Torre de Paris"). Um seringalista próspero comprou-a na Europa, trouxe desarmada para Iquitos e agora a estavam remontando para ser o melhor clube social da cidade.

A Prefeitura ocupava quase meio quarteirão. Era um casarão desconjuntado, de um só andar, sem graça e sem formas, com uns aposentos grandes e janelas gradeadas, que se dividia em duas alas, uma para os escritórios e outra para a residência do prefeito. O senhor Rey Lama, um homem alto, grisalho, com um grande bigode encerado nas pontas, estava de botas, calças de montar, uma camisa abotoada no colarinho e uma estranha jaqueta com enfeites bordados. Falava um pouco de inglês e deu boas-vindas a Roger Casement, excessivamente cordiais, com uma retórica empolada. Os membros da Comissão já estavam todos lá, envergando seus trajes de noite, transpirados. O prefeito foi apresentando Roger aos outros convidados: magistrados da Corte Superior, o coronel Arnáez, chefe da Guarnição, o padre Urrutia, superior dos agostinianos, o senhor Pablo Zumaeta, gerente geral da Peruvian Amazon Company, e quatro ou cinco pessoas mais, comerciantes, o chefe da Alfândega, o diretor de *El Oriental*. Não havia uma única mulher no grupo. Ouviu abrirem champanhe. Depois serviram taças de um vinho branco espumante que, embora morno, parecia de boa qualidade, francês sem dúvida.

O jantar foi servido num grande pátio, iluminado por lampiões a óleo. Um sem-número de criados indígenas, descalços e de avental, serviam salgadinhos e traziam travessas de comida. Fazia uma noite morna e no céu algumas estrelas titilavam. Roger se surpreendeu com a facilidade com que entendia a fala dos loretenses, um espanhol meio sincopado e musical no qual reconheceu expressões brasileiras. Ficou aliviado: poderia entender muita coisa do que ia ouvir na viagem e isso, mesmo levando um intérprete, facilitaria a investigação. Em volta dele, à mesa, onde tinham acabado de servir uma gordurosa sopa de tartaruga que engoliu com dificuldade, ouviam-se várias conversas ao mesmo tempo, em inglês, espanhol e português, com intérpretes que as interrompiam criando parênteses de silêncio. De repente, o prefeito, sentado na frente de Roger e com os olhos já faiscando devido aos copos de vinho e cerveja, bateu palmas. Todos se calaram. O prefeito fez um brinde aos recém-chegados. Desejou-lhes uma feliz estada, uma missão bem-sucedida, e que aproveitassem a hospitalidade amazônica. "Loretense, e especialmente iquitenha", acrescentou.

Quando se sentou, dirigiu-se a Roger em voz alta o suficiente para interromper as conversas particulares e começar uma outra, com a participação dos vinte presentes.

— O senhor me permite uma pergunta, estimado senhor cônsul? Qual é exatamente o objetivo da sua viagem e desta Comissão? O que vocês vêm averiguar, aqui? Não considere isto uma impertinência. É justamente o contrário. Meu desejo, e de todas as autoridades, é ajudá-los. Mas temos que saber para que a Coroa britânica os mandou. É uma grande honra para a Amazônia, certamente, da qual gostaríamos de mostrar-nos dignos.

Roger Casement entendeu quase tudo o que Rey Lama disse, mas esperou, paciente, que o intérprete traduzisse suas palavras para o inglês.

— Como certamente o senhor já sabe, na Inglaterra, na Europa, houve denúncias de atrocidades que teriam siso cometidas contra os índios — explicou, com calma. — Tortura, assassinatos, acusações muito graves. A principal companhia seringueira da região, a Peruvian Amazon Company, do senhor Julio C. Arana, é, como o senhor deve saber, uma companhia inglesa, registrada na Bolsa de Londres. Nem o governo nem a opinião pública tolerariam na Grã-Bretanha que uma companhia inglesa violasse assim as leis humanas e divinas. A razão de ser da nossa viagem é investigar o que há de verdade nessas acusações. Foi a própria Companhia do senhor Julio C. Arana que enviou a Comissão. A mim, o governo de Sua Majestade.

Um silêncio gélido se espalhou no pátio enquanto Roger Casement falava. O barulho da rua parecia ter diminuído. Havia uma estranha imobilidade, como se todos aqueles senhores que, pouco antes, bebiam, comiam, conversavam, moviam-se e gesticulavam tivessem sido vítimas de uma súbita paralisia. Todos os olhares estavam fixos em Roger. Um clima de desconfiança e desaprovação havia substituído a atmosfera cordial.

— A Companhia de Julio C. Arana está disposta a colaborar para defender o seu bom nome — disse, quase gritando, o senhor Pablo Zumaeta. — Não temos nada a esconder. O navio em que vocês vão ao Putumayo é o melhor da nossa empresa. Lá, terão todas as facilidades para constatar com seus próprios olhos a infâmia dessas calúnias.

— Ficamos muito gratos, senhor — assentiu Roger Casement.

E, no mesmo momento, num rompante incomum nele, decidiu submeter seus anfitriões a uma prova que, tinha certeza, desencadearia reações instrutivas para ele e os comissionados. Com a mesma voz natural que empregaria para falar de tênis ou da chuva, perguntou:

— A propósito, senhores. Vocês sabem se o jornalista Benjamín Saldaña Roca, espero ter pronunciado corretamente o nome, se encontra aqui em Iquitos? Seria possível falar com ele?

A pergunta teve o efeito de uma bomba. Os comensais trocavam olhares de surpresa e desagrado. Um longo silêncio se seguiu a essas palavras, como se ninguém quisesse tocar num assunto tão espinhoso.

— Mas, como! — exclamou por fim o prefeito, exagerando teatralmente o seu alvoroço. — Chegou até Londres o nome desse chantagista?

— De fato, senhor — assentiu Roger Casement. — Foram as denúncias do senhor Saldaña Roca e do engenheiro Walter Hardenburg que desencadearam em Londres o escândalo dos seringais do Putumayo. Ninguém respondeu à minha pergunta: o senhor Saldaña Roca está em Iquitos? Posso vê-lo?

Outro longo silêncio. O constrangimento dos presentes era notório. Por fim falou o superior dos agostinianos:

— Ninguém sabe onde ele está, senhor Casement — disse o padre Urrutia, num espanhol puro que se diferenciava nitidamente da fala dos loretenses. A ele, Roger tinha mais dificuldade para entender. — Desapareceu de Iquitos há algum tempo. Dizem que está em Lima.

— Se não tivesse fugido, os iquitenhos o linchariam — garantiu um ancião, brandindo um punho colérico.

— Iquitos é uma terra de patriotas — exclamou Pablo Zumaeta. — Ninguém perdoa esse sujeito por inventar aquelas canalhices para desacreditar o Peru e prejudicar a empresa que trouxe o progresso para a Amazônia.

— Ele fez isso porque a tramoia que tinha preparado não deu certo — acrescentou o prefeito. — Vocês foram informados de que Saldaña Roca, antes de publicar essas infâmias, tentou tirar dinheiro da Companhia do senhor Arana?

— Como nós recusamos, publicou todo esse invento sobre o Putumayo — afirmou Pablo Zumaeta. — Ele está sendo processado por injúria, calúnia e chantagem, e vai acabar preso. Por isso fugiu.

— Nada melhor para saber das coisas do que estar no próprio terreno — comentou Roger Casement.

As conversas particulares substituíram a conversa geral. O jantar prosseguiu com um prato de peixes amazônicos, um dos quais, chamado gamitana, Casement achou de carne delicada e saborosa. Mas o tempero lhe deixou uma forte ardência na boca.

Ao final do jantar, depois de se despedir do prefeito, conversou brevemente com seus amigos da Comissão. Para Seymour Bell, fora uma imprudência tocar de supetão no assunto do jornalista Saldaña Roca, que tanto irritava os notáveis de Iquitos. Mas Louis Barnes lhe deu parabéns porque, disse, isso permitiu que eles estudassem a reação irada dessa gente contra o jornalista.

— É uma pena que não possamos falar com ele — respondeu Casement. — Gostaria muito de conhecê-lo.

Quando se despediram, Roger e o cônsul voltaram andando para a casa deste último, pelo mesmo caminho por onde tinham vindo. O alvoroço, as reuniões de amigos, os cantos, danças, brindes e brigas tinham aumentado de volume e Roger se surpreendeu com o número de crianças — esfarrapadas, seminuas, descalças — paradas nas portas de bares e prostíbulos, espiando com caras travessas o que acontecia lá dentro. Havia também muitos cachorros fuçando nas lixeiras.

— Não perca o seu tempo procurando-o, porque não vai encontrar — disse o senhor Stirs. — O mais provável é que Saldaña Roca esteja morto.

Roger Casement não se surpreendeu. Ele também suspeitava, ao ver a violência verbal que o nome do jornalista tinha provocado, que o seu desaparecimento era definitivo.

— O senhor o conheceu?

O cônsul tinha uma careca redonda e seu crânio brilhava como se estivesse cheio de gotinhas d'água. Andava devagar, tateando a terra lamacenta com uma bengala, talvez com medo de pisar numa cobra ou num rato.

— Conversamos duas ou três vezes — disse Mr. Stirs. — Ele era um homem baixinho e meio aleijado. O que aqui chamam de cholo, um *cholito*. Quer dizer, mestiço. Os cholos costumam ser suaves e cerimoniosos. Mas Saldaña Roca, não. Ele era brusco, muito seguro de si mesmo. Tinha um olhar fixo, como os crentes e os fanáticos, que, na verdade, sempre me deixava muito nervoso. Meu temperamento não vai por aí. Não tenho grande admiração pelos mártires, senhor Casement. Nem pelos heróis. Essa gente que se imola para defender a verdade ou a justiça geralmente faz mais mal do que aquilo que pretendem remediar.

Roger Casement não disse nada: tentava imaginar como seria aquele homem pequeno, com deformações físicas e com um coração e uma vontade parecidos com os de Edmund D. Morel. Um mártir e um herói, sim. Podia imaginá-lo passando tinta com as próprias mãos nas chapas metálicas dos seus semanários *La Felpa* e *La Sanción*. Devia imprimi-los numa pequena gráfica artesanal que, na certa, funcionava num canto da própria casa. Essa moradia modesta devia ser, também, a redação e a administração dos dois jornaizinhos.

— Espero que o senhor não leve minhas palavras a mal — desculpou-se o cônsul britânico, subitamente arrependido do que tinha acabado de dizer. — O senhor Saldaña Roca foi muito corajoso fazendo essas denúncias, é claro. Um temerário, praticamente um suicida, ao iniciar uma ação judicial contra a Casa

Arana por torturas, sequestros, flagelações e crimes nos seringais do Putumayo. Ele não era nenhum ingênuo. Sabia muito bem o que ia lhe acontecer.

— O que lhe aconteceu?

— O previsível — disse o senhor Stirs, sem um pingo de emoção. — Queimaram a sua gráfica na rua Morona. O senhor ainda pode vê-la, toda chamuscada. Atiraram na casa dele, também. Os disparos ainda são visíveis, na rua Próspero. Teve que tirar o filho do colégio dos padres agostinianos, porque os colegas infernizavam a vida dele. Foi obrigado a despachar a família para um lugar secreto, sabe-se lá onde, porque eles corriam perigo. Teve que fechar seus dois jornaizinhos porque ninguém fazia anúncios, e as gráficas de Iquitos se negavam a imprimi-los. Foi alvejado na rua duas vezes, como advertência. Nas duas se salvou por milagre. Uma delas o deixou manco, com uma bala incrustada na panturrilha. Foi visto pela última vez em fevereiro de 1909, no cais. Estava sendo levado para o rio aos empurrões. Tinha o rosto desfigurado pelas pancadas que um bando de valentões lhe dera. Foi metido numa embarcação que ia para Yurimaguas. Nunca mais se soube dele. Pode ser que tenha conseguido fugir para Lima. Tomara. Ou também que o tenham jogado no rio, com pés e mãos amarrados e as feridas sangrando, para que as piranhas acabassem com ele. Nesse caso, os seus ossos, única coisa que esses bichos não comem, já devem ter chegado ao Atlântico. Suponho que não estou dizendo nada que o senhor ainda não saiba. No Congo deve ter visto histórias iguais ou piores que essa.

Tinham chegado à casa do cônsul. Este acendeu a luzinha da saleta da entrada e ofereceu a Casement uma taça de vinho do Porto. Sentaram-se na varanda e acenderam cigarros. A lua havia desaparecido atrás de umas nuvens, mas ainda se viam estrelas no céu. Ao bulício longínquo das ruas se misturavam agora o rumor sincrônico dos insetos e o chapinhar das águas batendo nos galhos e juncos das margens.

— De que serviu tanta valentia ao pobre Benjamín Saldaña Roca? — refletiu o cônsul, levantando os ombros. — De nada. Desgraçou a família e na certa perdeu a vida. Nós, aqui, perdemos esses dois jornaizinhos, *La Felpa* e *La Sanción*, tão divertidos de ler todas as semanas por causa das suas maledicências.

— Não acho que o sacrifício dele tenha sido totalmente inútil — corrigiu-o Roger Casement, suavemente. — Sem Saldaña Roca, nós não estaríamos aqui. A menos, é claro, que o senhor pense que a nossa vinda tampouco vai servir para nada.
— Deus me livre — exclamou o cônsul. — O senhor tem razão. Todo aquele escândalo nos Estados Unidos, na Europa. Sim, foi Saldaña Roca quem começou tudo isso com as suas denúncias. E depois, vieram as de Walter Hardenburg. Eu disse uma tolice. Espero que a vinda de vocês sirva para alguma coisa e que as coisas mudem aqui. Desculpe-me, senhor Casement. Depois de tantos anos na Amazônia fiquei um pouco cético quanto à ideia de progresso. Em Iquitos, a gente acaba não acreditando em nada. Principalmente, em que a justiça algum dia vá fazer a injustiça recuar. Talvez seja hora de voltar para a Inglaterra, tomar um banho de otimismo inglês. Vejo que todos esses anos servindo à Coroa no Brasil não deixaram o senhor pessimista. Quem me dera ser assim. Eu o invejo.

Quando deram boa-noite e se retiraram para os seus quartos, Roger ficou muito tempo acordado. Será que fazia bem em aceitar essa missão? Quando, meses antes, sir Edward Grey, o ministro das Relações Exteriores, o chamou ao seu gabinete e disse: "O escândalo em relação aos crimes do Putumayo atingiu limites intoleráveis. A opinião pública exige que o governo faça alguma coisa. Ninguém melhor que o senhor para viajar até lá. Também irá uma comissão investigadora, de gente independente, que a própria Peruvian Amazon Company decidiu enviar. Mas eu quero que o senhor, embora viaje com eles, faça um relatório pessoal para o governo. O senhor tem muito prestígio pelo que fez no Congo. É um especialista em atrocidades. Não pode se negar", sua primeira reação foi arranjar uma desculpa e recusar. Depois, refletindo, pensou que, justamente devido ao seu trabalho no Congo, tinha a obrigação moral de aceitar. Será que fazia bem? O ceticismo de Mr. Stirs lhe pareceu um mau presságio. De vez em quando, a expressão de sir Edward "especialista em atrocidades" repicava em sua cabeça.

Ao contrário do cônsul, ele achava que Benjamín Saldaña Roca tinha prestado um grande serviço à Amazônia, ao seu país, à humanidade. As acusações do jornalista em *La Sanción. Bisemanario Comercial, Político y Literario* foram a primeira coisa que leu sobre os seringais de Putumayo, depois da sua conversa com sir Edward, que lhe deu quatro dias para decidir se viajava ou não com a Comissão investigadora. O Foreign Office imediatamente lhe entregou um dossiê com muitos documentos, entre os quais se destacavam dois testemunhos diretos de pessoas que haviam estado na região: os artigos do engenheiro norte-americano Walter Hardenburg no semanário londrino *Truth* e os artigos de Benjamín Saldaña Roca, parte dos quais traduzida para o inglês pela The Anti-Slavery and Aborigines' Protection Society, uma instituição humanitária.

Sua primeira reação foi de incredulidade: o jornalista, partindo de fatos reais, havia aumentado os abusos de tal forma que seus artigos transpiravam irrealidade e, até, uma imaginação um pouco sádica. Mas Roger logo se lembrou de que muitos ingleses, europeus e norte-americanos tiveram a mesma reação quando ele e Morel denunciaram as iniquidades no Estado Independente do Congo: a incredulidade. Era assim que o ser humano se defendia contra tudo aquilo que revelasse as indescritíveis crueldades a que podia chegar movido pela cobiça e por seus maus instintos num mundo sem lei. Se esses horrores tinham ocorrido no Congo, por que não podiam ter ocorrido também na Amazônia?

Angustiado, Roger se levantou da cama e foi se sentar na varanda. O céu estava escuro e as estrelas também tinham desaparecido. Havia menos luz na direção da cidade, mas o bulício continuava. Se as denúncias de Saldaña Roca fossem verdadeiras, o mais provável era que, como o cônsul imaginava, o jornalista tivesse mesmo sido jogado no rio com os pés e as mãos amarrados e as feridas sangrando para atiçar o apetite das piranhas. O jeito fatalista e cínico de Mr. Stirs o irritava. Como se aquilo não acontecesse porque existia gente cruel e sim por uma determinação fatídica, como o movimento dos astros ou a subida das marés. Ele o chamara de "fanático". Um fanático pela justiça? Sim, sem dúvida. Um temerário. Um homem modesto, sem dinheiro nem influências. Um Morel amazônico. Um religioso, talvez? O jornalista tinha feito aquilo porque acreditava que o mundo, a sociedade, a vida não podiam continuar sendo essa vergonha. Roger pensou na sua juventude, quando a experiência da maldade e o sofrimento, na África, o inundaram de um sentimento beligerante, uma vontade pugnaz de fazer alguma coisa para que o mundo melhorasse. Tinha uma predisposição fraterna por Saldaña Roca. Gostaria de poder apertar sua mão, ser seu amigo, dizer-lhe: "O senhor fez da sua vida uma coisa bela e nobre, senhor."

Será que ele tinha estado lá, no Putumayo, na gigantesca região onde a Companhia de Julio C. Arana operava? Teria se metido pessoalmente na boca do lobo? Seus artigos não diziam nada, mas os detalhes de nomes, lugares e datas indicavam que Saldaña Roca havia sido testemunha ocular daquilo que contava. Roger lera tantas vezes os depoimentos de Saldaña Roca e de Walter Hardenburg que volta e meia tinha a impressão de ter estado lá, em pessoa.

Fechou os olhos e viu a imensa região, dividida em estações, das quais as principais eram La Chorrera e El Encanto, cada uma com o seu chefe. "Ou, melhor dizendo, seu monstro." Pois gente como Víctor Macedo e Miguel Loaysa, por exemplo, não podia ser outra coisa. Ambos protagonizaram, em meados de 1903, sua façanha mais memorável. Cerca de oitocentos ocaimas tinham chegado a La Chorrera para entregar as cestas com as bolas de borracha que trouxeram da selva. Depois de pesá-las e armazená-las, o subadministrador de La Chorrera, Fidel Velarde, apontou para o seu chefe, Víctor Macedo, que estava lá com Miguel Loaysa, da El Encanto, os vinte e cinco ocaimas separados do resto porque não haviam trazido a cota mínima de seringa — látex ou borracha — que tinham obrigação de trazer. Macedo e Loaysa decidiram dar uma boa lição nos selvagens. Dizendo aos capatazes — os negros de Barbados — que mantivessem na linha o resto dos ocaimas com os seus máuseres, mandaram os "rapazes" enrolarem aqueles vinte e cinco em sacos embebidos com petróleo. Depois, atearam fogo. Aos berros, transformados em tochas humanas, alguns índios ainda conseguiram apagar as chamas rolando na terra, mas ficaram com queimaduras terríveis. Os que se jogaram no rio como bólidos flamejantes se afogaram. Macedo, Loaysa e Velarde liquidaram os feridos a tiros. Toda vez que lembrava essa cena, Roger sentia vertigem.

Segundo Saldaña Roca, os administradores faziam isso como castigo, mas também por diversão. Gostavam. Fazer sofrer, rivalizar em crueldades era um vício que eles tinham contraído de tanto praticar as flagelações, as pancadas, as torturas. Muitas vezes, quando estavam bêbados, procuravam pretextos para esses jogos sangrentos. Saldaña Roca citava uma carta do administrador da Companhia a Miguel Flores, chefe de estação, censurando-o por "matar índios por puro esporte" mesmo sabendo da falta de braços e lembrando que só se devia recorrer a tais excessos "em caso de necessidade". A resposta de Miguel Flores era pior que a acusação: "Protesto porque nestes últimos dois meses só morreram uns quarenta índios na minha estação."

Saldaña Roca enumerava os diferentes tipos de castigo dados aos indígenas pelos erros que cometiam: chicotadas, imobilização no cepo ou no potro de tortura, corte de orelhas, de narizes, de mãos e de pés, até assassinato. Enforcados, baleados, queimados ou afogados no rio. Em Matanzas, afirmava, havia mais restos de indígenas que em qualquer outra das estações. Não era possível fazer um cálculo, mas os ossos deviam corresponder a centenas, talvez milhares de vítimas. O responsável por Matanzas era Armando Normand, um jovem boliviano-inglês de apenas vinte e dois ou vinte e três anos que afirmava ter estudado em Londres. Sua crueldade se tornara um "mito infernal" entre os huitotos, que ele dizimou. Em Abisínia, a Companhia multou o administrador Abelardo Agüero e seu segundo, Augusto Jiménez, por fazerem tiro ao alvo com os índios mesmo sabendo que com isso sacrificavam braços úteis para a empresa de maneira irresponsável.

Apesar de tão distantes, pensou mais uma vez Roger Casement, o Congo e a Amazônia estavam unidos por um cordão umbilical. Os horrores se repetiam, com variantes mínimas, inspirados no lucro, pecado original que acompanhava o ser humano desde o nascimento, segredo inspirador de suas infinitas maldades. Ou havia algo mais? Será que o diabo tinha vencido a eterna batalha?

Amanhã seria um dia muito intenso. O cônsul havia localizado em Iquitos três negros de Barbados que tinham nacionalidade britânica. Eles trabalharam vários anos nos seringais de Arana e aceitaram dar seus depoimentos à Comissão se depois fossem repatriados.

Embora tivesse dormido muito pouco, acordou com as primeiras luzes do dia. Não se sentia mal. Então se lavou, vestiu, pôs na cabeça um chapéu-panamá, pegou sua máquina fotográfica e saiu da casa do cônsul sem ver o anfitrião nem os criados. Na rua o sol já despontava num céu limpo de nuvens, e começava a fazer calor. Ao meio-dia Iquitos estaria um forno. Havia gente nas ruas e já circulava o pequeno e barulhento bonde, pintado de vermelho e azul. De vez em quando vendedores ambulantes índios, com traços orientais, peles amarelentas e caras e braços pintados com figuras geométricas, vinham oferecer frutas, bebidas, animais vivos — macacos, araras e pequenos lagartos — ou flechas, maças e zarabatanas. Muitos bares e restaurantes continuavam abertos mas com poucos clientes. Havia bêbados esparramados sob uns telheiros de folhas de palmeira e cachorros fuçando nas lixeiras. "Esta cidade é um buraco vil e pestilento", pensou. Deu um longo passeio pelas ruas terrosas, atravessando a Praça de Armas onde reconheceu a Prefeitura, e desembocou num calçadão com parapeitos de pedra, um bonito passeio do qual se divisavam o enorme rio com suas ilhas flutuantes e, ao longe, rutilando sob o sol, a fileira de altas árvores da outra margem. Ao final do calçadão, onde este desaparecia sob uma ramagem numa encosta arborizada ao pé da qual havia um cais, viu uns rapazes descalços, só de bermudas, fincando umas estacas. Estavam com gorros de papel para se proteger do sol.

    Não pareciam índios, mas sim cholos. Um deles, que não devia ter chegado aos vinte anos, tinha um torso harmonioso, com músculos que se marcavam a cada martelada. Depois de hesitar um pouco, Roger se aproximou mostrando-lhe a câmera fotográfica.

    — Posso tirar uma fotografia sua? — perguntou-lhe em português. — Eu pago.

    O rapaz olhou-o, sem entender.

    Repetiu a pergunta duas vezes no seu espanhol ruim, até que o rapaz sorriu. Tagarelou com os outros alguma coisa que Roger não entendeu. E, por fim, virou-se para ele e perguntou, estalando os dedos: "Quanto?" Roger remexeu nos bolsos e pegou um punhado de moedas. Os olhos do rapaz as examinaram, contando.

    Fez várias fotos dele, entre as risadas e gozações dos seus amigos, fazendo-o tirar o gorro de papel, levantar os braços, mostrar os músculos e ficar na posição de um discóbolo. Para isso teve que tocar por um instante no braço do rapaz. Suas mãos estavam molhadas por causa do esforço e do calor. Parou de tirar fotos quando viu que estava rodeado de meninos esfarrapados que o observavam como um bicho estranho. Deu as moedas ao rapaz e voltou depressa para o consulado.

Seus amigos da Comissão, sentados à mesa, estavam tomando o café com o cônsul. Juntou-se a eles, explicando que começava a jornada diariamente dando uma boa caminhada. Enquanto tomavam uma xícara de café aguado e doce com pedaços de mandioca frita, Mr. Stirs explicou-lhes quem eram os barbadianos. Começou avisando que os três tinham trabalhado no Putumayo, mas acabaram em conflito com a Companhia de Arana. Eles se sentiam ludibriados e extorquidos pela Peruvian Amazon Company, e portanto seus testemunhos deviam estar cheios de ressentimento. Sugeriu que os barbadianos não falassem com todos os membros da Comissão ao mesmo tempo, porque se sentiriam intimidados e não abririam a boca. Decidiram dividir-se em grupos de dois ou três para os depoimentos.

Roger Casement fez dupla com Seymour Bell, que, como já esperava, pouco depois de começada a entrevista com o primeiro barbadiano, alegou o seu problema de desidratação, disse que não se sentia bem e se retirou, deixando-o a sós com o antigo capataz da Casa Arana.

Ele se chamava Eponim Thomas Campbell e não tinha certeza da própria idade, mas achava que não passava de trinta e cinco anos. Era um negro com longos cabelos crespos onde brilhavam alguns fios brancos. Estava com um blusão desbotado aberto até o umbigo e uma calça de tecido cru que só chegava aos tornozelos, amarrada na cintura com um pedaço de cordão. Estava descalço e seus enormes pés, com unhas compridas e muitas crostas, pareciam de pedra. Seu inglês era cheio de expressões coloquiais que Roger custava a entender. Às vezes se misturava com palavras portuguesas e espanholas.

Usando uma linguagem simples, Roger garantiu a ele que o seu testemunho seria confidencial e que em hipótese alguma se veria comprometido pelo que dissesse. Ele nem sequer tomaria notas, ia se limitar a ouvir. Só lhe pedia uma informação verídica sobre o que estava acontecendo no Putumayo.

Estavam sentados na pequena varanda que dava para o quarto de Casement, e na mesinha, em frente ao banco que dividiam, havia uma jarra com suco de mamão e dois copos. Eponim Thomas Campbell tinha sido contratado havia sete anos em Bridgetown, a capital de Barbados, junto com mais dezoito barbadianos, pelo senhor Lizardo Arana, irmão de don Julio César, para trabalhar como capataz numa das estações no Putumayo. E nesse mesmo momento começou o engano, porque quando o contrataram não lhe disseram que teria que dedicar boa parte do seu tempo às "correrias".

— Explique o que são as "correrias" — disse Casement.

Caçar índios nas aldeias para mandá-los recolher seringa nas terras da Companhia. Todos: huitotos, ocaimas, muinanes, nonuyas, andoques, rezígaros ou boras. De qualquer das tribos que havia na região. Porque todos, sem exceção, relutavam em apanhar seringa. Era preciso obrigá-los. As "correrias" exigiam expedições muito longas, às vezes para nada. Eles chegavam e as aldeias estavam desertas. Os habitantes tinham fugido. Outras vezes, não, felizmente. Chegavam atirando para assustá-los e para que não se defendessem, mas eles se defendiam, com suas zarabatanas e porretes. Havia luta. Depois tinham que levá-los, amarrados pelo pescoço, todos os que estivessem em condições de andar, homens e mulheres. Os mais velhos e os recém-nascidos eram largados para não atrasar a marcha. Eponim nunca cometera as crueldades gratuitas de Armando Normand, apesar de ter trabalhado durante dois anos sob as suas ordens, em Matanzas, onde o senhor Normand era administrador.

— Crueldades gratuitas? — interrompeu-o Roger. — Dê exemplos.

Eponim se remexeu no banco, incômodo. Seus grandes olhos dançaram nas órbitas brancas.

— O senhor Normand tinha as suas excentricidades — murmurou, afastando a vista. — Quando alguém se comportava mal. Melhor dizendo, quando alguém não se comportava como ele esperava. Afogava os filhos no rio, por exemplo. Ele mesmo. Com suas próprias mãos, quero dizer.

Fez uma pausa e explicou que as excentricidades do senhor Normand o deixavam nervoso. De uma pessoa tão estranha podia-se esperar qualquer coisa, até que um dia lhe desse o capricho de descarregar o revólver em quem estivesse mais perto. Por isso pediu que o mudassem de estação. Quando foi transferido para a Último Retiro, cujo administrador era o senhor Alfredo Montt, Eponim pôde dormir mais tranquilo.

— Teve que matar índios alguma vez no exercício das suas funções?

Roger viu que os olhos do barbadiano o miravam, escapuliam e voltavam a mirá-lo.

— Fazia parte do trabalho — admitiu, dando de ombros. — Dos capatazes e dos "rapazes", também chamados de "racionais". No Putumayo corre muito sangue. A gente acaba se acostumando. A vida lá é matar e morrer.

— Pode me dizer quanta gente teve que matar, senhor Thomas?

— Nunca fiz a conta — respondeu Eponim prontamente. — Eu fazia o trabalho que tinha que fazer e procurava virar a página. Cumpri a minha parte. Por isso digo que a Companhia se portou muito mal comigo.

Desatou em um longo e confuso monólogo contra os seus antigos empregadores. Estes o acusavam de estar envolvido na venda de uns cinquenta huitotos para um seringal de colombianos, os senhores Iriarte, com os quais a Companhia do senhor Arana vivia brigando por causa de peões. Era mentira. Eponim jurava e voltava a jurar que não tinha nada a ver com o desaparecimento no Último Retiro desses huitotos que, depois se soube, reapareceram trabalhando para os colombianos. Quem os vendeu foi o próprio administrador da estação, Alfredo Montt. Um ambicioso, um avaro. Para esconder a própria culpa, acusou a ele, Dayton Cranton e Simbad Douglas. Puras calúnias. A Companhia lhe deu crédito e os três capatazes tiveram que fugir. Sofreram padecimentos terríveis para chegar a Iquitos. Os chefes da Companhia, lá no Putumayo, deram a ordem aos "racionais" de matar os três barbadianos onde quer que os encontrassem. Agora, Eponim e seus dois companheiros viviam da mendicidade e de servicinhos eventuais. A Companhia se negava a pagar suas passagens de volta a Barbados. Já os havia acionado por abandono de emprego e o juiz de Iquitos dera razão à Casa Arana, naturalmente.

Roger lhe prometeu que o governo se encarregaria de repatriá-los, a ele e aos seus dois colegas, já que eram cidadãos britânicos.

Exausto, quando se despediu de Eponim Thomas Campbell, foi direto para a cama. Estava suando, seu corpo doía e um mal-estar itinerante o atormentava aos poucos, órgão por órgão, da cabeça aos pés. O Congo. A Amazônia. Não havia então limites para o sofrimento dos seres humanos? O mundo estava cheio de enclaves de ferocidade como aqueles que o esperavam no Putumayo. Quantos? Centenas, milhares, milhões? Seria possível derrotar essa hidra? Quando lhe cortavam a cabeça num lugar, reaparecia em outro, mais sanguinária e horripilante. Adormeceu.

Sonhou com sua mãe, num lago de Gales. Um sol tênue e esquivo brilhava entre as folhas dos altos carvalhos e, agitado, com palpitações, viu surgir o jovem musculoso que tinha fotografado aquela manhã no cais de Iquitos. O que fazia ele naquele lago galês? Ou era um lago irlandês, no Ulster? A silhueta espigada de Anne Jephson desapareceu. Seu desassossego não se devia à tristeza e à piedade que aquela gente escravizada no Putumayo lhe causava, mas à sensação de que, embora não a visse, Anne Jephson estava pelos arredores espiando-o de um arvoredo circular. O temor, porém, não atenuava a excitação crescente ao ver o rapaz de Iquitos se aproximar. Seu torso estava molhado pelo lago de cujas águas tinha acabado de emergir como um deus lacustre. A cada passo que dava seus músculos se destacavam, e em seu rosto havia um sorriso insolente que o fez estremecer e gemer no sonho. Quando acordou, viu com nojo que tinha ejaculado. Lavou-se e trocou de calça e de cueca. Sentia-se envergonhado e inseguro.

Encontrou os membros da Comissão arrasados com o que tinham acabado de ouvir dos barbadianos Dayton Cranton e Simbad Douglas. Os ex-capatazes tinham sido tão crus nas suas declarações como Eponim fora com Roger Casement. O que mais os horrorizava era que tanto Dayton como Simbad pareciam obcecados acima de tudo em desmentir que tivessem "vendido" aqueles cinquenta huitotos aos seringueiros colombianos.

— Não se preocupavam em absoluto com as flagelações, mutilações e assassinatos — repetia o botânico Walter Folk, que parecia não suspeitar da maldade que a cobiça pode suscitar. — Acham esses horrores a coisa mais natural do mundo.

— Eu não consegui aguentar todo o depoimento de Simbad — confessou Henry Fielgald. — Tive que sair para vomitar.

— Vocês leram a documentação que o Foreign Office reuniu — lembrou-lhes Roger Casement. — Pensavam que as acusações de Saldaña Roca e de Hardenburg eram pura fantasia?

— Fantasia, não — replicou Walter Folk. — Mas, sim, exagero.

— Depois desse aperitivo, nem imagino o que vamos encontrar no Putumayo — disse Louis Barnes.

— Eles devem ter tomado suas precauções — sugeriu o botânico. — Vão nos mostrar uma realidade muito maquiada.

O cônsul interrompeu para avisar que o almoço estava servido. Exceto ele, que comeu com apetite uma savelha preparada com salada de babunha e enrolada em folhas de milho, os comissionados quase não provaram nada. Permaneceram calados e absortos em suas lembranças das recentes entrevistas.

— Esta viagem vai ser uma descida aos infernos — profetizou Seymour Bell, que acabava de se reintegrar ao grupo. Dirigiu-se a Roger Casement. — O senhor já passou por isso. Quer dizer que se sobrevive, então.

— As feridas demoram a cicatrizar — matizou Roger.

— Não exagerem, senhores — tentou levantar o ânimo Mr. Stirs, que comia de muito bom humor. — Uma boa sesta loretense e vocês vão se sentir melhor. Com as autoridades e os chefes da Peruvian Amazon Company tudo vai ser mais fácil do que com os negros, vocês vão ver.

Em vez de fazer a sesta, Roger, sentado na mesinha que servia de criado-mudo em seu quarto, escreveu num caderno de notas tudo o que se lembrava da conversa com Eponim Thomas Campbell e fez resumos dos depoimentos que os comissionados colheram dos outros dois barbadianos. Depois, em outro papel, anotou as perguntas que faria naquela tarde ao prefeito Rey Lama e ao gerente da Companhia, Pablo Zumaeta, que, como lhe revelou o senhor Stirs, era cunhado de Julio C. Arana.

O prefeito recebeu a Comissão no seu gabinete e ofereceu cerveja, sucos de frutas e café. Mandou trazer cadeiras e distribuiu leques de palha para que eles se abanassem. Continuava com a calça de montar e as botas que estava usando na véspera, mas tinha trocado o colete bordado por uma jaqueta branca de linho e uma camisa fechada até o pescoço, como um blusão russo. Tinha um ar distinto, com suas têmporas nevadas e suas maneiras elegantes. Contou a eles que era diplomata de carreira. Havia servido durante vários anos na Europa e assumiu esta prefeitura por exigência do próprio presidente da República — apontou para a fotografia na parede, um homem pequeno e elegante, com fraque, chapéu-coco e uma faixa atravessada no peito —, Augusto B. Leguía.

— Que envia seus cumprimentos mais cordiais por meu intermédio — acrescentou.

— Que bom que o senhor fala inglês, assim podemos prescindir do intérprete, senhor prefeito — respondeu Casement.

— Meu inglês é muito ruim — interrompeu com falsa modéstia Rey Lama. — Vocês têm que ser indulgentes comigo.

— O governo britânico lamenta que seus pedidos de que o governo do presidente Leguía faça uma investigação sobre as denúncias no Putumayo tenham sido em vão.

— Há uma ação judicial em andamento, senhor Casement — cortou o prefeito. — Meu governo não precisou de Sua Majestade para iniciá-la. Para isso, designou um juiz especial que já está a caminho de Iquitos. Um magistrado ilustre: o juiz Carlos A. Valcárcel. O senhor sabe que as distâncias entre Lima e Iquitos são enormes.

— Mas, neste caso, para que mandar um juiz de Lima — interveio Louis Barnes. — Não há juízes em Iquitos? Ontem, no jantar que nos ofereceu, o senhor nos apresentou alguns magistrados.

Roger Casement viu que Rey Lama olhou para Barnes com piedade, como se ele fosse uma criança que não atingiu a idade da razão ou um adulto imbecil.

— Esta conversa é confidencial, não é mesmo, senhores? — perguntou afinal.

Todas as cabeças confirmaram. O prefeito vacilou mais um pouco antes de responder.

— O fato de que o meu governo mande um juiz de Lima investigar isto é uma prova da sua boa-fé — explicou. —

Seria mais fácil pedir a um juiz de instrução local que investigasse. Mas, então...

Calou-se, sem jeito.

— Para bom entendedor, poucas palavras bastam — acrescentou.

— O senhor quer dizer que nenhum juiz de Iquitos se atreveria a enfrentar a Companhia do senhor Arana? — perguntou Roger Casement, suavemente.

— Aqui não é a culta e próspera Inglaterra, senhores — murmurou pesaroso o prefeito. Tinha um copo de água na mão e o esvaziou com um gole só. — Se uma pessoa leva meses para chegar de Lima até aqui, os pagamentos dos magistrados, autoridades, militares, funcionários demoram ainda mais. Ou, simplesmente, não chegam nunca. E como essa gente sobrevive enquanto espera os seus salários?

— Da generosidade da Peruvian Amazon Company? — sugeriu o botânico Walter Folk.

— Não ponham na minha boca palavras que eu não disse — reagiu Rey Lama, levantando a mão. — A Companhia do senhor Arana adianta os salários dos funcionários em forma de empréstimo. Essas quantias têm que ser devolvidas, a princípio, com juros módicos. Não é um presente. Não há suborno. Trata-se de um acordo correto com o Estado. Mas, mesmo assim, é natural que magistrados que vivem graças a esses empréstimos não sejam totalmente imparciais quando se trata da Companhia do senhor Arana. Entendem, não é mesmo? O governo mandou um juiz de Lima para que ele faça uma investigação completamente independente. Não é a melhor demonstração de que está empenhado em descobrir a verdade?

Os comissionados beberam dos seus copos de água ou de cerveja, confusos e desanimados. "Quantos deles já devem estar procurando um pretexto para voltar à Europa?", pensava Roger. Não previam nada disso, sem dúvida. Com exceção talvez de Louis Barnes, que tinha morado na África, os outros não imaginavam que nem tudo funcionava no resto do mundo da mesma maneira que no Império britânico.

— Há autoridades na região que vamos visitar? — perguntou Roger.

— Com exceção dos inspetores que só passam por lá no dia de São Nunca, nenhuma — disse Rey Lama. — É uma região muito isolada. Até poucos anos atrás era uma selva virgem, povoada apenas por tribos selvagens. Que autoridade o governo podia mandar para lá? E para quê? Para ser devorada pelos canibais? Se agora há vida comercial lá, trabalho, um começo de modernidade, isso se deve a Julio C. Arana e seus irmãos. Vocês devem considerar isso, também. Eles foram os primeiros a conquistar essas terras peruanas para o Peru. Sem a Companhia, todo o Putumayo já teria sido ocupado pela Colômbia, que está de olho na região. Não podem esquecer esse aspecto, senhores. O Putumayo não é a Inglaterra. É um mundo isolado, remoto, habitado por pagãos que afogam os filhos no rio quando nascem gêmeos ou têm alguma deformação física. Julio C. Arana foi um pioneiro, levou para lá barcos, remédios, a religião católica, vestidos, o espanhol. Os abusos devem ser punidos, certamente. Mas, não se esqueçam, trata-se de uma terra que desperta cobiça. Vocês não acham estranho que, nas acusações do senhor Hardenburg, todos os seringalistas peruanos sejam uns monstros e os colombianos, uns arcanjos cheios de compaixão pelos indígenas? Eu li os artigos da revista *Truth*. Não acham estranho? Que coincidência, os colombianos, decididos a se apossar dessas terras, encontraram um protetor como o senhor Hardenburg, que só viu violência e abusos entre os peruanos e nem um caso parecido entre os colombianos. Antes de vir para o Peru ele trabalhou na ferrovia de Cauca, pensem nisso. Não pode se tratar de um agente?

Ofegou, cansado, e optou por tomar um gole de cerveja. Olhou-os, um por um, com uma expressão que parecia dizer: "Um ponto a meu favor, não é?"

— Flagelações, mutilações, estupros, assassinatos — murmurou Henry Fielgald. — É isso o que o senhor chama de levar a modernidade para o Putumayo, senhor prefeito? Não foi só Hardenburg que fez as denúncias. Saldaña Roca, seu compatriota, também. Três capatazes de Barbados, que interrogamos esta manhã, confirmaram esses horrores. Eles mesmos reconhecem ter praticado coisas assim.

— Devem ser castigados, então — afirmou o prefeito.
— E seriam, se no Putumayo houvesse juízes, policiais, autori-

dades. Por enquanto não há nada, só barbárie. Eu não defendo ninguém. Não desculpo ninguém. Vão lá. Vejam com seus próprios olhos. Julguem por si mesmos. O meu governo poderia ter proibido o ingresso de vocês no Peru, pois somos um país soberano e a Grã-Bretanha não tem por que se intrometer nos nossos assuntos. Mas não fez isso. Pelo contrário, recebi instruções de oferecer-lhes todas as facilidades. O presidente Leguía é um grande admirador da Inglaterra, senhores. Ele almeja que um dia o Peru seja um grande país, como o de vocês. É por isso que estão aqui, livres para ir a qualquer lugar e investigar tudo.

Começou a chover a cântaros. A luz se atenuou e o repicar da água no zinco era tão forte que parecia que o teto viria abaixo e as trombas-d'água cairiam em cima deles. Rey Lama estava com uma expressão melancólica.

— Tenho uma esposa e quatro filhos que adoro — disse, com um sorriso triste. — Faz um ano que não os vejo e só Deus sabe se os verei de novo. Mas quando o presidente Leguía me pediu para servir ao meu país neste canto isolado do mundo, não vacilei. Não estou aqui para defender criminosos, senhores. É justamente o contrário. Só peço que entendam que trabalhar, comerciar, montar uma indústria no coração da Amazônia não é o mesmo que fazê-lo na Inglaterra. Se algum dia esta selva atingir os níveis de vida da Europa ocidental, terá sido graças a homens como Julio C. Arana.

Ficaram mais algum tempo no escritório do prefeito. Fizeram muitas perguntas e ele respondeu a todas, às vezes de forma evasiva e às vezes com crueldade. Roger Casement não conseguia ter uma ideia clara do personagem. Em certos momentos ele parecia um cínico representando um papel, em outros, um homem bom, com uma pesada responsabilidade na qual tentava se sair o mais dignamente possível. Uma coisa era certa: Rey Lama sabia que aquelas atrocidades ocorriam e não gostava disso, mas seu trabalho lhe exigia minimizá-las como pudesse.

Quando se despediram do prefeito, havia parado de chover. Na rua, os telhados das casas ainda pingavam, em toda parte havia poças com sapos chapinhando e o ar ficou cheio de moscardos e pernilongos que os cobriram de picadas. Cabisbaixos, calados, foram até a Peruvian Amazon Company, uma ampla mansão com cobertura de telhas e azulejos na fachada onde o gerente geral, Pablo Zumaeta, os esperava para a última conversa do dia. Como faltavam alguns minutos, deram uma volta no grande descampado que era a Praça de Armas. Observaram, curiosos, a casa metálica do engenheiro Gustave Eiffel, com suas vértebras de ferro expostas à intempérie como um esqueleto de animal antediluviano. Os bares e restaurantes dos arredores já estavam abertos, a música e o barulho retumbavam no entardecer de Iquitos.

 A Peruvian Amazon Company, na rua Peru, a poucos metros da Praça de Armas, era a maior e mais sólida construção de Iquitos. O prédio de dois andares, feito de cimento e chapas metálicas, tinha as paredes pintadas de verde-claro e na saleta contígua ao escritório, onde Pablo Zumaeta os recebeu, havia um ventilador com grandes hélices de madeira suspenso no teto, imóvel, esperando a eletricidade. Apesar do forte calor, o senhor Zumaeta, que devia ter cerca de cinquenta anos, estava de terno escuro e colete colorido, uma gravatinha de laço e botas cintilantes. Deu a mão cerimoniosamente a cada um deles perguntando a todos, num espanhol marcado pelo sotaque amazônico cantarolado que Roger Casement já tinha aprendido a identificar, se estavam bem-alojados, se Iquitos era hospitaleira com eles, se precisavam de alguma coisa. Repetiu a todos que tinha ordens, telegrafadas de Londres pelo próprio senhor Julio C. Arana, de proporcionar-lhes todas as facilidades para o sucesso da missão. Ao mencionar Arana, o gerente da Peruvian Amazon Company fez uma reverência em direção ao grande retrato pendurado numa das paredes.

 Enquanto uns criados indígenas, descalços e com túnicas brancas, ofereciam bandejas com bebidas, Casement observou por alguns instantes a cara séria, quadrada, morena, de olhos penetrantes, do dono da Peruvian Amazon Company. Arana estava com um gorrinho francês (*le béret*) na cabeça e seu terno parecia ter sido cortado por um dos bons alfaiates parisienses ou, talvez, na Savile Row de Londres. Seria verdade que esse todo-poderoso rei da borracha, com palacetes em Biarritz, Genebra e nos jardins de Kensington Road, em Londres, tinha começado sua carreira vendendo chapéus de palha nas ruas de Rioja, aldeia perdida na selva amazônica onde nasceu? Seu olhar revelava consciência tranquila e grande satisfação consigo mesmo.

Pablo Zumaeta disse a eles, por intermédio do intérprete, que o melhor barco da Companhia, o *Liberal*, estava pronto para que embarcassem. Iriam com o capitão mais experiente naqueles rios da Amazônia e os melhores tripulantes. Mesmo assim, a navegação até o Putumayo ia exigir sacrifícios. Levava entre oito e dez dias, dependendo do tempo. E, antes que algum dos membros da Comissão tivesse tempo de perguntar alguma coisa, rapidamente entregou a Roger Casement uma pilha de papéis, numa pasta:

— Preparei esta documentação para vocês, antecipando algumas das suas preocupações — explicou. — São as instruções da Companhia aos administradores, chefes, subchefes e capatazes de estações no que diz respeito ao tratamento do pessoal.

Zumaeta disfarçava o seu nervosismo levantando a voz e gesticulando. Enquanto mostrava os papéis cheios de inscrições, carimbos e assinaturas, enumerava o seu conteúdo com o tom e os gestos de um orador de praça pública:

— Proibição estrita de impor castigos físicos aos indígenas, suas esposas, filhos e parentes, e de agredi-los em obra ou em palavra. Repreendê-los e aconselhar de maneira severa quando tiverem infringido comprovadamente as normas. Segundo a gravidade do erro, poderão ser multados ou, em caso de erro muito grave, demitidos. Se a falta tiver conotações delitivas, devem ser encaminhados à autoridade competente mais próxima.

Levou algum tempo resumindo as instruções, destinadas — repetia sem cessar — a evitar que fossem cometidos "abusos contra os nativos". Fez um parêntese para explicar que, "sendo os seres humanos como são", às vezes os funcionários violavam essas disposições. Quando isso acontecia, a Companhia punia o responsável.

— O importante é que nós fazemos o possível e o impossível para evitar que se cometam abusos nos seringais. Se aconteceram, foi excepcional, obra de algum desgarrado que não respeitou a nossa política em relação aos indígenas.

Sentou-se. Tinha falado tanto e com tanta energia que parecia esgotado. Limpou o suor do rosto com um lenço já molhado.

— Será que vamos encontrar no Putumayo os chefes de estação acusados por Saldaña Roca e pelo engenheiro Hardenburg, ou eles já devem ter fugido?

— Nenhum dos nossos empregados fugiu — indignou-se o gerente da Peruvian Amazon Company. — Por que fugiriam? Por causa das calúnias de dois chantagistas que, como não conseguiram arrancar dinheiro da Companhia, inventaram essas infâmias?

— Mutilações, assassinatos, flagelações — recitou Roger Casement. — De dezenas, talvez centenas de pessoas. São acusações que abalaram todo o mundo civilizado.

— Também me abalariam se tivessem acontecido — protestou indignado Pablo Zumaeta. — O que me abala agora é que gente culta e inteligente como vocês dê crédito a tais lorotas sem uma investigação prévia.

— Vamos fazê-la no próprio terreno — lembrou Roger Casement. — Muito séria, pode acreditar.

— O senhor acha que Arana, que eu, que os administradores da Peruvian Amazon Company somos suicidas para matar indígenas? Não sabe que o problema número um dos seringueiros é a falta de apanhadores? Cada trabalhador é preciso para nós. Se essas matanças fossem verdadeiras, não restaria agora um único índio no Putumayo. Todos eles já teriam fugido, não é mesmo? Ninguém quer viver onde é chicoteado, mutilado e assassinado. Essa acusação é de uma imbecilidade sem limites, senhor Casement. Se os indígenas fugirem, nós nos arruinamos e a indústria da borracha quebra. Os nossos funcionários sabem disso, lá. E por esse motivo se esforçam para deixar os selvagens contentes.

Olhou para os membros da Comissão, um por um. Ainda estava indignado, mas, agora, também entristecido. Fazia umas caras que pareciam de choro.

— Não é fácil tratá-los bem, mantê-los satisfeitos — confessou, abaixando a voz. — São muito primitivos. Vocês sabem o que isso significa? Algumas tribos são canibais. Não podemos permitir isso, certo? Não é cristão, não é humano. Proibimos, e às vezes eles se aborrecem e agem como o que são: selvagens. Nós devemos deixar que eles afoguem as crianças que nascem com deformidades? Um lábio leporino, por exemplo. Não, porque o infanticídio também não é cristão, certo? Enfim. Vocês vão ver com seus próprios olhos. Então, compreenderão a injustiça que a Inglaterra cometeu com o senhor Julio C. Arana e com uma companhia que, à custa de enormes sacrifícios, está transformando este país.

Roger Casement pensou que Pablo Zumaeta ia soltar umas lágrimas. Mas estava enganado. O gerente deu-lhes um sorriso amistoso.

— Eu falei muito, agora é a vez de vocês — desculpou-se. — Perguntem o que quiserem e eu responderei com franqueza. Não temos nada a esconder.

Durante quase uma hora os membros da Comissão interrogaram o gerente geral da Peruvian Amazon Company. Este respondia com longas tiradas que, às vezes, atrapalhavam o intérprete, que o fazia repetir palavras e frases. Roger não interveio no diálogo e em muitos momentos se distraiu. Era evidente que Zumaeta jamais diria a verdade, ele só podia negar tudo, repetindo os argumentos que a Companhia de Arana tinha utilizado em Londres para responder às críticas dos jornais. Havia, talvez, excessos ocasionais cometidos por indivíduos intolerantes, mas não era política da Peruvian Amazon Company torturar, escravizar nem muito menos matar os índios. A lei proibia, e seria uma sandice aterrorizar os peões que tanto escasseavam no Putumayo. Roger se sentia transportado no espaço e no tempo para o Congo. Os mesmos horrores, o mesmo desprezo pela verdade. A única diferença era que Zumaeta falava em espanhol e os funcionários belgas em francês. Negavam com a mesma desenvoltura o que era evidente porque ambos achavam que coletar borracha e ganhar dinheiro era um ideal dos cristãos que justificava as piores maldades contra esses pagãos que, naturalmente, sempre eram antropófagos e assassinos dos próprios filhos.

Quando saíram da sede da Peruvian Amazon Company, Roger acompanhou seus colegas até a casinha onde estavam alojados. Em vez de voltar diretamente para a residência do cônsul britânico, deu um passeio por Iquitos, sem rumo. Sempre gostara de caminhar, sozinho ou em companhia de algum amigo, no começo e no final do dia. Podia andar horas e horas, mas nas ruas de terra de Iquitos tropeçava frequentemente em buracos e poças d'água onde havia rás coaxando. O barulho era enorme. Bares, restaurantes, bordéis, salões de baile e casas de apostas estavam cheios de gente, bebendo, comendo, dançando ou conversando. E, em todas as portas, grupos de crianças seminuas, espiando. Viu desaparecer no horizonte as últimas vermelhidões do crepúsculo e fez o resto da caminhada na escuridão, por ruas às vezes iluminadas pelas luzes dos bares. Viu que tinha chegado àquele terreno quadrangular que tinha o pomposo nome de Praça de Armas. Deu uma volta em torno e de repente ouviu que alguém, sentado num banco, o cumprimentava em português: "*Boa noite*, senhor Casement." Era o padre Ricardo Urrutia, superior dos agostinianos de Iquitos, que tinha conhecido no jantar que o prefeito lhes ofereceu. Sentou-se ao lado dele no banco de madeira.

— Quando não chove, é agradável sair para ver as estrelas e respirar um pouco de ar fresco — disse o agostiniano, em português. — Desde que a gente tape os ouvidos, para não ouvir esse ruído infernal. Já devem ter lhe falado da casa de ferro que um seringueiro meio louco comprou na Europa e estão montando naquele canto. Foi exibida em Paris, na Grande Exposição de 1889, parece. Dizem que vai ser um clube social. Dá para imaginar que forno, uma casa de metal no clima de Iquitos? Por enquanto é uma toca de morcegos. Dezenas de morcegos dormem lá, pendurados numa pata.

Roger Casement lhe disse que podia falar em espanhol, pois ele entendia. Mas o padre Urrutia, que passara mais de dez anos da sua vida entre os agostinianos do Ceará, no Brasil, preferiu continuar falando em português. Estava havia menos de um ano na Amazônia peruana.

— Eu sei que o senhor nunca foi aos seringais do senhor Arana. Mas, sem dúvida, sabe muito do que acontece lá. Queria lhe pedir a sua opinião. Podem ser verdade essas acusações de Saldaña Roca, de Walter Hardenburg?

O sacerdote suspirou.

— Podem sim, infelizmente, senhor Casement — murmurou. — Nós aqui estamos muito longe do Putumayo. Mil, mil e duzentos quilômetros no mínimo. Se, mesmo numa cidade com autoridades, prefeito, juízes, militares, policiais acontecem as coisas que sabemos, o que não ocorrerá lá, onde só existem funcionários da Companhia?

Tornou a suspirar, agora com angústia.

— Aqui, o grande problema é a compra e venda de meninas indígenas — disse, com uma voz machucada. — Por mais esforços que façamos para encontrar uma solução, não conseguimos.

"O Congo, outra vez. O Congo, em toda parte."

— O senhor ouviu falar das famosas "correrias" — acrescentou o agostiniano. — Esses ataques às aldeias indígenas para capturar apanhadores. Os atacantes não roubam só os homens. Levam também os meninos e meninas. Para vendê-los aqui. Às vezes os levam para Manaus, onde, ao que parece, conseguem melhor preço. Em Iquitos, uma família compra uma empregadinha por vinte ou trinta soles, no máximo. Todas têm uma, duas, cinco empregadinhas. Escravas, na realidade. Trabalhando dia e noite, dormindo com os animais, levando surras por qualquer motivo, além, claro, de servir para a iniciação sexual dos filhos da família.

Suspirou de novo e ficou arquejando.

— Não se pode fazer nada com as autoridades?

— A princípio, sim — disse o padre Urrutia. — A escravidão foi abolida no Peru há mais de meio século. Pode-se recorrer à polícia e aos juízes. Mas todos eles também têm suas empregadinhas compradas. Além do mais, o que iriam fazer as autoridades com as meninas resgatadas? Ficar com elas ou vendê-las, é claro. E nem sempre às famílias. Às vezes, aos prostíbulos, para fazer o que o senhor imagina.

— Não há alguma forma de que elas voltem para suas tribos?

— As tribos aqui quase não existem mais. Os pais foram sequestrados e levados para os seringais. Não há onde deixá-las. Para que resgatar essas pobres crianças? Nessas condições, talvez o mal menor seja continuarem com as famílias. Algumas as tratam bem, até se afeiçoam a elas. O senhor acha monstruoso?

— Monstruoso — repetiu Roger Casement.

— Eu, nós, também achamos — disse o padre Urrutia. — Passamos horas espremendo os miolos na missão. Que solução dar? Não encontramos. Fizemos uma consulta, em Roma, para ver se podem mandar umas freiras virem abrir uma escolinha aqui para essas meninas. Para que recebam pelo menos alguma instrução. Mas será que as famílias vão aceitar mandá-las para a escola? Muito poucas, em todo caso. Consideram as meninas uns verdadeiros animaizinhos.

Suspirou de novo. Tinha falado com tanta amargura que Roger, contagiado com a tristeza do religioso, teve vontade de voltar para a casa do cônsul britânico. Levantou-se.

— O senhor pode fazer alguma coisa, senhor Casement — disse o padre Urrutia, na despedida, dando-lhe a mão. — Foi uma espécie de milagre o que aconteceu. Quero dizer, essas denúncias, o escândalo na Europa. A chegada da Comissão a Loreto. Se há alguém que pode ajudar essa pobre gente, são vocês. Vou rezar para que voltem sãos e salvos do Putumayo.

Roger voltou andando devagar, sem olhar para o que acontecia nos bares e prostíbulos de onde saíam vozes, cantos, o dedilhado de violões. Pensava nas crianças arrancadas das suas tribos, separadas das famílias, enfardadas na sentina de uma lancha, trazidas para Iquitos, vendidas por vinte ou trinta soles para uma família em cuja casa passariam a vida varrendo, esfregando, cozinhando, limpando latrinas, lavando roupa suja, xingadas, espancadas e às vezes estupradas pelo patrão ou pelos filhos do patrão. A mesma história de sempre. A história que não acaba nunca.

IX

Quando a porta da cela se abriu e ele viu na soleira a rotunda silhueta do xerife, Roger Casement pensou que tinha visita — Gee ou Alice, talvez —, mas o carcereiro, em vez de indicar que se levantasse e o seguisse até o locutório, olhou-o de uma maneira estranha, sem dizer nada. "Negaram a petição", pensou. Continuou deitado, certo de que se tentasse se erguer o tremor das pernas o faria desabar no chão.

— Ainda quer um chuveiro? — perguntou a voz fria e lenta do xerife.

"Minha última vontade?", pensou. "Depois do banho, o carrasco."

— Isso é contra o regulamento — murmurou o xerife, com certa emoção. — Mas hoje é o primeiro aniversário da morte do meu filho na França. Quero fazer um ato de compaixão em memória dele.

— Eu lhe agradeço — disse Roger, levantando-se. Que mosca tinha picado o xerife? Desde quando, tanta amabilidade com ele?

Sentiu que o sangue em suas veias, imobilizado quando viu o carcereiro aparecer na porta da cela, voltava a circular em seu corpo. Saiu para o corredor tisnado e comprido e seguiu o carcereiro obeso até o banheiro, um recinto escuro, com uma fieira de privadas lascadas contra uma parede, uma série de chuveiros na parede oposta e uns recipientes de cimento aparente com canos enferrujados que vertiam água. O xerife ficou em pé, na entrada, enquanto Roger se despia, pendurava o uniforme azul e o gorro de presidiário num prego na parede e entrava no chuveiro. O jato d'água lhe provocou um calafrio da cabeça aos pés e, ao mesmo tempo, uma sensação de alegria e gratidão. Fechou os olhos e, antes de passar o sabonete que pegou em uma das caixas de borracha penduradas na parede, enquanto esfregava os braços e as pernas, sentiu a água fria deslizar pelo corpo. Estava feliz e arrebatado. Com aquele jato d'água não desaparecia somente a sujeira acumulada em seu corpo durante tantos dias, mas também as preocupações, angústias e remorsos. Roger se ensaboou e se enxaguou por um bom tempo, até que de longe o xerife lhe indicou com uma palmada que se apressasse. Então se enxugou com a própria roupa, que depois vestiu. Não tinha pente e alisou os cabelos com as mãos.

— Não sabe como lhe fico grato por este banho, xerife — disse, enquanto voltavam para a cela. — Isto me devolveu a vida, a saúde.

O carcereiro respondeu com um murmúrio ininteligível.

Ao se deitar de novo no catre, Roger tentou voltar à leitura da *Imitação de Cristo*, de Tomás de Kempis, mas não conseguia se concentrar e deixou o livro no chão.

Pensou no capitão Robert Monteith, seu assistente e amigo nos últimos seis meses que passou na Alemanha. Homem magnífico! Leal, eficiente e heroico. Foi seu companheiro de viagem e de adversidades no submarino alemão U-19 que os trouxera, junto com o sargento Daniel Julian Bailey, também conhecido como Julian Beverly, até a costa de Tralee, na Irlanda, onde os três quase morreram afogados por não saberem remar. Por não saberem remar! Assim eram as coisas: pequenos detalhes podiam se infiltrar nos assuntos importantes e arruiná-los. Lembrou-se do amanhecer cinzento, chuvoso, com mar agitado e uma neblina espessa da Sexta-feira Santa, dia 21 de abril de 1916, e eles três no bote irrequieto de três remos em que o submarino alemão os tinha deixado antes de desaparecer no meio da bruma. "Boa sorte", gritara o capitão Raimund Weissbach como despedida. Reviveu a horrível sensação de impotência, tentando controlar aquele bote encabritado pelas ondas e pelos remoinhos, e a incapacidade de os remadores improvisados levá-lo em direção à costa, que nenhum deles sabia onde estava. A embarcação girava, subia, descia, saltava, traçava círculos de raio variável, e, como nenhum dos três conseguia vencê-las, as ondas que batiam de lado no bote o sacudiam de tal forma que a qualquer momento iriam virá-lo. De fato, viraram. Durante alguns minutos os três estiveram a ponto de se afogar. Chapinharam, engoliram água salgada, até que conseguiram endireitar o bote e, ajudando-se mutuamente, subir de novo nele. Roger se lembrou do valente Monteith, com a mão infeccionada depois de um acidente na Alemanha, no porto de Heligoland, tentando aprender a pilotar uma lancha a motor. Haviam atracado lá para trocar de submarino, porque o U-2 em que embarcaram em Wilhelmshaven tivera um defeito. Aquela ferida atormentou Monteith durante toda a semana de viagem entre Heligoland e Tralee Bay. Roger, que passou a travessia sofrendo enjoos e vômitos terríveis, sem praticamente se alimentar nem se levantar do seu beliche estreito, recordava a estoica paciência dele com o inchaço da ferida. Os anti-inflamatórios que os marinheiros alemães do U-19 lhe aplicaram não adiantaram nada. A mão continuou supurando e o capitão Weissbach, comandante do U-19, predisse que se não a tratasse logo ao desembarcar, aquela ferida gangrenaria.

A última vez que viu o capitão Robert Monteith foi nas ruínas do McKenna's Fort, naquele mesmo amanhecer de 21 de abril, quando seus dois companheiros decidiram que Roger ficaria escondido ali, enquanto eles iam andando pedir ajuda aos Voluntários de Tralee. Isso porque era ele quem corria o maior risco de ser reconhecido pelos soldados — a presa mais cobiçada pelos cães de guarda do Império —, e também porque Roger não estava mais aguentando. Doente e debilitado, tinha caído duas vezes no chão, exausto, e na segunda perdeu os sentidos por vários minutos. Seus amigos o deixaram nas ruínas do Forte McKenna com um revólver e uma sacolinha de roupa, depois de um aperto de mãos. Roger lembrou que, ao ver as cotovias revoando ao redor e ouvir seu canto e descobrir que estava rodeado de violetas selvagens que brotavam nos areais de Tralee Bay, pensou que finalmente tinha chegado à Irlanda. Seus olhos se encheram de lágrimas. O capitão Monteith fez uma continência ao partir. Pequeno, robusto, ágil, incansável, patriota irlandês até a medula, nos seis meses em que os dois conviveram na Alemanha Roger não ouvira uma só queixa nem notara o menor sintoma de desânimo em seu ajudante, apesar dos fracassos no campo de Limburg devido à resistência — quando não a aberta hostilidade — dos prisioneiros a se alistar na Brigada Irlandesa que Roger quis formar para lutar ao lado da Alemanha ("mas não sob as ordens dela") pela independência da Irlanda.

Estava molhado da cabeça aos pés, com a mão inchada e sangrenta meio enrolada num pano que tinha se soltado e uma expressão de grande fadiga. Caminhando em passos enérgicos, Monteith e o sargento Daniel Bailey, que mancava, sumiram na neblina rumo a Tralee. Será que Robert Monteith chegou até lá sem ser capturado pelos oficiais da Royal Irish Constabulary? Terá conseguido entrar em contato em Tralee com o pessoal do IRB (Irish Republican Brotherhood) ou com os Voluntários? Nunca soube quando nem onde o sargento Daniel Bailey foi capturado. Seu nome não apareceu nos longos interrogatórios a que Roger foi submetido, primeiro no Almirantado, pelos chefes dos serviços de inteligência britânicos, e depois pela Scotland Yard. A súbita aparição de Daniel Bailey no julgamento por traição, como testemunha de acusação do promotor, deixou Roger consternado. No seu depoimento, cheio de mentiras, Monteith não foi mencionado uma só vez. Será que ele continuava, então, em liberdade, ou o tinham matado? Roger pediu a Deus que o capitão estivesse são e salvo, escondido em algum canto da Irlanda. Ou teria participado do Levante da Semana Santa e perecido lá, como tantos irlandeses anônimos lutando naquela aventura tão heroica quanto disparatada? Era o mais provável. Que ele estivesse na Agência de Correios de Dublin, atirando, ao lado do seu admirado Tom Clarke, até que uma bala inimiga tivesse dado um fim à sua vida exemplar.

A sua aventura também tinha sido disparatada. Não era outra fantasia delirante julgar que, vindo da Alemanha para a Irlanda, ia poder impedir sozinho, com argumentos pragmáticos e racionais, o Levante da Semana Santa, tão secretamente planejado pelo Military Council dos Irish Volunteers — Tom Clarke, Sean McDermott, Patrick Pearse, Joseph Plunkett e algum outro — do qual nem sequer o presidente dos Voluntários Irlandeses, o professor Eoin MacNeill, tinha sido informado? "A razão não convence os místicos nem os mártires", pensou. Roger havia sido partícipe e testemunha de longas e intensas discussões no seio dos Irish Volunteers sobre a sua tese de que a única maneira de que uma ação armada dos nacionalistas irlandeses contra o Império britânico desse certo era fazendo-a coincidir com uma ofensiva militar alemã que imobilizasse o grosso do poderio militar inimigo. Sobre isso, ele e o jovem Plunkett discutiram muitas horas em Berlim, sem chegar a uma conclusão. Teria sido porque os responsáveis pelo Conselho Militar nunca aceitaram esta sua convicção que o IRB e os voluntários que prepararam a insurreição lhe ocultaram seus planos até o último minuto? Quando finalmente a informação chegou a Berlim, Roger já sabia que o Almirantado alemão tinha desistido de uma ofensiva naval contra a Inglaterra. Quando os alemães aceitaram enviar armas para os revoltosos, ele fez questão de ir pessoalmente à Irlanda acompanhando o armamento, com a intenção secreta de convencer os dirigentes de que o Levante, sem uma ofensiva militar alemã simultânea, seria um sacrifício inútil. Nisso, não tinha se enganado. Segundo as notícias que conseguiu reunir aqui e ali desde os dias do seu julgamento, o Levante tinha sido um gesto heroico mas seu saldo foi a matança dos mais arrojados dirigentes do IRB e dos Voluntários e a prisão de centenas de revolucionários. A repressão agora seria interminável. A independência da Irlanda tinha recuado mais uma vez. Triste, triste história!

Sentiu um gosto amargo na boca. Outro grave erro: depositar muitas esperanças na Alemanha. Lembrou-se da discussão com Herbert Ward, em Paris, na última vez que o viu. Herbert, seu melhor amigo na África desde o dia em que se conheceram, quando ambos eram jovens e ansiosos por aventuras, desconfiava de todos os nacionalismos. Era um dos poucos europeus cultos e sensíveis em terras africanas, e Roger aprendeu muito com ele. Intercambiavam livros, faziam leituras comentadas, falavam e discutiam sobre música, pintura, poesia e política. Herbert já sonhava poder ser apenas artista algum dia e dedicava todo o tempo que podia roubar do seu trabalho a esculpir tipos humanos africanos em madeira e em barro. Ambos eram críticos severos dos abusos e crimes do colonialismo, e quando Roger se tornou uma figura pública e foi alvo de ataques por causa do seu *Relatório sobre o Congo*, Herbert e Sarita, sua mulher, já instalados em Paris e ele transformado num prestigiado escultor que agora fazia figuras fundidas, principalmente em bronze, sempre inspiradas na África, foram os seus defensores mais entusiastas. Também o foram quando seu *Relatório sobre o Putumayo,* denunciando os crimes cometidos pelos seringalistas do Putumayo contra os indígenas, provocou outro escândalo em torno da figura de Casement. Herbert, aliás, a princípio manifestou simpatia pela conversão nacionalista de Roger, embora em suas cartas frequentemente brincasse com os perigos do "fanatismo patriótico" e recordasse a frase do doutor Johnson segundo a qual "o patriotismo é o último refúgio dos canalhas". Os consensos tiveram seu limite com a questão da Alemanha. Herbert sempre contestou energicamente a visão positiva, embelezadora, que Roger tinha do chanceler Bismarck, unificador dos estados alemães, e do "espírito prussiano", que lhe parecia rígido, autoritário, tosco, inimigo da imaginação e da sensibilidade, mais afim ao quartel e às hierarquias militares que à democracia e às artes. Quando, em plena guerra, ele soube, pelas denúncias dos jornais ingleses, que Roger Casement fora a Berlim conspirar com o inimigo, mandou-lhe uma carta, por intermédio de sua irmã Nina, encerrando a amizade de tantos anos. Dizia nessa carta que o filho mais velho dele e de Sarita, um jovem de dezenove anos, tinha acabado de morrer na frente de batalha.

Quantos outros amigos ele tinha perdido, gente que, como Herbert e Sarita Ward, antes o estimava e admirava, e agora o considerava um traidor? Até Alice Stopford Green, sua professora e amiga, se opusera à sua viagem a Berlim, se bem que, desde que ele foi preso, nunca mais mencionou essa discrepância. Quantas pessoas também teriam nojo dele agora por causa das baixezas que a imprensa inglesa lhe atribuía? Um espasmo no abdômen o fez encolher-se no catre. Ficou assim por um bom tempo até que foi passando aquela sensação de ter uma pedra na barriga espremendo as tripas.

Nos dezoito meses que passou na Alemanha, ele se perguntou muitas vezes se não tinha errado. Não, pelo contrário, os fatos confirmaram todas as suas teses quando o governo alemão emitiu aquela declaração — em grande parte redigida por ele mesmo — manifestando sua solidariedade à ideia da soberania irlandesa e sua vontade de ajudar os irlandeses a recuperarem a independência arrebatada pelo Império britânico. Mas, depois, nas longas esperas em Unter den Linden para ser recebido pelas autoridades de Berlim, com as promessas não cumpridas, suas doenças e seu fracasso com a Brigada Irlandesa, tinha começado a ter dúvidas.

Sentiu o coração bater com mais força, como acontecia toda vez que se lembrava daqueles dias gélidos, com tempestades e redemoinhos de neve, quando, por fim, depois de tanta insistência, conseguiu se dirigir aos 2.200 prisioneiros irlandeses no campo de Limburg. Explicou a eles com cuidado, repetindo um discurso que ensaiara na cabeça ao longo de meses, que não se tratava de "passar para o lado inimigo" nem coisa parecida. A Brigada Irlandesa não ia fazer parte do Exército alemão. Seria um corpo militar independente, com seus próprios oficiais, e lutaria pela independência da Irlanda contra o seu colonizador e opressor "junto às, mas não dentro das", Forças Armadas alemãs. O que mais o magoava, um ácido que corroía o seu espírito sem descanso, não era que apenas cinquenta e poucos dos 2.200 prisioneiros tivessem se alistado na Brigada. Era a hostilidade com que sua proposta foi recebida, os gritos e murmúrios nos quais detectou nitidamente as palavras "traidor", "pelego", "vendido", "rato" com que muitos prisioneiros lhe demonstraram o seu desprezo e, finalmente, as cusparadas e tentativas de agressão de que foi vítima na terceira vez em que tentou falar. (Tentou, porque só conseguiu pronunciar as primeiras frases antes de ser silenciado pelas vaias e os insultos.) E a humilhação que sentiu ao ser resgatado de uma possível agressão, quem sabe um linchamento, pelos soldados alemães da escolta que o tiraram correndo de lá.

Tinha sido muito crédulo e ingênuo pensando que os prisioneiros irlandeses se alistariam naquela Brigada equipada, vestida — embora o uniforme tivesse sido desenhado pelo próprio Roger Casement —, alimentada e assessorada pelo mesmo Exército alemão contra o qual acabavam de lutar, que os havia gaseado nas trincheiras da Bélgica, que tinha matado, mutilado e ferido tantos dos seus companheiros, e que os mantinha agora entre cercas de arame. Ele precisava entender as circunstâncias, ser flexível, lembrar o que esses prisioneiros irlandeses haviam sofrido e perdido, e não guardar nenhum rancor. Mas esse choque brutal com uma realidade que não esperava foi muito duro para Roger Casement. Repercutiu no seu corpo tanto quanto no seu espírito porque, logo em seguida, começaram as febres que o deixaram tanto tempo de cama, quase desenganado.

Nesses meses, a lealdade e o afeto solícitos do capitão Robert Monteith foram um bálsamo sem o qual ele provavelmente não teria sobrevivido. Sem deixar que as dificuldades e frustrações que encontravam em toda parte abalassem — pelo menos de forma visível — sua convicção de que a Brigada Irlandesa concebida por Roger Casement acabaria sendo uma realidade e recrutaria para as suas filas a maioria dos prisioneiros irlandeses, o capitão Monteith se entregou com entusiasmo a dirigir o treinamento da meia centena de voluntários aos quais o governo alemão cedeu um pequeno campo, em Zossen, perto de Berlim. E até conseguiu recrutar alguns outros. Todos usavam o uniforme da Brigáda concebido por Roger, inclusive Monteith. Dormiam em barracas de campanha, faziam marchas, manobras e exercícios de tiro com fuzil e pistola, mas usando balas de festim. A disciplina era estrita e, além dos exercícios, práticas militares e esporte, Monteith insistiu que Roger Casement desse permanentemente palestras para os brigadistas sobre a história da Irlanda, sua cultura, seus costumes e as perspectivas que se abririam para o Eire após conquistar a independência.

    O que diria o capitão Robert Monteith se visse desfilar como testemunhas de acusação no julgamento um punhado de ex-prisioneiros irlandeses do campo de Limburg — libertados graças a uma troca de presos — e, entre eles, ninguém menos que o próprio sargento Daniel Bailey? Todos, respondendo às perguntas do promotor, juraram que Roger Casement, rodeado de oficiais do Exército alemão, os exortara a passar para as filas do inimigo, fazendo cintilar como isca a perspectiva da liberdade, um salário e futuros benefícios para eles. E todos confirmaram uma mentira flagrante: que os prisioneiros irlandeses que cederam ao seu assédio e se alistaram na Brigada imediatamente receberam melhores ranchos, mais cobertores e um regime mais flexível de saídas. O capitão Robert Monteith não se indignaria com eles. Diria, mais uma vez, que esses compatriotas estavam cegos, ou, melhor, cegados pela má educação, a ignorância e a confusão em que o Império mantinha o Eire, vendando seus olhos para a sua verdadeira condição de povo ocupado e oprimido por três séculos. Não era para se desesperar, tudo isso estava mudando. E, quem sabe, como fez tantas vezes em Limburg e em Berlim, ele contaria a Roger Casement, para levantar seu ânimo, com que entusiasmo e generosidade os jovens irlandeses — camponeses, operários, pescadores, artesãos, estudantes — se inscreveram nas filas dos Irish Volunteers quando essa organização foi fundada, num grande comício na Rotunda de Dublin a 25 de novembro de 1913, como resposta à militarização dos unionistas do Ulster liderados por sir Edward Carson que ameaçavam abertamente não respeitar a lei se o Parlamento britânico aprovasse o Home Rule, a Autonomia para a Irlanda. O capitão Robert Monteith, ex-oficial do Exército britânico, pelo qual tinha lutado na guerra dos Bôeres, na África do Sul, onde foi ferido em dois combates, foi um dos primeiros a se alistar nos Voluntários. Recebeu a incumbência da preparação militar dos recrutas. Roger, que estivera no emocionante comício da Rotunda e foi um dos administradores dos recursos obtidos para a compra de armas, escolhido para esse cargo de extrema confiança pelos líderes dos Irish Volunteers, não se lembrava de ter conhecido Monteith naquele tempo. Mas este garantia que um dia apertou sua mão e lhe disse que estava orgulhoso de ter sido um irlandês quem denunciou para o mundo os crimes cometidos contra os aborígines no Congo e na Amazônia.

Lembrou-se das longas caminhadas que dava com Monteith pelos arredores do campo de Limburg ou pelas ruas de Berlim, às vezes durante as madrugadas pálidas e frias, outras vezes no crepúsculo e sob as primeiras sombras da noite, falando obsessivamente da Irlanda. Apesar da amizade que nasceu entre os dois, ele nunca conseguiu que Monteith o tratasse com a informalidade de um amigo. O capitão sempre se dirigia a ele como um superior político e militar, cedendo a direita nas calçadas, abrindo as portas, aproximando as cadeiras e, antes ou depois de apertar sua mão, batendo os calcanhares e levando marcialmente a mão ao quepe.

A primeira vez que o capitão Monteith ouviu falar da Brigada Irlandesa que Roger Casement estava tentando formar na Alemanha foi por intermédio de Tom Clarke, o sigiloso líder do IRB e dos Irish Volunteers, e se ofereceu imediatamente para ir trabalhar com ele. Nessa época Monteith estava confinado pelo Exército britânico em Limerick, como punição por terem descoberto que ele dava instrução militar clandestina aos Voluntários. Tom Clarke consultou os outros dirigentes e a proposta foi aceita. Seu trajeto, que Monteith contou a Roger com todos os detalhes assim que se encontraram na Alemanha, teve tantos percalços como um romance de aventuras. Em companhia de sua esposa para disfarçar o conteúdo político da viagem,

Monteith partiu de Liverpool para Nova York em setembro de 1915. Lá, os dirigentes nacionalistas irlandeses o deixaram nas mãos do norueguês Eivind Adler Christensen (ao pensar nele, Roger sentiu um nó na garganta), que, no porto de Hoboken, o introduziu às escondidas num navio que logo partiria rumo a Christiania, capital da Noruega. A esposa de Monteith ficou em Nova York. Christensen o fez viajar como clandestino, trocando frequentemente de camarote e passando longas horas escondido nas sentinas da embarcação, onde o norueguês lhe levava água e comida. O navio foi detido pela Royal Navy em plena viagem. Um pelotão de marinheiros ingleses o invadiu e verificou a documentação de tripulantes e passageiros, em busca de espiões. Durante os cinco dias que os marinheiros ingleses levaram para revistar o navio, Monteith pulou de um esconderijo para outro — às vezes incômodos, como ficar de cócoras num closet sob pilhas de roupas ou mergulhado num barril de breu — sem ser descoberto. Por fim, desembarcou clandestinamente em Christiania. Sua travessia das fronteiras sueca e dinamarquesa para entrar na Alemanha foi não menos novelesca e o obrigou a usar diversos disfarces, um deles de mulher. Quando finalmente chegou a Berlim, descobriu que o chefe a quem fora servir, Roger Casement, estava doente na Baviera. Sem pensar duas vezes pegou um trem e, quando chegou ao hotel bávaro onde aquele convalescia, batendo os calcanhares e fazendo uma continência, se apresentou com a frase: "Este é o momento mais feliz da minha vida, sir Roger."

A única vez que Casement se lembrava de ter divergido do capitão Robert Monteith foi certa tarde, no campo militar de Zossen, depois de uma palestra de Casement para os membros da Brigada Irlandesa. Eles estavam tomando um chá na cantina quando Roger, por alguma razão que não lembrava mais, mencionou Eivind Adler Christensen. O rosto do capitão se transfigurou numa expressão de desagrado.

— Já vi que o senhor não tem boas lembranças de Christensen — brincou. — Ainda está com raiva dele por fazê-lo viajar como clandestino de Nova York até a Noruega?

Monteith não sorria. Ficou muito sério.

— Não, senhor — resmungou entre os dentes. — Não é por isso.

— Por que, então?

Monteith hesitou, incômodo.

— Porque sempre achei que esse norueguês é um espião da inteligência britânica.

Roger lembrou que essa frase lhe caíra como um soco no estômago.

— Tem alguma prova disso?

— Nenhuma, senhor. Puro palpite.

Casement o repreendeu, dizendo que nunca mais voltasse a fazer uma conjetura como aquela sem ter provas. O capitão balbuciou uma desculpa. Agora, Roger daria qualquer coisa para ver Monteith, nem que fosse por alguns instantes, e se desculpar por tê-lo censurado aquela vez: "O senhor tinha toda a razão do mundo, bom amigo. Sua intuição era certa. Eivind é pior que um espião: é um verdadeiro demônio. E eu, um imbecil, um ingênuo por acreditar nele."

Eivind, outro dos seus grandes equívocos nesta última etapa da vida. Qualquer pessoa que não fosse aquele "menino grande" que ele era, como disseram um dia Alice Stopford Green e Herbert Ward, notaria algo de suspeito na maneira como aquela encarnação de Lúcifer entrou em sua vida. Roger, não. Acreditou no encontro casual, numa conjuração do acaso.

Foi em julho de 1914, no mesmo dia em que chegou a Nova York para promover os Irish Volunteers entre as comunidades irlandesas dos Estados Unidos, conseguir apoio e armas e reunir-se com os líderes nacionalistas da filial norte-americana do IRB, que se chamava Clan na Gael, os veteranos combatentes John Devoy e Joseph McGarrity. Ele tinha saído para dar uma volta por Manhattan, fugindo do úmido e escaldante quartinho de hotel calcinado pelo verão nova-iorquino, quando foi abordado por um jovem louro e bonito como um deus viquingue cuja simpatia, encanto e desembaraço o seduziram imediatamente. Eivind era alto, atlético, tinha um andar quase felino, um olhar azul profundo e um sorriso entre arcangélico e canalha. Não tinha um centavo e lhe comunicou o fato com uma careta cômica, mostrando os forros dos bolsos vazios. Roger convidou-o para tomar uma cerveja e comer alguma coisa. E acreditou em tudo o que o norueguês lhe contou: tinha vinte e quatro anos e fugira da sua casa na Noruega aos doze. Viajando como clandestino, deu um jeito de chegar a Glasgow. A partir de então, trabalhou como foguista em navios escandinavos e ingleses por todos os mares do mundo. Agora, encalhado em Nova York, vivia como podia.

E Roger acreditou! Em seu catre apertado, ele se encolheu, dolorido, com outro espasmo abdominal, desses que lhe cortavam a respiração. Vinham nos momentos de muita tensão. Reprimiu a vontade de chorar. Toda vez que sentia tanta piedade e vergonha de si mesmo que seus olhos se enchiam de lágrimas, ficava deprimido e enojado. Ele nunca fora um sentimental propenso a mostrar suas emoções, sempre soube esconder os tumultos que agitavam seus sentimentos atrás de uma máscara de perfeita serenidade. Mas sua personalidade era outra desde que chegou a Berlim em companhia de Eivind Adler Christensen, no último dia de outubro de 1914. Teria contribuído para essa mudança o fato de que já estivesse doente, abatido e com os nervos em frangalhos? Nos últimos meses na Alemanha, principalmente quando, apesar das injeções de entusiasmo que o capitão Robert Monteith queria lhe inocular, ele entendeu que o seu projeto da Brigada Irlandesa tinha fracassado, começou a sentir que o governo alemão desconfiava dele (julgando-o talvez um espião britânico) e soube que sua denúncia da suposta conspiração do cônsul britânico Findlay na Noruega para matá-lo não tivera a repercussão internacional que ele esperava. O golpe final foi descobrir que seus companheiros do IRB e os Irish Volunteers na Irlanda esconderam dele até o último minuto seus planos para o Levante da Semana Santa. ("Tinham que tomar precauções, por razões de segurança", tentava tranquilizá-lo Robert Monteith.) Além do mais, fizeram de tudo para que permanecesse na Alemanha e proibiram que fosse se juntar a eles. ("Estão pensando na sua saúde, senhor", desculpava-os Monteith.) Não, não estavam pensando na sua saúde. Eles também desconfiavam dele, porque sabiam que era contra qualquer ação armada que não coincidisse com uma ofensiva bélica germânica. Ele e Monteith embarcaram no submarino alemão transgredindo as ordens dos dirigentes nacionalistas.

Mas, de todos os seus fracassos, o maior foi confiar tão cega e estupidamente em Eivind/Lucifer. Este fora com ele à Filadélfia visitar Joseph McGarrity. E estava ao seu lado em Nova York, no comício organizado por John Quinn em que Roger falou para um auditório repleto de membros da Antiga Ordem dos Hibérnicos, e, também, no desfile de mais de mil Irish Volunteers na Filadélfia, em 2 de agosto, aos quais Roger arengou sob aplausos estrondosos.

Desde o primeiro momento notou a desconfiança que Christensen provocava nos dirigentes nacionalistas dos Estados Unidos. Mas ele foi tão enérgico, garantindo que deviam confiar na discrição e na lealdade de Eivind tanto quanto nas suas próprias, que os dirigentes do IRB/Clan na Gael acabaram aceitando a presença do norueguês em todas as atividades públicas de Roger (não nas reuniões políticas particulares) nos Estados Unidos. E concordaram que viajasse com ele, como seu ajudante, a Berlim.

O mais extraordinário era que nem sequer o estranho episódio de Christiania fez Roger suspeitar. Eles tinham acabado de chegar à capital da Noruega, no caminho para a Alemanha, quando, nesse mesmo dia, Eivind, que saíra para dar um passeio sozinho, foi — conforme lhe contou — abordado por desconhecidos, sequestrado e levado à força para o consulado britânico situado no número 79 da Drammensveien. Lá foi interrogado pelo próprio cônsul, Mr. Mansfeldt de Cardonnel Findlay. Este lhe ofereceu dinheiro para que revelasse a identidade e as intenções do seu acompanhante na Noruega. Eivind jurou a Roger que não tinha revelado nada e que o soltaram depois de prometer ao cônsul que ia descobrir o que eles queriam sobre esse senhor, de quem não sabia coisa nenhuma, que estava acompanhando como um simples guia por uma cidade — por um país — que ele não conhecia.

E Roger engoliu essa fantástica mentira sem pensar por um segundo que era vítima de uma cilada! Tinha caído nela como uma criança idiota!

Será que Eivind Adler Christensen já trabalharia para os serviços britânicos nessa época? O capitão de mar e guerra Reginald Hall, chefe da Inteligência Naval britânica, e Basil Thomson, chefe do Departamento de Investigação Criminal da Scotland Yard, seus interrogadores desde que o trouxeram preso para Londres — Roger teve longuíssimos e cordiais diálogos com eles —, lhe deram indicações contraditórias sobre o escandinavo. Mas ele não se iludia mais. Agora tinha certeza de que era absolutamente falso que Eivind tivesse sido sequestrado nas ruas de Christiania e, à força, levado à presença do cônsul de sobrenome pomposo: Mansfeldt de Cardonnel Findlay. Os interrogadores lhe mostraram, certamente para desmoralizá-lo — ele já tinha constatado que ambos eram finos psicólogos —, o relatório do cônsul britânico na capital da Noruega ao seu chefe no Foreign Office a respeito da inoportuna visita de Eivind Adler Christensen ao consulado situado no número 79 da Drammensveien, exigindo falar pessoalmente com o cônsul. E como revelou ao diplomata, quando este aceitou recebê-lo, que viera em companhia de um dirigente nacionalista irlandês que viajava para a Alemanha com passaporte falso e o nome fictício James Landy. Pediu dinheiro em troca dessa informação e o cônsul lhe deu vinte e cinco coroas. Eivind lhe ofereceu continuar fornecendo material particular e secreto sobre o personagem incógnito desde que o governo inglês o recompensasse com generosidade.

Por outro lado, Reginald Hall e Basil Thomson contaram a Roger que todos os seus movimentos na Alemanha — reuniões com altos funcionários, militares e ministros do governo no Ministério de Relações Exteriores da Wilhelmstrasse, assim como seus encontros com os prisioneiros irlandeses em Limburg — tinham sido registrados com grande precisão pela inteligência britânica. De modo que Eivind, enquanto fingia conspirar com Roger armando uma tramoia para o cônsul Mansfeldt de Cardonnel Findlay, continuou informando ao governo inglês tudo o que ele dizia, fazia, escrevia, quem recebia ou visitava durante sua temporada na Alemanha. "Fui um imbecil e mereço a minha sorte", repetiu pela enésima vez.

Nesse momento se abriu a porta da cela. Estavam trazendo o almoço. Já era meio-dia? Mergulhado em suas recordações, a manhã passara sem ele sentir. Se todos os dias fossem assim, seria uma maravilha. Mal provou uns goles do caldo insosso e o guisado de verdura com pedaços de peixe. Quando o guarda veio buscar os pratos, Roger pediu para ir limpar o balde de excrementos e urina. Uma vez por dia lhe permitiam ir à latrina esvaziá-lo e lavá-lo. Quando voltou para a cela, deitou de novo no catre. O bonito e risonho rosto de menino levado de Eivind/Lucifer voltou à sua memória e, com ele, voltaram o abatimento e as ondas de amargura. Ouviu-o sussurrar "Te amo" em seu ouvido e sentiu que se entrelaçava com ele e o apertava. Ouviu-se gemer.

Tinha viajado muito, vivido experiências intensas, conhecido todo tipo de gente, investigado crimes atrozes contra povos primitivos e comunidades indígenas de dois continentes. E era possível que uma personalidade com tanta duplicidade, falta de escrúpulos e baixeza como a do Lúcifer escandinavo ainda o deixasse estupefato? Eivind estava mentindo, enganando-o sistematicamente enquanto, sempre risonho, serviçal e afetuoso, o acompanhava como um cão fiel, fazia favores, preocupava-se com sua saúde, ia lhe comprar remédios, chamava o médico, colocava o termômetro. Mas também arrancava dele todo o dinheiro que podia. E depois inventava aquelas viagens à Noruega a pretexto de visitar sua mãe, sua irmã, para ir correndo ao consulado entregar relatórios sobre as atividades conspiratórias, políticas e militares do seu chefe e amante. E lá também ganhava dinheiro por essas delações. E ele, que imaginava manipular os fios da trama! Roger tinha instruído Eivind de que, como os britânicos queriam matá-lo — segundo o norueguês, o cônsul Mansfeldt de Cardonnel Findlay dissera isso explicitamente —, entrasse no jogo, até conseguir provas das intenções criminosas dos funcionários britânicos contra ele. Por quantas coroas ou libras esterlinas Eivind também tinha informado isso ao cônsul? E, assim, aquilo que Roger imaginava como uma ação publicitária demolidora contra o governo britânico — acusá-lo publicamente de tramar o homicídio de seus adversários violentando a soberania de terceiros países — não teve a menor repercussão. Sua carta pública a sir Edward Grey, com cópias para todos os governos representados em Berlim, não mereceu sequer a confirmação de recebimento de uma só embaixada.

Mas o pior — Roger voltou a sentir o aperto na barriga — veio depois, no final dos longos interrogatórios na Scotland Yard, quando já pensava que Eivind/Lucifer não voltaria a se infiltrar nesses diálogos. O golpe final! O nome de Roger Casement estava em todos os jornais da Europa e do mundo — um diplomata britânico enobrecido e condecorado pela Coroa ia ser julgado por traição à pátria — e a notícia do seu iminente processo era anunciada em toda parte. Então, Eivind Adler Christensen foi ao consulado britânico na Filadélfia se propondo, por intermédio do cônsul, a viajar à Inglaterra e testemunhar contra Casement, desde que o governo inglês arcasse com todas as despesas de viagem e estada e ele "recebesse uma remuneração aceitável". Roger não teve a menor dúvida de que era autêntico aquele relatório do cônsul britânico na Filadélfia que Reginald Hall e Basil Thomson lhe mostraram. Felizmente, o rosto rubicundo do Luzbel escandinavo não chegou a aparecer no banco das testemunhas durante os quatro dias de processo em Old Bailey. Porque, quando o visse, Roger talvez não conseguisse controlar a raiva e a vontade de esganá-lo.

Seria aquele o rosto, a mente, a retaliação viperina pelo pecado original? Numa de suas conversas com Edmund D. Morel, quando ambos se perguntavam como era possível que gente que tinha recebido uma educação cristã, culta e civilizada perpetrasse e fosse cúmplice dos crimes espantosos que ambos tinham documentado no Congo, Roger disse: "Quando se esgotam as explicações históricas, sociológicas, psicológicas, culturais, ainda há um vasto campo nas trevas para se chegar à raiz da maldade dos seres humanos, *Buldogue*. Se você quer entender isso, só há um caminho: parar de raciocinar e recorrer à religião: é o pecado original." "Esta explicação não explica nada, *Tiger*." Discutiram um longo tempo, sem chegar a nenhuma conclusão. Morel afirmava: "Se a razão última da maldade é o pecado original, então não há solução. Se nós, homens, somos feitos para o mal e temos o mal na alma, então por que lutar para remediar o que é irremediável?"

Ele não devia cair no pessimismo, o *Buldogue* tinha razão. Nem todos os seres humanos eram Eivind Adler Christensen. Havia outros, nobres, idealistas, bons e generosos, como o capitão Robert Monteith e o próprio Morel. Roger sentiu tristeza. O *Buldogue* não havia assinado nenhuma das petições a seu favor. Sem dúvida, não aprovava que o amigo (ex-amigo, agora, como Herbert Ward?) tivesse tomado partido pela Alemanha. Embora fosse contra a guerra, fizesse campanha pacifista e estivesse enfrentando um processo por isso, sem dúvida Morel não perdoava a sua adesão ao Kaiser. Talvez também o considerasse um traidor. Como Conrad.

Roger suspirou. Tinha perdido muitos amigos admiráveis e queridos, como esses dois. Quantos outros lhe viraram as costas! Mas, apesar de tudo, não mudou sua maneira de pensar.

Não, ele não havia se enganado. Continuava achando que, se a Alemanha ganhasse o conflito, a Irlanda estaria mais perto da independência. E mais distante se a vitória favorecesse a Inglaterra. Ele não tinha feito o que fez pela Alemanha, mas sim pela Irlanda. Será que homens tão lúcidos e inteligentes como Ward, Conrad e Morel não podiam entender isso?

O patriotismo cega a lucidez. Alice afirmou isso num debate acalorado, durante uma daquelas noitadas em sua casa na Grosvenor Road que Roger sempre lembrava com tanta saudade. O que disse exatamente a historiadora? "Não devemos deixar que o patriotismo nos arrebate a lucidez, a razão, a inteligência." Algo assim. Mas, então, lembrou-se da alfinetada irônica que George Bernard Shaw deu em todos os nacionalistas irlandeses presentes: "São coisas irreconciliáveis, Alice. Não se engane: o patriotismo é uma religião, está em conflito com a lucidez. É puro obscurantismo, um ato de fé." Ele disse isso com a ironia zombeteira que sempre deixava sem jeito os seus interlocutores, porque todos intuíam que, por baixo do que o dramaturgo dizia de forma bonachona, havia sempre uma intenção demolidora. "Ato de fé", na boca daquele cético e incrédulo, queria dizer "superstição, engano", ou coisa ainda pior. No entanto, esse homem que não acreditava em nada e vociferava contra tudo era um grande escritor e tinha dado mais prestígio às letras da Irlanda que qualquer outro da sua geração. Como alguém podia criar uma grande obra sem ser patriota, sem sentir uma profunda consanguinidade com a terra dos seus antepassados, sem amar e se emocionar com a velha linhagem que tem atrás de si? Por isso, tendo que escolher entre os dois grandes criadores, secretamente Roger preferia Yeats a Shaw. Aquele sim era um patriota, nutriu sua poesia e seu teatro com as velhas lendas irlandesas e celtas, refundando-as, renovando-as, mostrando que estavam vivas e podiam fecundar a literatura do presente. Um segundo depois se arrependeu de ter pensado isso. Como podia ser ingrato com George Bernard Shaw: entre as grandes figuras intelectuais de Londres, apesar do seu ceticismo e das suas crônicas contra o nacionalismo, ninguém se manifestara de maneira mais explícita e corajosa em defesa de Roger Casement que o dramaturgo. Ele recomendou uma linha de defesa ao seu advogado que, infelizmente, o pobre Serjeant A. M. Sullivan, uma nulidade cheia de ambição, não aceitou e, depois da sentença, George Bernard Shaw escreveu artigos e assinou manifestos defendendo a comutação da pena. Não era indispensável ser patriota e nacionalista para ser generoso e valente.

Lembrar-se, mesmo que por um instante, de Serjeant A. M. Sullivan deixou-o abatido e o fez reviver o julgamento por alta traição em Old Bailey, aqueles quatro dias sinistros no final de junho de 1916. Não foi nada fácil encontrar um advogado que aceitasse defendê-lo no Alto Tribunal. Todos os que *maître* George Gavan Duffy, sua família e seus amigos procuraram em Dublin e em Londres se negaram alegando diversos pretextos. Ninguém queria defender um traidor à pátria em tempos de guerra. Finalmente, o irlandês Serjeant A. M. Sullivan, que até então nunca havia defendido ninguém em um tribunal londrino, aceitou. Exigindo, naturalmente, uma quantia elevada, que sua irmã Nina e Alice Stopford Green tiveram que reunir mediante donativos de simpatizantes da causa irlandesa. Contrariando o desejo de Roger, que queria assumir abertamente a sua responsabilidade de rebelde e lutador independentista e usar o julgamento como uma plataforma para proclamar o direito da Irlanda à soberania, o advogado Sullivan fez uma defesa legalista e formal, evitando a política e sustentando que o estatuto de Eduardo III, com o qual Casement era julgado, só concernia a atividades de traição cometidas no território da Coroa, não no estrangeiro. Os atos que eram imputados ao acusado tinham ocorrido na Alemanha e, portanto, Casement não podia ser considerado um traidor ao Império. Em momento algum Roger achou que essa estratégia de defesa daria certo. Ainda por cima, no dia em que apresentou sua alegação, Serjeant Sullivan deu um espetáculo lastimável. Pouco depois de começar a exposição foi se agitando, convulsionando, até que, tomado por uma palidez cadavérica, exclamou: "Senhores juízes: não aguento mais!" e desabou na sala de audiências, desacordado. Um dos seus ajudantes teve que concluir a alegação. Pelo menos na exposição final Roger pôde assumir a própria defesa, declarando-se um rebelde, apoiando o Levante da Semana Santa, pedindo a independência da sua pátria e dizendo que estava orgulhoso por tê-la servido. Esse texto lhe dava orgulho e, pensava, o justificaria ante as gerações futuras.

Que horas seriam? Não tinha conseguido se acostumar a não saber a hora. Como os muros da Pentonville Prison eram grossos, por mais que apurasse os ouvidos nunca conseguia ouvir os sons da rua: sinos, motores, gritos, vozes, apitos. O barulho do mercado de Islington, será que ouvia mesmo ou inventava? Não sabia mais. Nada. Um silêncio estranho, sepulcral, o deste momento, que parecia suspender o tempo, a vida. Os únicos sons que se filtravam até a cela vinham do interior da prisão: passos abafados no corredor contíguo, portas metálicas que se abriam e fechavam, a voz fanhosa do xerife dando ordens a algum carcereiro. Agora, nem mesmo do interior da Pentonville Prison lhe chegava qualquer ruído. O silêncio o angustiava, não conseguia pensar. Tentou voltar à leitura da *Imitação de Cristo*, de Tomás de Kempis, mas não pôde se concentrar e voltou a deixar o livro no chão. Tentou rezar mas a oração lhe pareceu tão mecânica que a interrompeu. Ficou um longo tempo quieto, tenso, desassossegado, com a mente em branco e o olhar fixo num ponto do teto que parecia úmido, como se tivesse infiltrações, até adormecer.

Teve um sonho tranquilo, que o levou às selvas amazônicas numa manhã luminosa e ensolarada. A brisa que corria na ponte do barco amenizava os efeitos do calor. Não havia mosquitos e ele se sentia bem, sem a ardência nos olhos que tanto o atormentava nos últimos tempos, infecção que parecia invulnerável a todos os colírios e banhos dos oftalmologistas, sem as dores musculares da artrite, sem o fogo das hemorroidas que às vezes parecia um ferro candente em suas vísceras, sem o inchaço nos pés. Não sentia nenhum desses mal-estares, doenças e achaques, sequelas dos seus vinte anos de África. Era jovem outra vez e teve vontade de fazer aqui, neste imenso rio Amazonas cujas margens sequer divisava, uma loucura que fizera muitas vezes na África: tirar a roupa e pular do parapeito do barco nessas águas esverdeadas com gramas-da-guiné e manchas de espuma. Iria sentir o impacto da água morna e espessa em todo o corpo, uma sensação benfazeja, purificadora, enquanto se impulsionava em direção à superfície, emergia e começava a dar braçadas, deslizando ao lado do barco com a facilidade e a elegância de um boto. Da coberta, o capitão e alguns passageiros fariam gestos pomposos para que subisse de novo, que não se expusesse a morrer afogado ou comido por alguma sucuri, as serpentes fluviais que às vezes tinham dez metros de comprimento e podiam engolir um homem inteiro.

Estava perto de Manaus? De Tabatinga? Do Putumayo? De Iquitos? Remontava ou descia o rio? Tanto fazia. O importante era que estava se sentindo melhor do que em qualquer outro momento que podia lembrar nos últimos tempos e, enquanto o barco deslizava devagar sobre a superfície esverdeada, com o ronronar do motor embalando seus pensamentos, Roger imaginava de novo como seria o seu futuro, agora que finalmente tinha deixado a diplomacia e recuperado a liberdade total. Devolveria o seu apartamento londrino em Ebury Street e iria para a Irlanda. Dividiria o seu tempo entre Dublin e o Ulster. Mas ia entregar toda a sua vida à política. Reservaria uma hora por dia, um dia por semana, uma semana por mês aos estudos. Voltaria a estudar irlandês e um dia surpreenderia Alice falando um gaélico fluente. E as horas, dias, semanas dedicadas à política se concentrariam na grande política, aquela que tinha a ver com o objetivo prioritário e central — a independência da Irlanda e a luta contra o colonialismo —, evitando perder tempo com as intrigas, rivalidades e disputas de politiqueiros ávidos por ganhar pequenos espaços de poder, no partido, na célula, na brigada, mesmo que para isso tivessem que esquecer e até sabotar a tarefa primordial. Viajaria muito pela Irlanda, fazendo longas excursões pelos *glens* de Antrim, Donegal, pelo Ulster, por Galway, por lugares distantes e isolados como a comarca de Connemara e Tory Island, onde os pescadores não sabiam inglês e só falavam gaélico, e faria amizade com aqueles camponeses, artesãos, pescadores que, com seu estoicismo, sua laboriosidade, sua paciência, tinham resistido à esmagadora presença do colonizador, conservando a sua língua, seus costumes, suas crenças. Ele os escutaria, aprenderia com eles, escreveria ensaios e poemas sobre a saga silenciosa e heroica de tantos séculos dessa gente humilde graças à qual a Irlanda não havia desaparecido e ainda era uma nação.

Um som metálico o tirou desse sonho prazenteiro. Abriu os olhos. O carcereiro tinha entrado e lhe dava uma tigela com a sopa de sêmola e o pedaço de pão que era o seu jantar de todas as noites. Esteve a ponto de perguntar as horas, mas se conteve porque sabia que ele não responderia. Cortou o pão em pedacinhos, jogou-os na sopa e a tomou em colheradas lentas. Havia passado mais um dia, e talvez o de amanhã fosse o decisivo.

X

Na véspera de partir no *Liberal* para o Putumayo, Roger Casement decidiu falar francamente com Mr. Stirs. Nos treze dias que passara em Iquitos tivera muitas conversas com o cônsul inglês, mas não se atreveu a tocar no assunto. Ele sabia que sua missão tinha lhe granjeado muitos inimigos, não só em Iquitos, mas em toda a região amazônica; era absurdo que, ainda por cima, se indispusesse com um colega que poderia ser de grande utilidade nos dias e semanas seguintes caso houvesse algum problema sério com os seringalistas. Era melhor não mencionar aquele assunto escabroso.

E, no entanto, nessa noite, enquanto ele e o cônsul tomavam o habitual copo de vinho do Porto na salinha de Mr. Stirs, ouvindo o aguaceiro repicar no teto de zinco e as trombas-d'água batendo nos vidros e no parapeito da varanda, Roger deixou a prudência de lado.

— Qual é a sua opinião sobre o padre Ricardo Urrutia, Mr. Stirs?

— O superior dos agostinianos? Tivemos pouco contato. Em geral, boa. O senhor esteve bastante com ele nestes dias, não é?

Será que o cônsul adivinhou que estavam entrando em areias movediças? Em seus olhinhos protuberantes havia um brilho de inquietação. Sua careca reluzia sob os reflexos do lampião que soltava faíscas na mesinha de centro do recinto. O leque tinha parado de se mexer na mão direita.

— Bem, o padre Urrutia só está aqui há um ano e nunca saiu de Iquitos — disse Casement. — Portanto, não sabe grande coisa sobre o que está acontecendo nos seringais do Putumayo. Em compensação, ele me falou muito de outro drama humano na cidade.

O cônsul saboreou um gole de Porto. Voltou a se abanar e Roger teve a impressão de que seu rosto redondo estava um pouco avermelhado. Lá fora, o temporal rugia com trovões prolongados, surdos, e às vezes um raio acendia a escuridão do bosque por um segundo.

— O das meninas e meninos roubados das tribos — prosseguiu Roger. — Trazidos para cá e vendidos às famílias por vinte ou trinta soles.

O senhor Stirs permaneceu mudo, olhando para ele. Agora estava se abanando com fúria.

— Segundo o padre Urrutia, quase todos os criados de Iquitos foram roubados e vendidos — acrescentou Casement. E, olhando fixamente nos olhos do cônsul: — É isso mesmo?

Mr. Stirs soltou um longo suspiro e se mexeu na sua cadeira de balanço, sem esconder uma expressão de desagrado. Seu rosto parecia dizer: "O senhor não imagina como estou contente de que vá embora amanhã para o Putumayo. Espero que não nos encontremos nunca mais, senhor Casement."

— Essas coisas não aconteciam no Congo? — respondeu, evasivo.

— Aconteciam, sim, mas não de forma generalizada como aqui. Desculpe a impertinência, mas o senhor contratou ou comprou os quatro criados que tem?

— Herdei — respondeu, secamente, o cônsul britânico. — Faziam parte da casa quando meu antecessor, o cônsul Cazes, foi para a Inglaterra. Não se pode dizer que ele os contratava porque, aqui em Iquitos, isto não se usa. Os quatro são analfabetos e não saberiam ler nem assinar um contrato. Na minha casa eles dormem, comem, recebem roupa e até dou gorjetas, coisa que, garanto, não é frequente nestas terras. Os quatro são livres para ir embora quando quiserem. Fale com eles e pergunte se gostariam de procurar trabalho em outro lugar. O senhor vai ver a reação, Casement.

Este concordou e tomou um gole do seu Porto.

— Eu não queria ofender — desculpou-se. — Estou tentando entender em que país estou, os valores e costumes de Iquitos. Não tenho a menor intenção de que o senhor me veja como um inquisidor.

A expressão do cônsul era, agora, hostil. Estava se abanando devagar e em seu olhar havia apreensão além de ódio.

— Não como um inquisidor, mas como justiceiro — corrigiu o outro, fazendo outra expressão de contrariedade. — Ou, se preferir, como um herói. Eu já lhe disse que não gosto de heróis. Não leve a mal minha franqueza. Aliás, não se iluda. O senhor não vai mudar essas coisas que acontecem aqui, senhor Casement. E o padre Urrutia também não. Em certo sentido, isso é uma sorte para esses meninos. Ser criados, quero dizer. Seria mil vezes pior que crescessem nas tribos, comendo piolhos, morrendo de febres terçãs e de qualquer peste antes de fazer dez anos, ou trabalhando como bichos nos seringais. Aqui eles vivem melhor. Sei que o meu pragmatismo deve chocar o senhor.

Roger Casement não disse nada. Já sabia tudo o que queria saber. E, também, que a partir de agora o cônsul britânico em Iquitos provavelmente seria outro inimigo de quem teria que se proteger.

— Vim aqui para servir ao meu país numa tarefa consular — acrescentou Mr. Stirs, olhando para a esteira de fibras do chão. — E a realizo perfeitamente, posso garantir. Os cidadãos britânicos, que não são muitos, eu os conheço, defendo e sirvo em tudo o que for preciso. Faço tudo o que posso para estimular o comércio entre a Amazônia e o Império britânico. Mantenho o meu governo informado sobre o movimento comercial, os navios que vão e vêm, os incidentes fronteiriços. Entre as minhas obrigações não se inclui combater a escravidão ou os abusos que os mestiços e brancos do Peru cometem contra os índios do Amazonas.

— Sinto muito tê-lo ofendido, senhor Stirs. Não vamos falar mais no assunto.

Roger se levantou, deu boa-noite ao dono da casa e se retirou para o quarto. O temporal tinha amainado mas ainda chovia. A varanda contígua ao aposento estava encharcada. Havia um cheiro denso de plantas e terra úmida. A noite estava escura e o ruído dos insetos era intenso, como se não estivessem só no mato mas também dentro do quarto. Junto com a tempestade, havia caído outra chuva: a de escaravelhos pretos conhecidos como cascudos. Amanhã seus cadáveres estariam atapetando a varanda e, se ele os pisasse, estalariam como nozes e manchariam o chão com sangue escuro. Tirou a roupa, vestiu o pijama e se meteu na cama, debaixo do mosquiteiro.

Tinha sido imprudente, claro. Ofender o cônsul, um pobre homem, talvez um bom homem, que só queria chegar à aposentadoria sem se envolver em problemas, voltar para a Inglaterra e depois se isolar cuidando do seu jardim no *cottage*, em Surrey, que teria ido pagando aos poucos com suas economias. Era isso o que ele mesmo deveria ter feito, assim teria menos doenças no corpo e menos angústias na alma.

Lembrou-se da violenta discussão que teve no *Huayna*, o navio em que viajou de Tabatinga, na fronteira entre o Peru e o Brasil, até Iquitos, com o seringalista Víctor Israel, judeu de Malta, radicado havia muitos anos na Amazônia e com quem teve longos e divertidíssimos diálogos na coberta do navio. Víctor Israel se vestia de forma extravagante, parecia estar sempre fantasiado, falava um inglês impecável e contava com muita graça a sua vida de aventuras, que parecia ter saído de um romance picaresco, enquanto jogavam pôquer bebendo copinhos de conhaque, que o seringueiro adorava. Tinha o horrível costume de atirar com um pistolão de outros tempos nas garças rosadas que sobrevoavam o barco, mas, felizmente, eram poucas as vezes em que acertava. Até que, um belo dia, Roger não se lembrava bem por quê, Víctor Israel fez uma apologia de Julio C. Arana. Esse homem estava tirando a Amazônia da selvageria e integrando-a ao mundo moderno. Defendeu as "correrias", graças às quais, disse, ainda havia braços para coletar borracha. Porque o grande problema da selva era a falta de trabalhadores para recolher essa preciosa substância que o Fazedor quis dar à região e assim abençoar os peruanos. Esse "maná do céu" estava sendo desperdiçado pela preguiça e a estupidez dos selvagens que se recusavam a trabalhar como apanhadores e obrigavam os seringalistas a trazê-los das tribos à força. O que representava uma grande perda de tempo e de dinheiro para as empresas.

— Bem, esta é uma maneira de ver as coisas — interrompeu-o Roger Casement, com tranquilidade. — Também há outra.

Víctor Israel era um homem espigado, magérrimo, com umas mechas brancas na grande cabeleira lisa que lhe chegava até os ombros. Tinha uma barba de vários dias no seu grande rosto ossudo e uns olhinhos escuros triangulares, um tanto mefistofélicos, que se fixaram em Roger Casement, desconcertados.

Ele estava usando um colete vermelho e, por cima, suspensórios, além de um xale estampado nos ombros.

— O que quer dizer com isso?

— Estou me referindo ao ponto de vista daqueles que o senhor chama de selvagens — explicou Casement, num tom casual, como se falasse do tempo ou dos mosquitos. — Ponha-se no lugar deles por um instante. Lá estão, nas suas aldeias, onde viveram durante anos ou séculos. Um belo dia chegam uns senhores brancos ou mestiços com espingardas e revólveres e exigem que eles larguem suas famílias, seus cultivos, suas casas, para ir apanhar borracha a dezenas ou centenas de quilômetros, em benefício de estranhos cujo único argumento é a força de que dispõem. O senhor iria de boa vontade recolher a famosa seringa, don Víctor?

— Eu não sou um selvagem que vive nu, adora a sucuri e afoga no rio os filhos que nascem com lábio leporino — respondeu o seringalista, dando uma gargalhada sarcástica que acentuava a sua contrariedade. — Por acaso o senhor põe no mesmo plano os canibais da Amazônia e nós, pioneiros, empresários e comerciantes que trabalham em condições heroicas e arriscam a vida para fazer destas selvas uma terra civilizada?

— Talvez o senhor e eu tenhamos um conceito diferente do que é civilização, meu amigo — disse Roger Casement, sempre no tom de bonomia que parecia irritar tanto Víctor Israel.

Na mesma mesa de pôquer estavam o botânico Walter Folk e Henry Fielgald, enquanto os outros membros da Comissão tinham se deitado nas redes para descansar. Era uma noite serena, agradável e uma lua cheia iluminava as águas do Amazonas com um brilho prateado.

— Eu gostaria de saber qual é a sua ideia de civilização — disse Víctor Israel. Seus olhos e sua voz soltavam faíscas. Era tanta a irritação que Roger se perguntou se de repente o seringalista não iria puxar o revólver arqueológico que tinha na cartucheira e atirar nele.

— Pode-se sintetizar dizendo que é uma sociedade em que se respeitam a propriedade privada e a liberdade individual — explicou, com muita calma e todos os sentidos em alerta para o caso de Víctor Israel tentar agredi-lo. — Por exemplo, as leis britânicas proíbem que os colonos ocupem as terras dos nativos nas colônias. E também proíbem, sob pena de prisão, empregar a força contra os nativos que se neguem a trabalhar nas minas ou nos campos. O senhor não acha que a civilização seja isto. Ou estou enganado?

O peito magro de Víctor Israel subia e descia movendo a sua estranha blusa de mangas bufantes, que ele usava abotoada até o pescoço, e o colete vermelho. Tinha os dois polegares enfiados nos suspensórios e seus olhinhos triangulares estavam injetados como se sangrassem. Em sua boca aberta se via uma fileira de dentes irregulares manchados de nicotina.

— Por esse critério — afirmou, zombeteiro e ferino —, os peruanos teriam que deixar que a Amazônia continuasse na Idade da Pedra pelos séculos afora. Para não ofender os pagãos nem ocupar estas terras com as quais eles não sabem o que fazer porque são preguiçosos e não querem trabalhar. Desperdiçar uma riqueza que poderia melhorar o nível de vida dos peruanos e fazer do Peru um país moderno. É isso que a Coroa britânica propõe para este país, senhor Casement?

— A Amazônia é um grande empório de riquezas, sem dúvida — concordou Casement, sem se alterar. — É muito justo que o Peru as aproveite. Mas sem abusar dos nativos, sem caçá-los como animais e sem trabalho escravo. Ou, ainda melhor, incorporando-os à civilização com escolas, hospitais, igrejas.

Víctor Israel começou a rir, tremendo como um boneco de molas.

— Em que mundo o senhor vive, senhor cônsul! — exclamou, levantando de maneira teatral as suas mãos com longos dedos esqueléticos. — Nota-se que nunca viu um canibal na sua vida. Sabe quantos cristãos foram comidos aqui? Quantos brancos e cholos foram mortos com suas lanças e dardos envenenados? Quantos tiveram as cabeças reduzidas à maneira dos shapras? Venha conversar de novo quando o senhor tiver um pouco mais de experiência sobre a barbárie.

— Eu morei quase vinte anos na África e conheço um pouco essas coisas, senhor Israel — afirmou Casement. — Aliás, lá conheci muitos brancos que pensavam como o senhor.

Para evitar que a discussão azedasse ainda mais, Walter Folk e Henry Fielgald encaminharam a conversa para assuntos menos espinhosos. Nessa noite, insone, depois de dez dias em

Iquitos entrevistando gente de toda espécie, de anotar dezenas de opiniões, recolhidas aqui e ali, de autoridades, juízes, militares, donos de restaurantes, pescadores, cafetões, vagabundos, prostitutas e garçons de bordéis e bares, Roger Casement pensou que a imensa maioria dos brancos e mestiços de Iquitos, peruanos e estrangeiros, pensava como Víctor Israel. Para eles os índios amazônicos não eram, propriamente falando, seres humanos, e sim uma forma inferior e desprezível de existência, mais próxima dos animais que dos civilizados. Por isso era legítimo explorá-los, chicoteá-los, sequestrá-los, arrastá-los para os seringais ou, quando resistiam, matá-los como cães raivosos. Essa era uma visão dos índios tão generalizada que, como dizia o padre Ricardo Urrutia, ninguém se espantava ao ver que os domésticos de Iquitos eram meninas e meninos roubados e vendidos às famílias locais pelo equivalente a uma ou duas libras esterlinas. A angústia o obrigou a abrir a boca e respirar fundo até que o ar chegasse aos seus pulmões. Se antes de sair da cidade já tinha visto e sabido essas coisas, o que não veria no Putumayo?

    Os membros da Comissão partiram de Iquitos em 14 de setembro de 1910, no meio da manhã. Roger tinha contratado como intérprete Frederick Bishop, um dos barbadianos que entrevistou. Bishop falava espanhol e garantia que podia se comunicar nos dois idiomas indígenas mais falados nos seringais: o bora e o huitoto. O *Liberal*, o maior barco da frota de quinze da Peruvian Amazon Company, estava bem-conservado. Dispunha de pequenos camarotes onde os viajantes podiam se acomodar de dois em dois. Também havia redes na proa e na parte traseira para os que preferissem dormir ao ar livre. Bishop tinha medo de voltar para o Putumayo e pediu a Roger Casement uma declaração escrita de que a Comissão iria protegê-lo durante a viagem e, depois, ele seria repatriado para Barbados pelo governo britânico.

    A travessia de Iquitos a La Chorrera, capital do enorme território entre os rios Napo e Caquetá onde a Peruvian Amazon Company de Julio C. Arana operava, levou oito dias de calor, nuvens de mosquitos, tédio e monotonia de paisagem e de sons. O barco desceu pelo Amazonas, cuja largura crescia a partir de Iquitos até as margens ficarem invisíveis, cruzou a fronteira do Brasil em Tabatinga e continuou descendo pelo Javari, para depois entrar de novo no Peru pelo Igaraparaná. Nesse trecho as margens se aproximavam e às vezes os cipós e troncos das árvores altíssimas sobrevoavam a coberta da embarcação. Ouviam-se e viam-se bandos de papagaios ziguezagueando e gritando entre as árvores, ou discretas garças rosadas tomando sol numa ilhota equilibradas numa pata só, carapaças de tartarugas cuja cor parda sobressaía em águas um pouco mais pálidas e, às vezes, o lombo rugoso de um jacaré cochilando no lodo da margem, que eles alvejavam do barco com tiros de espingarda ou de revólver.

Roger Casement passou boa parte da viagem organizando suas anotações e cadernos de Iquitos e traçando um plano de trabalho para os meses que ia passar nos domínios de Julio C. Arana. De acordo com as instruções do Foreign Office, só devia entrevistar os barbadianos que trabalhavam nas estações, porque eram cidadãos britânicos, e deixar em paz os funcionários peruanos e de outras nacionalidades, para não ferir a suscetibilidade do governo do Peru. Mas ele não pretendia respeitar esses limites. Sua investigação ficaria caolha, maneta e perneta se também não pedisse informações aos chefes de estação, aos seus "rapazes" ou "racionais" — índios castelhanizados encarregados de vigiar os trabalhos e aplicar os castigos — e aos próprios indígenas. Só assim teria uma visão completa da maneira como a Companhia de Julio C. Arana violava as leis e a ética nas suas relações com os nativos.

Em Iquitos, Pablo Zumaeta avisou aos membros da Comissão que, por instrução de Arana, a Companhia já tinha enviado ao Putumayo um dos seus principais chefes, o senhor Juan Tizón, para recebê-los e facilitar seus deslocamentos e seu trabalho. Os comissionados pensaram que a verdadeira razão da viagem de Tizón ao Putumayo era esconder as marcas dos abusos e apresentar a eles uma imagem maquiada da realidade.

Chegaram a La Chorrera ao meio-dia de 22 de setembro de 1910. O nome do lugar, que quer dizer corredeira, se devia às correntes e quedas-d'água que provocavam um repentino estreitamento do leito do rio, num espetáculo barulhento e soberbo de espuma, ruído, rochas molhadas e redemoinhos que quebravam a monotonia do Igaraparaná, o afluente em cujas margens ficava o quartel-general da Peruvian Amazon Company. Para chegar do cais aos escritórios e moradias de La Chorrera era preciso subir uma encosta íngreme de lama e vegetação. As botas dos viajantes afundavam no lodo e para não cair estes, às vezes, tinham que se apoiar nos carregadores índios que transportavam as bagagens. Enquanto cumprimentava as pessoas que foram recebê-los, Roger, com um ligeiro tremor, constatou que um de cada três ou quatro indígenas seminus que carregavam os volumes ou os olhavam com curiosidade da margem, batendo nos braços com as mãos abertas para afugentar os mosquitos, tinham cicatrizes nas costas, nádegas e coxas que só podiam ser de chicotadas. O Congo, sim, o Congo em toda parte.

Juan Tizón era um homem alto, de maneiras aristocráticas, vestido de branco, muito gentil, que falava inglês o suficiente para se entenderem com ele. Devia estar beirando os cinquenta anos e via-se de longe, por sua barba bem-raspada, seu bigodinho aparado, suas mãos finas e seu terno, que aqui, no meio da selva, ele não estava no seu elemento, que era um homem de escritório, salões e cidade. Deu boas-vindas ao grupo em inglês e em espanhol e apresentou o seu acompanhante, cujo simples nome causou repugnância em Roger: Víctor Macedo, chefe de La Chorrera. Este, pelo menos, não tinha fugido. Os artigos de Saldaña Roca e os de Hardenburg na revista *Truth* de Londres o apontavam como um dos mais sanguinários homens de Arana no Putumayo.

Enquanto subiam a encosta, observou-o. Era um homem de idade indefinível, robusto, mais para baixo, um mestiço quase branco mas com uns traços meio orientais de indígena, nariz achatado, boca de lábios muito grossos e sempre abertos mostrando dois ou três dentes de ouro, e a expressão dura de uma pessoa curtida pela intempérie. Ao contrário dos recém-chegados, ele subia a encosta íngreme com facilidade. Tinha um olhar meio oblíquo, como se olhasse de lado para evitar o brilho do sol ou por não querer encarar as pessoas. Tizón estava desarmado, mas Víctor Macedo tinha um revólver enfiado no cinto.

Na clareira, muito ampla, havia construções de madeira em cima de pilares — troncos grossos ou colunas de cimento — com uma balaustrada no andar de cima, tetos de zinco nas maiores ou, nas menores, de folhas de palmeira trançadas. Tizón ia explicando a eles enquanto apontava — "Ali estão os escritórios", "Aqueles são depósitos de borracha", "Nesta casa vocês vão se hospedar" — mas Roger mal o ouvia. Observava os grupos de índios semi ou totalmente nus que olhavam para eles com indiferença ou então evitavam olhar: homens, mulheres e crianças doentios, alguns com pinturas no rosto e no peito, com pernas magras como bambus, pele pálida, amarelada, e, às vezes, incisões e penduricalhos nos lábios e nas orelhas que lembravam os nativos africanos. Mas aqui não havia negros. Os poucos mulatos e pretos que viu usavam calças e botas de cano longo e eram sem dúvida parte do contingente de Barbados. Contou quatro. Reconheceu logo os "rapazes" ou "racionais" porque, embora índios e descalços, eles cortavam o cabelo, penteavam-se como os "cristãos", usavam calças e blusões e tinham porretes e chicotes pendurados na cintura.

Enquanto os outros membros da Comissão tiveram que dividir os quartos, Roger Casement recebeu o privilégio de ter um só para ele. Era um quartinho pequeno, com uma rede em vez de cama e um móvel que podia servir de baú e de escrivaninha. Em cima de uma mesinha havia uma bacia, uma jarra de água e um espelho. Explicaram-lhe que, no primeiro andar, junto à entrada, havia um poço séptico e um chuveiro. Assim que se instalou e deixou suas coisas, antes de se sentar para almoçar, Roger disse a Juan Tizón que queria começar naquela mesma tarde a conversar com todos os barbadianos que houvesse em La Chorrera.

A essa altura já tinha no nariz aquele cheiro rançoso e penetrante, oleaginoso, parecido com o de plantas e folhas podres. O odor impregnava cada centímetro de La Chorrera e iria acompanhá-lo de manhã, de tarde e de noite durante os três meses que a viagem ao Putumayo levou. Roger nunca se acostumou com esse cheiro que o fazia vomitar e lhe dava náuseas, um fedor que parecia vir do ar, da terra, dos objetos e dos seres humanos e que, a partir de então, se transformaria para Roger Casement no símbolo da maldade e do sofrimento que o látex suado pelas árvores da Amazônia havia exacerbado de forma vertiginosa. "É curioso", comentou com Juan Tizón no dia da chegada, "no Congo estive muitas vezes em seringais e depósitos de borracha. Mas não lembro que o látex congolês tivesse um cheiro tão forte e desagradável". "São variedades diferentes", explicou Tizón. "Este cheira mais e também é mais resistente que o africano. Nos fardos que vão para a Europa, jogam talco para diminuir o fedor."

Embora o número de barbadianos em toda a região do Putumayo fosse de 196, só havia seis em La Chorrera. Dois deles se negaram de saída a conversar com Roger, embora este, por intermédio de Bishop, tivesse garantido a eles que a conversa seria particular, que em hipótese alguma seriam processados pelo que dissessem e que ele se ocuparia pessoalmente de transportá-los até Barbados se não quisessem continuar trabalhando para a Companhia de Arana.

Os quatro que aceitaram falar estavam no Putumayo havia cerca de sete anos e tinham servido à Peruvian Amazon Company em diferentes entrepostos como capatazes, um cargo intermediário entre os chefes e os "rapazes" ou "racionais". O primeiro com quem conversou, Donal Francis, um negro alto e forte que mancava de uma perna e tinha um olho embaçado, estava tão nervoso e parecia tão desconfiado que Roger imediatamente supôs que não ia conseguir grande coisa dele. O homem respondia com monossílabos e negou todas as acusações. Segundo ele, em La Chorrera os chefes, funcionários e "até selvagens" se davam muito bem. Nunca houve problemas e muito menos violência. Tinha sido bem-instruído sobre o que devia dizer e fazer ante a Comissão.

Roger suava copiosamente. Bebia golinhos de água. Seriam inúteis como aquela as outras conversas com os barbadianos do Putumayo? Não foram. Philip Bertie Lawrence, Seaford Greenwich e Stanley Sealy, sobretudo este último, depois de vencer uma prevenção inicial e de ouvir a promessa de Roger, em nome do governo britânico, de que seriam repatriados para Barbados, soltaram a língua, contando tudo e se culpando com uma veemência às vezes frenética, como se estivessem impacientes para aliviar as consciências. Stanley Sealy ilustrou seu depoimento com tantos detalhes e exemplos que, apesar de sua longa experiência com as atrocidades humanas, em certos momentos Casement sentiu enjoo e uma angústia que não o deixava respirar. Quando o barbadiano terminou de falar já era noite. O zumbido dos insetos noturnos parecia ensurdecedor, como se milhares deles revoassem à sua volta. Estavam sentados num banco de madeira, na varanda do quarto de Roger. Tinham fumado juntos um maço de cigarros. Na escuridão crescente, Roger não via mais os traços daquele mulato baixo que se chamava Stanley Sealy, só o contorno da cabeça e os braços musculosos. Ele viera para La Chorrera havia pouco tempo. Tinha trabalhado dois anos na estação de Abisínia, como braço direito dos chefes Abelardo Agüero e Augusto Jiménez, e, antes, em Matanzas, com Armando Normand. Ficaram em silêncio. Roger sentia as picadas dos mosquitos no rosto, no pescoço e nos braços, mas não tinha ânimo para afugentá-los.

De repente percebeu que Sealy estava chorando. Tinha levado as mãos ao rosto e soluçava devagar, dando suspiros que lhe inchavam o peito. Roger viu o brilho das lágrimas em seus olhos.

— Você acredita em Deus? — perguntou-lhe. — É uma pessoa religiosa?

— Acho que sim, acreditava quando era criança — choramingou o mulato, com a voz dilacerada. — Minha madrinha me levava à igreja aos domingos, lá em St. Patrick, a aldeia onde nasci. Agora, não sei.

— Estou perguntando porque falar com Deus pode ajudar. Não digo rezar, mas falar. Tente. Com a mesma franqueza com que falou comigo. Conte o que sente, por que está chorando. Ele pode ajudá-lo mais do que eu, em todo caso. Não sei como fazer isso. Estou tão perturbado quanto você, Stanley.

Assim como Philip Bertie Lawrence e Seaford Greenwich, Stanley Sealy estava disposto a repetir suas declarações para os membros da Comissão e, até, para o senhor Juan Tizón. Desde que permanecesse ao lado de Casement e viajasse com ele para Iquitos e depois Barbados.

Roger entrou no seu quarto, acendeu os lampiões, tirou a camisa e lavou o peito, as axilas e o rosto com água da bacia. Gostaria de tomar um banho, mas tinha que descer e fazer isso ao ar livre, e sabia que seu corpo ia ser devorado pelos mosquitos que, de noite, se multiplicavam em número e em ferocidade.

Desceu para jantar no térreo, num salão também iluminado por lampiões a óleo. Juan Tizón e seus companheiros de viagem estavam bebendo um uísque morno e aguado. Conversavam em pé, enquanto três ou quatro criados indígenas, seminus, iam trazendo peixe frito e ao forno, mandioca cozida, batata-doce e fubá que polvilhavam em cima dos alimentos como os brasileiros fazem com a *farinha*. Outros espantavam as moscas com leques de palha.

— Como foi com os barbadianos? — perguntou Juan Tizón, entregando-lhe um copo de uísque.

— Melhor do que eu esperava, senhor Tizón. Eu temia que tivessem resistência para falar. Mas foi o contrário. Três deles falaram com uma franqueza total.

— Espero que vocês dividam comigo as queixas que receberem — disse Tizón, meio de brincadeira e meio a sério. — A Companhia quer corrigir o que for preciso e melhorar. Esta sempre foi a política do senhor Arana. Bem, imagino que estão com fome. Vamos para a mesa, senhores!

Todos se sentaram e começaram a servir-se das diversas travessas. Os membros da Comissão tinham passado a tarde percorrendo as instalações de La Chorrera e, com a ajuda de Bishop, conversando com os funcionários da administração e dos depósitos. Todos pareciam cansados e com pouca vontade de falar. Teriam passado neste primeiro dia por experiências tão deprimentes como as suas?

Juan Tizón ofereceu vinho, mas, como advertiu que com o transporte e o clima o vinho francês chegava aqui todo sacolejado e às vezes ácido, todos preferiram continuar com o uísque.

No meio da refeição Roger comentou, dando uma olhada nos índios que serviam:

— Vi que muitos índios e índias de La Chorrera têm cicatrizes nas costas, nas nádegas e nas coxas. Esta moça, por exemplo. Quantas chicotadas eles recebem, em geral, quando são castigados?

Fez-se um silêncio generalizado, no qual o chiado dos lampiões e o zum-zum dos insetos aumentaram. Todos olharam para Juan Tizón, muito sérios.

— Na maior parte das vezes eles próprios fazem essas cicatrizes — disse este, incomodado. — Têm uns ritos de iniciação bastante bárbaros nas tribos, vocês sabem, como fazer furos no rosto, nos lábios, nas orelhas, no nariz, para enfiar anéis, dentes e todo tipo de penduricalhos. Não nego que algumas cicatrizes possam ser obra de capatazes que não respeitaram as determinações da Companhia. O nosso regulamento proíbe categoricamente os castigos físicos.

— Minha pergunta não se referia a isto, senhor Tizón — desculpou-se Casement. — E sim ao fato de que, embora haja tantas cicatrizes, não vi nenhum índio com a marca da Companhia no corpo.

— Não sei o que o senhor está querendo dizer — replicou Tizón, abaixando o garfo.

— Os barbadianos me contaram que muitos indígenas são marcados com as iniciais da Companhia: CA, quer dizer, Casa Arana. Como as vacas, os cavalos e os porcos. Para que não fujam nem sejam roubados por seringueiros colombianos. Eles mesmos marcaram muitos. A fogo, às vezes, e às vezes a faca. Mas ainda não vi nenhum com essas marcas. O que houve com eles, senhor?

Subitamente Juan Tizón perdeu a compostura e as maneiras elegantes. Ficou congestionado e trêmulo de indignação.

— Não lhe permito que fale assim comigo — exclamou, misturando inglês e espanhol. — Eu estou aqui para facilitar o seu trabalho, não para ouvir suas ironias.

Roger Casement assentiu, sem se alterar.

— Peço desculpas, eu não quis ofendê-lo — disse, calmo. — É que, mesmo tendo testemunhado no Congo crueldades inexprimíveis, nunca vi marcar seres humanos a fogo ou a faca. Tenho certeza de que o senhor não é responsável por essa atrocidade.

— Claro que não sou responsável por nenhuma atrocidade! — Tizón tornou a levantar a voz, gesticulando. Girava os olhos nas órbitas, fora de si. — Se são cometidas, a culpa não é da Companhia. Não está vendo que lugar é este, senhor Casement? Aqui não há nenhuma autoridade, nem polícia, nem juízes, nem ninguém. As pessoas que trabalham aqui, chefes, capatazes, ajudantes, não são pessoas educadas e sim, em muitos casos, analfabetos, aventureiros, homens rudes, endurecidos pela selva. Às vezes eles cometem abusos que horrorizam um civilizado. Sei muito bem disso. Nós fazemos o possível, acredite. O senhor Arana concorda com vocês. Todos os que tenham cometido abusos vão ser despedidos. Eu não sou cúmplice de nenhuma injustiça, senhor Casement. Tenho um nome respeitável, uma família que significa muito neste país, sou um católico que respeita a religião.

Roger pensou que Juan Tizón provavelmente acreditava naquilo que dizia. Um bom homem que, em Iquitos, Manaus,

Lima ou Londres não sabia nem queria saber o que se passava aqui. Devia amaldiçoar a hora em que Julio C. Arana teve a ideia de mandá-lo fazer esta tarefa ingrata e passar mil desconfortos e aborrecimentos neste buraco do fim do mundo.

— Nós devemos trabalhar juntos, colaborar — repetia Tizón, um pouco mais calmo, mexendo muito as mãos. — Tudo o que estiver errado será corrigido. Os funcionários que tiverem cometido atrocidades serão castigados. Dou minha palavra de honra! Só peço que me vejam como um amigo, alguém que está do lado de vocês.

Pouco depois, Juan Tizón disse que estava um pouco indisposto e preferia se retirar. Deu boa-noite e se foi.

Só ficaram em volta da mesa os membros da Comissão.

— Marcados como animais? — murmurou o botânico Walter Folk, com uma expressão cética. — Será que é verdade?

— Três dos quatro barbadianos com quem falei hoje me garantiram que sim — afirmou Casement. — Stanley Sealy diz que ele mesmo fez isso, na estação de Abisínia, por ordem do seu chefe, Abelardo Agüero. Mas acho que a questão das marcas não é o pior. Ouvi coisas ainda mais terríveis esta tarde.

Continuaram conversando, já sem comer nada, até acabarem as duas garrafas de uísque que havia na mesa. Os comissionados estavam muito impressionados com as cicatrizes nas costas dos indígenas e com o cepo ou potro de torturas que tinham descoberto num dos depósitos de La Chorrera onde se armazenava a borracha. Na frente do senhor Tizón, bastante constrangido, Bishop explicou como funcionava aquela armação de madeira e cordas em que o indígena era introduzido e comprimido, de cócoras. Não podia mexer os braços nem as pernas. Era atormentado ajustando-se as barras de madeira ou suspendendo-o no ar. Bishop esclareceu que, em todas as estações, o cepo sempre ficava no centro do descampado. Perguntaram a um dos "racionais" do depósito quando o aparelho tinha sido trazido para aquele lugar. O "rapaz" disse que só na véspera da chegada deles.

Decidiram que a Comissão ouviria no dia seguinte Philip Bertie Lawrence, Seaford Greenwich e Stanley Sealy. Seymour Bell sugeriu que Juan Tizón estivesse presente. Houve opiniões contrárias, sobretudo a de Walter Folk, que temia que, na frente do chefão, os barbadianos se retratassem do que tinham dito.

Nessa noite Roger Casement não pregou os olhos. Ficou fazendo anotações sobre as conversas com os barbadianos até o lampião se apagar por falta de óleo. Deitou na rede e continuou insone, dormindo por uns momentos e acordando a toda hora com os ossos e os músculos doloridos e sem poder se desembaraçar do mal-estar que o dominava.

E a Peruvian Amazon Company era uma companhia britânica! Em sua Diretoria figuravam personalidades respeitadas no mundo dos negócios e na City como sir John Lister-Kaye, o Barão de Souza-Deiro, John Russell Gubbins e Henry M. Read. O que diriam esses sócios de Julio C. Arana quando lessem, no relatório que ele ia apresentar ao governo, que a empresa que tinham legitimado com seu nome e seu dinheiro praticava a escravidão, conseguia seus seringueiros e criados com as "correrias" de bandidos armados que capturavam homens, mulheres e crianças indígenas e os levavam para os seringais, onde os exploravam de forma cruel, pendurando-os no cepo, marcando-os a fogo e a faca e chicoteando-os até sangrar se não trouxessem a cota mínima de trinta quilos de borracha a cada três meses. Roger tinha estado no escritório da Peruvian Amazon Company em Salisbury House, E.C., no centro financeiro de Londres. Um lugar espetacular, com uma paisagem de Gainsborough nas paredes, secretárias de uniforme, salas atapetadas, sofás de couro para as visitas e um enxame de *clerks*, com suas calças listradas, suas levitas pretas e suas camisas de um alvo colarinho duro e gravatinhas com barbatana, fazendo as contas, mandando e recebendo telegramas, vendendo e cobrando as remessas de borracha com cheiro de talco em todas as cidades industriais da Europa. E, no outro extremo do mundo, no Putumayo, huitotos, ocaimas, muinanes, nonuyas, andoques, rezígaros e boras se extinguiam pouco a pouco sem que ninguém mexesse uma palha para mudar esse estado de coisas.

"Por que esses indígenas não tentaram se rebelar?", perguntou durante o jantar o botânico Walter Folk. E continuou: "É verdade que eles não têm armas de fogo. Mas são muitos, poderiam se revoltar e, mesmo morrendo alguns, dominar seus carrascos pelo número." Roger respondeu que não era tão simples. Eles não se rebelavam pelas mesmas razões que na África os congoleses tampouco o fizeram. Essas coisas só aconteciam excepcionalmente, em casos localizados e esporádicos, atos de suicídio de um indivíduo ou de um pequeno grupo. Porque, quando o sistema de exploração era tão extremo, destruía os espíritos antes dos corpos. A violência de que eles eram vítimas aniquilava a sua vontade de resistência, o instinto de sobreviver, transformava os indígenas em autômatos paralisados pela confusão e pelo terror. Muitos não entendiam o que estava acontecendo como uma consequência da maldade de homens concretos e específicos, mas como um cataclismo mítico, uma maldição dos deuses, um castigo divino contra o qual não tinham escapatória.

Mas aqui, no Putumayo, como Roger descobriu nos documentos sobre a Amazônia que estava consultando, houvera uma tentativa de rebelião poucos anos antes, na estação de Abisínia, onde ficavam os boras. Era um assunto de que ninguém queria falar. Todos os barbadianos o evitaram. Certa noite o jovem cacique bora desse lugar, chamado Katenere, com o apoio de um grupinho da sua tribo, roubou os rifles dos chefes e "racionais", assassinou Bartolomé Zumaeta (parente de Pablo Zumaeta), que numa bebedeira tinha estuprado sua mulher, e sumiu no mato. A Companhia pôs sua cabeça a prêmio. Mandaram várias expedições atrás dele. Durante quase dois anos não conseguiram apanhá-lo. Por fim, uma turma de caçadores, guiada por um índio delator, rodeou a choça onde Katenere estava escondido com a mulher. O cacique conseguiu escapar, mas a mulher foi capturada. O próprio chefe Vásquez a estuprou, em público, e deixou-a no cepo sem água nem comida durante vários dias. De vez em quando mandava açoitá-la. Finalmente, uma noite, o cacique apareceu. Certamente tinha espiado do fundo do mato as torturas da sua mulher. Atravessou o descampado, jogou no chão a carabina que trazia e foi se ajoelhar em atitude submissa ao lado do cepo onde a esposa agonizava ou já estava morta. Vásquez ordenou aos gritos que os racionais não atirassem. Ele mesmo arrancou os olhos de Katenere com um arame. Depois mandou que fossem queimados vivos, ele e a mulher, na frente dos índios dos arredores formados em roda. Será que as coisas aconteceram mesmo assim? A história tinha um final romântico que, pensava Roger, provavelmente foi alterado para aproximá-la do apetite de truculência tão difundido nestas terras quentes. Mas, pelo menos, ficavam o símbolo e o exemplo: um nativo tinha se rebelado, castigado um torturador e morrido como um herói.

    Assim que amanheceu, saiu da casa onde estava hospedado e desceu a encosta até o rio. Tomou banho nu, depois de encontrar um pequeno poço onde era possível enfrentar a correnteza. A água fria lhe fez o efeito de uma massagem. Quando se vestiu, já se sentia fresco e reconfortado. Ao voltar para La Chorrera, se desviou para percorrer a zona onde ficavam as choupanas dos huitotos. As choças, espalhadas entre plantações de mandioca, milho e banana, eram redondas, com tabiques de madeira de pupunha amarrada com cipó e cobertas de folhas de jarina tecida que chegavam ao chão. Viu mulheres esqueléticas carregando crianças — nenhuma delas respondeu às mesuras de cumprimento que ele fez —, mas nenhum homem. Quando voltou à cabana, uma indígena estava deixando no quarto a roupa que ele pedira para lavar no dia da chegada. Perguntou quanto lhe devia mas a moça — jovem, com listras verdes e azuis no rosto — olhou para ele sem entender. Pediu que Frederick Bishop perguntasse a ela quanto lhe devia. Este perguntou, em huitoto, mas a mulher parecia não entender.

    — Não deve nada — disse Bishop. — Aqui não circula dinheiro. Além do mais, ela é uma das mulheres do chefe de La Chorrera, Víctor Macedo.

    — Quantas ele tem?

    — Agora, cinco — explicou o barbadiano — Quando eu trabalhava aqui, eram sete no mínimo. Trocou umas por outras. É assim que todos fazem.

    Riu e fez uma pilhéria da qual Roger Casement não achou graça:

    — Com este clima, as mulheres se gastam muito rápido. É preciso renovar o tempo todo, como a roupa.

    As duas semanas seguintes em La Chorrera, até o dia em que os membros da Comissão seguiram viagem para a estação de Ocidente, Roger Casement lembraria como as mais atarefadas e intensas da viagem. Seus divertimentos consistiam em tomar banho de rio, nos vaus ou nas cachoeiras menos caudalosas, longos passeios pelo mato, tirar muitas fotos e, tarde da noite, uma partida de bridge com os colegas. Na verdade, passava a maior parte da manhã e da tarde investigando, escrevendo, interrogando as pessoas do lugar ou trocando impressões com seus companheiros.

    Contrariamente ao que estes temiam, Philip Bertie Lawrence, Seaford Greenwich e Stanley Sealy não se intimidaram diante da Comissão completa e da presença de Juan Tizón. Confirmaram tudo o que haviam contado a Roger Casement e ampliaram seus depoimentos, revelando novos fatos cheios de sangue e de abusos. Às vezes, nos interrogatórios, Roger via algum dos comissionados empalidecer como se fosse desmaiar.

    Juan Tizón permaneceu mudo, sentado atrás deles, sem abrir a boca. Tomava notas em umas cadernetas pequenas. Nos primeiros dias, depois dos interrogatórios, tentou minimizar e questionar as informações referentes a torturas, assassinatos e mutilações. Mas, a partir do terceiro ou quarto dia, se operou nele uma transformação. Ficava calado durante as refeições, quase não provava a comida e respondia com monossílabos e murmúrios quando lhe dirigiam a palavra. No quinto dia, enquanto tomavam um drinque antes do jantar, explodiu. Com os olhos injetados, dirigiu-se a todos os presentes: "Isto aqui vai além de tudo o que eu podia imaginar. Juro pela alma da minha santa mãe, da minha esposa e dos meus filhos, o que mais amo no mundo, que tudo isto é uma absoluta surpresa para mim. Estou tão horrorizado quanto vocês. Fiquei doente com as coisas que ouvimos. É até possível que haja exageros nas denúncias desses barbadianos, que eles queiram agradar vocês. Mas, mesmo assim, não há dúvida, aqui se cometeram crimes intoleráveis, monstruosos, que devem ser denunciados e castigados. Eu juro que..."

    Sua voz estava embargada e ele procurou uma cadeira onde sentar. Ficou bastante tempo cabisbaixo, com o copo na mão. Balbuciou que Julio C. Arana não devia suspeitar das coisas que aconteciam aqui, nem seus principais colaboradores em Iquitos, Manaus ou Londres. Ele seria o primeiro a exigir que se retificasse tudo aquilo. Roger, impressionado com a primeira parte do que ele disse, pensou que Tizón, agora, estava sendo menos espontâneo. E que, humano afinal de contas, pensava na sua situação, na sua família e no seu futuro. De todo modo, a partir desse dia Juan Tizón parecia ter deixado de ser um alto funcionário da Peruvian Amazon Company para se tornar um membro a mais da Comissão. Colaborava com zelo e diligência, volta e meia trazendo informações novas. E exigia o tempo todo que eles tomassem precauções. Estava sempre amedrontado, espiando em volta cheio de desconfiança. Sabendo-se das coisas que aconteciam aqui, a vida de todos corria perigo, principalmente a do cônsul-geral. Vivia em contínuo sobressalto. Temia que os barbadianos fossem revelar a Víctor Macedo o que tinham confessado. Se o fizessem, não se podia descartar que esse indivíduo, antes de ser levado à justiça ou entregue à polícia, armasse uma emboscada contra eles e depois dissesse que tinham sido liquidados pelos selvagens.

A situação deu uma reviravolta quando um dia, ao amanhecer, Roger Casement ouviu alguém batendo na sua porta com os nós dos dedos. Ainda estava escuro. Foi abrir e divisou na soleira uma silhueta que não era a de Frederick Bishop. Tratava-se de Donal Francis, o barbadiano que insistira em dizer que lá reinava a normalidade. Falava em voz baixa e assustada. Tinha pensado melhor, agora queria dizer a verdade. Roger mandou-o entrar. Conversaram sentados no chão porque Donal receava que poderiam ser ouvidos na varanda.

Disse que tinha mentido por medo de Víctor Macedo. Este o ameaçara: se delatasse o que se passava aqui aos ingleses, nunca mais voltaria a Barbados e, uma vez que os comissionados partissem, depois de cortar-lhe os testículos, iria amarrá-lo nu em uma árvore para ser comido pelas formigas curhuinses. Roger o tranquilizou. Seria repatriado para Bridgetown, como os outros barbadianos. Mas não quis ouvir essa nova confissão sozinho. Francis teria que falar diante dos comissionados e de Tizón.

O homem deu seu depoimento nesse mesmo dia, no salão onde faziam as reuniões de trabalho. Demonstrava muito medo. Seus olhos se perdiam, mordia os lábios grossos e às vezes não encontrava as palavras. Falou cerca de três horas. O momento mais dramático da confissão foi quando disse que, dois meses antes, Víctor Macedo ordenara a ele e a um "rapaz" chamado Joaquín Piedra que pegassem dois huitotos que alegavam doenças para justificar a quantidade ridícula de borracha que tinham conseguido, amarrassem suas mãos e seus pés e os metessem no rio, mantendo as cabeças debaixo d'água até que se afogassem. Depois mandou os "racionais" arrastarem os cadáveres até o mato para serem comidos pelos bichos. Donal se ofereceu para levá-los ao lugar onde ainda se podiam encontrar alguns membros e ossos dos dois huitotos.

Em 28 de setembro, Casement e os integrantes da Comissão saíram de La Chorrera na lancha *Veloz*, da Peruvian Amazon Company, rumo a Ocidente. Subiram o rio Igaraparaná durante várias horas, fizeram escalas nos postos de armazenamento de borracha de Vitória e Naimenes para comer alguma coisa, dormiram na própria lancha e no dia seguinte, depois de mais três horas de navegação, atracaram no cais de Ocidente. Foram recebidos pelo chefe da estação, Fidel Velarde, e seus ajudantes Manuel Torrico, Rodríguez e Acosta. "Todos têm caras e atitudes de capangas e foragidos", pensou Roger Casement. Estavam armados com pistolas e carabinas Winchester. Certamente obedecendo instruções, trataram os recém-chegados com obsequência. Juan Tizón, mais uma vez, pediu cautela. Não deviam revelar tudo o que tinham descoberto a Velarde e seus "rapazes".

Ocidente era um acampamento menor que La Chorrera e rodeado por uma paliçada de varas de madeira afiadas como lanças. "Racionais" armados de carabinas controlavam as entradas.

— Por que a estação está tão protegida? — perguntou Roger a Juan Tizón. — Eles estão esperando um ataque dos índios?

— Dos índios, não. Se bem que nunca se sabe se não vai aparecer um outro Katenere algum dia. Mas dos colombianos, que cobiçam estes territórios.

Fidel Velarde tinha 530 indígenas em Ocidente, a maioria dos quais estava agora na selva, apanhando seringa. Traziam o produto a cada quinze dias e depois se embrenhavam de novo no mato, por mais duas semanas. As mulheres e os filhos ficavam aqui, num povoado que se estendia pelas encostas do rio, fora da paliçada. Velarde disse que à tarde os índios ofereceriam uma festa aos "amigos visitantes".

Levou-os à casa onde iam se hospedar, uma construção quadrangular erguida sobre estacas, de dois andares, com as portas e janelas protegidas por mosquiteiros. Em Ocidente, o cheiro de borracha que saía dos depósitos e impregnava o ar era tão forte como em La Chorrera. Roger ficou contente quando descobriu que, aqui, dormiria numa cama e não em rede. Um catre, melhor dizendo, com um colchão de sementes, onde pelo menos poderia se manter em posição plana. A rede tinha agravado as suas dores musculares e insônias.

    A festa se deu no começo da tarde, numa clareira vizinha ao povoado huitoto. Um enxame de índios tinha trazido mesas, cadeiras e panelas com comida e bebidas para os forasteiros. E os estavam esperando, formados em círculo, muito sérios. O céu estava limpo e não se via a menor ameaça de chuva. Mas Roger Casement não conseguiu ficar contente com o bom tempo, nem com o espetáculo do Igaraparaná cortando a planície de selva espessa e ziguezagueando à sua volta. Sabia que o que iam presenciar seria triste e deprimente. Três ou quatro dezenas de índios e índias — aqueles, muito velhos ou crianças, e estas em geral bastante jovens —, alguns nus e outros com a *cushma* ou túnica que Roger tinha visto em muitos indígenas de Iquitos, dançaram, formando uma roda, ao compasso do manguaré, um tambor feito de troncos de árvores escavadas dos quais os huitotos, batendo com umas madeiras de ponta de borracha, arrancavam sons roucos e prolongados que, pelo que se dizia, levavam mensagens e permitiam que eles se comunicassem a grandes distâncias. As filas de dançarinos usavam chocalhos de sementes nos tornozelos e nos braços, que percutiam com os pulinhos arrítmicos que davam. Ao mesmo tempo cantarolavam umas melodias monótonas, com um laivo de amargura que combinava com seus semblantes sérios, ásperos, medrosos ou indiferentes.

    Mais tarde, Casement perguntou aos colegas se tinham notado o grande número de índios com costas, nádegas e pernas cheias de cicatrizes. Houve um princípio de discussão entre eles sobre a porcentagem de huitotos com marcas de chicotadas entre os que dançaram. Roger dizia que eram oitenta por cento, Fielgald e Folk, que não passavam de sessenta. Mas todos concordaram que o mais impressionante era um menino que era só pele e osso, com queimaduras no corpo inteiro e em parte do rosto. Pediram a Frederick Bishop que verificasse se aquelas marcas se deviam a um acidente ou a castigos e torturas.

    Eles tinham se proposto a conhecer em todos os detalhes nessa estação como operava o sistema de exploração. Começaram na manhã seguinte, bem cedo, logo depois do café da manhã. Quando foram visitar os depósitos de borracha, guiados pelo próprio Fidel Velarde, descobriram por acaso que as balanças em que pesavam a borracha estavam adulteradas. Seymour Bell teve o impulso de subir numa delas porque, como era hipocondríaco, achava que tinha perdido peso. Levou um susto. Como era possível! Tinha perdido quase dez quilos! Entretanto, não verificava isso no seu corpo, porque nesse caso suas calças cairiam e as camisas dançariam. Casement também se pesou e incentivou seus colegas e Juan Tizón a fazerem o mesmo. Todos estavam vários quilos abaixo do peso normal. Durante o almoço, Roger perguntou a Tizón se ele achava que todas as balanças da Peruvian Amazon Company no Putumayo estavam viciadas, como as de Ocidente, para fazer os índios pensarem que haviam trazido menos borracha. Tizón, que tinha perdido toda a capacidade de fingimento, limitou-se a encolher os ombros: "Não sei, senhores. Só sei que aqui tudo é possível."

 Ao contrário de La Chorrera, onde estava escondido num armazém, em Ocidente o cepo ocupava o centro do descampado em volta do qual se situavam as moradias e depósitos. Roger pediu aos ajudantes de Fidel Velarde que o pusessem nesse aparelho de tortura. Queria saber o que se sentia naquela jaula apertada. Rodríguez e Acosta hesitaram, mas como Juan Tizón autorizou, disseram a Casement que se encolhesse e, empurrando-o com as mãos, o enfiaram dentro do cepo. Não conseguiram fechar as madeiras que seguravam as pernas e braços, porque seus membros eram muito grossos, de maneira que se limitaram a juntá-las. Mas conseguiram fixar as presilhas do pescoço que, sem sufocá-lo totalmente, quase o impediam de respirar. Roger sentiu uma dor muito viva no corpo e considerou impossível que um ser humano pudesse resistir horas naquela posição e com essa pressão nas costas, barriga, peito, pernas, pescoço e braços. Quando saiu, antes de recuperar os movimentos, teve que se apoiar por um bom tempo no ombro de Louis Barnes.

 — Por que tipo de delitos colocam os índios no cepo? — perguntou de noite ao chefe de Ocidente.

 Fidel Velarde era um mestiço meio roliço, com um bigode de foca e olhos grandes e protuberantes. Estava com um chapéu de aba larga, botas altas e um cinturão cheio de balas.

 — Quando eles cometem erros muito graves — explicou, remanchando em cada frase. — Quando matam os filhos, desfiguram as mulheres numa bebedeira ou roubam e não querem confessar onde esconderam o que roubaram. Não usamos o cepo com muita frequência. Só raramente. Os índios daqui se comportam bem, de modo geral.

Falava de um jeito entre brincalhão e zombeteiro, encarando os comissionados um por um com um olhar fixo e depreciativo, que parecia estar dizendo "Sou obrigado a dizer estas coisas mas, por favor, não acreditem". Sua atitude mostrava tal arrogância e desprezo pelo resto dos seres humanos que Roger Casement tentava imaginar o medo paralisante que aquele brutal personagem devia inspirar nos indígenas, com sua pistola na cintura, sua carabina no ombro e seu cinturão cheio de balas. Pouco depois, um dos cinco barbadianos de Ocidente declarou à Comissão que tinha visto, numa noite de bebedeira, Fidel Velarde e Alfredo Montt, na época chefe da estação Último Retiro, apostarem quem cortava mais rápida e certeiramente a orelha de um huitoto preso no cepo. Velarde conseguiu desorelhar o indígena com um só corte de facão, mas Montt, que estava embriagado e com as mãos trêmulas, em vez de arrancar a outra orelha desceu a lâmina no meio do crânio do índio. Ao final dessa sessão, Seymour Bell teve uma crise. Confessou aos colegas que não estava aguentando mais. Sua voz falhava e seus olhos estavam úmidos e injetados. Eles já tinham visto e ouvido o suficiente para saber que aqui reinava a barbárie mais atroz. Não havia sentido em continuar as investigações neste mundo de desumanidade e crueldade psicopáticas. Propôs que interrompessem a viagem e voltassem imediatamente para a Inglaterra.

Roger respondeu que não se opunha a que os outros fossem embora. Mas ele ia continuar no Putumayo, de acordo com o plano previsto, visitando mais algumas estações. Queria que seu relatório fosse cuidadoso e bem-documentado, para que tivesse mais efeito. Lembrou que todos aqueles crimes eram cometidos por uma companhia britânica, em cuja Diretoria figuravam respeitabilíssimas personalidades inglesas, e que os acionistas da Peruvian Amazon Company estavam enchendo os bolsos com tudo aquilo que estava acontecendo aqui. Era necessário acabar com esse escândalo e punir os culpados. E para isso o relatório tinha que ser exaustivo e contundente. Esses argumentos convenceram os outros, inclusive o abatido Seymour Bell.

Para superar o choque que a aposta de Fidel Velarde e Alfredo Montt causou em todos, decidiram tirar um dia de descanso. Na manhã seguinte, em vez de prosseguirem com as entrevistas e investigações, foram tomar banho de rio. Passaram horas caçando borboletas com uma rede enquanto o botânico Walter Folk explorava o bosque em busca de orquídeas. Borboletas e orquídeas proliferavam na região, tanto como os mosquitos e os morcegos que vinham à noite, em seus voos silentes, morder os cachorros, galinhas e cavalos da estação, às vezes contagiando raiva, o que obrigava os moradores a matar e queimar os animais para evitar uma epidemia.

Casement e seus companheiros ficaram maravilhados com a variedade, o tamanho e a beleza das borboletas que voavam pelas cercanias do rio. Havia de todas as formas e cores, e os seus adejos graciosos e as manchas de luz que emitiam quando pousavam em alguma folha ou planta pareciam deslumbrar o ar com notas de delicadeza, um desagravo contra a feiura moral que eles descobriam a cada passo, como se nesta terra desgraçada não houvesse fundo para a maldade, a cobiça e a dor.

Walter Folk ficou surpreso com a quantidade de orquídeas penduradas nas grandes árvores, com suas cores elegantes e refinadas, iluminando o espaço circundante. Ele não as cortava e não deixou que seus companheiros cortassem. Passou bastante tempo observando-as com uma lente de aumento, tomando notas e fotografando-as.

Em Ocidente Roger Casement chegou a ter uma ideia bastante completa do sistema de funcionamento da Peruvian Amazon Company. Talvez no começo houvesse algum tipo de acordo entre os seringalistas e as tribos. Mas isso já era história porque, agora, os índios não queriam ir para a selva apanhar borracha. Por isso, tudo começava com as "correrias" perpetradas pelos chefes e os seus "rapazes". Depois não se pagavam salários, os índios não ganhavam um centavo. Recebiam do armazém os instrumentos para a coleta — facas para as incisões nas árvores, latas para o látex, cestas para juntar as tiras ou bolas de borracha —, além de objetos domésticos como sementes, roupa, lampiões e alguns mantimentos. Os preços eram determinados pela Companhia, de maneira tal que o indígena sempre estivesse devendo e trabalhasse o resto da vida para amortizar a dívida. Como os chefes não recebiam salários e sim comissões pela borracha que juntavam em cada estação, suas exigências para conseguir o máximo de látex eram implacáveis. Cada apanhador se embrenhava na floresta durante quinze dias, deixando a mulher e os filhos como reféns. Os chefes e "racionais" os usavam à vontade, para os serviços domésticos ou os apetites sexuais. Todos eles tinham verdadeiros haréns — muitas meninas que ainda não haviam chegado à puberdade — que intercambiavam ao seu bel-prazer, embora às vezes, por ciúmes, houvesse acertos de contas com tiros e punhaladas. A cada quinze dias os apanhadores voltavam para a estação trazendo a borracha. Esta era pesada nas balanças adulteradas. Se ao final de três meses não completassem trinta quilos, recebiam castigos que iam de chicotadas ao cepo, corte de orelhas e de nariz ou, nos casos extremos, tortura e assassinato da mulher, dos filhos e do próprio apanhador. Os cadáveres não eram enterrados e sim arrastados até o bosque para que os animais os comessem. De três em três meses as lanchas e vapores da Companhia vinham buscar a borracha que, nesse intervalo, era defumada, lavada e polvilhada com talco. Os barcos às vezes levavam a carga do Putumayo a Iquitos e outras vezes diretamente a Manaus para dali ser exportada para a Europa e os Estados Unidos.

Roger Casement constatou que um grande número de "racionais" não fazia qualquer trabalho produtivo. Eram meros carcereiros, torturadores e exploradores dos indígenas. Passavam o dia todo deitados, fumando, bebendo, divertindo-se, chutando uma bola, contando piadas ou dando ordens. Todo o trabalho recaía sobre os índios: construir moradias, consertar os tetos danificados pelas chuvas, reparar o caminho que descia até o cais, lavar, limpar, carregar, cozinhar, levar e trazer coisas e, no pouco tempo livre que sobrava, cultivar os seus roçados sem os quais não teriam o que comer.

Roger entendia o estado de ânimo dos seus companheiros. Se ele, que julgava ter visto tudo depois de vinte anos na África, tinha sido afetado pelas coisas que ocorriam aqui e estava com os nervos em frangalhos, padecendo momentos de desânimo total, como não seria para aqueles que haviam passado a maior parte da vida num mundo civilizado, pensando que o resto da Terra era assim, com sociedades dotadas de leis, igrejas, polícias e costumes, e uma moral que impedia que os seres humanos agissem como animais.

Roger queria ficar no Putumayo para que o seu relatório fosse o mais completo possível, mas não só por isso. Outro motivo era a sua curiosidade por um personagem que, segundo todos os depoimentos, era o paradigma da crueldade daquele mundo: Armando Normand, o chefe de Matanzas.

Em Iquitos ele ouvira tantas histórias, comentários e alusões a este nome, sempre associado a maldades e ignomínias, que foi ficando obcecado por ele, a ponto de ter pesadelos que o acordavam todo suado e com o coração acelerado. Não tinha dúvida de que muitas das coisas que ouvira dos barbadianos sobre Normand eram exageros estimulados pela imaginação febril tão comum nas pessoas destas terras. Mas, mesmo assim, o simples fato de que esse indivíduo tivesse gerado semelhante mitologia indicava que se tratava de um ser que, embora parecesse impossível, superava em ferocidade facínoras como Abelardo Agüero, Alfredo Montt, Fidel Velarde, Elías Martinengui e outros da mesma laia.

Ninguém sabia com certeza a sua nacionalidade — diziam que era peruano, boliviano ou inglês —, mas todos concordavam que tinha menos de trinta anos e que havia estudado na Inglaterra. Juan Tizón ouvira dizer que ele tinha um título de contador outorgado por um instituto de Londres.

Ao que parece era baixinho, magro e muito feio. Segundo o barbadiano Joshua Dyall, sua pessoinha insignificante irradiava uma "força maligna" que fazia tremer qualquer um que se aproximasse dele, e o seu olhar, penetrante e glacial, parecia o de uma cobra. Dyall dizia que não eram só os índios, pois os "rapazes" e até mesmo os capatazes também se sentiam inseguros ao lado dele. Porque a qualquer momento Armando Normand podia ordenar ou realizar pessoalmente uma atrocidade de dar arrepios sem perder sua indiferença desdenhosa por tudo o que o rodeava. Dyall confessou a Roger e à Comissão que um dia, na estação de Matanzas, Normand mandou-o assassinar cinco andoques como castigo por não terem cumprido as cotas de borracha. Dyall matou os dois primeiros a tiros, mas o chefe ordenou que, com os dois seguintes, primeiro esmagasse seus testículos com uma pedra de amassar mandioca e depois os matasse a pauladas. O último, mandou-o estrangular com as suas próprias mãos. Durante toda a operação ficou sentado num tronco de árvore, fumando e observando, sem alterar a expressão indolente da sua carinha rubicunda.

Outro barbadiano, Seaford Greenwich, que trabalhou alguns meses com Armando Normand em Matanzas, contou que o disse me disse entre os "racionais" da estação era o costume do chefe de colocar pimenta moída ou em casca no sexo das suas garotinhas concubinas para ouvi-las berrar com a ardência. Segundo Greenwich, só assim ele se excitava e podia trepar com elas. Em uma época, acrescentava o barbadiano, Normand, em vez de colocar os castigados no cepo, os pendurava com uma corrente numa árvore alta e de lá os soltava para ver como se espatifavam no chão e quebravam a cabeça e os ossos ou cortavam a língua com os dentes. Outro capataz que tinha servido sob as ordens de Normand disse à Comissão que os índios andoques, mais que dele, tinham medo do seu cachorro, um mastim treinado para enfiar os dentes e rasgar a carne do índio que ele apontasse.

Podiam ser verdade todas essas monstruosidades? Roger Casement pensava, vasculhando na memória, que, dentre a vasta coleção de gente má que tinha conhecido no Congo, seres que o poder e a impunidade tinham transformado em monstros, ninguém chegava aos extremos desse indivíduo. Sentia uma curiosidade um pouco perversa de conhecê-lo, ouvir como falava, ver como agia e descobrir de onde vinha. E o que ele tinha a dizer sobre as maldades que lhe imputavam.

Depois de Ocidente, Roger Casement e seus amigos foram, ainda na lancha *Veloz,* para a estação Último Retiro. Esta era menor que as anteriores e também tinha aspecto de fortaleza, com uma paliçada e guardas armados em torno do punhado de moradias. Os índios lhe pareceram mais primitivos e antissociais que os huitotos. Andavam seminus, com uma tanga que mal lhes cobria o sexo. Lá Roger viu pela primeira vez dois nativos com as marcas da Companhia nas nádegas: CA. Pareciam mais velhos que a maioria dos outros. Tentou falar com eles mas esses homens não entendiam espanhol, nem português, nem o huitoto de Frederick Bishop. Mais tarde, percorrendo Último Retiro, descobriram outros índios marcados. Um funcionário da estação lhes disse que pelo menos um terço dos indígenas daqui tinha a marca CA no corpo. A prática fora suspensa algumas semanas antes, quando a Peruvian Amazon Company aceitou a vinda da Comissão ao Putumayo.

Para chegar do rio a Último Retiro, tiveram que subir uma encosta enlameada pela chuva com as pernas afundando até os joelhos. Quando finalmente Roger conseguiu tirar os sapatos e se deitar num catre todos os seus ossos estavam doendo. Tinha voltado a conjuntivite. A ardência e o lacrimejamento em um olho eram tão fortes que, depois de pôr um colírio, decidiu vendá-lo. Ficou assim vários dias, como um pirata, com um olho vendado e protegido por um pano úmido. Como esses cuidados não bastaram para sustar a inflamação e as lágrimas, a partir de então, e até o final da viagem, em todos os momentos do dia em que não estava trabalhando — eram poucos — ele se deitava na rede ou no catre e colocava panos com água morna sobre os dois olhos. Assim aliviava o incômodo. Durante esses períodos de descanso e à noite — ele só dormia quatro ou cinco horas —, tentava armar mentalmente o relatório que ia escrever para o Foreign Office. As linhas gerais eram claras. Primeiro, um quadro da situação no Putumayo quando os pioneiros vieram se instalar aqui, invadindo as terras das tribos, uns vinte anos atrás. E como, desesperados com a falta de braços, começaram a fazer as "correrias", sem medo de punição porque nestes lugares não havia juízes nem policiais. Eles eram a única autoridade, respaldada por suas armas de fogo, contra as quais as fundas, lanças e zarabatanas se revelavam inúteis.

Ele tinha que descrever com clareza o sistema de exploração da borracha baseado no trabalho escravo e nos maus-tratos aos indígenas causados pela cobiça dos chefes, que, como trabalhavam por uma porcentagem da borracha recolhida, lançavam mão de castigos físicos, mutilações e assassinatos para aumentar a produção. A impunidade e o poder absoluto tinham desenvolvido nesses indivíduos tendências sádicas que, aqui, podiam se manifestar livremente contra os indígenas privados de todos os direitos.

Serviria para alguma coisa o seu relatório? Pelo menos para que a Peruvian Amazon Company fosse punida, sem dúvida. O governo britânico pediria às autoridades peruanas que entregassem os responsáveis pelos crimes à justiça. O presidente Augusto B. Leguía teria coragem de fazer isso? Juan Tizón dizia que sim, que, tal como em Londres, haveria um escândalo em Lima quando se soubesse o que estava acontecendo aqui. A opinião pública exigiria castigo para os culpados. Mas Roger duvidava. O que o governo peruano podia fazer no Putumayo, onde não tinha um único representante e onde a Companhia de Julio C. Arana se jactava, com toda a razão, de ser ela, com seus bandos de assassinos, que garantia a soberania do Peru sobre estas terras? Tudo ficaria em algumas insolências retóricas. O martírio das comunidades indígenas da Amazônia ia prosseguir, até a sua extinção. Esta perspectiva o deprimia. Mas, em vez de deixá-lo paralisado, o estimulava a se esforçar ainda mais, investigando, entrevistando e escrevendo. Já tinha uma pilha de cadernos e fichas escritos com a sua letra clara e bem-cuidada.

De Último Retiro foram para Entre Ríos, num percurso por rio e por terra que os obrigou a entrar na mata por um dia inteiro. Roger Casement adorou a ideia: nesse contato corporal com a natureza bravia ele poderia reviver seus anos de mocidade, as longas expedições da sua juventude pelo continente africano. Mas, nessas doze horas de trajeto pela floresta, vez por outra afundando na lama até a cintura, escorregando em ramagens que escondiam encostas, percorrendo certos trechos em canoas que, ao impulso dos remos dos indígenas, deslizavam por "canos d'água" estreitíssimos sobre os quais caía uma folhagem que tapava a luz do sol, embora às vezes tenha sentido a excitação e a alegria de antigamente, a experiência lhe serviu sobretudo para constatar a passagem do tempo, o desgaste do seu corpo. Não só era a dor nos braços, nas costas e nas pernas, era também um cansaço invencível contra o qual teve que lutar fazendo bravos esforços para que seus companheiros não notassem. Louis Barnes e Seymour Bell ficaram tão exaustos que, a partir do meio da viagem, precisaram ser carregados em redes, cada um por quatro indígenas dos vinte que os escoltavam. Roger observou, impressionado, como esses índios de pernas tão magras e compleição esquelética se moviam com desenvoltura levando as bagagens e provisões nos ombros, sem comer nem beber durante horas. Em um dos descansos, Juan Tizón atendeu a um pedido de Casement e mandou distribuir várias latas de sardinha entre os índios.

Durante o percurso viram bandos de papagaios e uns macaquinhos brincalhões de olhos muito vivos, que eram chamados de "macacos-de-cheiro", muitos tipos de pássaros e iguanas com olhos remelentos cujas peles rugosas se confundiam com os galhos e troncos em que se aderiam. E também uma vitória-régia, dessas enormes folhas circulares que flutuavam nas lagoas como balsas.

Chegaram a Entre Ríos ao entardecer. A estação estava convulsionada porque um jaguar tinha comido uma indígena que se afastara do acampamento para ir parir sozinha, como costumavam fazer as nativas, na beira do rio. Uma turma de caçadores saiu atrás do jaguar, encabeçada pelo chefe, mas voltou, já no fim do dia, sem encontrar a fera. O chefe de Entre Ríos se chamava Andrés O'Donnell. Era jovem e bonito e dizia que seu pai era irlandês, mas Roger, depois de lhe fazer umas perguntas, viu nele uma desorientação tão grande a respeito dos seus antepassados e da Irlanda que concluiu que, provavelmente, havia sido o avô ou o bisavô de O'Donnell o primeiro irlandês da família a pôr os pés em solo peruano. Sentiu tristeza ao saber que um descendente de irlandeses era um dos lugares-tenentes de Arana no Putumayo, se bem que, pelos testemunhos, parecia menos sanguinário que os outros chefes: tinha sido visto chicoteando indígenas e roubando mulheres e suas filhas para o seu harém particular — tinha sete mulheres vivendo com ele e uma nuvem de filhos —, mas no seu prontuário não figurava ter matado ninguém com as próprias mãos nem ordenado assassinatos. Mas, isso sim, num lugar bem visível de Entre Ríos estava o cepo, e todos os "rapazes" e barbadianos tinham chicotes na cintura (alguns o usavam como correias para as calças). E um grande número de índios e índias apresentava cicatrizes nas costas, pernas e nádegas.

Embora sua missão oficial só lhe exigisse interrogar os cidadãos britânicos que trabalhavam para a Companhia de Arana, ou seja, os barbadianos, a partir de Ocidente Roger começara a falar também com os "racionais" dispostos a responder às suas perguntas. Em Entre Ríos, essa prática se estendeu a toda a Comissão. Nos dias que passaram aqui, deram depoimentos, além dos três barbadianos que trabalharam para Andrés O'Donnell como capatazes, o próprio chefe e um bom número dos seus "rapazes".

Quase sempre era a mesma coisa. A princípio todos ficavam reticentes, evasivos, e mentiam com descaramento. Mas bastava um deslize, uma imprudência involuntária que revelasse o mundo de verdades que estavam escondendo para que de repente começassem a falar e a contar mais do que ele pedia, implicando a si mesmos como prova da veracidade do que contavam. Apesar das várias tentativas que fez, Roger não conseguiu o testemunho direto de algum índio.

No dia 16 de outubro de 1910, quando ele e seus colegas da Comissão, acompanhados por Juan Tizón, três barbadianos e uns vinte índios muinanes dirigidos pelo cacique, que transportavam o carregamento, iam através da mata, por uma pequena trilha, da estação de Entre Ríos à de Matanzas, Roger Casement anotou em seu diário uma ideia que fora crescendo em sua cabeça desde que desembarcara em Iquitos: "Cheguei à convicção absoluta de que a única maneira que os indígenas do Putumayo têm de sair da condição miserável a que foram reduzidos é pegando em armas contra os seus amos. É uma ilusão desprovida de qualquer fundamento pensar, como Juan Tizón, que a situação vai mudar quando o Estado peruano chegar aqui e houver autoridades, juízes, policiais para fazer cumprir as leis que proíbem a servidão e a escravidão no Peru desde 1854. Será que vão fazê-las cumprir como em Iquitos, onde as famílias compram por vinte ou trinta soles meninas e meninos roubados pelos mercadores? Será que vão fazer cumprir as leis essas autoridades, juízes e policiais que recebem os seus salários da Casa Arana porque o Estado não tem como pagar ou porque os safados e os burocratas roubam o dinheiro no caminho? Nesta sociedade, o Estado é parte inseparável da máquina de exploração e de extermínio. Os indígenas não devem esperar nada de instituições assim. Se querem ser livres, têm que conquistar a liberdade com seus próprios braços e a sua coragem. Como o cacique bora Katenere. Mas sem se sacrificar por motivos sentimentais, como ele. Lutando até o final." Enquanto, absorto com essas frases que tinha escrito no diário, caminhava certa tarde em um bom ritmo, abrindo caminho com um facão entre os cipós, moitas, troncos e galhos que obstruíam a passagem, pensou: "Nós, irlandeses, somos como os huitotos, os boras, os andoques e os muinanes do Putumayo. Colonizados, explorados e condenados a ficar assim para sempre se continuarmos confiando nas leis, nas instituições e nos governos da Inglaterra para alcançar a liberdade. Eles nunca a darão. Por que o Império que nos coloniza faria isso sem uma pressão irresistível que o force? Essa pressão só pode vir das armas." Esta ideia, que nos dias, semanas, meses e anos futuros ele iria polindo e reforçando — que se a Irlanda, como os índios do Putumayo, quisesse ser livre teria que lutar para isso —, o absorveu de tal maneira durante as oito horas de percurso que até se esqueceu de que muito em breve iria conhecer pessoalmente o chefe de Matanzas: Armando Normand.

Situada na margem do rio Cahuinari, um afluente do Caquetá, para se chegar à estação de Matanzas era preciso subir uma escarpa que a forte chuva que desabara pouco antes da sua chegada tinha transformado numa torrente de lama. Só os muinanes conseguiram subir sem cair. Os outros escorregavam, rolavam e se levantavam cobertos de lama e todos machucados. Já no descampado, também protegido por uma paliçada de bambu, uns indígenas jogaram baldes d'água nos viajantes para tirar a lama.

O chefe não estava. Fora dirigir uma "correria" contra cinco indígenas fugitivos que, ao que parece, tinham conseguido atravessar a fronteira colombiana, muito próxima. Havia cinco barbadianos em Matanzas e os cinco trataram com muito respeito o "senhor cônsul", de cuja vinda e missão estavam perfeitamente informados. Os visitantes foram levados até as casas onde iam se hospedar. Instalaram Roger Casement, Louis Barnes e Juan Tizón numa grande moradia de tábuas, com teto de jarina e janelas gradeadas que, disseram, era a casa de Normand e suas mulheres quando estavam em Matanzas. Mas sua residência habitual era em La China, um pequeno acampamento, dois quilômetros rio acima, do qual os índios eram proibidos de se aproximar. Lá, o chefe morava rodeado de "racionais" armados, porque temia ser vítima de uma tentativa de assassinato por parte dos colombianos, que o acusavam de não respeitar a fronteira e cruzá-la em suas "correrias" para sequestrar carregadores ou capturar desertores. Os barbadianos lhes disseram que Armando Normand sempre levava as mulherzinhas do seu harém para onde quer que fosse, porque era muito ciumento.

Em Matanzas havia boras, andoques e muinanes, mas não huitotos. Quase todos os índios tinham cicatrizes de chicotadas, e pelo menos uma dúzia deles a marca da Casa Arana nas nádegas. O cepo ficava no centro do descampado, debaixo de uma árvore cheia de furúnculos e parasitas conhecida como lupuna pela qual todas as tribos da região tinham uma reverência impregnada de medo.

No seu quarto, que, sem dúvida, era o do próprio Normand, Roger viu fotografias amareladas em que aparecia o rosto infantil daquele, um diploma da London School of Bookkeepers de 1903 e outro, anterior, de uma Senior School. Era verdade, então: ele havia estudado na Inglaterra e tinha um título de contador.

Armando Normand entrou em Matanzas quando já estava anoitecendo. Pela janelinha gradeada, Roger o viu passar, sob a luminosidade dos lampiões, baixinho, miúdo e quase tão frágil como um indígena, seguido por uns "rapazes" com caras patibulares armados de Winchesters e revólveres, e por umas oito ou dez mulheres vestidas com a *cushma* ou túnica amazônica, e entrar na casa vizinha.

Durante a noite Roger acordou várias vezes, angustiado, pensando na Irlanda. Sentia saudades do seu país. Havia morado tão pouco tempo lá e, no entanto, sentia-se cada vez mais solidário com o destino e os sofrimentos dele. Desde o momento em que viu de perto a via-crúcis de outros povos colonizados, a situação da Irlanda começou a lhe doer como nunca havia doído antes. Tinha urgência para acabar logo com aquilo, concluir o relatório sobre o Putumayo, entregá-lo ao Foreign Office e voltar à Irlanda para trabalhar, agora sem dispersões, junto com seus compatriotas idealistas e dedicados à causa da emancipação. Ia recuperar o tempo perdido, dedicar-se ao Eire, estudar, atuar e escrever, tentando convencer os irlandeses, com todos os meios ao seu alcance, de que, se eles queriam a liberdade, teriam que conquistá-la com audácia e sacrifício.

Na manhã seguinte, quando desceu para tomar o café da manhã, se deparou com Armando Normand, sentado ante uma mesa cheia de frutas, pedaços de mandioca que faziam as vezes de pão e xícaras de café. De fato, ele era muito baixinho e magro, com um rosto de menino envelhecido e um olhar azul, fixo e duro, que aparecia e desaparecia atrás das suas piscadas constantes. Estava de botas, com um macacão azul, camisa branca e por cima um colete de couro com um lápis e uma caderneta aparecendo num dos bolsos. Tinha um revólver na cintura.

Falava um inglês perfeito, com um sotaque estranho que Roger não conseguiu identificar. Cumprimentou-o fazendo um gesto quase imperceptível, sem dizer uma palavra. Foi muito parco, quase monossilábico, ao responder sobre sua vida em Londres, assim como para determinar sua nacionalidade — "digamos que sou peruano" —, e respondeu com certa altivez quando Roger lhe disse que ele e os membros da Comissão ficaram impressionados ao ver como os indígenas eram maltratados de forma desumana nos domínios de uma companhia britânica.

— Se os senhores morassem aqui, pensariam de outra maneira — comentou secamente, sem se intimidar nem um pouco. E, após uma pequena pausa, acrescentou: — Os animais não podem ser tratados como seres humanos. Uma sucuri, um jaguar, um puma não querem saber de argumentos. Os selvagens também não. Enfim, já sei, é difícil convencer forasteiros que estão aqui só de passagem.

— Eu morei vinte anos na África e não virei um monstro — disse Casement. — Que é exatamente o que o senhor se tornou, senhor Normand. Sua fama nos acompanhou ao longo de toda a viagem. Os horrores que se contam do senhor no Putumayo superam tudo o que é imaginável. Sabia?

Armando Normand não se abalou em absoluto. Olhando para ele com o mesmo olhar branco e inexpressivo, limitou-se a encolher os ombros e cuspir no chão.

— Posso lhe perguntar quantos homens e mulheres o senhor matou? — soltou Roger à queima-roupa.

— Todos os que foram necessários — respondeu o chefe de Matanzas, sem alterar o tom de voz e levantando-se. — Desculpe. Tenho trabalho.

A antipatia que Roger sentia em relação a esse homenzinho era tão grande que decidiu não interrogá-lo pessoalmente e deixar essa tarefa para os membros da Comissão. Aquele assassino só diria uma catarata de mentiras. Preferiu ouvir os barbadianos e "racionais" que aceitaram falar. Fazia isso de manhã e de tarde, dedicando o resto do tempo a desenvolver com mais cuidado as anotações que fazia durante as entrevistas. De manhã cedo, ia mergulhar no rio, tirava algumas fotos e depois não parava de trabalhar até o anoitecer. Caía exausto no catre. Seu sono era entrecortado e febril. Notava que estava emagrecendo a cada dia.

Estava cansado e farto. Tal como lhe aconteceu em determinado momento no Congo, começou a ter medo de que a sucessão enlouquecedora de crimes, violências e horrores de todo tipo que descobria diariamente afetasse o seu equilíbrio mental. Será que a sanidade do seu espírito resistiria a todo esse horror cotidiano? Ficava prostrado ao pensar que na civilizada Inglaterra poucos acreditariam que os "brancos" e "mestiços" do Putumayo podiam chegar a tais extremos de ferocidade. Mais uma vez seria acusado de exagero e preconceito, de agigantar os abusos para dar mais dramaticidade ao seu relatório. Mas não ficava nesse estado só pelos maus-tratos iníquos aos índios. Mas também por saber que, depois de ver, ouvir e testemunhar as coisas que aconteciam aqui, nunca mais voltaria a ter a visão otimista da vida que tinha em sua juventude.

Quando soube que uma expedição de carregadores ia sair de Matanzas levando a borracha recolhida nos últimos três meses para a estação de Entre Ríos e de lá para Puerto Peruano, onde seria embarcada para o estrangeiro, avisou aos seus companheiros que iria com ela. A Comissão podia ficar aqui até terminar a inspeção e as entrevistas. Seus amigos estavam tão cansados e desanimados quanto ele. Vieram lhe contar que as maneiras insolentes de Armando Normand tinham mudado subitamente quando lhe informaram que o "senhor cônsul" recebera do próprio sir Edward Grey, chanceler do Império britânico, a missão de investigar as atrocidades no Putumayo e que os assassinos e torturadores, como trabalhavam em uma companhia inglesa, podiam ser julgados na Inglaterra. Principalmente se tinham nacionalidade inglesa ou pretendiam adquiri-la, como podia ser o caso dele. Ou então entregues ao governo peruano ou ao colombiano para serem julgados aqui. Desde que ouviu isso, Normand tinha uma atitude submissa e servil em relação à Comissão. Negava os crimes e garantia que, a partir de agora, os erros do passado não voltariam a ser cometidos: os indígenas seriam bem-alimentados, atendidos quando adoecessem, pagos por seu trabalho e tratados como seres humanos. Mandou fixar um cartaz no centro do descampado dizendo essas coisas. Era ridículo, porque os índios, todos analfabetos, não podiam ler o cartaz, assim como a maioria dos "racionais". Era para ser lido exclusivamente pelos comissionados.

A viagem a pé, através da selva, de Matanzas a Entre Ríos, acompanhando os oitenta indígenas — boras, andoques e muinanes — que transportavam nos ombros a borracha reunida pelos homens de Armando Normand seria uma das lembranças mais pavorosas da primeira viagem de Roger Casement ao Peru. Não era Normand quem estava no comando da expedição e sim Negretti, um dos seus lugares-tenentes, um mestiço achinesado, com dentes de ouro, que vivia cavucando a boca com um palito e cuja voz retumbante fazia tremer, pular, correr, com os rostos desfigurados de medo, aquele exército de esqueletos com chagas, marcados e cheios de cicatrizes, entre os quais muitas mulheres e crianças, algumas de pouca idade, da expedição. Negretti levava um fuzil no ombro, um revólver na cartucheira e um chicote na cintura. No dia da partida, Roger pediu para fotografá-lo e Negretti aceitou, rindo. Mas o sorriso se eclipsou quando Casement lhe avisou, apontando para o chicote:

— Se eu pegar o senhor usando isso contra os indígenas, vou entregá-lo pessoalmente à polícia de Iquitos.

A expressão de Negretti era de um desconcerto total. Após alguns segundos, murmurou:

— O senhor tem alguma autoridade na Companhia?

— Tenho a autoridade que o governo inglês me deu para investigar os abusos cometidos no Putumayo. O senhor sabe que a Peruvian Amazon Company onde trabalha é britânica, não é?

O homem, desconcertado, acabou se afastando. E Casement nunca o viu chicotear os carregadores, só gritava que andassem mais rápido ou os acossava com merdas e outros palavrões quando deixavam cair os "chouriços" de borracha que levavam nos ombros e na cabeça porque perdiam as forças ou tropeçavam.

Roger levara com ele três barbadianos, Bishop, Sealy e Lane. Os outros nove que os acompanhavam tinham ficado com a Comissão. Casement recomendou aos seus amigos que não saíssem de perto dessas testemunhas porque podiam ser intimidadas ou subornadas por Normand e seus cupinchas para se retratarem dos seus depoimentos, ou até mesmo assassinadas.

O mais duro da expedição não foram as mutucas azuis, grandes e zumbidoras, que atacavam dia e noite com picadas, nem os temporais que, às vezes, caíam nas suas cabeças, deixando-os encharcados e espalhando pelo chão riachos escorregadios de água, lama, folhas e árvores mortas, nem o desconforto dos acampamentos que montavam à noite, para dormir ao Deus dará depois de comer uma lata de sardinhas ou de sopa e beber da garrafa térmica uns goles de uísque ou de chá. O pior, uma tortura que lhe dava remorsos e dor na consciência, era ver aqueles índios nus, dobrados pelo peso dos "chouriços" de borracha, que Negretti e seus "rapazes" faziam avançar aos gritos, só apressando, com descansos muito esparsos e nada de comida. Quando ele perguntou a Negretti por que as rações também não eram distribuídas entre os indígenas, o capataz olhou-o como se não estivesse entendendo. Quando Bishop lhe explicou a pergunta, Negretti afirmou, com total falta de decoro:

— Eles não gostam do que nós, cristãos, comemos. Têm os seus próprios mantimentos.

Mas não tinham, porque não se podia chamar de comida os bocadinhos de farinha de mandioca que às vezes enfiavam na boca ou os caules de plantas e as folhas que enrolavam com muito cuidado antes de engolir. O que Roger achava incompreensível era que meninos de dez ou doze anos pudessem carregar durante horas e horas aqueles "chouriços" que nunca pesavam menos de vinte quilos — ele tinha tentado — e às vezes trinta ou mais. No primeiro dia de caminhada, um rapaz bora de repente caiu de bruços, vencido por sua carga. Estava gemendo baixinho quando Roger tentou reanimá-lo com uma lata de sopa que lhe deu para tomar. Os olhos do menino emitiam um pânico animal. Tentou se levantar duas ou três vezes, sem conseguir. Bishop explicou: "Ele está com tanto medo porque, se o senhor não estivesse aqui, Negretti lhe daria um tiro para que sirva de exemplo e nenhum outro pagão pense em desmaiar." O rapaz não estava em condições de se levantar, de modo que o deixaram no mato. Roger lhe deu duas latas de comida e o seu guarda-chuva. Agora entendia por que aqueles seres debilitados conseguiam carregar tamanhos pesos: de medo de serem assassinados se ousassem desmaiar. O terror multiplicava as suas forças.

No segundo dia uma velha caiu morta de repente, quando tentava subir uma encosta com trinta quilos de borracha nas costas. Negretti, depois de verificar que estava sem vida, foi logo dividir os dois "chouriços" da morta entre outros indígenas, com cara de amofinação e pigarreando.

Em Entre Ríos, assim que tomou um banho e descansou um pouco, Roger começou a anotar em seus cadernos as peripécias e reflexões da viagem. Uma ideia lhe vinha uma e outra vez à consciência, uma ideia que nos dias, semanas e meses seguintes iria retornar obsessivamente e começaria a modelar sua conduta: "Não se pode permitir que a colonização consiga castrar o espírito dos irlandeses como castrou o dos indígenas da Amazônia. É preciso agir agora, e de uma vez, antes que seja tarde demais e nós viremos uns autômatos."

Enquanto esperava a chegada da Comissão, não perdeu tempo. Fez algumas entrevistas, mas, principalmente, conferiu as planilhas, os livros de contabilidade do armazém e os registros da administração. Queria verificar o quanto a Companhia de Julio C. Arana aumentava nos preços dos mantimentos, remédios, peças de vestuário, armas e utensílios que adiantava aos indígenas e também aos capatazes e "rapazes". As porcentagens variavam de produto para produto, mas o constante era que o armazém duplicava, triplicava, às vezes até quintuplicava os preços de todo o material que vendia. Ele comprou duas camisas, uma calça, um chapéu, um par de botas de campo e poderia ter adquirido tudo isso em Londres por um terço do preço. Não só os indígenas eram explorados, também aqueles pobres infelizes, os vagabundos e capangas que estavam no Putumayo para executar as ordens dos chefes. Era comum que tanto uns como outros ficassem em dívida permanente com a Peruvian Amazon Company e amarrados a ela até a morte ou até que a empresa os considerasse imprestáveis.

Mais difícil para Roger foi ter uma ideia aproximada de quantos indígenas havia no Putumayo por volta de 1893, quando os primeiros seringais se instalaram na região e começaram as "correrias", e quantos restavam naquele ano de 1910. Não havia estatísticas sérias, o que se escrevera a respeito era vago, as cifras diferiam muito entre si. Quem parecia ter o cálculo mais confiável era o infortunado explorador e etnólogo francês Eugène

Robuchon (que desapareceu misteriosamente na região do Putumayo em 1905, quando estava cartografando todo o domínio de Julio C. Arana), segundo o qual as sete tribos da região — huitotos, ocaimas, muinanes, nonuyas, andoques, rezígaros e boras — deviam constituir uma população de cem mil pessoas antes que a borracha atraísse os "civilizados" para o Putumayo. Juan Tizón considerava esse número muito exagerado. Ele, por diversas análises e comparações, sustentava que quarenta mil estava mais perto da verdade. De todo modo, agora não chegavam a dez mil sobreviventes. Portanto, o regime imposto pelos seringalistas já havia liquidado três quartos da população indígena. Sem dúvida muitos foram vítimas de varíola, malária, beribéri e outras pragas. Mas a imensa maioria desapareceu devido à exploração, à fome, às mutilações, ao cepo e aos assassinatos. Nesse ritmo todas as tribos teriam o mesmo destino que os iquarasi, que se extinguiram totalmente.

Dois dias depois seus colegas da Comissão chegaram a Entre Ríos. Roger se surpreendeu ao ver com eles Armando Normand, seguido por seu harém de meninas. Folk e Barnes lhe avisaram que, embora o motivo alegado pelo chefe de Matanzas fosse a necessidade de controlar pessoalmente o embarque da borracha em Puerto Peruano, ele viera porque estava assustado em relação ao seu futuro. Assim que soube das acusações dos barbadianos contra ele, iniciou uma campanha de subornos e ameaças para que desmentissem tudo. E conseguiu que alguns, como Levine, mandassem uma carta à Comissão (na certa redigida pelo próprio Normand) dizendo que negavam todas as declarações que, "mediante enganos", haviam arrancado deles e que queriam deixar bem claro e por escrito que a Peruvian Amazon Company nunca maltratou os índios e que todos os funcionários e carregadores trabalhavam em um clima de amizade pelo engrandecimento do Peru. Folk e Barnes achavam que Normand ia tentar subornar ou amedrontar Bishop, Sealy e Lane, e talvez o próprio Casement.

De fato, na manhã seguinte, bem cedo, Armando Normand veio bater na porta de Roger para lhe propor "uma conversa franca e amistosa". O chefe de Matanzas tinha perdido a segurança e a arrogância do encontro anterior. Parecia nervoso. Esfregava as mãos e mordia o lábio inferior enquanto falava.

Foram até o depósito da borracha, um descampado com uns matagais que o temporal da noite havia enchido de poças e de sapos. Um fedor de látex saía do depósito, e passou pela cabeça de Roger a ideia de que esse cheiro não provinha dos "chouriços" de borracha armazenados no grande telheiro, mas do homenzinho rubicundo que, ao seu lado, parecia um anão.

Normand tinha seu discurso bem preparado. Os sete anos passados na selva exigiam privações tremendas para alguém que havia recebido uma educação em Londres. Normand não queria que, por causa de mal-entendidos e calúnias de invejosos, sua vida se visse cerceada por problemas judiciais e ele não pudesse realizar seu desejo de voltar para a Inglaterra. Jurou pela própria honra que não tinha sangue nas mãos e nem na consciência. Era severo porém justo e estava disposto a aplicar todas as medidas que a Comissão e o "senhor cônsul" sugerissem para melhorar o funcionamento da empresa.

— Que não haja mais "correrias" nem sequestro de indígenas — enumerou Roger, devagar, contando nos dedos das mãos —, desapareçam o cepo e os chicotes, que os índios não trabalhem mais de graça, que os chefes, capatazes e "rapazes" não estuprem nem roubem as mulheres e as filhas dos indígenas, que sejam abolidos os castigos físicos e se paguem indenizações às famílias dos assassinados, queimados vivos e daqueles que tiveram orelhas, narizes, mãos e pés cortados. Que parem de roubar os seringueiros com balanças adulteradas e preços multiplicados no armazém para mantê-los como devedores eternos da Companhia. Tudo isso, para começar. Porque seriam necessárias muitas outras reformas para que a Peruvian Amazon Company mereça ser uma companhia britânica.

Armando Normand estava lívido e olhava para ele sem entender.

— O senhor quer que a Peruvian Amazon Company desapareça, senhor Casement? — balbuciou afinal.

— Exatamente. E que todos os seus assassinos e torturadores, começando pelo senhor Julio C. Arana e incluindo o senhor, sejam julgados pelos crimes que cometeram e terminem seus dias na cadeia.

Apertou o passo e deixou o chefe de Matanzas com o rosto demudado, paralisado ali onde estava, sem saber o que dizer. Mas imediatamente se arrependeu de ter-se deixado levar pelo desprezo que aquele personagem lhe inspirava. Assim ganhou um inimigo mortal que, agora, podia muito bem sentir a tentação de liquidá-lo. Ele lhe avisou e Normand, sem pensar duas vezes, ia agir em consequência. Tinha cometido um erro gravíssimo.

    Poucos dias depois, Juan Tizón avisou-lhes que o chefe de Matanzas pedira suas contas à Companhia e queria receber tudo à vista, e não em soles peruanos mas em libras esterlinas. Ia voltar para Iquitos no *Liberal*, junto com a Comissão. O que ele pretendia era óbvio: ajudado por seus amigos e cúmplices, atenuar as denúncias e acusações contra ele e preparar sua fuga para o estrangeiro — o Brasil, sem dúvida —, onde devia ter boas economias à sua espera. As possibilidades de que fosse preso tinham se reduzido. Juan Tizón contou-lhes que cinco anos antes Normand recebia vinte por cento da borracha recolhida em Matanzas e um "prêmio" de duzentas libras esterlinas anuais se a produção superasse a do ano anterior.

    Os dias e semanas seguintes foram de uma rotina asfixiante. As entrevistas com os barbadianos e "racionais" continuavam trazendo à tona um impressionante catálogo de atrocidades. Roger sentia que as forças o abandonavam. Como começou a ter febre todas as tardes, desconfiou que fosse o paludismo de novo e aumentou as doses de quinina na hora de se deitar. O medo de que Armando Normand ou algum outro chefe pudesse destruir os cadernos com as transcrições dos depoimentos fez com que Roger, em todas as estações — Entre Ríos, Atenas, Sur e La Chorrera —, mantivesse esses papéis sempre consigo, sem deixar ninguém tocar neles. De noite os colocava debaixo do catre ou da rede onde dormia, sempre com o revólver carregado ao alcance da mão.

    Em La Chorrera, quando já estavam se preparando para voltar a Iquitos, um dia Roger viu chegarem ao acampamento uns vinte índios da aldeia de Naimenes. Traziam borracha. Os carregadores eram jovens ou homens feitos, com a exceção de um menino de uns nove ou dez anos, muito magrinho, com um "chouriço" de borracha maior do que ele na cabeça. Roger seguiu-os até a balança onde Víctor Macedo recebia as cargas. A do menino pesava vinte e quatro quilos e ele, Omarino, somente vinte e cinco. Como pôde ter andado todos esses quilômetros pela selva com tanto peso na cabeça? Apesar das cicatrizes nas costas, o menino tinha olhos vivos e alegres e sorria muito. Roger deu a ele uma lata de sopa e outra de sardinhas que comprou no armazém. A partir de então, Omarino não saiu do seu lado. Ia atrás dele a toda parte, sempre disposto a fazer qualquer serviço. Um dia Víctor Macedo lhe disse, apontando para o menino:

— Vejo que lhe tomou afeto, senhor Casement. Por que não o leva? É órfão. Eu lhe dou de presente.

Depois, Roger pensaria que esta expressão "dou de presente", que Víctor Macedo usou para tentar cair nas suas graças, era mais eloquente que qualquer outro testemunho: esse chefe podia "dar de presente" qualquer índio do seu domínio, pois os carregadores e apanhadores lhe pertenciam tanto como as árvores, as casas, os fuzis e os "chouriços" de borracha. Perguntou a Juan Tizón se haveria problema se ele levasse Omarino para Londres — a Sociedade contra a Escravidão lhe daria amparo e se encarregaria de sua educação — e aquele não fez objeção alguma.

Arédomi, um adolescente que pertencia à tribo dos andoques, se juntaria a Omarino alguns dias depois. Ele viera da estação Sur para La Chorrera e, logo no dia seguinte, enquanto se banhava no rio, Roger viu o garoto nu, chapinhando na água com outros indígenas. Era um belo rapaz, com um corpo harmonioso e ágil que se movia com uma elegância natural. Roger pensou que Herbert Ward poderia fazer uma bela escultura daquele adolescente, um símbolo do homem amazônico despojado pelos seringalistas da sua terra, do seu corpo e da sua beleza. Distribuiu latas de comida entre os andoques que estavam no rio. Arédomi beijou sua mão em sinal de agradecimento. Ele não gostou mas, ao mesmo tempo, ficou emocionado. O menino seguiu-o até a casa, falando e gesticulando com veemência, mas Roger não entendia nada. Chamou Frederick Bishop e este traduziu:

— Quer que o leve com o senhor, para onde for. Diz que ele o servirá bem.

— Diga que não posso, que já vou levar Omarino.

Mas Arédomi não se deu por vencido. Ficava parado ao lado da cabana onde Roger dormia ou o seguia aonde quer que ele fosse, poucos passos atrás, com uma súplica muda nos olhos.

Decidiu consultar a Comissão e Juan Tizón. Eles não achavam conveniente que, além de Omarino, também levasse Arédomi para Londres? Talvez os dois meninos dessem mais força persuasiva ao seu relatório: ambos tinham cicatrizes de chicotadas. Por outro lado, eram jovens o bastante para ser educados e incorporados a uma forma de vida que não fosse a escravidão.

Na véspera da partida do *Liberal*, chegou a La Chorrera o chefe da estação Sur, Carlos Miranda. Vinha com uma centena de índios trazendo a borracha recolhida em sua região nos últimos três meses. Era um homem gordo, quarentão e muito branco. Por sua maneira de falar e de se comportar, parecia ter recebido uma educação melhor que os outros chefes. Sem dúvida vinha de uma família de classe média. Mas seu prontuário não era menos sangrento que o dos seus colegas. Roger Casement e os outros membros da Comissão tinham ouvido vários relatos do episódio da velha bora. Uma mulher que, poucos meses antes, em Sur, num ataque de desespero ou de loucura, de repente começou a exortar os boras em altos brados a lutarem e não se submeterem mais às humilhações nem a ser tratados como escravos. A gritaria paralisou de terror os indígenas à sua volta. Enfurecido, Carlos Miranda se lançou contra ela com um facão que tirou de um dos seus "rapazes" e a decapitou. Empunhando a cabeça da mulher, que ia pintando-o de sangue, explicou aos índios que aquilo aconteceria com todos eles se não fizessem o seu trabalho e imitassem a velha. O decapitador era um homem afável e risonho, falador e desembaraçado, que tentou ser simpático com Roger e seus colegas contando piadas e casos dos personagens extravagantes e pitorescos que havia conhecido no Putumayo.

Quando embarcou no *Liberal* atracado no cais de La Chorrera, na quarta-feira 16 de novembro de 1910, para empreender a volta a Iquitos, Roger Casement abriu a boca e respirou fundo. Tinha uma sensação extraordinária de alívio. Pensou que aquela partida limpava o seu corpo e o seu espírito de uma angústia opressiva que nunca havia sentido antes, nem nos momentos mais difíceis da sua vida no Congo. Além de Omarino e Arédomi, levava no *Liberal* dezoito barbadianos, cinco mulheres indígenas esposas daqueles e os filhos de John Brown, Allan Davis, James Mapp, J. Dyall e Philip Bertie Lawrence.

A presença dos barbadianos no barco era resultado de uma difícil negociação cheia de intrigas, concessões e retificações com Juan Tizón, Víctor Macedo, os outros membros da Comissão e os próprios barbadianos. Todos estes, antes de depor, tinham pedido garantias porque sabiam perfeitamente que iam se expor às represálias dos chefes a quem seu testemunho podia mandar para a cadeia. Casement se comprometeu pessoalmente a tirá-los vivos do Putumayo.

Mas, nos dias anteriores à chegada do *Liberal* a La Chorrera, a Companhia iniciou uma cordial ofensiva para reter os capatazes de Barbados, garantindo que não seriam vítimas de represálias e prometendo aumento de salário e melhores condições para que permanecessem nos seus postos. Víctor Macedo informou que, qualquer que fosse a decisão deles, a Peruvian Amazon Company decidira dar-lhes um desconto de vinte e cinco por cento na dívida que tinham com o armazém pela compra de remédios, roupas, utensílios domésticos e mantimentos. Todos aceitaram a oferta. E, em menos de vinte e quatro horas, os barbadianos informaram a Casement que não iriam com ele. Ficariam trabalhando nas estações. Roger sabia o que isto significava: assim que fosse embora, pressões e subornos fariam com que eles se retratassem das suas confissões e o acusassem de tê-las inventado ou forçado com ameaças. Foi falar com Juan Tizón. Este lhe disse que, embora estivesse tão abalado quanto ele com as coisas que estavam acontecendo, e decidido a corrigi-las, continuava sendo um dos diretores da Peruvian Amazon Company e não podia nem devia influenciar os barbadianos a partirem se eles queriam ficar. Um dos comissionados, Henry Fielgald, apoiou Tizón usando os mesmos argumentos: ele também trabalhava em Londres com o senhor Julio C. Arana e, embora pretendesse exigir reformas profundas nos métodos de trabalho na Amazônia, não podia se transformar em liquidante da empresa que o empregava. Casement teve a sensação de que o mundo vinha abaixo.

Mas, numa rocambolesca reviravolta digna dos folhetins franceses, todo esse panorama se alterou de maneira radical quando o *Liberal* chegou a La Chorrera, no entardecer do dia 12 de novembro. Trazia correspondência e publicações de Iquitos e de Lima. O jornal *El Comercio*, da capital peruana, num longo artigo de dois meses antes, anunciava que o governo do presidente Augusto B. Leguía, atendendo às solicitações da Grã-Bretanha e dos Estados Unidos em relação às supostas atrocidades cometidas nos seringais do Putumayo, tinha enviado à Amazônia, com poderes especiais, um juiz estrela da magistratura peruana, o doutor Carlos A. Valcárcel. Sua missão era investigar e iniciar de imediato as correspondentes ações judiciais, levando ao Putumayo, se considerasse necessário, forças policiais e militares para evitar que os responsáveis pelos crimes escapassem da justiça.

Essa informação teve o efeito de uma bomba entre os funcionários da Casa Arana. Juan Tizón disse a Roger Casement que Víctor Macedo, muito alarmado, havia convocado todos os chefes de estações, até as mais afastadas, para uma reunião em La Chorrera. Tizón dava a impressão de ser um homem dividido por uma contradição insolúvel. Ficava contente, pela honra do seu país e por um senso inato da justiça, por ver que, finalmente, o governo peruano decidia agir. Por outro lado, não ignorava que aquele escândalo podia significar a ruína da Peruvian Amazon Company e, portanto, dele mesmo. Uma noite, entre goles de uísque morno, Tizón confidenciou a Roger que todo o seu patrimônio, com exceção de uma casa em Lima, estava investido em ações da Companhia.

Os boatos, fofocas e temores gerados pelas notícias de Lima fizeram com que os barbadianos mudassem de opinião outra vez. Agora, queriam ir embora de novo. Receavam que os chefes peruanos tentassem se livrar das próprias responsabilidades nas torturas e assassinatos de indígenas jogando a culpa neles, os "negros estrangeiros", e queriam sair o quanto antes do Peru e voltar para Barbados. Estavam mortos de insegurança e de medo.

Roger Casement, sem dizer nada a ninguém, pensou que se os dezoito barbadianos chegassem com ele a Iquitos podiam ter alguma surpresa. Por exemplo, que a Companhia os responsabilizasse por todos os crimes e mandasse prendê-los, ou tentasse suborná-los para que desmentissem as confissões acusando Casement de tê-las forjado. A solução era que, antes de chegar a Iquitos, os barbadianos desembarcassem em alguma das escalas em território brasileiro e ali esperassem até que Roger fosse buscá-los no barco *Atahualpa*, no qual iria de Iquitos à Europa, com escala em Barbados. Confiou seu plano a Frederick Bishop. Este concordou mas disse a Casement que era melhor não contar aos barbadianos até o último minuto.

Havia uma atmosfera estranha no cais de La Chorrera quando o *Liberal* zarpou. Nenhum dos chefes foi se despedir. Diziam que vários deles tinham decidido ir embora, rumo ao Brasil ou à Colômbia. Juan Tizón, que ficaria mais um mês no Putumayo, abraçou Roger e lhe desejou boa sorte. Os membros da Comissão, que também permaneceriam algumas semanas mais no Putumayo, fazendo estudos técnicos e administrativos, se despediram dele ao pé da escada. Marcaram um encontro em Londres, para ler o relatório de Roger antes de apresentá-lo ao Foreign Office.

Nessa primeira noite de viagem pelo rio, um luar avermelhado iluminou o céu. Reverberava nas águas escuras com um faiscar de estrelas que pareciam peixinhos luminosos. Tudo era cálido, belo e sereno, menos o cheiro de borracha, que continuava presente como se houvesse entrado em seu nariz para sempre. Roger ficou um bom tempo apoiado no parapeito da coberta de popa, contemplando o espetáculo, e de repente viu que seu rosto estava molhado de lágrimas. Que paz maravilhosa, meu Deus.

Nos primeiros dias de navegação a fadiga e a ansiedade não o deixaram trabalhar relendo suas fichas e cadernos e fazendo rascunhos do relatório. Dormia pouco, sempre com pesadelos. Muitas vezes se levantava de noite e ia até a ponte para observar a lua e as estrelas, quando o céu estava limpo. No mesmo barco viajava um administrador da Alfândega do Brasil. Roger perguntou a ele se os barbadianos podiam desembarcar em algum porto brasileiro, de onde viajariam a Manaus para esperá-lo, e depois seguiriam juntos até Barbados. O funcionário lhe garantiu que não havia a menor dificuldade. Mesmo assim, Roger continuou preocupado. Temia que alguma coisa livrasse a Peruvian Amazon Company de qualquer punição. Depois de ver de maneira tão direta a sorte dos índios amazônicos, ele achava imprescindível que o mundo inteiro soubesse disso e fizesse alguma coisa para remediar.

Outro motivo de angústia era a Irlanda. Desde que chegou à convicção de que só uma ação firme, uma rebelião, podia livrar sua pátria de "perder a alma" devido à colonização como acontecera com os huitotos, boras e demais infelizes do Putumayo, Roger ardia de impaciência para se jogar de corpo e alma na preparação de uma revolta que acabaria com tantos séculos de servidão em seu país.

No dia em que o *Liberal* atravessou a fronteira peruana — já navegando no rio Javari — e entrou no Brasil, desapareceu o sentimento de temor e perigo que tanto o assediava. Mas depois iam entrar de novo no Amazonas e subi-lo em território peruano, onde, com certeza, sentiria outra vez a ameaça de que uma catástrofe imprevista viesse frustrar sua missão tornando inúteis todos os meses passados no Putumayo.

Em 21 de novembro de 1910, no porto brasileiro de Esperança, no rio Javari, Roger desembarcou catorze barbadianos, as mulheres de quatro deles e quatro crianças. Na véspera os tinha reunido para explicar todos os riscos que correriam se fossem com ele até Iquitos. Desde ser presos pela Companhia, em conluio com os juízes e a polícia, e responsabilizados por todos os crimes, até receber pressões, ofensas e chantagens para que desmentissem as confissões que incriminavam a Casa Arana.

Catorze barbadianos aceitaram o seu plano de desembarcar em Esperança e de lá tomar o primeiro barco para Manaus, onde, protegidos pelo consulado britânico, esperariam que Roger fosse buscá-los no *Atahualpa*, da Booth Line, que fazia o trajeto Iquitos-Manaus-Pará. Desta última cidade, outro barco os levaria para casa. Roger se despediu deixando com eles as fartas provisões que tinha comprado, um certificado de que a passagem até Manaus seria reembolsada pelo governo britânico e uma carta de apresentação ao cônsul britânico nessa cidade.

Seguiram com ele até Iquitos, além de Arédomi e Omarino, Frederick Bishop, John Brown com sua mulher e seu filho, Larry Clarke e Philip Bertie Lawrence, também com dois filhos pequenos. Esses barbadianos tinham coisas a buscar e cheques da Companhia a receber na cidade.

Roger passou os quatro dias restantes da viagem trabalhando em seus papéis e preparando um memorando para as autoridades peruanas.

A 25 de novembro desembarcaram em Iquitos. O cônsul britânico, Mr. Stirs, insistiu mais uma vez que Roger se instalasse na sua casa. E foi com ele a uma pensão vizinha onde conseguiram alojamento para os barbadianos, Arédomi e Omarino. Mr. Stirs estava inquieto. Havia grande nervosismo em toda Iquitos com a notícia de que o juiz Carlos A. Valcárcel chegaria em breve para investigar as acusações da Inglaterra e dos Estados Unidos contra a Companhia de Julio C. Arana. O temor não era só dos funcionários da Peruvian Amazon Company, mas dos iquitenhos em geral, pois todos sabiam que a vida da cidade dependia da Companhia. Havia uma grande hostilidade contra Roger Casement, e o cônsul lhe aconselhou a não sair sozinho porque não se podia descartar a hipótese de um atentado contra a sua vida.

Quando, depois do jantar e da tradicional taça de Porto, Roger resumiu o que tinha visto e ouvido no Putumayo, Mr. Stirs, que o ouvira muito sério e mudo, só atinou a perguntar:

— É tão terrível como no Congo de Leopoldo II, então?

— Acho que sim, talvez pior — respondeu Roger. — Mas acho obsceno estabelecer hierarquias entre crimes dessa magnitude.

Na sua ausência havia sido nomeado um novo prefeito em Iquitos, um senhor vindo de Lima chamado Esteban Zapata. Ao contrário do anterior, este não era empregado de Julio C. Arana. Desde que chegou, ele mantinha certa distância em relação a Pablo Zumaeta e os outros diretores da Companhia. Sabia que Roger estava prestes a chegar e o esperava com impaciência.

A audiência com o prefeito aconteceu na manhã seguinte e durou mais de duas horas. Esteban Zapata era um homem jovem, bem moreno, de maneiras educadas. Apesar do calor — ele suava sem parar e limpava o rosto com um grande lenço roxo —, não tirou a sobrecasaca de algodão. Ouviu Roger muito atento, assombrando-se muitas vezes, interrompendo-o volta e meia para pedir detalhes e com frequentes exclamações de indignação ("Que terrível! Que horror!"). De vez em quando oferecia copinhos de água fresca. Roger lhe disse tudo, com todas as minúcias, nomes, números, lugares, concentrando-se nos fatos e evitando comentários, exceto ao final, ao concluir seu relato com as seguintes palavras:

— Em suma, senhor prefeito, as acusações do jornalista Saldaña Roca e do senhor Hardenburg não eram exageradas. Pelo contrário, tudo o que a revista *Truth* publicou em Londres, por mais que pareça mentira, ainda está muito aquém da verdade.

Zapata, com um constrangimento na voz que parecia sincero, disse que se sentia envergonhado pelo Peru. Essas coisas só aconteciam porque o Estado não tinha chegado a essas regiões afastadas da lei e carentes de toda e qualquer instituição. O governo estava decidido a atuar. Era por isso que ele estava aqui. E era por isso também que chegaria em breve um juiz íntegro como o doutor Valcárcel. O próprio presidente Leguía queria lavar a honra do Peru, acabando com esses abusos execráveis. Foi ele mesmo quem disse isso, com essas palavras. O governo de Sua Majestade garantia que a partir de agora os culpados seriam punidos e os índios, protegidos. Perguntou se o relatório de Roger Casement ao seu governo se tornaria público. Quando este respondeu que, a princípio, o relatório era para uso interno do governo britânico e que, sem dúvida, seria enviada uma cópia ao governo peruano para que este decidisse se o publicaria ou não, o prefeito respirou aliviado:

— Ainda bem — exclamou. — Se isso for divulgado, vai causar um dano enorme à imagem do nosso país no mundo.

Roger Casement quase lhe disse que o que podia causar mais dano ao Peru não era o relatório e sim a existência em terra peruana das coisas que o motivaram. Por outro lado, o prefeito quis saber se os barbadianos que estavam em Iquitos — Bishop, Brown e Lawrence — aceitariam confirmar em sua presença os depoimentos sobre o Putumayo. Roger garantiu que amanhã eles iriam à Prefeitura bem cedo.

O senhor Stirs, que servira de intérprete nesse diálogo, saiu da conversa cabisbaixo. Roger tinha notado que o cônsul acrescentava muitas frases — às vezes verdadeiros comentários — ao que ele dizia em inglês, e que essas interferências sempre tendiam a atenuar a dureza dos fatos relacionados com a exploração e o sofrimento dos indígenas. Tudo isso aumentou sua desconfiança em relação a esse cônsul, que, apesar de estar ali havia vários anos e saber muito bem o que estava acontecendo, nunca tinha informado nada ao Foreign Office. A razão disso era simples: Juan Tizón lhe revelou que Mr. Stirs fazia negócios em Iquitos e portanto também dependia da Companhia do senhor Julio C. Arana. Certamente, a sua grande preocupação atual era que esse escândalo viesse a prejudicá-lo. O senhor cônsul tinha uma alma pequena e sua escala de valores era determinada pela cobiça.

Nos dias seguintes Roger tentou ver o padre Urrutia, mas na missão lhe disseram que o superior dos agostinianos estava em Pebas, entre os índios yaguas — Roger os tinha visto numa escala que o *Liberal* fez lá e ficou impressionado com as túnicas de fibra tecida com que esses indígenas cobriam seus corpos —, porque iam inaugurar uma escola.

Assim, nos dias que faltavam para embarcar no *Atahualpa*, que continuava descarregando no porto de Iquitos, Roger se dedicou a trabalhar no relatório. Depois, de tarde, ia passear e, algumas vezes, entrou no cine Alhambra, na Praça de Armas de Iquitos. Esse lugar existia havia alguns meses e lá se projetavam filmes mudos, com o acompanhamento de uma orquestra de três músicos, muito desafinada. O verdadeiro espetáculo para Roger não eram as figuras em preto e branco da tela, mas a fascinação do público, índios vindos das tribos e soldados serranos da guarnição local que olhavam tudo aquilo maravilhados e desconcertados.

Um dia deu um passeio a pé até Punchana, por um caminho de terra que na volta se transformou num lamaçal devido à chuva. Mas a paisagem era muito bonita. Uma tarde tentou chegar a pé até Quistococha — levando Omarino e Arédomi —, mas um aguaceiro interminável os surpreendeu no caminho e tiveram que se refugiar no mato. Quando a tempestade passou, o chão estava tão cheio de água e de lama que tiveram que voltar depressa para Iquitos.

O *Atahualpa* zarpou rumo a Manaus e Pará em 6 de dezembro de 1910. Roger ia na primeira classe e Omarino, Arédomi e os barbadianos na comum. Quando o barco, nessa manhã clara e quente, ia se afastando de Iquitos e as pessoas e as casas das margens diminuindo de tamanho, Roger sentiu no peito outra vez uma sensação de liberdade após o desaparecimento de um grande perigo. Não um perigo físico, mas moral. Ele tinha a impressão de que, se ficasse mais tempo naquele lugar terrível, onde tanta gente sofria de maneira tão injusta e cruel, ele também, pelo simples fato de ser branco e europeu, seria contaminado, degradado. Pensou que, felizmente, nunca mais poria os pés ali. Esse pensamento lhe deu ânimo para superar parte do abatimento e do torpor que o impediam de trabalhar com a mesma concentração e o mesmo ímpeto de antes.

Quando, no entardecer do dia 10 de dezembro, o *Atahualpa* atracou no porto de Manaus, Roger já tinha deixado o desânimo para trás e recuperado a energia e a capacidade de trabalho. Os catorze barbadianos já estavam na cidade. A maioria decidira não voltar para Barbados e aceitar contratos de trabalho na ferrovia Madeira-Mamoré, que estava oferecendo boas condições. O resto seguiu com ele até o Pará, onde o navio atracou em 14 de dezembro. Lá Roger encontrou uma nave que ia para Barbados e embarcou nela os barbadianos e Omarino e Arédomi. Deixou Frederick Bishop com a incumbência de levar esses últimos para o reverendo Frederick Smith, em Bridgetown, dando instruções de que este os matriculasse no colégio dos jesuítas onde receberiam, antes de continuar a viagem para Londres, uma formação mínima que os prepararia para enfrentar a vida na capital do Império britânico.

Depois, procurou e achou um barco para levá-lo à Europa. Era o *SS Ambrose*, da Booth Line. Como só ia zarpar em 17 de dezembro, aproveitou esse intervalo para rever os lugares que frequentava quando era cônsul britânico no Pará: bares, restaurantes, o Jardim Botânico, o imenso mercado fervilhante e variegado do porto. Ele não tinha nenhuma saudade do Pará, pois sua temporada ali não havia sido feliz, mas reconheceu a alegria que as pessoas exalavam, o garbo das mulheres e dos rapazes desocupados que se exibiam nos calçadões à beira-rio. Pensou mais uma vez que os brasileiros tinham uma relação saudável e feliz com o corpo, muito diferente dos peruanos, por exemplo, que, como os ingleses, pareciam sempre desconfortáveis com o seu físico. Aqui, em contraste, se exibiam descaradamente, sobretudo aqueles que se sentiam jovens e atraentes.

No dia 17 Roger zarpou no *SS Ambrose* e durante a viagem decidiu, como o barco ia chegar ao porto francês de Cherburgo nos últimos dias de dezembro, desembarcar lá e tomar um trem para Paris, onde passaria o ano-novo com Herbert Ward e Sarita, sua mulher. Voltaria a Londres no primeiro dia útil do ano seguinte. Ia ser uma experiência purificadora passar alguns dias com esse casal amigo, culto, no seu bonito ateliê repleto de esculturas e lembranças africanas, falando de coisas belas e elevadas, arte, livros, teatro, música, o melhor do que produzia esse ser humano tão contraditório que também era capaz de tanta maldade como a que reinava nos seringais de Julio C. Arana no Putumayo.

XI

Quando o xerife gordo abriu a porta da cela, entrou e sem dizer nada se sentou na ponta do catre onde estava deitado, Roger Casement não se surpreendeu. Desde que, violando o regulamento, o xerife lhe permitiu tomar um banho, Roger sentia, sem necessidade de uma palavra entre ambos, uma aproximação entre ele e o carcereiro, e que este, talvez sem perceber, talvez apesar de si mesmo, tinha deixado de odiá-lo e de responsabilizá-lo pela morte do filho nas trincheiras da França.

Era hora do crepúsculo e a pequena cela estava quase às escuras. Roger, no catre, via a sombra da silhueta do xerife, larga e cilíndrica, muito quieta. Ouviu-o arquejar com força, como se estivesse exausto.

— Ele tinha pé chato e podia ter se livrado de ir para o Exército — ouviu-o recitar, transido de emoção. — No primeiro centro de recrutamento, em Hastings, quando examinaram seus pés, foi recusado. Mas ele não se conformou e foi se apresentar em outro centro. Queria ir para a guerra. Onde já se viu semelhante loucura?

— Ele amava o seu país, era um patriota — disse Roger Casement, baixinho. — O senhor devia estar orgulhoso do seu filho, xerife.

— De que me adianta que fosse um herói, se agora está morto — respondeu o carcereiro, com uma voz lúgubre. — Era só o que me restava no mundo. Agora, é como se eu também houvesse deixado de existir. Às vezes penso que me tornei um fantasma.

Teve a impressão de que, nas sombras da cela, o xerife gemia. Mas talvez fosse uma impressão falsa. Roger lembrou-se dos cinquenta e três voluntários da Brigada Irlandesa que tinham ficado lá, na Alemanha, no pequeno campo militar de Zossen, onde o capitão Robert Monteith os treinara no uso de fuzis, metralhadoras, táticas e manobras militares, procurando manter alto o seu moral apesar das circunstâncias incertas. E as perguntas que já fizera mil vezes voltaram a atormentá-lo. O que teriam pensado quando ele desapareceu sem se despedir, junto com o capitão Monteith e o sargento Bailey? Que eram uns traidores? Que, depois de embarcá-los naquela aventura temerária, tinham fugido para, eles sim, lutar na Irlanda, deixando-os cercados de arame, nas mãos dos alemães e odiados pelos prisioneiros irlandeses de Limburg que os consideravam desertores e desleais com seus companheiros mortos nas trincheiras de Flandres?

Pensou mais uma vez que sua vida tinha sido uma contradição permanente, uma sucessão de confusões e enredos truculentos, em que a verdade das suas intenções e comportamentos era sempre, por obra do acaso ou da sua própria estupidez, obscurecida, distorcida, transformada em mentira. Aqueles cinquenta e três patriotas, puros e idealistas, que tiveram a coragem de enfrentar os dois mil e tantos companheiros do campo de Limburg e se alistar na Brigada Irlandesa para lutar "junto com, mas não dentro", do Exército alemão pela independência da Irlanda nunca saberiam da luta titânica que Roger Casement travou com o alto-comando militar alemão para impedir que eles fossem despachados para a Irlanda no *Aud* junto com os vinte mil fuzis que enviaram aos Voluntários para o Levante da Semana Santa.

— Sou responsável por esses cinquenta e três brigadistas — disse Roger ao capitão Rudolf Nadolny, encarregado de assuntos irlandeses no Comando Militar em Berlim. — Eu os exortei a desertar do Exército britânico. Para a lei inglesa, são traidores. Se a Royal Navy os capturar serão enforcados imediatamente. Coisa que vai ocorrer, irremediavelmente, se o Levante não tiver o apoio de uma força militar alemã. Não posso mandar esses compatriotas para a morte e para a desonra. Eles não seguem para a Irlanda com os vinte mil fuzis.

Não tinha sido fácil. O capitão Nadolny e os oficiais do alto-comando militar alemão tentaram chantageá-lo.

— Muito bem, então vamos comunicar imediatamente aos dirigentes dos Irish Volunteers em Dublin e nos Estados Unidos que, tendo em vista a oposição do senhor Roger Casement ao

Levante, o governo alemão suspendeu o envio dos vinte mil fuzis e cinco milhões de balas.

Foi preciso discutir, negociar, explicar, sempre mantendo a calma. Roger Casement não se opunha ao Levante, ele só se opunha ao suicídio dos Voluntários e do Exército do Povo, entrando em combate com o Império britânico sem que os submarinos, zepelins e comandos do Kaiser mantivessem ocupadas as Forças Armadas britânicas e as impedissem de reprimir brutalmente os rebeldes, atrasando assim sabe-se lá quantos anos a independência da Irlanda. Os vinte mil fuzis eram indispensáveis, claro. Ele mesmo iria com essas armas à Irlanda e explicaria a Tom Clarke, Patrick Pearse, Joseph Plunkett e aos outros líderes dos Voluntários as razões pelas quais, a seu ver, o Levante devia ser adiado.

Afinal, conseguiu. O barco com o armamento, o *Aud*, partiu, e Roger, Monteith e Bailey também zarparam num submarino rumo ao Eire. Mas os cinquenta e três brigadistas ficaram em Zossen, sem entender nada, certamente se perguntando por que aqueles mentirosos foram lutar na Irlanda e os deixaram aqui, depois de treiná-los para uma ação da qual agora se viam excluídos sem qualquer explicação.

— Quando o menino nasceu, a mãe foi embora e nos abandonou — disse de repente a voz do xerife e Roger deu um salto no catre. — Eu nunca mais soube dela. De maneira que tive que virar mãe e pai para o menino. Ela se chamava Hortensia e era meio doida.

Havia escurecido totalmente na cela. Roger não via mais a silhueta do carcereiro. Sua voz estava muito próxima e mais parecia o lamento de um animal que uma expressão humana.

— Nos primeiros anos, quase todo o meu salário ia embora pagando uma mulher que o amamentou e criou — prosseguiu o xerife. — Eu passava todo o meu tempo livre com ele. Era um garoto dócil e afável. Nunca foi desses rapazes que fazem diabruras como roubar e se embebedar e deixam os pais malucos. Trabalhava como aprendiz numa alfaiataria, bem considerado pelo chefe. Poderia fazer carreira lá, se não tivesse metido na cabeça a ideia de se alistar, apesar do pé chato.

Roger Casement não sabia o que dizer. Sentiu pena do sofrimento do xerife e queria consolá-lo, mas que palavras podiam aliviar a dor animal daquele pobre homem? Quis perguntar o nome dele e o do filho morto, assim se sentiria mais perto de ambos, mas não teve coragem de interrompê-lo.

— Recebi duas cartas dele — prosseguiu o xerife. — A primeira, durante o treinamento. Dizia que gostava da vida no acampamento e que, ao terminar a guerra, talvez ficasse no Exército. Sua segunda carta era muito diferente. Muitos parágrafos tinham sido riscados com tinta preta pelo censor. Não se queixava, mas havia certa amargura, até um pouco de medo, no que escrevia. Nunca mais tive notícias dele. Até que chegou uma carta de condolências do Exército, comunicando a sua morte. Que ele tivera um fim heroico, na batalha de Loos. Nunca ouvi falar desse lugar. Fui ver num mapa onde ficava Loos. Deve ser uma aldeia insignificante.

Roger ouviu pela segunda vez aquele gemido, semelhante ao ulular de um pássaro. E teve a impressão de que a sombra do carcereiro estremecia.

O que ia acontecer agora com esses cinquenta e três compatriotas? Será que o alto-comando militar alemão respeitaria os compromissos e permitiria que a pequena Brigada se mantivesse unida e isolada no campo de Zossen? Não tinha certeza. Em suas discussões com o capitão Rudolf Nadolny, em Berlim, Roger notou o desprezo que os militares alemães tinham por aquele ridículo contingente de meia centena de homens. Que diferença da atitude no começo, quando, deixando-se convencer pelo entusiasmo de Casement, eles apoiaram a sua iniciativa de reunir todos os prisioneiros irlandeses no campo de Limburg supondo que, quando o ouvissem falar, centenas deles se alistariam na Brigada Irlandesa. Que fracasso e que decepção! A mais dolorosa da sua vida. Um fracasso que o deixava no ridículo e fazia em pedaços seus sonhos patrióticos. Em que tinha se enganado? O capitão Robert Monteith achava que seu erro tinha sido falar para os 2.200 prisioneiros reunidos, em vez de se dirigir a grupos pequenos. Com vinte ou trinta teria sido possível um diálogo, responder às objeções, esclarecer o que parecia confuso. Mas ante uma massa de homens doloridos pela derrota e pela humilhação de ser prisioneiros, o que se podia esperar? Só conseguiram entender que Roger pedia que eles se aliassem aos inimigos de ontem e de sempre, e por isso reagiram com tanta beligerância. Havia muitas formas de interpretar aquela hostilidade, sem dúvida. Mas nenhuma teoria podia apagar a amargura de ser insultado, chamado de traidor, pelego, rato, vendido, por esses compatriotas por quem havia sacrificado seu tempo, sua honra e seu futuro. Lembrou-se das brincadeiras de Herbert Ward, que, para caçoar do seu nacionalismo, o exortava a voltar à realidade e sair desse "sonho do celta" em que tinha mergulhado.

Na véspera da sua saída da Alemanha, em 11 de abril de 1916, Roger escreveu uma carta ao chanceler imperial Theobald von Bethmann-Hollweg, lembrando os termos do acordo sobre a Brigada Irlandesa assinado entre ele e o governo alemão. Conforme o combinado, os brigadistas só podiam ser usados para combater pela Irlanda e em hipótese alguma como mera força de apoio do Exército alemão em outros cenários da guerra. Do mesmo modo, ficava estipulado que, se a luta não terminasse com a vitória da Alemanha, os soldados da Brigada Irlandesa deviam ser enviados aos Estados Unidos ou algum país neutro que os acolhesse, e não para a Grã-Bretanha, onde seriam sumariamente executados. Será que os alemães iam cumprir esses compromissos? Essa dúvida voltava à sua mente sem cessar desde que foi capturado. E se o capitão Rudolf Nadolny, assim que ele, Monteith e Bailey partiram para a Irlanda, dissolveu a Brigada Irlandesa e mandou seus integrantes de volta para o campo de Limburg? Deviam viver no meio de ofensas, discriminados pelos outros prisioneiros irlandeses e correndo diariamente o risco de ser linchados.

— Eu queria que me devolvessem os restos mortais — a voz dolorida do xerife voltou a sobressaltá-lo. — Para fazer um enterro religioso, em Hastings, onde ele nasceu, como eu, meu pai e meu avô. Eles me responderam que não. Que, pelas circunstâncias da guerra, a devolução dos restos era impossível. O senhor entende essa história de "circunstâncias da guerra"?

Roger não respondeu porque se deu conta de que o carcereiro não estava falando com ele, mas consigo mesmo através dele.

— Eu sei muito bem o que isso quer dizer — continuou o xerife. — Que não há resto algum do meu pobre filho. Que uma granada ou um morteiro o estraçalhou. Nesse lugar desgraçado, Loos. Ou que o jogaram numa fossa comum, com outros soldados mortos. Nunca vou saber onde está o túmulo dele, para levar umas flores e fazer uma oração de vez em quando.

— O que interessa não é o túmulo, é a memória, xerife — disse Roger. — É isso o que conta. O importante para o seu filho, onde quer que ele esteja agora, é saber que o senhor se lembra dele com tanto carinho, e nada mais.

A sombra do xerife fez um movimento de surpresa ao ouvir Casement. Talvez tivesse esquecido que estava na cela e a seu lado.

— Se eu soubesse onde está a mãe dele, teria ido lá, para dar a notícia e chorarmos juntos — disse o xerife. — Não sinto nenhum rancor de Hortensia por ter me deixado. Nem sei se ela ainda está viva. Nunca se dignou a perguntar pelo filho que abandonou. Não era má, era meio doida, já disse.

Agora Roger se perguntava mais uma vez, como fazia dia e noite desde o amanhecer em que chegou à costa de Banna Strand, em Tralee Bay, quando ouviu o canto das cotovias e viu as primeiras violetas selvagens perto da praia, por que diabos não havia nenhum navio nem piloto irlandês esperando o cargueiro *Aud* que trazia os fuzis, metralhadoras e a munição para os Voluntários e o submarino onde vinham ele, Monteith e Bailey. O que aconteceu? Ele tinha lido com seus próprios olhos a carta peremptória de John Devoy ao conde Johann Heinrich von Bernstorff, que este transmitiu à Chancelaria alemã, avisando que o levantamento seria entre a Sexta-feira Santa e o Domingo de Páscoa. E que, portanto, os fuzis deveriam chegar, sem falta, no dia 20 de abril ao Fenit Pier, em Tralee Bay. Lá estariam esperando um piloto com experiência na região e vários botes e barcos com Volunteers para descarregar as armas. Essas instruções foram confirmadas em 5 de abril, nos mesmos termos de urgência, por Joseph Plunkett ao encarregado de Negócios alemão em Berna, que retransmitiu a mensagem à Chancelaria e ao Comando Militar em Berlim: as armas tinham que chegar a Tralee Bay ao anoitecer do dia 20, nem antes nem depois. E foi essa a data exata em que tanto o *Aud* como o submarino U-19 chegaram ao lugar do encontro. Por que demônios não havia ninguém à espera deles e aconteceu a catástrofe que o jogou na prisão e contribuiu para o fracasso do levantamento? Porque, segundo as informações que seus interrogadores Basil Thomson e Reginald Hall lhe deram, o *Aud* foi surpreendido pela Royal Navy em águas irlandesas bastante depois da data combinada para o desembarque — arriscando a própria segurança, eles tinham continuado esperando os Volunteers —, o que obrigou o capitão do *Aud* a afundar seu navio e mandar para o fundo do mar os vinte mil fuzis, dez metralhadoras e cinco milhões de balas que, talvez, teriam dado outro rumo à rebelião que os ingleses esmagaram com a ferocidade que cabia esperar.

Na verdade, Roger Casement podia imaginar o que havia ocorrido: nada de grandioso nem de transcendental, alguma minúcia estúpida, um dos tantos descuidos, contraordens, divergências entre os dirigentes do Conselho Supremo do IRB, Tom Clarke, Sean McDermott, Patrick Pearse, Joseph Plunkett e mais uns poucos. Alguns deles, ou talvez todos, teriam mudado de opinião quanto à data mais adequada para a chegada do *Aud* a Tralee Bay e enviado a retificação a Berlim sem pensar que a contraordem podia se extraviar ou chegar quando o cargueiro e o submarino já estivessem em alto-mar e, devido às terríveis condições atmosféricas daqueles dias, praticamente sem contato da Alemanha. Só podia ter sido algo assim. Alguma pequena confusão, um erro de cálculo, uma bobagem, e agora todo um armamento de primeira estava no fundo do mar em vez de chegar às mãos dos Voluntários que foram mortos durante a semana de combates nas ruas de Dublin.

Ele não estava errado ao pensar que era um equívoco pegar em armas sem uma ação militar alemã simultânea, mas isso não o deixava contente. Preferiria ter errado. E estar lá, junto com aqueles insensatos, a centena de Voluntários que capturou a agência de correios da Sackville Street na madrugada de 24 de abril, ou com os que tentaram tomar de assalto o Dublin Castle, ou com os que quiseram mandar o Magazine Fort pelos ares com uma carga de explosivos, em Phoenix Park. Era mil vezes melhor morrer como eles, de armas na mão — uma morte heroica, nobre, romântica —, do que na indignidade do patíbulo, como os assassinos e estupradores. Por mais impossível e irreal que fosse o objetivo dos Voluntários, do Irish Republican Brotherhood e do Exército do Povo, deve ter sido bonito e exaltante — certamente todos os que estavam lá choraram e sentiram o coração trovejar — ouvir Patrick Pearse lendo o manifesto que proclamava a República. Ainda que por um brevíssimo lapso de sete dias, o "sonho do celta" se tornou realidade: a Irlanda, emancipada do ocupante britânico, foi uma nação independente.

— Ele não gostava deste meu ofício — a voz angustiada do xerife tornou a sobressaltá-lo. — Tinha vergonha de que o pessoal do bairro, da alfaiataria, soubesse que o pai era funcionário da prisão. As pessoas supõem que os guardas, por lidarem dia e noite com delinquentes, se contagiam e também viram indivíduos fora da lei. Onde já se viu coisa mais injusta? Como se alguém não tivesse que fazer este trabalho para o bem da sociedade. Eu dava o exemplo de Mr. John Ellis, o carrasco. Ele também é barbeiro, no seu povoado, Rochdale, e lá ninguém fala mal dele. Pelo contrário, todos os vizinhos lhe têm a maior consideração. Fazem fila para ser atendidos na sua barbearia. Tenho certeza de que meu filho não permitiria que alguém falasse mal de mim na sua frente. Ele não só me respeitava muito. Sei que gostava de mim.

Roger ouviu novamente o gemido abafado e sentiu o catre se mexer com o tremor do carcereiro. Será que fazia bem ao xerife desabafar daquela forma, ou isso aumentava a sua dor? O seu monólogo era uma faca escarvando uma ferida. Não sabia que atitude tomar: conversar com ele? Tentar consolá-lo? Ouvi-lo em silêncio?

— Ele nunca deixou de me trazer um presente no dia do meu aniversário — continuou o xerife. — O primeiro salário que recebeu na alfaiataria me entregou inteirinho. Eu devia ter insistido para que ficasse com o dinheiro. Que rapaz de hoje demonstra tanto respeito pelo pai?

O xerife voltou a imergir no silêncio e na imobilidade. Não era muito o que Roger Casement pôde saber do Levante: a tomada dos Correios, os ataques fracassados ao Dublin Castle e ao Magazine Fort, em Phoenix Park. E os fuzilamentos sumários dos principais dirigentes, entre os quais seu amigo Sean McDermott, um dos primeiros irlandeses contemporâneos a escrever prosa e poesia em gaélico. Quantos mais teriam sido fuzilados? Foram executados nas próprias masmorras de Kilmainham Gaol? Ou os levaram para Richmond Barracks? Alice lhe disse que James Connolly, o grande organizador dos sindicatos, ferido tão gravemente que não podia se manter em pé, enfrentou o pelotão de fuzilamento sentado numa cadeira de rodas. Bárbaros! As informações fragmentárias do Levante que Roger recebeu por intermédio dos seus interrogadores, o chefe da Scotland Yard, Basil Thomson, e o capitão de mar e guerra Reginald Hall, do Serviço de Inteligência do Almirantado, do seu advogado, George Gavan Duffy, da sua irmã Nina e de Alice Stopford Green não lhe davam uma ideia muito clara do que tinha acontecido, além de uma grande confusão com sangue, bombas, incêndios e tiros. Seus interrogadores iam lhe relatando as notícias que chegavam a Londres enquanto ainda se combatia nas ruas de Dublin e o Exército britânico sufocava os últimos redutos rebeldes. Episódios fugazes, frases soltas, fiapos que ele tentava situar no contexto usando sua fantasia e sua intuição. Pelas perguntas de Thomson e Hall durante os interrogatórios descobriu que o governo inglês suspeitava de que ele tinha vindo da Alemanha encabeçar a insurreição. Assim se escrevia a História! Ele, que veio para tentar impedir o Levante, transformado no seu líder graças à desorientação britânica. O governo lhe atribuía havia muito tempo uma influência entre os independentistas que estava longe da realidade. Talvez isso explicasse as campanhas de difamação da imprensa inglesa, quando ele ainda estava em Berlim, acusando-o de se vender ao Kaiser, de ser mercenário além de traidor, e, ultimamente, as baixezas que os jornais londrinos lhe atribuíam. Uma campanha para enxovalhar um líder supremo que ele nunca foi nem quis ser! Era isso a História, um ramo da fabulação que pretendia ser ciência.

— Uma vez ele teve febre e o médico do ambulatório disse que ia morrer — o xerife retomou seu monólogo. — Mas Mrs. Cubert, a mulher que o amamentava, e eu cuidamos dele, agasalhamos, e com muito carinho e paciência salvamos a sua vida. Passei muitas noites em claro esfregando álcool canforado no seu corpo. Isso lhe fazia bem. Cortava o coração vê-lo, tão pequeno, tiritando de frio. Espero que ele não tenha sofrido. Quer dizer, lá, nas trincheiras, naquele lugar, Loos. Que sua morte tenha sido rápida, sem se dar conta. Que Deus não tenha feito a crueldade de lhe infligir uma agonia lenta, deixando-o sangrar aos poucos ou se asfixiar com gás de mostarda. Ele sempre frequentou os cultos de domingo e cumpriu suas obrigações de cristão.

— Como se chamava o seu filho, xerife? — perguntou Roger Casement.

Teve a impressão de que o carcereiro dava outra vez uma espécie de pulo nas sombras, como se tivesse acabado de descobrir novamente que ele estava lá.

— Ele se chamava Alex Stacey — disse por fim. — Como o meu pai. E como eu.

— Eu sempre gosto de saber — disse Roger Casement. — Quando a gente sabe o nome imagina melhor a pessoa. Pode senti-la mesmo sem conhecer. Alex Stacey é um nome que soa bem. Passa a ideia de uma boa pessoa.

— Educado e prestativo — murmurou o xerife. — Um pouco tímido, talvez. Principalmente com as mulheres. Eu o observava, desde pequeno. Com os homens ele se sentia à vontade, não tinha qualquer dificuldade. Mas com as mulheres ficava intimidado. Não tinha coragem de olhá-las nos olhos. E quando elas lhe dirigiam a palavra, começava a balbuciar. Por isso, tenho certeza de que Alex morreu virgem.

O xerife voltou a fazer silêncio, imerso nos seus pensamentos e em completa imobilidade. Coitado do rapaz! Se fosse verdade o que o pai dizia, Alex Stacey tinha morrido sem conhecer o calor de uma mulher. Calor de mãe, calor de esposa, calor de amante. Roger, pelo menos, conheceu, embora por pouco tempo, a felicidade de uma mãe bela, terna, delicada. Suspirou. Tinha passado um tempo sem pensar nela, coisa que jamais ocorrera antes. Se existisse um além, se as almas dos mortos observassem lá da eternidade a vida passageira dos vivos, certamente Anne Jephson esteve com ele todo esse tempo, seguindo seus passos, sofrendo e se angustiando com os problemas que enfrentou na Alemanha, compartilhando suas decepções, desgostos e a sensação pavorosa de ter errado, de ter — em seu ingênuo idealismo, a inclinação romântica que Herbert Ward tanto gozava — idealizado demais o Kaiser e os alemães, acreditado que assumiriam a causa irlandesa como própria e se tornariam aliados leais e entusiastas dos seus sonhos de independência.

Sim, certamente sua mãe tinha partilhado com ele, naqueles cinco dias indescritíveis, suas dores, vômitos, enjoos e cólicas no interior do submarino U-19 que o transportava, junto com Monteith e Bailey, do porto alemão de Heligoland às costas de Kerry, Irlanda. Nunca, em toda a sua vida, tinha se sentido tão mal, de corpo e de ânimo. Seu estômago não aceitava alimento algum, só golinhos de café quente e uns pedaços pequenos de pão. O capitão do U-19, Kapitänleutnant Raimund Weissbach, lhe deu um gole de aguardente que, em vez de curar o mal-estar, o fez vomitar fel. Quando o submarino navegava na superfície, a umas doze milhas por hora, balançava muito e os enjoos faziam mais estragos. Quando submergia, balançava menos, mas a velocidade diminuía. Os cobertores e casacos não atenuavam o frio que lhe congelava os ossos. Nem a permanente sensação de claustrofobia, numa espécie de antecipação do que iria sentir depois, na prisão de Brixton, na Torre de Londres ou na Pentonville Prison.

Certamente devido aos enjoos e ao horrível mal-estar durante a viagem no U-19, Roger esqueceu num dos seus bolsos a passagem de trem de Berlim ao porto alemão de Wilhelmshaven. Os policiais que o prenderam em McKenna's Fort a encontraram ao revistá-lo na delegacia de Tralee. Essa passagem seria mostrada no seu julgamento pelo promotor como uma prova de que tinha chegado à Irlanda a partir da Alemanha, o país inimigo. Mas pior ainda foi que os policiais da Royal Irish Constabulary acharam, em outro dos seus bolsos, um papel com o código secreto que o Almirantado alemão lhe dera para se comunicar, em caso de emergência, com os comandos militares do Kaiser. Como era possível que não tivesse destruído um documento tão comprometedor antes de sair do U-19 e pular no bote que os levaria à praia? Essa pergunta supurava em sua consciência como uma ferida infeccionada. E, no entanto, Roger lembrava com nitidez que, antes de se despedir do capitão e da tripulação do submarino U-19, por insistência do capitão Robert Monteith, ele e o sargento Daniel Bailey tinham checado os bolsos mais uma vez para destruir qualquer objeto ou documento que comprometesse a sua identidade e procedência. Como pôde ser tão descuidado, não notar a passagem de trem e o código secreto? Lembrou-se do sorriso de satisfação do promotor quando exibiu o código secreto durante o julgamento. Que prejuízos teria causado à Alemanha essa informação nas mãos da inteligência britânica?

O que explicava essas distrações gravíssimas era, sem dúvida, o seu calamitoso estado físico e mental, abalado pelos enjoos, pela deterioração da sua saúde nos últimos meses na Alemanha e, principalmente, pelas preocupações e angústias provocados pelos acontecimentos políticos — o fracasso da Brigada Irlandesa e a notícia de que os Voluntários e o IRB tinham marcado o Levante militar para a Semana Santa mesmo sem uma ação militar alemã simultânea —, o que afetou sua lucidez, seu equilíbrio mental, fazendo-o perder os reflexos, a capacidade de concentração e a serenidade. Seriam os primeiros sintomas de loucura? Já tinha lhe acontecido antes, no Congo e na selva amazônica, presenciando o espetáculo das mutilações e as outras torturas e atrocidades sem fim que os nativos sofriam dos seringalistas. Sentiu em três ou quatro ocasiões que estava perdendo as forças, dominado por uma sensação de impotência frente à desmesura do mal que via ao seu redor, num cerco de crueldade e ignomínia tão extenso, tão avassalador que parecia quimérico pretender enfrentá-lo e querer vencê-lo. Quem está com um desânimo tão profundo pode cometer erros graves como ele tinha feito. Essas desculpas o aliviavam por alguns instantes; mas logo depois as rejeitava e o sentimento de culpa e o remorso eram piores.

— Pensei em me matar — a voz do xerife sobressaltou-o de novo. — Alex era a minha única razão de viver. Não tenho outros parentes. Nem amigos. Conhecidos, um ou outro. Minha vida era o meu filho. Para que continuar neste mundo sem ele?

— Conheço esse sentimento, xerife — murmurou Roger Casement. — E no entanto, apesar de tudo, a vida também tem coisas bonitas. O senhor vai encontrar outros estímulos. Ainda é um homem jovem.

— Tenho quarenta e sete anos, embora pareça muito mais velho — respondeu o carcereiro. — Só não me matei por causa da religião. Ela proíbe. Mas pode ser que ainda o faça. Se não conseguir vencer esta tristeza, esta sensação de vazio, de que nada mais tem importância, eu acabo me matando. Um homem só deve viver enquanto sente que a vida vale a pena. Senão, não.

Falava sem dramaticidade, com uma segurança tranquila. Voltou a ficar imóvel e calado. Roger Casement tentou escutar alguma coisa. Achou que chegavam de algum lugar lá fora reminiscências de uma canção, talvez de um coro. Mas o rumor era tão apagado e tão remoto que não chegou a decifrar as palavras nem a melodia.

Por que os líderes do Levante quiseram evitar que ele fosse para a Irlanda e pediram às autoridades alemãs que ficasse em Berlim com o ridículo título de "embaixador" das organizações nacionalistas irlandesas? Ele tinha visto as cartas, lido e relido as frases que o mencionavam. Segundo o capitão Monteith, porque os dirigentes dos Voluntários e do IRB sabiam que Roger era contrário a uma rebelião sem que uma ofensiva alemã de envergadura paralisasse o Exército e a Royal Navy britânicos. Por que não disseram isso a ele diretamente? Por que transmitir essa decisão por intermédio das autoridades alemãs? Talvez por desconfiança. Será que achavam que não se podia mais confiar nele? Quem sabe deram crédito às fofocas estúpidas e disparatadas que o governo inglês espalhou acusando-o de ser espião britânico. Ele não ligou para essas calúnias, porque sempre supôs que seus amigos e companheiros entenderiam que se tratava de uma operação de envenenamento dos serviços secretos britânicos para introduzir suspeitas e divisões entre os nacionalistas. Talvez algum ou alguns dos seus companheiros tenham se deixado enganar por essas tramoias do colonizador. Bem, agora já deviam estar convencidos de que Roger Casement continuava sendo um combatente fiel à causa da independência da Irlanda. Será que entre os que duvidaram da sua lealdade estariam alguns dos fuzilados em Kilmainham Gaol? Que importância tinha agora a compreensão dos mortos?

Sentiu que o carcereiro se levantava e ia até a porta da cela. Escutou seus passos abafados e morosos, como se estivesse arrastando os pés. Ao chegar à porta, ouviu-o dizer:

— Isso que eu fiz foi errado. Uma violação do regulamento. Ninguém deve lhe dirigir a palavra, e eu, o xerife, muito menos. Vim porque não aguentava mais. Se não falasse com alguém, minha cabeça ou meu coração iam arrebentar.

— Foi bom que tenha vindo, xerife — sussurrou Casement. — Na minha situação, é um grande alívio falar com alguém. Só lamento não ter podido consolar o senhor pela morte do seu filho.

O carcereiro rosnou alguma coisa que podia ser uma despedida. Abriu a porta da cela e saiu. Do lado de fora trancou-a de novo. A escuridão voltou a ser total. Roger se deitou de lado, fechou os olhos e tentou dormir, mas sabia que esta noite o sono também não viria e que as horas que faltavam para amanhecer seriam lentíssimas, uma espera interminável.

    Lembrou a frase do carcereiro: "Tenho certeza de que Alex morreu virgem." Coitado do rapaz. Chegar aos dezenove ou vinte anos sem ter conhecido o prazer, o desmaio febril, a suspensão do mundo circundante, aquela sensação de eternidade instantânea que dura apenas o tempo de ejacular e, no entanto, é tão intensa e tão profunda que arrebata todas as fibras do corpo e faz até o último resquício da alma participar e se animar. Ele também poderia ter morrido virgem se, em vez de ir para a África quando fez vinte anos, ficasse em Liverpool trabalhando para a Elder Dempster Line. Seu acanhamento com as mulheres era o mesmo — talvez pior — que o do jovem de pé chato chamado Alex Stacey. Lembrou-se das brincadeiras das suas primas e, principalmente, de Gertrude, a querida Gee, quando queriam deixá-lo vermelho. Bastava elas falarem de garotas, dizerem por exemplo: "Viu como a Dorothy olha para você?", "Notou que a Malina sempre dá um jeito de ficar ao seu lado nos piqueniques?", "Ela gosta de você, primo", "Você também gosta dela?" Que constrangimento essas gracinhas lhe causavam! Ele perdia o aprumo e começava a balbuciar, a gaguejar, a dizer tolices, até que Gee e suas amigas o tranquilizavam, morrendo de rir: "Era brincadeira, não fique assim."

    No entanto, desde muito jovem ele tinha um senso estético aguçado, sabia apreciar a beleza dos corpos e dos rostos, contemplando com deleite e alegria uma silhueta harmoniosa, uns olhos vivazes e travessos, uma cintura delicada, uns músculos que revelam a força inconsciente de um animal predador em liberdade. Quando foi que ele tomou consciência de que a beleza que mais o estimulava, com um toque de inquietação e alarme, a sensação de estar cometendo uma transgressão, não era a beleza das garotas e sim a dos rapazes? Na África. Antes de pôr os pés no continente africano, sua educação puritana e os costumes rigidamente tradicionais e conservadores dos seus parentes paternos e maternos tinham reprimido qualquer ameaça em germe de excitação dessa índole, fiel a um meio em que a simples suspeita de atração sexual entre pessoas do mesmo sexo era considerada uma aberração abominável, corretamente condenada pela lei e pela religião como delito e pecado sem justificação nem atenuantes. Em Magherintemple, Antrim, na casa do tio-avô John, em Liverpool, onde moravam seus tios e suas primas, a fotografia era o pretexto que lhe permitia desfrutar — só com os olhos e a mente — esses corpos masculinos esbeltos e bonitos que o atraíam, enganando a si mesmo com a desculpa de que essa atração era apenas estética.

A África, um continente atroz mas belíssimo, de sofrimentos enormes, também era uma terra de liberdade. Lá os seres humanos podiam ser maltratados de maneira cruel mas, também, manifestar suas paixões, fantasias, desejos, instintos e sonhos sem os empecilhos e preconceitos que, na Grã-Bretanha, sufocavam o prazer. Lembrou-se de uma tarde de mormaço e sol zenital, em Boma, quando o lugar ainda não era sequer uma aldeia, não passava de um minúsculo assentamento. Sufocado e com o corpo quase queimando, foi tomar banho num riacho dos arredores que, pouco antes de se precipitar nas águas do rio Congo, formava pequenas lagoas entre as pedras, com cachoeiras murmurantes, num recanto cheio de mangueiras altíssimas, coqueiros, baobás e samambaias gigantes. Havia dois bacongos jovens tomando banho, nus como ele. Mesmo não falando inglês, responderam ao seu cumprimento com sorrisos. Pareciam estar brincando, mas, pouco depois, Roger percebeu que estavam pescando com as mãos nuas. Sua excitação e suas gargalhadas se deviam à dificuldade para apanhar uns peixinhos escorregadios que lhes escapavam dos dedos. Um dos dois rapazes era muito bonito. Tinha um corpo longilíneo e azulado, harmonioso, olhos profundos com uma luz vivíssima, e se movia na água como um peixe. Seus movimentos revelavam, brilhando com as gotinhas d'água aderidas à pele, os músculos dos seus braços, das costas e das coxas. No rosto escuro, com umas tatuagens geométricas e um olhar faiscante, despontavam seus dentes, muito brancos. Quando eles finalmente conseguiram apanhar um peixe, com grande burburinho, o outro rapaz saiu do arroio e foi para a margem onde, Roger achou, começou a cortá-lo e limpá-lo e a preparar uma fogueira. O que tinha ficado na água olhou nos seus olhos e sorriu. Roger, sentindo uma espécie de febre, nadou até onde ele estava, também sorrindo. Quando chegou, não sabia o que fazer. Sentiu vergonha, constrangimento e, ao mesmo tempo, uma felicidade sem limites.

— Pena que você não me entenda — ouviu-se dizer, em voz baixa. — Eu gostaria de tirar umas fotografias suas. De conversar. De ser seu amigo.

E, então, sentiu que o rapaz, batendo os pés e os braços, eliminava a distância que os separava. Agora estava tão perto dele que quase se tocavam. E então Roger sentiu mãos alheias buscando o seu baixo-ventre, tocando e acariciando o seu sexo, que já estava duro fazia algum tempo. Na escuridão da cela, suspirou, com desejo e angústia. Fechando os olhos, tentou ressuscitar aquela cena de tantos anos antes: a surpresa, a excitação indescritível que não atenuava contudo a desconfiança e o temor, e seu corpo, abraçando o do rapaz cujo membro rígido sentiu se esfregar também nas suas pernas e na barriga.

Foi a primeira vez que fez amor, se é que se podia chamar de fazer amor ficar se excitando e ejacular na água contra o corpo do rapaz que o masturbava, e que certamente também ejaculou nele mas Roger não percebeu. Quando saiu da água e se vestiu, os dois bacongos o convidaram para comer uns pedaços do peixe que tinham defumado numa pequena fogueira à beira do poço formado pelo arroio.

Que vergonha sentiu depois disso. Passou o resto do dia atordoado, cheio de remorsos que se misturavam com lampejos de felicidade, com a consciência de ter franqueado os muros de uma prisão e conquistado uma liberdade que sempre desejara, secretamente, sem nunca ter se atrevido a buscar. Sentiu remorsos, prometeu se corrigir? Sim, sim. Sentiu remorsos. E prometeu a si mesmo, pela sua honra, pela memória da sua mãe, pela sua religião, que aquilo não ia se repetir, sabendo muito bem que estava mentindo, que, agora que tinha provado o fruto proibido, que havia sentido todo o seu ser virar uma vertigem, uma tocha, não podia mais evitar que aquilo se repetisse. Essa foi a única, ou, pelo menos, uma das poucas vezes em que gozar não lhe custou dinheiro. Teria sido por pagar aos seus amantes fugazes de alguns minutos ou horas que tinha se libertado, bem cedo, dos problemas de consciência que a princípio sentia depois dessas aventuras? Talvez. Como se, transformados em transação comercial — me dá tua boca e teu pênis e eu te dou minha língua, minha bunda e algumas libras —, aqueles encontros velozes, em praças, esquinas escuras, banheiros públicos, estações, hoteizinhos imundos, ou em plena rua — "como os cachorros", pensou — com homens com os quais muitas vezes só conseguia se entender por gestos e sinais porque não falavam a sua língua, destituíssem esses atos de qualquer significação moral e os tornassem um puro intercâmbio, tão neutro como comprar um sorvete ou um maço de cigarros. Era o prazer, não o amor. Ele havia aprendido a gozar, mas não a amar nem a ser correspondido no amor. Vez por outra, na África, no Brasil, em Iquitos, em Londres, em Belfast ou em Dublin, depois de um encontro particularmente intenso, algum sentimento se inseria na aventura e ele pensava: "Estou apaixonado." Errado: nunca esteve. Aquilo não durava. Nem mesmo com Eivind Adler Christensen, por quem tinha chegado a sentir afeto, mas não de amante, talvez de irmão mais velho ou de pai. Que infeliz. Sua vida tinha sido um completo fracasso nesse campo também. Muitos amantes eventuais — dezenas, talvez centenas — e nem uma só relação de amor. Sexo puro, apressado e animal.

Por isso, quando fazia um balanço da sua vida sexual e sentimental, Roger pensava que tinha sido tardia e austera, feita de aventuras esporádicas e sempre velozes, tão passageiras, tão sem consequências como aquela do arroio com cachoeiras e poços nos arredores daquilo que ainda era um acampamento meio perdido em algum lugar do Baixo Congo chamado Boma.

Foi tomado pela tristeza profunda que quase sempre se seguia aos seus furtivos encontros amorosos, geralmente ao ar livre, como o primeiro, com homens e rapazes frequentemente estrangeiros cujos nomes ignorava ou esquecia na mesma hora. Eram momentos efêmeros de prazer, nada que pudesse ser comparado com uma relação estável, desenvolvida ao longo de meses e anos, em que foram se somando à paixão coisas como compreensão, cumplicidade, amizade, diálogo e solidariedade, a relação que ele sempre tinha invejado entre Herbert e Sarita Ward. Este era mais um dos grandes vazios, das grandes nostalgias da sua vida.

Então se deu conta de que, onde deviam estar os gonzos da porta da cela, surgia um raio de luz.

XII

"Vou deixar os meus ossos nessa maldita viagem", pensou Roger quando o chanceler sir Edward Grey lhe disse que, em virtude das notícias contraditórias que chegavam do Peru, o governo britânico considerava que a única maneira de esclarecer o que estava acontecendo era que o próprio Casement voltasse a Iquitos e verificasse lá mesmo se o governo peruano tinha feito alguma coisa para acabar com as crueldades no Putumayo ou se estava usando táticas dilatórias porque não queria ou não podia enfrentar Julio C. Arana.

A saúde de Roger ia de mal a pior. Desde o seu regresso de Iquitos, mesmo durante os poucos dias de fim de ano que passou em Paris com os Ward, a conjuntivite voltou a atormentá-lo e as febres palúdicas recomeçaram. As hemorroidas também estavam incomodando de novo, mas sem as hemorragias de antes. Assim que voltou a Londres, nos primeiros dias de janeiro de 1911, foi ver os médicos. Os dois especialistas que consultou disseram que o seu estado era consequência da enorme fadiga e da tensão nervosa provocadas pela experiência amazônica. Precisava de repouso, umas férias bem tranquilas.

Mas não foi possível. A redação do relatório que o governo britânico estava pedindo com urgência e as múltiplas reuniões no Ministério para informar o que tinha visto e ouvido na Amazônia, assim como as visitas à Sociedade contra a Escravidão, tomaram boa parte do seu tempo. Também teve que se reunir com os diretores ingleses e peruanos da Peruvian Amazon Company, que, na primeira reunião, depois de ouvir durante quase duas horas as suas impressões sobre o Putumayo, ficaram petrificados. Aquelas caras compridas, aquelas bocas entreabertas o olhavam incrédulas e horrorizadas como se o chão estivesse começando a rachar sob os seus pés e o teto a desabar sobre suas cabeças. Não sabiam o que dizer. Afinal se despediram sem fazer nenhuma pergunta.

Julio C. Arana compareceu à segunda reunião da Diretoria da Peruvian Amazon Company. Foi a primeira e única vez que Roger Casement o viu pessoalmente. Tinha ouvido falar tanto dele, escutado gente tão diferente endeusá-lo como se faz com guias religiosos ou líderes políticos (jamais com empresários) ou atribuir-lhe crueldades e delitos horrendos — cinismo, sadismo, cobiça, avareza, deslealdade, fraudes e canalhices monumentais —, que ficou observando-o por um bom tempo, como um entomólogo diante de um inseto misterioso ainda não catalogado.

Diziam que entendia inglês, mas ele nunca falava, por timidez ou vaidade. Tinha ao seu lado um intérprete que ia traduzindo tudo em seu ouvido, numa voz apagada. Era um homem mais para baixo, moreno, de traços mestiços, com uma insinuação asiática nos olhos um pouquinho esticados, uma testa muito larga e o cabelo, ralo e cuidadosamente penteado, com uma risca no meio. Usava um bigodinho e um cavanhaque recém-aparados e cheirava a colônia. A lenda sobre a sua obsessão com a higiene e a roupa devia ser verdade. Estava vestido de forma impecável, com um terno de tecido fino cortado talvez numa alfaiataria de Savile Row. Não abriu a boca enquanto os outros diretores, desta vez sim, bombardeavam Roger Casement com mil perguntas que, sem dúvida, os advogados de Arana tinham preparado. Tentavam fazê-lo cair em contradição e insinuavam equívocos, exageros, suscetibilidades e escrúpulos de um europeu urbano e civilizado que fica desconcertado com o mundo primitivo.

Enquanto respondia, e acrescentava testemunhos e detalhes que agravavam o que dissera na primeira reunião, Roger Casement não parava de observar Julio C. Arana. Imóvel como um ídolo, este não se mexia na cadeira e sequer piscava. Sua expressão era impenetrável. Naquele olhar duro e frio havia algo de inflexível. Fez Roger se lembrar dos olhares vazios de humanidade dos chefes de estação dos seringais do Putumayo, olhares de homens que haviam perdido (se é que alguma vez tiveram) a faculdade de discriminar entre o bem e o mal, a bondade e a maldade, o humano e o desumano.

Esse homenzinho elegante, ligeiramente rechonchudo, era então o dono daquele império do tamanho de um país europeu, dono das vidas e obras de dezenas de milhares de pessoas, odiado e adulado, que havia acumulado naquele mundo de miseráveis que era a Amazônia uma fortuna comparável à dos grandes potentados da Europa. Tinha começado como menino pobre, numa aldeia perdida como devia ser Rioja, na alta selva peruana, vendendo de casa em casa os chapéus de palha que sua família trançava. Pouco a pouco, compensando a falta de estudos — só tinha uns poucos anos de instrução primária — com uma capacidade de trabalho sobre-humana, uma intuição genial para os negócios e uma absoluta falta de escrúpulos, foi escalando a pirâmide social. De mascate de chapéus pela vasta Amazônia passou a representante dos seringueiros misérrimos que se aventuravam na selva por própria conta e risco, aos quais fornecia facões, carabinas, redes de pescar, facas, latas para o látex, conservas, farinha de mandioca e utensílios domésticos em troca de parte da borracha que traziam e ele se encarregava de vender às companhias exportadoras em Iquitos e Manaus. Até que, com o dinheiro que ganhou, pôde passar de representante e comissionista a produtor e exportador. Primeiro se associou com seringalistas colombianos que, menos inteligentes ou diligentes ou carentes de moral que ele, terminaram todos entregando-lhe de mão beijada suas terras, depósitos, peões nativos, e às vezes trabalhando para ele. Desconfiado, instalou os seus irmãos e cunhados nos postos-chave da empresa, que, apesar do seu tamanho e de estar registrada desde 1908 na Bolsa de Londres, na prática continuava funcionando como uma empresa familiar. De quanto seria a sua fortuna? A lenda sem dúvida exagerava a realidade. Mas, em Londres, a Peruvian Amazon Company tinha este valioso prédio no coração da City, e a mansão de Arana em Kensington Road não fazia feio entre os palácios dos príncipes e banqueiros à sua volta. Sua casa em Genebra e o palacete de verão em Biarritz haviam sido mobiliados por decoradores na moda e exibiam quadros e objetos de luxo. Mas dele se dizia que levava uma vida austera, que não bebia, não jogava e não tinha amantes, e que dedicava todo o seu tempo livre à mulher. Os dois namoravam desde crianças — ela também era de Rioja —, mas Eleonora Zumaeta só lhe deu o sim depois de muitos anos, quando ele já era rico e poderoso e ela uma professora primária na aldeia onde nasceu.

Ao final da segunda reunião da Diretoria da Peruvian Amazon Company, Julio C. Arana afirmou, por intermédio do intérprete, que sua companhia faria tudo o que fosse necessário para que qualquer problema ou falha nos seringais do Putumayo fosse imediatamente corrigido. Pois a política da empresa era sempre atuar dentro da legalidade e da moral altruísta do Império britânico. Arana se despediu do cônsul com uma vênia, sem lhe estender a mão.

A redação do *Relatório sobre o Putumayo* levou um mês e meio. Roger começou a escrevê-lo num escritório do Foreign Office, ajudado por um datilógrafo, mas depois preferiu trabalhar no seu apartamento nos Philbeach Gardens, em Earl's Court, junto à bela igrejinha de St. Cuthbert e St. Matthias onde às vezes entrava para escutar um magnífico organista. Como até lá dentro os políticos, membros de organizações humanitárias e antiescravistas e gente da imprensa vinham interrompê-lo, pois os rumores de que o seu *Relatório sobre o Putumayo* seria tão devastador quanto o outro que escreveu sobre o Congo corriam por toda Londres e estimulavam conjeturas e intrigas nos folhetins e nos mentideiros londrinos, pediu ao Foreign Office que o autorizasse a viajar para a Irlanda. Lá, num quarto do Hotel Buswells, na Molesworth Street, em Dublin, finalizou o trabalho no começo de março de 1911. Logo a seguir choveram os parabéns dos seus chefes e colegas. O próprio sir Edward Grey chamou-o ao seu gabinete para elogiar o *Relatório*, sugerindo algumas correções menores. O texto foi imediatamente enviado ao governo dos Estados Unidos, sugerindo que Londres e Washington fizessem uma pressão conjunta sobre o governo peruano do presidente Augusto B. Leguía, exigindo, em nome da comunidade civilizada, o fim da escravidão, das torturas, raptos, estupros e destruição de comunidades indígenas, e que as pessoas acusadas respondessem por seus atos na justiça.

Roger não pôde ter o repouso recomendado pelos médicos e que tanta falta lhe fazia. Participou de inúmeras reuniões com comitês do governo, do Parlamento e da Sociedade contra a Escravidão que estudavam a forma de intervenção mais prática das instituições públicas e privadas para aliviar a situação dos nativos da Amazônia. Por sugestão dele, uma das primeiras iniciativas foi apoiar a instalação de uma missão religiosa no Putumayo, coisa que a Companhia de Arana sempre havia impedido. Agora se comprometeu a facilitá-la.

Em junho de 1911 Roger finalmente pôde tirar férias na Irlanda. E foi lá que recebeu uma carta pessoal de sir Edward Grey. O chanceler lhe informava que, por sua recomendação, Sua Majestade George V decidira fazê-lo nobre em reconhecimento pelos serviços prestados ao Reino Unido no Congo e na Amazônia.

Enquanto seus parentes e amigos o cobriam de felicitações, Roger, que quase soltou uma gargalhada nas primeiras vezes em que foi chamado de sir Roger, ficou cheio de dúvidas. Como aceitar esse título concedido por um regime do qual, no fundo do coração, ele se sentia adversário, o mesmo regime que colonizava o seu país? Por outro lado, ele mesmo não servia como diplomata a esse rei e a esse governo? Nunca sentiu com tanta força como nesses dias a secreta duplicidade em que vivia havia anos, por um lado trabalhando com disciplina e eficiência a serviço do Império britânico e, por outro, entregue à causa da emancipação da Irlanda e cada vez mais próximo, não dos setores moderados que desejavam, sob a liderança de John Redmond, conquistar a Autonomia (Home Rule) para o Eire, e sim dos grupos mais radicais como o IRB, dirigido secretamente por Tom Clarke, cuja meta era a independência por meio da ação armada. Assolado por tais vacilações, optou por agradecer a sir Edward Grey numa carta gentil a honra que lhe era conferida. A notícia foi divulgada na imprensa e contribuiu para aumentar o seu prestígio.

As pressões que os governos britânico e americano fizeram junto ao governo peruano, pedindo que os principais criminosos apontados no *Relatório* — Fidel Velarde, Alfredo Montt, Augusto Jiménez, Armando Normand, José Inocente Fonseca, Abelardo Agüero, Elías Martinengui e Aurelio Rodríguez — fossem presos e julgados, a princípio pareciam dar frutos. O encarregado de Negócios do Reino Unido em Lima, Mr. Lucien Gerome, telegrafou ao Foreign Office informando que os onze principais funcionários da Peruvian Amazon Company haviam sido despedidos. O juiz Carlos A. Valcárcel, enviado de Lima, organizou uma expedição assim que chegou a Iquitos para investigar os seringais do Putumayo. Mas não pôde ir com ela, porque adoeceu e precisou ser operado com urgência nos Estados Unidos. Deixou à frente da expedição uma pessoa enérgica e respeitável: Rómulo Paredes, diretor do jornal *El Oriente*, que viajou para o Putumayo com um médico, dois intérpretes e uma escolta de nove soldados. A comissão tinha visitado todas as estações seringueiras da Peruvian Amazon Company e acabava de voltar a Iquitos, onde também estava de regresso o juiz Carlos A. Valcárcel, já recuperado. O governo peruano havia prometido a Mr. Gerome que, assim que recebesse o relatório de Paredes e Valcárcel, agiria.

No entanto, um pouco depois o mesmo Gerome voltou a informar que o governo de Leguía veio lhe comunicar, consternado, que a maior parte dos criminosos com ordem de prisão tinha fugido para o Brasil. Os outros talvez continuassem escondidos na selva, ou entraram clandestinamente em território colombiano. Os Estados Unidos e a Grã-Bretanha tentaram convencer o governo brasileiro a extraditar os fugitivos para o Peru a fim de entregá-los à justiça. Mas o chanceler do Brasil, o Barão do Rio Branco, respondeu aos dois governos que não havia tratado de extradição entre o Peru e o Brasil e que, portanto, aquelas pessoas não podiam ser devolvidas sem criar um delicado problema jurídico internacional.

Dias depois, o encarregado de Negócios britânico informou que, numa conversa particular com o ministro das Relações Exteriores do Peru, este lhe confessou, de forma extraoficial, que o presidente Leguía estava em uma situação impossível. Por sua presença no Putumayo e pelas forças de segurança que mantinha para proteger suas instalações, a Companhia de Julio C. Arana era o único freio que impedia os colombianos, que haviam reforçado suas guarnições na fronteira, de invadir a região. Os Estados Unidos e a Grã-Bretanha estavam pedindo uma coisa absurda: fechar ou perseguir a Peruvian Amazon Company significava pura e simplesmente entregar à Colômbia o imenso território que ela cobiçava. Nem Leguía nem qualquer outro governante peruano podia fazer uma coisa dessas sem cometer suicídio. E o Peru não tinha recursos para manter nas remotas solidões do Putumayo uma guarnição militar forte o suficiente para proteger a soberania nacional. Lucien Gerome concluía que, por tudo isso, não cabia esperar do governo peruano nada de muito eficaz, somente declarações e gestos sem conteúdo.

Foi por essa razão que o Foreign Office decidiu, antes que o governo de Sua Majestade publicasse o seu *Relatório sobre o Putumayo* e pedisse à comunidade internacional sanções contra o Peru, que Roger Casement devia voltar a campo e ir verificar lá na Amazônia, com seus próprios olhos, se houvera alguma reforma, se existia um processo judicial em andamento e se a ação legal iniciada pelo doutor Carlos A. Valcárcel era mesmo verídica. A insistência de sir Edward Grey fez Roger aceitar, dizendo para si mesmo alguma coisa que nos meses seguintes teria muitas oportunidades de repetir: "Vou deixar os meus ossos nesta maldita viagem."

Estava preparando a viagem quando Omarino e Arédomi chegaram a Londres. Nos cinco meses que passaram em Barbados sob a guarda do padre Smith, este lhes dera aulas de inglês, noções de leitura e escrita e o hábito de se vestir à maneira ocidental. Mas Roger se deparou com dois meninos que a civilização, apesar de alimentá-los, não surrá-los nem flagelá-los, tinha entristecido e apagado. Pareciam sempre ter medo de que as pessoas à sua volta, submetendo-os a um exame inesgotável, olhando-os de cima a baixo, tocando-os, passando a mão em sua pele como se os considerassem sujos, fazendo perguntas que não entendiam e não sabiam como responder, fossem machucá-los. Roger levou-os ao jardim zoológico, a tomar sorvete no Hyde Park, visitar sua irmã Nina, sua prima Gertrude, e a uma noitada com intelectuais e artistas na casa de Alice Stopford Green. Todos os tratavam com carinho, mas a curiosidade com que eram examinados, principalmente quando tinham que tirar a camisa e mostrar as cicatrizes nas costas e nas nádegas, perturbava os meninos. Às vezes Roger surpreendia os seus olhos rasos de lágrimas. Pretendia mandá-los estudar na Irlanda, num subúrbio de Dublin, na escola bilíngue St. Enda's dirigida por Patrick Pearse, que ele conhecia bem. Escreveu-lhe a respeito, contando de onde vinham os dois garotos. Roger dera uma palestra em St. Enda's sobre a África e apoiava financeiramente os esforços de Patrick Pearse, tanto na Liga Gaélica e suas publicações como nessa escola, para promover a difusão da velha língua irlandesa. Pearse, poeta, escritor, católico militante, pedagogo e nacionalista radical, aceitou recebê-los, oferecendo até um desconto na matrícula e no internato em St. Enda's. Mas, quando recebeu a resposta de Pearse, Roger já decidira fazer o que Omarino e Arédomi lhe pediam diariamente: mandá-los de volta para a Amazônia. Ambos estavam profundamente infelizes na Inglaterra, onde se sentiam como anomalias humanas, eram objetos de exibição que surpreendiam, divertiam, comoviam e às vezes assustavam aquelas pessoas que nunca os tratariam como iguais, sempre como uns forasteiros exóticos.

Na viagem de volta a Iquitos, Roger Casement pensaria muito nessa lição que a realidade lhe deu mostrando como a alma humana era paradoxal e inapreensível. Os dois meninos quiseram sair do inferno amazônico onde eram maltratados e forçados a trabalhar como animais sem receber quase nada de comida. Ele fez um esforço e gastou parte do seu limitado patrimônio para pagar suas passagens à Europa e sustentá-los durante seis meses, pensando que assim os estava salvando, dando a eles a oportunidade de uma vida decente. E, no entanto, aqui, embora por outras razões, estavam tão longe da felicidade ou, pelo menos, de uma existência tolerável, como no Putumayo. Embora não fossem espancados, e pelo contrário, acarinhados, aqui se sentiam estranhos, isolados e conscientes de que nunca iam fazer parte deste mundo.

Pouco antes de Roger ir para o Amazonas, o Foreign Office, seguindo o seu conselho, nomeou um novo cônsul em Iquitos: George Michell. Era uma escolha magnífica. Roger o havia conhecido no Congo. Michell era perseverante e trabalhara com entusiasmo na campanha de denúncias dos crimes do regime de Leopoldo II. Tinha a mesma posição que Casement em relação à colonização. Se fosse o caso, ele não vacilaria em enfrentar a Casa Arana. Tiveram duas longas conversas e planejaram uma estreita colaboração.

Em 16 de agosto de 1911, Roger, Omarino e Arédomi zarparam de Southampton no *Madalena*, rumo a Barbados. Chegaram à ilha doze dias depois. Desde o momento em que o barco começou a sulcar as águas azul-prata do mar do Caribe, Roger sentiu no sangue que o seu sexo, adormecido naqueles últimos meses de doenças, preocupações e muito trabalho físico e mental, começava a acordar e a encher-lhe a cabeça de fantasias e desejos. No seu diário resumiu esse estado de ânimo em três palavras: "Ardo de novo."

Assim que desembarcou foi agradecer ao padre Smith o que tinha feito pelos dois meninos. Ficou emocionado ao ver como Omarino e Arédomi, tão parcos em Londres para expressar seus sentimentos, abraçavam e davam palmadas no religioso com grande familiaridade. O padre Smith levou-os para visitar o Convento das Ursulinas. Nesse claustro tranquilo, com muitos pezinhos de alfarroba e flores roxas de buganvília, onde o barulho da rua não chegava e o tempo parecia suspenso, Roger se afastou dos outros e se sentou num banco. Estava observando uma fila de formigas transportando uma folha como os carregadores levam o andor da Virgem nas procissões do Brasil, quando se lembrou: era o seu aniversário. Quarenta e sete! Não se podia dizer que era um velho. Muitos homens e mulheres da sua idade estavam em plena forma física e psicológica, com energia, desejos e projetos. Mas ele se sentia velho, e com a sensação desagradável de ter entrado na etapa final da existência. Um dia, na África, ele e Herbert Ward fantasiaram como seriam os seus últimos anos. O escultor imaginava uma velhice mediterrânea, na Provença ou na Toscana, morando numa casa rural. Teria um grande ateliê e muitos gatos, cães, patos e galinhas, e aos domingos ele mesmo cozinharia uns pratos fortes e temperados como a *bouillabaisse* para uma grande família. Roger, por seu lado, disse meio assustado: "Eu não vou chegar à velhice, tenho certeza." Era um palpite. Ele se recordava nitidamente dessa premonição e voltou a achar que estava certa: não chegaria a ficar velho.

O padre Smith aceitou hospedar Omarino e Arédomi nos oito dias que passariam em Bridgetown. No dia seguinte à sua chegada, Roger foi a um banho público que frequentou na sua passagem anterior pela ilha. Como já esperava, viu homens jovens, atléticos e estatuários, pois aqui, como no Brasil, ninguém tinha vergonha do próprio corpo. Mulheres e homens o cultivavam e exibiam com desenvoltura. Um rapaz bem jovem, adolescente de quinze ou dezesseis anos, deixou-o perturbado. Tinha uma palidez comum nos mulatos, a pele lisa e brilhante, olhos verdes, grandes e ousados, e do seu calção apertado emergiam coxas imberbes e elásticas que provocaram um princípio de vertigem em Roger. Com a experiência, ele tinha desenvolvido uma aguda intuição que lhe permitia reconhecer rapidamente, por sinais imperceptíveis para qualquer outro — um esboço de sorriso, um brilho nos olhos, um movimento convidativo da mão ou do corpo —, se um rapaz entendia o que ele queria e estava disposto a conceder ou, pelo menos, a negociar. Com dor no coração, sentiu que aquele jovem tão belo era completamente indiferente às mensagens furtivas que ele lhe enviava com os olhos. Entretanto, foi abordá-lo. Conversaram um pouco. Era filho de um clérigo barbadiano e pretendia ser contador. Estudava numa academia de comércio e dentro de pouco, aproveitando as férias, iria com o pai à Jamaica. Roger o convidou para tomar um sorvete, mas o jovem não aceitou.

De volta ao hotel, cheio de excitação, escreveu em seu diário, na linguagem vulgar e telegráfica que utilizava para os episódios mais íntimos: "Banho público. Filho de clérigo. Belíssimo. Falo comprido, delicado, que endureceu nas minhas mãos. Recebi-o na boca. Felicidade de dois minutos." Então se masturbou e tomou outro banho, ensaboando-se minuciosamente, enquanto tentava esquecer a tristeza e a sensação de solidão que costumava ter nesses casos.

No dia seguinte, ao meio-dia, estava almoçando na varanda de um restaurante no porto de Bridgetown, quando viu Andrés O'Donnell passar ao seu lado. Chamou-o. O antigo capataz de Arana, chefe da estação de Entre Ríos, o reconheceu imediatamente. Olhou-o durante alguns segundos com desconfiança e um pouco assustado. Mas, afinal, apertou sua mão e aceitou sentar-se à mesa. Tomou um café e um brandy enquanto conversavam. E lhe contou que para os seringalistas a passagem de Roger pelo Putumayo tinha sido como uma maldição de um feiticeiro huitoto. Assim que ele foi embora, correu o boato de que chegariam em breve policiais e juízes com ordens de prisão e que todos os chefes, capatazes e administradores dos seringais teriam problemas com a justiça. E, como a Companhia de Arana era inglesa, seriam mandados para a Inglaterra e julgados lá. Por isso, muitos, como O'Donnell, preferiram deixar a região rumo ao Brasil, à Colômbia ou ao Equador. Ele tinha vindo para cá com uma promessa de trabalho num canavial, mas não conseguiu nada. Agora estava tentando ir para os Estados Unidos, onde, ao que parece, havia oportunidades nas ferrovias. Sentado naquela varanda, sem botas, nem revólver, nem chicote, usando um macacão velho e uma camisa puída, não passava de um pobre-diabo angustiado pelo futuro.

— O senhor não sabe, mas me deve a vida, senhor Casement — disse, quando já estava se despedindo, com um sorriso amargo. — Mas na certa não vai acreditar.

— Conte mesmo assim — incentivou Roger.

— Armando Normand tinha certeza de que, se o senhor saísse vivo de lá, todos nós, chefes dos seringais, iríamos para a cadeia. Que o ideal seria que o senhor se afogasse no rio ou fosse comido por um puma ou um jacaré. O senhor sabe. Como aconteceu com aquele explorador francês, Eugène Robuchon, que começou a deixar o pessoal nervoso com tanta pergunta que fazia e acabou desaparecendo.

— Por que não me mataram? Seria muito fácil, com a prática que vocês tinham.

— Eu mostrei a eles as possíveis consequências — disse Andrés O'Donnell, com certa jactância. — Víctor Macedo me apoiou. Sendo o senhor inglês, e a Companhia de don Julio também, nós seríamos julgados na Inglaterra pelas leis inglesas. E nos enforcariam.

— Eu não sou inglês, sou irlandês — corrigiu Roger Casement. — Talvez as coisas não acontecessem como imagina. Mesmo assim, muito obrigado. Mas, de todo modo, é melhor o senhor viajar o quanto antes, e não me diga para onde. Eu tenho obrigação de informar que o vi, e muito em breve o governo inglês vai emitir sua ordem de prisão.

Nessa tarde voltou ao banho público. Teve mais sorte que no dia anterior. Um moreno forte e risonho, que tinha visto levantando pesos na sala de exercícios, lhe deu um sorriso. Logo depois o levou pelo braço para uma saleta onde vendiam bebidas. Enquanto tomavam um suco de abacaxi e banana e ele dizia o seu nome, Stanley Weeks, foi se aproximando muito, até roçar uma das pernas na de Roger. Depois, com um sorrisinho cheio de intenções, levou-o pelo braço para um pequeno camarim, cuja porta fechou assim que entraram. Os dois se beijaram, mordiscaram-se as orelhas e o pescoço, enquanto tiravam as calças. Roger fitou, sufocado de desejo, o falo muito preto de Stanley e a glande vermelha e úmida, engordando sob os seus olhos. "Duas libras e você me chupa", ouviu-o dizer. "Depois, eu enrabo você." Ele concordou, ajoelhando-se. Mais tarde, no quarto do hotel, escreveu no seu diário: "Banho público. Stanley Weeks: atleta, jovem, 27 anos. Enorme, muito duro, 9 polegadas pelo menos. Beijos, dentadas, penetração com grito. Dois *pounds*."

Roger, Omarino e Arédomi partiram de Barbados rumo ao Pará a 5 de setembro, no *Boniface*, um barco desconfortável, pequeno e completamente lotado, que cheirava mal e tinha uma comida péssima. Mas Roger desfrutou a travessia até o Pará graças ao doutor Herbert Spencer Dickey, um médico norte-americano que havia trabalhado para a Companhia de Arana em El Encanto e, além de confirmar os horrores que Casement já conhecia, contou muitos episódios, alguns ferozes e outros cômicos, de suas experiências no Putumayo. Era um homem de espírito aventureiro, que tinha viajado meio mundo, sensível e com boas leituras. Era agradável ver cair a noite ao seu lado na coberta, fumando, tomando goles de uísque direto da garrafa e ouvindo coisas inteligentes. O doutor Dickey aprovava os esforços que a Grã-Bretanha e os Estados Unidos faziam para remediar as atrocidades da Amazônia. Mas era fatalista e cético: as coisas não mudariam, nem hoje nem no futuro.

— A maldade está na nossa alma, meu amigo — dizia, meio de brincadeira, meio a sério. — Não vamos nos livrar dela tão facilmente. Nos países europeus e no meu, ela é mais disfarçada, só se manifesta à luz do dia quando há uma guerra, uma revolução, um motim. Precisa de pretextos para se tornar pública e coletiva. Na Amazônia, pelo contrário, pode mostrar a cara e cometer as piores monstruosidades sem as justificativas do patriotismo ou da religião. Simplesmente a cobiça, nua e crua. A maldade que nos envenena está em qualquer lugar onde haja seres humanos, e tem raízes bem profundas nos nossos corações.

Mas logo depois de fazer essas afirmações lúgubres ele soltava uma piada ou contava um caso que parecia desmenti-las. Roger gostava de conversar com o doutor Dickey, mas, ao mesmo tempo, isso o deprimia um pouco. O *Boniface* chegou ao Pará em 10 de setembro, ao meio-dia. Durante todo o tempo em que ele fora cônsul lá, sentia-se frustrado e sufocado. No entanto, vários dias antes de chegar a esse porto sentiu ondas de desejo ao recordar a Praça do Palácio. Costumava ir lá à noite pegar algum dos rapazes que ficavam procurando clientes ou aventuras entre as árvores, de calças muito apertadas, exibindo a bunda e os testículos.

Hospedou-se no Hotel do Comércio, sentindo que renascia no seu corpo a antiga febre que se apoderava dele quando fazia os mesmos trajetos por aquela *praça*. Lembrava — ou inventava? — alguns dos nomes desses encontros que em geral terminavam num hotelzinho de quinta categoria nas imediações ou, às vezes, na grama do parque em algum canto escuro. Recordava essas escaramuças velozes e sobressaltadas sentindo o coração desembestar. Mas nessa noite não estava com sorte, porque nem Marco, nem Olympio, nem Bebê (será que se chamavam mesmo assim?) apareceram, e, para piorar, quase foi roubado por dois vagabundos molambentos, quase crianças. Um deles tentou meter a mão no seu bolso em busca de uma carteira que Roger não usava, enquanto o outro lhe perguntava um endereço. Conseguiu se livrar dos dois dando um empurrão num deles que o fez rolar pelo chão. Ao ver sua atitude decidida, ambos começaram a correr. Voltou furioso para o hotel. Acalmou-se escrevendo no diário: "Praça do Palácio: um gordo e muito duro. Sem respiração. Gotas de sangue na cueca. Dor prazenteira."

Na manhã seguinte foi visitar o cônsul inglês e alguns europeus e brasileiros que conhecia da sua temporada anterior no Pará. Essas consultas foram úteis. Localizou pelo menos dois fugitivos do Putumayo. O cônsul e o chefe da Polícia local lhe disseram que José Inocente Fonseca e Alfredo Montt, depois de passarem um tempo numa plantação à beira do rio Javari, estavam agora em Manaus, onde a Casa Arana conseguira trabalho no porto para eles, como fiscais de alfândega. Roger imediatamente mandou um telegrama solicitando ao Foreign Office que pedisse às autoridades brasileiras uma ordem de prisão contra esses dois criminosos. E três dias depois a Chancelaria britânica respondeu que Petrópolis via essa solicitação com bons olhos. Ia mandar a polícia de Manaus prender imediatamente Montt e Fonseca. Mas eles não seriam extraditados, e sim julgados no Brasil.

Sua segunda e terceira noites no Pará foram mais frutíferas que a primeira. Ao anoitecer do segundo dia, um rapaz descalço que estava vendendo flores praticamente se ofereceu a ele quando Roger o sondou perguntando o preço do buquê de rosas que tinha na mão. Foram para um pequeno descampado onde, nas sombras, Roger ouviu casais gemendo. Esses encontros nas ruas, em condições precárias e sempre cheios de riscos, lhe provocavam sentimentos contraditórios: excitação e nojo. O vendedor de flores tinha cheiro de sovaco, mas o seu hálito denso, o calor do seu corpo e a força do seu abraço o inflamaram e o levaram logo ao clímax. Quando entrou no Hotel do Comércio, notou que estava com a calça cheia de terra e de manchas e que o recepcionista o olhava desconcertado. "Fui assaltado", explicou.

Na noite seguinte, teve um novo encontro na Praça do Palácio, dessa vez com um jovem que veio lhe pedir esmola. Convidou-o para passear e beberam um copo de rum num quiosque. João o levou para um barraco de lata e esteiras num subúrbio miserável. Enquanto tiravam a roupa e faziam amor às escuras em uma esteira de fibra estendida no piso de terra, ouvindo uns cachorros latir, Roger não tinha a menor dúvida de que a qualquer momento ia sentir a lâmina de uma faca ou o golpe de um porrete na cabeça. Mas estava preparado: nessas situações nunca levava muito dinheiro, nem o relógio, nem sua caneta de prata. Só um punhado de notas e moedas para serem roubados e aplacar os ladrões. Mas não aconteceu nada. João o acompanhou na volta até as proximidades do hotel e se despediu mordendo-lhe a boca com uma grande gargalhada. No dia seguinte, Roger descobriu que tinha pegado chato de João ou do vendedor de flores. Teve que ir a uma farmácia e comprar calomelano, tarefa sempre desagradável: o farmacêutico — e era pior quando se tratava de uma boticária — sempre o encarava de um jeito que lhe dava vergonha e, às vezes, soltava um sorrisinho cúmplice que o deixava, além de confuso, furioso.

A melhor, mas também a pior, experiência nos doze dias que ficou no Pará foi a visita ao casal Da Matta, os melhores amigos que fizera em sua permanência na cidade: Junio, engenheiro de estradas, e sua esposa, Irene, pintora de aquarelas. Jovens, bonitos, alegres, simpáticos, os dois exalavam amor à vida. Tinham uma linda filha, Maria, de grandes olhos risonhos. Roger os tinha conhecido em alguma reunião social ou num ato oficial, porque Junio trabalhava no Departamento de Obras Públicas do governo local. Os três se viam com bastante frequência, faziam passeios pelo rio, iam ao cinema e ao teatro. Agora receberam de braços abertos o velho amigo e o levaram para jantar num restaurante de comida baiana, muito apimentada, onde a pequena Maria, que já tinha cinco anos, dançou e cantou para ele fazendo caretas.

Nessa noite, insone na cama do Hotel do Comércio, Roger caiu numa depressão dessas que o perseguiram durante quase toda a vida, principalmente depois de um ou vários dias de encontros sexuais na rua. O que o entristecia era saber que nunca ia ter um lar como o dos Da Matta, que sua vida ia ser cada vez mais solitária à medida que fosse envelhecendo. Aqueles minutos de prazer mercenário lhe custavam caro. Ia acabar morrendo sem saborear aquela intimidade calorosa, uma esposa com quem comentar os fatos do dia e planejar o futuro — viagem, férias, sonhos —, e filhos que prolongassem o seu nome e a sua memória quando ele não estivesse mais neste mundo. Sua velhice, se chegasse lá, seria como a de um bicho sem dono. E igualmente miserável, porque, embora ganhasse um salário decente como diplomata, nunca conseguiu economizar nada devido à grande quantidade de doações e ajudas que destinava às entidades humanitárias que lutavam contra a escravidão, pelo direito à sobrevivência dos povos e culturas primitivos e, agora, às organizações que defendiam o gaélico e as tradições da Irlanda.

Porém, mais que tudo isso, o que de fato o amargurava era pensar que ia morrer sem ter conhecido o verdadeiro amor, um amor compartilhado como o de Junio e Irene, a cumplicidade e o entendimento silencioso que se adivinhava entre eles, a ternura com que davam as mãos ou trocavam sorrisos vendo as travessuras da pequena Maria. Como sempre lhe acontecia nessas crises, Roger ficou muitas horas acordado e, quando finalmente caiu no sono, pressentiu delineada nas sombras do quarto a figura lânguida da sua mãe.

Em 22 de setembro, Roger, Omarino e Arédomi partiram do Pará em direção a Manaus no vapor *Hilda*, da Booth Line, um barco feio e em estado calamitoso. Os seis dias em que viajaram nele até Manaus foram um suplício para Roger, por causa do aperto no seu camarote, da sujeira que reinava em toda parte, da comida execrável e das nuvens de mosquitos que atacavam os viajantes do entardecer até a alvorada.

Assim que desembarcaram em Manaus, Roger voltou à caçada dos fugitivos do Putumayo. Em companhia do cônsul inglês, foi ver o governador, o senhor Dos Reis, que confirmou que, de fato, o governo central de Petrópolis havia mandado uma ordem de prisão contra Montt e Fonseca. E por que a polícia ainda não os tinha prendido? O governador deu uma explicação que achou estúpida ou simplesmente uma desculpa: estavam esperando que ele chegasse à cidade. Não podiam fazer isso imediatamente, antes que os dois pássaros batessem asas? Iam fazer hoje mesmo.

O cônsul e Casement, com a ordem de prisão que viera de Petrópolis, tiveram que fazer duas viagens de ida e volta entre a sede do governo e a polícia. Finalmente, o chefe da Polícia mandou dois agentes prenderem Montt e Fonseca na alfândega do porto.

Na manhã seguinte, o compungido cônsul inglês veio contar a Roger que a tentativa de prisão tivera um desenlace grotesco, de opereta. O chefe da Polícia acabava de lhe dar a notícia, pedindo milhões de desculpas e jurando que o fato não ia se repetir. Os dois policiais que foram capturar Montt e Fonseca os conheciam e, antes de levá-los para a delegacia, foram beber umas cervejas com eles. Tomaram um grande pileque, no meio da qual os delinquentes fugiram. Como não se podia descartar a possibilidade de que os policiais em questão tivessem recebido dinheiro para deixá-los escapar, eles agora estavam presos. Se fosse provada a corrupção, seriam severamente punidos. "Sinto muito, sir Roger", disse o cônsul, "mas eu já esperava algo assim, embora não tenha dito nada. O senhor, que foi diplomata no Brasil, sabe perfeitamente. Aqui é normal que aconteçam essas coisas".

Roger ficou tão mal com isso que o aborrecimento aumentou seus problemas físicos. Ficou de cama a maior parte do tempo restante, com febre e dores musculares, enquanto esperava a partida do barco para Iquitos. Certa tarde, lutando contra a sensação de impotência que o dominava, fantasiou assim no seu diário: "Três amantes numa noite, dois marinheiros entre eles. Me foderam seis vezes! Cheguei ao hotel andando de pernas abertas feito uma grávida." No meio do seu mau humor, o absurdo que tinha escrito lhe desatou um ataque de riso. Ele, tão educado e gentil em seu vocabulário com as pessoas, sempre sentia, na intimidade do seu diário, uma necessidade irreprimível de escrever obscenidades. Por razões que não entendia, a coprolalia lhe fazia bem.

O *Hilda* seguiu viagem no dia 3 de outubro e, após uma travessia acidentada, com chuvas diluvianas e o encontro com uma pequena paliçada, chegou a Iquitos no amanhecer de 6 de outubro de 1911. No porto estava Mr. Stirs à sua espera, de chapéu na mão. Seu substituto, George Michell, e a esposa chegariam logo. O cônsul estava procurando uma casa para eles. Dessa vez Roger não se hospedou na sua residência, e sim no Hotel Amazonas, ao lado da Praça de Armas, enquanto Mr. Stirs alojaria, provisoriamente, Omarino e Arédomi. Os dois jovens tinham decidido, em vez de voltar para o Putumayo, ficar na cidade trabalhando como empregados domésticos. Mr. Stirs prometeu que tentaria encontrar alguma família que quisesse empregá-los e os tratasse bem.

Como Roger receava, tendo em vista os antecedentes do Brasil, aqui as notícias tampouco eram muito animadoras. Mr. Stirs não sabia quantos dirigentes da Casa Arana, da longa lista de 237 supostos culpados que o juiz doutor Carlos A. Valcárcel mandou encarcerar depois de receber o relatório de Rómulo Paredes sobre sua expedição ao Putumayo, estavam presos. Não conseguiu descobrir nada, porque reinava um estranho silêncio em Iquitos sobre esse assunto, tanto quanto sobre o paradeiro do juiz Valcárcel. Fazia várias semanas que não sabia dele. O gerente geral da Peruvian Amazon Company, Pablo Zumaeta, que figurava na lista, aparentemente estava escondido, mas Mr. Stirs garantiu a Roger que aquele sumiço era uma farsa, porque o cunhado de Arana e sua esposa Petronila apareciam nos restaurantes e festas locais sem que ninguém os incomodasse.

Mais tarde, Roger se lembraria dessas oito semanas que passou em Iquitos como um lento naufrágio, um afundamento imperceptível num mar de intrigas, falsos rumores, mentiras flagrantes ou oblíquas, contradições, um mundo onde ninguém dizia a verdade porque isso acarretava inimizades e problemas, ou então, com mais frequência, porque as pessoas viviam no meio de um sistema onde já era praticamente impossível distinguir o falso do verdadeiro, a realidade do embuste. Ele já conhecia, desde os anos que passara no Congo, essa sensação desesperadora de estar pisando em areias movediças, andando num chão lodoso que o engolia e onde seus esforços só serviam para afundá-lo ainda mais naquela matéria viscosa que terminaria por degluti-lo. Tinha que sair dali o quanto antes!

No dia seguinte à sua chegada foi visitar o prefeito de Iquitos. Era um prefeito novo, outra vez. O senhor Adolfo Gamarra — bigode espesso, barriguinha proeminente, charuto fumegante, mãos nervosas e úmidas — recebeu-o em seu gabinete com abraços e felicitações:

— Graças ao senhor — disse, abrindo os braços de maneira teatral e dando-lhe uma palmadinha —, uma monstruosa injustiça social foi descoberta no coração da Amazônia. O governo e o povo peruano estão gratos ao senhor, senhor Casement.

E acrescentou imediatamente que o relatório que o juiz Carlos A. Valcárcel estava fazendo, a pedido do governo peruano, para atender às solicitações do governo inglês, era "formidável" e "devastador". Tinha quase três mil páginas e confirmava todas as acusações que a Inglaterra havia encaminhado ao presidente Augusto B. Leguía.

Mas, quando Roger lhe perguntou se podia obter uma cópia desse relatório, o prefeito respondeu que se tratava de um documento de Estado e estava fora da sua alçada autorizar que um estrangeiro o lesse. O senhor cônsul deveria apresentar uma solicitação ao Supremo Governo em Lima, por intermédio da Chancelaria, e certamente conseguiria a autorização. Quando Roger perguntou como podia fazer para falar com o juiz Carlos A. Valcárcel, o prefeito, muito sério, recitou num só fôlego:

— Não tenho a menor ideia do paradeiro do doutor Valcárcel. A missão dele terminou e acredito que deixou o país.

Roger saiu da Prefeitura completamente atônito. O que estava acontecendo, na verdade? Aquele sujeito só tinha falado mentiras. Nessa mesma tarde foi à redação do jornal *El Oriente* conversar com o diretor, o doutor Rómulo Paredes. Encontrou um cinquentão bem moreno, em mangas de camisa, todo suado, hesitante e em estado de pânico. Tinha alguns fios grisalhos na cabeça. Assim que Roger começou a falar, mandou-o calar a boca com um gesto peremptório que parecia dizer: "Cuidado, as paredes têm ouvidos." Levou-o pelo braço para um barzinho na esquina chamado La Chipirona. Foram se sentar a uma mesinha afastada.

— Desculpe, senhor cônsul — disse, olhando em volta com receio. — Eu não posso nem devo lhe dizer muita coisa. Estou numa situação bastante comprometedora. Ser visto com o senhor representa um grande risco para mim.

Estava pálido, com a voz trêmula e tinha começado a roer uma unha. Pediu uma dose de aguardente e bebeu num gole só. Ouviu em silêncio o relato que Roger fez da sua conversa com o prefeito Gamarra.

— Ele é um tremendo farsante — disse afinal, encorajado pela bebida. — Gamarra está com o meu relatório, confirmando todas as acusações do juiz Valcárcel. Entreguei a ele em julho. Já se passaram mais de três meses e ele ainda não mandou o relatório para Lima. Por que o senhor acha que o segurou por tanto tempo? Porque todo mundo sabe que o prefeito Adolfo Gamarra também é, como metade de Iquitos, empregado de Arana.

Quanto ao juiz Valcárcel, disse que ele havia saído do país. Não sabia o seu paradeiro, mas sim que, se tivesse ficado em Iquitos, provavelmente já estaria morto. De repente se levantou:

— Que é também o que vai acontecer comigo a qualquer hora, senhor cônsul — enxugava o suor enquanto falava, e Roger pensou que ia cair em prantos. — Porque eu, infelizmente, não posso ir embora. Tenho mulher e filhos, e meu único negócio é o jornal.

Saiu sem se despedir. Roger voltou ao gabinete do prefeito, furioso. O senhor Adolfo Gamarra lhe confessou que, de fato, o relatório elaborado pelo doutor Paredes não pudera ser enviado a Lima "por problemas de logística, felizmente já resolvidos". Iria, sem falta, esta mesma semana, "e por um mensageiro, para ter mais segurança, porque o próprio presidente Leguía o exigiu com toda urgência".

Tudo era assim. Roger sentia-se em um redemoinho adormecedor, dando voltas e mais voltas no mesmo lugar, manipulado por forças tortuosas e invisíveis. Todas as solicitações, promessas, informações se desmanchavam e se dissolviam sem que os fatos correspondessem às palavras. Aquilo que se fazia e aquilo que se dizia eram mundos separados. As palavras negavam os fatos e os fatos desmentiam as palavras, tudo funcionava na base do embuste generalizado, num divórcio crônico entre o dizer e o fazer que todo mundo praticava.

Ao longo da semana Roger fez muitas indagações sobre o juiz Carlos A. Valcárcel. Assim como Saldaña Roca, esse personagem lhe inspirava respeito, afeto, piedade, admiração. Todo mundo prometia ajudar, informar-se, levar um recado, localizá-lo, mas o mandavam de um lado para outro sem que ninguém lhe desse qualquer explicação séria sobre a situação. Por fim, sete dias depois de chegar a Iquitos, conseguiu sair dessa teia enlouquecedora graças a um inglês residente na cidade. Mr. F. J. Harding, gerente da John Lilly & Company, era um homem alto e rijo, solteirão e quase calvo, um dos poucos comerciantes de Iquitos que não pareciam dançar conforme a música da Peruvian Amazon Company.

— Ninguém disse nem vai dizer o que aconteceu com o juiz Valcárcel porque todos têm medo de ser envolvidos na confusão, sir Roger. — Os dois conversavam na casinha de Mr. Harding, perto do cais. Nas paredes havia gravuras de castelos escoceses. Estavam tomando refresco de coco. — As influências de Arana em Lima conseguiram que o juiz Valcárcel fosse demitido, acusado de prevaricação e não sei quantas falsidades mais. O coitado, se estiver vivo, deve lamentar amargamente ter cometido o pior erro da sua vida aceitando essa missão. Veio se meter na boca do lobo e pagou caro. Ele era muito respeitado em Lima, parece. Agora o enxovalharam e quem sabe até o assassinaram. Ninguém tem ideia de onde ele está. Tomara que tenha ido embora daqui. Falar dele é tabu agora em Iquitos.

De fato, a história desse íntegro e temerário doutor Carlos A. Valcárcel que foi a Iquitos investigar os "horrores do Putumayo" não podia ser mais triste. No decorrer daquelas semanas Roger a foi reconstruindo como um quebra-cabeça. Quando o juiz teve a audácia de emitir ordens de prisão contra 237 pessoas por supostos crimes, quase todos relacionados com a Peruvian Amazon Company, um calafrio percorreu a Amazônia. Não só a peruana, mas também a colombiana e a brasileira. A máquina do império de Julio C. Arana acusou imediatamente o golpe e começou sua contraofensiva. A polícia só conseguiu localizar nove dos 237 acusados. Dos nove, o único realmente importante era Aurelio Rodríguez, um dos chefes de seção no Putumayo, dono de um volumoso prontuário de raptos, estupros, mutilações, sequestros e assassinatos. Mas os nove presos, inclusive Rodríguez, apresentaram um pedido de *habeas corpus* à Corte Superior de Iquitos e o Tribunal deixou-os em liberdade provisória enquanto estudava o processo.

— Infelizmente — explicou o prefeito a Roger, sem pestanejar e com uma expressão compungida —, esses maus cidadãos fugiram se aproveitando da liberdade provisória. Como certamente o senhor já sabe, se a Corte Superior confirmar a ordem de prisão vai ser muito difícil encontrá-los na imensidão da Amazônia.

A Corte não tinha nenhuma pressa em fazê-lo, pois quando Roger Casement foi perguntar aos juízes quando examinariam o processo, eles lhe explicaram que isso se fazia "por rigorosa ordem de chegada dos casos". Havia um extenso número de dossiês na fila "antes do dito-cujo que lhe interessa". Um dos estagiários do Tribunal se permitiu acrescentar, em tom de pilhéria:

— Aqui a justiça é segura mas lenta, essas coisas podem levar anos, senhor cônsul.

Pablo Zumaeta, em seu suposto esconderijo, orquestrou a ofensiva judicial contra o juiz Carlos A. Valcárcel, iniciando, por intermédio de testas de ferro, inúmeras ações contra ele por prevaricação, desfalque, falso testemunho e outros delitos vários. Certa manhã se dirigiram à delegacia de polícia de Iquitos uma índia bora e sua filha de poucos anos, na companhia de um intérprete, para acusar o juiz Carlos A. Valcárcel de "atentado contra a honra de uma menor". O juiz teve que empregar grande parte do seu tempo se defendendo dessas fabulações caluniosas, depondo, correndo e escrevendo ofícios em vez de se dedicar à investigação que o trouxera para a selva. O seu mundo foi desabando. O hotelzinho onde estava hospedado, El Yurimaguas, o expulsou. Não encontrou nenhum albergue ou pensão na cidade que tivesse coragem de aceitá-lo. Teve que alugar um pequeno quarto em Nanay, um bairro cheio de depósitos de lixo e tanques de águas pútridas onde, à noite, ouvia as corridinhas dos ratos debaixo da sua rede e pisava em baratas.

Tudo isso Roger Casement foi sabendo aos poucos, em detalhes sussurrados aqui e ali, enquanto crescia a sua admiração por aquele magistrado a quem gostaria de apertar a mão e cumprimentar por sua decência e coragem. O que havia sido dele? Só conseguiu ter certeza, se bem que a palavra "certeza" não combinava muito com Iquitos, de que Carlos A. Valcárcel já havia desaparecido quando chegou a ordem de Lima demitindo-o. A partir de então, ninguém na cidade fazia ideia do seu paradeiro. Teria sido assassinado? A história do jornalista Benjamín Saldaña Roca se repetia. A hostilidade contra ele era tão grande que não teve outro remédio senão fugir. Numa segunda conversa, na casa de Mr. Stirs, o diretor de *El Oriente*, Rómulo Paredes, lhe disse:

— Eu mesmo aconselhei o juiz Valcárcel a ir embora daqui antes que o matassem, sir Roger. Já tinha recebido muitos avisos.

Que tipo de avisos? Provocações nos restaurantes e bares onde o juiz Valcárcel ia comer alguma coisa ou tomar uma cerveja. De repente, um bêbado o xingava e desafiava para a briga mostrando uma navalha. Quando o juiz ia dar queixa na polícia ou na Prefeitura, mandavam-no preencher intermináveis formulários detalhando os fatos e garantiam que "iam investigar a denúncia".

Em pouco tempo, Roger Casement já se sentia como imaginava que o juiz Valcárcel devia se sentir antes de sair de Iquitos ou de ser liquidado por um assassino a soldo de Arana: enganado em toda parte, transformado em bobo da corte de uma comunidade de marionetes cujos fios eram puxados pela Peruvian Amazon Company, à qual toda Iquitos obedecia com uma obsequência infame.

Ele tinha se proposto a voltar ao Putumayo, mas era evidente que, se aqui na cidade a Companhia de Arana conseguira burlar as punições e evitar as reformas anunciadas, parecia óbvio que lá nos seringais tudo devia continuar igual ou pior que antes em relação aos indígenas. Rómulo Paredes, Mr. Stirs e o prefeito Adolfo Gamarra o instaram a desistir da viagem.

— O senhor não vai sair vivo de lá e sua morte não vai servir para nada — disse o diretor de *El Oriente*. — Senhor Casement, sinto muito lhe dizer isso, mas o senhor é o homem mais odiado do Putumayo. Nem Saldaña Roca, nem o gringo Hardenburg, nem o juiz Valcárcel são tão detestados quanto o senhor. Eu só voltei vivo do Putumayo por milagre. Mas esse milagre não vai se repetir se o senhor for lá para ser crucificado. E depois, sabe de uma coisa?, o mais absurdo é que vão mandar matá-lo com os dardos envenenados das zarabatanas dos mesmos boras e huitotos que o senhor defende. Não vá, não seja insensato. Não se suicide.

O prefeito Adolfo Gamarra, assim que soube dos seus preparativos de viagem ao Putumayo, veio vê-lo no Hotel Amazonas. Estava muito alarmado. Levou-o para tomar uma cerveja num bar onde tocavam música brasileira. Foi a única vez que Roger achou que o funcionário lhe falava com sinceridade.

— Eu lhe imploro que desista dessa loucura, senhor Casement — disse, olhando nos seus olhos. — Não tenho como garantir sua proteção. Sinto muito dizer isto, mas é a verdade. Não quero incluir o seu cadáver na minha folha de serviços. Seria o fim da minha carreira. Estou falando de coração aberto. O senhor não vai chegar ao Putumayo. Eu já consegui, com muito esforço, que ninguém lhe fizesse nada aqui. E não foi fácil, juro. Tive que pedir e ameaçar os manda chuvas. Mas a minha autoridade desaparece fora dos limites da cidade. Não vá ao Putumayo. Por si mesmo e por mim. Não destrua o meu futuro, pelo amor de Deus. Estou falando como amigo, de verdade.

Mas afinal o que o fez desistir da viagem foi uma inesperada e súbita visita no meio da noite. Já estava deitado e quase dormindo quando o funcionário da recepção do Hotel Amazonas bateu na porta. Um senhor o estava procurando, dizia que era muito urgente. Roger se vestiu, desceu e se deparou com Juan Tizón. Não tinha notícias dele desde a viagem ao Putumayo, quando esse alto funcionário da Peruvian Amazon Company havia colaborado de forma tão leal com a Comissão. Não era nem a sombra do homem seguro de si mesmo que Roger tinha na memória. Parecia envelhecido, exausto e, acima de tudo, derrotado.

Tentaram achar um lugar tranquilo, mas era impossível, porque a noite de Iquitos estava repleta de barulho, bebedeira, jogo e sexo. Afinal se resignaram a sentar no Pim Pam, um bar-boate onde tiveram que se desvencilhar de duas mulatas brasileiras que os assediaram para ir dançar. Pediram duas cervejas.

Com os mesmos ar cavalheiresco e modos elegantes de que Roger se lembrava, Juan Tizón falou com ele de uma forma que considerou absolutamente sincera.

— Não foi feito nada do que a Companhia prometeu, apesar do que ficou acertado, a pedido do presidente Leguía, em uma reunião da Diretoria. Quando apresentei o meu relatório, todos, inclusive Pablo Zumaeta e os irmãos e cunhados de Arana, concordaram que era preciso introduzir melhoras radicais nas estações. Para evitar problemas com a justiça, e por razões morais e cristãs. Conversa fiada. Não se fez nada, nem se fará.

 Contou também que, além de instruir seus empregados no Putumayo de que tomassem precauções e apagassem as marcas de violências do passado — eliminar os cadáveres, por exemplo —, a Companhia tinha facilitado a fuga dos principais acusados no relatório que Londres mandou para o governo peruano. O sistema de recolher seringa com mão de obra forçada de índios continuava tal como antes.

 — Bastou pôr os pés em Iquitos para eu ver que nada tinha mudado — concordou Roger. — E o senhor, don Juan?

 — Semana que vem vou voltar para Lima e não creio que algum dia apareça de novo por aqui. Minha situação na Peruvian Amazon Company ficou insustentável. Preferi pedir demissão antes que me mandassem embora. Eles vão recomprar as minhas ações, mas a um preço ínfimo. Em Lima, vou ter que fazer outras coisas. Não lamento nada, apesar de ter perdido dez anos de vida trabalhando para Arana. Mesmo tendo que começar do zero, estou melhor assim. Depois de tudo o que vimos no Putumayo, eu me sentia sujo e culpado trabalhando na Companhia. Falei com a minha mulher e ela me apoiou.

 Conversaram quase uma hora. Juan Tizón também frisou que Roger não devia voltar ao Putumayo em hipótese alguma: não ia conseguir nada exceto que o matassem, talvez com requintes num desses festivais de crueldade que ele já vira em suas andanças pelos seringais.

 Roger redigiu um novo relatório para o Foreign Office. Ali explicava que não fora feita nenhuma reforma nem aplicada qualquer punição aos criminosos da Peruvian Amazon Company. Não havia esperanças de que se fizesse alguma coisa a respeito no futuro. A culpa disso recaía tanto na empresa de Julio C. Arana como na administração pública e, mesmo, no país inteiro. Em Iquitos, o governo peruano não passava de um agente de Julio C. Arana. O poder da sua Companhia era tamanho que todas as instituições políticas, policiais e judiciais trabalhavam ativamente para que ela pudesse continuar explorando os índios sem correr nenhum risco, porque todos os funcionários públicos recebiam dinheiro dela ou temiam suas represálias.

Como se quisesse confirmar suas palavras, nesses dias, subitamente, a Corte Superior de Iquitos se pronunciou quanto à apelação que os nove presos tinham solicitado. A decisão era uma obra-prima de cinismo: todas as ações judiciais estavam suspensas enquanto as 237 pessoas da lista determinada pelo juiz Valcárcel não fossem presas. Com um grupinho pequeno de capturados, qualquer investigação seria incompleta e ilegal, decretaram os juízes. De modo que os nove ficavam definitivamente livres e o caso, parado até que as forças policiais entregassem os 237 suspeitos à justiça, coisa que, é claro, não ocorreria jamais.

Poucos dias depois ocorreu outro fato em Iquitos, ainda mais grotesco, que desafiou a capacidade de assombro de Roger Casement. Quando ia do hotel à casa de Mr. Stirs, viu grupos de gente aglomerados diante de dois lugares que pareciam ser instituições públicas porque tinham o escudo e a bandeira do Peru nas fachadas. O que estava acontecendo?

— Eleições municipais — explicou Mr. Stirs com uma vozinha tão indiferente que parecia impermeável à emoção. — São umas eleições bem singulares porque, pela lei eleitoral peruana, para ter direito a voto é preciso ser proprietário e saber ler e escrever. Isto reduz o número de eleitores a poucas centenas de pessoas. Na verdade, as eleições são decididas no escritório da Casa Arana. Os nomes dos vencedores e os porcentuais de cada um na votação.

Devia mesmo ser assim, porque nessa noite foi comemorada, num pequeno comício na Praça de Armas com bandas de música e farta distribuição de aguardente, que Roger observou de longe, a eleição, como novo prefeito de Iquitos, de ninguém menos que don Pablo Zumaeta! O cunhado de Julio C. Arana emergia do seu "esconderijo" desagravado pelo povo de Iquitos — como disse em seu discurso de agradecimento — das calúnias da conspiração anglo-colombiana e decidido a continuar lutando, de forma incansável, contra os inimigos do Peru e pelo progresso da Amazônia. Depois da distribuição de bebidas alcoólicas houve um baile popular com foguetes, violões e zabumbas que durou até a madrugada. Roger preferiu se retirar para o seu hotel para não ser linchado.

George Michell e sua esposa finalmente chegaram a Iquitos, num barco proveniente de Manaus, a 30 de novembro de 1911. Roger já estava fazendo as malas para ir embora. A chegada do novo cônsul britânico foi precedida por tentativas frenéticas de Mr. Stirs e do próprio Casement de encontrar uma casa para o casal. "A Grã-Bretanha caiu em desgraça aqui por culpa do senhor, sir Roger", disse o primeiro. "Ninguém quis me alugar uma casa para os Michell, nem oferecendo pagar acima do mercado. Todos têm medo de ofender Arana, todos se recusam." Roger pediu ajuda a Rómulo Paredes, e o diretor de *El Oriente* resolveu o problema. Alugou ele mesmo uma casa e a sublocou ao consulado britânico. Era uma construção velha e suja e foi preciso reformá-la a toque de caixa e mobiliá-la de qualquer maneira para receber os novos hóspedes. A senhora Michell era uma mulherzinha risonha e voluntariosa que Roger conheceu no porto, ao pé da passarela do barco, no dia da sua chegada. Não desanimou com o estado da sua nova residência nem com aquele lugar onde colocava os pés pela primeira vez. Parecia ser imune ao desânimo. Imediatamente, antes mesmo de abrir as malas, começou a limpar tudo com energia e bom humor.

    Roger teve uma longa conversa com seu velho amigo e colega George Michell, na salinha de Mr. Stirs. Informou a ele todos os detalhes da situação e não lhe escondeu uma só das dificuldades que ia enfrentar no seu novo cargo. Michell, um gordinho quarentão e vivaz que em todos os seus gestos e movimentos expressava a mesma energia que a mulher, ia tomando notas numa caderneta, com pequenas interrupções para pedir esclarecimentos. Depois, em vez de perder a confiança ou se queixar da perspectiva que tinha pela frente em Iquitos, limitou-se a dizer dando um grande sorriso: "Agora já sei do que se trata e estou pronto para a briga."

    Nas duas últimas semanas em Iquitos, o demônio do sexo se apoderou novamente de Roger, de maneira irresistível. Em sua estada anterior havia sido muito prudente, mas agora, apesar de conhecer a hostilidade contra ele de tanta gente ligada ao negócio da borracha, e de saber que podiam lhe armar uma cilada, não hesitou em passear, de noite, pelo calçadão à beira do rio, onde sempre havia mulheres e homens atrás de clientes. Foi assim que conheceu Alcibíades Ruiz, se é que este era mesmo o seu nome. Levou-o para o Hotel Amazonas. O porteiro da noite não fez nenhuma objeção depois que Roger lhe deu uma gorjeta. Alcibíades concordou em posar para ele fazendo as posições de estátuas clássicas que Roger ia lhe mostrando. Depois de alguma barganha, aceitou despir-se. Alcibíades era um mestiço de branco e índio, um cholo, e Roger anotou no seu diário que aquela mistura racial dava um tipo de homem de grande beleza física, superior até aos "caboclos" do Brasil, homens de traços ligeiramente exóticos em que se misturavam a suavidade e a doçura dos indígenas e a rudeza viril dos descendentes de espanhóis. Alcibíades e ele se beijaram e se agarraram mas não fizeram amor, nem nesse dia nem no seguinte, quando o rapaz voltou ao Hotel Amazonas. Era de manhã e Roger o fotografou nu em várias poses. Quando ele saiu, escreveu no diário: "Alcibíades Ruiz. *Cholo*. Movimentos de bailarino. Pequeno e longo que ao endurecer se curvava como um arco. Coube em mim como uma luva."

Nesse período, o diretor de *El Oriente*, Rómulo Paredes, foi agredido na rua. Ao sair da gráfica do jornal, foi atacado por três indivíduos mal-encarados e fedendo a álcool. Como disse a Roger, a quem foi procurar no hotel logo depois do episódio, se não estivesse armado e assustasse os três agressores atirando para cima, eles o teriam matado a pancadas. Tinha trazido uma mala. Don Rómulo estava tão revoltado que não quis ir tomar uns tragos na rua como Roger propôs. Seu ressentimento e sua indignação contra a Peruvian Amazon Company não tinham limites:

— Eu sempre fui um colaborador leal da Casa Arana, dei a eles tudo o que quiseram — reclamou. Estavam sentados em dois extremos da cama e falavam quase na penumbra, porque a luzinha do lampião só iluminava um canto do quarto. — Quando eu era juiz e quando abri *El Oriente*. Nunca neguei os seus pedidos, embora muitas vezes repugnassem a minha consciência. Mas sou um homem realista, senhor cônsul, sei quais são as batalhas que não podem ser ganhas. Essa missão, ir para o Putumayo por ordem do juiz Valcárcel, eu nunca quis assumir. Sabia desde o primeiro momento que ia me meter em confusão. Eles me obrigaram. Pablo Zumaeta em pessoa me exigiu isso. Só fiz a viagem para cumprir essa ordem. Dei o meu relatório, antes de entregá-lo ao prefeito, para o senhor Zumaeta ler. Ele me devolveu sem comentários. Isso não significa que o aceitou? Só entreguei ao prefeito depois. E agora acontece que eles me declararam guerra e querem me matar. Este ataque foi um aviso para que eu saia de Iquitos. Para onde? Tenho mulher, cinco filhos e duas empregadas, senhor Casement. Já viu uma ingratidão como a dessa gente? Eu lhe aconselho a partir também, o quanto antes. Sua vida corre perigo, sir Roger. Ainda não lhe aconteceu nada porque pensam que se matarem um inglês, e ainda mais um diplomata, vai haver uma confusão internacional. Mas não se fie muito. Esses escrúpulos podem desaparecer no primeiro porre. Siga o meu conselho e dê o fora, meu amigo.

— Não sou inglês, sou irlandês — corrigiu Roger, suavemente.

Rómulo Paredes lhe entregou a mala que trouxera.

— Aqui estão todos os documentos que reuni no Putumayo e nos quais baseei o meu trabalho. Fiz bem em não entregá-los ao prefeito Adolfo Gamarra. Senão, teriam a mesma sorte que meu relatório: virar comida para as traças na Prefeitura de Iquitos. Leve-os, sei que o senhor vai fazer bom uso deles. Só lhe peço desculpas por sobrecarregá-lo com mais um volume.

Roger partiu quatro dias mais tarde, depois de se despedir de Omarino e Arédomi. Mr. Stirs tinha arranjado uma colocação para eles numa carpintaria de Nanay onde, além de trabalhar como domésticos do dono, um boliviano, seriam aprendizes na oficina. No porto, onde Stirs e Michell foram se despedir dele, Roger ficou sabendo que o volume de borracha exportado nos últimos dois meses tinha superado a marca do ano anterior. Que melhor prova podia haver de que nada mudara e de que os huitotos, boras, andoques e demais indígenas do Putumayo continuavam sendo explorados sem misericórdia?

Nos cinco dias da viagem até Manaus, quase não saiu do camarote. Sentia-se abatido, doente e enojado de si mesmo. Quase não comia e só aparecia na coberta quando o calor ficava insuportável no seu pequeno camarote. À medida que desciam o Amazonas, o leito do rio se alargava e as margens se perdiam de vista, ele pensava que nunca mais voltaria a esta selva. E no paradoxo de que — tinha pensado nisso muitas vezes, na África, navegando pelo rio Congo — aquela paisagem majestosa, com bandos de garças rosadas e papagaios gritalhões sobrevoando o barco vez por outra e a esteira de peixinhos que seguiam a nave dando pulos e piruetas para chamar a atenção dos viajantes, escondesse o sofrimento vertiginoso que a cobiça dos seres ávidos e sanguinários que ele conheceu no Putumayo causava no interior dessas selvas. Lembrava-se do rosto impassível de Julio C. Arana, em Londres, naquela reunião da Diretoria da Peruvian Amazon Company. Voltou a jurar que lutaria até a última gota do seu sangue para castigar aquele homenzinho afetado que tinha organizado e era o principal beneficiário dessa maquinaria que triturava impunemente seres humanos para satisfazer sua fome de riquezas. Quem ousaria dizer agora que Julio C. Arana não sabia o que estava acontecendo no Putumayo? Ele havia montado um espetáculo para enganar todo mundo — o governo peruano e o britânico, antes de mais ninguém —, e assim continuar extraindo borracha dessas selvas tão agredidas quanto os indígenas que as povoavam.

Em Manaus, onde chegou a meados de dezembro, já se sentia melhor. Enquanto esperava um barco para o Pará e Barbados, pôde trabalhar no quarto do hotel, incorporando comentários e detalhes ao seu relatório. Esteve uma tarde com o cônsul inglês, que lhe confirmou que, apesar das suas intervenções, as autoridades brasileiras não tinham feito nada de prático para capturar Montt e Agüero nem os outros fugitivos. Em toda parte se ouvia o boato de que vários dos antigos chefes de Julio C. Arana no Putumayo estavam trabalhando na construção da ferrovia Madeira-Mamoré.

Na semana que ficou em Manaus, Roger teve uma vida espartana, sem sair à noite em busca de aventuras. Dava passeios pela margem do rio e pelas ruas da cidade e, quando não estava trabalhando, passava muitas horas lendo os livros sobre história antiga da Irlanda que Alice Stopford Green lhe recomendara. Apaixonar-se pelas coisas do seu país ia ajudar a tirar da cabeça as imagens do Putumayo e as intrigas, mentiras e abusos da corrupção política generalizada que vira em Iquitos. Mas não era fácil se concentrar nos assuntos irlandeses, porque volta e meia se lembrava de que sua tarefa não estava concluída e, em Londres, deveria terminá-la.

Em 17 de dezembro zarpou rumo ao Pará, onde por fim encontrou uma mensagem do Foreign Office. A Chancelaria tinha recebido os telegramas que ele passou de Iquitos e estava ciente de que, apesar das promessas do governo peruano, nada de concreto foi feito contra os desmandos do Putumayo, além de permitir a fuga dos acusados.

Na véspera de Natal embarcou para Barbados no *Denis*, um barco confortável que só levava um pequeno grupo de passageiros. Fez uma travessia tranquila até Bridgetown. Lá, o Foreign Office tinha reservado uma passagem para ele no *SS Terence* rumo a Nova York. As autoridades inglesas decidiram atuar com energia contra a companhia britânica responsável pelo que estava ocorrendo no Putumayo, e queriam que os Estados Unidos se unissem à sua iniciativa e denunciassem juntos o governo do Peru por sua má vontade em relação aos protestos da comunidade internacional.

Na capital de Barbados, enquanto esperava a partida do barco, Roger levou uma vida tão casta como em Manaus: nenhuma visita aos banhos públicos, nenhuma escapada noturna. Estava entrando de novo num dos seus períodos de abstinência sexual que, às vezes, se prolongavam por meses a fio. Eram épocas, de modo geral, em que sua cabeça se enchia de preocupações religiosas. Em Bridgetown, visitava diariamente o padre Smith. Teve longas conversas com ele sobre o Novo Testamento, que costumava levar em suas viagens. Às vezes o relia, alternando essa leitura com poetas irlandeses, principalmente William Butler Yeats, de quem tinha aprendido alguns poemas de cor. Assistiu a uma missa no Convento das Ursulinas e, como já lhe havia sucedido antes, teve vontade de comungar. Disse isso ao padre Smith e este, sorrindo, lembrou que ele não era católico, era membro da Igreja anglicana. Se quisesse se converter, poderia ajudá-lo a dar os primeiros passos. Roger ficou tentado, mas se arrependeu pensando nas fraquezas e pecados que teria que confessar àquele bom amigo que era o padre Smith.

Em 31 de dezembro partiu no *SS Terence* rumo a Nova York e de lá, imediatamente, sem tempo sequer para admirar os arranha-céus, tomou um trem para Washington D.C. O embaixador britânico, James Bryce, o surpreendeu com a notícia de que o presidente dos Estados Unidos, William Howard Taft, lhe havia concedido uma audiência. Ele e seus assessores queriam saber, do próprio sir Roger, que conhecia pessoalmente os fatos que estavam acontecendo no Putumayo e era homem de confiança do governo britânico, qual era a situação nos seringais e se a campanha que diversas igrejas, organizações humanitárias e jornalistas e publicações liberais desenvolviam nos Estados Unidos e na Grã-Bretanha era verídica ou pura demagogia e exagero, como afirmavam as empresas seringalistas e o governo peruano.

Hospedado na residência do embaixador Bryce, tratado como um rei e sendo chamado de sir Roger em toda parte, Casement foi a um salão onde cortou o cabelo e fez a barba e as unhas. Também renovou seu vestuário nas lojas elegantes de Washington D.C. Muitas vezes, nesses dias, pensou nas contradições da sua vida. Menos de duas semanas antes era um pobre--diabo ameaçado de morte num hotelzinho de Iquitos, e agora, ele, um irlandês que sonhava com a independência da Irlanda, estava encarnando um funcionário enviado pela Coroa britânica para persuadir o presidente dos Estados Unidos a ajudar o Império a exigir que o governo peruano acabasse com a ignomínia na Amazônia. A vida não tinha algo de absurdo, como uma espécie de drama que de repente vira farsa?

Os três dias que passou em Washington D.C. foram vertiginosos: sessões diárias de trabalho com funcionários do Departamento de Estado e uma longa entrevista pessoal com o ministro das Relações Exteriores. No terceiro dia foi recebido na Casa Branca pelo presidente Taft em companhia de vários assessores e do secretário de Estado. Por um instante, antes de começar sua exposição sobre o Putumayo, Roger teve uma alucinação: não estava lá como representante diplomático da Coroa britânica, mas como enviado especial da recém-criada República da Irlanda. Fora mandado pelo Governo Provisório para explicar as razões que levaram a imensa maioria dos irlandeses, em ato plebiscitário, a romper os vínculos com a Grã-Bretanha e proclamar sua independência. A nova Irlanda pretendia manter relações de amizade e cooperação com os Estados Unidos, com os quais compartilhava a adesão à democracia e onde vivia uma vasta comunidade de origem irlandesa.

Roger Casement cumpriu sua obrigação de maneira impecável. A audiência devia durar meia hora, mas durou três vezes mais, pois o próprio presidente Taft, que ouviu com grande atenção o seu relatório sobre a situação dos índios no Putumayo, submeteu-o a um interrogatório cuidadoso e pediu sua opinião sobre a melhor maneira de obrigar o governo peruano a acabar com os crimes nos seringais. A sugestão de Roger, de que os Estados Unidos abrissem um consulado em Iquitos para trabalhar, ao lado dos britânicos, denunciando os abusos, foi bem-recebida pelo mandatário. E, de fato, algumas semanas depois os Estados Unidos nomeariam um diplomata de carreira, Stuart J. Fuller, como cônsul em Iquitos.

Mais do que as palavras que escutou, foram a surpresa e a indignação do presidente Taft e seus colaboradores ao ouvirem o seu relato que convenceram Roger de que a partir de então os Estados Unidos iriam colaborar com a Inglaterra de forma decidida para denunciar a situação dos índios amazônicos.

Em Londres, embora o seu estado físico ainda estivesse abalado pela fadiga e os velhos achaques, ele se dedicou de corpo e alma a terminar seu novo relatório para o Foreign Office, mostrando que as autoridades peruanas não tinham feito as reformas prometidas e que a Peruvian Amazon Company boicotara todas as iniciativas, infernizando a vida do juiz Carlos A. Valcárcel e retendo na Prefeitura o relatório de don Rómulo Paredes, que tentaram matar por ter descrito com imparcialidade tudo o que presenciou nos quatro meses (de 15 de março a 15 de julho) que passou nos seringais de Arana. Roger começou a traduzir para o inglês uma seleção dos depoimentos, entrevistas e documentos diversos que o diretor de *El Oriente* lhe entregou em Iquitos. Esse material enriquecia de forma considerável o seu próprio relatório.

Fazia isso de noite, porque os seus dias eram monopolizados por reuniões no Foreign Office, onde, do chanceler até as mais variadas comissões, todos lhe pediam informes, conselhos e sugestões sobre as ideias que o governo britânico estava estudando para intervir. As atrocidades que uma companhia britânica cometia na Amazônia eram alvo de uma enérgica campanha que, iniciada pela Sociedade contra a Escravidão e a revista *Truth*, agora era apoiada pela imprensa liberal e por muitas organizações religiosas e humanitárias.

Roger insistia que publicassem imediatamente o *Relatório sobre o Putumayo*. Havia perdido qualquer esperança de que a diplomacia silenciosa que o governo britânico tentara com o presidente Leguía servisse para alguma coisa. Apesar das resistências de alguns setores da administração, afinal sir Edward Grey aceitou esse ponto de vista e o gabinete aprovou a publicação. O livro se chamaria *Blue Book* (Livro Azul). Roger passou muitas noites em claro, fumando sem parar e tomando incontáveis xícaras de café, revisando palavra por palavra a redação final.

No dia em que o texto definitivo finalmente foi para a gráfica, ele se sentiu tão mal que, com medo de ter alguma coisa estando sozinho, foi se refugiar na casa da sua amiga Alice Stopford Green. "Você parece um esqueleto", disse a historiadora, levando-o pelo braço para a sala. Roger andava arrastando os pés e, meio atordoado, sentiu que a qualquer momento ia perder os sentidos. Suas costas doíam tanto que Alice colocou vários almofadões para que ele pudesse se deitar no sofá. Quase imediatamente, adormeceu ou desmaiou. Quando abriu os olhos, viu sentadas ao seu lado, juntas e sorrindo, sua irmã Nina e Alice.

— Pensamos que você não ia acordar nunca — ouviu uma delas dizer.

Tinha dormido quase vinte e quatro horas. Alice chamou o médico da família e este diagnosticou que Roger estava com estafa. Que o deixassem dormir. Não se lembrava de ter sonhado. Quando tentou se levantar, suas pernas bambearam e ele caiu de novo no sofá. "O Congo não me matou mas o Amazonas vai conseguir", pensou.

Depois de fazer uma refeição leve, conseguiu levantar e um carro o levou para o seu apartamento em Philbeach Gardens. Tomou um longo banho que o deixou mais desperto. Mas se sentia tão fraco que teve que ir deitar outra vez.

O Foreign Office obrigou-o a tirar dez dias de férias. Não queria sair de Londres antes da publicação do *Blue Book,* mas afinal aceitou viajar. Na companhia de Nina, que pediu uma licença na escola onde lecionava, passou uma semana em Cornwall. O cansaço era tão grande que Roger mal podia se concentrar na leitura. Sua mente se dispersava em imagens decompostas. Mas, graças à vida tranquila e à dieta saudável, foi recuperando as forças. Deu longos passeios pela campina, aproveitando os dias quentes. Não podia haver nada mais diferente da amável e civilizada paisagem de Cornwall que a Amazônia, e, no entanto, apesar do bem-estar e da serenidade que sentia aqui, vendo a rotina dos granjeiros, as beatíficas vacas pastarem e os cavalos relincharem nos estábulos, sem ameaças de feras, cobras nem mosquitos, um dia se viu pensando que esta natureza, que revelava séculos de trabalho agrícola a serviço do homem, povoada e civilizada, já tinha perdido sua condição de mundo natural — sua alma, diriam os panteístas — em contraposição ao território selvagem, efervescente, indômito, sem amansar, da Amazônia, onde tudo parecia estar nascendo e morrendo, mundo instável, arriscado, mutável, onde o homem se sentia arrancado do presente e jogado no passado mais remoto, em comunicação com os ancestrais, de volta à aurora do acontecer humano. E, surpreso, descobriu que se lembrava de tudo isso com saudade, apesar dos horrores que encerrava.

O *Livro Azul* sobre o Putumayo foi publicado em julho de 1912. Desde o primeiro dia provocou uma comoção que, tendo Londres como centro, avançou em ondas concêntricas por toda a Europa, os Estados Unidos e muitas outras partes do mundo, particularmente a Colômbia, o Brasil e o Peru. *The Times* dedicou ao livro várias páginas e um editorial no qual, ao mesmo tempo que punha Roger Casement nas nuvens, dizendo que ele havia demonstrado mais uma vez seus dotes excepcionais de "grande humanista", exigia ações imediatas contra aquela companhia britânica e seus acionistas, que se beneficiavam economicamente de uma indústria que praticava a escravidão e a tortura e estava exterminando povos indígenas.

Mas o elogio que mais comoveu Roger foi o artigo que Edmund D. Morel, seu amigo e aliado na campanha contra o rei dos belgas Leopoldo II, escreveu no *Daily News*. Comentando o *Livro Azul*, ele escreveu a respeito de Roger Casement que "nunca viu tanto magnetismo num ser humano como nele". Sempre alérgico à exposição pública, Roger não gostava nem um pouco dessa nova onda de popularidade. Pelo contrário, não se sentia à vontade e procurava fugir dela. Mas isso era difícil, porque o escândalo desencadeado pelo *Blue Book* estimulou dezenas de publicações inglesas, europeias e norte-americanas a entrevistá-lo. Recebeu convites para dar conferências em instituições acadêmicas, clubes políticos, centros religiosos e de beneficência. Houve um serviço especial na Westminster Abbey dedicado ao problema e o cônego Herbert Henson fez um sermão atacando duramente os acionistas da Peruvian Amazon Company por lucrarem com a escravidão, o assassinato e as mutilações.

O encarregado de Negócios da Grã-Bretanha no Peru, Des Graz, mandou um informe sobre o alvoroço que as acusações do *Livro Azul* causaram em Lima. O governo peruano, temendo um boicote econômico dos países ocidentais, anunciou a realização imediata das reformas e o envio de forças militares e policiais ao Putumayo. Mas Des Graz observou que provavelmente também não aconteceria nada dessa vez, porque havia setores governamentais que apresentavam os fatos registrados no *Blue Book* como uma conspiração do Império britânico para favorecer as pretensões colombianas ao Putumayo.

O ambiente de simpatia e solidariedade com os índios da Amazônia que o *Livro Azul* despertou na opinião pública permitiu que o projeto de abrir uma missão católica no Putumayo recebesse muitos apoios econômicos. A Igreja anglicana fez algumas objeções, mas acabou sendo convencida pelos argumentos de Roger após inúmeros encontros, reuniões, cartas, diálogos: tratando-se de um país onde a Igreja católica estava tão enraizada, uma missão protestante iria despertar desconfianças e a Peruvian Amazon Company se encarregaria de difamá-la apresentando a empresa como ponta de lança dos apetites colonizadores da Coroa.

Roger teve reuniões na Irlanda e na Inglaterra com jesuítas e franciscanos, duas ordens pelas quais sempre sentiu simpatia. Tinha lido, ainda no Congo, relatos dos esforços que a Companhia de Jesus fizera no passado para organizar os índios, catequizá-los e reuni-los em comunidades, no Paraguai e no Brasil, nas quais mantinham suas tradições de trabalho em comum e praticavam um cristianismo elementar, elevando assim seus níveis de vida e livrando-os da exploração e do extermínio. Por isso, Portugal destruiu as missões jesuíticas e fez tantas intrigas que acabou convencendo a Espanha e o Vaticano de que a Companhia de Jesus se tornara um Estado dentro do Estado e era um perigo para a autoridade papal e a soberania imperial espanhola. Entretanto, os jesuítas não receberam o projeto de uma missão na Amazônia com muito ardor. Mas os franciscanos, sim, o adotaram com entusiasmo.

Foi assim que Roger Casement conheceu o trabalho que os padres operários franciscanos faziam nos bairros mais pobres de Dublin. Eles trabalhavam nas fábricas e oficinas e viviam as mesmas dificuldades e privações que os trabalhadores. Conversando com eles, vendo a devoção com que exerciam o seu ministério enquanto compartilhavam a sorte dos deserdados, Roger pensou que ninguém estava mais bem-preparado que aqueles religiosos para o desafio de criar uma missão em La Chorrera e El Encanto.

Alice Stopford Green, com quem Roger foi comemorar em estado de euforia a partida dos primeiros quatro franciscanos irlandeses para a Amazônia peruana, previu:

— Tem certeza de que ainda é membro da Igreja anglicana, Roger? Pode ser que nem perceba, mas você está no caminho sem retorno de uma conversão papista.

Entre os participantes habituais das reuniões de Alice, na vasta biblioteca da sua casa na Grosvenor Road, havia nacionalistas irlandeses que eram anglicanos, presbiterianos e católicos. Roger nunca notara diferenças nem disputas entre eles. Depois da observação de Alice, ele se perguntou muitas vezes se sua aproximação ao catolicismo era uma disposição estritamente espiritual e religiosa ou, antes, política, como forma de se comprometer ainda mais com a opção nacionalista, já que a imensa maioria dos independentistas na Irlanda era católica.

Para escapar um pouco do assédio que sofria como autor do *Blue Book*, pediu mais uns dias de licença ao Ministério e foi à Alemanha. Berlim lhe causou uma impressão extraordinária. A sociedade alemã, sob o comando do Kaiser, lhe pareceu um modelo de modernidade, desenvolvimento econômico, ordem e eficiência. Embora curta, essa visita serviu para que se concretizasse uma ideia vaga, que rondava em sua cabeça havia algum tempo, e a partir de então se transformasse num dos vértices da sua ação política. Para conquistar a liberdade, a Irlanda não podia contar com a compreensão e muito menos com a benevolência do Império britânico. Ele havia constatado isso naqueles dias. A simples possibilidade de que o Parlamento inglês voltasse a discutir o projeto de lei que dava a Autonomia (Home Rule) à Irlanda, coisa que Roger e seus amigos radicais consideravam uma concessão formal insuficiente, provocou na Inglaterra uma rejeição patrioteira e furiosa não só dos conservadores, mas também de amplos setores liberais e progressistas, e até de sindicatos operários e grêmios de artesãos. Na Irlanda, a perspectiva de que a ilha conquistasse uma autonomia administrativa e tivesse seu próprio Parlamento inflamou a mobilização dos unionistas do Ulster. Houve manifestações, o exército de Voluntários estava sendo formado, faziam-se coletas públicas para comprar armas e dezenas de milhares de pessoas assinaram um Pacto no qual os irlandeses do Norte declaravam que se o Home Rule fosse aprovado não o acatariam e defenderiam com as suas armas e as suas vidas a permanência da Irlanda no Império. Nessas circunstâncias, pensou Roger, os independentistas deviam buscar a solidariedade da Alemanha. Os inimigos dos nossos inimigos são nossos amigos, e a Alemanha era o rival mais caracterizado da Inglaterra. Em caso de guerra, uma derrota militar da Grã--Bretanha abriria uma possibilidade única de emancipação para a Irlanda. Nesses dias, Roger repetiu muitas vezes para si mesmo o velho refrão nacionalista: "As desgraças da Inglaterra são as alegrias da Irlanda."

Mas, enquanto chegava a essas conclusões políticas que só manifestava para os seus amigos nacionalistas quando ia à Irlanda, ou em Londres, na casa de Alice Stopford Green, a Inglaterra lhe demonstrava carinho e admiração pelo que tinha feito. Ele sentia um mal-estar ao se lembrar disso.

Em todo esse tempo, apesar dos esforços desesperados da Peruvian Amazon Company, a cada dia ficava mais evidente que a empresa de Julio C. Arana estava em perigo. Sua desmoralização aumentou com o escândalo que se desatou quando Horace Thorogood, um jornalista do *The Morning Leader* que fora à sede da companhia, na City, tentar entrevistar os diretores, recebeu de um deles, o senhor Abel Larco, cunhado de Julio C. Arana, um envelope com dinheiro. O jornalista perguntou o que significava aquele gesto. Larco lhe respondeu que a Companhia sempre se mostrava generosa com os amigos. O repórter, indignado, devolveu o dinheiro com que pretendiam suborná-lo, denunciou o caso em seu jornal e a Peruvian Amazon Company teve que pedir desculpas públicas, dizendo que se tratava de um mal-entendido e que os responsáveis pela tentativa de suborno seriam despedidos.

As ações da empresa de Julio C. Arana começaram a cair na Bolsa de Londres. E, embora isso tenha ocorrido em parte devido à concorrência que as novas exportações de borracha das colônias britânicas da Ásia — Cingapura, Malásia, Java, Sumatra e Ceilão — estavam fazendo à borracha amazônica, cultivada naquelas paragens com mudas retiradas da Amazônia pelo cientista e aventureiro inglês Henry Alexander Wickham numa audaz operação de contrabando, o ponto nevrálgico da derrocada da Peruvian Amazon Company foi a má imagem que ela adquiriu ante a opinião pública e os meios financeiros em virtude da publicação do *Livro Azul*. O Lloyd's cortou o seu crédito. Em toda a Europa e nos Estados Unidos muitos bancos seguiram esse exemplo. O boicote ao látex da Peruvian Amazon Company promovido pela Sociedade contra a Escravidão e outras organizações afastou da Companhia muitos clientes e associados.

O golpe de misericórdia contra o império de Julio C. Arana foi a instalação, na Câmara dos Comuns, em 14 de março de 1912, de uma comissão especial para investigar a responsabilidade da Peruvian Amazon Company nas atrocidades do Putumayo. Formada por quinze membros e presidida por um prestigioso parlamentar, Charles Roberts, essa comissão funcionou durante quinze meses. Em trinta e seis sessões, vinte e sete testemunhas foram interrogadas em audiências públicas cheias de jornalistas, políticos, membros de sociedades laicas e religiosas, entre as quais a Sociedade contra a Escravidão e seu presidente, o missionário John Harris. Os jornais e revistas noticiaram amplamente as reuniões e publicaram inúmeros artigos, caricaturas, especulações e piadas comentando-as.

A testemunha mais esperada e cuja presença atraiu mais público foi sir Roger Casement. Ele foi ouvido pela comissão nos dias 13 de novembro e 11 de dezembro de 1912. Descreveu com precisão e sobriedade o que tinha visto com os próprios olhos nos seringais: os cepos, o grande instrumento de tortura em todos os acampamentos, as costas com cicatrizes de flagelações, os chicotes e fuzis Winchester usados pelos capatazes das estações e pelos "rapazes" ou "racionais" encarregados de manter a ordem e de atacar as tribos nas "correrias", e o regime de escravidão, superexploração e fome a que os indígenas eram submetidos. Sintetizou, depois, as declarações dos barbadianos, cuja veracidade, disse, era garantida pelo fato de que quase todos eles admitiam ser autores de torturas e assassinatos. A pedido dos membros da comissão, explicou também o maquiavélico sistema que reinava:

os chefes de seções não recebiam salário, apenas comissões pela borracha recolhida, o que os induzia a ser cada vez mais exigentes com os apanhadores para aumentar os lucros.

No seu segundo depoimento, Roger deu um espetáculo. Ante os olhares surpresos dos parlamentares, foi tirando de uma grande sacola, trazida por dois meirinhos, objetos que havia adquirido nos armazéns da Peruvian Amazon Company no Putumayo. Demonstrou como eram espoliados os trabalhadores indígenas a quem, para manter sempre em dívida, a Companhia vendia a crédito, por preços várias vezes mais altos que em Londres, objetos de trabalho, de uso doméstico ou quinquilharias de enfeite. Mostrou uma velha escopeta de um cano cujo preço em La Chorrera era 45 xelins. Para pagar esta soma, um huitoto ou um bora teriam que trabalhar por dois anos, se recebessem o mesmo que um varredor de Iquitos. Ia mostrando camisas de pano cru, calças de dril, miçangas coloridas, caixinhas com pólvora, correias de sisal, piões, lampiões a óleo, chapéus de palha, unguentos para picadas, e informava os preços desses utensílios caso fossem adquiridos na Inglaterra. Os olhos dos parlamentares se arregalavam de indignação e espanto. Foi pior quando sir Roger desfilou diante de Charles Roberts e os demais membros da comissão dezenas de fotografias tiradas por ele mesmo em El Encanto, La Chorrera e outras estações do Putumayo: lá estavam as costas e as nádegas com a "marca de Arana" em forma de cicatrizes e chagas, os cadáveres mordidos e bicados apodrecendo em matagais, a incrível compleição de homens, mulheres e crianças que, apesar da sua magreza esquelética, carregavam na cabeça grandes "chouriços" de borracha solidificada, as barrigas inchadas de parasitas em recém-nascidos à beira da morte. As fotos eram um testemunho inapelável da situação daqueles seres que viviam quase sem comer, submetidos à violência de uma gente ávida cujo único objetivo na vida era extrair mais borracha, mesmo que povos inteiros tivessem que se consumir até a morte.

Um aspecto patético das sessões foi o interrogatório dos diretores britânicos da Peruvian Amazon Company, quando brilhou por sua combatividade e por sua sutileza o irlandês Swift McNeill, um veterano parlamentar de South Donegal. McNeill provou sem deixar sombra de dúvida que destacados homens de negócios como Henry M. Read e John Russell Gubbins, estrelas da sociedade londrina e aristocratas ou financistas como sir John Lister-Kaye e o Barão de Souza-Deiro estavam totalmente desinformados do que sucedia na Companhia de Julio C. Arana, de cuja diretoria participavam e cujas atas assinavam, recebendo altas somas de dinheiro para isso. Nem quando o semanário *Truth* começou a publicar as denúncias de Benjamín Saldaña Roca e de Walter Hardenburg esses homens se preocuparam em averiguar o que havia de verdade nessas acusações. Contentaram-se com as desculpas de Abel Larco ou do próprio Julio C. Arana que consistiam em acusar os acusadores de chantagistas ressentidos, porque não tinham recebido da Companhia o dinheiro que pretendiam lhe arrancar mediante ameaças. Nenhum deles se preocupou em ir pessoalmente verificar se a empresa a que emprestavam o prestígio dos seus nomes cometia tais crimes. E, ainda pior, nenhum deles se deu ao trabalho de examinar os papéis, contas, relatórios e correspondência de uma companhia em cujos arquivos esses abusos tinham deixado marcas. Porque, por incrível que pareça, Julio C. Arana, Abel Larco e os outros líderes se sentiam tão seguros até começar o escândalo que não disfarçaram os rastros dos atropelos na sua contabilidade: por exemplo, não pagar salários aos trabalhadores indígenas e gastar quantias enormes comprando chicotes, revólveres e fuzis.

Um momento de alto dramatismo foi o depoimento de Julio C. Arana à comissão. Uma primeira tentativa tivera que ser adiada porque sua esposa, Eleonora, que estava em Genebra, sofreu um trauma nervoso provocado pela tensão que se abatia sobre uma família que, depois de ter chegado às mais altas posições, via agora a sua situação ir por água abaixo. Arana se apresentou na Câmara dos Comuns com sua elegância costumeira e pálido como as vítimas das febres palúdicas da Amazônia. Veio rodeado de ajudantes e conselheiros, mas na sala de audiências só autorizaram a ficar o seu advogado. A princípio se mostrou sereno e arrogante. À medida que as perguntas de Charles Roberts e do velho Swift McNeill o iam encurralando, começou a incorrer em contradições e tropeços, que seu tradutor fazia o impossível para atenuar. Provocou a hilaridade do público quando, respondendo a uma pergunta do presidente da comissão — por que havia tantos fuzis Winchester nas estações do Putumayo?, para as "correrias" ou ataques às tribos destinados a levar as pessoas para os seringais? —, disse: "Não, senhor, para se defender das onças que são comuns na região." Tentava negar tudo, mas de repente reconhecia que sim, de fato, uma vez tinha ouvido que uma mulher indígena fora queimada viva. Só que fazia muito tempo. Os abusos, se foram cometidos, eram sempre coisa do passado.

O maior desconcerto do seringalista foi quando tentou desqualificar o testemunho de Walter Hardenburg acusando o norte-americano de ter falsificado uma letra de câmbio em Manaus. Swift McNeill interrompeu-o para perguntar se ele se atreveria a chamar, frente a frente, Hardenburg, que todos julgavam estar morando no Canadá, de "falsificador". "Sim", respondeu Arana. "Então chame", respondeu McNeill. "Ele está aqui." A chegada de Hardenburg causou comoção na sala de audiências. Por conselho do seu advogado, Arana se desdisse e explicou que não acusara Hardenburg, e sim "alguém", de ter trocado uma letra num banco de Manaus que depois se revelou falsa. Hardenburg demonstrou que tudo aquilo era uma farsa para difamá-lo montada pela Companhia de Arana, valendo-se de um indivíduo de maus antecedentes chamado Julio Muriedas, que atualmente estava preso no Pará como estelionatário.

Depois desse episódio, Arana perdeu a segurança. Limitava-se a dar respostas vacilantes e confusas às perguntas, revelando todo o seu mal-estar e, sobretudo, a falta de veracidade como o traço mais evidente do seu depoimento.

No meio dos trabalhos da comissão parlamentar uma nova catástrofe se abateu sobre o empresário. O juiz Swinfen Eady, da Corte Superior de Justiça, determinou a interrupção imediata dos negócios da Peruvian Amazon Company a pedido de um grupo de acionistas. O juiz afirmou que a Companhia auferia lucros "coletando borracha da maneira mais atroz que se possa imaginar" e que "se o senhor Arana não sabia o que estava acontecendo, sua responsabilidade era ainda maior, pois ele, mais do que ninguém, tinha a obrigação absoluta de saber o que sucedia em seus domínios".

O relatório final da comissão parlamentar não foi menos lapidar. Concluiu que: "O senhor Julio C. Arana, assim como os seus sócios, tinha conhecimento do que ocorria e é, portanto, o principal responsável pelas atrocidades perpetradas por seus agentes e funcionários no Putumayo."

Quando a comissão publicou seu relatório, que selou a desmoralização final de Julio C. Arana e precipitou a ruína do império que fizera desse humilde rapaz de Rioja um homem rico e poderoso, Roger Casement já estava começando a esquecer a Amazônia e o Putumayo. Os problemas da Irlanda tinham voltado a ser sua preocupação central. Depois de umas férias curtas, o Foreign Office lhe propôs que voltasse ao Brasil como cônsul-geral no Rio de Janeiro e Roger a princípio aceitou. Mas foi adiando a partida e, embora desse pretextos variados ao Ministério e a si mesmo, a verdade era que no fundo do coração ele já tinha decidido que não voltaria a servir à Coroa britânica como diplomata nem em qualquer outra função. Queria recuperar o tempo perdido, dedicar sua inteligência e sua energia a lutar pelo que a partir de então seria o objetivo exclusivo da sua vida: a emancipação da Irlanda.

Por isso, acompanhou de longe, sem muito interesse, as vicissitudes finais da Peruvian Amazon Company e do seu proprietário. Quando ficou claro, por confissão do próprio gerente geral Henry Lex Gielgud nas sessões da comissão, que a empresa de Julio C. Arana não possuía qualquer título de propriedade sobre as terras do Putumayo e só as explorava "por direito de ocupação", aumentou muito a desconfiança dos bancos e demais credores. Estes imediatamente pressionaram o proprietário, exigindo os pagamentos e compromissos em aberto (só com instituições da City, suas dívidas chegavam a mais de duzentas e cinquenta mil libras esterlinas). Choveram ameaças de confisco e leilão judicial dos seus bens. Fazendo declarações públicas de que, para salvar sua honra, pagaria até o último centavo, Arana pôs à venda o seu palacete londrino na Kensington Road, sua mansão de Biarritz e sua casa em Genebra. Mas, como o valor obtido com essas transações não foi suficiente para aplacar os credores, estes obtiveram ordens judiciais para congelar as suas aplicações e contas bancárias na Inglaterra. Enquanto a fortuna pessoal de Arana se desintegrava, prosseguia o declínio dos seus negócios. A queda do preço da borracha amazônica devido à concorrência do produto asiático foi paralela à decisão de muitos importadores europeus e norte-americanos de não comprarem borracha peruana até que fosse provado, por uma comissão internacional independente, que não havia mais trabalho escravo, torturas nem ataques às tribos, e até que nas estações seringueiras se pagassem salários aos índios apanhadores de látex e fossem respeitadas as leis trabalhistas vigentes na Inglaterra e nos Estados Unidos.

Não houve oportunidade para que essas quiméricas exigências pudessem sequer ser tentadas. A fuga dos principais capatazes e chefes das estações do Putumayo, atemorizados com a ideia de ser presos, deixou toda a região num estado de anarquia absoluta. Muitos indígenas — comunidades inteiras — também aproveitaram para fugir, de maneira que a extração da borracha se reduziu a um mínimo e logo parou totalmente. Os fugitivos haviam saqueado os armazéns e escritórios antes de partir, levando tudo de valor, principalmente armas e alimentos. Depois se soube que a empresa, assustada com a possibilidade de que, em eventuais processos futuros, esses assassinos foragidos se transformassem em testemunhas de acusação contra ela, pagou-lhes grandes quantias para facilitar sua fuga e comprar seu silêncio.

Roger Casement acompanhou a derrocada de Iquitos pelas cartas do seu amigo George Michell, o cônsul britânico. Este lhe contou que tinham sido fechados hotéis, restaurantes e lojas onde antes se vendiam artigos importados de Paris e de Nova York e que o champanhe, que antes se abria com tanta generosidade, tinha desaparecido como por passe de mágica, tal como o uísque, o conhaque, o Porto e o vinho. Nas cantinas e prostíbulos só circulavam agora a aguardente que arranhava a garganta e beberagens de origem suspeita, supostos afrodisíacos que, muitas vezes, em vez de atiçar os desejos sexuais tinham o efeito de dinamite no estômago dos incautos.

Tal como em Manaus, a quebra da Casa Arana e da borracha provocou em Iquitos uma crise generalizada tão veloz como a prosperidade que a cidade tinha vivido por três lustros. Os primeiros a emigrar foram os estrangeiros — comerciantes, exploradores, traficantes, donos de tavernas, profissionais, técnicos, prostitutas, cafetões e cafetinas —, que voltaram para os seus países ou se foram em busca de terras mais propícias do que essa que estava descambando para a ruína e o isolamento.

A prostituição não deixou de existir, mas mudou de agentes. Desapareceram as prostitutas brasileiras e as que se diziam "francesas" e na verdade geralmente eram polonesas, flamengas, turcas ou italianas, sendo substituídas por cholas e índias, muitas delas meninas e adolescentes que tinham trabalhado como domésticas e perderam o emprego porque os patrões também foram embora atrás de melhores ventos ou porque, com a crise econômica, não podiam mais vesti-las e alimentá-las. O cônsul britânico, em uma de suas cartas, fazia uma descrição patética dessas indiazinhas de quinze anos, esqueléticas, passeando pelo calçadão de Iquitos, todas pintadas como palhaços, em busca de clientes. Sumiram os jornais e as revistas, até o boletim semanal que anunciava a saída e a chegada dos navios, porque o transporte fluvial, antes tão intenso, foi diminuindo até quase parar. O que selou definitivamente o isolamento de Iquitos, sua ruptura com o vasto mundo com o qual tivera um intercâmbio tão intenso ao longo de quinze anos, foi a decisão da Booth Line de ir reduzindo progressivamente o tráfego de suas linhas de carga e passageiros. Quando o movimento de barcos parou totalmente, o cordão umbilical que unia Iquitos ao mundo foi cortado. A capital de Loreto fez uma viagem no tempo para trás. Em poucos anos voltou a ser um povoado perdido e esquecido no coração da planície amazônica.

Um dia, em Dublin, Roger Casement, que tinha ido consultar um médico por causa das dores da artrite, ao cruzar a grama úmida da St. Stephen's Green viu um franciscano que lhe acenava. Era um dos quatro missionários — os padres operários — que foram abrir uma missão no Putumayo. Os dois se sentaram num banco para conversar, junto ao lago dos patos e cisnes. A experiência dos quatro religiosos tinha sido muito dura. A hostilidade que encontraram em Iquitos por parte das autoridades, que obedeciam às ordens da Companhia de Arana, não os arredou — tiveram a ajuda dos padres agostinianos —, nem tampouco os ataques de malária e as picadas de insetos que puseram à prova, nos primeiros meses que passaram no Putumayo, o seu espírito de sacrifício. Apesar dos obstáculos e percalços, conseguiram se instalar nos arredores de El Encanto, numa palhoça semelhante às que os huitotos faziam em suas aldeias. Suas relações com os índios, depois de um começo em que estes se mostraram ásperos e desconfiados, eram boas e até cordiais. Os quatro franciscanos começaram a aprender o huitoto e o bora e construíram uma igreja rústica ao ar livre, com um teto de folhas de palmeira sobre o altar. Mas, de repente, começou uma fuga generalizada de pessoas de todas as condições. Chefes e empregados, artesãos e guardas, índios domésticos e peões foram indo embora como se expulsos por alguma força maligna ou uma peste de pânico. Ao ficarem sós, a vida dos quatro franciscanos foi se tornando cada dia mais difícil. Um deles, o padre McKey, pegou beribéri. Então, depois de longas discussões, optaram por sair também desse lugar que parecia vítima de uma maldição divina.

A volta dos quatro franciscanos foi uma viagem homérica e uma via-crúcis. Após a diminuição radical das exportações de borracha e a desorganização e o despovoamento das estações, o único meio de transporte para se sair do Putumayo, que eram os barcos da Peruvian Amazon Company, sobretudo o *Liberal*, foi cortado da noite para o dia, sem aviso anterior. Deste modo, os quatro missionários ficaram isolados do mundo, encalhados num lugar esquecido e com um doente grave. Quando o padre McKey morreu, seus companheiros o enterraram num morrinho e fizeram no seu túmulo uma inscrição em quatro línguas: gaélico, inglês, huitoto e espanhol. Depois, partiram, ao Deus dará. Uns índios os ajudaram a descer o Putumayo em pirágua até o seu encontro com o Javari. Na longa travessia a balsa naufragou algumas vezes e eles tiveram que chegar às margens nadando. Foi assim que perderam os poucos pertences que tinham. No Javari, depois de esperar muito, um barco aceitou levá-los até Manaus, desde que não ocupassem camarotes. Dormiram na coberta e, com as chuvas, o mais velho dos três missionários, o padre O'Nety, pegou uma pneumonia. Em Manaus, finalmente, duas semanas mais tarde, encontraram um convento franciscano que os acolheu. Lá morreu, apesar dos cuidados dos seus companheiros, o padre O'Nety. Foi enterrado no cemitério do convento. Os dois sobreviventes, depois de se recuperarem das suas desastrosas peripécias, foram repatriados para a Irlanda. Agora estavam de volta às suas tarefas entre os trabalhadores industriais de Dublin.

Roger continuou sentado por um longo tempo sob as frondosas árvores da St. Stephen's Green. Tentou imaginar como toda aquela imensa região do Putumayo teria ficado com o desaparecimento das estações, a fuga dos índios e dos funcionários, guardas e assassinos da Companhia de Julio C. Arana. Fechando os olhos, fantasiou. A natureza fecunda iria cobrindo todos os descampados e clareiras de arbustos, cipós, matagais e selva, e, ao crescer o mato, os animais voltariam a fazer seus esconderijos ali. Tudo se encheria de cantos de pássaros, assobios e grunhidos e gritos de papagaios, macacos, cobras, capivaras, mutuns e jaguares. Com as chuvas e desabamentos, em poucos anos não haveria mais sinais desses acampamentos onde a cobiça e a crueldade humanas causaram tantos sofrimentos, mutilações e mortes. A madeira das construções iria apodrecendo por causa das chuvas e as casas, caindo com suas madeiras devoradas pelas térmites. Bichos de todo tipo fariam tocas e refúgios entre os escombros. Num futuro não muito longínquo, todo e qualquer rastro humano teria sido apagado pela selva.

Irlanda

XIII

Acordou, entre assustado e surpreso. Porque, na confusão que eram as suas noites, nesta teve sobressaltos e tensões durante o sono com a lembrança do seu amigo — ex-amigo, agora — Herbert Ward. Mas não lá na África, onde se conheceram quando trabalhavam na expedição de sir Henry Morton Stanley, nem depois, em Paris, onde Roger foi visitar várias vezes Herbert e Sarita, e sim nas ruas de Dublin, simplesmente no meio do estrondo, das barricadas, dos tiroteios, dos disparos de canhão e do grande sacrifício coletivo da Semana Santa. Herbert Ward no meio dos irlandeses sublevados, junto com os Irish Volunteers e o Irish Citizen Army, lutando pela independência do Eire! Como podia a mente humana entregue ao sono criar fantasias tão absurdas?

Lembrou que poucos dias antes o gabinete britânico tinha se reunido sem tomar nenhuma decisão quanto ao seu pedido de clemência. Seu advogado, George Gavan Duffy, viera lhe informar isso. O que estava acontecendo? Por que esse novo adiamento? Gavan Duffy achava que era um bom sinal: divergências entre os ministros, eles não conseguiam a unanimidade indispensável. Havia, portanto, esperanças. Mas esperar era continuar morrendo várias vezes por dia, por hora, por minuto.

Ficou triste ao lembrar de Herbert Ward. Nunca mais seriam amigos. A morte do seu filho Charles, tão jovem, tão bonito, tão saudável, na frente de batalha de Neuve Chapelle, em janeiro de 1916, abrira um abismo entre ambos que nada mais poderia fechar. Herbert era o único amigo de verdade que ele fizera na África. Desde o primeiro momento, viu naquele homem um pouco mais velho que ele, de personalidade marcante, que tinha percorrido meio mundo — Nova Zelândia, Austrália, São Francisco, Bornéu —, com uma cultura muito superior à de todos os europeus que os rodeavam, incluindo Stanley, uma pessoa com quem aprendia muitas coisas e compartilhava preocupações e desejos. Ao contrário dos outros europeus recrutados por Stanley para aquela expedição a serviço de Leopoldo II, cuja única aspiração na África era ter dinheiro e poder, Herbert amava a aventura pela aventura. Era um homem de ação, mas tinha paixão pela arte e se dirigia aos africanos com uma curiosidade respeitosa. Indagava por suas crenças, seus costumes e seus objetos religiosos, seus vestuários e adornos, que lhe interessavam do ponto de vista estético e artístico, mas também intelectual e espiritual. Já nessa época, em seus momentos livres, Herbert desenhava e criava pequenas esculturas com motivos africanos. Nas suas longas conversas ao anoitecer, enquanto armavam as barracas, faziam o rancho e se preparavam para descansar das marchas e trabalhos da jornada, ele confidenciava a Roger que algum dia iria largar todas essas tarefas para ser simplesmente um escultor e levar uma vida de artista, em Paris, "a capital mundial da arte". Nunca perdeu o seu amor pela África. Pelo contrário, a distância e os anos aumentaram esse amor. Lembrou-se da casa dos Ward em Londres, na Chester Square 53, cheia de objetos africanos. E, principalmente, de seu ateliê em Paris com as paredes cheias de lanças, dardos, flechas, escudos, máscaras, remos e facas de todas as formas e tamanhos. Entre as cabeças de feras dissecadas pelo chão e as peles de animais cobrindo as poltronas de couro, os dois tinham passado noites inteiras lembrando as suas viagens pela África. Francis, a filha dos Ward, que eles chamavam de *Cricket* (Grilo), ainda uma menina, às vezes se vestia com as túnicas, colares e adornos nativos e fazia uma dança bacongo que os pais acompanhavam com palmas e uma melopeia monótona.

    Herbert foi uma das poucas pessoas a quem Roger confiou sua decepção com Stanley, com Leopoldo II, com a ideia que o trouxera à África: de que o Império e a colonização vinham abrir o caminho da modernização e do progresso para os africanos. Herbert concordou inteiramente, também via que a verdadeira razão da presença dos europeus na África não era ajudar os africanos a saírem do paganismo e da barbárie, e sim explorá-los com uma cobiça que não tinha limites para o abuso e a crueldade.

Mas Herbert Ward nunca levou muito a sério a progressiva conversão de Roger à ideologia nacionalista. Caçoava dele, da forma carinhosa que lhe era característica, alertando o amigo contra o patriotismo de ouropel — bandeiras, hinos, uniformes — que, dizia, sempre representava, a curto ou a longo prazo, um retrocesso ao provincianismo, ao espírito mesquinho e à distorção dos valores universais. Entretanto, esse cidadão do mundo, como Herbert gostava de se proclamar, também reagiu à violência desmesurada da guerra mundial refugiando-se no patriotismo, como tantos milhões de europeus. A carta em que rompia sua amizade com ele estava cheia do mesmo sentimento patriótico de que antes escarnecia, do mesmo amor à bandeira e ao torrão natal que antes lhe parecia primário e desprezível. Imaginar Herbert Ward, aquele inglês parisiense, envolvido com os homens do Sinn Fein de Arthur Griffith, do Exército do Povo de James Connolly e dos Voluntários de Patrick Pearse, lutando nas ruas de Dublin pela independência da Irlanda, que disparate! E, no entanto, enquanto esperava o amanhecer deitado no catre estreito da cela, Roger pensou que, afinal de contas, havia um pouco de racionalidade no fundo daquela ideia irracional, pois, no sonho, sua mente tinha tentado reconciliar duas coisas que ele amava e de que sentia saudades: seu amigo e seu país.

De manhã cedo, o xerife veio anunciar uma visita. Roger sentiu o coração bater mais rápido quando entrou no locutório e divisou, sentada no único banquinho do pequeno aposento, Alice Stopford Green. Ao vê-lo, a historiadora se levantou e foi sorrindo abraçá-lo.

— Alice, Alice querida — disse Roger. — Que alegria ver você de novo! Achei que nunca mais iríamos nos encontrar. Pelo menos neste mundo.

— Não foi fácil conseguir esta segunda autorização — disse Alice. — Mas, como pode ver, minha teimosia acabou por convencê-los. Você não imagina em quantas portas bati.

Sua velha amiga, que costumava se vestir com uma elegância calculada, agora, ao contrário da visita anterior, estava com um vestido puído e um lenço amarrado de qualquer maneira na cabeça, de onde escapavam umas mechas grisalhas. Tinha os sapatos enlameados. E não era apenas a sua roupa que tinha empobrecido. Sua expressão denotava cansaço e desânimo. O que havia acontecido nesses dias para provocar tamanha mudança? A Scotland Yard voltara a incomodar? Ela negou, dando de ombros, como se esse velho episódio não tivesse importância. Alice não mencionou o pedido de clemência nem o seu adiamento até o próximo Conselho de Ministros. Roger, supondo que ainda não se sabia nada a respeito, também não tocou no assunto. Mas lhe contou o sonho absurdo que teve, imaginando Herbert Ward misturado com os rebeldes irlandeses no meio das refregas e combates da Semana Santa, no centro de Dublin.

— Pouco a pouco vão se filtrando mais notícias de como as coisas ocorreram — disse Alice, e Roger notou que a voz da amiga ficava triste e furiosa ao mesmo tempo. E também notou que, ao ouvirem que se falava da insurreição irlandesa, o xerife e o guarda que permaneciam de costas ali por perto ficaram rígidos e, sem dúvida, apuraram os ouvidos. Receou que o xerife fosse adverti-los de que era proibido falar desse assunto, mas ele não fez nada.

— Então você soube mais alguma coisa, Alice? — perguntou, abaixando a voz até transformá-la num murmúrio.

Viu que a historiadora empalidecia um pouco enquanto confirmava. Fez um longo silêncio antes de responder, como se estivesse em dúvida sobre se devia ou não perturbar o amigo com um assunto doloroso para ele, ou melhor, como se tivesse tantas coisas a dizer sobre esse assunto que não soubesse por onde começar. Afinal respondeu que, embora tivesse ouvido e continuasse ouvindo muitas versões sobre o que se viveu em Dublin e algumas outras cidades da Irlanda na semana do Levante — coisas contraditórias, fatos misturados com fantasias, mitos, realidades e exageros e invenções, como sempre ocorria quando um acontecimento instigava todo um povo —, ela dava mais crédito ao depoimento de Austin, um sobrinho seu, frade capuchinho, recém-chegado a Londres. Austin era uma fonte de primeira mão, pois estava lá, em Dublin, em plena refrega, como enfermeiro e assistente espiritual, indo do General Post Office (GPO), o quartel-general de onde Patrick Pearse e James Connolly dirigiam o Levante, às trincheiras da St. Stephen's Green, onde a condessa Constance Markievicz comandava as ações com um revólver de bucaneiro e o seu impecável uniforme de Voluntário, às barricadas da Jacob's Biscuit Factory (Fábrica de

Bolachas Jacob) e às instalações do Boland's Mill (Moinho do Boland) ocupadas pelos rebeldes comandados por Éamon de Valera, antes que as tropas inglesas os cercassem. O testemunho de frei Austin, para Alice, era o que provavelmente mais se aproximava da verdade inalcançável que só seria totalmente conhecida pelos historiadores do futuro.

Houve outro longo silêncio, que Roger não ousou interromper. Ele a tinha visto poucos dias antes, mas Alice parecia ter envelhecido dez anos. Estava com rugas na testa e no pescoço, e as mãos cheias de sardas. Seus olhos, sempre tão claros, não brilhavam mais. Achou-a muito triste, mas tinha certeza de que ela não ia chorar na sua frente. Deviam ter negado a clemência e ela não conseguia dizer.

— O que o meu sobrinho mais lembra — prosseguiu Alice — não são os tiroteios, as bombas, os feridos, o sangue, as chamas dos incêndios, a fumaça que não os deixava respirar, mas sabe o quê, Roger?, a confusão. A imensa, a enorme confusão que reinou a semana inteira nos redutos dos revolucionários.

— Confusão? — repetiu Roger, bem baixinho. Fechando os olhos, tentou vê-la, ouvi-la, senti-la.

— A imensa, a enorme confusão — repetiu Alice, com ênfase. — Eles estavam dispostos a morrer e, ao mesmo tempo, viviam momentos de euforia. Momentos incríveis. De orgulho. De liberdade. Sem que nenhum deles, nem os chefes, nem os militantes, em momento algum soubesse exatamente o que estavam fazendo nem o que queriam fazer. Foi o que me disse Austin.

— Pelo menos sabiam por que as armas que estavam esperando não chegaram? — murmurou Roger, vendo que Alice ia cair de novo num longo silêncio.

— Não sabiam de coisa nenhuma. Eles diziam as coisas mais fantásticas uns para os outros. Ninguém podia desmentir nada, porque ninguém sabia qual era a verdadeira situação. Circulavam uns boatos extraordinários e todo mundo acreditava, porque precisavam acreditar que havia uma saída para a situação desesperadora em que se encontravam. Que um Exército alemão estava se aproximando de Dublin, por exemplo. Que tinham desembarcado companhias, batalhões, em diferentes pontos da ilha e avançavam para a capital. Que, no interior, em Cork, Galway, Wexford, Meath, Tralee, em toda parte, incluindo o Ulster, os

Voluntários e o Citizen Army tinham se levantado aos milhares, ocupado quartéis e postos policiais, e estavam convergindo de todas as direções para Dublin com reforços para os sitiados. Lutavam meio mortos de sede e de fome, já quase sem munição, e depositavam todas as suas esperanças na irrealidade.

— Eu sabia que ia acontecer isso — disse Roger. — Não cheguei a tempo de deter essa loucura. Agora a liberdade da Irlanda está mais longe do que nunca, outra vez.

— Eoin MacNeill tentou pará-los quando ficou sabendo — disse Alice. — O comando militar do IRB não lhe disse nada sobre os planos do Levante, porque ele era contra qualquer ação armada que não tivesse apoio alemão. Quando soube que o comando militar dos Voluntários, o IRB e o Irish Citizen Army tinham convocado a população para fazer manobras militares no domingo de Ramos, deu uma contraordem proibindo essa marcha e determinando que as companhias de Voluntários não fossem para as ruas se não recebessem outras instruções assinadas por ele. Isso provocou uma grande confusão. Centenas, milhares de Voluntários ficaram em suas casas. Muitos tentaram entrar em contato com Pearse, Connolly, Clarke, mas não conseguiram. Depois, os que obedeceram à contraordem de MacNeill tiveram que cruzar os braços enquanto os que a desobedeceram eram mortos. Por isso, agora, muitos Sinn Fein e Voluntários odeiam MacNeill e o consideram um traidor.

Calou-se de novo e Roger se distraiu. Eoin MacNeill, um traidor! Que estupidez! Imaginou o fundador da Liga Gaélica, editor do *Gaelic Journal*, um dos fundadores dos Irish Volunteers, que tinha dedicado a sua vida inteira a lutar pela sobrevivência da língua e da cultura irlandesas, acusado de trair os seus irmãos porque quis impedir aquele levantamento romântico condenado ao fracasso. No presídio onde estava encarcerado devia ser alvo de humilhações, quem sabe do gelo cheio de desprezo com que os patriotas irlandeses castigavam os vacilantes e covardes. Como devia sentir-se mal aquele professor universitário manso e culto, cheio de amor pela língua, pelos costumes e as tradições do seu país. Na certa ele devia se torturar, perguntando: "Será que fiz mal dando a contraordem? Eu, que só queria salvar vidas, acabei contribuindo para o fracasso da rebelião ao introduzir a desordem e a divisão entre os revolucionários?" Roger se sentiu identificado com Eoin MacNeill. Os dois se pareciam, nas posições contraditórias em que a história e as circunstâncias os colocaram. O que teria ocorrido se, em vez de ser preso em Tralee, ele tivesse conseguido falar com Pearse, com Clarke e os outros dirigentes do comando militar? Será que os teria convencido? Provavelmente não. E, agora, talvez, deviam dizer que ele também era um traidor.

— Estou fazendo uma coisa que não deveria, querido — disse Alice, forçando um sorriso. — Dando só as notícias ruins, a visão pessimista.

— Pode haver notícia diferente, depois do que aconteceu?

— Sim, há — disse a historiadora, com a voz animada e quase corando. — Eu também era contra o Levante, naquelas condições. E, no entanto...

— No entanto o quê, Alice?

— Por umas horas, por alguns dias, uma semana inteira, a Irlanda foi um país livre, querido — disse ela, e Roger pensou que Alice estava tremendo, comovida. — Uma República independente e soberana, com um presidente e um Governo Provisório. Austin ainda não tinha chegado lá quando Patrick Pearse saiu da Agência dos Correios e, nos degraus da esplanada, leu a Declaração de Independência e de criação do Governo Constitucional da República da Irlanda, assinada pelos sete. Não havia muita gente por ali, ao que parece. Os que estavam e ouviram devem ter sentido uma coisa muito especial, não é, querido? Eu era contra, já disse. Mas quando li esse texto, comecei a chorar em altos brados, como nunca tinha chorado. "Em nome de Deus e das gerações mortas, das quais recebe a velha tradição da nacionalidade, a Irlanda, por intermédio de nossas bocas, convoca agora os seus filhos a se acolherem sob sua bandeira e proclama a sua liberdade..." Viu, aprendi de cor, sim. E lamentei no fundo da alma não ter estado lá, junto com eles. Você me entende, não é?

Roger fechou os olhos. Via a cena, nítida, vibrante. No alto dos degraus da Agência Central dos Correios, sob um céu encapotado que ameaçava se derramar em chuva, diante de cem, duzentas?, pessoas armadas de escopetas, revólveres, facas, lanças, porretes, a maioria homens, mas também um bom número de mulheres com um lenço na cabeça, se destacava a figura magra, esbelta, enfermiça de Patrick Pearse, com seus trinta e seis anos e seu olhar acerado, impregnado da nietzschiana "vontade de poder" que sempre lhe havia permitido, sobretudo desde que ingressou aos dezessete anos na Liga Gaélica da qual logo se tornaria líder indiscutível, superar todos os percalços, a doença, as repressões, as lutas internas, e materializar o sonho místico de toda a sua vida — o levante armado dos irlandeses contra o opressor, o martírio dos santos que redimiria todo um povo —, lendo, com sua voz messiânica que a emoção do momento magnificava, as palavras cuidadosamente escolhidas que encerravam séculos de ocupação e de servidão e instauravam uma nova era na História da Irlanda. Ouviu o silêncio religioso, sagrado, que as palavras de Pearse devem ter instalado naquele recanto do centro de Dublin, ainda intacto porque os tiros não haviam começado, e viu os rostos dos Voluntários nas janelas do prédio dos Correios e dos edifícios vizinhos tomados pelos rebeldes na Sackville Street, assistindo à singela, solene cerimônia. Ouviu a gritaria, os aplausos, vivas, hurras com que, terminada a leitura dos sete nomes que assinavam a Declaração, as palavras de Patrick Pearse foram premiadas pelas pessoas da rua, das janelas e dos telhados, e sentiu a intensidade daquele breve momento quando o próprio Pearse e os outros dirigentes deram o ato por terminado explicando que não havia mais tempo a perder. Todos deviam voltar para os seus postos, cumprir suas obrigações, preparar-se para lutar. Sentiu que seus olhos ficavam úmidos. Ele também começou a tremer. Para não chorar, disse precipitadamente:

— Deve ter sido emocionante, sem dúvida.

— É um símbolo, e a História é feita de símbolos — assentiu Alice Stopford Green. — Não importa que tenham fuzilado Pearse, Connolly, Clarke, Plunkett e os outros signatários da Declaração de Independência. Ao contrário. Os fuzilamentos batizaram esse símbolo com sangue, dando-lhe uma auréola de heroísmo e martírio.

— Exatamente o que Pearse e Plunkett queriam — disse Roger. — Você tem razão, Alice. Eu também gostaria de ter estado lá, com eles.

Alice também ficava comovida, quase da mesma forma que com aquele ato nas escadarias externas do Post Office, com o fato de que muitas mulheres da organização feminina dos rebeldes, a Cumann na mBan, tivessem participado da rebelião. Isto sim o capuchinho viu com os próprios olhos. Em todos os redutos rebeldes, as mulheres tinham sido encarregadas pelos dirigentes de cozinhar para os combatentes, mas depois, à medida que começavam as refregas, o próprio peso da ação foi ampliando o leque de responsabilidades dessas militantes da Cumann na mBan que os tiros, bombas e incêndios arrancaram das cozinhas improvisadas e transformaram em enfermeiras. Elas enfaixavam os feridos e ajudavam os cirurgiões a extrair balas, suturar feridas e amputar os membros ameaçados de gangrena. Mas, talvez, o papel mais importante dessas mulheres — adolescentes, adultas, próximas da velhice — tenha sido o de estafetas, quando, devido ao isolamento crescente das barricadas e postos rebeldes, foi necessário recorrer às cozinheiras e enfermeiras e mandá-las, pedalando em suas bicicletas ou, quando estas escasseavam, na velocidade dos próprios pés, levar e trazer mensagens, informações orais ou escritas (com instruções de destruir, queimar ou comer esses papéis se fossem feridas ou capturadas). Frei Austin afirmou a Alice que, durante os seis dias da rebelião, em meio aos bombardeios e tiroteios, explosões que derrubavam tetos, paredes, sacadas, e iam transformando o centro de Dublin num arquipélago de incêndios e montes de escombros chamuscados e sanguinolentos, ele nunca deixou de ver, indo e vindo agarradas ao guidom como amazonas nas suas montarias, e pedalando furiosamente, esses anjos de saias, serenos, heroicos, impávidos, desafiando as balas, com as mensagens e informações que furavam a quarentena que a estratégia do Exército britânico queria impor aos rebeldes, para isolá-los antes de liquidá-los.

— Quando já não podiam mais servir de estafetas, porque as tropas estavam ocupando as ruas e a circulação era impossível, muitas delas empunharam os revólveres e os fuzis dos maridos, pais e irmãos e lutaram também — disse Alice. — Não foi só Constance Markievicz quem mostrou que nem todas as mulheres pertencem ao sexo fraco. Muitas outras lutaram como ela e morreram ou foram feridas de arma na mão.

— Sabe-se quantas?

Alice negou com a cabeça.

— Não há números oficiais. Os que se mencionam são pura fantasia. Mas uma coisa é certa. Elas lutaram. Os militares britânicos que as prenderam e levaram arrastadas para o quartel de Richmond e o presídio de Kilmainham sabem disso muito bem. Queriam submetê-las a cortes marciais e também fuzilá-as. Eu soube por uma fonte muito boa: um ministro. O gabinete britânico ficou apavorado pensando, com toda razão, que se começassem a fuzilar mulheres dessa vez a Irlanda inteira se levantaria em armas. O próprio primeiro-ministro Asquith telegrafou ao comandante militar em Dublin, sir John Maxwell, proibindo de maneira peremptória que se fuzilasse uma só mulher. Foi por isso que a condessa Constance Markievicz salvou sua vida. Ela havia sido condenada à morte por uma corte marcial mas depois comutaram a pena por prisão perpétua devido às pressões do governo.

No entanto, nem tudo era entusiasmo, solidariedade e heroísmo entre a população civil de Dublin durante a semana de combates. O capuchinho foi testemunha de pilhagens em lojas e armazéns da Sackville Street e outras ruas do centro, cometidas por vagabundos, meliantes ou simplesmente miseráveis vindos dos bairros marginais vizinhos, o que deixou em situação difícil os dirigentes do IRB, dos Voluntários e do Exército do Povo, que não tinham previsto aquela derivação delitiva da revolta. Em alguns casos, os rebeldes tentaram impedir os saques nos hotéis, dando até tiros para afugentar os saqueadores que estavam devastando o Gresham Hotel, mas, em outros casos, cruzaram os braços, atônitos com a maneira como aquela gente humilde, faminta, por cujos interesses pensavam estar lutando, vinha afrontá-los com fúria para que a deixassem roubar as lojas elegantes da cidade.

Mas não foram só os ladrões que afrontaram os rebeldes nas ruas de Dublin. Também muitas mães, esposas, irmãs e filhas dos policiais e soldados que os rebelados tinham atacado, ferido ou matado durante o Levante, em grupos às vezes numerosos de mulheres intrépidas, exaltadas pela dor, pelo desespero e pela raiva. Em alguns casos essas mulheres chegaram a se lançar contra os redutos rebeldes, xingando, apedrejando e cuspindo nos combatentes, amaldiçoando e chamando-os de assassinos. Foi esta a prova mais difícil para quem julgava ter do seu lado a justiça, o bem e a verdade: descobrir que seus oponentes não eram os cães de caça do Império, os soldados do Exército de ocupação, mas irlandesas humildes, cegas de sofrimento, que não os viam como libertadores da pátria, mas como assassinos dos seus entes queridos, irlandeses como eles cujo único delito era ser gente humilde e exercer o ofício de soldado ou de policial com o qual os pobres deste mundo sempre ganharam a vida.

— As coisas não são branco e preto, querido — comentou Alice. — Nem numa causa tão justa. Aqui também aparecem uns cinzas turvos que deixam tudo um pouco nublado.

Roger concordou. O que sua amiga tinha acabado de dizer se aplicava a ele. Por mais que você fosse precavido e planejasse suas ações com a maior lucidez, a vida, mais complexa que todos os cálculos, explodia os esquemas e os substituía por situações incertas e contraditórias. Não era ele próprio um exemplo vivo dessas ambiguidades? Seus interrogadores Reginald Hall e Basil Thomson julgavam que Roger viera da Alemanha para liderar um Levante que tinha sido escondido dele até o último minuto pelos seus próprios dirigentes, porque sabiam que ele era contra qualquer rebelião que não contasse com as Forças Armadas alemãs. Podia haver incongruência maior?

O desânimo se espalharia agora entre os nacionalistas? Os seus melhores quadros estavam mortos, fuzilados ou presos. Reconstruir o movimento independentista podia levar anos. Os alemães, em quem tantos irlandeses, como ele mesmo, tinham confiado, deram as costas para eles. Anos de sacrifícios e esforços dedicados à Irlanda irremediavelmente perdidos. E ele aqui, numa prisão inglesa, esperando o resultado de um pedido de clemência que provavelmente seria negado. Não teria sido melhor morrer lá, junto com aqueles poetas e místicos, dando e recebendo tiros? A sua morte teria um sentido definido, em vez da situação equívoca que seria morrer na forca, como um delinquente comum. "Poetas e místicos." Era isso o que eles eram e era assim que tinham agido, escolhendo, como foco da rebelião, não um quartel ou o Dublin Castle, cidadela do poder colonial, mas um prédio civil, o dos Correios, recém-reformado. Uma escolha de cidadãos civilizados, não de políticos nem militares. Mais que derrotar os soldados ingleses, queriam conquistar a população. Não foi o que lhe disse tão claramente Joseph Plunkett nas suas discussões em Berlin? Uma rebelião de poetas e místicos ansiosos pelo martírio para sacudir as massas adormecidas que acreditavam, como John Redmond, na via pacífica e na boa vontade do Império para obter a liberdade da Irlanda. Seriam ingênuos ou videntes?

Suspirou, e Alice lhe deu umas palmadinhas carinhosas no braço:

— É triste e empolgante falar disso, não é, querido Roger?

— Sim, Alice. Triste e empolgante. Às vezes, tenho uma raiva enorme deles pelo que fizeram. Outras vezes, eu os invejo com toda a minha alma e minha admiração por eles não tem limites.

— Eu, na verdade, não paro de pensar nisso o dia inteiro. E na falta que você me faz, Roger — disse Alice, pegando-o pelo braço. — As suas ideias, a sua lucidez me ajudariam muito a ver alguma coisa no meio de tantas sombras. E sabe de uma coisa? Agora não, mas a médio prazo algo de bom vai resultar de tudo o que aconteceu. Já há indícios.

Roger fez que sim, sem entender exatamente o que a historiadora queria dizer.

— Para começar, os partidários de John Redmond perdem força a cada dia em toda a Irlanda — continuou ela. — Nós, que éramos minoria, passamos a ter a maioria do povo irlandês do nosso lado. Parece até mentira, mas juro que é isso mesmo. Os fuzilamentos, as cortes marciais, as deportações estão nos fazendo um grande favor.

Roger notou que o xerife, sempre de costas, se mexeu, como se fosse dar meia-volta e mandar que eles se calassem. Mas dessa vez tampouco disse nada. Agora Alice parecia otimista. Segundo ela, talvez Pearse e Plunkett não estivessem tão errados. Porque estavam se multiplicando diariamente na Irlanda manifestações espontâneas do povo, na rua, nas igrejas, nas associações de moradores, nos grêmios, de simpatia pelos mártires, os fuzilados e os sentenciados a longas penas da prisão, e de hostilidade aos policiais e soldados do Exército britânico. Estes eram alvos de insultos e chacotas por parte dos transeuntes, a tal ponto que o governo militar determinou que os policiais e soldados só fizessem suas patrulhas em grupos e, quando não estivessem de serviço, se vestissem à paisana. Porque a hostilidade popular abatia o moral das forças da ordem.

Segundo Alice, a mudança mais notável se deu na Igreja católica. A alta hierarquia e o grosso do clero sempre se mostraram mais simpáticos às teses pacifistas, gradualistas e favoráveis ao Home Rule para a Irlanda, defendidas por John Redmond e seus seguidores do Irish Parliamentary Party, que do radicalismo separatista do Sinn Fein, da Liga Gaélica, do IRB e dos Voluntários. Mas, desde o Levante, tudo mudou. Talvez em decorrência do comportamento extremamente religioso dos sublevados durante a semana de combates. Os depoimentos dos sacerdotes, entre eles frei Austin, que estiveram nas barricadas, prédios e outros locais transformados em focos rebeldes, eram definitivos: houve missas, confissões, comunhões, muitos combatentes pediram a bênção aos religiosos antes de começar a atirar. Em todos os redutos os sublevados respeitaram a proibição terminante dos líderes de consumir uma gota de álcool. Nos momentos de calma, os rebeldes rezavam o rosário em voz alta, ajoelhados. Nem um só dos executados, nem mesmo James Connolly, que se proclamava socialista e tinha fama de ateu, deixou de pedir ajuda a um sacerdote antes de enfrentar o pelotão. Numa cadeira de rodas, com as feridas ainda sangrando dos tiros que recebera nos combates, Connolly foi fuzilado depois de beijar um crucifixo que o capelão da prisão de Kilmainham lhe deu. Desde o mês de maio, em toda a Irlanda se multiplicaram as missas de Ação de Graças e homenagens aos mártires da Semana Santa. Não havia domingo em que os padres, nos sermões da missa, não exortassem os paroquianos a rezarem pela alma dos patriotas executados e enterrados clandestinamente pelo Exército britânico. O comandante militar, sir John Maxwell, fez um protesto formal à Igreja católica, e, em vez de lhe dar explicações, o bispo O'Dwyer justificou os seus fiéis acusando o general de ser "um ditador militar" e agir de maneira anticristã com as execuções e a sua recusa em devolver os cadáveres dos fuzilados às famílias. Isto, principalmente, o fato de que o governo militar, amparado na supressão de garantias da Lei Marcial, tinha enterrado os patriotas às escondidas para evitar que seus túmulos se transformassem em centros de peregrinação republicana, causou uma indignação que abrangia setores que antes não viam os radicais com muita simpatia.

— Em suma, os papistas ganham terreno a cada dia e os nacionalistas anglicanos se encolhem como *A pele de onagro*, o romance de Balzac. Só falta que você e eu também nos convertamos ao catolicismo, Roger — brincou Alice.

— Eu praticamente me converti — respondeu Roger. — E não foi por razões políticas.

— Eu jamais faria isso, não se esqueça de que meu pai era clérigo da Church of Ireland — disse a historiadora. — No seu caso não me surpreende, faz tempo que já esperava. Lembra das brincadeiras que fazíamos a seu respeito, nas reuniões em minha casa?

— Aquelas reuniões inesquecíveis — suspirou Roger. — Vou lhe dizer uma coisa. Agora, com tanto tempo para pensar, fiz este balanço muitas vezes: onde e quando fui mais feliz? Nas reuniões das terças-feiras, na sua casa em Grosvenor Road, querida Alice. Eu nunca lhe disse isto, mas saía das reuniões em estado de graça. Exaltado e feliz. Reconciliado com a vida. Pensando: "Que pena eu não ter estudado, não ter ido à universidade." Ouvindo você e seus amigos falarem, eu me sentia tão longe da cultura como os nativos da África ou da Amazônia.

— Comigo e com eles acontecia uma coisa parecida em relação a você, Roger. Invejávamos as suas viagens, as suas aventuras, o fato de ter vivido tantas vidas diferentes naqueles lugares. Ouvi Yeats dizer uma vez: "Roger Casement é o irlandês mais universal que conheci. Um verdadeiro cidadão do mundo." Acho que nunca lhe contei isto.

Lembraram-se de uma discussão, anos antes, em Paris, sobre os símbolos, com Herbert Ward. O artista mostrara a eles o vazamento recente de uma escultura com a qual estava muito contente: um feiticeiro africano. De fato, era uma bela peça que, apesar do seu caráter realista, mostrava tudo o que havia de secreto e misterioso naquele homem com o rosto cheio de incisões, armado de uma vassoura e uma caveira, consciente dos poderes que lhe eram conferidos pelas divindades da selva, dos arroios e das feras e em quem os homens e mulheres da tribo confiavam cegamente para que os livrasse dos conjuros, das doenças, dos medos, e os pusesse em contato com o além.

— Todos temos um desses ancestrais dentro de nós — disse Herbert, apontando para o feiticeiro de bronze que, de olhos entrefechados, parecia estar extasiado, num desses sonhos provocados por cozimentos de ervas. — Quer uma prova? Os símbolos que cultuamos com um respeito reverencial. Os escudos, as bandeiras, as cruzes.

Roger e Alice rebateram, afirmando que os símbolos não deviam ser vistos como anacronismos da era irracional da humanidade. Pelo contrário, uma bandeira, por exemplo, era o símbolo de uma comunidade que se sentia solidária e compartilhava crenças, convicções, costumes, respeitando as diferenças e discrepâncias individuais que não destruíam, mas sim fortaleciam, o denominador comum. Ambos confessaram que ver ondulando uma bandeira republicana da Irlanda sempre os deixava emocionados. Como Herbert e Sarita debocharam deles por esta frase!

Quando soube que, enquanto Pearse lia a Declaração de Independência, muitas bandeiras republicanas irlandesas foram içadas nos telhados da Agência de Correios, do Liberty Hall, e depois viu as fotos dos edifícios ocupados pelos rebeldes de Dublin, como o Hotel Metropole e o Hotel Imperial, com bandeiras que o vento balançava nas janelas e parapeitos, Alice sentiu um nó na garganta. Aquilo devia ter provocado uma felicidade ilimitada em quem o viveu. Depois soube também que, nas semanas anteriores à insurreição, enquanto os Voluntários preparavam bombas caseiras, cartuchos de dinamite, granadas, lanças e baionetas, as mulheres da Cumann na mBan, o corpo auxiliar feminino da organização, reuniam remédios, vendas, desinfetantes, e costuravam aquelas bandeiras tricolores que iriam irromper, na manhã da segunda-feira dia 24 de abril, nos tetos do centro de Dublin. A casa dos Plunkett, em Kimmage, era a mais ativa fábrica de armas e insígnias para o Levante.

— Foi um acontecimento histórico — afirmou Alice. — Nós costumamos abusar das palavras. Os políticos, principalmente, empregam a palavra "histórico", "histórica" para qualquer bobagem. Mas aquelas bandeiras republicanas no céu da velha Dublin foram mesmo. Isso vai ser recordado para sempre com fervor. Um acontecimento histórico. Deu a volta ao mundo, querido. Nos Estados Unidos saiu nas primeiras páginas de muitos jornais. Você não queria ter visto?

Sim, ele também gostaria de ter visto aquilo. Segundo Alice, cada vez mais gente na ilha desafiava a proibição e pendurava bandeiras republicanas na fachada das suas casas, até em Belfast e Derry, cidadelas pró-britânicas.

Por outro lado, apesar da guerra no continente, da qual diariamente chegavam notícias inquietantes — as ações causavam números vertiginosos de vítimas e os resultados continuavam sendo incertos —, na própria Inglaterra muita gente se mostrava disposta a ajudar os deportados da Irlanda pelas autoridades militares. Centenas de homens e mulheres considerados subversivos tinham sido expulsos e agora estavam espalhados por toda a Inglaterra, com ordem de se estabelecer em localidades afastadas e, na grande maioria, sem recursos para sobreviver. Alice, que pertencia a associações humanitárias que mandavam dinheiro, mantimentos e roupas para essa gente, disse a Roger que eles não tinham dificuldade em conseguir recursos e ajuda do público em geral. Também nesse aspecto a participação da Igreja católica tinha sido importante.

Entre os deportados havia dezenas de mulheres. Muitas delas — com algumas, Alice conversou pessoalmente — ainda tinham, em meio à solidariedade, um certo rancor dos comandantes da rebelião que criaram dificuldades para que as mulheres pudessem colaborar com os sublevados. Mas quase todos eles, de boa ou de má vontade, acabaram por aceitá-las nos redutos e aproveitá-las. O único comandante que se negou terminantemente a admitir mulheres em Boland's Mill e em todo o território vizinho controlado por suas companhias foi Éamon de Valera. Seus argumentos, de tão conservadores, deixaram irritadas as militantes do Cumann na mBan. Que o lugar da mulher era no lar e não na barricada, e seus instrumentos naturais eram a roca, a cozinha, as flores, a agulha e o fio, não a pistola ou o fuzil. E que a presença delas podia distrair os combatentes, que, para protegê-las, descuidariam das suas obrigações. Esse professor de matemática alto e magro, dirigente dos Irish Volunteers, com quem Roger Casement havia conversado muitas vezes e mantido uma vasta correspondência, foi condenado à morte por uma das cortes marciais secretas e expeditas que julgaram os dirigentes do Levante. Mas se salvou no último minuto. Quando, já tendo confessado e comungado, ele estava esperando em total tranquilidade, com o rosário entre os dedos, ser levado até o paredão atrás do Kilmainham Gaol onde se faziam os fuzilamentos, o Tribunal decidiu comutar a pena de morte por prisão perpétua. Segundo os boatos, as companhias sob as ordens de Éamon de Valera, apesar da nula formação militar deste, se comportaram com grande eficiência e disciplina, infligindo muitas perdas ao inimigo. Foram as últimas a se render. Mas os boatos também diziam que a tensão e os sacrifícios daqueles dias foram tão duros que, em determinado momento, seus subordinados na estação onde ficava o posto de comando acharam que o chefe ia perder o juízo, por seu comportamento errático. Ele não foi o único caso. Sob a chuva de chumbo e de fogo, sem dormir, sem comer e sem beber, alguns outros tinham enlouquecido ou sofrido crises nervosas nas barricadas.

Roger estava distraído, lembrando-se da silhueta longilínea de Éamon de Valera, seu jeito de falar sempre tão solene e cerimonioso. Percebeu que agora Alice se referia a um cavalo. Com sentimento e lágrimas nos olhos. A historiadora tinha um grande amor pelos animais, mas por que este a afetava de um modo tão especial? Pouco a pouco foi entendendo que o sobrinho lhe contara o episódio. O cavalo era de um dos lanceiros britânicos que investiram contra a Agência de Correios no primeiro dia da insurreição e foram repelidos, perdendo três homens. O animal recebeu vários impactos de bala e caiu na frente de uma barricada, gravemente ferido. Relinchava com horror, transpassado de sofrimento. Às vezes conseguia se levantar, mas, debilitado pela perda de sangue, voltava a cair no chão após tentar alguns passos. Atrás da barricada houve uma discussão entre aqueles que queriam dar um tiro de misericórdia no animal para que não sofresse mais e os que se opunham, achando que ele conseguiria sobreviver. Por fim, atiraram. Foram necessários dois disparos de fuzil para acabar com a sua agonia.

— Não foi o único animal que morreu nas ruas — disse Alice, com tristeza. — Morreram muitos, cavalos, cachorros, gatos. Vítimas inocentes da brutalidade humana. Muitas vezes tenho pesadelos com eles. Coitadinhos. Os seres humanos são piores que os animais, não é mesmo, Roger?

— Nem sempre, querida. Garanto que alguns são tão ferozes como nós. Estou pensando nas cobras, por exemplo, cujo veneno vai matando aos pouquinhos, em meio a estertores horríveis. E nos candirus do Amazonas, que se introduzem no corpo pelo ânus e provocam hemorragias. Enfim...

— Vamos falar de outra coisa — disse Alice. — Chega de guerras, de combates, de feridos e de mortos.

Mas no minuto seguinte contava a Roger que, entre as centenas de irlandeses deportados e trazidos para as prisões inglesas, era impressionante como aumentavam as adesões ao Sinn Fein e ao IRB. Mesmo gente moderada e independente e pacifistas conhecidos estavam se filiando a essas organizações radicais. E o grande número de abaixo-assinados que apareciam em toda a Irlanda pedindo anistia para os condenados. Também nos Estados Unidos continuavam as manifestações de protesto, em todas as cidades onde havia comunidades irlandesas, contra os excessos da repressão depois do Levante. John Devoy fez um trabalho fantástico e conseguiu que os manifestos a favor da anistia fossem assinados pelo melhor da sociedade norte-americana, de artistas e empresários até políticos, professores e jornalistas. A Câmara de Representantes aprovou uma moção, redigida em termos muito severos, condenando as penas de morte sumárias contra adversários que haviam deposto as armas. Apesar da derrota, as coisas não tinham piorado com o Levante. Quanto ao apoio internacional, a situação nunca estivera melhor para os nacionalistas.

— O tempo da visita acabou — interrompeu o xerife. — Vocês têm que se despedir.

— Vou conseguir outra permissão, venho de novo antes de... — disse Alice e se calou, levantando-se. Estava muito pálida.

— Claro que sim, Alice querida — assentiu Roger, abraçando-a. — Tomara que consiga. Você não sabe o bem que me faz a sua presença. Como me tranquiliza e me enche de paz.

Mas não foi o que aconteceu dessa vez. Ele voltou para a cela com um tumulto de imagens na cabeça, todas relacionadas com a revolta da Semana Santa, como se as lembranças e os testemunhos da sua amiga o houvessem tirado da Pentonville Prison e jogado no meio da guerra, nas ruas, em pleno fragor dos combates. Sentiu uma saudade imensa de Dublin, com seus edifícios e casas de tijolo vermelho, os jardinzinhos minúsculos protegidos por cercas de madeira, os bondes barulhentos, os bairros disformes com casas precárias cheios de gente miserável e descalça em volta das ilhotas de afluência e modernidade.

Como terá ficado tudo aquilo depois das descargas de artilharia, das bombas incendiárias, dos desabamentos? Pensou no Abbey Theatre, no Olympia, nos bares fedorentos e quentes cheirando a cerveja e fervilhando de conversas. Dublin algum dia voltaria a ser o que tinha sido?

O xerife não se ofereceu para levá-lo ao chuveiro e ele não pediu. O carcereiro parecia tão deprimido, com uma expressão de tanto isolamento e ausência, que não o quis incomodar. Sentia pena de vê-lo sofrer dessa maneira e tristeza por não atinar a fazer alguma coisa para confortá-lo. O xerife já viera duas vezes, violando o regulamento, conversar à noite em sua cela, e nas duas Roger acabou angustiado por não conseguir transmitir a Mr. Stacey a serenidade que ele buscava. Na segunda vez, como na primeira, não fez outra coisa além de falar do filho Alex e da sua morte em combate contra os alemães em Loos, um lugar ignoto na França ao qual se referia como uma paragem maldita. Em dado momento, após um silêncio prolongado, o carcereiro confessou a Roger que ainda sofria com a recordação de uma vez em que deu uma surra de chicote em Alex, ainda pequeno, por ter roubado um pastelzinho na padaria da esquina. "Era um erro e precisava ser castigado", disse Mr. Stacey, "mas não de maneira tão severa. Açoitar assim um menino de poucos anos foi uma crueldade imperdoável". Roger tentou sossegá-lo lembrando que o capitão Casement, seu pai, às vezes batia nele e nos seus irmãos, até na menina, e nem por isso eles deixaram de amá-lo. Mas Mr. Stacey estava escutando? Permanecia em silêncio, ruminando a sua dor, com uma respiração profunda e agitada.

Quando o carcereiro trancou a porta da cela, Roger foi se jogar no catre. Estava suspirando, febril. A conversa com Alice não lhe fizera nada bem. Agora se sentia triste por não ter estado lá, com seu uniforme de Voluntário e sua máuser na mão, participando do Levante, sem se importar que a ação armada terminasse em uma matança. Talvez Patrick Pearse, Joseph Plunkett e os outros tivessem razão. Não se tratava de ganhar, mas de resistir o máximo possível. Imolar-se, como os mártires cristãos dos tempos heroicos. O sangue desses mártires foi a semente que germinou, aboliu os ídolos pagãos e os substituiu pelo Cristo Redentor. O sangue dos Voluntários também ia frutificar, abrir os olhos dos cegos e conquistar a liberdade para a Irlanda. Quantos dos companheiros e amigos do Sinn Fein, dos Voluntários, do Exército do Povo, do IRB que estavam nas barricadas sabiam que aquilo era uma obstinação suicida? Centenas, milhares, sem dúvida. Patrick Pearse, em primeiro lugar. Ele sempre achou que o martírio era a arma principal de uma luta justa. Não fazia parte do caráter irlandês, da herança celta? A aptidão dos católicos para suportar o sofrimento já estava em Cuchulain, nos heróis míticos do Eire e suas grandes sagas e, também, no heroísmo sereno dos seus santos que sua amiga Alice havia estudado com tanto amor e sabedoria: uma capacidade infinita para os grandes gestos. Um espírito pouco prático o do irlandês, quem sabe, mas compensado pela imensa generosidade para abraçar os mais audazes sonhos de justiça, igualdade e felicidade. Mesmo que a derrota fosse inevitável. Com todo o desatino do plano de Pearse, Tom Clarke, Plunkett e dos outros, naqueles seis dias de luta desigual se mostrara à flor da pele, para que o mundo admirasse, o espírito do povo irlandês, indomável apesar de tantos séculos de servidão, idealista, temerário, disposto a tudo por uma causa justa. Que diferença de atitude com aqueles compatriotas presos no campo de Limburg, cegos e surdos às suas exortações. Esta era a outra face da Irlanda: a dos submissos, aqueles que, devido aos séculos de colonização, tinham perdido a chama indômita que levara tantas mulheres e homens às barricadas de Dublin. Teria se enganado mais uma vez na vida? O que aconteceria se as armas alemãs que vieram no *Aud* tivessem chegado às mãos dos Voluntários na noite de 20 de abril, em Tralee Bay? Imaginou centenas de patriotas com bicicletas, carros, carroças, mulas e burros se deslocando sob as estrelas e distribuindo aquelas armas e balas por toda a geografia da Irlanda. As coisas seriam diferentes com esses vinte mil fuzis, dez metralhadoras e cinco milhões de cartuchos nas mãos dos sublevados? Pelo menos os combates durariam mais tempo, os rebeldes se defenderiam melhor e causariam mais baixas no inimigo. Ficou contente ao ver que tinha bocejado. O sono iria apagando essas imagens e aplacando o seu mal-estar. Sentiu-se afundando.

Teve um sonho prazeroso. Sua mãe aparecia e desaparecia, sorrindo, bela e grácil com seu grande chapéu de palha que arrastava uma fita flutuando ao vento. Uma brejeira sombrinha floreada protegia do sol a brancura dos seus pômulos. Os olhos de Anne Jephson estavam fixos nele e os de Roger, nela, e nada nem ninguém parecia capaz de interromper aquela silenciosa e terna comunicação. Mas, de repente, surgiu da floresta o capitão de lanceiros Roger Casement, com seu resplandecente uniforme dos dragões ligeiros. Olhava para Anne Jephson com uma cobiça obscena. Tanta vulgaridade ofendeu e assustou Roger. Ele não sabia o que fazer. Não tinha forças para impedir o que estava por acontecer nem para sair correndo e se livrar daquele horrível pressentimento. Com lágrimas nos olhos, tremendo de pavor e de indignação, viu o capitão levantar sua mãe do chão. Ouviu-a dar um grito de surpresa e, depois, rir com uma risadinha forçada e complacente. Tremendo de nojo e de ciúmes, viu-a espernear no ar, mostrando seus tornozelos magros, enquanto seu pai a levava correndo por entre as árvores. Foram sumindo na floresta e suas risadinhas diminuindo até se apagarem. Agora, ouvia o vento gemer e os gorjeios de pássaros. Não estava chorando. O mundo era cruel e injusto, para sofrer assim era preferível morrer.

O sonho continuou por um bom tempo, mas ao acordar, ainda na escuridão, alguns minutos ou horas depois, Roger não se lembrava do desenlace. Não saber as horas deixou-o angustiado outra vez. Às vezes se esquecia disso, mas qualquer inquietação, dúvida ou aflição fazia a aguda ansiedade de não saber em que momento do dia ou da noite se achava lhe apertar o coração, com a sensação de ter sido expulso do tempo, de viver num limbo onde não existiam o antes, o agora nem o depois.

Só tinha passado um pouco mais de três meses desde a sua captura, mas ele sentia que já estava entre as grades havia anos, num isolamento em que ia perdendo a sua humanidade a cada dia, a cada hora que passava. Não disse nada a Alice, mas se já tivera alguma vez a esperança de que o governo britânico aceitasse o seu pedido de clemência e comutasse a condenação à morte por prisão, agora não tinha mais. No clima de cólera e desejo de vingança que o Levante da Semana Santa desatara na Coroa, especialmente entre os militares, a Inglaterra precisava dar um castigo exemplar aos traidores que viam na Alemanha, o inimigo contra o qual o Império estava combatendo nos campos de Flandres, um aliado da Irlanda em sua luta pela emancipação. O estranho era que o gabinete houvesse adiado tanto a decisão. O que estavam esperando? Queriam prolongar a sua agonia, fazendo-o pagar caro pela ingratidão com o país que lhe deu condecorações e um título de nobreza e ao qual ele correspondeu conspirando com seu adversário? Não, em política os sentimentos não importam, só os interesses e conveniências. O governo devia estar avaliando com frieza as vantagens e desvantagens que sua execução traria. Ela serviria como exemplo? Ia piorar as relações do governo com o povo irlandês? A campanha de difamação contra ele pretendia que ninguém chorasse essa ignomínia humana, esse depravado de quem a sociedade decente iria se livrar graças à forca. Foi uma estupidez deixar aqueles diários ao alcance da mão de qualquer um quando foi para os Estados Unidos. Uma negligência que seria muito bem-aproveitada pelo Império e que embaçaria por muito tempo a verdade da sua vida, do seu comportamento político e até da sua morte.

  Voltou a adormecer. Dessa vez, em vez de sonho teve um pesadelo que na manhã seguinte quase não lembrava. Aparecia um passarinho, um canário de voz límpida martirizado pelas grades da gaiola onde estava preso. Isso era visível pelo desespero com que batia sem parar as asinhas douradas, como se as grades fossem se abrir com esse movimento para deixá-lo ir embora. Seus olhinhos giravam incessantemente nas órbitas pedindo compaixão. Roger, um menino de calças curtas, dizia à mãe que não deviam existir gaiolas nem zoológicos, que os animais deviam viver em liberdade. Ao mesmo tempo, acontecia alguma coisa secreta, um perigo o estava rondando, uma coisa invisível que sua sensibilidade detectava, algo insidioso, traiçoeiro, que já estava ali e se preparava para golpear. Ele estava suando, tremendo como uma vara verde.

  Acordou tão agitado que mal podia respirar. Estava sem ar. Seu coração batia com tanta força no peito que talvez fosse o começo de um infarto. Devia chamar o guarda de plantão? Desistiu na hora. Era melhor morrer aqui, deitado no seu catre, de uma morte natural que o livraria do patíbulo. Pouco depois seu coração se apaziguou e Roger voltou a respirar com normalidade.

  Será que o padre Carey viria hoje? Sentia vontade de vê-lo e ter com ele uma longa conversa sobre assuntos e preocupações que tivessem muito a ver com a alma, a religião e Deus e muito pouco com política. E de imediato, enquanto começava a se acalmar e a esquecer o pesadelo, veio à sua memória o último encontro que tivera com o capelão do presídio e um momento de súbita tensão, que o encheu de ansiedade. Estavam falando da sua conversão ao catolicismo. O padre Carey lhe dizia mais uma vez que não se devia falar de "conversão" porque, tendo sido batizado quando criança, nunca havia se afastado da Igreja. O ato seria uma atualização da sua condição de católico, coisa que não exigia nenhum procedimento formal. De todo modo — e nesse instante Roger notou que o padre Carey hesitava, procurando com cuidado as palavras para não ofendê-lo —, Sua Eminência o cardeal Bourne pensou que, se Roger achasse oportuno, poderia assinar um documento, um texto particular entre ele e a Igreja, manifestando a sua vontade de retornar, uma afirmação da sua condição de católico e ao mesmo tempo uma declaração de abandono de velhos erros e tropeços, e também de arrependimento.

O padre Carey não conseguia disfarçar o seu constrangimento.

Houve um silêncio. Depois, Roger disse com suavidade:

— Não vou assinar nenhum documento, padre Carey. Minha incorporação à Igreja católica deve ser uma coisa íntima, com o senhor como única testemunha.

— Assim será — disse o capelão.

Seguiu-se outro silêncio, ainda tenso.

— O cardeal Bourne se referia ao que estou imaginando? — perguntou Roger. — Quer dizer, à campanha contra mim, às acusações sobre a minha vida particular. É disso que eu deveria me arrepender num documento para ser readmitido pela Igreja católica?

A respiração do padre Carey ficou mais rápida. Novamente estava procurando as palavras antes de responder.

— O cardeal Bourne é um homem bom e generoso, de espírito compassivo — disse, afinal. — Mas, não se esqueça, Roger, ele tem nos ombros a responsabilidade de zelar pelo bom nome da Igreja num país em que os católicos são minoria e ainda há quem alimente grandes fobias contra nós.

— Diga-me com franqueza, padre Carey: o cardeal Bourne impôs como condição para a minha readmissão na Igreja católica que eu assine um documento me arrependendo dessas coisas vis e depravadas de que a imprensa me acusa?

— Não é uma condição, apenas uma sugestão — disse o religioso. — Pode aceitá-la ou não, e isso não muda nada. O senhor foi batizado. É católico e continuará sendo. Não vamos mais falar do assunto.

De fato, não falaram mais. Mas vez por outra a lembrança desse diálogo voltava e fazia Roger se perguntar se o seu desejo de voltar para a Igreja da sua mãe era puro ou estava maculado pelas circunstâncias da sua situação. Não seria um ato decidido por motivos políticos? Para mostrar sua solidariedade com os irlandeses católicos que eram a favor da independência e sua hostilidade àquela minoria, na maior parte protestante, que queria continuar fazendo parte do Império? Que valor teria aos olhos de Deus uma conversão que, no fundo, não obedecia a nada de espiritual e sim ao desejo de se sentir acolhido por uma comunidade, de ser parte de uma vasta tribo? Deus veria uma conversão assim como as braçadas de um náufrago.

— O que interessa agora, Roger, não é o cardeal Bourne, nem eu, nem os católicos da Inglaterra ou os da Irlanda — disse o padre Carey. — O que interessa agora é o senhor. O seu reencontro com Deus. É aí que está a força, a verdade, a paz que o senhor merece depois de uma vida tão intensa e de tantas provações que enfrentou.

— Sim, sim, padre Carey — concordou Roger, ansioso. — Sei disso. Mas, justamente. Faço um esforço, juro. Tento ser ouvido, chegar a Ele. Algumas vezes, muito poucas, acho que consigo. Nesses momentos, sinto finalmente um pouco de paz, uma quietude incrível. Como certas noites na África, com a lua cheia, o céu cheio de estrelas, nem uma brisa balançando as árvores, o murmúrio dos insetos. Tudo era tão bonito e tão tranquilo que o pensamento que me vinha à cabeça era sempre: "Deus existe. Ao ver o que estou vendo, como se podia imaginar que não exista?" Mas outras vezes, padre Carey, a maioria, não o vejo, Ele não me responde, não me escuta. E me sinto muito sozinho. Durante a maior parte da vida eu me senti muito só. Agora, nestes dias, isso me acontece com frequência. Mas a solidão de Deus é muito pior. Então penso: "Deus não me escuta nem vai me escutar. Vou morrer tão sozinho como vivi." Isso é uma coisa que me atormenta dia e noite, padre.

— Ele está aí, Roger. Ele escuta. Sabe o que o senhor sente. Que necessita dele. Não vai lhe falhar. Se há uma coisa que eu posso garantir, de que tenho certeza absoluta, é que Deus não vai lhe falhar.

Na escuridão, deitado no catre, Roger pensou que o padre Carey tinha assumido uma tarefa tão ou mais heroica que os rebeldes das barricadas: levar consolo e paz aos seres desesperados, destroçados, que iam passar muitos anos numa cela ou se preparavam para subir no patíbulo. Tarefa terrível, desumanizadora, que deve ter levado o padre Carey muitas vezes, sobretudo no começo do seu ministério, ao desespero. Mas ele sabia disfarçar. Sempre estava calmo e transmitia em todos os momentos um sentimento de compreensão, de solidariedade, que lhe fazia bem. Uma vez falaram sobre o Levante.

— O que o senhor faria, padre Carey, se estivesse em Dublin naqueles dias?

— Daria ajuda espiritual a quem necessitasse, como tantos sacerdotes fizeram.

Explicou que não era preciso concordar com a ideia de que a liberdade da Irlanda só seria conquistada pelas armas para dar apoio espiritual aos rebeldes.

Certamente não era isso o que padre Carey pensava, pois ele sempre defendeu uma rejeição visceral à violência. Mas iria confessar, comungar, rezar por quem o solicitasse, ajudar os enfermeiros e os médicos. Era o que um bom número de religiosos e religiosas tinha feito, e as autoridades eclesiásticas os apoiaram. Os pastores deviam estar onde o rebanho estava, certo?

Tudo isso era verdade, mas também era verdade que a ideia de Deus não cabia no limitado recinto da razão humana. Era preciso metê-la com calçadeira, porque nunca encaixava totalmente. Ele e Herbert Ward haviam conversado muitas vezes sobre o assunto. "Em relação a Deus, a gente tem que acreditar, não raciocinar", dizia Herbert. "Se você raciocinar, Deus se esvai como uma baforada de fumaça."

Roger tinha passado a vida inteira crendo e duvidando. Nem mesmo agora, às portas da morte, era capaz de acreditar em Deus com a mesma fé resoluta da sua mãe, seu pai ou seus irmãos. Que sorte tinham aqueles para quem a existência do Ser Supremo nunca representou um problema, e sim uma certeza graças à qual o mundo se organizava e tudo encontrava sua explicação e sua razão de ser. Quem tinha uma fé assim certamente teria uma resignação diante da morte que nunca seria conhecida por aqueles que, como ele, passaram a vida brincando de esconder com Deus. Roger lembrou que uma vez tinha escrito um poema com este título: "Brincando de esconder com Deus." Mas Herbert Ward disse que era muito ruim e ele jogou no lixo. Pena. Gostaria de reler e corrigir agora esse poema.

Começava a amanhecer. Entre as grades da alta janela apareceu um raiozinho de luz. Logo viriam buscar a bacia de urina e excrementos e trazer o café da manhã.

Achou que a primeira refeição do dia estava demorando mais do que o normal. O sol já estava alto e uma luz dourada e fria iluminava a cela. Estava havia um bom tempo lendo e relendo as máximas de Tomás de Kempis sobre a desconfiança em relação ao saber que torna arrogantes os seres humanos e a perda de tempo que é "o muito refletir sobre coisas obscuras e misteriosas" cuja ignorância sequer nos seria cobrada no juízo final, quando ouviu a grande chave girando na fechadura e a porta da cela se abrir.

— Bom dia — disse o guarda, deixando no chão o pãozinho de farinha escura e a xícara de café. Ou hoje seria de chá? Porque, por razões inexplicáveis, o café da manhã passava de chá para café ou de café para chá com muita frequência.

— Bom dia — disse Roger, levantando-se para apenhar a bacia. — Hoje veio mais tarde do que sempre, ou estou enganado?

Fiel à ordem de guardar silêncio, o guarda não respondeu e Roger achou que também evitava olhar para ele. Preferiu se afastar da porta para que ele passasse e Roger saiu com a bacia pelo longo corredor cheio de fuligem nas paredes. O guarda andava dois passos atrás dele. Sentiu o ânimo melhorar com a reverberação do sol de verão nas paredes grossas e nas pedras do chão, produzindo brilhos que pareciam faíscas. Pensou nos parques de Londres, na Serpentina e nos altos plátanos, álamos e castanheiras do Hyde Park e em como seria bom caminhar por lá agora, anônimo entre as pessoas que faziam exercícios a cavalo ou de bicicleta e as famílias com crianças que, aproveitando o tempo bom, estavam passando o dia ao ar livre.

No banheiro deserto — devia existir uma instrução de que ele fosse levado para fazer a higiene em horários diferentes dos outros presos —, esvaziou e lavou a bacia. Depois, sentou no vaso, mas não foi bem-sucedido — a prisão de ventre era um eterno problema seu — e, por fim, tirando o blusão azul de presidiário, se lavou e esfregou vigorosamente o corpo e a cara. Depois se enxugou com uma toalha meio úmida pendurada numa argola. Voltou para a cela com a bacia limpa, devagar, desfrutando o sol que batia no corredor, vindo das janelas gradeadas no alto da parede, e os sons — vozes ininteligíveis, buzinas, passos, motores, rangidos — que lhe davam a impressão de ter entrado de novo no tempo e que desapareceram assim que o guarda fechou a porta da cela.

A bebida tanto podia ser chá como café. Não se incomodou que não tivesse gosto, porque o líquido, ao descer pelo seu peito até o estômago, lhe fez bem e cortou a acidez que sempre o atacava de manhã. Guardou o pãozinho para o caso de ter fome mais tarde.

Deitado no catre, voltou à leitura da *Imitação de Cristo*. Às vezes o livro lhe parecia ser de uma ingenuidade infantil, mas, outras vezes, ao virar uma página encontrava um pensamento que o perturbava e o fazia fechar o volume. Ficava meditando. O frade dizia que era útil que o homem se deparasse com tristezas e adversidades de vez em quando, para se lembrar da sua condição: estava "banido nesta terra" e não devia ter qualquer esperança nas coisas deste mundo, só nas do além. Tinha razão. O fradinho alemão, lá no seu convento em Agnetenberg, quinhentos anos antes, tinha acertado na mosca, exprimindo uma verdade que Roger sempre viveu na própria carne. Ou melhor, desde que, na infância, a morte da mãe o deixou numa orfandade da qual nunca mais conseguiu se livrar. Era esta a palavra que melhor descrevia como ele sempre se sentiu, na Irlanda, na Inglaterra, na África, no Brasil, em Iquitos, no Putumayo: um banido. Durante boa parte da vida Roger se gabou dessa condição de cidadão do mundo que, segundo Alice, Yeats admirava nele: alguém que não é de lugar nenhum porque é de todos os lugares. Por muito tempo pensou que esse privilégio lhe dava uma liberdade que aqueles que viviam ancorados no mesmo lugar desconheciam. Mas Tomás de Kempis tinha razão. Ele nunca sentiu que pertencia a um lugar porque a condição humana era isto: um desterro neste vale de lágrimas, um destino transitório até que, com a morte e o além, homens e mulheres voltariam para o ninho, para a sua fonte nutrícia, onde viveriam por toda a eternidade.

Em compensação, a receita de Tomás de Kempis para resistir às tentações era cândida. Terá enfrentado tentações alguma vez aquele homem pio, lá no seu convento solitário? Se enfrentou, não deve ter sido tão fácil resistir e derrotar o "diabo, que nunca dorme e está sempre rondando e procurando alguém para devorar". Tomás de Kempis dizia que ninguém era tão perfeito que não tivesse tentações e que era impossível que um cristão pudesse ser isento de "concupiscência", fonte de todas elas.

Ele fora fraco e tinha sucumbido à concupiscência muitas vezes. Não tantas como escreveu nas suas agendas e cadernos de notas, embora, sem dúvida, escrever o que não se viveu, o que só se quis viver, também fosse uma forma — covarde e tímida — de vivê-lo, e portanto de ceder à tentação. Então se pagava por isso, mesmo não tendo desfrutado realmente, mas só da maneira incerta e inatingível em que se vivem as fantasias? Teria que pagar por tudo o que não fez, que só desejou e escreveu? Deus saberia discriminar e com certeza ia punir de forma mais leve esses pecados retóricos que aqueles cometidos de fato.

De todo modo, escrever o que não se vivia para imaginar que estava vivendo já tinha um castigo implícito em si: a sensação de fracasso e de frustração em que os jogos mentirosos dos seus diários sempre acabavam. (E os fatos vividos também, diga-se de passagem.) Mas agora esses jogos irresponsáveis haviam colocado nas mãos do inimigo uma arma formidável para difamar o seu nome e a sua memória.

Por outro lado, não era tão fácil saber a que tentações se referia Tomás de Kempis. Podiam ser tão disfarçadas, tão encobertas, que se confundiam com coisas benignas, com entusiasmos estéticos. Roger se lembrou de que, nos remotos anos da adolescência, suas primeiras emoções com corpos bem-torneados, com músculos viris, com a harmonia esbelta dos adolescentes não lhe pareciam um sentimento malicioso e concupiscente e sim uma manifestação de sensibilidade, de entusiasmo estético. Pensou assim durante muito tempo. E foi essa mesma vocação artística que o levou a aprender a técnica da fotografia para capturar em papel aqueles corpos bonitos. Em certo momento percebeu, já morando na África, que aquela admiração não era saudável, ou, melhor dizendo, não era apenas saudável, era saudável e doentia ao mesmo tempo, porque aqueles corpos harmoniosos, suados, musculosos, sem um pingo de gordura, nos quais se adivinhava a sensualidade material dos felinos, além de arrebato e admiração, também lhe provocavam cobiça, desejo, uma vontade louca de acariciá-los. Foi assim que as tentações passaram a formar parte da sua vida, a revolucioná-la, com segredos, angústia, temor, mas também com momentos sobressaltados de prazer. E também de remorsos e amarguras, naturalmente. Será que Deus, no momento supremo, faria todas as somas e as subtrações? Ele o perdoaria? Castigaria? Roger estava curioso, não atemorizado. Era como se não se tratasse de si mesmo, mas de um exercício intelectual ou uma adivinhação.

E, nisso, ouviu surpreso a chave grossa pelejando de novo na fechadura. Quando a porta da cela se abriu, entrou uma labareda de luz, um sol forte como aquele que de repente parecia incendiar as manhãs do agosto londrino. Enceguecido, sentiu que três pessoas tinham entrado na cela. Não podia distinguir os rostos. Levantou-se. Quando a porta foi fechada, viu que quem estava mais perto dele, quase encostado, era o diretor da Pentonville Prison, que só tinha visto algumas vezes. Era um homem de idade, enfermiço e todo cheio de rugas. Estava com uma roupa escura e uma expressão grave. Atrás dele vinha o xerife, branco como papel. E um guarda que olhava para o chão. Roger teve a impressão de que o silêncio estava durando séculos.

Finalmente, olhando nos seus olhos, o diretor falou, com uma voz a princípio vacilante que foi se firmando à medida que sua exposição avançava:

— Venho cumprir o dever de comunicar-lhe que nesta manhã, dia 2 de agosto de 1916, o Conselho de Ministros do governo de Sua Majestade o rei se reuniu, estudou o pedido de clemência apresentado por seus advogados e o recusou por unanimidade de votos dos ministros presentes. Em consequência, a sentença do Tribunal que o julgou e condenou por alta traição será executada amanhã, 3 de agosto de 1916, no pátio da Pentonville Prison, às nove da manhã. Segundo o costume estabelecido, na execução o réu não tem que usar uniforme de presidiário e poderá vestir as peças civis que lhe foram retiradas quando entrou na prisão e que serão devolvidas. Devo também comunicar-

-lhe que os capelães, o sacerdote católico, *father* Carey e *father* MacCarroll, da mesma confissão, estarão disponíveis para lhe dar ajuda espiritual, se assim o desejar. São as únicas pessoas com quem poderá falar. Se quiser deixar cartas para os seus familiares com suas últimas determinações, o estabelecimento lhe fornecerá material para escrever. Se tiver alguma outra solicitação, pode fazê-la agora.

— A que horas vou poder ver os capelães? — perguntou Roger e teve a sensação de que sua voz estava rouca e glacial.

O diretor se voltou para o xerife, os dois sussurraram algumas frases e foi o xerife quem respondeu:

— No começo da tarde.

— Obrigado.

Após um instante de hesitação, as três pessoas saíram da cela e Roger ouviu o guarda passar a chave na fechadura.

XIV

Roger Casement começou a etapa da sua vida em que mais se envolveria nos problemas da Irlanda viajando para as Ilhas Canárias, em janeiro de 1913. À medida que a embarcação entrava no Atlântico, ele ia tirando um grande peso das costas, apagando as imagens de Iquitos, do Putumayo, dos seringais, Manaus, os barbadianos, Julio C. Arana, as intrigas do Foreign Office, e recuperando uma disponibilidade para se dedicar aos problemas do seu país. Já tinha feito o que podia pelos índios da Amazônia. Arana, um dos seus piores verdugos, não iria se reerguer: era um homem desmoralizado e arruinado, e não parecia impossível que terminasse seus dias na prisão. Agora ele precisava se preocupar com outros indígenas, os da Irlanda. Estes também precisavam se livrar dos "aranas" que os exploravam, se bem que com armas mais refinadas e hipócritas que os seringalistas peruanos, colombianos e brasileiros.

Mas, apesar da liberdade que sentia saindo de Londres, tanto na viagem como no mês que passou em Las Palmas estava aborrecido com a deterioração do seu estado de saúde. As dores no quadril e nas costas provocadas pela artrite apareciam a qualquer hora do dia ou da noite. Os analgésicos não lhe faziam o mesmo efeito que antes. Passava horas esticado na cama do hotel ou numa poltrona da varanda, suando frio. Andava com dificuldade, sempre de bengala, e não podia mais fazer as longas caminhadas pelas campinas ou pelas encostas dos morros que fazia em viagens anteriores, com medo de que a dor o paralisasse no meio do passeio. Suas melhores lembranças dessas semanas do começo de 1913 seriam as horas em que mergulhou no passado da Irlanda graças à leitura de um livro de Alice Stopford Green, *The Old Irish World* (O antigo mundo da Irlanda), no qual a história, a mitologia, a lenda e as tradições se misturavam para retratar uma sociedade de aventura e fantasia, de conflitos e criatividade, com um povo combativo e generoso que se engrandecia ante a natureza difícil e demonstrava coragem e inventividade em suas canções, suas danças, seus jogos arriscados, seus rituais e costumes: todo um patrimônio que a ocupação inglesa veio truncar e tentou extinguir, mas não conseguiu totalmente.

Em seu terceiro dia na cidade de Las Palmas, Roger foi dar uma volta depois do jantar pelos arredores do porto, uma área cheia de tavernas, bares e hoteizinhos prostibulários. No parque Santa Catalina, vizinho à praia Las Canteras, após explorar o ambiente foi pedir fogo a dois jovens com jeito de marinheiros. Conversou um pouco com eles. Seu espanhol imperfeito, que misturava com português, provocou hilaridade nos rapazes. Convidou-os para beber alguma coisa, mas um deles tinha um compromisso, de maneira que ficou com Miguel, o mais jovem dos dois, um moreno de cabelos encaracolados recém-saído da adolescência. Foram para um bar estreito e esfumaçado chamado Almirante Colón, onde estava cantando uma mulher já de certa idade, acompanhada por um violonista. Depois da segunda dose, Roger, protegido pela penumbra, esticou a mão e pousou-a na perna de Miguel. Este sorriu, consentindo. Encorajado, Roger deslizou um pouco mais a mão, até a braguilha. Sentiu o sexo do rapaz, e uma onda de desejo o percorreu da cabeça aos pés. Fazia muitos meses — "quantos?", pensou, "três, seis?" — que ele era um homem sem sexo, sem desejos nem fantasias. Sentiu que voltavam às suas veias, junto com a excitação, a juventude e o amor à vida. "Podemos ir para um hotel?", perguntou. Miguel sorriu, sem concordar nem negar, mas não fez a menor tentativa de levantar-se. Ao contrário, pediu outra taça do vinho forte e ácido que tinham tomado. Quando a mulher terminou de cantar, Roger pediu a conta. Pagou e saíram. "Podemos ir para um hotel?", perguntou de novo na rua, ansioso. O rapaz parecia indeciso ou, quem sabe, demorava a responder para se fazer de difícil e aumentar a recompensa pelos seus serviços. Nesse momento, Roger sentiu uma navalhada no quadril que o obrigou a se encolher todo e apoiar-se no parapeito de uma janela. Essa dor não veio aos poucos, como sempre, mas de repente e mais forte que nunca. Como uma navalhada, sim. Teve que se sentar no chão, dobrado em dois. Assustado, Miguel se afastou em passos rápidos, sem perguntar o que estava lhe acontecendo nem despedir-se. Roger ficou um longo tempo assim, encolhido, de olhos fechados, esperando amainar aquele ferro em brasa que devastava as suas costas. Quando conseguiu se levantar, teve que andar várias quadras, muito devagar, arrastando os pés, até encontrar um carro que o levasse para o hotel. As dores só cederam ao amanhecer, quando conseguiu dormir. No sono, agitado e com pesadelos, ele sofria e gozava à beira de um precipício no qual estava a ponto de rolar o tempo todo.

Na manhã seguinte, enquanto tomava o café da manhã, abriu seu diário e, escrevendo devagar e com uma letra apertada, fez amor com Miguel várias vezes, primeiro na escuridão do parque Santa Catalina ouvindo o murmúrio do mar e, depois, no quarto fedorento de um hotelzinho de onde se ouviam as sirenes dos navios ululando. O rapaz moreno cavalgava em cima dele, espicaçando, "você é um velho, isso é o que você é, um velho coroca", e dava tapas em suas nádegas que o faziam gemer, talvez de dor, talvez de prazer.

Não tentou outra aventura sexual no resto do mês que passou nas Canárias, nem na viagem à África do Sul, nem durante as semanas que passou em Cape Town e em Durban com seu irmão Tom e a cunhada Katje, paralisado pelo medo de viver novamente, por culpa da artrite, uma situação ridícula como aquela que, no parque Santa Catalina de Las Palmas, frustrou o seu encontro com o marinheiro canário. De vez em quando, como fizera tantas vezes na África e no Brasil, fazia amor a sós rabiscando nas páginas do diário, com uma letra nervosa e apressada, frases sintéticas, às vezes tão toscas como muitos dos seus amantes de alguns minutos ou poucas horas que depois tinha que gratificar. Esses simulacros o deixavam num torpor deprimente, de maneira que procurava espaçá-los, pois lhe davam, mais que qualquer outra coisa, uma consciência aguda da solidão e da sua condição de clandestino que, sabia muito bem, o acompanhariam até a morte.

O livro de Alice Stopford Green sobre a velha Irlanda lhe despertou tanto entusiasmo que pediu à amiga mais material de leitura. Recebeu um pacote de livros e folhetos sobre o mesmo assunto que Alice lhe enviou quando estava por embarcar no *Grantilly Castle* rumo à África do Sul, em 6 de fevereiro de 1913.

Leu dia e noite durante a travessia e continuou lendo na África do Sul, de modo que nessas semanas, apesar da distância, voltou a se sentir muito perto da Irlanda, a de hoje, a de ontem e a remota, um passado do qual Roger parecia ir se apropriando com os textos que Alice tinha selecionado para ele. Nessa viagem, as dores nas costas e no quadril diminuíram.

O encontro com seu irmão Tom, depois de tantos anos, foi doloroso. Ao contrário do que Roger tinha imaginado quando decidiu vê-lo, isto é, que a viagem o aproximaria do irmão mais velho e criaria um vínculo afetivo entre ambos que na verdade nunca existiu, ela só serviu para constatar que eram dois estranhos. Além do parentesco sanguíneo, não havia nada em comum entre eles. Tinham trocado correspondência durante todos esses anos, geralmente quando Tom e sua primeira mulher, Blanche Baharry, uma australiana, tinham problemas econômicos e queriam que Roger os ajudasse. Ele nunca deixou de fazê-lo, exceto quando os empréstimos que o irmão e a cunhada pediam eram excessivos para o seu orçamento. Tom se casou pela segunda vez com uma sul-africana, Katje Ackerman, e os dois abriram um negócio de turismo em Durban que não estava indo bem. O irmão parecia mais velho do que era e tinha se transformado no sul-africano prototípico, rústico, queimado de sol por causa da vida ao ar livre, com maneiras informais e um tanto rudes, que até na sua maneira de falar inglês parecia muito mais um sul-africano que um irlandês. Ele não se interessava pelo que ocorria na Irlanda, na Grã-Bretanha nem na Europa. Seu tema obsessivo eram os problemas econômicos que enfrentava no *lodge* que abrira em Durban com Katje. Eles imaginavam que a beleza do lugar iria atrair muitos turistas e caçadores, mas não apareciam tantos, e as despesas de manutenção eram mais altas do que calcularam. Tinham sonhado muito com esse projeto e temiam que, do jeito que as coisas iam, precisassem se desfazer do *lodge*. Embora sua cunhada fosse mais divertida e interessante que seu irmão — possuía inclinações artísticas e senso de humor —, Roger acabou se arrependendo de ter feito aquela longa viagem só para visitar o casal.

Voltou a Londres em meados de abril. Já se sentia mais animado e, graças ao clima sul-africano, as dores da artrite diminuíram. Sua atenção agora estava concentrada no Foreign

Office. Não podia continuar adiando a decisão, nem pedir novas licenças sem vencimento. Ou reassumia o consulado no Rio de Janeiro, como seus chefes pediam, ou desistia da diplomacia. Voltar para o Rio, uma cidade que nunca lhe agradou, que, apesar da beleza física à sua volta, sempre sentiu como hostil, parecia uma coisa intolerável. Mas não era só isso. O importante era que ele não queria mais viver na duplicidade, servir como diplomata a um Império que seus sentimentos e seus princípios condenavam. Durante a viagem de regresso à Inglaterra fez os cálculos: as suas economias eram parcas, mas, levando uma vida frugal — para ele era fácil — e com a pensão que ia receber pelos anos acumulados como funcionário, se arranjaria. Ao chegar a Londres, a decisão estava tomada. A primeira coisa que fez foi entregar seu pedido de demissão ao Ministério de Relações Exteriores, explicando que precisava se retirar do serviço por razões de saúde.

Ficou poucos dias em Londres, organizando a saída do Foreign Office e preparando sua viagem para a Irlanda. Fazia essas coisas com alegria, mas também com um pouco de saudade antecipada, como se fosse deixar a Inglaterra para sempre. Viu Alice algumas vezes e também a sua irmã Nina, de quem escondeu, para não preocupá-la, as dificuldades econômicas de Tom na África do Sul. Tentou ver Edmund D. Morel, que, curiosamente, não tinha respondido a nenhuma das cartas que ele lhe enviara nos últimos três meses. Mas seu velho amigo, o *Bulldog*, não podia recebê-lo, alegando viagens e obrigações que, claramente, eram pretextos. O que estaria acontecendo com esse companheiro de lutas que admirava e apreciava tanto? Por que esse esfriamento? Que fofoca ou intriga tinham feito para indispô-lo com ele? Pouco tempo depois Herbert Ward lhe disse, em Paris, que Morel, sabendo das duras críticas de Roger à Inglaterra e ao Império sobre a Irlanda, não queria vê-lo para não ter que manifestar sua oposição a essas atitudes políticas.

— Acontece que você, sem perceber, se tornou um extremista — disse Herbert, meio de brincadeira, meio a sério.

Em Dublin, Roger alugou uma casinha bem pequena e velhusca no número 55 da Lower Baggot Street. Tinha um pequeno jardim com gerânios e hortênsias que todo dia ele podava e regava de manhã bem cedo. Era um bairro tranquilo, de lojistas, artesãos e comércios baratos, onde as famílias iam à missa aos domingos, as senhoras todas emperiquitadas como se fossem para uma festa e os homens com seus ternos escuros, bonés na cabeça e sapatos bem-engraxados. Num pub cheio de teias de aranha que havia na esquina, comandado por uma atendente anã, Roger tomava cerveja preta com o verdureiro, o alfaiate e o sapateiro da vizinhança, discutia as atualidades e cantava velhas canções. A fama que conquistara na Inglaterra por suas campanhas contra os crimes no Congo e na Amazônia se estendeu à Irlanda e, apesar do seu desejo de levar uma vida simples e anônima, desde que chegou a Dublin foi assediado por gente muito variada — políticos, intelectuais, jornalistas e clubes e centros culturais — para dar palestras, escrever artigos e participar de eventos sociais. Teve até que posar para uma conhecida pintora, Sarah Purser. No retrato que ela fez, Roger aparecia mais jovem e com um ar de segurança e de triunfo no qual não se reconheceu.

Voltou aos seus estudos de irlandês antigo. A professora, Mrs. Temple, sempre de bengala, óculos e um chapeuzinho com véu, ia lhe dar aulas de gaélico três vezes por semana e deixava deveres que depois corrigia com um lápis vermelho, geralmente dando notas baixas. Por que tanta dificuldade para aprender a língua dos celtas, com os quais ele tanto queria se identificar? Tinha facilidade para idiomas, havia aprendido francês, português e pelo menos três línguas africanas e era capaz de se comunicar em espanhol e italiano. Por que então a língua vernácula, com a qual se sentia solidário, lhe fugia assim? Toda vez que, com grande esforço, aprendia alguma coisa, poucos dias, às vezes horas depois, esquecia. A partir de então, sem dizer nada a ninguém, muito menos nas discussões políticas em que, por uma questão de princípios, defendia o contrário, começou a se perguntar se era realista, e não uma quimera, o sonho de pessoas como o professor Eoin MacNeill e o poeta e pedagogo Patrick Pearse: pensar que se podia ressuscitar a língua que o colonizador perseguiu, tornou clandestina, minoritária e quase extinguiu, e fazer dela outra vez a língua materna dos irlandeses. Seria possível que na Irlanda do futuro o inglês recuasse e, graças aos colégios, aos jornais, aos sermões dos padres e discursos dos políticos, a língua dos celtas o substituísse? Em público, Roger dizia que sim, que não só era possível, mas também necessário, para que a Irlanda recuperasse a sua personalidade mais autêntica. Seria um processo longo, de várias gerações, mas inevitável, pois a Irlanda só seria livre quando o gaélico voltasse a ser a língua nacional. Contudo, na solidão do seu gabinete na Lower Baggot Street, quando se debatia com os exercícios de composição em gaélico que Mrs. Temple lhe dava, pensava que era um esforço inútil. A realidade tinha avançado demais em uma direção para poder endireitá-la. O inglês passara a ser a maneira de se comunicar, de falar, de ser e de sentir da imensa maioria dos irlandeses, e querer renunciar a isto era um capricho político que só podia causar uma confusão babélica e transformar culturalmente a sua amada Irlanda numa curiosidade arqueológica, incomunicada do resto do mundo. Valia a pena?

Em maio e junho de 1913, a sua vida tranquila e de estudos foi interrompida bruscamente quando, em decorrência de uma conversa com um jornalista do *Irish Independent* que lhe falou da pobreza e do primitivismo dos pescadores de Connemara, Roger decidiu, seguindo um impulso, viajar para essa região a oeste de Galway onde, como tinha ouvido, a Irlanda mais tradicional ainda se conservava intacta e seus habitantes mantinham vivo o antigo irlandês. Mas, em vez de uma relíquia histórica, encontrou em Connemara um contraste espetacular entre a beleza das montanhas esculpidas, as encostas varridas pelas nuvens e os pântanos virgens por cujas margens circulavam cavalos anões oriundos da região, por um lado, e, por outro, gente que vivia numa miséria pavorosa, sem escolas, sem médicos, num desamparo total. Para piorar, acabavam de aparecer alguns casos de tifo. A epidemia podia se espalhar e fazer estragos. O homem de ação que havia em Roger Casement, às vezes adormecido mas nunca morto, imediatamente pôs mãos à obra. Escreveu um artigo no *Irish Independent*, "O Putumayo irlandês", e criou um Fundo de Ajuda do qual foi o primeiro doador e associado. Ao mesmo tempo, participou de atividades públicas com as Igrejas Anglicana, Presbiteriana e Católica e diversas associações de beneficência, e estimulou médicos e enfermeiras a se oferecerem como voluntários nas aldeias de Connemara para reforçar a escassa ação sanitária oficial. A campanha foi um sucesso. Chegaram muitos donativos da Irlanda e da Inglaterra. Roger fez três viagens à região levando remédios, roupa e mantimentos para as famílias atingidas. Além disso, criou um comitê destinado a construir ambulatórios e escolas primárias em Connemara. Por causa da campanha, nesses dois meses teve exaustivas reuniões com religiosos, políticos, autoridades, intelectuais e jornalistas. Ele mesmo se surpreendia com a consideração com que o tratavam, mesmo aqueles que divergiam das suas posições nacionalistas.

Em julho voltou a Londres para ser examinado pelos médicos que deviam informar ao Foreign Office se existiam de fato as razões de saúde que ele alegava para se desligar da diplomacia. Apesar da sua intensa atividade durante a epidemia de Connemara, não se sentia mal e pensou que o exame seria apenas uma formalidade. Mas o relatório dos médicos foi mais sério do que imaginava: a artrite na coluna vertebral, ilíaco e joelhos tinha se agravado. Podia ser aliviada com um tratamento rigoroso e uma vida muito sossegada, mas não era curável. E não se podia descartar a possibilidade, se a doença avançasse, de que ele ficasse aleijado. O Ministério de Relações Exteriores aceitou seu pedido de demissão e, tendo em vista o seu estado, lhe concedeu uma pensão decorosa.

Antes de voltar para a Irlanda, decidiu ir a Paris, aceitando um convite de Herbert e Sarita Ward. Ficou contente por revê-los e compartilhar o ambiente caloroso desse enclave africano que era a casa deles em Paris. Toda ela parecia uma emanação do grande ateliê onde Herbert lhe mostrou sua nova coleção de esculturas de homens e mulheres da África, e também algumas da sua fauna. Eram peças vigorosas, em bronze e em madeira, dos últimos três anos, que nesse outono ele ia expor em Paris. Enquanto Herbert as mostrava, contando casos e mostrando esboços e modelos em formato pequeno de cada uma delas, voltavam à memória de Roger sucessivas imagens da época em que eles dois trabalharam nas expedições de Henry Morton Stanley e de Henry Shelton Sanford. Tinha aprendido muito ouvindo Herbert falar de suas aventuras pelo mundo afora, as pessoas pitorescas que conheceu nas suas andanças pela Austrália, as suas vastas leituras. A inteligência do amigo continuava aguda e o seu ânimo, jovial e otimista. Sua esposa, Sarita, norte-americana, herdeira rica, era uma alma gêmea dele, também aventureira e um pouco boêmia. Os dois se entendiam às mil maravilhas. Faziam excursões a pé pela França e pela Itália. Tinham criado os filhos com o mesmo espírito cosmopolita, inquieto e curioso. Agora os dois garotos estavam em um colégio interno, na Inglaterra, mas passavam todas as férias em Paris. A menina, *Cricket*, morava com eles.

Os Ward o levaram para jantar num restaurante na Tour Eiffel, de onde se viam as pontes do Sena e os bairros de Paris, e para ver *O doente imaginário*, de Molière, na Commedie Française.

Mas nem tudo foi amizade, compreensão e carinho nesses dias que passou com o casal. Ele e Herbert já tinham discordado em relação a muitas coisas, e isso nunca afetou a sua amizade; ao contrário, as discrepâncias a revitalizavam. Dessa vez foi diferente. Uma noite discutiram de maneira tão enfática que Sarita teve que intervir, fazendo-os mudar de assunto.

Herbert sempre tivera uma atitude tolerante e meio brincalhona em relação ao nacionalismo de Roger. Mas nessa noite acusou o amigo de abraçar a ideia nacionalista de uma forma exaltada, pouco racional, quase fanática.

— Se a maioria dos irlandeses quer se separar da Grã-Bretanha, muito bem — disse. — Não creio que a Irlanda tenha muito a ganhar tendo uma bandeira, um escudo e um presidente da República. Nem que os seus problemas econômicos e sociais vão se resolver graças a isso. Para mim, seria melhor adotar a Autonomia que John Redmond e seus partidários defendem. Eles também são irlandeses, não são? E são a grande maioria frente àqueles que querem, como você, a secessão. Enfim, nada disso me preocupa muito, para dizer a verdade. O que me preocupa é ver que você ficou intolerante. Antes você argumentava, Roger. Agora só vocifera cheio de ódio contra um país que também é seu, dos seus pais e dos seus irmãos. Um país ao qual você serviu com tanto mérito por todos esses anos. E que demonstrou o seu reconhecimento, não foi? Deu a você um título de nobreza e as condecorações mais importantes do reino. Isso não significa nada para você?

— Eu deveria me tornar colonialista, como forma de agradecimento? — perguntou Casement. — Deveria aceitar para a Irlanda o que nós recusamos para o Congo?

— Pelo que sei, há uma distância sideral entre o Congo e a Irlanda. Ou será que nas penínsulas de Connemara os ingleses estão cortando as mãos e arrebentando as costas dos nativos a chicotadas?

— Os métodos da colonização são mais refinados na Europa, Herbert, mas não menos cruéis.

Nos últimos dias que passou em Paris, Roger evitou falar de novo da Irlanda. Não queria perder a amizade de Herbert. Com tristeza, pensou que no futuro, quando se envolvesse cada vez mais na luta política, as distâncias com Herbert sem dúvida iriam crescendo até talvez destruir a amizade dos dois, uma das mais íntimas que teve na vida. "Estou me tornando um fanático?", desde então se perguntaria, às vezes, alarmado.

Quando voltou para Dublin, no final do verão, não conseguiu reiniciar os estudos de gaélico. A situação política estava fervilhando e desde o primeiro momento foi arrastado a participar dela. O projeto do Home Rule, que teria dado à Irlanda um Parlamento e ampla liberdade administrativa e econômica, apoiado pelo Irish Parliamentary Party de John Redmond, foi aprovado na Câmara dos Comuns em novembro de 1912. Mas a Câmara dos Lordes o vetou dois meses depois. Em janeiro de 1913, no Ulster, cidadela unionista dominada pela maioria local anglófila e protestante, os inimigos da Autonomia encabeçados por Edward Henry Carson desencadearam uma campanha virulenta. Criaram o Ulster Volunteer Force (Força Voluntária do Ulster), com mais de quarenta mil inscritos. Tratava-se de uma organização política e força militar disposta a combater o Home Rule, caso fosse aprovado, de armas na mão. O Irish Parliamentary Party, de John Redmond, continuava lutando pela Autonomia. Na segunda votação a lei foi aprovada na Câmara dos Comuns e novamente derrotada na dos Lordes. Em 23 de setembro, o Conselho Unionista decidiu se constituir como Governo Provisório do Ulster, ou seja, separar-se do resto da Irlanda, se a Autonomia fosse aprovada.

Roger Casement começou a escrever na imprensa nacionalista, agora com seu nome verdadeiro, criticando os unionistas do Ulster. Denunciou os abusos que a maioria protestante cometia naquelas províncias contra a minoria católica, lembrando que os operários desta confissão eram despedidos das fábricas e os municípios dos bairros católicos discriminados em termos de orçamento e atribuições. "Ao ver o que ocorre no Ulster", disse num artigo, "eu não me sinto mais protestante". Em todos deplorava que a atitude dos radicais dividisse os irlandeses em lados inimigos, uma coisa de consequências trágicas para o futuro. Em outro artigo fustigava os clérigos anglicanos por protegerem com seu silêncio os abusos contra a comunidade católica.

Nas conversas políticas, ele se mostrava cético com a ideia de que o Home Rule ia tirar a Irlanda da sua dependência, mas nos seus artigos deixava despontar uma esperança: se a lei fosse aprovada sem emendas que a descaracterizassem e a Irlanda tivesse um Parlamento, pudesse escolher suas autoridades e administrar os seus recursos, estaria no limiar da soberania. Se isso trouxesse a paz, que importância tinha que a defesa e a diplomacia continuassem nas mãos da Coroa britânica?

Nessa época se estreitou a sua amizade com dois irlandeses que dedicaram a vida à defesa, ao estudo e à difusão da língua dos celtas: o professor Eoin MacNeill e Patrick Pearse. Roger tinha uma grande simpatia por Pearse, um cruzado radical e intransigente do gaélico e da independência. Pearse ingressara na Liga Gaélica ainda adolescente e se dedicava à literatura, ao jornalismo e ao ensino. Tinha fundado e dirigia duas escolas bilíngues, a St. Enda's, de homens, e outra de mulheres, St. Ita's, as primeiras escolas a reivindicar o gaélico como a língua nacional. Além de escrever poemas e peças, Pearse defendia em folhetos e artigos a sua tese de que, se a língua celta não fosse recuperada, a independência seria inútil porque a Irlanda continuaria sendo culturalmente um domínio colonial. Sua intolerância neste domínio era absoluta; na juventude havia chegado a chamar de "traidor" William Butler Yeats — de quem mais tarde seria um admirador incondicional — por escrever em inglês. Era tímido, solteirão, de um físico robusto e imponente, trabalhador incansável, com um pequeno defeito no olho e um exaltado e carismático orador. Quando não se falava do gaélico nem da emancipação e estava entre gente conhecida, Patrick Pearse se tornava um homem exultante de humor e simpatia, loquaz e extrovertido, que às vezes, para surpreender os amigos, se fantasiava como uma mendiga velha que pedia esmolas no centro de Dublin ou uma donzela levadinha que rondava com despudor as portas das tavernas. Mas sua vida era de uma sobriedade monacal. Morava com a mãe e os irmãos, não bebia, não fumava, não tinha amores conhecidos. O melhor amigo que tinha era o seu inseparável irmão Willie, escultor e professor de arte no St. Enda's. Na fachada de entrada da escola, cercada pelas colinas arborizadas de Rathfarnham, Pearse tinha gravado uma frase que as sagas irlandesas atribuíam ao herói mítico Cuchulain: "Não me importa viver apenas um dia e uma noite se as minhas façanhas forem recordadas para sempre." Diziam que ele era casto. Praticava a fé católica com uma disciplina militar, a ponto de jejuar com frequência e usar cilício. Nessa época, em que estava tão envolvido com as tarefas, intrigas e acaloradas disputas da vida política, Roger Casement pensou muitas vezes que o incontornável afeto que sentia por Patrick Pearse se devesse talvez ao fato de que ele era um dos pouquíssimos políticos conhecidos seus que a política não tinha privado de humor e cuja ação cívica era totalmente idealista e desinteressada: só se importava com as ideias e desprezava o poder. Mas se inquietava com a obsessão de Pearse de conceber os patriotas irlandeses como a versão contemporânea dos mártires primitivos: "Assim como o sangue dos mártires foi a semente do cristianismo, o dos patriotas será a semente da nossa liberdade", escreveu num ensaio. Uma bela frase, pensava Roger. Mas não continha algo de detestável?

Nele, a política despertava sentimentos contraditórios. Por um lado, vivia com uma intensidade desconhecida — por fim se dedicava de corpo e alma à Irlanda! —, mas ficava irritado com a sensação de perda de tempo nas intermináveis discussões que precediam e às vezes impediam os acordos e a ação, as intrigas, vaidades e mesquinharias que se misturavam nas tarefas cotidianas com os ideais e as ideias. Tinha ouvido e lido que a política, como tudo o que se vincula ao poder, muitas vezes mostra à luz do dia o melhor do ser humano — o idealismo, o heroísmo, o sacrifício, a generosidade —, mas, também, o pior, a crueldade, a inveja, o ressentimento, a soberba. Constatou que isso era verdade. Ele não tinha ambições políticas, o poder não o tentava. Talvez fosse por isso, além do prestígio que trazia como grande lutador internacional contra os abusos cometidos em relação aos indígenas da África e da América do Sul, que não tinha inimigos no movimento nacionalista. Era o que pensava, pelo menos, porque todos lhe demonstravam respeito. No outono de 1913, subiu a uma tribuna pela primeira vez como orador político.

No final de agosto se transferiu para o Ulster da sua infância e juventude, visando agrupar os irlandeses protestantes contrários ao extremismo pró-britânico de Edward Carson e seus seguidores, que, em sua campanha contra o Home Rule, treinavam uma força militar debaixo dos olhos das autoridades. O comitê que Roger ajudou a criar, chamado Ballymoney, organizou uma manifestação no Town Hall de Belfast. Ele se lembrou que foi um dos oradores desse dia, junto com Alice Stopford Green, o capitão Jack White, Alex Wilson e um jovem ativista chamado Dinsmore. Roger fez o primeiro discurso público da sua vida no entardecer chuvoso do dia 24 de outubro de 1913, numa sala da Prefeitura de Belfast, diante de quinhentas pessoas. Muito nervoso, escreveu e decorou o discurso de véspera. Quando subiu à tribuna, teve a sensação de que daria um passo irreversível, que a partir de agora não podia haver recuo no caminho que tomava. No futuro, sua vida seria dedicada a uma tarefa que, dadas as circunstâncias, talvez o fizesse correr tantos riscos como nas selvas africanas e sul-americanas. Seu discurso, todo voltado a negar que a divisão dos irlandeses fosse tanto religiosa como política (católicos autonomistas e protestantes unionistas) e fazer um chamado à "união da diversidade de credos e ideais de todos os irlandeses", foi muito aplaudido. Depois do ato, Alice Stopford Green sussurrou em seu ouvido, enquanto o abraçava: "Vou fazer uma profecia. Prevejo um grande futuro político para você."

Nos oito meses seguintes, Roger teve a sensação de que não fazia outra coisa além de subir e descer de palanques proferindo discursos. Só lia no começo, depois improvisava a partir de um pequeno resumo. Percorreu a Irlanda em todas as direções, participou de reuniões, encontros, discussões, mesas-redondas, às vezes públicas, às vezes secretas, discutindo, argumentando, propondo, refutando, ao longo de horas e horas, frequentemente renunciando às refeições e ao sono. Essa entrega total à ação política muitas vezes o entusiasmava e, outras, lhe dava um profundo abatimento. Nos momentos de desânimo as dores no quadril e nas costas voltavam a incomodar.

Nesses meses de final de 1913 e começo de 1914, a tensão política continuava a crescer na Irlanda. A divisão entre os unionistas do Ulster e os autonomistas e independentistas se exacerbou de tal forma que parecia o prelúdio de uma guerra civil. Em novembro de 1913, como resposta à formação dos Voluntários do Ulster de Edward Carson, foi criado o Irish Citizen Army, cujo principal inspirador, James Connolly, era dirigente sindical e líder operário. Tratava-se de uma formação militar, e sua razão de ser pública era defender os trabalhadores contra as agressões dos patrões e autoridades. Seu primeiro comandante, o capitão Jack White, tinha servido com méritos no Exército britânico antes de se converter ao nacionalismo irlandês. No ato de fundação foi lido um texto com a adesão de Roger, que nesse momento estava em Londres, onde seus amigos políticos o mandaram levantar fundos para o movimento nacionalista.

Quase ao mesmo tempo que o Irish Citizen Army, surgiram, por iniciativa do professor Eoin MacNeill, secundado por Roger Casement, os Irish Volunteers. Essa organização contou desde o começo com o apoio do clandestino Irish Republican Brotherhood, milícia que exigia a independência da Irlanda e era dirigida, em sua inocente vendinha de cigarros que lhe servia de camuflagem, por Tom Clarke, personagem lendário nos cenáculos nacionalistas. Clarke tinha passado quinze anos nas prisões britânicas, acusado de atentados terroristas com uso de dinamite. Depois seguiu para o exílio, nos Estados Unidos. De lá foi mandado a Dublin pelos dirigentes do Clan na Gael (ramo americano do Irish Republican Brotherhood) para montar, lançando mão do seu gênio organizador, uma rede clandestina. E foi o que fez: aos cinquenta e dois anos continuava saudável, incansável e rigoroso. Sua verdadeira identidade não havia sido detectada pela espionagem britânica. Ambas as organizações operavam em estreita, embora nem sempre fácil, colaboração, e muitos militantes trabalhavam nas duas ao mesmo tempo. Também aderiram aos Voluntários muitos membros da Liga Gaélica, ativistas do Sinn Fein, que dava os seus primeiros passos sob a direção de Arthur Griffith, e sócios da Antiga Ordem dos Hibérnicos e milhares de independentes.

Roger Casement trabalhou junto com o professor MacNeill e Patrick Pearse na redação do manifesto fundador dos Voluntários e vibrou no meio da massa que compareceu ao primeiro ato público da organização, a 25 de novembro de 1913, na Rotunda de Dublin. Desde o princípio, como propuseram MacNeill e Roger, os Voluntários eram um movimento militar dedicado a recrutar, treinar e armar os seus membros, agrupados em esquadrões, companhias e regimentos de alto a baixo da Irlanda, para o caso de eclodirem ações armadas, coisa que, dada a instabilidade da situação política, parecia iminente.

    Roger se dedicou de corpo e alma a trabalhar pelos Voluntários. Foi assim que começou a se relacionar e a travar uma boa amizade com seus principais dirigentes, entre os quais havia muitos poetas e escritores, como Thomas MacDonagh, que escrevia teatro e lecionava na universidade, e o jovem Joseph Plunkett, fraco dos pulmões e aleijado, que, apesar das suas limitações físicas, possuía uma energia extraordinária: era tão católico como Pearse, leitor dos místicos, e tinha sido um dos fundadores do Abbey Theatre. As atividades de Roger em prol dos Voluntários ocuparam os seus dias e noites entre novembro de 1913 e julho de 1914. Ele falava diariamente, em manifestações nas grandes cidades, como Dublin, Belfast, Cork, Londonderry, Galway e Limerick, ou em povoados minúsculos e aldeias, ante centenas ou apenas um punhado de pessoas. Seus discursos começavam serenos ("Sou um protestante do Ulster que defende a soberania e a libertação da Irlanda do jugo colonial inglês"), mas, à medida que avançava, ele ia se exaltando e costumava terminar com arrebatamentos épicos. Quase sempre arrancava aplausos ensurdecedores do público.

    Ao mesmo tempo, colaborava nos planos estratégicos dos Voluntários. Ele era um dos dirigentes mais determinados a dotar o movimento de armas capazes de apoiar de forma concreta a luta pela soberania que, estava convencido, fatalmente passaria do plano político à ação bélica. Para se armar havia necessidade de dinheiro, e era preciso convencer os irlandeses amantes da liberdade a serem generosos com os Voluntários.

    Foi assim que nasceu a ideia de mandar Roger Casement aos Estados Unidos. Lá as comunidades irlandesas tinham recursos e com uma campanha de opinião pública podiam aumentar a sua ajuda. Quem melhor para promovê-la que o irlandês mais conhecido no mundo? Os Voluntários decidiram submeter este projeto a John Devoy, o líder nos Estados Unidos do poderoso Clan na Gael, que aglutinava a numerosa comunidade irlandesa nacionalista na América do Norte. Devoy, nascido em Kill, Co. Kildare, era ativista clandestino desde jovem e tinha sido condenado, sob acusação de terrorismo, a quinze anos de prisão. Mas só cumpriu cinco. Esteve na Legião Estrangeira, na Argélia. Nos Estados Unidos fundou um jornal, *The Gaelic American*, em 1903, e estabeleceu vínculos estreitos com americanos do *establishment*, graças aos quais o Clan na Gael tinha a sua influência política.

Enquanto John Devoy estudava a proposta, Roger continuava empenhado em promover os Irish Volunteers e sua militarização. Ficou muito amigo do coronel Maurice Moore, o inspetor-geral dos Voluntários, que o levou nas suas excursões pela ilha para ver como eram realizados os treinamentos e se os esconderijos de armas eram seguros. Por iniciativa do coronel Moore, Roger foi incorporado ao Estado-Maior da organização.

Foi enviado várias vezes a Londres. Lá funcionava um comitê clandestino presidido por Alice Stopford Green, que, além de angariar dinheiro, organizava na Inglaterra e em vários países europeus a compra secreta de fuzis, revólveres, granadas, metralhadoras e munição, que introduzia clandestinamente na Irlanda. Nessas reuniões londrinas com Alice e seus amigos, Roger entendeu que uma guerra na Europa havia deixado de ser uma simples possibilidade para se tornar uma realidade em andamento: todos os políticos e intelectuais que frequentavam as reuniões da historiadora em sua casa na Grosvenor Road achavam que a Alemanha já tinha decidido e não se perguntavam mais se ia haver guerra, e sim quando ela ia estourar.

Roger havia se mudado para Malahide, na costa norte de Dublin, mas, devido às suas viagens políticas, passava poucas noites em casa. Pouco depois de se instalar lá, os Voluntários lhe avisaram que a Royal Irish Constabulary o tinha fichado e ele estava sendo seguido pela polícia secreta. Mais uma razão para viajar aos Estados Unidos: lá seria mais útil ao movimento nacionalista do que ficando na Irlanda e acabando entre as grades. John Devoy lhe contou que os dirigentes do Clan na Gael estavam entusiasmados com a sua ida. Todos achavam que a presença dele iria acelerar a arrecadação de donativos.

Aceitou, mas atrasou a partida por causa de um projeto que acalentava: uma grande comemoração, em 23 de abril de 1914, dos novecentos anos da batalha de Clontarf na qual os irlandeses, sob o comando de Brian Boru, derrotaram os viquingues.

MacNeill e Pearse o apoiaram, mas outros dirigentes viam nessa iniciativa uma perda de tempo: para que esbanjar energia numa operação de arqueologia histórica quando o importante era a atualidade? Não havia tempo para desviar a atenção. O projeto não chegou a se concretizar, como tampouco outra iniciativa de Roger, um abaixo-assinado pedindo que a Irlanda participasse dos Jogos Olímpicos com uma equipe própria de atletas.

Enquanto preparava a viagem, Roger continuou falando nas manifestações, quase sempre ao lado de MacNeill e Pearse, e, às vezes, Thomas MacDonagh. Falou em Cork, Galway, Kilkenny. No dia de São Patrício subiu ao palanque em Limerick, na maior manifestação que viu na vida. A situação estava piorando dia a dia. Os unionistas do Ulster, armados até os dentes, realizavam desfiles e manobras militares sem disfarçar, a tal ponto que o governo britânico teve que fazer um gesto, mandando mais soldados e fuzileiros navais para o norte da Irlanda. Então aconteceu o Motim de Curragh, um episódio que teria grande influência nas ideias políticas de Roger. Em plena mobilização dos soldados e fuzileiros britânicos para impedir uma possível ação armada dos ultras no Ulster, o general sir Arthur Paget, comandante em chefe da Irlanda, informou ao governo inglês que um bom número de oficiais britânicos das Forças Militares de Curragh lhe comunicaram que pediriam a baixa se ele os mandasse atacar os Ulster Volunteers de Edward Carson. O governo inglês cedeu à chantagem e nenhum desses oficiais foi punido.

Isso fortaleceu a convicção de Roger: o Home Rule nunca ia se tornar realidade porque, apesar de todas as suas promessas, o governo inglês, fosse dos conservadores ou dos liberais, jamais aceitaria. John Redmond e os irlandeses que acreditavam na Autonomia ficariam sempre frustrados. A solução para a Irlanda não era aquela. A solução era a independência, pura e simplesmente, e ela jamais seria concedida de bom grado. Teria que ser arrancada com uma ação política e militar, à custa de grandes sacrifícios e heroísmos, como queriam Pearse e Plunkett. Era assim que todos os povos livres da Terra tinham se emancipado.

Em abril de 1914 chegou à Irlanda o jornalista alemão Oskar Schweriner. Queria escrever umas crônicas sobre os pobres de Connemara. Como Roger havia sido tão ativo ajudando os povoados durante a epidemia de tifo, foi procurá-lo. Os dois viajaram juntos para a região, percorreram as aldeias de pescadores, as escolas e dispensários que começavam a funcionar. Depois Roger traduziu os artigos de Schweriner para *The Irish Independent*. Nas conversas com o jornalista alemão, favorável às teses nacionalistas, Roger reafirmou a ideia que teve na sua viagem a Berlim de vincular a luta pela emancipação da Irlanda à Alemanha, caso houvesse um conflito bélico entre este país e a Grã--Bretanha. Com esse poderoso aliado, haveria mais possibilidades de obter da Inglaterra aquilo que a Irlanda com seus escassos meios — um pigmeu contra um gigante — jamais conseguiria. Entre os Voluntários a ideia foi bem-recebida. Não era inédita, mas a iminência de uma guerra a atualizava.

Nessas circunstâncias, soube-se que os Ulster Volunteers de Edward Carson tinham conseguido introduzir clandestinamente no Ulster, pelo porto de Larne, 216 toneladas de armas. Somado às que já tinham, esse carregamento dava às tropas unionistas uma força muito superior à dos Voluntários nacionalistas. Roger precisou adiantar sua partida para os Estados Unidos.

Foi o que fez, mas antes teve que acompanhar Eoin MacNeill a Londres, para uma reunião com John Redmond, o líder do Irish Parliamentary Party. Apesar de todos os revezes, Redmond continuava convencido de que a Autonomia acabaria sendo aprovada. Defendeu ante eles a boa-fé do governo liberal britânico. Ele era um homem gordo e dinâmico, que falava muito rápido, metralhando as palavras. A absoluta segurança em si mesmo que demonstrava contribuiu para aumentar a antipatia que já inspirava em Roger Casement. Por que ele era tão popular na Irlanda? Sua tese de que a Autonomia devia ser conquistada com a colaboração e a amizade da Inglaterra gozava do apoio majoritário dos irlandeses. Mas Roger tinha certeza de que essa confiança da população no líder do Irish Parliamentary Party iria se dissolvendo à medida que a opinião pública visse que o Home Rule era uma miragem que o governo imperial usava para manter os irlandeses na ilusão, desmobilizando e dividindo o povo.

O que mais irritou Roger nessa reunião foi a afirmação de Redmond de que em caso de guerra contra a Alemanha os irlandeses deviam lutar lado a lado com a Inglaterra, por uma questão de princípios e de estratégia: deste modo conquistariam a confiança do governo e da opinião pública ingleses, garantindo assim a futura Autonomia. Redmond exigiu que houvesse vinte e cinco representantes do seu partido no Comitê Executivo dos Voluntários, coisa que os Volunteers aceitaram para preservar a unidade. Mas nem com essa concessão Redmond mudou de opinião sobre Roger Casement, que de vez em quando acusava de ser "um revolucionário radical". Mesmo assim, nas últimas semanas que passou na Irlanda Roger escreveu duas cartas gentis a Redmond, exortando-o a atuar no sentido de que os irlandeses se mantivessem unidos apesar de suas eventuais divergências. Dizia que se o Home Rule chegasse a se tornar realidade, ele seria o primeiro a apoiá-lo. Mas se o governo inglês, por sua fraqueza diante dos extremistas do Ulster, não conseguisse impor a Autonomia, os nacionalistas deveriam ter uma estratégia alternativa.

Roger estava falando num comício dos Voluntários em Cushendun, no dia 28 de junho de 1914, quando chegou a notícia de que em Sarajevo um terrorista sérvio havia assassinado o arquiduque Franz Ferdinand da Áustria. Nesse momento ninguém deu muita importância a esse episódio que, poucas semanas mais tarde, seria o pretexto para desencadear a Primeira Guerra Mundial. O último discurso que Roger pronunciou na Irlanda foi em Carn, a 30 de junho. Estava rouco de tanto falar.

Sete dias depois zarpou clandestinamente do porto de Glasgow, no navio *Casandra* — nome que era um símbolo do que o futuro lhe reservava —, rumo a Montreal. Viajou na segunda classe, com um nome falso. Além disso, alterou seu vestuário, geralmente elegante e agora bem modesto, e seu rosto, mudando o penteado e cortando a barba. Passou alguns dias sossegado, navegando, depois de muito tempo. Durante a viagem pensou, surpreso, que a agitação dos últimos meses tivera a virtude de apaziguar as suas dores artríticas. Quase não as tinha sentido, e quando apareciam eram mais suportáveis que antigamente. No trem de Montreal a Nova York, preparou o relatório que ia entregar a John Devoy e demais dirigentes do Clan na Gael sobre a situação na Irlanda e a necessidade que os Voluntários tinham de ajuda econômica para comprar armas, porque, na atual conjuntura política, a violência ia explodir a qualquer momento. Por outro lado, a guerra abriria uma oportunidade excepcional para os independentistas irlandeses.

Quando chegou a Nova York, em 18 de julho, se hospedou no Belmont Hotel, modesto e frequentado por irlandeses. Foi nesse mesmo dia, passeando por uma rua de Manhattan no calor escaldante do verão nova-iorquino, que ocorreu o seu encontro com o norueguês Eivind Adler Christensen. Um encontro casual? Foi o que ele pensou na época. Nem lhe passou pela cabeça a suspeita de que podia ter sido planejado pelos serviços de espionagem britânicos que, havia meses, vinham seguindo os seus passos. Tinha certeza de que as precauções que tomara para sair clandestinamente de Glasgow haviam sido suficientes. Também não desconfiou nesse momento do cataclismo que provocaria em sua vida aquele jovem de vinte e quatro anos, cujo físico não correspondia em absoluto ao vagabundo desamparado e meio morto de fome que ele dizia ser. Apesar da roupa toda puída, Roger achou que era o homem mais bonito e atraente que tinha visto na vida. Enquanto observava o outro comer o sanduíche e tomar devagarzinho a bebida que lhe ofereceu, ficou confuso, envergonhado, porque seu coração começou a bater com força e sentiu uma efervescência no sangue que não sentia havia muito tempo. Ele, sempre cuidadoso com os gestos, praticante tão rígido das boas maneiras, nessa tarde e nessa noite esteve várias vezes a ponto de sair da linha, de ceder à tentação que o incitava a acariciar aqueles braços musculosos com uma penugem dourada ou de abraçar a cintura fina de Eivind.

Quando soube que o jovem não tinha onde dormir, convidou-o para ficar no seu hotel. Alugou um quartinho para ele, no mesmo andar que o seu. Apesar do cansaço acumulado na longa viagem, nessa noite Roger não pregou os olhos. Desfrutava e sofria imaginando o corpo atlético do seu novo amigo imobilizado pelo sono, o cabelo louro desgrenhado e o rosto delicado, de olhos azuis muito claros, apoiado no braço, talvez dormindo com os lábios abertos, mostrando os dentes brancos e regulares.

O encontro com Eivind Adler Christensen foi uma experiência tão forte para ele que, no dia seguinte, na sua primeira conversa com John Devoy, com quem tinha assuntos importantes a tratar, aquele semblante e aquela figura vez por outra voltavam à sua memória, tirando-o do pequeno escritório onde, sufocados de calor, os dois dialogavam.

O velho e experiente revolucionário, cuja vida parecia um romance de aventuras, causou forte impressão em Roger. Ele mantinha o vigor aos seus setenta e dois anos e transmitia uma energia contagiosa nos gestos, movimentos e na maneira de falar. Fazendo anotações numa caderneta com um lápis cuja ponta molhava na boca de vez em quando, ouviu o informe de Roger sobre os Voluntários sem interromper. Quando terminou, fez inúmeras perguntas, pedindo detalhes. Roger ficou maravilhado ao ver que John Devoy estava minuciosamente informado de tudo o que ocorria na Irlanda, até mesmo de assuntos que supostamente eram mantidos no maior segredo.

Não era um homem cordial. Tinha endurecido nos seus anos de cadeia, clandestinidade e lutas, mas transmitia confiança, a sensação de que era franco, honesto e de convicções graníticas. Nessa conversa, e nas outras que teriam durante o período que passou nos Estados Unidos, Roger viu que ele e Devoy concordavam milimetricamente em suas opiniões sobre a Irlanda. John também achava que já era tarde para a Autonomia, que o objetivo dos patriotas irlandeses agora devia ser unicamente a emancipação. E as ações armadas seriam um complemento indispensável das negociações. O governo inglês só aceitaria negociar quando as operações militares criassem uma situação tão difícil que a independência se tornasse um mal menor para Londres. Nessa guerra iminente, a aproximação com a Alemanha era vital para os nacionalistas: seu apoio logístico e político daria uma eficácia maior à luta pela independência. John Devoy lhe disse que não havia unanimidade quanto a isso na comunidade irlandesa nos Estados Unidos. As teses de John Redmond também tinham partidários por aqui, embora os dirigentes do Clan na Gael concordassem com Devoy e Casement.

Nos dias seguintes, John Devoy apresentou-o à maioria dos dirigentes da organização em Nova York, e também a John Quinn e William Bourke Cockran, dois influentes advogados norte-americanos que ajudavam a causa irlandesa. Ambos tinham relações com altos círculos do governo e do Parlamento dos Estados Unidos.

Roger notou que conseguia bons resultados com as comunidades irlandesas desde que, por instâncias de John Devoy, começara a falar nos comícios e reuniões para angariar recursos.

Ele era conhecido por suas campanhas a favor dos indígenas da África e da Amazônia, e sua oratória racional e emotiva chegava a todos os públicos. Depois dos comícios em que falou, em Nova York, Filadélfia e outras cidades da Costa Leste, a arrecadação aumentou. Os dirigentes do Clan na Gael brincavam que desse jeito iam virar capitalistas. A Ancient Order of Hibernians convidou-o para ser o principal orador no maior comício de que Roger participou nos Estados Unidos.

Na Filadélfia conheceu outro dos grandes dirigentes nacionalistas no exílio, Joseph McGarrity, colaborador estreito de John Devoy no Clan na Gael. Estava justamente na sua casa quando chegou a notícia do sucesso do desembarque clandestino na localidade de Howth de mil e quinhentos fuzis e dez mil balas para os Voluntários. A notícia provocou uma explosão de alegria e foi comemorada com um brinde. Pouco depois Roger soube que, depois do desembarque, houve um sério incidente em Bachelor's Walk entre irlandeses e soldados britânicos do regimento The King's Own Scottish Borderers, no qual três pessoas morreram e houve mais de quarenta feridos. Estava começando a guerra, então?

Em quase todas as suas idas e vindas pelos Estados Unidos, nas reuniões do Clan na Gael e nos atos públicos, Roger aparecia em companhia de Eivind Adler Christensen, que apresentava como seu ajudante e pessoa de confiança. Havia comprado roupa mais apresentável para ele e o instruíra sobre a problemática irlandesa, da qual o jovem norueguês dizia não ter a menor ideia. Era inculto mas não era bobo, aprendia rápido e era sempre muito discreto nas reuniões entre Roger, John Devoy e outros membros da organização. Se a presença do jovem norueguês despertou neles alguma desconfiança, guardaram para si mesmos, pois em momento algum fizeram perguntas impertinentes a Roger sobre o seu acompanhante.

Quando, em agosto de 1914, começou o conflito mundial — no dia 4 a Grã-Bretanha declarou guerra à Alemanha —, Casement, Devoy, Joseph McGarrity e John Keating, o círculo mais estreito de dirigentes do Clan na Gael, já tinham decidido que Roger viajaria para a Alemanha. Iria como representante dos independentistas que defendiam uma aliança estratégica na qual o governo do Kaiser prestaria ajuda política e militar aos Voluntários e estes fariam uma campanha contra o alistamento de irlandeses no Exército britânico, apoiado tanto pelos unionistas do Ulster como pelos seguidores de John Redmond. O projeto foi discutido com um pequeno número de dirigentes dos Volunteers, como Patrick Pearse e Eoin MacNeill, que o aprovaram sem reservas. A embaixada alemã em Washington, com a qual o Clan na Gael tinha vínculos, colaborou com os planos. O adido militar alemão, capitão Franz von Papen, veio a Nova York e se reuniu duas vezes com Roger. Mostrou-se entusiasmado com a aproximação entre o Clan na Gael, o IRB irlandês e o governo alemão. Depois de consultar Berlim, informou que Roger Casement seria bem-vindo na Alemanha.

Roger já esperava a guerra, como quase todo mundo, e assim que a ameaça se tornou realidade ele se entregou à ação com a enorme energia de que era capaz. Sua posição favorável ao Reich se tingiu de uma virulência antibritânica que surpreendia os seus próprios companheiros do Clan na Gael, embora muitos deles também apostassem numa vitória alemã. Teve uma violenta discussão com John Quinn, que o convidara a passar uns dias na sua luxuosa residência, quando afirmou que a guerra era uma conjuração do ressentimento e da inveja de um país em decadência como a Inglaterra diante de uma potência pujante, em pleno desenvolvimento industrial e econômico, com uma demografia em crescimento. A Alemanha representava o futuro por não ter lastros coloniais, ao passo que a Inglaterra, como a própria encarnação de um passado imperial, estava condenada à extinção.

Em agosto, setembro e outubro de 1914, Roger, como nas suas melhores épocas, trabalhou dia e noite, escrevendo artigos e cartas, fazendo palestras e discursos em que, com uma insistência maníaca, acusava a Inglaterra de ter causado essa catástrofe europeia e exortava os irlandeses a não ouvirem os cantos de sereia de John Redmond, que fazia uma campanha para que se alistassem. O governo liberal inglês conseguiu aprovar a Autonomia no Parlamento, mas suspendeu sua vigência até o fim da guerra. A divisão dos Voluntários foi inevitável. A organização tinha crescido de maneira extraordinária e Redmond e o Irish Parliamentary Party eram amplamente majoritários. Mais de cento e cinquenta mil Voluntários os seguiram, enquanto apenas onze mil continuaram com Eoin MacNeill e Patrick Pearse. Nada disso amainou o ardor pró-germânico de Roger Casement, que, em todos os comícios nos Estados Unidos, continuava apresentando a Alemanha do Kaiser como vítima nessa guerra e a maior defensora da civilização ocidental. "Não é o amor à Alemanha que fala na sua boca, é o ódio à Inglaterra", disse-lhe John Quinn naquela discussão.

Em setembro de 1914 saiu, na Filadélfia, um pequeno livro de Roger Casement, *Irlanda, Alemanha e a liberdade dos mares: um possível resultado da guerra de 1914*, que reunia seus ensaios e artigos favoráveis à Alemanha. A obra seria reeditada depois em Berlim com o título *O crime contra a Europa*.

Suas manifestações a favor da Alemanha impressionaram os diplomatas do Reich nos Estados Unidos. O embaixador alemão em Washington, o conde Johann von Bernstorff, foi a Nova York especialmente para se reunir em particular com o trio dirigente do Clan na Gael — John Devoy, Joseph McGarrity e John Keating — e Roger Casement. Também estava presente o capitão Franz von Papen. Foi Roger, conforme o combinado com seus companheiros, que expôs ao diplomata alemão o pedido dos nacionalistas: cinquenta mil fuzis e balas. Podiam desembarcá-los de forma clandestina em diversos portos da Irlanda graças aos Voluntários. O material ia servir para um levantamento militar anticolonialista que imobilizaria importantes forças militares inglesas, o que devia ser aproveitado pelas forças navais e militares do Kaiser para lançar uma ofensiva contra as guarnições militares do litoral inglês. Para aumentar a simpatia da opinião pública irlandesa pela Alemanha, era indispensável que o governo alemão emitisse uma declaração afirmando que, em caso de vitória, apoiaria os desejos irlandeses de libertação do jugo colonial. Por outro lado, o governo alemão deveria se comprometer a dar um tratamento especial aos soldados irlandeses que caíssem prisioneiros, separando-os dos ingleses e oferecendo a eles a oportunidade de se incorporar a uma Brigada Irlandesa que combateria "junto ao, mas não dentro do" Exército alemão contra o inimigo comum. Roger Casement seria o organizador dessa Brigada.

O conde Von Bernstorff, de aparência robusta, monóculo e peitilho empastelado de condecorações, ouviu-o com atenção. O capitão Von Papen tomava notas. O embaixador precisava consultar Berlim, naturalmente, mas adiantou que a proposta lhe parecia razoável. E, de fato, poucos dias depois, numa segunda reunião, veio comunicar que o governo alemão estava disposto a conversar sobre o assunto, em Berlim, com Casement como representante dos nacionalistas irlandeses. Deixou uma carta solicitando às autoridades que dessem todas as facilidades a sir Roger em sua estada na Alemanha.

Roger começou imediatamente a preparar a viagem. Notou que Devoy, McGarrity e Keating ficaram surpresos quando ele disse que viajaria à Alemanha levando seu ajudante Eivind Adler Christensen. Como tinham planejado, por questões de segurança, que iria de navio de Nova York a Christiania, a ajuda do norueguês como tradutor em seu próprio país seria útil, assim como em Berlim, porque Eivind também falava alemão. Não pediu reforço de dinheiro para o assistente. A quantia que o Clan na Gael lhe dera para a sua viagem e instalação — três mil dólares — bastaria para os dois.

Se os seus companheiros nova-iorquinos viram algo de estranho nessa obstinação de levar para Berlim aquele jovem viquingue que permanecia mudo nas reuniões, não disseram nada. Concordaram, sem comentários. Roger não poderia fazer a viagem sem Eivind. Junto com ele, tinha entrado em sua vida um fluxo de juventude, de sonho e — a palavra o fazia enrubescer — amor. Isso nunca lhe havia acontecido antes. Ele tivera as aventuras esporádicas nas ruas com pessoas cujos nomes, se é que eram mesmo nomes e não simples apelidos, logo depois esquecia ou com os fantasmas que sua imaginação, seus desejos e sua solidão inventavam nas páginas dos diários. Mas com o "belo viquingue", como o chamava na intimidade, naquelas semanas e meses sentiu que, além do prazer, finalmente tinha estabelecido uma relação afetiva que podia durar, que podia tirá-lo da solidão a que sua vocação sexual o condenara. Ele não falava dessas coisas com Eivind. Não era ingênuo, e pensou muitas vezes que o mais provável, e até o mais certo, era que o norueguês estivesse do seu lado por interesse, porque com Roger comia duas vezes por dia, vivia debaixo de um teto, dormia numa cama decente, tinha roupa e uma segurança que, segundo a sua própria confissão, não sentia havia muito tempo. Mas Roger acabou descartando todas as prevenções na convivência diária com o rapaz. Eivind era atencioso e afetivo com ele, parecia viver só para atendê-lo, trazia as suas peças de roupa, estava sempre disponível. Só se dirigia a ele, mesmo nos momentos mais íntimos, guardando as distâncias, sem se permitir um abuso de confiança ou alguma vulgaridade.

    Compraram passagens de segunda classe de Nova York a Christiania no navio *Oskar II*, que zarpava em meados de outubro. Roger, que usava documentos com o nome James Landy, mudou a sua aparência, cortando o cabelo bem rente e clareando com cremes seu rosto bronzeado. O navio foi interceptado em alto-mar pela Marinha britânica e escoltado até Stornoway, nas Hébridas, onde os ingleses fizeram uma rigorosa revista. Mas a verdadeira identidade de Casement não foi descoberta. A dupla chegou sã e salva a Christiania ao anoitecer do dia 28 de outubro. Roger nunca tinha se sentido melhor. Se alguém lhe perguntasse como estava, responderia que, apesar de todos os problemas, era um homem feliz.

    Entretanto, nessas mesmas horas, minutos, em que imaginava ter capturado o fogo-fátuo da felicidade, começava a etapa mais amarga da sua vida, o fracasso que, como pensaria depois, iria empanar tudo de bom e de nobre que existia no seu passado. No mesmo dia em que chegaram à capital da Noruega, Eivind veio lhe dizer que tinha sido sequestrado durante algumas horas por desconhecidos que o levaram para o consulado britânico, onde foi interrogado sobre o seu misterioso acompanhante. Ele, ingênuo, acreditou. E pensou que aquele episódio lhe dava uma oportunidade providencial para denunciar as artimanhas (as intenções assassinas) da Chancelaria britânica. Na verdade, como descobriria depois, foi Eivind quem se dirigiu ao consulado propondo vendê-lo. Essa história só serviria para deixar Roger obcecado e fazê-lo perder semanas e meses em contatos e preparativos inúteis que, afinal, não trouxeram benefício algum à causa da Irlanda e, sem dúvida, foram motivo de gozação no Foreign Office e na inteligência britânica, onde deviam vê-lo como um patético aprendiz de conspirador.

    Quando terá começado a sua decepção com aquela Alemanha que, talvez por simples repulsa à Inglaterra, começara a admirar e a chamar de exemplo de eficiência, disciplina, cultura e modernidade? Não foi durante as primeiras semanas em Berlim. Durante a viagem, um tanto rocambolesca, de Christiania à capital alemã, na companhia de Richard Meyer, que seria seu contato no Ministério de Relações Exteriores do Kaiser, ele ainda estava cheio de ilusões, convencido de que a Alemanha ia ganhar a guerra e sua vitória seria decisiva para a libertação da Irlanda. Foram boas as suas primeiras impressões daquela cidade fria, envolvida em chuva e neblina, que era a Berlim daquele outono. Tanto o subsecretário de Estado para as Relações Exteriores, Arthur Zimmermann, como o conde Georg von Wedel, chefe da seção inglesa da Chancelaria, o receberam com amabilidade e demonstraram entusiasmo pelo seu plano de uma Brigada formada por prisioneiros irlandeses. Ambos eram partidários de que o governo alemão fizesse uma declaração favorável à independência da Irlanda. E, de fato, em 20 de novembro de 1914 o Reich se pronunciou, talvez não em termos tão explícitos como Roger esperava, mas claros o bastante para justificar a posição daqueles que, como ele, defendiam uma aliança dos nacionalistas irlandeses com a Alemanha. No entanto, a essa altura, apesar do entusiasmo que a declaração lhe causou — uma vitória dele, sem dúvida — e embora o secretário de Estado para as Relações Exteriores finalmente tenha lhe comunicado que o alto-comando militar já tinha determinado que os prisioneiros de guerra irlandeses fossem reunidos num único campo, onde ele poderia visitá-los, Roger estava começando a pressentir que a realidade não ia aderir aos seus planos e, antes, se obstinaria em fazê-los fracassar.

    O primeiro sinal de que as coisas estavam tomando rumos inesperados foi saber, pela única carta de Alice Stopford Green que recebeu em dezoito meses — uma carta que para chegar às suas mãos deu uma parábola transatlântica, fazendo escala em Nova York, onde trocou de envelope, nome e destinatário —, que a imprensa britânica havia noticiado a sua presença em Berlim. Isso provocou uma intensa polêmica entre os nacionalistas que aprovavam e os que desaprovavam sua decisão de tomar partido pela Alemanha na guerra. Alice desaprovava: dizia isso de forma taxativa. E acrescentava que muitos partidários firmes da independência concordavam com ela. No máximo, dizia Alice, podia-se aceitar uma posição neutra dos irlandeses em relação à guerra europeia. Mas fazer uma frente comum com a Alemanha, não. Dezenas de milhares de irlandeses estavam lutando pela Grã-Bretanha: como esses compatriotas se sentiriam ao saber que figuras notórias do nacionalismo irlandês se identificavam com o inimigo que os atacava com canhões e gases nas trincheiras da Bélgica?

A carta de Alice caiu como um raio sobre ele. Saber que a pessoa que mais admirava e com a qual julgava ter mais afinidade política que com qualquer outra condenava o que ele estava fazendo, e o dizia nesses termos, deixou-o aturdido. Em Londres se viam as coisas de maneira diferente, sem a perspectiva da distância. Mas, mesmo invocando todas as justificativas, ficou um peso na sua consciência, perturbando: a sua mentora política, sua amiga e professora, pela primeira vez o desaprovava e achava que, em vez de ajudar, ele estava prejudicando a causa da Irlanda. A partir de então, uma pergunta retumbaria em sua cabeça com um som de mau agouro: "E se Alice tiver razão e eu estiver errado?"

Nesse mesmo mês de novembro, as autoridades alemãs o mandaram para a frente de batalha, em Charleville, a fim de conversar sobre a Brigada Irlandesa com os chefes militares. Roger pensava que, se tivesse sucesso e fosse criada uma força militar para lutar pela independência da Irlanda junto com as forças alemãs, quem sabe os escrúpulos de muitos companheiros, como Alice, desapareceriam. Teriam que aceitar que, em política, o sentimentalismo era um estorvo, que o inimigo da Irlanda era a Inglaterra e que os inimigos de seus inimigos eram amigos da Irlanda. A viagem, embora curta, lhe deu uma boa impressão. Os altos oficiais alemães que combatiam na Bélgica estavam certos da vitória. Todos aplaudiram a ideia da Brigada Irlandesa. Da guerra em si, não viu grande coisa: tropas nas estradas, hospitais nos povoados, filas de prisioneiros escoltados por soldados armados, tiros distantes de canhão. Quando voltou a Berlim, havia à sua espera uma boa notícia. Atendendo ao seu pedido, o Vaticano decidira mandar dois sacerdotes para o campo onde estavam sendo reunidos os prisioneiros irlandeses: um agostiniano, frei O'Gorman, e um dominicano, frei Thomas Crotty. O'Gorman ficaria dois meses e Crotty todo o tempo que fosse necessário.

E se Roger Casement não houvesse conhecido o padre Thomas Crotty? Provavelmente não teria sobrevivido ao terrível inverno de 1914-1915, em que toda a Alemanha, principalmente Berlim, foi açoitada por tempestades de neve que deixavam as estradas e as ruas intransitáveis, ventanias que arrancavam arbustos e quebravam marquises e janelas e temperaturas de quinze e vinte graus abaixo de zero que, devido à guerra, muitas vezes tinham que ser suportadas sem luz nem calefação. Os problemas físicos voltaram a atacá-lo com fúria: as dores no quadril, no osso ilíaco, o mantinham encolhido no assento, sem conseguir se levantar. Pensou muitas vezes que ali, na Alemanha, ia ficar aleijado para sempre. As hemorroidas voltaram a incomodar. Ir ao banheiro passou a ser um suplício. Sentia o corpo enfraquecido e cansado como se de repente tivesse envelhecido vinte anos.

Em todo esse período, sua tábua de salvação foi o padre Thomas Crotty. "Os santos existem, não são mitos", pensava. Senão, o que era o padre Crotty? Nunca reclamava, sempre se adaptava às piores circunstâncias com um sorriso na boca, sintoma do seu bom humor e do seu otimismo vital, na convicção íntima de que havia muitas coisas boas pelas quais a vida merecia ser vivida.

Era um homem mais para baixo, com um cabelo grisalho já raleado e o rosto redondo e vermelho, no qual seus olhos claros pareciam cintilar. Era de uma família camponesa muito pobre, de Galway, e algumas vezes, quando estava mais contente que de costume, cantava as canções de ninar em gaélico que ouvia da mãe quando era criança. Quando soube que Roger tinha passado vinte anos na África e quase um ano na Amazônia, contou que, desde o seminário, sonhava ser missionário em algum país distante, mas a ordem dominicana escolhera outro destino para ele. No campo, ficou amigo de todos os prisioneiros porque tratava todos com a mesma consideração, sem se importar com suas ideias e credos. Como percebeu, desde o primeiro momento, que só uma ínfima minoria se deixaria convencer pelas ideias de Roger, manteve-se rigorosamente imparcial, sem se manifestar a favor ou contra a Brigada Irlandesa. "Todos os que estão aqui sofrem e são filhos de Deus, portanto são nossos irmãos, não é mesmo?", perguntou a Roger. Nas longas conversas que tinham, a política raramente era mencionada. Falavam muito da Irlanda, sim, do seu passado, dos seus heróis, dos seus santos, dos seus mártires, mas os irlandeses que mais apareciam nas palavras do padre Crotty eram os sofridos e anônimos lavradores que trabalhavam de sol a sol para ganhar um pedaço de pão e aqueles que tiveram que emigrar para a América, a África do Sul e a Austrália para não morrer de fome.

Foi Roger quem fez o padre Crotty falar de religião. O dominicano também era muito discreto quanto a isso, certamente pensando que Roger, como anglicano, preferia evitar um assunto conflitivo. Mas quando ele expôs o seu desconcerto espiritual e confessou que nos últimos tempos se sentia cada vez mais atraído pelo catolicismo, religião da sua mãe, o padre Crotty se dispôs de boa vontade a falar do assunto. Dirimia com paciência as suas curiosidades, dúvidas e perguntas. Uma vez Roger se atreveu a perguntar à queima-roupa: "O senhor acha que estou agindo bem ou estou errado, padre Crotty?" O sacerdote ficou muito sério: "Não sei, Roger. Não quero mentir. Simplesmente, não sei."

Agora Roger também não sabia, depois daqueles primeiros dias de dezembro de 1914, quando, depois de desfilar pelo campo de Limburg com os generais alemães De Graaf e Exner, finalmente falou para as centenas de prisioneiros irlandeses. Não, a realidade não acatava as suas previsões. "Que ingênuo e bobo fui", pensava, lembrando, com um súbito gosto de cinzas na boca, as caras de desconcerto, de desconfiança, de hostilidade dos prisioneiros, quando ele explicava, com todo o fogo do seu amor pela Irlanda, a razão de ser da Brigada Irlandesa, a missão que ela teria, como a pátria ficaria grata por esse sacrifício. Não conseguia esquecer os esporádicos vivas a John Redmond que o interromperam, os rumores de censura e até de ameaças, o silêncio que se seguiu às suas palavras. O mais humilhante foi que ao terminar o discurso os guardas alemães o rodearam e o acompanharam até a saída do campo, porque, embora não entendessem as palavras, a atitude da maioria dos prisioneiros indicava que aquilo podia acabar numa agressão ao orador.

E foi exatamente o que aconteceu na segunda vez que Roger foi falar em Limburg, no dia 5 de janeiro de 1915. Dessa vez, os prisioneiros não se contentaram em fechar a cara e mostrar o seu desagrado com gestos e sinais. Também vaiaram e xingaram. "Quanto foi que a Alemanha lhe pagou?", era o grito mais frequente. Ele teve que se calar porque o berreiro era ensurdecedor. Começou a receber uma chuva de pedrinhas, cusparadas e projéteis diversos. Os soldados alemães o tiraram de lá às pressas.

Roger nunca mais se recuperou dessa experiência. Essa lembrança, como um câncer, passaria a roê-lo por dentro, sem trégua.

— Devo desistir depois dessa hostilidade generalizada, padre Crotty?

— Você deve fazer o que acha que é o melhor para a Irlanda, Roger. Seus ideais são puros. A impopularidade nem sempre é um bom critério para decidir a justiça de uma causa.

A partir de então viveria numa dolorosa duplicidade, aparentando para as autoridades alemãs que a Brigada Irlandesa estava em marcha. De fato, ainda havia poucas adesões, mas ia ser diferente quando os prisioneiros superassem a desconfiança inicial e entendessem que o interesse da Irlanda, e portanto deles, eram a amizade e a colaboração com a Alemanha. No íntimo, ele sabia muito bem que não era verdade o que dizia, que jamais haveria uma adesão maciça à Brigada, que esta nunca deixaria de ser um grupinho simbólico.

Sendo assim, para que continuar? Por que não recuar? Porque isso equivaleria a um suicídio, e Roger Casement não queria se suicidar. Ainda não. Não dessa maneira, em todo caso. E por isso, com gelo no coração, nos primeiros meses de 1915, enquanto continuava perdendo tempo com a "questão Findlay", negociava com as autoridades do Reich o acordo sobre a Brigada Irlandesa. Roger impôs algumas condições e seus interlocutores, Arthur Zimmermann, o conde Georg von Wedel e o conde Rudolf Nadolny, ouviram muito sérios, anotando em uns cadernos. Na reunião seguinte lhe disseram que o governo alemão aceitava as suas exigências: a Brigada teria uniforme próprio, oficiais irlandeses, ela mesma escolheria os campos de batalha onde entrar em ação, suas despesas seriam reembolsadas ao governo alemão pelo governo republicano da Irlanda assim que este fosse constituído. Roger sabia tão bem quanto eles que tudo aquilo era uma pantomima, porque em meados de 1915 a Brigada Irlandesa não tinha voluntários sequer para formar uma companhia: havia recrutado apenas quarenta homens e era improvável que todos mantivessem o compromisso. Muitas vezes se perguntou: "Até quando vai durar a farsa?" Em suas cartas a Eoin MacNeill e a John Devoy, Roger se sentia obrigado a dizer que, embora lentamente, a Brigada Irlandesa estava virando realidade. Pouco a pouco os voluntários iriam aumentando. Era imprescindível que mandassem oficiais irlandeses para treinar a Brigada e dirigir as futuras seções e companhias. Eles prometeram, mas também falharam: o único oficial que chegou foi o capitão Robert Monteith. Se bem que, é verdade, o inquebrantável Monteith valia por um batalhão.

Roger teve os primeiros indícios do que vinha pela frente quando, com o fim do inverno, já começavam a aparecer os primeiros brotos verdes nas árvores de Unter den Linden. Um dia, o subsecretário de Estado para as Relações Exteriores, numa das reuniões periódicas que faziam, lhe informou abruptamente que o alto-comando militar alemão não tinha confiança no seu ajudante Eivind Adler Christensen. Havia indícios de que ele podia estar passando informações para a inteligência britânica. Tinha que afastá-lo imediatamente.

A advertência o pegou de surpresa e Roger descartou-a de imediato. Pediu provas. Responderam que o serviço de inteligência alemão não teria feito tal afirmação se não tivesse razões de peso para isso. Como nessa época Eivind queria ir à Noruega por alguns dias para ver uns parentes, Roger estimulou a viagem. Deu-lhe dinheiro e foi se despedir na estação. Nunca mais voltou a vê-lo. A partir de então, um outro motivo de angústia se somou aos anteriores: seria possível que o deus viquingue fosse mesmo um espião? Vasculhou a memória, tentando encontrar nesses últimos meses em que tinham convivido algum fato, atitude, contradição, palavra solta que o delatasse. Não achou nada. Tentava se tranquilizar dizendo que aquele embuste era uma manobra desses aristocratas teutônicos preconceituosos e puritanos que, suspeitando que suas relações com o norueguês não eram inocentes, queriam separar os dois usando qualquer ardil, até a calúnia. Mas a dúvida voltava e não o deixava dormir. Quando soube que Eivind Adler Christensen tinha decidido voltar para os Estados Unidos diretamente da Noruega, sem passar pela Alemanha, ficou contente.

Em 20 de abril de 1915 chegou a Berlim o jovem Joseph Plunkett, delegado dos Voluntários e do IRB, depois de fazer um périplo rocambolesco por meia Europa para escapar das redes da inteligência britânica. Como tinha feito aquele esforço na sua condição física? Ele não devia ter mais de vinte e sete anos, mas era esquelético, semientrevado pela poliomielite, e uma tuberculose que o estava devorando às vezes dava ao seu rosto uma aparência de caveira. Filho de um próspero aristocrata, o conde George Noble Plunkett, diretor do Museu Nacional de Dublin, Joseph, que falava inglês com um sotaque de aristocrata, se vestia de qualquer maneira, com umas calças cheias de bolsos, uma sobrecasaca muito folgada e um chapéu enfiado até as sobrancelhas. Mas bastava ouvi-lo e conversar um pouco com ele para descobrir que, por trás daquela aparência de palhaço, daquele corpo em petição de miséria e daquela indumentária carnavalesca, havia uma inteligência superior, penetrante como poucas, uma enorme cultura literária e um espírito ardoroso, com uma vocação de luta e de sacrifício pela causa da Irlanda que deixava Roger Casement muito impressionado todas as vezes que os dois conversavam, em Dublin, nas reuniões dos Voluntários. Ele escrevia poesia mística, era, como Patrick Pearse, muito devoto e conhecia bem os místicos espanhóis, sobretudo Santa Teresa de Jesus e São João da Cruz, cujos versos recitava de cor em espanhol. Tal como Patrick Pearse, ele sempre se alinhou, dentro dos Voluntários, com os radicais, e isso o aproximou de Roger. Ouvindo os dois, este pensou muitas vezes que Pearse e Plunkett pareciam buscar o martírio, convencidos de que só com o heroísmo e o desprezo pela morte dos heróis titânicos que balizavam a História irlandesa, de Cuchulain e Fionn e Owen Roe a Wolfe Tone e Robert Emmet, e se imolando como os mártires cristãos dos tempos primitivos poderiam contagiar a maioria dos irlandeses com a ideia de que a única maneira de conquistar a liberdade era pegando em armas e fazendo a guerra. Só com a imolação dos filhos do Eire é que nasceria um país livre, sem colonizadores nem exploradores, onde reinariam a lei, o cristianismo e a justiça. Na Irlanda, Roger tinha se assustado algumas vezes com o romantismo um tanto enlouquecido de Joseph Plunkett e Patrick Pearse. Mas nessas semanas em Berlim, ouvindo o jovem poeta revolucionário nos dias agradáveis em que a primavera enchia os jardins de flores e as árvores dos parques recuperavam o seu verdor, Roger ficou comovido e ansioso para acreditar em tudo o que o recém-chegado dizia.

Ele trazia notícias animadoras da Irlanda. A divisão dos Voluntários em decorrência da guerra europeia tinha servido para esclarecer as coisas, segundo ele. Realmente, uma grande maioria ainda seguia as teses de John Redmond de colaborar com o Império e se incorporar ao Exército britânico, mas a minoria leal aos Voluntários contava com muitos milhares de pessoas decididas a lutar, um verdadeiro Exército unido, compacto, lúcido quanto aos seus objetivos e decidido a morrer pela Irlanda. Agora sim, havia uma estreita colaboração entre os Voluntários e o IRB e também o Irish Citizen Army, o Exército do Povo, formado por marxistas e sindicalistas como Jim Larkin e James Connolly, e o Sinn Fein de Arthur Griffith. Até Sean O'Casey, que havia atacado com ferocidade os Voluntários, chamando-os de "burgueses e filhinhos de papai", agora se mostrava favorável à colaboração. O Comitê Provisório dirigido por Tom Clarke, Patrick Pearse e Thomas MacDonagh, entre outros, preparava a insurreição dia e noite. As circunstâncias eram propícias. A guerra na Europa criava uma oportunidade única. Era indispensável que a Alemanha os ajudasse com a remessa de cinquenta mil fuzis e uma ação simultânea do seu Exército em território britânico atacando os portos irlandeses militarizados pela Royal Navy. A ação conjunta talvez decidisse a vitória alemã. A Irlanda finalmente seria independente e livre.

Roger concordava: esta era a sua tese havia muito tempo, e a razão pela qual viera a Berlim. Insistiu muito com o Comitê Provisório para que deixasse estabelecido que a ação ofensiva da Marinha e do Exército alemães era uma condição *sine qua non* para o Levante. Sem essa invasão, a rebelião fracassaria, porque a força logística era muito desigual.

— Mas o senhor está esquecendo, sir Roger — interrompeu-o Plunkett —, um fator mais importante que o armamento militar e o número de soldados: a mística. Nós temos. Os ingleses, não.

Estavam conversando numa taverna semivazia. Roger tomava cerveja e Joseph um refresco. Os dois fumavam. Plunkett contou que Larkfield Manor, a sua casa no bairro de Kimmage, em Dublin, tinha se transformado numa forja e num arsenal, onde se fabricavam granadas, bombas, baionetas, lanças e se costuravam bandeiras. Dizia essas coisas com gestos exaltados, quase em estado de transe. Contou também que o Comitê Provisório decidira não falar do acordo sobre o Levante com Eoin MacNeill. Roger se surpreendeu. Como uma decisão dessas podia permanecer secreta para aquele que tinha fundado os Voluntários e continuava sendo seu presidente?

— Todos nós o respeitamos e ninguém põe em dúvida o patriotismo e a honestidade do professor MacNeill — explicou Plunkett. — Mas ele é frouxo. Acredita na persuasão e nos métodos pacíficos. Vai ser informado quando já for tarde demais para impedir o Levante. Então, ninguém tem dúvida, ele vai se juntar a nós nas barricadas.

Roger trabalhou dia e noite com Joseph preparando um plano de trinta e duas páginas com detalhes do Levante. Depois o apresentaram à Chancelaria e ao Almirantado. O plano sustentava que as Forças Militares britânicas na Irlanda estavam dispersas em guarnições reduzidas e podiam ser dominadas facilmente. Os diplomatas, funcionários e militares alemães ouviram impressionados aquele jovem disforme e vestido como um *clown* que, ao falar, se transformava e explicava com precisão matemática e grande coerência intelectual as vantagens de uma invasão alemã que coincidisse com a revolução nacionalista. Os que entendiam inglês, principalmente, ouviam aquilo intrigados com sua desenvoltura, sua ferocidade, e pela retórica exaltada com que se expressava. Mas até os que não entendiam inglês e tinham que esperar que o intérprete traduzisse as suas palavras assistiam com assombro à veemência e à gesticulação frenética daquele emissário mal-ajambrado dos nacionalistas irlandeses.

Ouviam, anotavam o que Joseph e Roger pediam, mas não se comprometiam com coisa alguma em suas respostas. Nem com a invasão nem com o envio dos cinquenta mil fuzis e a respectiva munição. Tudo aquilo seria estudado dentro da estratégia global da guerra. O Reich aprovava as aspirações do povo irlandês e tinha a intenção de apoiar os seus legítimos desejos: não ia além disso.

Joseph Plunkett passou quase dois meses na Alemanha, vivendo com uma frugalidade comparável à do próprio Casement, até 20 de junho, quando seguiu para a fronteira suíça, de volta à Irlanda via Itália e Espanha. O número escasso de adesões à Brigada Irlandesa não chamou a atenção do jovem poeta. Aliás, ele não demonstrou a menor simpatia por ela. Por quê?

— Para servir na Brigada, os prisioneiros têm que romper o seu juramento de lealdade ao Exército britânico — explicou a Roger. — Eu sempre fui contra os nossos homens se alistarem nas filas do ocupante. Mas, uma vez que o fizeram, não se pode romper um juramento feito diante de Deus sem pecar e perder a honra.

O padre Crotty ouviu esse diálogo e guardou silêncio. Ficou assim, como uma esfinge, a tarde inteira que os três passaram juntos, ouvindo o poeta, que monopolizava a conversa. Depois, o dominicano comentou com Casement:

— Esse rapaz é uma pessoa fora do comum, sem dúvida. Por sua inteligência e por sua entrega a uma causa. Seu cristianismo é igual ao daqueles cristãos que morriam nos circos romanos devorados pelas feras. Mas é igual, também, ao dos cruzados que reconquistaram Jerusalém matando todos os judeus e muçulmanos ímpios que encontraram, inclusive mulheres e crianças. O mesmo desvelo ardoroso, a mesma glorificação do sangue e da guerra. Confesso, Roger, que pessoas assim, embora sejam elas que fazem a História, me causam mais medo que admiração.

Um assunto recorrente nas conversas de Roger e Joseph nessa temporada era a possibilidade de que a insurreição eclodisse sem que ao mesmo tempo o Exército alemão invadisse a Inglaterra ou, pelo menos, atacasse os portos protegidos pela Royal Navy em território irlandês. Plunkett era partidário, mesmo neste caso, de prosseguir com os planos de insurreição: a guerra europeia havia criado uma oportunidade que não podia ser desperdiçada. Roger achava que seria um suicídio. Por mais heroicos e arrojados que fossem, os revolucionários seriam esmagados pela máquina do Império. Este não perderia a oportunidade de fazer um expurgo implacável. A liberdade da Irlanda seria adiada por mais cinquenta anos.

— Devo entender que, se a revolução for desencadeada sem participação da Alemanha, o senhor não estará conosco, sir Roger?

— Eu estarei com vocês, certamente. Mas sabendo que seria um sacrifício inútil.

O jovem Plunkett olhou-o longamente nos seus olhos e Roger vislumbrou um sentimento de pena nesse olhar.

— Deixe-me falar com franqueza, sir Roger — murmurou, afinal, com a seriedade de quem se sabe possuidor de uma verdade irrefutável. — Há uma coisa que o senhor não entendeu, pelo visto. Não se trata de ganhar. É claro que vamos perder essa batalha. Trata-se de durar. De resistir. Dias, semanas. E de morrer de maneira tal que a nossa morte e o nosso sangue multipliquem o patriotismo dos irlandeses até se tornar uma força irresistível. De modo que, para cada um de nós que morre, nasçam cem revolucionários. Não foi assim com o cristianismo?

Ele não teve resposta. As semanas que se seguiram à partida de Plunkett foram muito intensas para Roger. Continuou pedindo que a Alemanha libertasse os prisioneiros irlandeses que merecessem, por motivos de saúde, idade, por sua categoria intelectual e profissional e por seu comportamento. Esse gesto causaria uma boa impressão na Irlanda. As autoridades alemãs a princípio foram renitentes, mas agora começavam a ceder. Fizeram listas, discutiram nomes. Finalmente, o alto-comando militar aceitou libertar uma centena de profissionais liberais, professores, estudantes e homens de negócios com credenciais respeitáveis. Foram muitas horas e dias de discussões, com idas e vindas que deixavam Roger exausto. Por outro lado, angustiado com a ideia de que os Voluntários, seguindo as teses de Pearse e de Plunkett, desencadeassem uma insurreição antes que a Alemanha decidisse atacar a Inglaterra, pressionava a Chancelaria e o Almirantado por uma resposta sobre os cinquenta mil fuzis. Só lhe diziam coisas vagas. Até que um dia, numa reunião no Ministério de Relações Exteriores, o conde Blicher disse uma coisa que o deixou desanimado:

— Sir Roger, o senhor não tem uma ideia correta das proporções. Examine um mapa com objetividade e verá quão pouco a Irlanda representa em termos geopolíticos. Por mais simpatia que o Reich tenha pela sua causa, há outros países e regiões mais importantes para os interesses alemães.

— Isso significa que não receberemos as armas, senhor conde? A Alemanha elimina por completo a possibilidade de invasão?

— Ambas as coisas ainda estão em estudo. Se dependesse de mim, eu descartaria a invasão, certamente, num futuro imediato. Mas os especialistas é que vão decidir. O senhor receberá uma resposta definitiva a qualquer momento.

Roger escreveu uma longa carta a John Devoy e Joseph McGarrity, explicando os seus motivos para se opor a uma sublevação sem uma ação militar alemã simultânea. Instava que eles usassem sua influência nos Voluntários e no IRB para dissuadi-los de iniciar uma ação disparatada. Ao mesmo tempo, dizia que continuava fazendo todos os esforços para conseguir as armas. Mas a conclusão era dramática: "Fracassei. Aqui sou um inútil. Deixem-me voltar para os Estados Unidos."

Nesse período as suas doenças recrudesceram. Nada fazia efeito contra as dores da artrite. Resfriados contínuos, com febres altas, o deixavam de cama com muita frequência. Tinha emagrecido e sofria de insônias. Para piorar, foi nesse estado que soube que o *New York World* havia publicado uma notícia, certamente plantada pela contraespionagem britânica, segundo a qual sir Roger Casement estava em Berlim recebendo grandes quantias do Reich para estimular uma rebelião na Irlanda. Enviou uma carta de protesto — "Eu trabalho para a Irlanda, não para a Alemanha" — que não foi publicada. Seus amigos de Nova York o fizeram desistir da ideia de um processo: ele perderia, e o Clan na Gael não estava disposto a esbanjar dinheiro num litígio judicial.

Desde maio de 1915 as autoridades alemãs haviam atendido a uma insistente solicitação de Roger: separar os voluntários da Brigada Irlandesa dos outros prisioneiros de Limburg. No dia 20, meia centena de brigadistas, que eram hostilizados por seus companheiros, foi transferida para o pequeno campo de Zossen, nas vizinhanças de Berlim. Celebraram o fato com uma missa oficiada pelo padre Crotty, e depois houve brindes e canções irlandesas numa atmosfera de camaradagem que levantou um pouco o ânimo de Roger. Este informou aos brigadistas que dentro de alguns dias iam receber os uniformes que ele mesmo tinha desenhado e que em breve chegaria um punhado de oficiais irlandeses para dirigir os treinamentos. Eles, que constituíam a primeira companhia da Brigada Irlandesa, entrariam para a História como os pioneiros de uma façanha.

Logo depois dessa reunião escreveu outra carta a Joseph McGarrity, informando sobre a abertura do campo de Zossen e desculpando-se pelo catastrofismo da sua missiva anterior. Tinha escrito num momento de desânimo, mas agora se sentia menos pessimista. A chegada de Joseph Plunkett e o campo de Zossen eram estímulos. Continuaria trabalhando pela Brigada Irlandesa. Embora pequena, ela tinha um simbolismo importante no quadro da guerra europeia.

Ao começar o verão de 1915, Roger se mudou para Munique. Hospedou-se no Basler Hof, um hotelzinho modesto mas agradável. A capital bávara o deprimia menos que Berlim, embora tivesse uma vida ainda mais solitária que na capital. Sua saúde continuava se deteriorando e as dores e resfriados o obrigavam a permanecer no quarto. Sua vida recolhida era voltada para um trabalho intelectual intenso. Bebia muitas xícaras de café por dia e não parava de fumar uns cigarros de tabaco escuro que enchiam o quarto de fumaça. Escrevia contínuas cartas aos seus contatos na Chancelaria e no Almirantado e mantinha uma correspondência diária com o padre Crotty, espiritual e religiosa. Relia as cartas do sacerdote e as guardava como um tesouro. Um dia tentou rezar. Fazia muito tempo que não rezava, pelo menos assim, concentrado, tentando abrir seu coração para Deus, mostrando suas dúvidas, suas angústias, seu medo de estar errado, pedindo misericórdia e orientação para a sua conduta futura. Ao mesmo tempo, escrevia breves ensaios sobre os erros que a Irlanda independente devia evitar, aproveitando a experiência de outras nações, para não cair na corrupção, na exploração, nas distâncias siderais entre pobres e ricos, poderosos e fracos que havia em toda parte. Mas às vezes desanimava: o que ia fazer com aqueles textos? Não tinha sentido desviar a atenção dos seus amigos da Irlanda para ensaios sobre o futuro quando eles estavam imersos numa atualidade avassaladora.

Quando o verão terminou, Roger, sentindo-se um pouco melhor, viajou para o campo de Zossen. Os homens da Brigada haviam recebido os uniformes desenhados por ele e ficavam bem, todos juntos, com a insígnia irlandesa nas viseiras. O campo parecia organizado e funcionando. Mas a inatividade e a reclusão estavam minando o moral da meia centena de brigadistas, apesar dos esforços do padre Crotty para levantar seu ânimo organizando competições esportivas, concursos, aulas e debates sobre assuntos diversos. Roger achou que era um bom momento para estimulá-los com o incentivo da ação.

Reuniu todos em círculo e expôs uma possível estratégia para saírem de Zossen e recuperarem a liberdade. Se era impossível que combatessem na Irlanda naquele momento, por que não fazê-lo sob outros céus onde estava se travando a mesma batalha para a qual foi criada a Brigada? A guerra mundial tinha se estendido até o Oriente Médio. A Alemanha e a Turquia lutavam para expulsar os britânicos da sua colônia egípcia. Por que não participar dessa luta contra a colonização, pela independência do Egito? Como a Brigada ainda era pequena, eles teriam que se integrar a um outro corpo do Exército, mas sem perder sua identidade irlandesa.

Roger tinha discutido a proposta com as autoridades alemãs e estas a aceitaram. John Devoy e McGarrity concordavam. A Turquia aceitaria a Brigada no seu Exército, nas condições descritas por Roger. Houve uma longa discussão. Afinal, trinta e sete brigadistas se declararam dispostos a lutar no Egito. O resto precisava pensar. Mas o que preocupava agora todos os brigadistas era uma coisa mais urgente: os prisioneiros de Limburg tinham ameaçado delatá-los às autoridades inglesas para que suas famílias na Irlanda deixassem de receber as pensões de combatentes do Exército britânico. Se isso acontecesse, seus pais, esposas e filhos morreriam de fome. O que Roger ia fazer a respeito?

Era óbvio que o governo britânico ia tomar esse tipo de represália, e ele nem tinha pensado nessa hipótese. Vendo os rostos ansiosos dos brigadistas, só atinou a garantir que suas famílias não iam ficar desprotegidas. Se deixassem de receber as pensões, as organizações patrióticas as ajudariam. Nesse mesmo dia escreveu para o Clan na Gael pedindo que fosse criado um fundo para compensar os parentes dos brigadistas caso fossem vítimas de represálias. Mas Roger não tinha ilusões: tal como estavam as coisas, o dinheiro que entrava nas arcas dos Voluntários, do IRB e do Clan na Gael era usado para comprar armas como primeira prioridade. Angustiado, pensava que por sua culpa cinquenta famílias humildes irlandesas iam passar fome e talvez fossem dizimadas pela tuberculose no próximo inverno. O padre Crotty tentou acalmá-lo, mas dessa vez seus argumentos não o tranquilizaram. Uma nova preocupação se somou às que já o atormentavam, e sua saúde teve outra piora. Não só no físico, mas também na mente, como nos períodos mais difíceis no Congo e na Amazônia. Sentiu que estava perdendo o equilíbrio mental. Sua cabeça às vezes parecia um vulcão em plena erupção. Será que ia perder o juízo?

Voltou a Munique e de lá continuou enviando mensagens para os Estados Unidos e a Irlanda sobre a ajuda econômica às famílias dos brigadistas. Como as suas cartas, para despistar a inteligência britânica, passavam por vários países onde trocavam de envelopes e endereços, as respostas demoravam um ou dois meses para chegar. Sua aflição estava no auge quando Robert Monteith finalmente apareceu para assumir o comando militar da Brigada. O oficial não trazia apenas o seu otimismo impetuoso, sua decência e seu espírito aventureiro. Também trazia a promessa formal de que as famílias dos brigadistas, se fossem alvo de represálias, receberiam ajuda imediata dos revolucionários irlandeses.

O capitão Monteith, que assim que chegou à Alemanha foi imediatamente a Munique conversar com Roger, ficou desconcertado ao vê-lo tão doente. Tinha admiração por ele e o tratava com um respeito enorme. Disse que ninguém no movimento irlandês tinha ideia de que o seu estado estivesse tão precário. Casement o proibiu de passar informações sobre sua saúde e voltou com ele para Berlim. Lá, apresentou Monteith à Chancelaria e ao Almirantado. O jovem oficial estava ardendo de impaciência para começar a trabalhar e demonstrava um férreo otimismo em relação ao futuro da Brigada que Roger, no íntimo, já tinha perdido. Durante os seis meses que ficou na Alemanha, Robert Monteith foi, como o padre Crotty, uma bênção para Roger. Ambos o impediram de cair num desespero que talvez o levasse à loucura. O religioso e o militar eram muito diferentes, e, no entanto, como Roger pensou muitas vezes, ambos encarnavam dois protótipos de irlandeses: o santo e o guerreiro. Convivendo com eles, lembrava-se de umas conversas que teve com Patrick Pearse em que este juntava o altar e as armas e afirmava que era da fusão dessas duas tradições, mártires e místicos e heróis e guerreiros, que sairia a força espiritual e física capaz de romper as correntes que encadeavam o Eire.

Eram diferentes, mas havia nos dois uma limpeza natural, uma generosidade e uma entrega ao ideal tão grandes que, muitas vezes, vendo que o padre Crotty e o capitão Monteith não perdiam tempo com depressões e desânimos, como ele, Roger se envergonhava das suas dúvidas e vaivéns. Ambos haviam traçado um caminho e o seguiam sem sair do rumo, sem se intimidar frente aos obstáculos, convictos de que, no final, veriam o triunfo: de Deus sobre o mal e da Irlanda sobre os seus opressores. "Aprenda com eles, Roger, seja como eles", repetia para si mesmo, como uma jaculatória.

Robert Monteith era um homem muito chegado a Tom Clarke, por quem também professava um culto religioso. Falava da vendinha de cigarros que ele tinha — seu quartel-geral clandestino — na esquina da Great Britain Street com a Sackville Street como um "lugar sagrado". Segundo o capitão, era aquela velha raposa sobrevivente de muitas prisões inglesas quem dirigia nas sombras toda a estratégia revolucionária. Não era digno de admiração? Em seu pequeno comércio, numa rua pobrezinha do centro de Dublin, aquele veterano de corpo miúdo, magro, frugal, fatigado com os padecimentos e com os anos, que havia dedicado sua vida a lutar pela Irlanda, tendo passado por isso quinze anos na prisão, conseguira montar uma organização militar e política clandestina, o IRB, que se estendia por todos os recantos do país, sem ter sido capturado pela polícia britânica. Roger lhe perguntou se o grupo era realmente tão bem-organizado como ele dizia. O entusiasmo do capitão transbordou:

— Temos companhias, seções, pelotões, com seus oficiais, seus depósitos de armas, seus mensageiros, seus códigos, suas ordens — afirmou, gesticulando eufórico. — Duvido que haja na Europa um Exército mais eficiente e motivado que o nosso, sir Roger. Não estou exagerando.

Segundo Monteith, os preparativos haviam chegado ao seu ponto máximo. Só faltavam as armas alemãs para que a insurreição começasse.

O capitão Monteith começou a trabalhar imediatamente, treinando e organizando a meia centena de recrutas de Zossen. Ia com frequência ao campo de Limburg, para tentar vencer as resistências de outros prisioneiros contra a Brigada. Conseguia convencer um ou outro, mas a imensa maioria continuava demonstrando uma hostilidade total. Mas nada era capaz de abatê--lo. Suas cartas a Roger, que tinha voltado para Munique, transbordavam de entusiasmo e davam notícias animadoras sobre a minúscula Brigada.

Na primeira vez que se reencontraram, em Berlim, poucas semanas depois, os dois jantaram sozinhos num pequeno restaurante de Charlottenburg cheio de refugiados romenos. O capitão Monteith, enchendo-se de coragem e escolhendo bem as palavras, para não ofendê-lo, disse de repente:

— Sir Roger, não me considere um intrometido, um insolente. Mas o senhor não pode continuar nesse estado. É importante demais para a Irlanda, para a nossa luta. Em nome dos ideais pelos quais tanto lutou, eu lhe peço. Consulte um médico. O senhor está mal dos nervos. Isso não é nada estranho. Ficou abalado com a responsabilidade e as preocupações. Era inevitável que acontecesse. O senhor precisa de ajuda.

Roger balbuciou umas palavras evasivas e mudou de assunto. Mas a recomendação do capitão deixou-o assustado. O seu desequilíbrio seria tão evidente assim que esse oficial, sempre tão respeitoso e discreto, se atrevia a dizer-lhe uma coisa dessas? Decidiu levá-lo a sério. Depois de algumas indagações, foi ver o doutor Oppenheim, que morava fora da cidade, entre as árvores e riachos de Grunewald. Era um homem já velho e lhe inspirou confiança, porque parecia experiente e seguro. Fizeram duas longas sessões em que Roger relatou o seu estado, os seus problemas, insônias e temores. Foi submetido a testes mnemotécnicos e interrogatórios minuciosos. Por fim, o doutor Oppenheim disse que ele precisava se internar num sanatório e começar um tratamento. Sem isso, o seu estado mental avançaria no processo de deterioração que já havia começado. Ele mesmo ligou para Munique e lhe marcou uma consulta com um colega e discípulo, o doutor Rudolf von Hoesslin.

Roger não se internou na clínica do doutor Von Hoesslin, mas foi vê-lo algumas vezes por semana, ao longo de vários meses. O tratamento lhe fez bem.

— Não é de se estranhar que, com as coisas que o senhor viu no Congo e no Amazonas e essas que faz agora, sofra estes problemas — disse o psiquiatra. — O notável é que não seja um louco furioso ou não tenha se suicidado.

Ele era um homem ainda jovem, apaixonado por música, vegetariano e pacifista. Era contra esta e contra todas as guerras, e sonhava que um dia se estabeleceria a fraternidade universal — "a paz kantiana", dizia — no mundo todo, as fronteiras seriam abolidas e os homens se reconheceriam como irmãos. Roger saía mais calmo e animado das sessões com o doutor Rudolf von Hoesslin. Mas não estava tão certo de que fosse melhorar. Ele sempre tinha essa sensação de bem-estar quando se deparava com uma pessoa saudável, boa e idealista.

Fez várias viagens a Zossen, onde, como era de se esperar, Robert Monteith conquistara a confiança de todos os recrutas da Brigada. Graças aos seus árduos esforços, agora tinham mais dez voluntários. As marchas e treinamentos iam muito bem. Mas os brigadistas continuavam sendo tratados como prisioneiros e, às vezes, humilhados pelos soldados e oficiais alemães. O capitão Monteith havia solicitado ao Almirantado que os brigadistas tivessem uma margem de liberdade, como fora prometido a Roger, e pudessem ir ao povoado de vez em quando para tomar uma cerveja numa taverna. Não eram aliados? Então por que continuavam a ser tratados como inimigos? Essas tentativas por enquanto não tinham dado o menor resultado.

Roger protestou. Teve um diálogo ríspido com o general Schneider, comandante da guarnição de Zossen, que lhe disse que não se podia dar mais liberdade a gente que não tinha disciplina, era propensa a brigas e até cometia latrocínios no campo. Segundo Monteith, essas acusações eram falsas. Os únicos incidentes foram provocados pelos insultos que os brigadistas recebiam das sentinelas alemãs.

Os últimos meses de Roger Casement na Alemanha foram de discussões constantes e momentos de grande tensão com as autoridades. A sensação de que havia sido enganado foi aumentando até a sua partida de Berlim. O Reich não tinha interesse na libertação da Irlanda, nunca levara a sério a ideia de uma ação conjunta com os revolucionários irlandeses, a Chancelaria e o Almirantado abusaram da sua ingenuidade e boa-fé fazendo-o acreditar em coisas que não pretendiam fazer. O projeto de mandar a Brigada Irlandesa combater com o Exército turco contra os ingleses no Egito, estudado em todos os detalhes, foi frustrado quando parecia a um passo de se concretizar, sem que lhe dessem qualquer explicação. Zimmermann, o conde Georg von Wedel, o capitão Nadolny e os outros oficiais que haviam participado dos planos de repente ficaram escorregadios e evasivos. Todos se negavam a recebê-lo alegando pretextos fúteis. Quando conseguia falar com eles, estavam sempre ocupadíssimos, só podiam lhe dar alguns minutos, o assunto do Egito não era da sua alçada. Roger se resignou: o seu desejo de que a Brigada se transformasse numa pequena força simbólica da luta dos irlandeses contra o colonialismo tinha ido por água abaixo.

Então, com a mesma veemência da sua admiração pela Alemanha, começou a sentir uma aversão por esse país que foi se transformando num ódio semelhante, ou talvez maior, ao que sentia pela Inglaterra. Disse o seguinte, numa carta ao advogado John Quinn, de Nova York, depois de lhe contar o tratamento que recebia das autoridades: "Pois é, meu amigo: cheguei a odiar tanto os alemães que, antes que morrer aqui, prefiro a forca britânica."

Seu estado irritadiço e o mal-estar físico o obrigaram a voltar para Munique. O doutor Rudolf von Hoesslin exigiu que se internasse numa clínica de repouso na Baviera, com um argumento contundente: "O senhor está à beira de uma crise da qual nunca mais vai se recuperar, a menos que descanse e esqueça todo o resto. A outra alternativa é perder a razão ou sofrer uma desordem psíquica que pode transformá-lo num inútil para o resto da vida."

Roger seguiu a recomendação. Durante alguns dias, sua vida entrou num período tão pacífico que ele quase se sentia um ser desencarnado. Os soníferos o faziam dormir dez ou doze horas. Depois, dava longos passeios por um bosque vizinho cheio de bordos e de freixos, nas manhãs ainda frias de um inverno que se negava a ir embora. Tinham lhe retirado o fumo e o álcool e só comia umas frugais refeições vegetarianas. Não tinha ânimo para ler nem para escrever. Ficava horas com a mente em branco, sentindo-se um fantasma.

Robert Monteith o arrancou violentamente dessa letargia numa manhã ensolarada do começo de março de 1916. Pela importância do assunto, o capitão tinha conseguido autorização do governo alemão para ir vê-lo. Ainda estava em estado de choque e falava se atropelando:

— Uma escolta foi me buscar no campo de Zossen e me levou até Berlim, ao Almirantado. Lá havia um grupo grande de oficiais à minha espera, entre os quais dois generais. Eles me informaram o seguinte: "O Comitê Provisório irlandês decidiu que o levantamento ocorrerá no dia 23 de abril." Quer dizer, dentro de um mês e meio.

Roger pulou da cama. Sentiu que o cansaço desaparecia de repente e seu coração se transformava num tambor golpeado com fúria. Não conseguia falar.

— Estão pedindo fuzis, fuzileiros, artilheiros, metralhadoras, munição — prosseguiu Monteith, tonto de emoção. — Que o barco seja escoltado por um submarino. As armas devem chegar a Fenit, Tralee Bay, em County Kerry, no domingo de Páscoa por volta de meia-noite.

— Então não vão esperar a ação armada alemã — Roger finalmente conseguiu dizer. Pensou numa hecatombe, em rios de sangue tingindo as águas do Liffey.

— A mensagem também traz instruções para o senhor, sir Roger — acrescentou Monteith. — Deve ficar na Alemanha, como embaixador da nova República da Irlanda.

Roger desabou outra vez na cama, consternado. Seus companheiros tinham comunicado os planos ao governo alemão antes que a ele. Além do mais, mandavam que permanecesse aqui enquanto eles iam morrer numa dessas bravatas que Patrick Pearse e Joseph Plunkett tanto apreciavam. Será que desconfiavam dele? Não havia outra explicação. Como sabiam da sua oposição a um levante sem que houvesse uma invasão alemã simultânea, pensavam que lá, na Irlanda, ele seria um estorvo e preferiam que ficasse aqui, de braços cruzados, com o extravagante cargo de embaixador de uma República que, com essa rebelião e esse banho de sangue, ficaria ainda mais remota e improvável.

Monteith aguardava, mudo.

— Vamos imediatamente para Berlim, capitão — disse Roger, levantando-se de novo. — Eu já me visto, preparo a minha mala e subimos no primeiro trem.

E assim fizeram. Roger chegou a escrever umas linhas apressadas de agradecimento ao doutor Rudolf von Hoesslin. Na longa viagem, sua cabeça fervia o tempo todo, com pequenos intervalos para trocar ideias com Monteith. Quando chegou a

Berlim, já tinha clareza sobre a sua linha de ação. Seus problemas pessoais passavam para segundo plano. A prioridade, agora, era empregar toda a sua energia e sua inteligência em conseguir o que seus companheiros haviam pedido: fuzis, balas e oficiais alemães que pudessem organizar as ações militares de maneira eficiente. Em segundo lugar, viajar ele mesmo para a Irlanda com o carregamento de armas. Lá, tentaria convencer seus amigos a esperar mais; dentro de pouco tempo, a guerra europeia podia criar situações mais propícias para a insurreição. Em terceiro lugar, precisava impedir que os cinquenta e três inscritos na Brigada Irlandesa fossem para a Irlanda. Como "traidores", o governo britânico os executaria sem contemplações se fossem capturados pela Royal Navy. Monteith decidiria o que preferia fazer, com total liberdade. Conhecendo-o, não restava dúvida de que morreria com seus companheiros pela causa a que tinha dedicado a vida.

Em Berlim, se hospedaram no Eden Hotel, como de costume. Na manhã seguinte começaram as negociações com as autoridades. As reuniões eram no edifício desconjuntado e feio do Almirantado. O capitão Nadolny vinha recebê-los na porta e os levava para uma sala onde sempre havia gente da Chancelaria e militares. Caras novas se misturavam com as de velhos conhecidos. Desde o primeiro momento, e de forma categórica, foram informados de que o governo alemão se negava a enviar oficiais para assessorar os revolucionários.

Mas concordava com a entrega das armas e projéteis. Durante dias e dias fizeram cálculos e estudos sobre a forma mais segura de se chegar ao ponto combinado na data estabelecida. Afinal foi decidido que o carregamento iria no *Aud*, um barco inglês confiscado, reformado e pintado que ostentaria a insígnia norueguesa. Nem Roger, nem Monteith nem qualquer brigadista viajariam no *Aud*. Este ponto provocou discussões, mas o governo alemão não cedeu: a presença de irlandeses a bordo comprometia o subterfúgio de fazer o barco passar por norueguês, e o Reich ficaria numa situação delicada ante a opinião pública internacional se o engodo fosse descoberto. Então Roger e Monteith exigiram que dessem um jeito de mandá-los para a Irlanda com as armas por outra via. Foram horas e horas de propostas e contrapropostas, com Roger tentando convencê-los de que, indo até lá, poderia convencer seus amigos a esperarem que a guerra fosse se inclinando mais para o lado alemão, porque nessas circunstâncias o Levante poderia se combinar com uma ação paralela da Marinha e da infantaria alemãs. Por fim, o Almirantado aceitou que Casement e Monteith viajassem para a Irlanda. Iriam num submarino e levariam um brigadista como representante dos seus companheiros.

A decisão de Roger de não aceitar que a Brigada Irlandesa se incorporasse à insurreição provocou fortes atritos com os alemães. Mas ele não queria que os brigadistas fossem sumariamente executados, sem ter tido sequer a oportunidade de morrer lutando. Essa responsabilidade não ia cair sobre os seus ombros.

A 7 de abril, o alto-comando comunicou a Roger que estava pronto o submarino em que iam viajar. O capitão Monteith escolheu o sargento Daniel Julian Bailey para representar a Brigada. Deram-lhe papéis falsos com o nome Julian Beverly. O alto-comando confirmou a Casement que, embora os revolucionários tivessem pedido cinquenta mil, haveria vinte mil rifles, dez metralhadoras e cinco milhões de balas ao norte da Innistooskert Island, Tralee Bay, no dia indicado, a partir das dez da noite: deveria haver um piloto à espera da nave com um bote ou uma lancha identificada com duas luzes verdes.

Entre o dia 7 e o dia da partida, Roger não pregou os olhos. Escreveu um breve testamento pedindo que se ele morresse toda a sua correspondência e papéis fossem entregues a Edmund D. Morel, "um ser excepcionalmente justo e nobre", para que ele organizasse com esses documentos uma "memória que salve a minha reputação depois da minha passagem".

Monteith, embora intuísse como Roger que o Levante ia ser esmagado pelo Exército britânico, morria de impaciência para partir. Os dois tiveram uma conversa a sós, de duas horas, no dia em que o capitão Boehm veio entregar o veneno que tinham pedido para o caso de serem capturados. O oficial explicou que se tratava de curare amazônico. O efeito seria instantâneo. "O curare é um velho conhecido meu", explicou Roger, sorrindo. "No Putumayo vi, de fato, índios paralisando pássaros no ar com seus dardos embebidos neste veneno." Roger e o capitão foram tomar uma cerveja num *kneipe* vizinho.

— Imagino que deve estar tão mal como eu por ir embora sem nos despedir nem dar explicações aos brigadistas — disse Roger.

— Vai pesar na minha consciência para sempre — assentiu Monteith. — Mas é uma decisão correta. O Levante é importante demais para corrermos o risco de um vazamento.

— Acha que tenho alguma possibilidade de conseguir adiá-lo?

O oficial negou com a cabeça.

— Não, sir Roger. Mas o senhor é muito respeitado lá e, talvez, seus argumentos se imponham. De todo modo, temos que entender o que está acontecendo na Irlanda. São muitos anos nos preparando. O que foi que eu disse, séculos. Até quando vamos continuar sendo uma nação cativa? E isto em pleno século XX. Além do mais, não há dúvida, graças à guerra este é o momento em que a Inglaterra está mais fraca na Irlanda.

— O senhor não tem medo da morte?

Monteith encolheu os ombros.

— Já a vi de perto muitas vezes. Na África do Sul, durante a guerra dos Bôeres, muito de perto. Todos nós temos medo da morte, suponho. Mas há mortes e mortes, sir Roger. Morrer lutando pela pátria é uma morte tão digna como morrer pela família ou pela fé. Não acha?

— Sim, concordo — assentiu Casement. — E espero que, se for o caso, nós dois morramos assim e não engolindo esta beberagem amazônica, que deve ser indigesta.

Na véspera da partida, Roger foi a Zossen por umas horas se despedir do padre Crotty. Não entrou no acampamento. Mandou chamar o dominicano e os dois deram um longo passeio por um bosque de abetos e bétulas que começavam a verdejar. O padre Crotty ouviu a confissão de Roger com uma expressão transfigurada, sem interromper uma só vez. Quando ele acabou de falar, o sacerdote se benzeu. Permaneceu um bom tempo em silêncio.

— Ir para a Irlanda pensando que o Levante está condenado ao fracasso é uma forma de suicídio — disse, como que pensando em voz alta.

— Eu vou com a intenção de impedi-lo, padre. Para falar com Tom Clarke, com Joseph Plunkett, com Patrick Pearse,

com todos os dirigentes. Vou fazer todos eles entenderem por que acho que esse sacrifício é inútil. Em vez de acelerar a independência, vai atrasar. E...
  Sentiu um nó na garganta e se calou.
  — O que é isso, Roger? Somos amigos, estou aqui para ajudá-lo. Pode confiar em mim.
  — Tenho uma visão que não consigo tirar da cabeça, padre Crotty. Esses idealistas e patriotas que vão sozinhos para o massacre, deixando as famílias arrasadas, na miséria, submetidas a terríveis represálias, pelo menos estão conscientes do que fazem. Mas sabe em quem eu penso o tempo todo?
  Contou que, em 1910, foi fazer uma palestra em The Hermitage, a sede de Rathfarnham, nos arredores de Dublin, onde funcionava o St. Enda's, o colégio bilíngue de Patrick Pearse. Depois de falar para os alunos, doou um objeto que guardava da sua viagem pela Amazônia — uma zarabatana huitoto — como prêmio para a melhor composição em gaélico dos estudantes do último ano. Ficou muito impressionado com o entusiasmo daquelas dezenas de jovens com a ideia da Irlanda, o amor militante com que recordavam sua história, seus heróis, seus santos, sua cultura, o estado de êxtase religioso em que cantavam as antigas canções celtas. E, também, o espírito profundamente católico que reinava no colégio junto com esse patriotismo fervoroso: Pearse havia conseguido que para esses jovens as duas coisas se fundissem numa só, como eram para ele e os seus irmãos Willie e Margaret, também professores em St. Enda's.
  — Todos esses jovens vão acabar mortos, virar carne de canhão, padre Crotty. Com fuzis e revólveres que nem sabem como usar. Centenas, milhares de inocentes como eles enfrentando canhões, metralhadoras, oficiais e soldados do Exército mais poderoso do mundo. Para não conseguir nada. Não é terrível?
  — Claro que é terrível, Roger — concordou o religioso.
  — Mas talvez não seja tão certo que não vão conseguir nada.
  Fez outra longa pausa e depois começou a falar lentamente, dolorido e emocionado.
  — A Irlanda é um país profundamente cristão, o senhor sabe disso. Talvez por sua situação particular, de país ocupado, foi mais receptiva que outros países à mensagem de Cristo.

Ou porque, por termos tido missionários e apóstolos como St. Patrick, tremendamente persuasivos, a fé tocou mais fundo lá que em outros lugares. A nossa religião é voltada para os que sofrem. Os humilhados, os famintos, os vencidos. Esta fé impediu que nós nos desintegrássemos como país apesar da força que nos oprime. Na nossa religião o martírio é central. Sacrificar-se, imolar-se. Cristo não fez isso? Não encarnou e se submeteu às mais atrozes crueldades? Traições, torturas, a morte na cruz? E não serviu para nada, Roger?

Roger se lembrou de Pearse, Plunkett, aqueles jovens convictos de que a luta pela liberdade era mística e também cívica.

— Eu entendo o que o senhor quer dizer, padre Crotty. Sei que pessoas como Pearse, Plunkett e mesmo Tom Clarke, que tem fama de realista e prático, sabem que o Levante é um sacrifício. E estão convictos de que morrendo vão criar um símbolo que mobilizará todas as energias dos irlandeses. Eu entendo essa vontade de imolação. Mas será que têm o direito de arrastar gente que não tem a experiência deles, a lucidez deles, jovens que não sabem que estão indo para o matadouro só para dar o exemplo?

— Não tenho admiração pelo que eles fazem, Roger, já disse — murmurou o padre Crotty. — O martírio é uma coisa a que um cristão se resigna, não um fim que busca. Mas por acaso a História não faz a humanidade progredir desta maneira, com gestos e sacrifícios? De todo modo, o que me preocupa agora é o senhor. Se for capturado, não vai ter oportunidade de lutar. Será julgado por alta traição.

— Fui eu que me meti nisso, padre Crotty, e minha obrigação é ser consequente e ir até o final. Nunca vou conseguir lhe agradecer por tudo o que lhe devo. Posso lhe pedir a bênção?

Ajoelhou-se, o padre Crotty o abençoou e se despediram com um abraço.

XV

Quando os padres Carey e MacCarroll entraram na cela, Roger já tinha recebido o papel, a pena e a tinta que pedira e escrito sem interrupções, com pulso firme, sem hesitações, duas breves missivas. Uma à sua prima Gertrude e outra, coletiva, aos amigos. Ambas eram muito parecidas. A de Gee, além de umas frases emotivas dizendo-lhe o quanto a tinha amado e as boas lembranças que guardava dela na memória, dizia: "Amanhã, dia de St. Stephen, terei a morte que busquei. Espero que Deus perdoe os meus erros e aceite os meus rogos." A carta aos amigos tinha o mesmo eflúvio trágico: "Minha última mensagem para todos é um *sursum corda*. Desejo o melhor aos que vão me tirar a vida e aos que tentaram salvá-la. Todos agora são meus irmãos."

Mr. John Ellis, o carrasco, vestido como sempre com roupa escura e acompanhado por seu assistente, um jovem que se apresentou como Robert Baxter e que parecia nervoso e assustado, veio lhe tomar as medidas — altura, peso e tamanho do pescoço — para, explicou com naturalidade, determinar a altura da forca e a consistência da corda. Enquanto o media com uma vara e anotava numa caderneta, contou que, além deste ofício, continuava exercendo a sua profissão de barbeiro em Rochdale e que seus clientes sempre tentavam lhe arrancar segredos do seu trabalho, mas ele, com relação a isso, era uma esfinge. Roger ficou contente quando eles foram embora.

Pouco depois, uma sentinela lhe trouxe a última remessa de cartas e telegramas já controlados pela censura. Eram de gente que ele não conhecia: desejavam boa sorte ou então o atacavam e chamavam de traidor. Quase nem passava os olhos por essa correspondência, mas um longo telegrama atraiu a sua atenção. Era do seringalista Julio C. Arana. Vinha de Manaus e era escrito num espanhol que até Roger podia perceber que estava cheio de erros. Arana o exortava "a ser justo, confessando ante um tribunal humano as suas culpas, só conhecidas pela Justiça Divina, em relação à sua atuação no Putumayo". E o acusava de ter "inventado fatos e influenciado os barbadianos para que confirmassem atos inconscientes que nunca aconteceram" com o único objetivo de "obter títulos e fortuna". Terminava assim: "Eu o perdoo, mas é necessário que o senhor seja justo e declare agora, de forma total e veraz, os fatos verdadeiros que ninguém conhece melhor que o senhor." Roger pensou: "Este telegrama não foi escrito pelos seus advogados, mas por ele mesmo."

Ele se sentia tranquilo. O medo que, nos dias e semanas anteriores, lhe causava calafrios súbitos e gelava as suas costas havia se dissipado por completo. Estava convencido de que iria para a morte com a mesma serenidade, certamente, de Patrick Pearse, Tom Clarke, Joseph Plunkett, James Connolly e todos os valentes que se imolaram naquela semana de abril em Dublin para que a Irlanda fosse livre. Sentia-se livre de problemas e angústias, e preparado para acertar suas contas com Deus.

Father Carey e *father* MacCarroll chegaram muito sérios e apertaram a sua mão com afeto. Já tinha visto três ou quatro vezes o padre MacCarroll, mas falado pouco com ele. O religioso era escocês e tinha um pequeno tique no nariz que dava um jeito cômico à sua expressão. Em contrapartida, com o padre Carey ele se sentia à vontade. Devolveu-lhe o exemplar da *Imitação de Cristo*, de Tomás de Kempis.

— Não sei o que fazer com ele, dê de presente a alguém. É o único livro que me permitiram ler na Pentonville Prison. Não lamento. Foi uma boa companhia. Se algum dia o senhor se comunicar com o padre Crotty, diga a ele que tinha razão. Tomás de Kempis era mesmo, como ele dizia, um homem santo, simples e cheio de sabedoria.

O padre MacCarroll disse que o xerife estava tratando das suas roupas civis e que já ia trazê-las. No depósito da prisão tinham ficado amassadas e sujas, e o próprio Mr. Stacey estava cuidando de que as limpassem e passassem.

— É um bom homem — disse Roger. — Ele perdeu o filho único na guerra e acabou ficando também meio morto de tristeza.

Após uma pausa, pediu que se concentrassem agora na sua conversão ao catolicismo.

— Reincorporação, não conversão — lembrou o padre Carey outra vez. — O senhor sempre foi católico, Roger, por decisão da sua mãe que tanto amou e que logo verá de novo.

A cela apertada parecia ter-se estreitado ainda mais com as três pessoas lá dentro. Quase não tinham espaço para se ajoelhar. Durante vinte ou trinta minutos ficaram rezando, a princípio em silêncio e depois em voz alta, pais-nossos e ave-marias, os religiosos o começo da oração e Roger o final.

Depois, o padre MacCarroll se retirou para que o padre Carey ouvisse a confissão de Roger Casement. O sacerdote sentou na beira da cama e Roger ficou de joelhos ao começar a longa, longuíssima enumeração dos seus reais ou supostos pecados. Quando caiu em prantos pela primeira vez, apesar dos esforços que fazia para se conter, o padre Carey o fez sentar-se ao seu lado. Continuou assim essa cerimônia final em que Roger, enquanto falava, explicava, lembrava, perguntava, também sentia que, de fato, ia se aproximando mais e mais da sua mãe. Por alguns instantes, às vezes tinha a impressão fugaz de que a esbelta silhueta de Anne Jephson se materializava e desaparecia na parede de tijolos vermelhos da cela.

Chorou muitas vezes, como não se lembrava de ter chorado antes, sem tentar controlar as lágrimas, porque junto com elas também desabafava as tensões e amarguras e sentia que não só o seu ânimo, mas também o seu corpo, ficava mais leve. O padre Carey deixava-o falar, silencioso e imóvel. Às vezes fazia uma pergunta, uma observação, um breve comentário tranquilizador. Depois de lhe dar a penitência e sua absolvição, abraçou-o: "Bem-vindo de regresso à casa que sempre foi sua, Roger."

Pouco depois a porta da cela se abriu de novo e voltou a entrar o padre MacCarroll seguido pelo xerife. Mr. Stacey trazia o seu terno escuro e a camisa branca de colarinho, a gravata e o colete, e o padre MacCarroll as botas e as meias. Era a roupa que Roger estava usando no dia em que o Tribunal de Old Bailey o condenou a morrer na forca. Sua roupa estava imaculadamente limpa e passada e seus sapatos tinham acabado de ser engraxados e polidos.

— Agradeço muito a sua gentileza, xerife.

Mr. Stacey assentiu. Era o rosto bochechudo e triste de sempre. Mas agora evitava olhar nos seus olhos.

— Posso tomar um banho antes de vestir a roupa, xerife? Seria uma pena sujá-la com este corpo imundo.

Mr. Stacey concordou, dessa vez com um sorrisinho meio cúmplice. Depois saiu do recinto.

Apertando-se, os três deram um jeito de se sentar no catre. Ficaram assim, ora calados, ora rezando, ora conversando. Roger falou da sua infância, dos seus primeiros anos em Dublin, em Jersey, das férias que passava com os irmãos na casa dos seus tios maternos, na Escócia. O padre MacCarroll ficou contente ao ouvir que para Roger, quando criança, as férias na Escócia tinham sido a própria experiência do Paraíso, isto é, da pureza e da felicidade. Em voz baixa, cantarolou umas canções infantis que sua mãe e seus tios lhe ensinaram e, também, lembrou como sonhava com as proezas dos dragões ligeiros na Índia que o capitão Roger Casement relatava, quando estava de bom humor, para ele e os seus irmãos.

Depois passou a palavra, pedindo que eles contassem como foi que se tornaram sacerdotes. Tinham entrado no seminário por vocação, ou empurrados pelas circunstâncias, pela fome, a pobreza, a vontade de ter acesso a uma educação, como acontecia com tantos religiosos irlandeses? O padre MacCarroll tinha ficado órfão antes de se entender por gente. Foi criado por uns parentes velhos que o matricularam numa escolinha paroquial onde o padre, que tinha afeto por ele, convenceu-o de que sua vocação era a Igreja.

— O que mais eu podia fazer senão acreditar? — refletiu o padre MacCarroll. — Na verdade, entrei no seminário sem muita convicção. O chamado de Deus veio depois, em meus anos de estudos mais avançados. Comecei a me interessar por teologia. Gostaria de ter dedicado meu tempo ao estudo e ao ensino. Mas, já sabemos, o homem põe e Deus dispõe.

A história do padre Carey era muito diferente. Sua família, de comerciantes abastados de Limerick, era católica mais de palavra que de obra, de maneira que ele não cresceu em um ambiente religioso. Mesmo assim sentiu o chamado ainda bem jovem, e até podia apontar um fato que talvez tenha sido decisivo. Foi num Congresso Eucarístico, aos treze ou catorze anos, quando ouviu um padre missionário, o padre Aloyssus, falar do trabalho que os religiosos e religiosas com quem tinha convivido por vinte anos realizavam nas selvas do México e da Guatemala.

— Ele era tão bom orador que me deixou deslumbrado — disse o padre Carey. — Por culpa dele continuo nisto até hoje. Nunca mais o vi nem soube dele. Mas sempre me lembro da sua voz, do seu ardor, sua retórica, suas barbas compridas. E do seu nome: *father* Aloyssus.

Quando abriram a porta da cela trazendo o frugal jantar de costume — caldo, salada e pão —, Roger se deu conta de que estavam conversando havia várias horas. O entardecer já ia morrendo e começava a noite, embora ainda brilhasse um pouco de sol nas grades da janelinha. Recusou o jantar e só aceitou a garrafinha de água.

E então lembrou que, numa das primeiras expedições que fez pela África, no primeiro ano da sua estada no continente negro, pernoitou algumas vezes numa pequena aldeia, de uma tribo cujo nome já esquecera (os bangui, talvez?). Com a ajuda de um intérprete, conversou com vários aldeões. Assim descobriu que os velhos da comunidade, quando sentiam que iam morrer, faziam uma trouxinha com seus poucos pertences e, discretamente, sem se despedir de ninguém, tentando passar despercebidos, se internavam na selva. Procuravam um lugar tranquilo, uma prainha à beira de um lago ou de um rio, a sombra de uma árvore grande, um outeiro com pedras. Lá se deitavam para esperar a morte sem incomodar ninguém. Uma maneira sábia e elegante de partir.

Os padres Carey e MacCarroll quiseram passar a noite com ele, mas Roger não deixou. Garantiu que estava bem, mais tranquilo que nos últimos três meses. Preferia ficar sozinho e descansar. Era verdade. Os religiosos, ao ver a serenidade que ele revelava, aceitaram ir embora.

Quando saíram, Roger ficou um bom tempo olhando as peças de roupa que o xerife lhe deixara. Por alguma estranha razão, tinha certeza de que iam lhe trazer as roupas com que foi capturado, na desolada madrugada de 21 de abril, naquele forte circular dos celtas chamado McKenna's Fort, com suas pedras carcomidas, cobertas de folhagem, samambaias e umidade, e rodeadas de árvores cheias de pássaros cantando. Só três meses, e pareciam séculos. O que seria dessas roupas? Também teriam sido arquivadas, junto com a sua ficha? O terno que Mr. Stacey passou e com o qual morreria dentro de algumas horas tinha sido comprado pelo advogado Gavan Duffy, para que ele estivesse mais apresentável diante do Tribunal que o julgou. Para que não amassasse, esticou o terno embaixo do pequeno colchonete do catre. E se deitou em cima, pensando que uma longa noite de insônia o esperava.

Assombrosamente, pouco depois adormeceu. E deve ter dormido muitas horas porque, quando abriu os olhos, um pouco sobressaltado, embora a cela ainda estivesse na penumbra percebeu pelo quadradinho gradeado da janela que estava começando a amanhecer. Lembrava-se de ter sonhado com a mãe. Ela estava com uma expressão aflita e ele, criança, a consolava dizendo: "Não fique triste, logo nos veremos de novo." Ele se sentia tranquilo, sem medo, desejando que tudo aquilo terminasse de uma vez.

Não muito depois, ou talvez sim, mas Roger não registrou quanto tempo havia passado, a porta se abriu e, da soleira, o xerife — com o rosto cansado e os olhos injetados como se não tivesse pregado os olhos — lhe disse:

— Se quiser tomar banho, tem que ser agora.

Roger fez que sim. Enquanto avançavam para o banheiro pelo longo corredor de tijolos escurecidos, Mr. Stacey perguntou se ele tinha conseguido descansar um pouco. Quando Roger disse que dormira algumas horas, ele murmurou: "Fico contente pelo senhor." Depois, quando Roger já antecipava a sensação agradável de receber o jato de água fresca no corpo, Mr. Stacey lhe contou que muitas pessoas tinham passado a noite inteira rezando, na porta da prisão, com crucifixos e cartazes contra a pena de morte, entre elas alguns padres e pastores. Roger se sentia meio estranho, como se tudo aquilo não fosse mais ele, como se um outro o estivesse substituindo. Ficou bastante tempo debaixo da água fria. Depois se ensaboou com cuidado e se enxaguou, esfregando o corpo com as duas mãos. Quando voltou para a cela, já estavam lá, de novo, o padre Carey e o padre MacCarroll. Eles lhe disseram que o número de pessoas reunidas nas portas da Pentonville Prison, rezando e brandindo cartazes, tinha crescido muito desde a noite anterior. Muitos eram paroquianos trazidos pelo padre Edward Murnaue da igrejinha de Holy Trinity, frequentada pelas famílias irlandesas do bairro. Mas também havia um grupo que aplaudia a execução do "traidor". Roger se sentia indiferente a essas coisas. Os religiosos esperaram fora da cela que ele se vestisse. Ficou impressionado ao ver como tinha emagrecido. As roupas e sapatos estavam muito folgados.

    Escoltado pelos dois padres e seguido pelo xerife e uma sentinela armada, foi para a capela da Pentonville Prison. Roger não a conhecia. Era pequena e escura, mas havia algo de acolhedor e pacífico naquele recinto de teto oval. O padre Carey rezou a missa e o padre MacCarroll fez as vezes de coroinha. Roger acompanhou a cerimônia emocionado, mas não sabia se era devido às circunstâncias ou ao fato de que ia comungar pela primeira e última vez. "Vai ser a minha primeira comunhão e o meu nosso-pai", pensou. Depois de comungar, tentou dizer alguma coisa aos padres Carey e MacCarroll mas não achou as palavras e ficou em silêncio, tentando orar.

    Quando voltou para a cela, tinham deixado o café da manhã junto à cama, mas ele não quis comer nada. Perguntou a hora e dessa vez, sim, lhe disseram: oito e quarenta da manhã. "Faltam vinte minutos", pensou. Logo depois chegaram o diretor da prisão, o xerife e três homens vestidos à paisana, um deles sem dúvida o médico que atestaria a sua morte, algum funcionário da Coroa e o carrasco com seu jovem ajudante. Mr. Ellis, um homem baixo e parrudo, também estava de roupa escura, como os outros, mas tinha arregaçado as mangas da jaqueta para trabalhar com mais comodidade. Trazia uma corda enrolada no braço. Com uma voz educada e rouca pediu que Roger pusesse as mãos nas costas porque precisava amarrá-las. Enquanto as prendia, Mr. Ellis fez uma pergunta que ele achou absurda: "Está machucando?" Negou com a cabeça.

    Father Carey e *father* MacCarroll começaram a entoar ladainhas em voz alta. Continuaram rezando enquanto o acompanhavam, cada um a um lado, no longo trajeto por vários setores da prisão que ele não conhecia: escadas, corredores, um pequeno pátio, tudo deserto. Roger quase nem notava os lugares que ia deixando para trás. Rezava e respondia às ladainhas e estava contente porque seus passos eram firmes e não lhe escapava um soluço ou uma lágrima. Às vezes fechava os olhos e pedia clemência a Deus, mas o que aparecia em sua mente era o rosto de Anne Jephson.

Por fim chegaram a um descampado inundado de sol. Lá havia um pelotão de guardas armados à sua espera. Estavam em volta de uma armação quadrada de madeira, com uma pequena escadinha de oito ou dez degraus. O diretor leu umas frases, certamente a sentença, mas Roger não prestou atenção. Depois lhe perguntou se queria dizer alguma coisa. Negou com a cabeça, mas, entre os dentes, murmurou: "Irlanda." Virou-se para os sacerdotes e ambos o abraçaram. O padre Carey lhe deu a bênção.

Então Mr. Ellis se aproximou dele e pediu que se agachasse para poder vendar seus olhos, porque Roger era alto demais para ele. Roger se inclinou e, enquanto o carrasco amarrava a venda que o imergiu na escuridão, sentiu que os dedos de Mr. Ellis eram, agora, menos firmes, menos donos de si mesmos do que quando amarraram as mãos. Levando-o pelo braço, o carrasco o fez galgar os degraus até a plataforma, devagar para que não tropeçasse.

Ouviu uns movimentos, rezas dos sacerdotes e por fim, outra vez, um sussurro de Mr. Ellis pedindo que ele abaixasse a cabeça e se inclinasse um pouco, *please, sir*. Atendeu e, então, sentiu que o outro havia posto a corda em volta do seu pescoço. Ainda chegou a ouvir um último sussurro de Mr. Ellis: "Se prender a respiração será mais rápido, sir." Obedeceu.

Epílogo

> *I say that Roger Casement*
> *Did what he had to do.*
> *He died upon the gallows,*
> *But that is nothing new.*
>
> W. B. YEATS

A história de Roger Casement se projeta, apaga e renasce depois da sua morte como esses fogos de artifício que, depois de remontarem e explodirem na noite uma chuva de estrelas e trovões, se apagam, silenciam e, momentos depois, ressuscitam numa trombetada que enche o céu de incêndios.

Segundo o médico que assistiu a execução, o doutor Percy Mander, esta foi realizada "sem qualquer obstáculo" e a morte do réu foi instantânea. Antes de autorizar o enterro, o doutor, cumprindo uma ordem das autoridades britânicas que queriam alguma certeza científica em relação às "tendências perversas" do executado, procedeu a explorar seu ânus e o começo do intestino, usando para tal fim umas luvas de plástico. Ele constatou que, "à simples vista", o ânus revelava uma clara dilatação, assim como "a parte inferior do intestino, até onde alcançavam os dedos da minha mão". O médico concluiu que essa exploração confirmava "as práticas a que o executado aparentemente era inclinado".

Depois de serem submetidos a essa manipulação, os restos de Roger Casement foram enterrados sem lápide, nem cruz, nem iniciais, ao lado do túmulo também anônimo do doutor Crippen, um célebre assassino que havia sido justiçado muitos anos antes. O monte de terra informe da sua sepultura era contíguo à Roman Way, a trilha pela qual, no começo do primeiro milênio da nossa era, as legiões romanas entraram para civilizar aquele canto perdido da Europa que mais tarde seria a Inglaterra.

Depois, a história de Roger Casement parece se eclipsar. Os pedidos do advogado George Gavan Duffy às autoridades britânicas, em nome dos irmãos de Roger, de que entregassem seus restos à família para que tivessem uma sepultura cristã na Irlanda, foram negados, nessa e em todas as outras ocasiões, ao longo de meio século, que seus parentes fizeram tentativas semelhantes. Durante muito tempo, com exceção de um reduzido número de pessoas — entre as quais o carrasco, Mr. John Ellis, que, no livro de memórias que escreveu pouco antes de se suicidar, disse que "de todas as pessoas que tive que executar, a que morreu com mais coragem foi Roger Casement" —, ninguém falava dele. Desapareceu da atenção pública, na Inglaterra e na Irlanda.

Levou um bom tempo até que ele fosse admitido no panteão de heróis da independência da Irlanda. A tortuosa campanha orquestrada pela inteligência britânica para desmoralizá-lo, utilizando fragmentos dos seus diários secretos, foi bem-sucedida. Nem mesmo hoje está totalmente dissipada: uma auréola sombria de homossexualismo e pedofilia acompanhou sua imagem ao longo de todo o século XX. Sua figura incomodava em seu país porque a Irlanda, até não muitos anos atrás, praticava oficialmente uma moral severíssima na qual a simples suspeita de "pervertido sexual" condenava uma pessoa ao opróbio e a retirava da consideração pública. Em boa parte do século XX, o nome e as façanhas e penúrias de Roger Casement ficaram confinados em ensaios políticos, artigos jornalísticos e biografias de historiadores, muitos deles ingleses.

Com a revolução dos costumes na Irlanda, sobretudo no terreno sexual, pouco a pouco, e ainda com reticências e melindres, o nome de Casement foi ganhando terreno até ser aceito como o que foi: um dos grandes lutadores anticolonialistas e defensores dos direitos humanos e das culturas indígenas do seu tempo, e um sacrificado combatente pela emancipação da Irlanda. Lentamente, seus compatriotas acabaram tendo que aceitar que um herói e um mártir não é um protótipo abstrato nem um modelo de perfeições e sim um ser humano, feito de contradições e contrastes, fraquezas e grandezas, já que um homem, como escreveu José Enrique Rodó, "é muitos homens", o que quer dizer que anjos e demônios se misturam na sua personalidade de forma inextricável.

A controvérsia sobre os chamados *Black Diaries* nunca foi e provavelmente nunca será encerrada. Será que existiram mesmo, e Roger Casement os escreveu de próprio punho com todas as suas obscenidades nauseabundas, ou foram falsificados pelo serviço secreto britânico para executar também moral e politicamente o seu ex-diplomata, dar-lhe um castigo exemplar para dissuadir os potenciais traidores? Por dezenas de anos o governo inglês se negou a autorizar que historiadores e grafólogos independentes examinassem os diários, declarando-os segredo de Estado, o que deu ensejo a suspeitas e argumentos a favor da falsificação. Quando, há relativamente poucos anos, o material foi divulgado e os pesquisadores puderam examiná-los e submeter os textos a provas científicas, a controvérsia não terminou. Provavelmente continuará por muito tempo. O que não é mau. Não é mau que ronde sempre um clima de incerteza em torno de Roger Casement, como prova de que é impossível chegar a conhecer de forma definitiva um ser humano, totalidade que sempre escapa a todas as redes teóricas e racionais que tentam capturá-la. Minha própria impressão — impressão de um romancista, claro — é que Roger Casement escreveu os famosos diários mas não os viveu, pelo menos não integralmente, que há neles muito de exagero e de ficção, que ele escreveu certas coisas porque gostaria de vivê-las mas não pôde.

Em 1965, o governo inglês de Harold Wilson permitiu que finalmente os ossos de Casement fossem repatriados. Chegaram à Irlanda num avião militar e receberam homenagens públicas no dia 23 de fevereiro desse ano. Ficaram expostos durante quatro dias, numa capela ardente da Garrison Church of the Saved Heart, como restos mortais de um herói. Um público multitudinário calculado em várias centenas de milhares de pessoas desfilou diante dele para lhe prestar suas homenagens. Houve um cortejo militar até a Pró-Catedral, e Casement recebeu honras militares em frente ao histórico edifício dos Correios, quartel-geral do Levante de 1916, antes de levarem seu caixão para o cemitério de Glasnevin, onde foi enterrado em uma manhã chuvosa e cinzenta. Para fazer o discurso fúnebre, Éamon de Valera, o primeiro presidente da Irlanda, combatente destacado da insurreição de 1916 e amigo de Roger Casement, se levantou do seu leito de agonizante e disse as palavras emotivas que se usam para despedir os grandes homens.

Não ficaram marcas no Congo nem na Amazônia daquele que tanto fez para denunciar os grandes crimes cometidos nessas terras nos tempos da borracha. Na Irlanda, espalhadas pela ilha, há algumas recordações dele. Na altitude do *glen* de Glenshesk, em Antrim, que desce até a pequena enseada de Murlough, não muito distante da casa familiar de Magherintemple, o Sinn Fein ergueu um monumento dedicado a Casement que os radicais unionistas da Irlanda do Norte destruíram. Só ficaram os fragmentos espalhados pelo chão. Em Ballyheigue, Co. Kerry, numa pracinha em frente ao mar há uma escultura de Roger Casement feita pelo irlandês Oisin Kelly. No Kerry County Museum de Tralee está a câmera fotográfica que Roger usou em 1911 na sua viagem à Amazônia e, se o visitante pedir, também pode ver o casaco de pano tosco que ele usou de agasalho no submarino alemão U-19 que o trouxe para a Irlanda. Um colecionador particular, Mr. Sean Quinlan, guarda em sua casinha de Ballyduff, nas proximidades da foz do rio Shannon no Atlântico, um bote que (afirma enfaticamente) é aquele em que Roger, o capitão Monteith e o sargento Bailey desembarcaram em Banna Strand. No colégio de língua gaélica "Roger Casement", de Tralee, o gabinete do diretor exibe um prato de cerâmica em que Roger Casement comeu, no Public Bar Seven Stars, nos dias em que compareceu à Corte de Apelações em Londres que decidiu o seu caso. Em McKenna's Fort há um pequeno monumento em gaélico, inglês e alemão — uma coluna de pedra negra — recordando que Roger foi capturado ali pela Royal Irish Constabulary em 21 de abril de 1916. E, em Banna Strand, a praia aonde chegou, há um pequeno obelisco no qual se vê o rosto de Roger Casement junto com o do capitão Robert Monteith. Na manhã em que fui vê-lo, estava todo coberto de caca branca das gaivotas barulhentas que voavam em torno, e se viam em toda parte as violetas selvagens que tanto o emocionaram naquele amanhecer em que voltou para a Irlanda para ser capturado, julgado e enforcado.

Madri, 19 de abril de 2010

Agradecimentos

Eu não poderia ter escrito este romance sem a colaboração, consciente ou inconsciente, de muitas pessoas que me ajudaram nas minhas viagens pelo Congo e pela Amazônia, e, na Irlanda, nos Estados Unidos, na Bélgica, no Peru, na Alemanha e na Espanha, me enviaram livros, artigos, facilitaram o meu acesso a arquivos e bibliotecas, deram depoimentos e conselhos e, principalmente, seu estímulo e sua amizade quando eu desanimava diante das dificuldades do projeto que tinha nas mãos. Entre essas pessoas, quero destacar Verónica Ramírez Muro por sua inestimável ajuda durante a minha passagem pela Irlanda e na preparação do manuscrito. Eu sou o único responsável pelas deficiências deste livro, mas, sem estas pessoas, seus eventuais acertos seriam impossíveis. Muito obrigado a:

No Congo: Coronel Gaspar Barrabino, Ibrahima Coly, Embaixador Félix Costales Artieda, Embaixador Miguel Fernández Palacios, Raffaella Gentilini, Asuka Imai, Chance Kayijuka, Placide-Clement Mananga, Pablo Marco, Padre Barumi Minavi, Javier Sancho Más, Karl Steinecker, Dr. Tharcisse Synga Ngundu de Minova, Juan Carlos Tomasi, Xisco Villalonga, Émile Zola e os "Poétes du Renouveau" de Lwemba.

Na Bélgica: David van Reybrouck.

Na Amazônia: Alberto Chirif, Padre Joaquín García Sánchez e Roger Rumrill.

Na Irlanda: Christopher Brooke, Anne e Patrick Casement, Hugh Casement, Tom Desmond, Jeff Dudgeon, Seán Seosamh Ó Conchubhair, Ciara Kerrigan, Jit Ming, Angus

Mitchell, Griffin Murray, Helen O'Carroll, Séamas O'Siochain, Donal J. O'Sullivan, Sean Quinlan, Orla Sweeney e a equipe da National Library of Ireland e do National Photographic Archive.

No Peru: Rosario de Bedoya, Nancy Herrera, Gabriel Meseth, Lucía Muñoz-Nájar, Hugo Neira, Juan Ossio, Fernando Carvallo e a equipe da Biblioteca Nacional.

Em Nova York: Bob Dumont e a equipe da New York Public Library.

Em Londres: John Hemming, Hugh Thomas, Jorge Orlando Melo e a equipe da British Library.

Na Espanha: Fiorella Battistini, Javier Reverte, Nadine Tchamlesso, Pepe Verdes, Antón Yeregui e Muskilda Zancada.

Héctor Abad Faciolince, Ovidio Lagos e Edmundo Murray.

1ª EDIÇÃO [2010] 7 reimpressões

ESTA OBRA FOI COMPOSTA PELA ABREU'S SYSTEM EM ADOBE GARAMOND
E IMPRESSA EM OFSETE PELA LIS GRÁFICA SOBRE PAPEL PÓLEN SOFT DA
SUZANO S.A. PARA A EDITORA SCHWARCZ EM ABRIL DE 2022

FSC
www.fsc.org
MISTO
Papel produzido
a partir de
fontes responsáveis
FSC® C112738

A marca FSC® é a garantia de que a madeira utilizada na fabricação do papel deste livro provém de florestas que foram gerenciadas de maneira ambientalmente correta, socialmente justa e economicamente viável, além de outras fontes de origem controlada.